俄苏文学与我的青春时代……

中俄文学关系十讲

陈建华 ◎ 著

祝中俄文字之交……

北京大学出版社
PEKING UNIVERSITY PRESS

图书在版编目 (CIP) 数据

中俄文学关系十讲 / 陈建华著. — 北京：北京大学出版社，2022.5
ISBN 978-7-301-32930-6

Ⅰ. ①中… Ⅱ. ①陈… Ⅲ. ①中国文学—俄罗斯文学—文化交流—研究 Ⅳ. ① I209 ② I512.06

中国版本图书馆 CIP 数据核字 (2022) 第 040974 号

书　　　名	中俄文学关系十讲 ZHONG-E WENXUE GUANXI SHIJIANG
著作责任者	陈建华　著
责 任 编 辑	李　哲
标 准 书 号	ISBN 978-7-301-32930-6
出 版 发 行	北京大学出版社
地　　　址	北京市海淀区成府路 205 号　100871
网　　　址	http://www.pup.cn　新浪微博：@北京大学出版社
电 子 信 箱	pup_russian@163.com
电　　　话	邮购部 010-62752015　发行部 010-62750672 编辑部 010-62759634
印 刷 者	北京鑫海金澳胶印有限公司
经 销 者	新华书店 720 毫米 × 1020 毫米　16 开本　25.75 印张　460 千字 2022 年 5 月第 1 版　2022 年 5 月第 1 次印刷
定　　　价	85.00 元

未经许可，不得以任何方式复制或抄袭本书之部分或全部内容。
版权所有，侵权必究
举报电话：010-62752024　电子信箱：fd@pup.pku.edu.cn
图书如有印装质量问题，请与出版部联系，电话：010-62756370

目 录

（初版）序一 …………………………………………………………… 1
（初版）序二 …………………………………………………………… 1
引言 ……………………………………………………………………… 1

第一讲　中俄文学关系的发端 ……………………………………… 1
　一、俄国文学先驱者的东方想象 …………………………………… 3
　二、东学西渐中的俄国汉学家 ……………………………………… 16
　三、19世纪俄国作家与中国 ………………………………………… 25

第二讲　清末民初的中俄文学关系 ………………………………… 43
　一、从《俄人寓言》到克雷洛夫寓言 ……………………………… 45
　二、"虚无党小说"：清末特殊的译介现象 ………………………… 56
　三、最早进入中国的俄国文学名家名著 …………………………… 67
　四、辛亥革命前后中国对俄国文学的接受 ………………………… 76

第三讲　五四时期的"俄罗斯文学热" …………………………… 85
　一、"五四"高潮前夕中国文坛视野中的俄国文学 ………………… 87

二、"别求新声于异邦" ………………………………………… 95
　　三、俄国文学研究的深化 ………………………………………… 102
　　四、中国早期的俄国文学史著作 ………………………………… 110
　　五、中俄文学比较研究的发端 …………………………………… 120

第四讲　苏联早期文学思想与中国无产阶级文学运动 ……………… 127
　　一、苏联早期文学思想的发展 …………………………………… 129
　　二、"普罗文学"时期 …………………………………………… 138
　　三、革命文学论争时期 …………………………………………… 141
　　四、左联时期 ……………………………………………………… 145

第五讲　俄苏文学在"大夜弥天"的中国 ………………………… 151
　　一、艰难岁月中的精神契合 ……………………………………… 153
　　二、理论译著：中国读者了解俄苏文学的重要途径 …………… 165
　　三、在"伟大肥沃的'黑土'里"开掘 ………………………… 171
　　四、中国现代作家与俄苏文学 …………………………………… 180

第六讲　俄苏文学在1950年代中国的命运 ………………………… 195
　　一、巨大的热情和倾斜的接纳 …………………………………… 197
　　二、"日丹诺夫主义"与新中国初期的中国文坛 ……………… 204
　　三、"解冻文学"思潮在中国 …………………………………… 211
　　四、在"反修"和"反右"的大背景下 ………………………… 219

第七讲　中苏文学关系的冰封期 …………………………………… 227
　　一、走向危机的中苏文学关系 …………………………………… 229
　　二、排斥时期的逆向对应现象 …………………………………… 238
　　三、若即若离：冰封期的尾声 …………………………………… 247

第八讲　俄苏文学在新时期中国的潮起与潮落　　**255**
　　一、令新时期中国读者心仪的名家名著　　257
　　二、苏联当代文学在1980年代的中国　　270
　　三、新时期的俄苏文学研究　　277
　　四、文学思潮的错位对应　　284
　　五、新时期中苏文学的主题与风格　　293

第九讲　在调整中走向新的世纪　　**299**
　　一、1990年代中俄文学关系的新格局　　301
　　二、俄苏文学研究的拓展　　307
　　三、世纪末的反思与前瞻　　320

第十讲　21世纪初期的中俄文学关系　　**327**
　　一、新世纪中俄文学交流　　329
　　二、充满活力的俄苏文学研究　　335
　　三、生命的视野　　355

初版后记　　373
再版后记　　379
三版后记　　383

(初版) 序一

钱谷融

陈建华同志的一本论述中国文学与俄苏文学关系的新著即将出版了，承他不弃，要我为它写几句话，这在我是十分乐意的。因为俄苏文学对我来说有一种特殊的亲切感。鲁迅先生在《祝中俄文字之交》一文里曾说过"俄国文学是我们的导师和朋友"这样的话，我则可以说是喝着俄国文学的乳汁而成长的。俄国文学对我的影响不仅仅是在文学方面，它深入我的血液和骨髓里，我观照万事万物的眼光识力，乃至我的整个心灵，都与俄国文学对我的陶冶熏育之功不可分。我已不记得最先接触到的俄国文学名著是哪一本了，总之是一接到它就立即把我深深地吸引住了，使我如醉如痴，使我废寝忘食。尽管只要是真正的名著，不管它是英、美的，法国的，德国的，还是其他国家的，都能吸引我，都能使我迷醉，但是论作品数量之多，吸引我的程度之深，则无论哪一国的文学，都比不上俄国文学。特别是就19世纪来说，你看，从普希金开始，俄国文学史上一连出了多少辉煌的名字呵！果戈理、屠格涅夫、托尔斯泰、冈察洛夫，一直到契诃夫、高尔基，每一个都是大师级的，哪一个国家，在不到百年的时间里能够为世界、为人类贡献那么多顶尖儿的杰出作家呢？这真是奇迹！

俄国文学是与我青年时代的生活紧密联系着的。1938年，我考入了中央大学。那时中央大学正内迁到四川，校址设在重庆郊外的沙坪坝，又另在柏溪建立了分校，初入学的一年级新生便都在柏溪就读。柏溪离沙坪坝大约有十多里地，是一个风景秀丽的小山谷。那里绿树成荫，溪涧纵横。在中国半壁河山正遭受着日本侵略者蹂躏的时候，这里仿佛成了世外桃源。来自全国各地的学生，虽然他们的家乡大都已沦敌手，国恨家仇，时萦心头，但处身在这样一个清幽的环境里，却听不到枪炮声，就连日本轰炸机的声音也绝少入耳。整天围绕伴随在周围的尽是鸟语花香和淙淙流水。我那时正沉浸在对父母和家乡的怀想和思念中，便只有借着小说来排遣自己的忧愁和寂寞了。在高中以前，我读的主要是中国的旧小说，进了大学才开始接触外国小说。这就使我一下子眼界大开，在我面前仿佛出现了一片新的天地，我结识到了许多与旧小说中所写的完全不同的人物。他们的思想爱好，他们所生活于其中的社会和风尚习俗，与我一向所熟悉和知道的完全不同。施托姆的《茵梦湖》、洛蒂的《冰岛渔夫》、歌德的《少年维特之烦恼》等书，给了我无限的欢喜和忧伤。特别是屠格涅夫的《罗亭》《贵族之家》等，引起了我对人生的思考，在我心头激发起对青春、对未来岁月的朦胧的憧憬和诗意的幻想。一段时候，屠格涅夫使我十分着迷，他几乎占去了我所有的空闲时光。《初恋》《春潮》《阿霞》《浮士德》等等，我一部接一部地专注地阅读着，他的作品中的清幽隽永的抒情气氛，他的充满感伤和哀愁的调子，与我自己思念亲人和家乡的凄凉悲苦心情结合在一起，使我深深地陷入了一种流光易逝、好景难再的悲凉哀伤的境地而不能自拔。可是，说实在的，我也并不真想从这种境地中挣脱出来。因为我觉得它虽然悲凉，却是种甜蜜的悲凉；尽管哀伤，却是种温馨的哀伤。实际上我是乐此不疲的。

后来我又迷上了契诃夫。契诃夫的短篇小说，我觉得其艺术价值远在莫泊桑和欧·亨利之上，他的戏剧作品，则甚至使萧伯纳产生了要把他自己的剧作付之一炬的感觉。在契诃夫的作品中，我觉得也弥漫着一种哀愁与忧郁的气氛。他的哀愁虽是淡淡的，忧郁却十分浓重。在果戈理的《狄康卡近乡夜话》和《密尔格拉德》中，在冈察洛夫的《奥勃洛摩夫》中，都充满了这种哀愁与忧郁。推而广之，几乎在所有伟大的俄国作家作品中，都不缺乏这种哀愁与忧郁的色调。我想这是与俄国人民长期处在专制政体的高压下所产生的实际感受相一致的。我们中国在过去也长期处在封建专制政体的高压下，人民都经历过类似的苦难，所以对俄国作品特别有一种亲切感，特别易于接受。但我觉得在中国旧时代文人的笔下，虽然也同样摆脱不掉哀愁与忧郁的成分，却总是与俄国作品有所不同。中国文人的哀愁与忧郁，大多是偏于个人一己的切身感受，缺乏一种大气。而俄国作家的却往往超越于个人之上，而直接与广大人民的感受相通。在那里面饱含着人民群众的血泪痛苦，充满着恳挚深切的人道关怀。这恐怕是与在这片广袤的黑土上形成的厚重的民族性有关的。

接触托尔斯泰与陀思妥耶夫斯基的作品，在我是比较迟的。这两个人，一个是社会黑暗的揭露者与批判者，一个是人性的解剖者与拷问者。就他们的描绘才能和作品所达到的深刻程度来说，恐怕是所有古往今来的杰出作家都很少能够与之相匹敌的。陀思妥耶夫斯基对人性的观察之深，他的解剖刀的锋利与无情，简直到了令人可怕的程度。我一面读着他的作品，一面不由得时时在颤栗。我脆弱的心灵有点经受不住它的震撼。因此我并不喜欢陀氏的作品。但它自有一种强大的力量，叫我放不下手，而且还逼使我要去找未曾读过的他的其他作品来读。陀思妥耶夫斯基真如人们所说的是一个天才。但他是个残酷的天才，可怕的天才。而我想，他的作品显得如此残酷与可怕，恐怕是因为正如高尔基所说，在他的"灵魂深处体现着人民对一切苦难的追忆"①，这些追忆是如此可怕，如此使他难以去怀，他就把这些"可怕的追忆"一一强有力地在他的作品中反映出来了。至于托尔斯泰，他的心灵是健全而强壮的，绝少病态。他的作品有一种鲜丽明朗的色彩，即使所写的是人间的苦难、社会的黑暗甚至一些十分阴郁的场面，经他一写，这些苦难、黑暗和阴郁的场面，仿佛就全都暴露在光天化日之下，显得是那么的不合理，那么的令人难以容忍。这就会激发起人们的愤怒和不平，使他们从内心深处生发出一种要反对它和铲除它的力量来。这是因为托尔斯泰有一颗博大的心灵，他热爱生命，热爱大自然，热爱一切美好的东西。而作为一个"暴虐和奴役的敌人，被迫害者的友人"，他尤其热爱劳动者，热爱善良的人民，他是本着对劳动者、对善良的人民的爱心来从事写作的。他曾说过，没有对对象的爱，便没有艺术作品。他的所有艺术作品，就是献给他所爱的劳动者和一切善良的人的。正因为他在写作中，倾注了全部的热情和爱心，所以他的作品才能有那么强大的艺术魅力，一百多年来一直为世界各国的人民所喜爱，在他们艰辛的生活中，在他们前进的道路上，频频给他们以温暖和希望。

至于十月革命以后的苏联文学，我是在1949年以后才开始接触到的。尽管就其成就和艺术价值来说，远不能与旧俄时代相比，但也还是多姿多彩、不乏佳作的。尤其新中国成立初期在全面学习苏联的口号下，苏联文学给予我们的影响就特别巨大而深切。这在陈建华同志这本著作中有全面且扼要的论述。一百多年来，俄苏文学与中国文学关系之密切，是任何其他国家的文学所无法比拟的。回顾和清理一下这一段两国文学相互交往的历史，总结一下其间所取得的经验教训，对我们的文学事业今后的发展，无疑是有十分重大的意义和作用的。陈建华

---

① 高尔基：《俄国文学史》，缪灵珠译，第433页，新文艺出版社1956年版。

同志这本新著，是迄今为止我国第一部全面系统地梳理20世纪以来中俄文学关系沿革的专门著作，其资料之翔实，论述之精当，处处显示出他学养的深厚和识见的超卓。这不但是一本开拓性的奠基之作，也是一本沾溉后人的有长远价值的书籍。我能够在它问世之际写上几句话，是深感荣幸的。不过因此而唠唠叨叨地向读者忆述了我个人往昔的一些阅读感受，既不合适，也有负陈建华同志的雅意，又不免感到抱歉。

1997年10月13日

（初版）序二

夏仲翼

比较文学在中国的兴起是近十多年的事。但直到今天，好像谈论这个题目的人要大大多于埋头其中切实进行研究的人。这次终于读到陈建华先生的专著，觉得真是一本称得上是进行文学比较的著作，很实在地把两个国家的文学作了一番寻根究底的、全面而系统的研究。

比较文学不属于基础学科，虽然它也一样有着自己的理论部分和史学部分。它的理论更多涉及的是方法论，而它的史学实际是一种"元批评"性质的叙述，即对于这一学科进展的描述。它要借助于文学本身的材料，永远是文学事实之后的一种对比和整理，因此不会有先于文学事实的纯理论的或纯逻辑的推断。有些学科，特别是自然科学的基础学科，有时会先推理或发现一种定理或公理，在尔后的学科研究中由各种事实得到印证、运用和发展。比较文学却总要在一定的现象中求得某种结论，这应该是一门目的性很强的学科。研究现象是为了发现本质，比较文学的双眼永远是盯着结果的。不说明问题的比较，其实际效果等于零。这就引出了一个十分原始的问题：什么是比较文学？什么是比较的基础？本书的作者在引言里谈到了"关系"和"影响"等研究趋向，或者说是派别。这就是基础。研究"关系"和"影响"，也是为了看待其结果。在外国文学研究中，比较文学也算得是新的学科，至少在我们国家是如此，因为起步相当晚。然而一篇文章，随手拈来几部作品或一些现象作一番比较，看不到"结果"，不清楚"目的"，这样的研究总让人觉得与文学比较并无关涉，经不住别人问一声"为什么？"。作这样的文学比较虽然热闹，有时却真像是一种文字游戏。

我们现在说什么"法国派""美国派"，自有它的来由。主张"关系"也好，"影响"也好，也确有其事，并非杜撰。欧洲世界有它历史发展的过程，古代世界经蛮族入侵，罗马帝国崩溃，到法兰克王国一分为三，欧洲世界不仅西欧，其实连东欧也互相有着极深的历史渊源，影响和关系不言而喻。即使是美洲，北美、南美都有着欧洲脉络和影子，在某种程度上是一种变体和延续，例如美国和英国、拉美和西班牙等。在这个圈子里什么影响和关系都是可能的，但是亚洲的情况不同，中国的情况更不同。中国文学与西方文学并没有真正的血缘关系。在古代，连影响也是微乎其微的，只消看现在谈比较文学，常常列举的几个例子，也是好不容易的偶然。因为在中国的历史上，与西方有关的地理发现、战争事实和经济交往都是很难寻迹，更不要说人种关系、血缘联系和语言维系了。这种情况下，中西文学的关系常常会和深入的历史考证联系在一起，也就是必须找出每一次"历史的偶然"吧！这是相当困难的工作。当然，文学的比较也可以从文学的共同规律中去寻找，但这样的异同比较，其实也必定有目的，即为了说明文学发展在不同的地域遵循着相同的规律。这是另外一个题目，这里我们暂且不说。

本书对于中俄文学的关系恰恰是从历史上实有的关系和影响入手，作了一番详尽的考察。从18世纪起，中国与俄国在文化上相当偶然的关系，都落入了本书作者的视野。从文化渊源上说，这两国本没有太多的牵连，但由于地域的接近，两国的交往使不同类型的文化得以交流。到了19世纪末20世纪初，这种情况造就了中俄文学的特别的联系。也即作者在引言中说的："中国文学在逐步汇入世界文学大潮的过程中，俄苏文学的影响尤为令人注目。"

经过作者梳理，中俄文学关系在我们面前以一种十分清晰的形态呈现。它不是一种文学渊源的历史考证（像欧洲文学与古代希腊罗马的关系）；它也不是同宗文学的相互影响的研究（像研究日耳曼各民族国家之间的文学联系）。这是两个不同文化背景的民族，通过一定的政治关系，形成的颇有"偶然性"，而又有着不可忽视影响的文学历史关系。这种关系建立的纽带与其说是文化，还不如说是时代和社会进程，是政治和革命的变革。这种关系之深，对中国来说，从19世纪末起几乎影响了整个中国文化和革命的进程。从清末民初、"五四"时期、中国的无产阶级文学运动、抗日战争时期、50—60年代、"文化大革命"时期到现今的改革开放阶段，时间跨越了整整一个世纪。这种影响在某种程度上可以说是无处不在，很多问题已经超越了文学的话题。但这终究也是文学比较的一个方面，既然文学除了它本体的问题以外，还有与社会、时代相关的一面，那么这类比较的结论，也就有了十分现实的内涵。至少是使文学比较落到了"实处"，有了十分明确的结果。"理论"要不流于"空论"，这是很重要的一点。

中国文学与俄国文学的关系，五四运动前后是一个阶段，这是鲁迅先生说的

"借他人的酒杯，浇自己的块垒"时期，中国文学从自己封闭式的发展融入世界文学的潮流，当时"借"的也不只是俄国的"酒杯"。但是不管是俄国革命民主主义的思潮、19世纪俄国文学对社会和现实的批判，还是十月革命前后的革命文学和后来被苏联自己也看作异端的文学，都是中国作家吸收养分的土壤。在当时中国的文坛出现过多少西方流派的模仿者，但最终在中国这块土地上产生影响、对中国这个社会造成变革、结出果实的，也首推俄国的文学。

第二个阶段是抗日战争、解放战争和中华人民共和国成立初期，左翼的文艺可以说是当时苏联文学直接影响下的产物。革命的进程使得中俄的文学有了内在的联系。这种关系已经不是简单的影响和借鉴，这是在相同思想基础上的共通和响应，完全不同于一般地域文化或历史影响，可以说已经超越了文学本身的内涵，有着十分明显的革命功利主义的倾向。其特点是甚至不选择接受的角度，因为一切都从战争和革命的需要出发。再说我们对于俄国革命经验的吸收既然也来不及仔细选择，文学也就在正面借鉴的同时，连带吸收了它的负面。

这种情况要一直延续到1960年代，突然来了一个逆转，本书的作者称之为"冰封期"。这是一个非常特殊的时期，在当时的情况下，要对苏联文学的看法作180度的转变，在实践上也是极其荒谬的。官方的指向和普遍的文学期待无法一致，于是出现了在"大批判"形式下的介绍，在某种程度上变相保持了对当代苏联文学的跟踪。

第四个时期是1978年之后，中国文坛明显地表现出了与苏联文学大概相差20年的"同步进程"，从我们的"伤痕文学"开始，亦步亦趋地重复着苏联文学曾经有过的文学阶段，甚至重复着一个个文学的主题，这里当然有深刻的社会历史原因。

虽然在这个时期西方的各种文学思潮一拥而入，但是在相当长的时间里，苏联文学对于中国文坛依然有着不可忽视的影响。所以文学比较就有了说不完的话题，甚至当代中国文学的研究也免不了要将当代苏联文学作为参照对象。这种情况一直要到1980年代末期才有了改变，其原因也正在社会政治的变动。所以中俄文学的比较，绝不是一般的文化或文学的比较，肯定要关联上时代、社会和政治的变迁。这样的比较研究肯定要采用社会、历史、政治的视角，运用社会历史评论的方法，而它追求的目标和得出的结论也必然要侧重社会历史的内涵。关于这一点，本书无疑是做得十分出色的。

然而作者要做的终究是"文学"的比较，他把这种比较放在另一种文学发展的历史背景上，显示了相当广阔的视野。其中对于中苏文学思潮"错位对应现象"的考察，对于中国即便在"文化大革命"这样的非常时期，仍没有中断对俄苏文学介绍的特殊现象的论述（书中用了一种十分有个性的表达方式，类似"文革"时期"偷渡"现象所用的方法），以及对1990年代俄苏文学新格局的注意，都表明作者深谙中俄两国文学的历史变迁的实质。而对于像日丹诺夫主义这类尚未被充分讨论的话题的触及，也充分说明了作者对于中俄文学关系不懈的思考。文学比较是可以选择多种角度的，但角度的成立取决于文学的本身，必须是实有而非假设或臆想的。本书用一种非常明确的历史的和社会的视角，正说明了作者切实而严谨的学者态度。

材料的翔实是本书的一大特色。两个国家有关的文学材料，从论文、译作、专著、文学史，乃至作家的自述，本书作者近搜远涉，详尽罗列，而钩沉发幽，往往道前人所未及道，其中历史脉络的清晰，也表明了作者对于这一文学现象了解的透彻。学者常常叹息学术著作出版的不景气，其实以学术之名出版的书籍数量并不少，只是较少自甘寂寞、踏实细致的耕耘，太多貌似新论而其实不至的出版物。如果每个作者，在做一个题目的时候，都有一层较高的立意，去穷尽一个专题，在主观上努力去充当一个专题的"终结者"，我们的人文科学才会庶几有成。"洗尽铅华方始真"，去了那份"花哨"，求得真正的"实在"，这大概是要出版人和学者一起努力才会产生的境地。陈建华君要我作序，我竟写下了许多与书旨不甚相干的话，但内中也表达了我对本书和作者的赞同。

1997年岁末于上海

引言

历史的脚步已经步入21世纪，回眸百余年来中国文学打破封闭格局，寻找与时代契合点的发展历程，不能不注意到外来文化留下的印记。这些印记有的经历史风雨的冲刷，已不甚清晰；有的经变形、同化，已成为中国文学本体的一个有机组成部分。在新世纪之初，探寻这种文化交往的轨迹，了解外来文化（特别是外国文学）在百余年来中国被接受或遭排斥、异质文化间相融汇或相碰撞的历史，应该是不无裨益的。它可以为中国社会的发展进程提供独特的侧影，为东西方文化的交流提供生动的范例，为新世纪的中外文学交往提供有益的借鉴。

改革开放以来，随着比较文学学科在中国的勃兴，中外文学关系研究这一课题被凸现了出来。这些年来，陆续出现了一些有分量的研究论文和著作，但是由于起步较晚，仍有大片的空白有待研究者去填补。杨周翰先生在谈到中国的外国文学研究的不足时认为："最不够的是外国文学和我国古今文学的联系。"[1] 钱钟书先生更是明确指出："从历史上看来，各国比较文学最先完成的工作之一，都是清理本国文学与外国文学的相互关系，研究本国作家与外国作家的相互影响"，因此，"要发展我们自己的比较文学研究，重要任务之一就是清理一下中国文学与外国文学的相互关系"。[2] 这个任务应该而且其主体的部分只能由中国学者来承担。

在比较文学学科中，不同国家和民族之间的文学关系研究源远流长。早在19世纪20年代，第一个使"比较文学"术语流传开来的法国学者维尔曼就做起了文学关系研究的文章，他在巴黎大学最初开设的讲座就是"18世纪法国作家对外国文学和欧洲思想的影响"，采用的是追溯渊源的方法。此后，以欧洲为中心的各国文学关系研究成了法国比较文学界用力最多的研究领域。法国学者大都强调用实际材料考证各国文学之间存在的关系。他们认为比较文学就是国际文学关系史，比较文学研究的目的就在于描述出文学影响的"经过路线"。法国学派的中心人物梵·第根、伽利和基亚甚至对比较文学作出如下的界定：比较文学"最

---

[1] 杨周翰：《〈欧美文学史和中国文学〉序》，载李万钧：《欧美文学史和中国文学》，福建教育出版社1989年版。
[2] 见张隆溪：《钱锺书谈比较文学与"文学比较"》，《读书》1981年第10期。

通常研究的是那些只是两个因子间的'二元的'关系，只是对一个放送者和一个接受者之间二元关系的证实"①；比较文学"研究不同文学的作家之间在作品、灵感，甚至生活方面的事实联系"②；"比较文学就是国际文学的关系史。比较文学工作者站在语言的或民族的边缘，注视着两种或多种文学之间在题材、思想、书籍或感情方面的彼此渗透"。③应该说，法国学者在当时历史科学和自然科学已有的成果基础上建立的方法论体系对这门学科的形成起过重要的作用，这一学派严谨的学风也应受到肯定。不过，随着时代的进步和学科自身的发展，法国学派确实在方法论上显出了它的不足。这主要表现在过于趋向了对实证关系的追寻，对文学作品之间的美学关系重视不够，以及受限于"文化民族主义的因素"。④因此，它受到后起的俄国形式主义等现代文艺学理论和批评方法的挑战，受到以韦勒克和雷马克等人为代表的比较文学"美国学派"的批评，这是理所当然的。

20世纪下半期，一些具有创新意识的理论对比较文学传统的研究产生了积极的影响。例如，20世纪60年代后期出现的德国接受美学和读者反映理论，就为文学关系研究方法的革新提供了契机。研究者开始改变过去单向的影响研究的模式，而更加重视文学交往中双向互动的现象；改变了过去仅仅停留在描述本国文化中的"国外渊源"的层次，而更多地注意考察接受者面对外来文化时的"接受屏幕"和"期待视野"，以及接受者各自不同的心理结构、文化形态、时代和个性特征等重要内容。又如，当代苏联学者关于文学类型学的见解也受到重视。日尔蒙斯基强调文学关系研究中应注意类型学的相似与具体影响这两个相辅相成的侧面。他在《文学流派是国际性现象》一文中断言："世界文学中的历史类型学的类似，或者文学过程的趋同，远比一般想象的多。"因此，文学关系研究不能把影响研究与平行研究人为地割裂开来。有的苏联比较文学学者还大力倡导以宏

---

① 提格亨（即梵·第根）：《比较文学论》，戴望舒译，商务印书馆1937年版。
② 伽利：《〈比较文学〉序》，转引自于永昌等选编：《比较文学研究译文集》"前言"，上海译文出版社1985年版。
③ 马里奥斯·法朗索瓦·基亚：《比较文学》，颜保译，北京大学出版社1983年版。
④ 韦勒克：《比较文学的危机》，载张隆溪选编：《比较文学译文集》，北京大学出版社1982年版。

观的视野和有机整体的意识考察研究对象。他们认为，应该把各国的文学现象看作一个十分复杂矛盾但又是有规律性的统一过程，并提出了"特定的历史文学综合体"的概念。在不同的体系里，这个"综合体"的内涵可以有所不同，它可以是个别文学相互联系和相互影响的一个有机体，也可以是在更加广泛的范围内体现文学共性的一个整体。历史进入20世纪后，任何重要的文学现象都已经是世界性的了。因此，确立把看似个别的孤立的文学现象放在整体的和系统联系的基点上加以考察的意识已经变得格外重要。再如，中国比较文学界对"欧洲中心论"形成了冲击。在许多中国学者看来，中国文学的世界地位应该受到重视，中外文学的交往十分频繁，如唐诗与日本古典诗歌、明代小说与韩国李朝小说、中国古典诗歌与英美意象派诗歌、印度佛经文学与中国志怪小说和唐代变文、俄苏文学与20世纪中国文学、当代西方文艺思潮与中国新时期文学等，因此中外文学关系理应是国际文学关系中的一个重要组成部分。事实上，就新时期以来中国比较文学研究的实践而言，研究中外文学关系的著述始终占据着国内比较文学研究的半壁江山。

20世纪80年代以来，国内学者对国际文学关系（主要是中外文学关系）研究的方法论问题还提出了一些很有价值的见解。例如，范存忠先生有关文学关系研究中应有的理论深度的要求："我们对关系和影响可以做更全面、更深入的研究。这里有三个问题值得注意：一是什么？二是怎样？三是为什么？譬如谈关系，不光是谈什么关系，也要谈关系是怎样发生的，以及为什么有这样或那样的关系，只有这样，才能把所研究的东西讲得深些透些。"①朱光潜先生有关文学关系研究中纵（本民族文化传统）横（外来文化的影响）结合之说："真正的研究一定要看这纵的传统和横的影响。"②温儒敏有关于"站得高一些，视野再扩大一些"的见解："要继续研究个别作家所受的外来影响，更要注意从同时期世界文学的角度来考察中国现代文学的许多现象。"③陈思和有关于"世界性

---

① 范存忠：《比较文学和民族自豪感》，载《人民日报》1982年10月5日。
② 见严绍璗：《比较文学的理论与实践——座谈记录》，载《读书》1982年第9期。
③ 同上。

因素"的观点：20世纪中外文学关系研究这一课题"至少应该包含两种方式和观念。第一个方式是比较的方式，也即是研究外国文学的影响如何通过传播媒介被中国接受者吸收消化，最终融入接受一方的文学结构之中"。这种方式的研究"尽管到目前为止，还没有更为系统的著作出现，但有许多带有实践性的个案研究已经展示了其中的魅力"。这种方式适用于对思潮（文化思潮、文艺思潮、流派、理论）的研究。但是，艺术样式与审美部分的研究就有所不同，因为它们的影响要复杂得多，这种影响"往往是作家创作准备的一个组成部分，对一个优秀的作家来说，他所接受的各种影响已经完全融化到他的整个创作的境界中去，一切皆由己出，成为艺境中一个不可分解的部分。要分析这一类文学创作现象，影响比较的方法已经不适用了"。①还有严绍璗先生倡导的"原典性的实证"说。他认为，方法论的问题在"揭示异质文化的相互关系方面愈来愈具有突出的意义"，某种程度上"决定了我们的所谓研究是否当真经得起文化事实的检验"。他主张在双边或多边文化关系的研究中，在尊重研究者各自研究个性的同时，应当遵循共同的基本的研究法则，那就是"原典性的实证研究"。他还指出，如果连基本的"关系"都"似是而非"，没作严肃的考证，研究者从何谈起"接受外来文化的主体性特点"，又怎样"把文学还给文学"？②严绍璗的观点是针对目前文学关系研究中存在的某种不够扎实的学风而发的。以上这些中国学者的理论见解尽管强调的侧重点不尽相同，但是它们对于中外文学关系研究的健康发展和走向深入是很有意义的。

  本书研究的是中俄文学关系，它当然离不开中外文化交流的大格局。由于社会的、历史的和文学的因素，从清末民初开始，特别是"五四"以来，中国受到了外来文化的多次强有力的冲击，外来文化产生了极为深远的影响。有人把这种影响比作种子和土壤，影响的种子只有播在准备好的土地上才会萌发生根，而种子又受它所成长的土壤和气候制约。正是这特定的土壤和气候，使中俄文学关系

---

① 见严绍璗：《比较文学的理论与实践——座谈记录》，载《读书》1982年第9期。
② 严绍璗：《双边文化关系研究与"原典性的实证"的方法论问题》，《中国比较文学》1996年第1期。

成了20世纪中外文学关系中最为重要的一页。如果说19世纪以前的中俄文化交往主要表现为俄国对中国文化的接受的话，那么20世纪则是俄苏文化日益深刻地影响中国的时期。中国知识分子强烈地认同俄苏文化中蕴含着的鲜明的民主意识、人道精神和历史使命感。为此，鲁迅先生在1930年代写下了《祝中俄文字之交》的名篇。红色中国对俄苏文化表现出空前的热情，俄罗斯优秀的音乐、绘画、舞蹈和文学作品曾风靡整个中国，深刻地影响了几代中国人精神上的成长。除了俄罗斯本土以外，中国读者和观众对俄苏文化的熟悉程度举世无双。在高举斗争旗帜的年代，这种外来文化不仅培育了人们的理想主义的情怀，也给予了我们当时的文化所缺乏的那种生活气息和人情味。因此，尽管百余年来中俄（苏）两国之间的国家关系几经曲折，但是俄苏文化的影响力却历久而不衰。当然，对于任何一种外来文化的倾斜的接纳，都会导致不良的后果。过于浓厚的政治倾向和功利色彩也阻碍了人们对俄罗斯文化更为全面和客观的了解，而日丹诺夫主义一度肆虐中国文坛这样的教训更不应被忘却。世纪之交，中俄两国都在发生着深刻的变化。20世纪90年代以来的俄罗斯文化在艰难的蜕变中孕育着新的生机。而处于市场经济大潮中的中国，文化开放也已经成为时代的特征。人们开始用更加冷静的心态面对俄罗斯文化。中俄之间的文化交往正在新的历史背景下，在调整中跨入新的世纪。有理由相信，历经几个世纪风雨的中俄文化交往将在新世纪变得更具理性，也更具深度。

正因为百余年来中国文学在汇入世界文学大潮的过程中，俄苏文学的影响尤为引人注目，俄苏文学才会为包括鲁迅先生在内的一代代作家和学者所重视，中俄文学关系研究也才会不断有人涉足其间。新时期以来，国内学者在这一领域中收获颇丰，国外学者在这方面也有所建树，不过纵观中俄文学关系研究的历史和现状，也存在着一些带有普遍性的问题，如除个别的著述外，中俄文学关系的研究大多局限在1919—1949年这30年的范围之内；研究著作多为论文结集，尚无系统梳理中俄文学关系沿革的专门著作；这一领域中有待研究者去填补的空白点还有不少。[①]本书自然不可能全面解决已经意识到的这些问题，但将努力在前人研

[①] 这一论断是基于本书初版时，即1990年代中期的状况。

究的基础上，弥补这一研究领域中某些环节的不足，从文学接受史的角度，较为系统地梳理一下近现代和当代的中俄文学关系。乐黛云先生曾在《中西比较文学教程》（1988）中写道："如果整理'五四'以来不同历史阶段，不同外国作家被中国读者所选择和接受的广度和深度以及被强调的不同方面，就可以从一个侧面看出近80年来中国社会心理的发展和变迁。"希望本书能从一个角度为读者提供这样的一个侧面，并能为学界构建以"创造""传统""引进"为支柱的新型的文学史体系提供一块砖石。

第一讲　中俄文学关系的发端

在系统梳理近现代和当代中国与俄罗斯文学的关系之前，有必要对此前的中俄文学关系作一番回溯。中俄之间的文化交往开始得很早，它的源头甚至可以上溯至12世纪的古罗斯时期。

一、俄国文学先驱者的东方想象

从古罗斯至18世纪的漫长岁月中，俄国文坛虽然少见名家名著，但先驱者仍奉献出了一些出色的作品，并在中俄文化交流史上留下了自己的印记。

让我们从古罗斯最早的史诗《伊戈尔远征记》开始。这部作品是欧洲中世纪英雄史诗的上乘之作，作家用艺术的彩笔展现了12世纪在古罗斯的大地上发生的那悲壮的一幕：伊戈尔率军出征南俄，与波洛夫人浴血奋战，被俘后拒不受降，后逃出险境，重返罗斯。史诗鲜明的主题、生动的形象、壮阔的场面、灵性的自然，让人叹为观止。

这部史诗在写到伊戈尔战败的场景时，有这样的诗句："第三日，天昏地暗：／两个太阳暗淡无光，／两根紫红的光柱熄灭了，／两弯新月——／奥列格和斯维雅托斯拉夫——／被黑暗遮盖，／沉向茫茫大海，／他们的败迹在希诺瓦（Хинова）各族人民中激起了无比的骁勇。"基辅大公在伊戈尔失利后，向王公们发出团结起来的呼吁，在他的"金言"中有赞颂罗曼等王公昔日战绩的一段："而你，勇猛的罗曼，以及姆斯季斯拉夫啊！／勇敢的思想带引你的智慧去立功。／为了功勋，你在豪勇地高翔着，／好比旋飞在空中的苍鹰，／想要勇猛地驯服那些飞鸟。／要知道，你有的是头戴拉丁盔、／身披铠甲的好汉。／他们的威势使大地震颤，／还震惊了许多国家——／希诺瓦（Хинова），／立陶宛，／亚特维雅吉，／杰列梅拉，／就连波洛夫人也抛弃了自己的长矛，／在钢剑的威势下，／低下了自己的头。"①

史诗中一再出现的那个拥有多民族人民的"Хинова"引起了后人的注意。关于"Хинова"一词有众多的解释，有的认为指的是匈奴人，是匈奴的古斯拉

---

① 引自《伊戈尔远征记》魏荒弩译本，人民文学出版社1983年版。

夫称谓；有的认为是古罗斯人对东方游牧民族的统称（如院士利哈乔夫Д. С. Лихачев）；作家奇维利欣（В. А. Чивилихин）从词源上作了考证，认为它指的是中国。当时世界上不少语言称中国为"шир、хин、чин"①，而"Хинова"正与"Хин"同根。他认为，这不是一种巧合，《伊戈尔远征记》的作者是一个学问渊博、消息灵通的社会活动家，"他当时肯定已经从来自拜占庭或阿拉伯的传闻中听到了关于古老的东方民族的故事"。而且还存在这样的可能性，即"在中亚山麓到德涅斯特河一带游牧的波洛夫人来到西方时，也捎来了远方的那个在太阳升起的地方已经存在了许多年的强大帝国的消息"。②

在笔者看来，这种推测并非无稽之谈。我们可以看看与此相关的一些史实。

中西文化的交流开始得很早，中国丝绸的西传甚至可以追溯到商代。汉武帝时，张骞两次出使西域（公元前138年和公元前119年），开通了丝绸之路。公元前2世纪后的千余年间，在这条连接亚非欧的道路上出现过波斯帝国、马其顿帝国、罗马帝国和奥斯曼帝国等世界文明史上的重要国家。公元1世纪时，罗马作家普林尼的《博物志》已对丝绸之国作过想象性的描写。在以后的世纪里，这种交往虽时有阻隔，但发展势头渐趋强劲。到了公元7—11世纪，阿拉伯帝国和中国之间的交往已相当频繁。唐都长安是当时的国际性大城市，阿拉伯商队经丝绸之路络绎不绝地来到长安，城里甚至有被称为"番坊"的商人聚居地。阿拉伯人是中国文化西传的桥梁，当时的中亚和西亚一带对中国已不陌生。

而在东欧平原，在第聂伯河流域，以罗斯人为主的东斯拉夫各部落在公元8—9世纪时开始联合起来。9世纪中叶，出现了俄国历史上第一个王朝——留里克王朝，不久定都基辅，形成了被后人称为基辅罗斯的国家。初时，古罗斯的疆域尚小，不要说广袤的西伯利亚，就是连顿河也不在其内。《伊戈尔远征记》描写主人公一行策马奔向顿河时写道："啊，俄罗斯的国土！／你已经落在岗丘的那边了！"那一时代，中俄之间发生直接接触的可能性还很小。但是，古罗斯人

---

① 明清以前，国外曾称中国为"唐"。而更早的时候，则有"秦""汉""戈台"等称呼。
② 引自Борис Бородин：《Воззрения деятелей русской культурына Китай》，《Сквозь годы—голос России》，Москва，1989。

与周边的民族和国家有经济和文化往来,阿拉伯的商人在10世纪初已经把有关中国的消息带到了伏尔加河流域。此时的丝绸之路西段中的北路与古罗斯相关,它从中国的渭水流域出发,经碎叶向西,到达里海北面,进入乌拉尔河和伏尔加河流域,再沿里海西北岸前往君士坦丁堡。

古罗斯在10世纪末至12世纪中叶与拜占庭的文化关系十分密切,而此时的拜占庭帝国(即东罗马帝国,中国史书称其为"大秦")与中国也早已有往来。公元6世纪时,拜占庭人从中国学会了养蚕缫丝的方法。公元7世纪,东罗马史家席摩格塔在《莫利斯皇帝大事记》一书中对中国作了描摹,称陶格司(中国)国家统一,国内安宁,国君掌大权且可世袭,国势强大,无人可敌;陶格司崇拜偶像,法律严明,公正不枉;人性温和,技巧异常,善于经商,多有财帛……在唐前期就有七批东罗马的使者通过丝绸之路来访,中国也有使者前往。[①]因此,《伊戈尔远征记》的作者"从来自拜占庭或阿拉伯的传闻中"听到有关中国的消息当不奇怪。

与此同时,驰骋于中俄疆域之间的游牧民族确实也有可能捎来"远方的那个在太阳升起的地方已经存在了许多年的强大帝国的消息"。在当时的征战中,那些马背上的民族或国家的疆域是很不确定的,他们无意中对各民族文化的交流起过某种信使的作用。《伊戈尔远征记》中骚扰罗斯边境的波洛夫人和达特拉人、谢尔比尔人、托普恰克人等部落一样,皆属突厥族。它们与俄罗斯人交战,同时又与他们通婚。史诗中写道:"这时勇敢的俄罗斯人结束了他们的酒宴:他们让亲家们痛饮,而自己却为俄罗斯国家牺牲了。"这里的"亲家"指的就是波洛夫人,波洛夫人的首领康恰克是伊戈尔的儿女亲家。当时的中国与北方和西域的游牧民族的关系同样错综复杂。20世纪30年代就有学者指出:那时"中国和西伯利亚、中亚所发生的关系在现在看来虽是中俄关系,但在当时只是一种间接的、个别的关系。不过,这种关系已含有中俄关系的意义。因为自汉唐以来,无论在西伯利亚如匈奴、鲜卑、突厥、契丹、铁勒、薛延陀、拔野古、仆骨、同罗等地,还是在中亚细亚一带的大月氏、大宛氏、大夏、康居、奄蔡等地方,在目前固全

---

① 参见范文澜:《中国通史简编》(修订本)第三编第一册,第298页,人民出版社1965年版。

是俄国的土地,在当时却和中国都有深切的关系……"①

然而,不管《伊戈尔远征记》中的Хинова是否真的指中国,史诗中频频涉及东方民族和国家却是事实,作者的东方想象本身已经构成了一道独特的风景线。

中俄之间的直接接触开始于马克思在点评《伊戈尔远征记》时所说的"一大帮真正的蒙古军"进犯和控制俄罗斯的时期②。这里,我们仍需看一下相关的史实。

13世纪初,强大起来的蒙古族建立了以成吉思汗(铁木真)为首领的统一的蒙古国,并且立即开始南下和西征。南下大军先后灭金,灭南宋,1271年改国号为元,统一中国。大规模的西征有三次,13世纪中叶其势力范围已远及东欧和西南亚。第二次西征主要目标是俄罗斯,大军由蒙古大汗派出,由成吉思汗的孙子拔都率领,1240年灭基辅罗斯。后拔都在里海北面位于伏尔加河下游的萨莱建都,名为钦察汗国。俄罗斯人因其帐殿为金色,又称其为金帐汗国。金帐汗国一直存在到15世纪末。

俄罗斯学界不少人认为,蒙古人对俄罗斯文化的影响"非常之小,仅限于对一些东方词汇、实用艺术中的某些主题、封建上层的服饰特征等的借用"。③但也有人持不同的观点,如俄罗斯历史学家维尔纳茨基就认为这种影响是深层次的,是深刻的,而且它与中国有关。他指出,蒙古统治时期,俄罗斯没有独立的政府,其最高统治者是中国的大汗。在相当长的一个时期,中国大汗实际上干预了俄罗斯和钦察汗国的事务。因而俄罗斯不仅在政治体制和军事体制上受到中国的影响,连思想观念也接受了影响,比如白俄罗斯的得名就与中国的方位—色彩对应关系有关:西方与白色对应。他还认为,若将基辅罗斯与莫斯科罗斯进行比较,就不难看出蒙古的影响有多大。在基辅罗斯时期,王权、教权与民主权利这三者是平等的,民众对国家事务享有发言权。而蒙古人统治200多年之后,情况

---

① 何汉文:《中俄外交史》(第二章),中华书局1935年版。
② 原话为:"这部史诗的要点是号召俄罗斯王公们在一大帮真正的蒙古军的进犯面前团结起来。"《马克思恩格斯全集》第29卷,第23页,人民出版社1972年版。
③ М.Р.泽齐娜等:《俄罗斯文化史》,莫斯科1990年版,刘文飞等译本,第39页,上海译文出版社1999年版。

完全改变，王权急剧上升，社会各阶层必须绝对服从沙皇，为之效劳，并受严格控制，连昔日独立的王公贵族也变成了沙皇的奴仆。①

维尔纳茨基强调了蒙古人统治时期中国体制和中国文化对俄罗斯的深刻影响。这种说法有一定道理。这首先是因为钦察与窝阔台、察合台、伊儿四个汗国均系后王封地，名义上仍属时为元朝的中国中央政府的管辖，钦察汗国无外交事务决定权，臣服的俄罗斯公国还得将王公子弟送到元大都作人质。其次，蒙古帝国在逐渐强大的过程中接纳了不少汉人和汉化的契丹人，有的还身居要职。如成吉思汗和继任者窝阔台的重臣（官至中书令）耶律楚材就是契丹人，他在户口、赋税、农业等方面循汉制的建议多被采纳。在拔都西征前2年，燕京还设立了供蒙古子弟学习汉文的国子学，并招收大批汉人进入蒙古民政机构，②入主中原后蒙古人自身也在逐步汉化。这些因素确实会在金帐汗国时期的俄罗斯产生影响。再有，落后的蒙古帝国的南下西征在给经济文化相对先进的民族带来破坏的同时，对东西交流却起了巨大的促进作用。疆域辽阔的蒙古帝国在各地建立了完善的驿站制度，中俄之间的陆路交通更加畅通，特别是原已存在的丝绸之路的西段北路。13世纪50年代，意大利旅行家马可·波罗的父亲尼科·波罗和叔叔马飞·波罗大体上就是沿着这条路径来到中国的。他们从君士坦丁堡出发，在钦察汗国的都城萨莱逗留，后往东一直来到夏都上都（今内蒙古多伦县西北），曾被元世祖忽必烈待为上客。这一时期中俄之间有了直接交往的可能。中国的丝绸、火枪和日用品等直接进入了俄罗斯，当时的诺夫戈洛德成了东西贸易的重要集散地之一，而元朝的大城市里也出现了俄罗斯的金器匠。在蒙古帝国的长期统治和物质交流频繁展开的背景下，比摹仿东方生活方式更深层次的文化上的影响自然也会随之出现。

说到文化上的联系，这里似有必要再提一下上文提到的"契丹"。俄语中的"中国"（Kumaŭ）一词与"契丹"发音相近，这里似有某种文化上的勾连。

---

① 维尔纳茨基：《蒙古人与罗斯》，特维尔—莫斯科列昂·阿格拉弗出版社1997年版。转引自陈训明《中国与西方对普希金态度的差异问题》，《中国比较文学》1999年第4期。
② 有关材料可参见《元史》第146卷《耶律楚材传》、翦伯赞《中国史纲要》、傅海波等《剑桥中国辽西夏金元史》、勒内等《蒙古帝国》、周一良等《世界通史》等。

契丹是中世纪游弋在漠北的一个民族，公元7—9世纪时先后依附过突厥和中国。10世纪初建契丹国，局部实行汉制，逐渐强盛。后南下中原，改国号为辽，其西北疆域深入西伯利亚腹地。12世纪西迁，后为蒙古族所灭。契丹强盛之时，影响远播海外，以至中世纪的欧洲、中亚和西亚的一些国家在后来相当长的一段时间里仍称中国为"戈台国"（即"契丹"的转音）。地处南高加索的亚美尼亚的亲王海敦在《契丹国记》中称："契丹国者，地面最大国也。幅员之广，莫与伦比。人口众多，财富无穷。……其国人聪慧灵巧，远过他人。……其国亦实多奇异物品，贩运四方。制工优雅，精美过人……"① 这段文字写于元成宗时期，也就是说指的已是元朝时期的中国，但仍称契丹国。13世纪波斯历史学家的著述中也将金朝时的中国称为契丹。13世纪后期，哈桑所著的阿拉伯文兵书《马术和军械》中仍把中国传入的军械称之为"契丹火枪"和"契丹火箭"。契丹强盛和影响远播之时，正是古罗斯国家形成和开始有书面语言的阶段，俄语中的 *Kumaŭ* 可能就在此时出现，而后只是沿用此名泛指中国而已。这样的推测，应该不是空穴来风。不过，如果认为"俄罗斯人称中国人为契丹人与其说是误会，毋宁说是他们早就认识到契丹人早已汉化，成为中国人不可分割的一部分"②，似乎不够妥当。处于经济文化发展起步阶段的俄罗斯对中国历史和现状的认识估计还不会这样深。

至于维尔纳茨基将金帐汗国的统治等同于"中国大汗"的统治，这一点看来也值得推敲。因为金帐汗国虽然接受"中国大汗"的册封，但独立性相当强。随着时间的推移，政治上的关系日益疏远，宗教、文化以及社会习俗上的差异也愈加明显。如元朝的蒙古人崇尚藏传佛教，而金帐汗国的蒙古人则信奉伊斯兰教；元朝的蒙古人逐渐汉化，而金帐汗国的蒙古人则在推行其制度文化时也多少受到俄罗斯文化的影响。这正是马克思所说的"野蛮的征服者总是被那些他们所征服的民族的较高文明所征服"③ 这一规律在起作用。因此，对金帐汗国时期俄罗斯

---

① 张星烺：《中西交通史料汇编》第4册，第27—28页，辅仁大学丛书第一种，京城印书局1929年版。
② 陈训明：《中国与西方对普希金态度的差异问题》，《中国比较文学》1999年第4期。
③ 《马克思恩格斯全集》第9卷，第247页，人民出版社1961年版。

文化中的外来因素的估价似应恰如其分。

金帐汗国时期，俄罗斯作家写下的作品大都反映的是俄罗斯人民与蒙古入侵者斗争的史实。较著名的有《拔都攻占梁赞的故事》《米哈伊尔·雅罗斯拉维奇大公在金帐汗国遇害的故事》《激战马迈的传说》和《顿河彼岸之战》等。这些作品表现了俄罗斯人民在外族入侵时所遭受的巨大苦难和强烈的爱国主义精神。当时特定的形势也使这些作品凡是涉及东方国家时，都将它们视作敌国。如《顿河彼岸之战》就有这样的文字："让我们缀词联句，欢娱俄罗斯大地，将悲伤抛给西姆所有的东方国家。"[①] 对于中世纪的俄罗斯作家和民众来说，东方的概念是与蒙古帝国，与金帐汗国，与拔都和马迈等统治者紧紧联系在一起的。当然，也许是因为年代久远、史料散失的关系，我们现在已很难见到这一时期直接与中国有关的文字，即使有也是一星半点的。如14世纪的俄国编年史中简略地提到了宋朝在蒙古铁蹄下被征服的史实，15世纪末尼基金在他的《三海航行记》中也有些许关于中国的记闻。中国、东方，这一切留给那个时代的俄罗斯作家的更多的还只是充满想象的空间。

对于18世纪的俄国民众来说，中国的面目仍然是十分朦胧的，但对"中国"这个词却已不陌生。这是因为17—18世纪盛行于西欧的"中国热"对俄国产生了深刻影响。17世纪，随着中欧间海路的连通，体现中国文化底蕴的各种艺术品开始大量进入西欧，从而在西欧（特别是法国）掀起了一股崇尚"中国情调"乃至仿效中国艺术的旋风。而当时的俄国正处处以西欧为楷模，这股旋风自然也很快席卷了18世纪的俄国，特别是上层社会和知识界。

当然，"中国热"的出现也与俄国内在的需要相关。当时的俄国经过不断向外扩张，其势力范围已经伸及整个西伯利亚，中俄成了接壤的邻国。前往中国的外交家、旅行家、商人和传教士逐渐增多。这些人中有的将自己在中国的见闻和对中国的印象变成了文字，如季姆科夫斯基的三卷本《中国旅行记》等。18世纪俄国出版的有关中国的著述多达百余种。有的刊物以相当多的篇幅介绍中国情况，如《莫斯科电讯报》和《西伯利亚通报》（后改名为《亚洲通报》）等。

---

① 引自《伊戈尔远征记》魏荒弩译本，人民文学出版社1983年版。此处"西姆"指的是亚洲。

这期间，从西欧翻译过来的这类文字也不少。俄国科学院所藏的中国书籍迅速增加。这一切自然引起了俄国作家们对中国的浓厚兴趣。

如今能见到的18世纪俄国作家有关中国的文字已经不多，然而透过这些文字，我们还是能够清晰地看到这些作家们心目中的中国形象和中国文化。

在那一时代的不少俄国作家心目中，特别是那些受到启蒙思想影响的作家的心目中，中国是一个皇帝仁慈、政府清廉、法纪严明、百姓勤劳的理想王国，一个可以与俄国丑恶现实相对照的道德的和哲人的国度。

关于这一点，不妨看看作家诺维科夫（1744—1818）因介绍"中国思想"而与叶卡捷琳娜二世发生的一场冲突。18世纪60年代，女皇曾作出拥护启蒙思想的姿态，亲自创办讽刺杂志《万象》，提倡"含笑地"嘲讽人性的弱点。社会上讽刺杂志应运而生。其中，诺维科夫创办的《雄蜂》和《空谈家》等杂志最为出色，所载文章锋芒毕露，直指社会弊端。《雄蜂》第8期（1770年2月）上刊出《中国哲学家程子给皇帝的劝告》①一文。

刊登这篇"给皇帝的劝告"，表面上是赞扬中国哲学家关于"君志立而天下治"的思想，实质上却在讽刺俄国现实，特别是女皇"开明政治"的许诺"始锐而不克其终"。这里有这样一个背景：1867年，女皇声称要修改17世纪编的法典，给全国公民以平等、自由和法律。她召集成立了"新法典编撰委员会"，但这个委员会尚未真正开始工作，就因涉及一些实质性的问题而被解散。因此，文中的这段话："假如你的主意还未打定，而且意志也不够坚强，那你就可以知道，不但你不要改革政府，恐怕连改革你自己都很困难。"其针对性就很强了。诺维科夫还在译文的后面加上了这样的似褒实贬的文字："由于我们伟大女皇的圣明治理、她对臣民的关怀备至和不倦的辛劳，由于她树立了良好的社会风尚和

---

① "程子"指的是宋代中国哲学家程颐（1033—1107），他是宋代理学的代表人物之一。文章的原题是《为太中上皇帝应诏书》，写于1065年，系程颐为其父亲起草的给宋英宗的奏折。俄译文取的是其后半部分，由列昂季耶夫译出。原文主要谈的是治国的方针和理想君主应该具备的条件，即"一曰立志，二曰责任，三曰求贤"。"所谓立志者，至诚一心以道自任，以圣人之训为可必信，先王之治为可必行，不狃滞于近视，不迁惑于众口"，"自昔人君孰不欲天下之治，然或欲为而不知所措，或始锐而不克其终，或安于积久之弊而不能改为，或惑于众多之论而莫知适用，此皆上志不立故也"。

提倡科学艺术，更由于她知人善任、执法如山，她的恩情真如江河经地、无所不在。总之，由于她所有的不朽业绩，我们可以得出这样的结论：假如这位中国哲学家活到现在的话，他就不必写这篇劝告给皇上，他只要劝告皇帝步叶卡捷琳娜大帝的后尘就可以进入永恒之宫了。"①这样的讽刺文字当然会激起女皇的强烈不满，《雄蜂》杂志被迫停刊。

同年7月，诺维科夫又创办了刊物《空谈家》。这份刊物的第2期上刊登了《中国汗雍正皇帝给儿子的遗嘱》一文。此文原为《雍正遗诏》，系1735年清朝雍正皇帝写给弘历等皇子的遗嘱，载《大清世宗宪实录》，由列昂季耶夫译出。文章的内容是雍正对他的继承者该如何治理国家的告诫，主要涉及勤政为民和惩恶扬善的一些原则，诸如"勤求治理，抚育蒸黎，无一事不竭其周详，无一时不深其祇敬"，"大法小廉，万民乐乐"，"诘奸除暴，惩贪黜邪，以端风俗，以肃官方"，"勿为奸诈谄媚之徒所欺，勿信邪恶之言，为人君者修德，国家自得安康太平"等。这样的原则自然不错，在如此"开明、仁慈"的皇帝的治理下的国家岂不就是18世纪启蒙作家所盼望的理想王国吗？诺维科夫当然要为之张扬。与此相对照，女皇统治下的俄国现实就太令人失望了："人人尔虞我诈，神父尽量欺骗老百姓，仆人欺骗老爷，而大贵族总想欺骗皇上……拿吧，捞吧，不管什么，抓到手就算数。"这段文字出现在同一期刊物上。②中国皇帝的上述训诫之词对于俄国的女皇来说不是也很管用吗？这当然大大刺激了叶卡捷琳娜二世，而更令她气愤的是编者刊登这篇文章有暗示她交权的用意。此前叶卡捷琳娜曾声称她将在儿子16岁时将皇位传子，而1770年她的儿子巴维尔正好满16岁。诺维科夫如此的越轨之举，使得他的杂志只能再次以停刊而告终。后来，心有不甘的叶卡捷琳娜居然自己写了一篇以教子有方的中国皇帝为主人公的作品《费维王子的故事》（1783）以自诩，并有御用文人在一篇诗体书信中吹捧她是"坐在北国的宝座上的孔夫子"。当然，桀骜不驯的诺维科夫到头来还是被女皇投入了监狱。

中国的孔夫子，在当时的俄国是圣人兼哲人。不少作家对孔子也颇有兴趣。

---

① 转引自宋昌中：《诺维科夫与程颐和雍正的两篇俄文译文》，《国外文学》1985年第1期。
② 同上。

1779年，作家冯维辛（1744—1792）根据法文翻译了儒家经典《大学》，译文刊载在《学术新闻》杂志上。前文提到的程颐与其兄一起将《大学》从《礼记》中抽出，改编后独立成篇。朱熹再作加工，分成"经""传"两部，并认为"经"是由曾参记录下来的孔子的述作。因此，冯维辛的翻译可以说是将孔子的思想首次译介到了俄国。①冯维辛选中《大学》进行介绍，非随意而为。《大学》着重阐述的是道德修养在社会生活中的作用，强调当权者要"治国""平天下"，首先要"明德""修身"；同时也不能贪财，因为"财聚则民散，财散则民聚"。对于这一切，作为俄国启蒙运动的领袖的冯维辛是颇为赞赏的。他写于稍后的文章《论国家大法之必要》是18世纪俄国最有代表性的政论文，其中所表达的基本思想是与之相通的。他所译的《大学》在正式出版时曾遭检查机关删削。

在18世纪其他作家的作品中也可以见到对孔子的赞扬，如拉季谢夫（1749—1802）在晚年创作的诗篇《历史之歌》中称孔子为"天人"，认为他的"金言"将光照千秋；杰尔查文（1743—1816）在《一位英雄的纪念碑》一诗中引用了孔子有关战争的格言，并称孔子是哲学家、诗人和音乐家；赫拉斯可夫（1733—1807）也曾译出过赞美孔子的诗篇。②

俄国启蒙作家对现实社会的不满和对理想王国的追求，使他们将遥远的、更多是想象中的中国看成了一方净土。他们的这种思想情绪无疑受到过法国启蒙作家伏尔泰和狄德罗等人的影响，这些法国作家的文章和作品在当时的俄国是广受欢迎的。如赫拉斯可夫就编译过三卷本的《〈百科全书〉选集》。狄德罗的《百科全书》中有这样的话："假如世界上有一个政体，或者曾经有过这么样的一个政体，是值得哲学家们注意，同时又值得大臣们去了解的话，那么，毫无疑问，这就是那个遥远的中国……"伏尔泰在《路易十四时代》中写道："中国是世界上最古老的民族，它在伦理道德和治国理政方面堪称首屈一指。"他还在《礼俗论》中称赞中国皇帝"遵守帝国的法律行事"，而中国的法律充满"仁爱"，中

---

① 在18世纪的俄国，学界有时将儒家经典都视为孔子的述作，如《中庸》一般认为是战国时子思所作，可是1788年列昂季耶夫译出这部作品时，在译名后加以说明"摘自中国哲人孔子的传说"。
② 参见B.W.MAGGS：《十八世纪俄国文学中的中国》，第177—178页，李约翰译，台北成文出版社1977年版。

国人"是所有的人中最有理性的人",中国是世界上最公正仁爱的民族。伏尔泰对孔子极有好感,他在以孔子为代表的儒家学说中找到了启蒙作家所向往的道德治国、哲人治国的政治理想。18世纪的俄国作家们与伏尔泰一样,为东方文明古国的文化所感染,他们对中国文化的理解是与孔子、与儒家学说密不可分的。

在18世纪俄国作家的心目中,中国同时又是一个靠自己深厚的文化底蕴创造出一片灿烂辉煌的艺术天地的奇异国度。在康捷米尔、拉季谢夫和杰尔查文等作家的笔下一再出现过"奇异的中国智慧"这样的字眼。

这种印象的出现仍与当时红红火火的"中国热"有关。18世纪执政的几个沙皇都对中国文化产生过浓厚的兴趣。1715年,彼得大帝曾派人出使北京,搜集了不少中国的艺术珍品。1719年,他又派伊兹迈洛夫去中国,三年后该船满载中国的工艺品和日用品回到俄罗斯,其中有中国皇帝赠送的珍贵的绢画。1724年,他在建立科学和艺术院(后改名为皇家科学院)时,又积极从西欧引进东方学和汉语人才。而在彼得大帝的宠臣舍列梅捷夫、缅希科夫等人的豪华的宅邸里,中国精美的瓷花瓶、描金的雕椅、漂亮的织锦、富丽的景泰蓝也比比皆是。彼得大帝的女儿伊丽莎白女皇更加热衷于中国文化,在她执政的20年间俄国的商队不断从中国采购诸如家具、餐具、瓷器、丝绸、茶叶等物品,而后穿越整个西伯利亚来到彼得堡。这时期出现在俄罗斯的甚至包括石狮、灯笼、屏风、玉雕、漆器、刺绣、扇子等这一类最能体现中国传统文化的工艺品。它们激起了俄国工匠的仿制热,以致后来俄国的艺术学中出现了所谓"伊丽莎白时代的中国风格"这样一个术语。叶卡捷琳娜二世主政的1760—1790年代,中国的园林艺术风行俄罗斯。彼得宫里的"中国花园"、奥兰宁包姆里的"中国宫"、皇村里的"中国桥"等都出现在那一时期。中国的园林艺术在清朝乾隆年间达到巅峰阶段,小桥流水、亭台楼阁、花草鸟鱼,美不胜收,它对西方一度盛行的整齐划一的巴洛克建筑是一个有力的冲击。俄国在这时期建造的中国式园林有的至今仍有遗存。

处在这样的氛围中,有机会出入皇家官邸和园林的俄国作家自然会在他们的作品中留下赞美的篇章。罗蒙诺索夫(1711—1765)身兼科学家、教育家和诗人身份,他常用诗歌来颂扬科学。他的《论玻璃的益处》(1757)一诗是赞美科学造福人类的诗体书信,其中这样描述中国瓷器:聪明的中国人从泥土中造出器皿,而不需要用玻璃,"多少座小山／都变成了各色的瓷器,／它们的美丽／吸引了多少人们,／不顾狂风巨浪,／跨越重重海洋!"作为特殊的装饰品,"它使得花园和走廊／充满了光亮,它使得室内一切／都变得如此妩媚"。罗蒙诺索夫认为瓷器与玻璃相似,是可以"给眼睛以享受"的一种艺术品。而在罗蒙诺索夫写这首诗的时候,俄国的工匠也开始学制瓷器。1760年,在俄国的首家瓷器厂里,彼得堡的工匠们成功地制作了一组瓷器塑像《中国人》。

诗人杰尔查文的诗篇《废墟》(1797)中对皇村中的中国式建筑作过这样的描写:"这儿曾经有过剧院,／那儿曾经有过秋千,／这里小屋里充满亚细亚式的安乐温暖。""在祭礼之坛上,／文艺女神曾引吭高歌,／在奇花宝树之间,／珍禽异兽曾经遨游。"①这里赞美的皇村园林建筑原是18世纪初建的一处皇家园林,叶卡捷琳娜二世改建皇村时,在欧洲风格中融入了中国的园林艺术。杰尔查文诗中提到的"小屋"是中国式的,它们共有8间,小屋中间还有一座宝塔。这是由荷兰建筑师卡美朗根据威廉·查尔斯的《中国建筑、家具、衣饰、器物图案》一书②的蓝图设计的。这个工程延续了多年,内有池塘、凉亭、瀑布等。杰尔查文诗中提到的"剧院"也是中国式的,它由俄国建筑师涅耶洛夫设计完成,是一座屋檐四角高高翘起的高大的建筑(该建筑1941年被德国军队炸毁)。当年,在这座剧院里上演的第一部剧目就是歌剧《中国菩萨》。这就是杰尔查文所说的"文艺女神曾引吭高歌"。

引起俄国作家兴趣的还包括中国的文学作品。当时中国文学进入俄国主要通过两个途径:一是靠西欧译本,二是直接从中国引入。以前者为主。作为纯文学作品最早出现在俄国的是中国元杂剧中的优秀作品——纪君祥的《赵氏孤儿》。1759年,俄国剧作家苏马罗科夫以M·S的笔名发表了译作《中国悲剧〈孤儿〉的独白》,刊载于《勤劳蜜蜂》杂志该年9月号。译作依据的是法国传教士马若

---

① 参见B.W.MAGGS:《十八世纪俄国文学中的中国》,第219—221页,李约翰译,台北成文出版社1977年版。
② 该书出版于1757年,是作者两次赴中国考察园林建筑的结晶。

瑟的《中国悲剧赵氏孤儿》的德文转译本。只是苏氏的俄译仅为马氏译本的小小片段：第一幕第二场的台词，即剧中公主自刎前追述她的丈夫与其诀别情景的一段台词。译作用的是简洁明快的诗体，虽然形式上已无元杂剧的味，但剧情的氛围还是能感受得到的。纪君祥的原作取材于历史，以抨击窃国奸臣、颂扬高尚人物为主题，颇具戏剧性。苏氏的悲剧风格与其有某种相似之处，可见苏马罗科夫对这部剧作感兴趣并非偶然。《赵氏孤儿》在欧洲有多种改编本，其中最著名的是法国伏尔泰的《中国孤儿》，1788年涅恰耶夫将这一剧作忠实地译成了俄文。而在此前几年，即1781年，魏兰德还将《赵氏孤儿》改编成了俄文小说。

  18世纪俄国作家与中国的关系当然还不止这些。如1742年出任俄国科学院院长的罗蒙诺索夫曾积极推动过汉学的研究。在他的主持下，科学院译出了直接从中国获得的17卷本《八旗通志》。他还在1750年代俄国关于中俄文化与经济关系的讨论中提出了许多建设性的意见，他明确主张俄国应加强与中国和印度等东方国家的睦邻友好关系。拉季谢夫在促进与中国开展正常的贸易关系方面也起过积极作用。他在俄国贸易部和彼得堡海关任职期间，曾专门对开展中俄间互利的贸易问题进行过研究，他还赴西伯利亚进行过数年的考察，并出版过《中国贸易研究》一书。1790年代，他流放西伯利亚时，利用各种可能继续进行这方面的研究。当时沙俄政府拟派贸易团赴中国，有人就曾提议拉季谢夫参加，但被女皇否决。从目前保存下来的拉季谢夫谈及这方面内容的著述和书信中可以看到，作家与沙俄官方的立场有明显区别，拉季谢夫更多是从国家间的互利关系和普通百姓的利益出发来思考中俄贸易问题的。当然，在18世纪俄国作家的诗文中有时也会看到某些不和谐的音调，如罗蒙诺索夫和杰尔查文都曾在自己的诗歌中歌颂过沙俄的扩张。

  纵观18世纪俄国作家与中国文化的关系，它既带有那一时代西方世界共同的视中国和其他东方国家为"他者"的特点，即"东方几乎是被欧洲人凭空创造出来的地方，自古以来就代表着罗曼司、异国情调、美丽的风景、难忘的回忆、非凡的经历"。东方"是欧洲最深奥、最常见的他者（the Other）形象之一"。[①]

[①] 爱德华·W.萨义德：《东方学》，王宇根译，第1—2页，生活·读书·新知三联书店1999年版。

或者说，西方人往往"需要通过'他性'，来创造一个'非我'来发泄不满和寄托希望。富于创见的作家和思想家总是要探寻存在于自己已知领域之外的异域，长期以来，中国正是作为这样一个'他者'而出现的"。①但是，18世纪俄国作家心目中的中国形象又与西方世界有着明显区别，由于当时的俄国作家所接触的有关中国的文字和器物，既有来自西欧的，也有直接来自中国的，俄国的社会环境和民族气质也与西欧有很大的差异，因此这种印象中带有鲜明的俄国特色。俄国作家在利用来自中国的材料时似乎少了一些哲理性的思考，而更具实际性，他们在很大程度上是借这个不甚清晰的"他者"来反观俄国自身存在的迫切的社会问题，在这种印象里漂浮着的其实更多的是自己的映像。

二、东学西渐中的俄国汉学家

在中俄文化交往中始终活跃着一个群体的身影，那就是俄国的汉学家。这个群体中的一部分人在将中国文化介绍给俄罗斯民众方面起过积极的作用。他们是东学西渐中的重要一环，是当之无愧的文化使者。

由于地理位置的接近，中俄两国早就相互关注。明朝末年，中国万历皇帝曾写信给俄国沙皇瓦西里·苏伊斯基，表示沟通的愿望，时间是1619年。②同样，从16世纪、17世纪开始，俄国政府出于政治和经济的需要，也陆续向中国派出外交使团和传教士团，俄国早期汉学家的出现与此有关。

1567年，伊凡四世（即伊凡雷帝）派雅雷舍夫出使中国。在17世纪末中俄

---

① 乐黛云：《世界文化总体对话中的中国形象》，载史景迁等：《文化类同与文化利用》，第8页，北京大学出版社1990年版。
② 此信的缘起与后文提到的俄国第一个派往中国的由佩特林率队的官方使团有关。写信的时间有两种说法，一为1618年，一为1619年。但据有关史料分析，1619年较为可信。该信中称："……在此世上，尔为大国君主，朕亦为大国皇帝也。愿两国间道路畅通无阻，尔等可常相往来。尔若进贡珍品，朕亦以优质绸缎赏赐尔等。……因路途遥远，且语言不通，朕不便遣使访问贵大君主，现谨向贵大君主致意。一旦朕之使者有路可去尔大君主处，朕将遣使前往。基于吾人之礼教，朕不能亲自出访он国，且目前亦不能派遣使臣及商人出国。"可惜，当时俄国无人识中文，此信被搁置了半个多世纪，直到1675年斯帕法里率团访华途径托博斯克时才找到译者，解读后寄往俄宫廷。

《尼布楚条约》签订前，俄国官方在1618年、1654年、1675年、1686年先后派出4个外交使团来华，率队的分别是佩特林、佩可夫、斯帕法里和维纽科夫。这些使团大都写有关于中国情况的报告，其中有的报告和旅行记成了俄国最早研究中国天文、地理、交通和习俗的重要文献，如佩特林所著的《中国、腊宛及其他定居和游牧国家、乌卢斯诸国、大鄂毕河、河流和道路一览》、斯帕法里所著的《经过西伯利亚的旅行》《旅途日记》和《1675—1678斯帕法里访华使团文案实录》。18世纪，彼得大帝进一步加强了与中国的联系。1715年至1736年，他曾6次派郎格作为特使来华。1724年他在建立俄国科学和艺术院（俄皇家科学院前身）时，注意从西欧引进东方学和汉学人才，曾编撰了欧洲第一部《汉语词典》的德国学者拜耶尔被聘为科学院院士。18世纪初，彼得大帝作出向中国派出东正教教士团的决定。其原意无疑是想扩展俄在华的政治和宗教上的势力，不过这一决定后来客观上却对推动中俄文化交流起了作用。

1715年春天，俄国官方派出以修士大司祭伊拉里翁·列扎依斯基为首的第一个东正教教士团来到北京。此后，几乎每隔十年向中国派遣一批东正教教士。到20世纪50年代为止，先后有20个教士团来到北京。在1860年俄驻华使馆设立前，教士团除传教外实际上起了外交使团的作用。从这个意义上说，这是18世纪国外向中国派出的规模最大的使团。马克思后来曾经对此评论说："俄国同中华帝国的关系是很特殊的"，俄国人"享有在北京派驻使节的优先权"，教士团"使俄国外交在中国……有可能产生一种绝不仅限于外交事务的影响"。[①]教士团为沙俄的扩张政策效劳，在中国所起的作用是恶劣的。但是要完成其宗教和政治使命，教士团必须要有一支熟练掌握中国汉、满、蒙、藏等语言的队伍，"必须从青年学生中培养专门人才从事中国研究。根据《恰克图条约》规定，从1727年开始，每届可有一定名额的学员来华。从第一届到第十四届的一个半世纪内，僧俗人员总共有155人次在北京进行汉学的学习和研究，计60名学员、医生、画家、科学家和近百名神职人员。这使俄国驻北京教士团同时又成为俄国汉学民族学派诞生的摇篮和一个半世纪中培养汉学家的大本营。俄国汉学家中不仅大半出自传

---

① 马克思：《俄国的对华贸易》，《马克思恩格斯全集》第12卷，第166页，人民出版社1962年版。

教士团，而且第一流的著名汉学家莫不渊源于此"。①俄国第一代汉学家确实产生于来华教士及其随员之中。

俄国早期汉学家主要有斯帕法里（1636—1708）、罗索欣（1707—1761）、列昂季耶夫（1716—1786）、巴克舍耶夫（1750—1787）和弗拉德金（1761—1811）等。其中尤以罗索欣和列昂季耶夫的贡献最大。

罗索欣（О. К. Россохин）是俄国第二批来华的东正教教士团的学员，1729年来到北京，1741年返回俄罗斯。在京十余年间，罗索欣较好地掌握了汉文和满文，并在当时清康熙年间设立的第一所俄语学校"俄罗斯文馆"（1708年创办）里任教。回国后在罗蒙诺索夫主持的皇家科学院担任翻译，翻译了不少有关中国历史、地理和其他文化类的读物。其中主要有：译自《大清一统志》的《阿尔泰山记》（1781）、与列昂季耶夫合译的《八旗通志》（1784），以及手稿《三字经》《千字文》和《资治通鉴纲目前编》等。《三字经》言简意赅，内容丰富；《千字文》对仗工整，文采斐然。虽然它们在中国只是启蒙读本，但却有着深厚的中国文化底蕴，对于那一时代俄国民众了解中国及中国文化应该是十分有用的书。可惜罗索欣的译本未能正式出版。

列昂季耶夫（А. Л. Леонтьев）青年时代在俄国的汉语学校学过满文和汉文，1743年随俄国第三批东正教教士团来到北京。在京期间，列昂季耶夫担任过清廷理藩院满语通译。1755年回国后曾在俄外交部和科学院工作，并在彼得堡开办过中文学校。他在将中国文化介绍到俄国方面做过许多工作。列昂季耶夫曾与罗索欣合译16卷《八旗通志》，并在罗索欣去世后单独完成了第17卷（注释卷）的编纂工作。他还译有《大清会典》（1778—1783）和《大清律》（1778—1779）等有关中国的政法史地等重要著述。除此以外，列昂季耶夫在译介中国寓言、先秦散文、古典诗歌和启蒙读本等方面也有过自己的贡献。最早以单行本形式在俄国出现的中国文学作品是《中国寓言》一书，它由列昂季耶夫译出，1776年在彼得堡出版。中国先秦散文中最早被译介到俄国的是孔子的《大学》，1779年作家冯维辛从法文将它译出后，次年列昂季耶夫据中文重译后出版。1784年，

---

① 孙越生：《俄苏中国学手册》，第109—110页，中国社会科学出版社1986年版。

由他译出的儒家经典《中庸》在俄问世。1779年，列昂季耶夫重译《三字经》，后又收入《三字经、名贤集合刊本》出版。此书译得很成功，从内容和形式上都与原作接近，出版后受到好评，被称为中国的"小型百科全书"。此书在18世纪欧洲仅有俄译。列昂季耶夫译出的《茶与丝》一书也很有价值。书中除介绍了茶、丝和中医知识以外，还收入了46首中国诗歌。这些诗歌用散文形式译出，还附有不少注释。这大概是最早从中文译成俄文的中国古诗。

不过，罗索欣和列昂季耶夫等人的译介还只是俄国汉学的开拓阶段，汉学作为一门学科在俄国正式形成则要到19世纪上半期。这时期出现了专门的研究中国等东方国家的机构，大学开始将汉语作为正式科目列入大纲。1818年，科学院成立了收藏和研究相结合的亚洲博物馆（现为俄罗斯最大的东方学和汉学研究中心"俄罗斯科学院东方学研究所"），并先后出版了多种相关的刊物。1837年，喀山大学东方系开始进行汉语教学，后又增设满语课程。作家列夫·托尔斯泰1844年曾在该校东方系阿拉伯—土耳其语专业就读。1845年，俄国成立皇家地理学会。与此同时，一批视野更加开阔、学术上更有造诣的汉学家成长了起来。他们以自己不懈的努力，有力地推动了中俄文化交流的进一步展开。19世纪上半期的俄国汉学家中较为著名的有：比丘林（1777—1853）、卡缅斯基（1765—1845）和西维洛夫（1798—1871）等。其中比丘林被誉为俄国汉学的奠基人。

比丘林（Н. Я. Бичурин），法号亚金夫。他出生在喀山农村的一个神父家庭，少年时代在喀山传教士学校学习时就显示出出色的外语学习能力，后留校任教。在来华前，他先后在喀山和伊尔库茨克出任过修道院院长和传教士学校主持，为修士大司祭。1807年，年仅30岁的比丘林率俄国第九届东正教教士团来到北京。在北京居住的14年里，比丘林不仅学会了书面的汉文、满文和蒙文，而且还常常走街串巷学习生动的口语，这为他后来的研究打下了扎实的基础。比丘林在华期间，对中国的哲学、历史、宗教、农业、教育和民情风俗等许多领域作了深入的研究。1821年回国时，他用了15头骆驼才带走了收集的书籍和资料。但是他一回到国内即被官方教会认定未完成宗教使命，犯有玩忽职守罪而送入实为宗教监狱的瓦拉阿姆修道院。在1823—1826年长达三年多的关押期间，比丘林仍坚持他的研究。1826年,由于希林格伯爵的关注,比丘林就任外交部亚洲司中文翻译。1828年,比丘林成为俄科学院东方文学和古文物通讯院士。1831年,他在当时的中俄边境恰克图开办了俄国第一所汉语学校。这所学校存在了30年,他先后两次赴该校任教。在同时代人的回忆中,他是个受尊敬的学者,而非虔诚的僧侣,"不吃斋,也不上教堂,甚至连划十字也不好好划,对修道院的一切简直抱敌视态度"。"他认为基督并不高于孔子,并且怀疑灵魂不死。"[①]晚年,比丘林曾想脱离教会,但未获批准。

比丘林著译颇丰。他编过6部字典、词典和语法书,其中《汉俄语音字典》(1922)共9卷,用力颇多;《汉语语法》(1835)是他为恰克图的汉语学校编的教材,后为多所高校长期采用。他翻译了大量的涉及诸多领域的中国文化著作:他直接从中文翻译了儒家经典《四书》(1821);为自己重译的《汉俄对照三字经》(1829)加注写序,称其为"12世纪的百科全书";他还编译有《大清一统志》(1825)、《通鉴纲目》(1825)、《西藏志》(1828)、《成吉思汗家系前四汗史》(1829)、《北京志》(1829)、《西藏青海史》(1833)和未出版手稿的《儒教及其礼仪》等。他还根据自己的潜心研究,写出了许多关于中国的著作和文章,如著作《中国,其居民、风俗、习惯与教育》(1840)、《中华帝国统计概要》(1842)和手稿《中国的民情和风尚》,文章《中国皇帝的早期制度》《中国农历》《中国教育观》和《由孔夫子首创,其后由中国学者接受的中国历史的基本原理》等。[②]在比丘林的著述中,可以见到他对中国文化的深入了解和对中国人民的友好感情。他谴责那些为殖民主义张目的种族主义言论,反对"用阴暗的笔调把中国写得一团漆黑"。他明确表示:在对待中国人的态度上容不得傲慢和蔑视;应该理解中国,理解中国人的生活特点、性格特征和风俗习惯,理解中国历史发展的特殊性;俄中两大民族完全可以保持兄弟般的和睦。

从1920年代中后期开始,比丘林在俄国知识界受到关注。他的外孙女H.莫列尔曾这样转述过她的长辈对比丘林的描述:"亚金夫神父身材瘦高,脸色苍

---

① 参见米·阿列克谢耶夫:《普希金与中国》,高森等译,《国外文学》1987年第3期,第69页。
② 参见姜文华、李明滨:《中国与俄苏文化交流志》,第335—336页,上海人民出版社1998年版。

白而富有表情,有一对活泼而智慧的眼睛,眼睛上面是浓密的眼眉,黑发中杂有白发,长长灰白的胡须,引起了人们普遍的好奇心。"他是"有名的学者,你瞧,他在学术界多么受尊敬,所有的大文豪都把他当作自己人"。①比丘林当时确实成了普希金和克雷洛夫等著名作家的好朋友,有过密切的交往。他在西伯利亚期间,与被流放的十二月党人别斯图热夫和奥陀耶夫斯基等人也建立过特殊的友谊。别斯图热夫与被沙皇绞杀的著名的十二月党诗人雷列耶夫合作写过一系列的诗歌,并与雷列耶夫共同出版过《北极星》丛刊。比丘林与这些进步人士的交往也对他思想产生了积极的影响。比丘林关于中国的著述深得同时代作家们的喜爱。奥陀耶夫斯基对中国的兴趣就与比丘林有关,他创作的一部乌托邦作品《4338年,彼得堡信札》中的主人公就是中国人,这个旅行者在书信中描写了他在未来的俄罗斯的见闻。正如当代俄国汉学家达格达诺夫所言:"在那些年代里,俄国文学中出现了中国主题的作品,这在很大程度上是由亚金夫神父的活动引起的。……亚金夫和他的颇具价值的汉学著作在中俄文学之间起了多方面的媒介作用。"②

这时期,另一位值得关注的汉学家是西维洛夫(*Д. П. Сивиллов*,法号丹尼尔)。西维洛夫作为修士司祭于1821年随卡缅斯基率领的第十届教士团来华,十年后回国。1837年,喀山大学在俄国高校中成立第一个汉语教研室时,他任室主任。西维洛夫在介绍中国古典哲学、文学、历史和宗教文化方面卓有成绩。他著有《中国儒释道三教简述》(1831),编有俄国第一部《汉语文选》(1840),还译有《四书》《书经》《孟子》和《道德经》等重要的中国文化典籍的俄文版。

19世纪下半期,俄国汉学进一步走向成熟。1855年,彼得堡大学东方系成立,喀山大学东方系并入该系。彼得堡大学东方系拥有较强的师资队伍和丰富的图书资料,开设了较为合理的课程,并开展了对中国文化多侧面的研究。随着俄国最大的汉学教学和研究中心的出现,俄国汉学开始了以学院派为主体的发

---

① 参见米·阿列克谢耶夫:《普希金与中国》,高森等译,《国外文学》1987年第3期,第69页。
② 达格达诺夫:《中国古典文学研究在苏联》,陈建华译,载《中国比较文学》1990年第2期。

展阶段。1851年，俄国皇家考古学会东方部成立。1899年，为了适应当时汉学教学和研究的需要，符拉迪沃斯托克（海参崴）新建了东方学院（远东大学前身）。1900年，皇家东方学学会成立。与此同时，俄国出现了更多的积极介绍中国文化的汉学家，其中主要有瓦西里耶夫（1818—1900）、格奥尔吉耶夫斯基（1851—1893）、扎哈罗夫（1814—1885）、卡法罗夫（1817—1878）、莫纳斯特列夫（1851—1881）、斯卡奇科夫（1821—1883）和波波夫（1842—1913）等。其中最杰出的是瓦西里耶夫。

瓦西里耶夫（В. П. Васильев）出生于诺夫戈洛德，1834年进入喀山大学学习蒙语，1839年获硕士学位，论文是《论佛教的哲学原理》。1840年，瓦西里耶夫随俄国第十二届东正教教士团来到北京。在京期间，他很好地掌握了汉、满、蒙、藏等语言，并对中国文化作了深入的研究。十年后回国，即受聘为喀山大学东方系教授。他的到来，为喀山大学的汉学研究开辟了一片新的天地。他在为学生讲的第一课"论东方，特别是中国的意义"上开宗明义地指出，俄国人缺乏对中国的真切的了解，应为"看不到站在我们身边的巨人"而感到羞耻，俄国的汉学家要为改变这种状况而努力工作。①而瓦西里耶夫自己确实在这方面作出了极大的努力。他在喀山大学和彼得堡大学的东方系任教50年，为俄国培养了一大批汉学人才。他的著译达数十种，内容十分丰富，且极具独创性。他的主要著作有：《佛教教义、历史、文献》（1857—1869）、《十至十三世纪中亚东部的历史和古迹》（1857）、《中国史》（1863）、《满语文选》（1863）、《满汉辞典》（1866）、《论中国的伊斯兰教运动》（1867）、《东方的宗教：儒、释、道》（1873）和《中国文学史纲要》（1880）。此外还存有一百多种未出版的手稿。1886年，瓦西里耶夫当选为俄罗斯科学院院士。

这里，值得再提一下的是瓦西里耶夫在介绍中国文学方面的贡献。他首先在欧洲大学中开设了中国文学的课程，并完成了一部有关中国文学历史的著作《中国文学史纲要》。该书篇幅不长，如译成中文约有十余万字，但在世界范围内它

---

① 参见姜筱绿：《〈俄国中国学史略〉内容译介》，《古籍整理与研究丛刊》1986年第1期。

却是第一部中国文学史著作。①这本著作是作者多年研究中国文学史的成果,由讲稿整理而成。作者的著述态度相当严谨,如他所说:"我写这些讲稿所依据的原始资料,绝大部分是中国的书。我所论析的作品,几乎没有一部不是我亲自阅读过的。"该书从文化与文学不可分割的角度,对《诗经》至明清小说阶段的中国文学作了简明的描述和分析,为俄国读者了解中国文学提供了极好的途径。作者在分析中国文学作品时常采用比较研究的眼光。如在谈到中国诗歌的繁荣时,作者指出:"如果我们了解并且高度评价普希金、莱蒙托夫、科里左夫的一些短诗,那么中国人在绵绵两千年里出现的诗人,那样的诗他们就有成千上万",只需举出"司马相如、杜甫、李太白、苏东坡等"来作例子就够了。他还认为,中国的"戏剧是从印度传来的","小说由传说到中篇、由中篇到长篇的发展,其源头可能也是外来的","但是另一方面,无论在戏剧还是小说的领域,中国人都不是单纯的模仿者,这是一个一贯保持着独立自主精神的民族,对一切异邦和外来的东西,他们都以自己的眼光加以检验,以自己的方式加以改造。因此戏剧和小说总是呈露出中国的精神,表达着中国人自己的世界观";中国也像欧洲一样善于把历史和小说改编成戏剧,而像《西厢记》那样"完美的剧本,在欧洲也不多见"。对于被西欧作家看好的《好逑传》,他却不以为然,因为这类小说"很难反映中国的现实生活",只有像《红楼梦》和《金瓶梅》那样的作品"才能使我们充分了解当时的生活"。②这些见解在那一时代难能可贵。

格奥尔吉耶夫斯基(С. М. Георгиевский)也是这时期卓有成就的汉学家。格奥尔吉耶夫斯基曾就读于莫斯科大学历史语文系,后又入彼得堡大学东方系深造,1880年毕业后赴中国两年。1885年开始在彼得堡大学东方系任教。他的硕士学位论文是《中国初史》,博士学位论文是《对反映古代中国人民生活史的象形文字的分析》。他的其他主要著述有:《中国的生活原则》(1888)、《研究中

---

① 作为一种著作体裁的"文学史"观念是从西方传入的。最早的中国文学史著作除瓦西里耶夫的作品外主要有:(日本)古城贞吉等四人分别编写的《"支那"文学史》或《"支那"文学史要》(1897—1903)、(英国)贾尔斯的《中国文学史》(1901)、(德国)葛鲁贝的《中国文学史》(1902)、(中国)林传甲的《中国文学史》(1904)等。

② 参见李明滨:《中国文学在俄苏》,第19—22页,花城出版社1990年版。

国之重要性》（1890）和《中国人的神话观和神话故事》（1892）等。格奥尔吉耶夫斯基的《中国人的神话观和神话故事》是俄国第一部研究中国神话的专著。该书材料扎实，依据的是《尚书》《诗经》《礼记》《搜神记》《太平御览》《太平广记》和《文献通考》等大量的第一手资料；涉猎面广，论及了中国的太阳神话、月亮神话和黄帝等帝王神话；见解深刻，如深入分析了文人将民间神怪传说整理后使之重新进入民间流传的现象，指出伏羲、神农、黄帝、尧舜等形象原是依据中国人的神话观而形成的民间神话形象，后被孔子改造成理想的帝王形象。①

19世纪的俄国汉学家涉及了中国文化的诸多领域，其中主要包括中国的历史、哲学、文学、宗教、经济、律法、地理、天文、民俗、考古、语言文字和中俄关系等。中国文学虽然在当时的译介中并不占主导地位，但是颇受俄国作家和民众的喜爱。

19世纪俄国译介中国纯文学作品约32种，数量虽仍不多但较前已有明显增加，而且出现了较为重要的作品。如1827年，俄国出版了《玉娇梨》（片段），系法文转译。1829年，中国古典戏曲中的名剧《窦娥冤》开始为俄国读者所知。"那一年的《雅典娜神庙》杂志上登了一篇短文（未署名），标题是《学者之女雪恨记》，介绍了《窦娥冤》的剧情。该刊还叙述了另一元代杂剧《元夜留鞋记》的梗概，后面附着剧中人物表。"两剧的剧情是根据1821年出版的英国学者的《异域录》转译的。1832—1833年，由法文转译的中国小说《好逑传》第1—4卷由莫斯科拉扎列夫印刷所出版。1839年，《读书丛刊》第35卷刊出元杂剧《樊素，或善骗的使女》（即郑光祖的《㑇梅香翰林风月》），译者是俄国作家兼东方学家显科夫斯基。②1843年，柯万科译出《红楼梦》第一回半篇，刊载在当时俄国最有影响的刊物《祖国纪事》第26期上。译者在介绍此书时称："中国人的家庭生活，喜庆节日，婚丧嫁娶，消遣娱乐，官宦的舞弊，奴婢的狡诈……这一

---

① 参见李明滨：《中国文学在俄苏》，第93页，花城出版社1990年版。
② 参见李福清：《中国古典文学研究在苏联（小说·戏曲）》，第61—63页。转引自姜文华、李明滨：《中国与俄苏文化交流志》，第171页，上海人民出版社1998年版。

切在书中都有惟妙惟肖的描述", "那些想了解中国人的习俗或希望学习汉语的人都将受益匪浅"。①译文引起了著名的文学批评家别林斯基的关注。1852年,在《莫斯科人》杂志第一卷上刊出了名为《孔夫子的诗》的《诗经》片段,这是已知的俄国对《诗经》的最早的译介。此后,米哈伊尔和米勒两人译出过《诗经》中的五首诗,分别刊载在1861年的《国民教育杂志》和1862年的《诗集》上。1874年,王勃的《滕王阁序》的俄译在彼得堡问世。1878至1894年,《聊斋志异》中的《水莽草》《阿宝》《庚娘》《毛狐》和《李娃传》等俄译先后刊出,其中著名汉学家瓦西里耶夫是主要译者。

在东学西渐的过程中,俄国的汉学家们以自己坚持不懈的努力,将中国文化介绍给俄国民众。尽管他们的出发点可能各自不同,但是这种译介工作有效地扩大了中国文化在俄罗斯的影响,增加了俄罗斯人民对中国的了解,促进了中俄两国间文化的交流,并为苏联时期汉学的长足发展奠定了坚实的基础。

三、19世纪俄国作家与中国

19世纪俄国文学出现了全面繁荣的局面,涌现出一大批卓越的作家,他们的创作实绩使俄国文学很快跻身于世界文学的前列。在这些作家中有不少人与中国和中国文化发生过某种联系。

被誉为"俄罗斯文学之父"的诗人普希金是其中的一个。虽然普希金与欧洲文化的关系远比他与东方文化的关系来得密切,但是中国和中国文化也在普希金的生命轨迹上留下过痕迹。

普希金对中国的了解可以从他的曾外祖父说起。他的曾外祖父汉尼拔是俄国历史上著名的"彼得大帝的黑奴",曾被流放到与中国相邻的边境要塞修筑工程,有可能到过中国。普希金在童年时就了解曾外祖父的这段经历,并在《自传》中提到过它。当12岁的普希金跨进皇村学校时,命运又使他与中国文化发生了联系。皇村是一所沙俄的皇家园林,其中有不少具有中国特色的景物,如中国

---

① 转引自姜文华、李明滨:《中国与俄苏文化交流志》,第166页,上海人民出版社1998年版。

式的客厅、中国式的亭子、中国式的桥梁等。青年普希金在他的《皇村回忆》《皇村》和《凉亭题诗》等诗篇中，一再描写了皇村（或以皇村为蓝本）的带有明显的中国园林意象的自然景物。普希金现存的最早的诗篇《致娜塔丽娅》（1813）是一首献给女演员的爱情诗，其中就有他对中国人的评价："我不是东方后宫的统治者，／我不是阿拉伯人，也不是土耳其人。／请你也不要把我当作／是一个有礼貌的中国人，／或是一个粗鲁的美国人……"这里提到的各种人物估计与娜塔丽娅所在剧团演出的剧目有关，普希金关于"有礼貌的中国人"的印象可能就来自于剧团的演出。

1820年，普希金因写作歌颂自由的诗篇而被流放到南俄。在那里，普希金不仅有可能接触了东方民族的文化，而且因为与到过中国边境的外交官维格尔的相识而增加了对中国的感性认识。十二月党人起义失败以后，普希金的不少朋友被流放到西伯利亚，这使普希金更多地把自己的目光转向这片广袤的土地，而他订购的《西伯利亚通报》上经常刊登介绍中国的文章。佩特林和斯帕法里等人写的有关中国的著述，都曾在这份刊物上发表。返回京城后不久，普希金结识了比丘林。与比丘林的交往使他获取了不少有关中国的第一手材料，普希金当年读过的和拥有的有关中国的书籍应该是很多的，目前保留下来的这方面的藏书仍达82种，如《中华帝国概述》《谈中国花园》《四书解义》和《赵氏孤儿》等。比丘林曾多次把自己译的《西藏现状概述》和《三字经》等书籍送给普希金。普希金在写作《普加乔夫史》和编辑有关彼得大帝的历史时，也查阅过一些与中国相关的史料。

普希金的诗体小说《叶甫盖尼·奥涅金》也与中国发生过某种联系。在这部作品的一份手稿中，作者提到了"中国圣贤"孔夫子。在作品描述主人公奥涅金曾受到过的教育的第一章第六节处，有这么几句经过删改的诗行："【孔夫子】中国的圣贤／教导我们尊重青年／【为防止他们迷途】／【不能急于加以责难】／【只有他们肩负着希望】／【使希望……】"这些字句固然无法在孔子的言论中直接找到，但是孔子的教育思想中确实有着"有教无类""后生可畏"和"诲人不倦"这一类的提法，两者应该是相通的。

在《叶甫盖尼·奥涅金》中还写到了奥涅金观看狄德罗芭蕾舞剧演出的情景:"那些爱神、魔鬼和蛇怪／还在戏台上蹦跳、喧闹……"作者的异文是"还有那些中国人、神仙、蛇怪",或"还有那些中国人、魔鬼、蛇怪"。根据俄国学者斯洛尼姆斯基的考证,这里指的是狄德罗的四幕中国芭蕾舞剧《韩姬与陶,又名美女与妖怪》。剧中主角是中国人,同台演出的还有爱神和蛇怪等。狄德罗用"中国风格"改编传统题材,希望通过"异样的布景和服装效果"来表现反对专制暴政的主题。狄德罗把发生的事件移到中国,是因为"早在法国启蒙主义时代,中国与西班牙就被当作典故用以谈论自己的国家,以躲避检查。而'苏丹'一词在十二月党人团体里有着确定的涵义,使人联想到俄国的专制暴政"。①1819年,该剧在彼得堡上演,普希金去剧院看了首场演出。若干年后,他将这部中国风格的芭蕾舞剧融进了奥涅金的生活场景,可见剧本给作家留下的印象之深。

1830年1月初,普希金因个人感情受挫,向沙俄当局提出随使团访华的申请。他在《致友人》一诗中写道:"跟着你们,避开傲慢的她:／到遥远中国的长城脚下,／或者到沸腾的巴黎……"尽管普希金后来未能成行,但关于中国的主题却开始萦绕他的心头,他曾认真构思过一部以中国皇帝为主角的作品。而研究者也注意到《致友人》一诗中,"中国"一词前面所加修饰语的变化:手稿上是"平静的",首次发表时是"停滞的",再版时则成了"遥远的"。阿列克谢耶夫认为:"在这种摇摆不定之中可以看出普希金有关中国的未完成的论文的纲要:这里提出的仍然是那个无论对东方还是西方都很尖锐的令人不安的问题,这个问题他十年前就提出来了,这个问题是在与恰达耶夫的论争中自然而然地产生的,这也是他尚未解决的问题。"②其实就是如何评价中国的问题。普希金最终选择了中性的词汇,显然是因为对于这个问题他仍在紧张思考之中。

普希金与中国和中国文化发生过的这点点滴滴的联系在诗人多彩的人生历程

---

① 参见M.阿列克谢耶夫:《普希金与中国》,高森译,《国外文学》1987年第5期,第58—60页。该舞剧的脚本里把中国皇帝(原文中有"大汗"之意)称作"苏丹"。
② 参见M.阿列克谢耶夫:《普希金与中国》,高森译,《国外文学》1987年第5期,第83—84页。

中并不显眼，但是中国读者透过诗人生命轨迹上留下的这些痕迹，也许可以缩小与这位异国诗人的距离，并看到诗人不俗的目光和真诚的追求。

除了普希金以外，19世纪俄国的不少著名作家也以这样或那样的方式与中国和中国文化发生过关联，虽然大多为片言只语，甚至还不乏隔膜和误读，但是其中仍可以发现一些颇具意味的现象。

屠格涅夫在那部塑造俄罗斯"多余人"形象的长篇小说《罗亭》中，写过一个读者颇为熟悉的场景，那就是罗亭与娜塔里娅的最后一次约会。在这次约会时，面对母亲的反对，焦虑不安的娜塔里娅希望罗亭能找出一个使他们的爱情摆脱困境的办法。然而，曾慷慨激昂地大谈理想、信仰和事业的罗亭，这时的回答却是："只有屈服。"娜塔里娅为此气愤地责骂他是"一个懦夫"。这个场景开始时，罗亭在等待娜塔里娅的到来，小说中有这样一段描写："他看到事情快要了结，因而内心深处又有些害怕，尽管旁人看着他双手交叉在胸前，东看看西望望的那种镇定沉着的模样，谁也不会想到这一点。难怪毕加索夫有一次说他像中国的大头娃娃头重脚轻。"①作者在这里通过人物的口，用"中国的大头娃娃"（китайский болванчик，也可译作"中国泥人"）来比喻罗亭性格的一个重要方面：思想的巨人、行动的矮子，确实巧妙。屠格涅夫在小说中似是信手拈来，但是颇为到位地将中国玩偶在中国文化中蕴含的象征意味揭示了出来。就这一点而言，屠格涅夫对中国文化的某些方面并不陌生。

果戈理在他的《小品文集》②中的《论现今的建筑》中从建筑谈到了中国人的艺术趣味问题："唯有中国人的趣味——可以称之为在所有东方民族中最渺小、最不足道的趣味——由于某种时兴而在18世纪末传到我们这里来。还好，欧洲人按照自己的惯例立即把它用于小桥、亭子、花瓶、壁炉，而没有想起把它运用于大的建筑物。这种趣味用在小玩意儿上的确不坏，因为欧洲人立即按自己的方式将它改善，并赋予它那样一种魅力，这种魅力是它原本并不具有的，正如其

---

① 这里采用的是徐振亚的译文，见《罗亭·贵族之家》，第94页，浙江文艺出版社1991年版。
② 两卷本《小品文集》发表在1835年，包括3篇小说和13篇论文，论文大多写在果戈理在彼得堡大学任教期间。其中的《论中世纪史》《论世界通史教学》和《论五世纪末诸民族的迁徙》等文章提到了中国当年与边境的游牧民族的关系。

民族并不具备充沛的精力，尽管教养很高。"看来，果戈理对"中国趣味"评价颇低。怎么看待这一现象？是"幻想性的轻视"，是"殖民主义的文化立场"，是"沙文主义"？笔者认为，这样的批评均欠准确。其实果戈理的这种态度并非孤立的现象，从大的背景看，它其实代表了一种倾向，即19世纪俄国社会对上一世纪热衷所谓的"中国趣味"的反拨，以及俄国人因缺乏对真正的中国的了解而产生的误读。对此，冈察洛夫从对中国园艺的实际接触中引出的关于"中国趣味"的一段话可以作为佐证。他这样写道："关于中国园艺，一直众说纷纭。有的说，中国人趣味低俗，爱好穿凿造作，在花园里弄些不自然的小型假山假水。但是，我们的同伴阿瓦昆神甫在北京住过十年，他说，事实恰恰相反，中国人最精通园艺，他们凿山引水，人工造景，确实不假，但绝不是规模微小，而是工程宏伟。在这方面，北京博格德汗的御苑堪称不可逾越的典范。两种说法，到底哪种对呢？其实两种都对。说博格德汗的御苑工程宏伟浩大，可以理解，说普通人的花园微小，也有道理。"此外，果戈理对欧洲人改造"中国趣味"的称赞，反映的也是一种文化上差异。他认为中华民族有很高的教养，但不具备"充沛的精力"，这也是当时俄国，乃至西方世界对处于晚清时期中国人孱弱的生存状态和民族精神的一种泛泛的共识。

由于对中国和中国文化了解的程度以及所持观点的差异，19世纪俄国作家关于中国的表述是各自不同的。如别林斯基称中国是一个伟大的国家，他认为中国和印度的文化都处在一个很高的发展层面，但是别林斯基不同意著名的汉学家比丘林对中国现实和中国文化的一味赞美[①]。赫尔岑、车尔尼雪夫斯基、杜勃洛留波夫和陀思妥耶夫斯基等作家也都对中国有所关注，但由于他们无缘来到中国，缺少亲身的感受，因此除列夫·托尔斯泰这样的个别作家外，19世纪多数俄国作家对中国文化其实是相当陌生的。

在经历了多少想象和揣摩以后，19世纪终于有两位俄国作家踏上了中国的土

[①] 参见鲍里斯·博罗金：《Воззрения деятелей русской культуры на Китай》，《Сквозь годы—голос России》，第61—62页，莫斯科，1989年版。当然，对于比丘林所做出的功绩，别林斯基是充分肯定的。

地。这两位作家就是在俄国文坛享有盛誉的冈察洛夫和契诃夫。文化隔膜现象在即使有幸踏上中国土地的俄国作家身上也还是存在，但不同的是他们有了直接观察中国的机会，有了客观描述的可能。19世纪90年代，契诃夫在前往萨哈林岛途中在俄国的远东和黑龙江流域与中国人有过短暂的接触，他在那部著名的《萨哈林旅行记》和书信中对此有所记录。尽管契诃夫关于中国和中国人的评价是印象式的，着墨不多，不甚清晰，但是它相对于过去一些作家关于中国的"美丽的想象"更贴近真实。在契诃夫的书信中较多地谈到了中国人的善良、聪明和讲究礼节，而在他的《萨哈林旅行记》中则更多地写到了中国人肮脏、病态和受欺凌的一面："在森林里开枪打死一个流浪的中国人，就像打死一条狗一样。"契诃夫这种看待中国的"灰色的视野"是不是"很让我们失望"呢？笔者认为不尽然。契诃夫对俄国黑暗现实的描写有过之而无不及，这位人道主义的作家对中国人民怀有好感，他只是客观地写出了自己所接触到的19世纪末中国人的生存状态，虽然由于作家对中国的了解不多，这种描写是浮光掠影的。

在19世纪俄国作家中，最详尽地描述了所亲历的中国风貌的是冈察洛夫。1853年，冈察洛夫曾随一支俄国舰队来到香港和上海，并在《巴拉达号三桅战舰》一书中留下了有关中国社会风貌的大量的原生态材料。不过，冈察洛夫笔下并非单纯是"对勤劳的中国人民给予了很高的评价，对他们遭受的压迫和痛苦有着深厚的同情，对英帝国主义者的侵略和罪行表示了无比的憎恨与谴责"。[①]在作者的观感中也包括了对中国文化的误读，对中国人和中国社会的偏见。

冈察洛夫笔下的中国人是怎样的呢？外貌："多数中国人面相衰老，剃着光头，——后脑除外，那里有一根长辫直垂股际。他们的脸上堆着皱纹，无须，看上去同老太婆的面孔十分相像，没有一丝一毫的丈夫气。""这些剃得闪光发亮的头皮和面孔，裸露的暗黄的躯体，有些是老气横秋，有些是年纪轻轻，面皮鲜嫩，表情狡黠，缺乏丈夫气概。"这里除外貌和服饰的描述外，其中不少字眼已经涉及中国人的精神面貌。性情："世上没有任何一个民族比中国人更谦和、温良、彬彬有礼的了。""在上海，我没有看到一个中国人对欧洲人投以嘲讽的目

---

① 戈宝权：《中外文学因缘》，第83页，北京出版社1992年版。

光。他们的脸上凝聚着恭敬而又胆怯的表情。"而在这两段文字前直接接着这样一段情景:"一个中国人在前面走着,由于没有发现我们在他的身后,好久时间未能让路。斯托克斯伸手揪住他的辫子,不客气地把他拖向一旁。中国人先是一怔,接着面有愠色,却强作笑脸,目送着我们。"这种"温良"恰恰反映了某些中国人的奴性。类似的场景还有:洋人强占了中国的土地作溜马场,"场周还竖有木桩,写有告示,禁止中国人——土地的主人进出游乐场。"可是围观的中国人却在那里看得津津有味,发出木然的笑声。这里反映的都是中国人屈辱和麻木的一面。

在冈察洛夫看来,"中国人缺少的是民族精神、爱国主义和宗教信仰";"除了家庭之外,中国人只是热衷于个人从事的琐事","商人只顾自己的店铺,农民只顾自己的田地","他们一律只知蝇营狗苟,全然不顾国家的完整和福祉";"中国人对一切都麻木不仁,面部表情或者冷冷淡淡,或者专注蝇头细事。……他们毫无所求,一切都有成规"。在这样的文字中,实在无法得出冈察洛夫"对勤劳的中国人民给予了很高的评价"的结论。这里,负面的评价占了主导的地位。虽然冈察洛夫在一定程度上看到了中国人国民性的弱点,对晚清时期中国人的精神面貌的某些方面的观察细致而敏锐。然而,由于作家对中国人和中国社会的了解始终停留在印象式的层面,因此他的结论主观色彩强烈。

冈察洛夫记录下了中国人的不少鲜活的生活场景,如中国的市场、茶馆、殡葬、寺庙等。他对中国人的饮食习惯、灯笼布幌、生铜钱币、理发敲背、中国乐器、刮痧治病[①]、雕刻工艺等民间习俗和技艺作了细致的描摹。冈察洛夫称赞中国雕刻技艺高超,但他认为,这种艺术从本质上说反映的是"鼠目寸光和呆滞无为的特征":"艺术家只尚雕虫小技,在一块木板上或一只核桃硬壳上精刻亭台阁榭、船舶人物,或者以细如游丝的笔触画花草,画服饰,其笔法同五百年前

---

① 如冈察洛夫的作品中有这样的描写:"中途经过一所房子时,看见一个年轻的中国人,正赤膊凭窗,演奏一种乐器。乐器的样子很像吉他,但声音微弱,单调。"(此乐器疑为琵琶。)"从洋行返回码头途中,我们发现中国人群中有一个怀抱婴儿的妇女。婴儿一丝不挂,女儿手蘸吐沫,狠命地搔着婴儿的脊梁。孩子手抓脚蹬,尖声哭叫。这算什么?给孩子治病,还是对孩子发脾气?不得而知。"(此处疑为刮痧。)

完全一样。他们不知道从何处可以借用新的形象。全部的自身源泉都已干涸,生活由瀑布变成缓慢的滴水。"冈察洛夫关于中国人的习俗和文化传承的观察相当仔细,涉及了中国文化的许多方面,甚至为今天的人们保留了那一时代的中国人(包括海外华人)的许多原生态的生活情景。当然,从他的好恶中也可看出文化的差异。

冈察洛夫对上海和香港等城市的自然和人文环境的描写是客观的。在他的笔下,一个半世纪以前的中国城市的风貌生动地呈现在读者面前。冈察洛夫更多关注的是中国面临的深层次的社会危机。他谈到了香港的被占、上海的小刀会起义,以及洋人在中国的横行。在谴责殖民者骄奢淫逸的生活时,冈察洛夫将抨击的锋芒主要指向英国人:"整个说来,英国人对待中国人以及其他人民,特别是对待受他们统治的属国百姓,即使不是残酷无情,也是专横、粗暴、冷酷而又轻蔑的,使人看了就觉得痛心。""性好奴役他人的英国民族,把厚颜无耻视为英雄本色。只要能够发财,管它倾销的是什么,就是毒药也在所不惜!""鸦片夺走了中国人的茶叶、生丝、金属、药材、染料,榨干了中国人的血、汗、精力、才智和整个生命!"抨击尖锐且充满义愤,但这里除了作家的正义感外,可以见到俄国官方的背景。当时的英国是俄国向外扩张的主要障碍,两国剑拔弩张,关系紧张。普提雅廷率领的俄国舰队的此次远行,目的就是想分享列强在远东的权益。作为普提雅廷随员的冈察洛夫显然受到这种氛围的影响。冈察洛夫写道:"我曾漫步于欧洲街区①和中国街区之间的窄巷里,看到两只手在拉向一起——一只盲人的手伸出来探索着抓明目人递过来的手。……只有在基督教文明的旗帜下,他们的成功才有希望……"在作家看来,中国的出路只有一条,那就是向西方靠拢,接受基督教文明。

当然,这并不应妨碍我们对冈察洛夫在作品中所表现出来的识见作出客观的评价。冈察洛夫对当时危机重重、积贫积弱的中国社会作了多侧面的描写,尽管其中表现出鲜明的倾向性;他对中国人民的不幸抱有出于人道主义感情的同情,尽管其中蕴含着居高临下的怜悯和某些鄙视;他对晚清中国社会的风土人情的详

---

① 指中国的租界。

尽记录为后人保留了可贵的史料，尽管他对中国社会的出路的看法失之谬误；他对英国入侵者的谴责充满义愤，对毒品等问题的分析颇有力度，尽管其中有官方因素的制约。也许正是透过这种种矛盾，我们才更清楚也更真切地看到冈察洛夫这样的19世纪俄国作家与中国文化之间的那种独特的联系。

就精神上的联系而言，列夫·托尔斯泰无疑是19世纪俄国作家中与中国关系最密切的一个。作为一个人道主义的作家，托尔斯泰早在他的青年时代就关注中国人民的命运。他在早年写的小说《卢塞恩》（1857）中愤怒谴责了帝国主义分子对中国人民的屠杀。在他的书信、日记和文章中也能见到类似的文字：帝国主义列强"都想占据中国"，并为此进行"军事上的争夺"（1898年3月日记）；沙皇尼古拉二世"下令屠杀中国人，犯下了跟他的和平倡议完全背道而驰的骇人听闻的暴行"（《不许杀人》）；"我对于中国人经常怀有的尊敬，很大程度上由于可怕的日俄战争的种种事件而更为加强了"，"俄国和中国这两个伟大民族之间有着一种内在的、心灵上的联系，他们应该手挽手走在一起"（《致张庆桐的信》）；"在我们的时代，人类的生活上发生着伟大的转变，在这个转变中，中国应该在领导东方民族方面发挥伟大的作用"（《致辜鸿铭的信》）等。去世前半年，年迈的托尔斯泰还深情地说过："假如我还年轻的话，那我一定要到中国去！"

当然，托尔斯泰与中国的关系中最值得一提的还是他对中国儒道墨学说的兴趣。在上面提到的两封致中国人的信中，作家这样写道："很久以来，我就相当熟悉（当然，大概是非常不完全的，这对于一个欧洲人是常有的情况）中国的宗教学说和哲学，更不用说孔子、孟子、老子和他们的著作的注疏（被孟子所驳斥了的墨翟的学说，更特别使我敬佩）。""中国人的生活一向引起我的兴趣，我曾尽力想理解中国生活中我所能懂得的一切，尤其是中国的宗教智慧——孔子、孟子、老子的著作及其注疏。我也读过中国有关佛教的书籍以及欧洲人所写的关于中国的著作。"1891年11月，彼得堡一出版家询问托尔斯泰：世界上哪些作家和思想家对他的影响最大？托尔斯泰表示，在50岁至当时的63岁（即1878—1891

年)期间,孔子和孟子"很大",老子则是"巨大"。①

托尔斯泰对儒道墨学说的兴趣始于1877年,而且在其后的岁月中一直乐此不疲,其中用力最多的时期主要在19世纪80年代中期、90年代上半期、20世纪初期。他通过英、法、德等国的文字阅读过的有关中国的著作和论文达32种,他还撰写、翻译、编辑和审阅过近10种有关中国哲学思想的书籍和文章,如《中国圣人老子语录》《老子·道德经或道德之书》《老子的学说》《孔子·生平及其学说》《孔子的著作》《大学》《中国哲学家墨翟,论兼爱的学说》和《中国学说的述评》等。那么,中国古代哲学家的学说激起了世界观激变时期和激变以后的托尔斯泰强烈的思想共鸣。那么这种共鸣表现在何处?它的成因是什么?严格说来,这种共鸣难以就儒道墨各派一一区分,但为了叙述的方便,这里仍分别择其要者作一分析。

老子是托尔斯泰自称为对他影响巨大的思想家。托尔斯泰对老子的"见素抱朴""少私寡欲"的思想颇感兴趣,认为这是处理灵肉矛盾的一个重要途径。素(原丝)和朴(原木)是事物的原生形态,"见素抱朴"乃"回归自然"之意。老子的《道德经》提到灵肉矛盾时说:"吾所以有大患者,为有吾身。"这个"身"的欲求会乱人心性,所谓"祸莫大于不知足,咎莫大于欲得"。只有"少私寡欲"、不为外物所诱惑的人,才会有精神生活,所谓"故常无欲,以观其妙。常有欲,以观其徼。"(托尔斯泰译述为:"只有没有欲望的人,才能看清神的本质。为欲望所驱使的人,不能完全看清神。")托尔斯泰对老子的这些主张心领神会,他在1884年的日记中写道:"老子学说的实质与基督教是相通的","两者的实质都是以禁欲方式显示出来的构成人类生活基础的神圣的精神因素。因此,为使人类不成为苦难而能成为一种福祉,人就应当学会不为物欲而为精神而生活。这也正是老聃所教导的"。②在《老子的学说》一文中,托尔斯泰对老子的思想进一步作了合乎自己理念的解读:"人可以或为肉体活,或为灵魂活。人为肉体而活,那么生活就是不幸,因为肉体会感到痛苦,会有生老病

---

① 见《托尔斯泰全集》,第66卷,第68页,苏联国家文学出版社1928—1958年版。
② 同上,第40卷,第350—351页。

死。为灵魂而活,那么生活就是幸福,因为灵魂既无痛楚之感,又无生老病死。因此,为了使人的生活不是不幸,而是幸福,人应该学会不为肉体,而为精神而活着,老子就是这样教导的。他教导人们如何从肉体生活转化为灵魂生活。他称自己的学说为'道',因为全部学说就在于指出这一转化的道路。"用禁欲主义的观念来解释老子的上述思想,十分符合世界观激变后的托尔斯泰的信念。当然,老子禁欲(准确说是"节欲")是为了"贵生",而托尔斯泰的禁欲则更注重精神升华。晚年的托尔斯泰为摆脱精神危机,接受了宗法农民的信仰,彻底否定了贵族阶级的寄生生活,始终恪守"少私寡欲"的戒条,追求着灵魂的净化。

老子的"无为"和"柔弱胜刚强"的原则也是托尔斯泰格外推崇的。老子一方面反对统治者对老百姓的压迫,主张"无为而治",因为"我无为而民自化";另一方面强调"曲则全,枉则直""柔弱胜刚强"的原则,认为"天下莫柔弱于水,而攻坚强者莫之能胜","上善若水,水善利万物而不争",由于水不争,"故天下莫能与之争"。托尔斯泰对此解读道:老子"有一个绝妙的思想,就是他称之为'无为'的美德","老子直截了当地把世间一切罪恶归结成'为',……这一思想不论怎样奇怪,却都不能不赞同它……"[①]托尔斯泰还在《无为》一文中写道:"人们的一切灾难,按照老子的学说,与其说是因为他们没有做需要做的事情,不如说是因为做了不需要做的事情。因此,如果人们能遵循无为之道,就能够避免所有个人的,尤其是社会的灾难。……我想,他是完全正确的。"托尔斯泰将发行报纸、组建军队、建造埃菲尔铁塔、筹办芝加哥博览会和开凿巴拿马运河等都纳入了"不需要做的事情"之列。托尔斯泰在引述老子关于"柔弱胜刚强"的观点时写道:"应当像老子所说的如水一般。没有障碍,它流淌;遇到堤坝,它止住;堤坝破了,它还流。在方形的器皿里,它是方的;在圆形的器皿里,它是圆的。正因为这样,它比一切东西都重要,都有力量。"[②]由此,托尔斯泰认为:"中国人民的功勋,在于指出人民的高尚美德并不在于暴力和杀人,却在于不管一切的刺激、侮辱与灾难,远避开一切怨恨,

---

① 托尔斯泰1893年5月15日致希尔科夫的信,见《托尔斯泰全集》,第84卷,第196页。
② 托尔斯泰1884年3月10日日记,见《托尔斯泰全集》,第49卷,第65页。

宁愿忍受加于他的一切暴力，而能坚持到底的忍耐的精神。"（《致张庆桐的信》）"……用宽宏和明智的平静、宁可忍耐也不用暴力斗争的精神来回答加之于他们头上的一切暴行。"中国人民只要坚持这样的生活道路，那么"他们现在所遭受的一切灾难便会自行消亡，任何力量都不能战胜他们"。（《致辜鸿铭的信》）托尔斯泰"不以暴力抗恶"的主张在老子的"无为"思想中找到了依托。虽然可以指出这一主张的种种不足，但是应该看到它的前提不是与"恶"妥协，它的基点符合"柔弱胜刚强"的规律，它和老子思想一样存在着某种合理的因素。

托尔斯泰在致张庆桐和辜鸿铭的信中曾经极力称赞和希望中国人民保持"所过的和平的、勤劳的、农耕的生活"，认为"这是一切有理智的人都应该过的、离弃了这种生活的民族迟早应该返回来的生活"，因为"如果把它同基督教世界得到的一些结果相比较，它比基督教世界所处的充满仇恨、刺激和永不停止的斗争的情形好上千百倍"。而这一点也是与他对老子的社会观的赞赏联系在一起的。老子在倡导人应满足于过原始简单的生活的同时，主张废弃一切违反自然的东西："使有什伯之器而不用"，因为器物会扩张人的物欲；"虽有舟舆，无所乘之"，因为便捷的交通会使人不安心劳动。理想的社会应该是"甘其食，美其服，安其居，乐其俗"，是没有战争和不必迁徙的"小国寡民"的农耕社会。托尔斯泰欣赏这种观念是因为它非常符合作家反对充满物欲和仇恨的"文明"社会的思想。站在20世纪的门槛上呼吁中国人民仍然过老子倡导的"小国寡民"的农耕生活，甚至还希望中国领导东方民族一起走这样的社会发展道路——作家的社会观显然是保守的，不过托尔斯泰的顺应自然、返璞归真的心态却是可以理解的，这是对工业文明带来的弊端的反拨，它又具有现代性。

托尔斯泰对孔子和孟子作过认真的研读，并有过很高的评价。他是通过儒家经典《大学》和《中庸》来了解孔子学说的，严格意义上说他接触的是宋明儒学，这一点与17世纪以来许多欧洲学者相似。托尔斯泰对孔孟学说的兴趣主要集中①在"修身"(托尔斯泰译作"自我完善")这一点上。修身的问题是与"性善"说等儒家学说相联系的。关于后者,孔子提出过"性相近也,习相远也"的见解,孟子进而将"性善"说明确化了。托尔斯泰并未对此加以区分,他在《孔子的著作》一文中写道:"中国人不干坏事,不和任何人争吵,总是多给予而少索取。所以,他们更好。而果真是好,就该知道他们的信仰是什么。请看他们的信仰,他们的先师孔丘是这样说的:所有的人都是天父生的,因此没有一个人心中不是蕴藏着爱、善、美、礼仪和智慧。"不过,在儒家的学说中,人性最初尽管有善的萌芽,但是也需要不断培养它,发展它。托尔斯泰是这样表述儒家的这一思想的:"尽管在所有的人身上都有与生俱来的天赋和善,却只有很少的人能够使这种善在自己身上培养成熟。所以往往不是所有的人都能在自身发现这种善并加以哺育的。只有具备巨大的理性、聪明和天赋的智者才能培植起心灵的善,他们是人群的杰出者。于是天父委命他们当领路人,为人师表,为此一代代委命他们管理并教导人们,为使所有的人返回到自己固有的纯朴中去。"如果因为社会影响而远离了善时(也就是孟子说的"放其良心"),那就需要"内省"(孔子)和"自反而仁"(孟子)。因此,儒家强调"修身"。托尔斯泰对此极有兴趣。他在称赞孟子学说"十分重要和杰出"时写道:"孟子教导人怎样恢复和找回失却的心,妙极了。"他还在《阅读园地》中对孟子的学说作了这样的阐释:"所有的人都有仁慈、廉耻和憎恨恶习的情感。每个人都可通过自我教育增长这些情感,反之就是任其衰竭。……堕落的心也一样:如果我们让卑贱的情欲吞噬我们心灵中仁爱、廉耻、憎恨恶习的高尚幼芽,难道我们还会因此而说,这些幼芽从来就没有在人的心里生存过?"②正因为这样,通过"修身"以完善自我人格就很有必要了。

　　对这一点的强烈认同,使托尔斯泰多次译述《大学》和《中庸》有关"以

---

① 可参见本章前述的有关文字和注释,另一例证是托尔斯泰在1884年写的《孔子的著作》中引用了朱熹为《大学》作的序。托尔斯泰翻译《大学》和《中庸》时主要依据的是詹姆士·勒格的英文三卷本《中国经典》,此书译自朱熹的《四书集注》。托尔斯泰在译述《中庸》时也参阅过日本学者小西的俄文译文。
② 见《托尔斯泰全集》,第42卷,第288—289页。

修身为本"的内容。如他在1884年和1900年两次译述《大学》时都选择了《大学》的第一章，因为这一章里着重讲的是托尔斯泰感兴趣的思想。"古之欲明明德于天下者，先治其国。欲治其国者，先齐其家。欲齐其家者，先修其身。欲修其身者，先正其心。欲正其心者，先诚其意。欲诚其意者，先致其知。致知在格物。""自天子以至庶人，壹是皆以修身为本。"（托尔斯泰在1884年《大学》一文中译述为："古代帝王，凡愿在民众中开启我们全体得自上天的智慧之源者，首先要努力治理好国家。一心想要治理好国家的人，首先要把自己的家管理得井井有条。想要管好家的人，首先要极力端正自己本身。想要端正自己本身的人，首先要在自己心中坚定真理。想在自己心中坚定真理的人，首先要努力使自己对善与恶的判断力日臻完善。使自己对善与恶的判断完善起来的目的在于洞察行为动机的原则。""从帝王到最普通的农夫，所有人都负有一个共同的职责：改正错误，使自己变得更好，即自我完善。这是根本，在此基础上建立起完善人类的整个大厦。"①）尽管译述中存在好几处明显的错误，但是其基本精神应该说还是体现了出来。把一切最终归结为"道德的自我完善"，这一点很符合托尔斯泰的主张。至于在《大学》中展开的关于"齐家""治国""平天下"的论述，托尔斯泰显然不感兴趣，因而就略去了。托尔斯泰在对《中庸》的译述中也有类似的情况。

托尔斯泰"特别敬佩"墨子的学说，因为墨子"兼爱"的思想与他所极力提倡的"全人类的爱"颇有相通之处。何谓"兼爱"？墨子解释为，爱人如爱己，"视人之身若视其身"；爱己非为用己，则爱人亦非为用人，是之谓"兼爱"。那么"兼爱"的基础何在？墨子认为，"体，分于兼也。"宇宙是一大兼，人类是一个整体，个人是从兼分出来的体，因此个人和国家不能彼此相外而应该彼此相兼。"天下兼相爱则治，交相恶则乱。"人人相爱，天下则能大治；反之，天下就会起怨恨祸乱。墨子承认人与人之间有差别，但主张"爱无差等"。无论贫富贵贱，人人"兼相爱，交相利"，这样人们面对的就将是一个没有暴力和邪恶的平等相处的世界，这是墨子理想的社会境界。当然，这也符合托尔斯泰的社

---

① 见《托尔斯泰全集》，第25卷，第532—534页。

会理想。托尔斯泰思想的一个核心内容就是"博爱",爱一切人,甚至包括你的敌人。不过,在托尔斯泰看来,爱不是外在的,爱是生活的根本内容。他在《论生命》和书信日记中一再这样写道:"爱的感情之中有一种特有的解决生命所有矛盾的能力。它给人以巨大的幸福,而对这种幸福的向往构成了人的生命本身。"爱"是生命的唯一合乎规律的现象","是人类生命本质"。爱应该是博大的,应该"像蜘蛛从自己身上向四面八方散出的蛛网"一般,"把一切碰到的东西——老太婆也好,小娃娃也好,妇人也好,警察局长也好,都一视同仁地网罗进去。"在托尔斯泰看来,上帝即爱。"只有爱他人的人才可能爱上帝。谁不爱他人也就不能了解上帝,因为上帝就是爱。"托尔斯泰通过大量的文字,特别是他晚年的许多文章和作品,反复表述着爱就是生命和灵魂结合、爱是消灭社会罪恶的唯一途径,以及类似墨子的"爱无差等"的思想。墨子的"兼爱"和托尔斯泰的"全人类的爱"有着时代的局限,但是这种追求本身却体现了人类对理想社会的向往,其内在精神是不朽的。

　　就上面的择要介绍中,我们不仅可以看到托尔斯泰对儒道墨学说的兴趣所在,也可以辨析出托尔斯泰对这些学说的误读。这种误读首先是因为托尔斯泰并不能对上述学说作清晰的界定。他曾在致辜鸿铭的信中希望中国人继续自己过去的教义:"就是要从一切人的权力统治下解放出来(儒家);做到己所不欲,勿施于人(道家);实行自我牺牲,温顺,对一切的人和一切的生物都要慈爱(墨家)。"这里,作家对儒道学说的解读显然有误。托尔斯泰本人也意识到这一点。他在致张庆桐的信中谈到自己"相当熟悉"中国的儒道墨学说时,马上表示:"当然,大概是非常不完全的,这对于一个欧洲人是常有的情况"。不过,有些误读却是作家有意为之。1907年,托尔斯泰在与友人布雷金交谈时表示:"起先我不敢更改基督、孔子、佛说的话,现在我想:我正是应该来更改他们,因为他们是生活在三五千年前的人啊!"他在1909年8月的一则日记中也谈道:"不要以为我有意不付印的那些东西有什么意义。我读孔子、老子、佛(对福音书也可以这样说),发现除了形成一个学说的深刻、连贯的思想以外,还有些最怪诞的,有时是自相矛盾的思想和言论,正是学说所揭露的人所需要的。不要坚持这些￥"因此，托尔斯泰在译述儒道墨学说时常常对与其思想抵触的内容故意回避或公开扬弃。例如，他从来不提孔子关于"礼"和孟子关于"劳心者治人，劳力者治于人"的思想，他明确反对墨子关于爱可以教习的观点，指出墨子的"不对之处在于：他想改造这种爱，向世人教习这种爱"。但是，尽管有种种误读或扬弃的成分，我们仍能看到这并没有妨碍托尔斯泰对中国古代哲学内在的一些基本精神的把握。

　　值得注意的是，托尔斯泰并不十分看重儒道墨等各学派之间的差别。他认为"佛教学说，斯多葛派学说，一些犹太先知的学说，还有中国的孔子、老子和鲜为人知的墨子的学说"的普遍意义就在于，"所有这些学说都一致承认人的心灵天性是人的本质"。他在《老子的学说》中阐述老子的学说时，也将它与基督教义等同起来。他认为："老子的这一思想不仅是和《约翰福音》第一章里所写的基督教教义的基本思想相近，简直是完全一致。根据老子的学说，人与上帝借以沟通的唯一途径就是道。而道通过弃绝一切个人肉体的东西才能获得。同样在《约翰福音》第一章里所讲的也是这一教义。根据约翰的教义，人与上帝沟通的方式是爱。而爱，就像道一样，通过摒弃一切个人肉体的东西而获得。根据老子的学说，'道'这个词指的既是与天沟通的道路，又是天本身；同样根据约翰的教义，'爱'的词义，指的既是爱又是上帝本身（'上帝即爱'）。这两个学说的实质都在于：人既可以自认为是个体的，也可以自认为是集体的；既可以是肉体的，也可以是精神的；既可以是短暂的，也可以是永恒的；既可以是兽性的，也可以是神圣的。照老子的说法，要想达到使人意识到自己是精神的和神圣的，只有一条道路，他称之'道'，其中包括最高美德的概念。这种意识是依靠人人清楚的本性而获得的。所以老子学说的精髓也就是基督教教义的精髓。二者的实质都在于弃绝一切肉体的东西，表现那种构成人的生命基础的精神的神圣的本源。"文中可以看到托尔斯泰对老子学说的阐释明显有误，他反复强调的"上帝即爱"和爱只有"通过摒弃一切个人肉体的东西而获得"的思想中显然掺进了自身的思想因素；也可以看到托尔斯泰将儒道墨学说看作互有补充的统一体，努力在它们和其他思想的宗教学说之间寻找相通之处。

在探讨托尔斯泰与中国古代哲学思想的关系时，我们感兴趣的主要不是论证托尔斯泰如何正确地把握了这些思想，而恰恰是想从他关注的目的和有意无意的误读中发现这种联系的独特之处。如有的研究者在谈到上面的那段文字时所指出的："托尔斯泰的确在把老子、儒家和基督教的思想杂糅到一起，其中既有所谓老子的'个体和集体'的道的关系；也有儒家反身而诚的道德追求；又有基督教精神肉体、神性兽性的斗争。在这里，我们不必去批驳托尔斯泰使各派学说都融入了'异说'，而只关注托尔斯泰为人类寻找的建立人间天国的共同的理性基础。这正是人类永恒理想之所系。"[①]

托尔斯泰潜心研读儒道墨学说的时间发生在他世界观发生激变前后，它的起因和整个过程都与作家自身紧张的思想探索和人生追求密不可分。为了探索人生真谛，为了在比较中认清宗教的本质，为了寻找"最纯洁的"基督教的教义，托尔斯泰对老子、孔子、孟子和墨子等人的著作产生了异乎寻常的热情，儒道墨学说显然成了托尔斯泰终极追求中的又一"活命之水"。从托尔斯泰的这种终极追求中，后人会感到灵魂的震撼。造成这种震撼的主要不是托尔斯泰终极追求的结论（虽然这种结论中也有许多值得后人重视的思想），而是作家这种不懈追求本身所具有的价值。我们关注托尔斯泰与中国儒道墨学说的联系，其主要意义也许就在于此。

---

① 见吴泽霖：《托尔斯泰和中国古典文化思想》，第156页，北京师范大学出版社2000年版。

第二讲　清末民初的中俄文学关系

如果说19世纪以前的中俄文学关系主要表现为俄国对中国文化和文学的接受的话，那么20世纪则是俄国文学日益深刻地影响中国和中国文学的时期，其发端于19世纪后期。清末民初是中国历史上重要的文化转型期，中国对俄国文学的接纳也始于此时。

一、从《俄人寓言》到克雷洛夫寓言

鸦片战争以后，中国社会发生了深刻变化。西方资本主义的入侵给中国带来了半殖民地半封建的苦难形态，同时也从根本上动摇了中国闭关锁国的格局。与此相应，西方文化开始更有力地向中国文化渗透和冲击。在这种渗透和冲击中，西方来华教士创办的期刊是一个重要阵地，这些刊物大多以介绍西方时事政治和社会思潮、传播西方意识形态和伦理观念为宗旨，但也传播了不少科技方面的知识并介绍了少量的文学作品，客观上对中西文化交流起了积极作用。中国最早的对俄国文学作品的译介就出现在这样的刊物上。

中国最初的俄国文学作品译介究竟始于何时？戈宝权和阿英两位前辈对此作过大量考证，认为："最早的，就是在光绪二十六年（1900）发表的三篇克雷洛夫的寓言"，载于上海广学会校刊的《俄国政俗通考》一书。①

笔者在上海徐家汇藏书楼查阅资料时发现，在《中西闻见录》的创刊号（1872年8月）上载有丁韪良（美国传教士）译的《俄人寓言》一则。于是，笔者顺藤摸瓜，将与此有关的史实作了一番梳理。从译介学的角度看，其中颇有一些令人感兴趣的东西。这里先将这则《俄人寓言》实录如下：

俄人寓言　丁韪良
　　俄国北鄙。多崇山峻岭。丰草茂林。其间产大熊。多伤人。以故遇之者。率升木以避。否则伏地作死状。乃可免。有甲乙某。偕至其地。正游盼间。兽猝至。甲遽腾身登树杪。乙无奈。闭息仰卧以示死。兽至。见乙之伴

---

① 参见戈宝权：《中外文学因缘》，第257页，北京出版社1992年版。

死狀。乃於头面间反复嗅之。乃舍去。乙此时失魂若死。始犹知为闭息。后几於息自闭矣。比兽去久之。甲始下。而乙亦苏。甲因嘲之曰。适吾於树上。见熊於尊卧处属耳者屡屡。何熊与君有许多密言也。曰。诚有之。熊适语吾曰。兹后若有人素称道义。一旦遇患难即自顾而弃友如遗者。此类真不足齿者也。

从故事的基本情节看,这是一则现今的中国读者非常熟悉的寓言。仅20世纪80年代至少就有七八种中译文本出现,它们分别标明为古希腊《伊索寓言》(名为《行人和熊》,人民文学出版社1981年版)、法国《拉封丹寓言诗》(名为《熊和两个伙伴》,人民文学出版社1982年版)、俄国托尔斯泰寓言(名为《两伙伴》,人民文学出版社1989年版)、德国阿维亚努斯寓言(名为《两个伙伴》安徽人民出版社1982年版)等。稍作比较就不难发现,这几则寓言(包括《俄人寓言》)的情节内核是一致的,而且大多把熊("危险"的代码)的出现作为人格和友情的试金石。它们的差异主要在于地点和环境设置上的不同,或者语言表述上的繁简。相比之下,收入《拉封丹寓言诗》中的《熊和两个伙伴》的题旨稍有偏移,为便于辨析,摘录有关中译:

> 有两个伙伴,手头很缺钱花,
> 他们就向他们的邻居皮货商出售一只还活着的熊的皮。
> 但是他们得马上去把它杀死,至少他们是这样说的。
> 按他们的估计,那是一只熊中之王,
> 商人可以靠这张皮赚上一大笔。
> 它能抵御刺骨的寒冷,
> 人们可以把它做成两件皮衣。
> 丹德诺①对自己的羊群的标价,也没法和他们对那只熊的标价相比,
> 照他们,对,就是照他们的估价,而不是照那只熊的估价。

---

① 丹德诺是拉伯雷的《巨人传》里的卖羊的商人。

他们设定了价钱就开始搜捕,
最迟不得超过两天就要交出熊皮。
当他们发现那只熊正朝着他们奔来时,
瞧我们这两位就像遭到雷击一样,
买卖是做不成了,合同得取消,
不过关于违约的罚款那人家还一字没有提到。
一个伙伴爬上了树梢,
另一个吓得比大理石还冰冷,
他面朝地躺着,屏住气装死,
因为他曾在什么地方听人说起
熊最不喜欢
那没有生命,既不动又不会呼吸的尸体。
熊大人像傻子一样中了奸计,
它看到那个倒卧的躯体,以为他已经死了,
但是它又怕自己上当受骗,
就把他翻过来又翻过去,
还把自己的嘴凑近去嗅他的鼻息。
它说:"这是一具尸体。算了吧,他还发出味儿来呢。"
说完这话,熊就走进附近的森林里去了。
另外的那个商人从树上下来,
他向他的伙伴跑去,并且对他说这真是奇迹,
他的一切不幸只是一场虚惊而已。
"哎,"他接着又说,"不过那张皮怎么办?
它在你耳边说了些什么?
因为它是这样的挨近你,
用它的爪子把你翻过来又转过去。"
"它对我说不应当出售

那张还没有打倒的熊的皮。"①

即使不算上面提到的其他几则寓言,单就已引的《熊和两个伙伴》和《俄人寓言》而言,它们之间尽管存在种种差异,但情节内核的一致是毫无疑义的。这里就面临着一个显而易见的问题:一则情节内核相似的寓言何以被诸多国家视为己有,它究竟属于哪个国家的文学作品?然而,当我们翻检世界各国的寓言时,发现这种现象在寓言发展史上并不罕见。遐迩闻名的寓言《狼和小羊》就是很典型的一例。伊索寓言、拉封丹寓言、克雷洛夫寓言等多种选本中都能见到它的身影,而各文本之间的相似与差异也与前类同。又如伊索寓言中有《狐狸和鹤》一篇,而1860年莫斯科出版的《俄国民间故事》中也收入了同名却不同文本的这则寓言。这一现象的出现大体有两种因素在起作用。一是伊索寓言的影响,后起的各国寓言作家将其作为再创作的基础,于是出现了原作和再创作的多种文本。二是伊索寓言吸纳了其他地区的寓言,它与该地区已有的寓言一起以不同文本分别在后世流传。历史上的伊索只是传说中的诗人,现今的伊索寓言究竟有多少是他所写已无从考证。后人搜集整理的《伊索寓言》中,除了古希腊寓言外,其实已掺杂了不少印度和阿拉伯的成分以及基督教的故事等。因此,人们普遍承认这种不同途径流传的或经过再创造的多种文本同时存在的历史合理性。而且有些文本已成为各具特色的艺术品,如丁韪良译的《俄人寓言》中关于"俄国北鄙。多崇山峻岭。丰草茂林。其间产大熊。多伤人"这样的对俄国北部风貌的绘声绘色的描绘,和后人尼科利斯基为该寓言配上的那茂密的西伯利亚松树林、硕大的北极熊和典型的俄人装束的画面,无不使这一寓言文本平添了几分俄罗斯情调,它与伊索文本中的训诫口吻和拉封丹文本中的商人气息迥然有别;再则《狼和小羊》伊索本的扼要、克雷洛夫本的铺陈和托尔斯泰本的简明生动,似也不可相互替代。

在肯定《俄人寓言》作为俄国文学作品存在的合理性的同时,使我们感兴趣并想加以弄明白的又一个问题是:丁韪良译的《俄人寓言》是不是取自托尔斯

---

① 载《拉封丹寓言诗》,远方译,人民文学出版社1982年版。

泰的文本呢？1872年，是托尔斯泰《两伙伴》出版的年代，也是《俄人寓言》在中国出现的时间，这是历史的巧合还是确有联系？相对而言，托尔斯泰的《两伙伴》与《俄人寓言》在文本的某些方面似乎也比较接近：

  两伙伴在树林里走的时候，有只狗熊蹿出来，向它们扑上去。一个连忙逃开，爬到树上去藏身。另一个在原地站着，无可奈何，只好趴下装死。
  狗熊走到他身边，左嗅右嗅。他连气也不敢喘。
  狗熊嗅了嗅他的脸，以为是一具死尸，就走开了。
  狗熊走了以后，藏在树上的那一个才爬下来，笑着问：
  "喂，狗熊在你的耳边说了些什么呀？"
  "狗熊对我说，在危急的时候丢下伙伴不管的人是坏人。"[①]

为了搞清这一问题就必须对托尔斯泰在19世纪60—70年代创作寓言和民间故事的有关过程作些回顾。托尔斯泰的《两伙伴》最初出现在他编写的《识字课本》的第四册，这一课本的编写是与他在雅斯纳亚·波良纳的办学活动联系在一起的。托尔斯泰办学的高潮时期是19世纪50年代末至60年代初，也就是在这个时期托尔斯泰开始酝酿编写这一课本。而从《战争与和平》尚未完全脱稿的1868年起至1871年9月，他把主要的精力投入了《识字课本》的写作，特别在语言方面付出了极大的热情和艰辛。关于这一点，托尔斯泰曾在致妻子的信中写道："在语言上花的功夫简直可怕。必须使一切都显得美丽、简短、朴质，而且最主要的是——明确。"在致友人斯特拉霍夫的信中，他也表示："如果课本中的文章有什么优点的话，那就在于构图和线条，也就是说——语言的简单和明了。"这一特点从托尔斯泰的《两伙伴》的文本中是可以看得很清楚的。尽管《两伙伴》早就脱稿，但因出版的延误，直到1872年11月初它才随《识字课本》一起问世。这就排除了丁韪良译自托尔斯泰文本的可能性，因为《俄人寓言》发表的时间是那一年的8月。两者的直接联系虽然排除了，但托尔斯泰的有关手稿却告诉我们一

---

① 载《托尔斯泰文集》第12卷，陈馥译，人民文学出版社1989年版。

些同样有价值的东西,即这一寓言在当时的俄国已有其他文本存在,托尔斯泰就是在一篇名为《两个朋友》(《Дваприятеля》)的抄本的基础上再作加工的,同时还将篇名改成了《两伙伴》(《Дватоварища》)。因此,丁韪良所据的原本极有可能是从俄文转译成英文的《俄国民间故事》一类的书籍。①

那么,围绕着刊登《俄人寓言》的期刊《中西闻见录》和译者丁韪良的有关史实又是怎样的呢?看来也有必要做一番探究。

《中西闻见录》的出现是中西文化交汇的结果。明清之际,"西学东渐"之风初起,作为其先行者的是最早来到我国的耶稣会教士利玛窦(意大利)、庞迪我(西班牙)、金尼阁(法国)、艾儒略(意大利)和汤若望(德国)等人。他们除传播宗教外,也向中国介绍了一部分西方的科学论著,只是规模和影响都还比较小。19世纪中叶以后,一批痛感国力日衰的中国人力陈清朝政府,要求引进西学,以图自强。1862年,清政府在北京开设京师同文馆,而后各地纷纷仿效。相继出现的有上海的广方言馆、广州的同文馆和福州的船政学堂等。后上海江南制造局内也设立了翻译局。与此同时,外国来华的传教士的人数也大大增加了,

---

① 前些日子,笔者查阅了俄国学者尼·尼·古谢夫(Гусев Н. Н.)的《托尔斯泰生平与创作年谱》中的有关记载,发现仍有疑点。在这本年谱中有几十处关于《识字课本》编写与出版过程的记录。1872年1月12日,托尔斯泰在给亚·安·托尔斯泰娅的信中写道:"近年来我一直在编写《识字课本》,现在正在印刷。这部花费了我多年时间写成的书——《识字课本》,对我意味着什么呢?……所有的孩子都将用这套课本学习并从中获得最初的美好印象。而我在写成这套课本之后,也可以安然死去了。"(《托尔斯泰全集》第61卷第357封信)这封信告诉我们,为作者十分看重的编写多年的《识字课本》在1871年年底开始印刷。(此书1871年12月交给莫斯科费·费·里斯印刷厂,1872年5月中旬已出校样和图版,6月因印刷质量问题改由彼得堡扎梅斯洛夫斯基印刷厂排印,11月初正式出版。)同时,书中有的内容已经提前刊载在刊物上。屠格涅夫在那年7月一封致法国友人的信中就谈到,他读到了托尔斯泰《识字课本》中的两篇,刊载在《曙光》杂志上,"写得极好,我认为,孩子们一定会喜欢的"。(见加利佩尔内-卡明斯基选编的《伊·谢·屠格涅夫致波琳娜·维阿尔多女士及其他法国友人书信集》,莫斯科1900年版,第340页。)1872年1月至4月,托尔斯泰重新在雅斯纳亚·波良纳住所为农民子弟开办了一所学校,他本人及妻儿都为孩子们上课,并以《识字课本》为教材。此外,书稿从交稿到出版,时间长达一年,校样在莫斯科和彼得堡长时间流转。这一切都说明,《识字课本》中的部分内容有可能在出版前已为外界所知。尽管目前掌握的材料还无法确认丁韪良1872年8月在《中西闻见录》译载的《俄人寓言》用的就是托尔斯泰的《两伙伴》的文本,但目前也不能排除这种可能性的存在。是历史的巧合还是确无联系?这个发生在中国晚清1872年的"托学"之谜仍有待感兴趣的学人继续探索。

1845年时已有30余人，十年后又增至70余人，其中绝大部分是美国和英国的传教士，这些传教士中有不少人参与了西方科技文化典籍的中译工作，如当时颇有影响的丁韪良（美国）、林乐知（美国）、李提摩太（美国）、傅兰雅（英国）和伟烈亚力（英国）等。这些传教士往往与中国学者合作译书，一方口述，一方笔录，而后润色成书。"西学东渐"之风由此强劲起来。就在这时，中国最早的刊物出现了。除了《中国教会新报》等以宣传宗教教义为主的刊物外，《中西闻见录》是当时中国首先向国内介绍西方文化和自然科学技术，并报道时事新闻的一本综合性刊物。该刊在中国近代科技史、法律史、新闻史，特别是中西文化交汇史方面占据着十分重要的地位。

关于这本刊物的宗旨，从刊物扉页上编者的话和创刊号上的序言中可以清楚地见到。编者的话称："中西闻见录系仿照西国新闻纸而作"，"书中杂录各国新闻近事并讲天文地理格物之学"，刊登"中西人士有所见闻或自抒议论"的来稿，"庶集思广益见闻日增焉"。创刊号上的《中西闻见录序》一文，从中西文化交汇的源头说起，对此更有详尽的阐述：

> 泰西诸国与中国通好也久矣。自后汉恒帝延嘉间，大秦王安敦遣使自日南徼外献象牙、犀角、玳瑁等物，此欧罗巴洲人来中国之初次也。至今千有七百余岁，西国之疆域、国政、文风、民俗、语言文辞，较彼时已大变易，特相距甚远，中国人不能习见习闻耳。迨前明欧罗巴洲人自亚非利加南初开至中国通商之路，中国始得四大部洲地图，于各国之山川、人情、物产、风俗，或异或同，亦已略晓矣。及大清道光时，泰西各国人来中国者益多，中国人於西国事故益明。庶几其备晓乎？犹未也。西国之天学、地学、化学、重学、医学、格致之学，及万国公法、律例、文辞，一切花草树木飞禽走兽鱼鳖昆虫之学，年复一年，极深研几，推陈出新，义理有非言语所能尽者。若非多译各书，中国人何由尽知乎！西国诸法有益于中国非小……中国人于外国学问，及一切器具，并各国风俗，果能博见广识，择善而从，未始不可

为他山之助……①

该刊创刊于1872年8月（同治十一年七月），每月一期，每期一册，木刻线装，终刊于1875年8月（光绪元年七月），历时三年，共刊行36期，收各类文章八百余篇，涉及的面很广，其中对西方科学技术的介绍占了较大的比重，每期还载有名为"各国近事"的时事动态和文化动态，在收入的各种文章中也包括一部分中外寓言和带有文学色彩的故事或海外奇闻数十则（篇），其中第一篇即为《俄人寓言》，刊于创刊号第16页上。刊物由京都（北京）施医院编辑，主持者主要为美国传教士丁韪良，另有英国传教士艾约瑟等人。丁韪良在《中西闻见录》上著译颇多。

据田涛先生考证：丁韪良 *William Alexander Parsons Martin*（1827—1916）原为美国北长老会教士，1850年来华，先在宁波传教。1858年担任美国首任驻华公使列卫廉的翻译。同治二年（1863）来北京进行传教活动，并在同文馆讲授英语并在北京崇文门内京都施医院内供职。同治八年（1869）经当时任海关总税务司赫德推荐，出任京师同文馆总教习。丁氏将京师同文馆的教学与翻译工作，进行重新调整，使京师同文馆的译著能力在原来的基础上有了一定的提高。直到1894年止，丁氏任总教习共25年。1898年京师大学堂成立，丁氏仍被聘为总教习。义和团运动爆发时，丁氏曾返回美国一段时间，后张之洞拟于武昌设立大学，曾聘丁氏，但不久张之洞调离武汉，丁氏未曾就职。1908年丁氏回到北京，主要从事教会活动并完成他的回忆录。1916年死于北京，终年89岁。丁氏在京师同文馆任职期间，曾主持翻译了《万国公约》四卷、《西学考略》二卷、《格物入门》七卷等大量作品。《中西闻见录》是他在京师同文馆任总教习期间，与其他传教士及国内人士一起编辑出版的。此刊出版，即在全国产生较大的影响，各地纷纷效仿，类似的刊物开始大量出现。而原版的《中西闻见录》在出满三年后，即已十分难得见到，为此丁韪良又在光绪三年（1877）将原书删繁就简，撮其要旨，缩编成《中西闻见录选编》四卷，分四册出版，成为我国近代最早的一部报刊文

---

① 标点系笔者所加。

选。①

  由此可见，《俄人寓言》的出现尽管有一定的偶然性，但是它由丁韪良首先译出，并在《中西闻见录》的创刊号上刊出，又有一种内在的必然性，丁韪良在晚清"西学东渐"之风渐起之际所处的特殊地位，为他提供了这种可能。当然，从短小生动且富哲理的寓言开始，并由西方来华传教士执笔，这在外国文学作品译介的初期并不是罕见的现象，意大利传教士利玛窦在这方面的贡献是众所周知的。在同期《中西闻见录》上还可见到由丁韪良译的《法人寓言》（其题旨与《俄人寓言》相近，是用金钱作为试金石来检验人格和友情）。在大规模译介西方文学名著的条件尚未成熟以前，寓言作为各国文学作品进入中国的先头部队首先出现是合情理的。可以说，《俄人寓言》就是这先头部队中的重要一员。

  《俄人寓言》出现后，相隔多年，俄国的寓言作品才又一次有了中译。1899年12月至1900年5月，上海《万国公报》第131—136册连载《俄国政俗通考》一书，内收克雷洛夫寓言《狗友篇》（即《狗的友谊》）、《鳡鱼篇》（即《梭子鱼》）和《狐鼠篇》（即《狐狸和土拨鼠》）三篇，译者是该刊主编、美国传教士林乐知和任廷旭，译文系据印度广学会的英文本转译。

  值得一提的还有每篇寓言后的那段小小的议论，这些议论有的是将原作中原有的加以发挥，有的则是译者添加的。如果把这些议论，特别是对贪官污吏的揭露和讽刺，看成是译者对中国国情的有感而发，大概也不为过。且看以下文字：

  吁嗟乎！世风不古，交道日非，今日所称为善交之人，其能始终不渝，不效此二犬辈者，曾有几人乎？平居闻其言论，莫不倾心吐胆，胶漆相投，一是临利害，即起而相争，反面若不相识，苟阅此编，能无愧于心欤！

（《狗友篇》）

  噫，狐之计诚狡矣！以杀之者纵之，能令问官受其欺而不觉，世之问官串谋得贿，枉法纵囚者，其亦鉴此而知愧乎？

（《鳡鱼篇》）

---

① 参阅田涛：《〈中西闻见录〉、〈格致汇编〉影印本序》。

今之为仕者，往往自述其清廉之苦况。非特生平未尝受贿，即家眷人等亦从未受过一次礼物。但观筮仕以来，营造新屋，添置产业，试问其费从何而出？岂非与狐口之鸡毛相类乎！如有人指为贪官，在按察使署告其收受贿赂，彼必极口呼冤；但亦当念及造房置产之事，实已明明自认之矣。噫！

（《狐鼠篇》）

这三篇寓言选择得十分精当，在克雷洛夫寓言中均属上品。它们或针砭世人的弱点（《狗友篇》），或抨击贪赃枉法的法庭（《鲦鱼篇》），或讽刺贪官弄巧成拙的丑态（《狐鼠篇》）。文字虽简，但意味无穷，充分反映了克雷洛夫的民主主义的思想情绪。选择这三篇译出，说明译者不俗的眼光。

克雷洛夫寓言原为诗体，但这三篇译文均为散文体，这种译法在相当长的时间里为中国后来的克雷洛夫寓言的译者所仿效。这三篇译文用的是文言意译，文字有所压缩，不过与原作相比其故事内容基本上已得以传达。由于用词老到，因此即使与后人的白话译文相比，似也有一种特殊的韵味。

就在同一时期，托尔斯泰两篇宗教故事也由来华传教士译出。英国传教士狄益华翻译了托尔斯泰的《诚实敬神论》（现译《哪里有爱，哪里有上帝》）和《解仇良法》（现译《纵火容易灭火难》），并于1900年由汉口圣基督教协和书局出版。这两篇作品分别写了鞋匠马丁和农民伊万的故事，旨在弘扬博爱和宽恕的思想，带有宗教色彩。译者根据1887年的英文版译出，英文版有介绍托尔斯泰的序言。因中译原本未见，无法判断中译本前是否保留相关介绍。[①]

应该说，在19世纪后期的中国，不管是《俄人寓言》《克雷洛夫寓言》，还是托尔斯泰的宗教故事，都只为少数的中国读者所了解。大多数人对俄国文学还

---

① 可参见杨俊杰的文章《托尔斯泰和狄益华——也谈托尔斯泰文学作品的最早中译》（《俄罗斯文艺》2015年第4期）对此做的考证。晚清传教士的翻译活动很多。是否还有关于介绍托尔斯泰的其他史料出现，仍待后人考证。俄国人维亚泽姆斯基1894年来华旅行时发现，中国人对托尔斯泰及其作品并不陌生："他们很多人为了阅读托尔斯泰的后期著作而特意学习俄文"；"这位中国人甚至还知道轰动一时的《克莱采奏鸣曲》"；"这位中国人告诉我，他的很多懂俄文的同胞都知道托尔斯泰伯爵的大部分作品"。见希夫曼：《托尔斯泰与东方》，第152页，苏联东方文学出版社1960年版。

知之甚少，少量的译文并没有吸引人们太多的注意力，但是处于世纪之交的中国读者对俄国社会与国情却不陌生，在当时出版的刊物上几乎每期都有俄国近况的报道和关于俄国"国例、官制、教会、学校、商贾、国计、典籍"之类的介绍。而在这样的林林总总的文字中，偶尔也会见到涉及俄国作家和作品的文章。

1897年6月，《时务报》第31册上有《论俄人之性质》一文。文中在谈及俄人喜"沉溺空理空言"时写道："夫俄人之好凭空论事，而少忍耐之力。诗人伯是斤所凤称也。其言云，昔有称埃务剧尼者，本多才之士，平生好为大言，耸动人耳目，崇论闳议，冲口而出，然未尝实行其万一，居常蠢尔无为了此一生。是为俄人之情状也。"在谈及"俄人之好饮酒"时，作者又写道："俄人自讬言云。昔邬那尔美路皇。设立国教。谓俄人之饮酒为至乐。故后世善守其俗。俄国文豪江且路福尝叹惜云。邬那尔美路皇一言。竟误后代。使俄人深中此毒矣。岂不然哉。"①

文中的诗人伯是斤即普希金，文豪江且路福即冈察洛夫，这大概是中国读者第一次见到这两位俄国大作家的名字。文中的埃务剧尼即普希金诗体小说《叶甫盖尼·奥涅金》中的主人公奥涅金，作者对其多余人性格的描述虽嫌粗疏，但亦殊为难得。这些文字尽管译自日文②，但却是中国报刊上出现的关于俄国作家及其作品的最初介绍。这些吉光片羽的介绍和《俄人寓言》、克雷洛夫寓言一起谱写了中国接纳俄罗斯文学的最初的篇章。

---

① 《时务报》（1896—1898）为旬报，《论俄人之性质》载《时务报》第31册（1897年6月30日，光绪二十三年六月初一发行）。此文作者为日本人古城贞吉，译自1897年5月26日的东京《日日报》。在这篇论及作家的文章后面另有一篇谈论画家的文章《论俄人善画》。此文称："俄人绘画之技艺，亦颇秀美。""俄人所画，著想甚佳，自有一种新奇之处。"文中提及"好画水景"的爱华茶斯奚（即艾伊瓦佐夫斯基）、"善画人物"的列宾和麦高斯奚（即马柯夫斯基）、"善画松柏"的狮是斤（即希施金）。这大概也是中国报刊上最早出现的介绍俄国画家的文字。

② 这一现象并不奇怪，因为从19世纪90年代开始，中国出现了继佛经翻译之后的第二次翻译高潮，而且其特点是"以东文为主，而辅以西文"。1895年至1911年，中国从日文翻译过来的著述多达958种（同比，日译中仅16种），中国最初的介绍俄国作家作品的文字译自日文正是当时译介状况的写照。日本对俄国文学的介绍早中国约20年。

二、"虚无党小说":清末特殊的译介现象

中国清末的戊戌变法虽然失败,维新思潮却已不可遏制。世纪之交,国人办的报刊和书局如雨后春笋般地涌现。一些人公开主张变"师古"为"师夷",由学"西洋之长技"到引入"政事之书"。一时译介包括文学作品在内的西方书籍成为一种时尚,"自西风东渐以来,一切政治习尚,自顾皆成锢陋,乃不得不舍此短以从彼长,则固以译书为引渡新风之始也"。① 梁启超是"译书"的积极倡导者之一,他在《论译书》一文中强调"译书实本原之本原"时还举俄国为例:"大彼得躬游列国,尽收其书,译为俄文,以教其民,俄强至今。"

在当时的维新派人士梁启超等人看来,译书中小说最为重要,因为"欲新一国之民不可不先新一国之小说"②,"欧美化民,多由小说;榑桑崛起,推波助澜"。③ 而小说中又以政治小说与社会联系最为密切,欧美日"各国政界之日进,则政治小说为功最高焉"④。

据《晚清小说目》统计,1882年至1913年中国的翻译小说达628种,其中最多的一年(1907年)竟达130种以上;《涵芬楼新书分类目录》(1911)著录创作小说120种,翻译小说400种。近年来还有两种统计数字,一种称:1896年至1916年,翻译小说约800种;另一种称:1896年至1911年,翻译小说达1124种。⑤ 数字尽管有出入,但译介盛况可见一斑。不过在最初的年代里,译介到中国来的外国作品中纯文学作品比重很小,小说中除了《巴黎茶花女遗事》和《黑奴吁天录》等少数名作外,风行一时的是侦探小说(约占全部小说译作的三分之一)和所谓"虚无党小说"。侦探小说姑且不论,虚无党小说当属政治小说之列。

---

① 《小说风尚之进步以翻译说部为风气之先》,载《中外小说林》第二年第四期(1908)。
② 梁启超:《论小说与群治之关系》,载《新小说》第一号(1902)。
③ 商务印书馆主人:《本馆编印绣像小说缘起》(《绣像小说》发刊词),载《绣像小说》第一期(1903)。
④ 梁启超:《译印政治小说序》,载《清议报》第一册(1898)。
⑤ 见樽木照雄《清末民初小说のふたてぶうりぢ》和陈平原《二十世纪中国小说史》(北京大学出版社1989年版,第51页)。

阿英先生曾对虚无党小说作过评价，并将其纳入了俄国文学的范畴。他在《中译高尔基作品编目》"前言"中认为："俄国文学的输入中国，据可考者，最早是清朝末年，那时翻译最多的，是关于虚无党小说。"他在《翻译史话》一文中又认为："侦探小说的主要来源是英、美、法，虚无党小说的产地则是当时暗无天日的帝国俄罗斯。虚无党人主张推翻帝制，实行暗杀，这些所在，与中国的革命党行动，是有不少契合之点。因此，关于虚无党小说的译印，极得思想进步的智识阶级的拥护与欢迎。"①阿英先生所注意到的虚无党小说现象，是研究早期中俄文学关系时不可或缺的一个环节，有必要作进一步的探讨。

要谈虚无党小说，首先遇到的一个问题就是何为"虚无党"？而这个问题又是与虚无党小说何以在中国反清政治斗争的高潮时期备受关注联系在一起的。"虚无"即"无政府主义"一词的别名。虚无党即是信奉无政府主义的一种政治力量。无政府主义的前辈是霍德文（英）和施蒂纳（法）。不过，它作为小资产阶级的社会政治思潮则形成于19世纪，其始祖是蒲鲁东（法）。在19世纪后期由于俄国特殊的社会条件，无政府主义思潮得到了广泛传播，俄国的巴枯宁（1814—1876）和其后的克鲁泡特金（1842—1921）成了当时颇有影响的理论代表。1870年代末，俄国一部分从"土地和自由社"分裂出来的激进的民粹主义者组成了"民意党"。其纲领是推翻专制制度，召开立宪会议，要求民主自由，将土地交给农民。"民意党"在高峰时，曾在50个城市设有分支机构，有数千人参加活动，并发行有秘密刊物《民意报》和《民意小报》。该党在思想上受到无政府主义的影响，过高地估计了知识分子个人在社会发展中的作用，并以恐怖活动作为主要的斗争手段。"民意党"成立后，多次暗杀沙皇及其大臣，并于1881年3月将亚历山大二世刺杀。此后，民意党人遭到沙皇政府血腥镇压，许多人被杀害、流放，或被迫亡命海外。尽管如此，一部分民意党人仍坚持斗争，在80—90年代先后成立了"民意党恐怖派""民意党南俄组织"和"民意社"等派别。这

---

① 阿英先生将虚无党小说一概归入俄国文学范畴的提法似不够严密。在翻捡清末的这一类小说时，可以发现有的小说明确标明英人所作。如《小说丛报》第10和11期在"虚无党仇杀案"栏下所载的"长篇小说"《黑漆之门》，就署有"英国惠廉圭克士原著"的字样。另就虚无党小说的内容来看，确有一些出自非俄罗斯作家之手。

些组织积极开展活动,并于1887年行刺亚历山大三世未遂。流亡海外的成员还在日内瓦出版了《民意导报》等革命刊物。民意党人的活动前后持续了将近20年的时间。把民意党(乃至俄国一切反对专制制度的政治力量)称为虚无党并不十分贴切,但在清末的中国确已成为一种约定俗成的现象。

从中国清末的虚无党小说所涉及的内容看,确实与俄国民意党人的活动十分接近。俄国民意党人虽然由于错误理论的导引,遭到了斗争的惨败,但这些激进的知识分子中有许多具有献身精神的优秀青年,产生过大量可歌可泣的动人故事,对此那些具有新思想的中国读者是甚为钦佩的。虚无党小说的译介高潮与旨在推翻清朝统治的资产阶级民主革命高潮的同步出现,并非偶然。在清末的报刊上常常可以见到将中俄两国的革命运动进行对比的文字,以及"伟哉,俄国革命党"这样的标题和鼓吹暗杀的言论,如《革命评论》的"发刊词"(1906)在谈到当时力图推翻清朝统治的革命党人的活动时称:"思想之革命兴,革命之崇拜兴,革命领域方以一泻千里之势恢宏扩大,其主张又与俄国革命党所提倡者一致无二。"《迎接革命的新年》(1907)一文又声称:"欧洲之俄国,革命运动将益增其势;东亚之'支那',将倾覆'满洲'朝廷,创立于基于正义人道原则之自由新国体,以竭其全力期能有所贡献于世界之文明。世界视听将悉集于此两国矣。"同时,在该刊的创刊号上既有"虚无党之始祖"巴枯宁的照片和介绍,又有将刊发小说《虚无党》的广告文字。小说集《刺客谈》(1906)的"叙"中谈到这样的现象:"近数十年,俄国虚无之主义,澎涨之一时,大臣被刺,年有所闻,上自沙皇,下及臣僚,莫不惴惴焉以虚无党为忧。……近数年来,此风渐输于吾国,行刺暴举,屡见不鲜。"[①]《中国白话报》所载的《论刺客的教育》一文中则公开声称:"现在的明白人,眼见这种黑暗政府,黑暗官吏,哪一个不想革命?但革命断非一次就可以成功的。……最快最捷的,只有刺客。"[②]有人还在行动上仿效之,如蔡元培先生就曾在上海爱国女学生中宣传过虚无主义,并教女学生制造炸弹。

---

① 新中国之废物文,见《刺客谈》一书,灌文新书社1906年版。
② 白话道人文,见《中国白话报》第十八期(1904年8月10日)。

清末的一些重要刊物，如《新新小说》《月月小说》《新小说》《小说时报》《小说丛报》和《竞业旬报》等都刊登过虚无党小说，其中影响较大的有《女党人》《虚无党奇话》《女虚无党》《虚无党真相》《虚无党之女》《俄国之侦探术》和《虚无党飞艇》等。此外，还有《虚无党》（开明书局，1904）等小说集出版。这里选择几部作品作些介绍，以略见此类小说之风貌。

长篇小说《虚无党奇话》曾在上海的《新新小说》第3、4、6、10号（1904—1906）上连载，译者为冷血[①]，未见原著者名，另标"俄罗斯侠客谈"字样。译者在该刊第一号上为《侠客谈》写的"叙言"中称："侠客谈之作，为改良人心社会之腐败也。"《虚无党奇话》虽连载多期，但仅刊出"政府……地狱""西伯利亚之雪"和"我友伯爵夫人"三回。小说前三回没有花很多笔墨去写虚无党人的活动，而把重点放在描写一个犹太人家庭的悲剧和主人公走向虚无党的曲折道路。主人公叫露仇，原是彼得堡一富商之子。16岁那年，他正在外地求学时，父亲因所谓"与俄罗斯皇帝不和"的罪名而被罚作苦役，从此家破人亡。母亲饿死后，妹妹又惨遭蹂躏。露仇为妹妹报仇却也被判终身流放西伯利亚。他脱逃后，又几经周折，流亡到了伦敦，并加入了俄国的虚无党组织。他改名为普天，号公愤，开始投身于反抗专制制度的斗争。小说愤怒控诉了沙俄专制制度的暴虐，并明确表达了虚无党人的主张："我们俄罗斯帝国的现在，这精神上，这财政上，实是万万不能再不改革了。如欲改革，实万万不能再爱惜生命了。……不才等爱国心厚，欲于这国土上一洗目下野蛮腐败的气象，立了个新制度、新法律，以与世界各国人民同受太平之乐，这就是我虚无党的本意了。"小说揭示了"官逼民反，民不得不反"这样一个道理，并颇有"壮士一去兮不复还"的悲壮之气。就已刊出的部分而言，作品的题旨已相当明确。当身处清朝末年腐败的专制政体下的中国读者读到这样的文字："诸君愿为专制国的人民，还是愿为自由国的人民？诸君试平心静气自思罢了"时，很难不感同身受。

如果说《虚无党奇话》尚未展开对虚无党活动的正面描写的话，那么《月月小说》创刊号和第2期（1906）上连载的"虚无党小说"《八宝匣》（未见著

[①] 冷血即为该刊主编陈景寒。

者名,上海知新室主人译述),则是直接描写虚无党人的暗杀活动的一部作品。小说写一个身居伦敦、自称是俄国大探险家赖柴洛夫的人雇用了英国青年满立尔作书记(秘书),并向他出示了一只"华丽精致不可名状"的八宝匣和匣中稀世珍品大金刚钻石。而后,赖氏向新闻界公布了这一消息。一天,俄驻英大使来访,赖称愿将此宝献给皇上(当时沙皇正启程赴欧洲访问)。于是约定午后由赖的秘书满立尔送至使馆,赖还请大使转告沙皇用拇指开启匣子的方法。当天下午,满立尔即将一包外烙有火漆印之物送至使馆,交给了大使的随员。傍晚,满立尔回到赖的寓所,发现人去楼空。警署探得赖为冒名的俄国虚无党人,立即赶往俄大使处,而此刻大使正准备携盒去见沙皇。大使的随员起贪心,窃盒潜逃。次日报载,某旅所一男子暴死(拇指处有一毒针刺入),身边有一空匣。小说丝丝入扣,颇带几分神秘气氛。文末有"译者曰"一节,称:俄国虚无党"其党人之众多,举动之秘密,才智之高卓,财力之雄厚,手段之机警,消息之灵通,盖久为欧洲各国之所称道矣。""虚无党何以不生于他国,而为俄所专有,则为专制政府之所竭力制造而成,可断言也。吾闻专制国之君主,尊无二上,臣民罔敢不服从。……观于此,专制之君,贪黩之臣,抑亦可废然返矣。"这则短短的评语,使人想起发表于同一时期的严复的《原败》一文。严复认为,俄国在日俄战争中失败"非因也,果也。果于专制之末路也"。"卒之民不聊生,内乱大作。""革命党人,日益猖獗,俄皇之命,悬其手中,所未行大事者,特须时耳。"[①]显然,这些评语和文章都是将俄国作为一面镜子来照中国,语意双关。

在虚无党小说中相当大的一部分作品是描写虚无党人与沙俄政府的鹰犬——侦探机关之间所展开的惊心动魄的斗争的。如《小说时报》创刊号(1909)刊载的《俄国之侦探术》一篇(译者为冷[②])。小说的情节在法国展开,采用的是第一人称的视角。沙俄当局指令俄驻巴黎秘密侦探局局长麦推奴追捕流亡的俄国虚无党人。麦氏心狠手辣,靠虐杀虚无党人而发迹。"我"奉虚无党组织之命,前往巴黎探明麦之动向,并设法营救一旦被捕的同志。敌我双方展开了紧张的角

---

① 见《外交报》第120期(1905.9)。
② "冷"即曾任该刊主编的陈景寒,又名陈冷、冷血,见前注。

逐。虚无党人礼美贞被捕，他的女儿也遇难。但虚无党不仅获得了侦探局的秘密文件，而且最终开枪杀死了麦推奴。篇末："俄国在法的虚无党人听了这个信息，都暗暗地默诵俄国自由洪福，虚无党洪福。"译者批曰："俄之侦探其周密也如是，然而虚无党人且仆之戮之如入无人之境。"对俄国虚无党人的赞叹之情溢于言表。

同样刊载在《小说时报》上的"长篇名译"①《女虚无党》（发表于1911年第14和15期，译述者为天津路钧，未署原著者名）在情节之曲折惊险和主题之鲜明尖锐等方面更胜于前者。译者显然对俄国虚无党人反对沙皇专制制度的斗争抱同情的态度，在译文前写上了这样的文字："吾国人知此党非尽无意识之暴徒也。"小说一开始即渲染俄国虚无党非凡的力量："警察虽严，侦探虽密，而虚无党之秘密结社竟无地蔑有，警署竟无从探悉，其能力亦可想而知。"虚无党总部有党员6万，哈克罗夫等领导人才智超群。此时，总部获悉，虚无党摩斯瓜（莫斯科）支会因叛徒巴比罗夫的出卖而遭破坏，负责人加沙罗夫被捕。总部决定全力营救，并立即派出8名党员前往出事地。于是，虚无党人与叛徒、警察和密探展开了一场极为紧张的搏杀。最终，叛徒被处决，加沙罗夫在押送途中获救，失去的文件也完璧归赵。小说以女虚无党人迦兰和瓦因等人为主要描写对象，突出了她们在行动中所起的重要作用。值得注意的是，小说中还时时插入议论，有时甚至是大段的议论。诸如："回顾祖国，数千万之同胞犹沉沦黑暗之地狱，此心几碎矣。""推倒恶劣之政府，争回天与之自由。""真爱国者，只知有国不知有他，舍国事之外无事业，舍国事以外无希望。""牺牲目前有限之幸福，而以同胞将来之安宁为希望。如是，方能坚忍精进，只知为国家为人民担任应尽之义务，以此身为公共之身，无所顾惜。""抱四海一家，人类平等之主义，奉独一主宰之真神，谓四海之民皆斯神之爱儿。故厌弱肉强食之世界，冀造自由平权之天国也。然此乃血之代价，非假破坏之力，牺牲多数之生命，绝不能以达此目的。……呜呼，不自由毋宁死，一息尚存，三尺之权当愤。生不能有益于世，何若速死之。为愈此，我侪所以不度德，不量力，欲推倒现在恶劣之政府

---

① 将该小说称为长篇似乎不确，全文不足4万字。

而建共和新国之原因也。"作者插入这些议论的目的无疑是为了渲染和赞美虚无党人的爱国之心、大无畏的献身精神,以及追求自由平等的斗争宗旨。

从上面提到的几部作品中已大体可以看出虚无党小说的基本风貌。清末中国文坛对虚无党小说的接受主要是基于反对清朝专制统治的热情,这一点似无疑义。不过,虚无党小说之所以流行是不是纯属政治原因?为什么清末尤看重以女虚无党人为主人公的虚无党小说?这两个问题看来也值得一谈。对虚无党小说热衷的原因,可以看看清末重要的文学家和虚无党小说的主要译者冷血的一段话:"我爱其人勇猛,爱其事曲折,爱其道为制服有权势者之不二法门。""我喜俄国政府虽无道,人民尚有虚无党以抵制政府。"①政治原因且不谈,"爱其事曲折"显然也是一个不容忽视的原因。一些比较成功的虚无党小说,其布局大多悬念迭生,情节往往惊险曲折。对习惯于鉴赏情节的中国读者而言,在艺术上确实有一定的魅力。这里,我们不能不注意到这样一个现象:清末的报刊上对虚无党小说分类不一。大体有四种分类:政治小说、历史小说、侦探小说、传奇小说。其中后两种分类尤其值得重视。例如,1906年至1907年在《竞业旬报》上连载13期(第11—14,16—24,未刊完)并产生较大影响的小说《女党人》一作就被置于"侦探小说"栏下。不必细述小说情节,且看看已刊出的九节的节名:"阿里市之警信""巴尔痕伯爵失首领""空屋中之血迹""日记簿中奇情""伯爵之戕身物""侦得伯爵之头""勃野掰南绝迹圣彼得堡""勃野掰南旅居山麓""勃野掰南之被害"。仅此,已能感受到它确与侦探小说有某种联系。如果以"侦探小说者,于章法上占长"(觉我文,见《小说林》1907年创刊号)为依据,将其划入此类似亦不为过。有人大概也是从这一点出发提出如下见解:"吾喜读泰西小说,吾尤喜泰西之侦探小说。千变万化,骇人听闻,皆出人意外者。……俄国侦探最著名于世界。"②另有一些虚无党小说甚至带上了传奇色彩,如《虚无党飞艇》(译者为心一,载《小说时报》11号)中那"必能震惊多行虐政之国"的飞艇及飞艇间的追逐等。

---

① 见小说集《虚无党·叙》,开明书局1904年版。
② 定一文,载《新小说》第13号(1905年)。

至于为什么清末尤看重以女虚无党人为主人公的虚无党小说的问题，这倒不妨从对另一部与虚无党小说有关的作品《东欧女豪杰》的分析谈起。《东欧女豪杰》描写的也是俄国虚无党人的故事，虽说言明是创作，但不排斥有一定的编译成分。作品载梁启超1902年创办的《新小说》月刊第1至第5号，作者为岭南羽衣女士（罗普）。这部小说当时影响很大。同年，《新民丛报》第14号就有评论称："此书专叙俄罗斯民党之事实，以女豪杰威拉、莎菲亚、叶些三人为中心点，将一切运动的历史，皆纳入其中。盖爱国美人之多，未有及俄罗斯者也。其中事迹出没变化，悲壮淋漓，无一出人意想之外，以最爱自由之人而生于专制最烈之国，流万数千志士之血，以求易将来之幸福，至今未成，而其志不衰，其势且日增月盛，有加无已。中国爱国之士，各宜奉此为枕中鸿秘者也。"①小说对专制主义的猛烈攻击，引起了清末中国读者强烈的共鸣，在1904年的《觉民》《政艺通报》《女子世界》和《国民日日报》等报刊上都出现过关于这部小说的唱和诗。

该小说用章回体写成，如第一回"雪三尺夜读自由书，电一通阴传专制令"，第二回"裴荗弥挺身归露国，苏菲亚垢面入天牢"等，虽没有写完（仅五回），但脉络已很清晰。小说以一位留学瑞士的中国女性华明卿结识许多俄国虚无党女学生为引线，着力描写的是苏菲亚等虚无党人为国献身的故事。苏菲亚（即索菲娅·里沃夫娜·彼洛夫斯卡娅）是俄国民意党女英雄，历史上实有其人。民意党人是从"土地与自由社"分化出来后，开始采用恐怖手段对付沙俄当局的，苏菲亚参加了1881年民意党人刺杀沙皇亚历山大二世的行动，她的名声在当时中国进步青年中如雷贯耳。后来巴金还曾为她（以及薇拉·妃格念尔和薇拉·沙苏利奇等人）作传，给予高度评价。鲁迅也曾谈道："那时较为革命的青年，谁不知道俄国青年是革命的、暗杀的好手？尤其忘不掉的是苏菲亚，虽然大半也因为她是一位漂亮的姑娘。"②以女虚无党人为主人公的虚无党小说在清末大受欢迎，除了与此有关外，恐怕也与女权思潮的兴起有联系。当时中国就有人

---

① 新小说报社：《中国唯一之文学报〈新小说〉》，载《新民丛报》十四号（1902年）。
② 鲁迅：《祝中俄文字之交》，载《鲁迅全集》第4卷，人民文学出版社1981年版。

极力倡导女权思想，如马君武曾在译介西方女权思想时称"男女间之革命"是导致欧洲"今日之文明"的"两大革命"之一。①《东欧女豪杰》中的女权思想与反专制思想是紧紧结合在一起的。作者在小说中借人物之口写道："我女儿现在是受两重压制的，先要把第一重大敌打退，才能讲到第二重。"所谓第一重就是专制制度，第二重就是妇女的解放。从俄国的女豪杰到中国的女豪杰（如清末《中国新女豪》《女子权》和《中国之女铜像》等作品中的女豪杰形象），其内在的契合已显而易见。

《东欧女豪杰》是清末政治小说的代表作之一，这类小说的主要特点在它身上基本上都有所体现。例如，小说并不把编故事放在首要位置，而常以故事来引出人物的议论，以充分表达作者的政治观点。作者在小说开篇时就写道："我这部书不是讲来好耍的，……我三千斛血泪从腔子里捧将出来，普告国中有权有势的人，叫他知道水愈激则愈逆行，火愈煽则愈炽烈。到那时横流祸下，燎原势成的时候，便救也救不来了。"作者反对专制制度的激情溢于言表。在第一回中作者就借人物裴我弥之口说道："若不用破坏手段，把从来专制一切打破，断难造出世界真正的文明。因此我们欲鼓舞天下的最多数的，与那少数的相争，专望求得自由平等之乐，最先则求之以泪，泪尽而不能得，则当求之以血。至于实行法子，或刚或柔，或明或暗，或和平，或急激，总以临机应变，因势而施，前者仆，后者继，天地悠悠，务必达其目的而后已。"

这些话与前面提到的作品的题旨完全吻合。而小说第三回中长达数千言的议论则"读此不啻读一部《民约论》也"。②作者还在小说中不时观照中国，如华明卿这样对俄国姐妹说："妹妹在本国的时候，见我国政府严办会党，查禁报章，压制学生，牵连家属，凡有谈维新说自由的，都被杀逐。奸贼当朝，正人避地，弄得国势危弱，民不聊生，当时以为这样野蛮政府，在今日开明之世，是有一无二的了。不料贵国平日以文明自许，其顽恶犹复如此，这真可算物必有偶，天生一对大虎国了。"而同样令人感兴趣的是，小说中多次提到19世纪俄国享有

---

① 参见马君武：《弥勒约翰之学说》，《新民丛报》第30号（1903年）。
② 《〈新小说〉第三号之内容》，《新民丛报》25号（1903年）。

盛誉的作家、作品和部分刊物。如作者在谈到俄国虚无党人与其先辈的关系时写道："因奉耶尔贞（即赫尔岑——引者，下同）、遮尼舍威忌（即车尔尼雪夫斯基）、柏格年（即巴枯宁）诸先辈的微言大义，立了一个轰轰烈烈的民党。"称主人公苏菲亚曾"暗里托人在外国买了遮尼舍威忌及笃罗尧甫（即杜勃洛留波夫）等所著的禁书，潜心熟读，大为所感"。在描写虚无党人书架上摆着的几本为人熟读的"表皮也破了，纸色也黑了"的书籍时，除列举了黑智儿（即黑格尔）的《权利哲学》和卢梭的《民约论》外，还列举了赫尔岑的《谁之罪》和车尔尼雪夫斯基的《如之何》（即《怎么办》），以及《现代人》《祖国年鉴》（即《祖国纪事》）、《北极星》和《钟》（即《钟声》）等刊物。可见当时中国的知识界对19世纪俄国革命民主主义作家及作品已不陌生。

由此，笔者想到了不仅同样提到这些作品而且更为系统地论及俄国虚无党人与其先辈的关系的一篇文章，那就是梁启超的《论俄罗斯虚无党》。① 文章开篇明言："俄罗斯何以有虚无党。曰革命主义之结果也。昔之虚无党何以一变为今之虚无党。曰革命主义不能实行之结果也。"而后又展示了虚无党历史的所谓"三大时期"，即"文学革命时期（自十九世纪初至一八六三年）""游说煽动时期（自一八六四年至一八七七年）"和"暗杀恐怖时期（自一八七八年至一八八三年）"的主要"事迹"。如第一时期：

> 一八四五年高卢氏（即果戈理）始著一小说名曰《死人》（即《死魂灵》）写隶农之苦况。
>
> 一八四七年淄格尼弗氏（即屠格涅夫）著一小说名曰《猎人日记》（即《猎人笔记》）写中央俄罗斯农民之境遇。
>
> 一八四八年耶尔贞著一小说名曰《谁之罪》，发挥社会主义。

---

① 见《新民丛报》第40和41合号本（1903年）。该文中所标明的年代多有错误，如下面的引文中提到的《死魂灵》《谁之罪》《怎么办》的发表年代分别为1842年、1846年、1863年；《猎人笔记》的第一篇《霍尔和卡里内奇》发表的时间是1847年，但单行本出版在1852年；引文中提到的《现代人》杂志显然指的是涅克拉索夫主持时期，其年代应为1847—1866年，赫尔岑创办《钟声》的时间为1857—1867年。

……………
一八五六年《现代人》丛报发刊，专提倡无神论。

一八五七年渣尼斜威忌氏（即车尔尼雪夫斯基）著一小说名曰《如之何》，以厌世之悲观耸动全国。

一八六二年耶尔贞创一日报名曰《钟》（即《钟声》），有号称中央革命委员者传檄全国。十一月，政府严禁集会，并封禁报馆数岁。渣尼斜威忌被捕。……

梁启超在这里把俄国一切反对专制农奴制度的政治力量和社会力量都纳入了"虚无党"之列，这反而模糊了这一概念本身。不过，如果我们把这一点暂且放在一边，那么他所勾勒的这条线索却有助于当时的人们了解虚无党现象在俄国民主解放运动发展进程中的历史地位。文章中的不少分析也是极有价值的。如文中关于虚无党人（实为民粹主义者）与民众关系的一段论述：

……故绩学青年、轻盈闺秀，变职业，易服装，以入於农工社会，欲以行其志者所在而有收效不能如其所期。彼等常多著俗语短篇之小说，且散布且演绎，终不能凿愚氓之脑而注入。……夫彼志士之掷头颅注血汗以欲有所易者，非为一己为彼大多数之氓蚩耳。而彼大多数者，匪惟不相应援而仇视者目十而八九焉。"急雨渡春江，狂风入秋海。辛苦总为君，可怜君不解。"此运动家所最为呕心最为短气，而其甘苦固不足为外人道也。俄罗斯之上等社会与下等社会其思想沟绝不通殆若两国然。彼虚无党常以人民之友自楬橥者也。而兴之表同情者仍在上中等社会，而所谓普通之人民魔视之者比比然焉。於此而欲号召之以起革命其亦难矣。……

在这些文字中不难发现，作者对俄国革命及俄国文学均颇为熟悉，对俄国民粹运动失败原因的分析亦不失精当。不过，此文正写作于梁启超旅美归来，思想从"破坏主义和革命排满"转向保皇之时，所谓"吾自美国来而梦俄罗斯者也"。因此文中说古道今，无非是为了说明"后膛枪出而革命绝迹"是无法改变的规律，在统治阶级掌握新式武器和"愚氓"尚不理解革命的情况下，"区区民间斩木揭竿者"想用暴力推翻政府只能是梦想，俄国虚无党的悲剧就是证明。梁启超对俄国虚无党的感慨是站在反对中国的革命的立场上发出的。正因为这样，梁启超在1905年俄国大革命爆发时也完全站在了俄国保皇党一边。他在《俄罗斯革命之影响》一文中称"吾侪日祷于帝，以祈彼玉成"，但同时他也不得不承认，此次革命中"最力之一派，即所谓社会主义者之流"，他们"以废土地私有权为第一目的"，"虽以托尔斯泰之老成持重，犹主张此义。其势力之大，可概见矣。目使俄国忽专制而共和也，则取今政府而代之者，必在极端社会主义之人"。①虽然梁启超的观点趋向保守，但是他在世纪之交时对政治小说的大力倡导和对俄罗斯文学的早期介绍，在那个时代都是极为可贵的。

如上所述，虚无党小说在中国清末的流行只是一种特定环境中出现的特殊的译介现象。虚无党小说虽有反对专制制度的热情和曲折惊险的情节，但是其文学价值大多不高，因而随着辛亥革命的完成，它的使命也告完成。辛亥革命前后，真正具有文学价值的俄国文学名著逐步进入中国，开始为中国更多的读者所注意。阿英曾在《翻译史话》中风趣地将这种现象称之为"虚无美人款款西去，黑衣教士施施东来"。

三、最早进入中国的俄国文学名家名著

不过，第一部"施施东来"的俄国文学名著并非契诃夫的《黑衣教士》，而是1903年上海大宣书局发行的普希馨《俄国情史》（正文前有全称《俄国情史斯密士玛利传》，另注明"一名《花心蝶梦录》"，今译即普希金《上尉的女儿》）。译者为戢翼翚。②

由于这是俄国文学名著最早的中译，我们在这里稍作停留，摘引一节，以观

---

① 梁启超：《俄罗斯革命之影响》，载《新民丛报》62号（1905年）。
② 有关该译本发现的经过和相关的史料可参见戈宝权先生的《中外文学因缘》一书。

其译作风格。这里取的是小说中普加乔夫向格利涅夫陈述其胸怀的著名片段：

> 普加秋夫（即普加乔夫）之为人，甚豪迈，且活泼，意气豁如，颇有大度，不顾小故。当昔日弥士（即格利涅夫）之遇风雪失路时，得普加秋夫之援助，而达于旅亭。弥士因此而欲脱彼之狐裘而谢其恩，克灵顿（即萨威里奇）虽固执不肯，而彼普加秋夫不报其睚眦之怨，又不肯念其旧恶，且怜克灵顿之老耋。对坐于车上，无一言及于昔日阻弥士解衣之小嫌者。沿道之士民，箪食壶浆以迎王师，而拜於普加秋夫之马首。弥士坐车中，遥想彼之玛丽（即玛丽娅）亦为胆顿（即士伐勃林）加以耻辱乎？抑或普加秋夫其终不及知彼玛丽为彼之所战死弥路洛夫（即米罗洛夫）之女也？若竟为彼恶汉胆顿夤缘而告以玛丽之家世，则终不能免於普加秋夫之忿怒。言念及此，不禁毛骨高悚。既恨胆顿，兼以自危，复终为玛丽胆栗，战战竞竞，如履薄冰。普加秋夫见弥士之苦虑，愀然问曰："君何故劳其心至于此极乎？"弥士徐答之曰："宁得不思念之乎？我原为士人而奉公于武职，昨日为君之仇敌，今日又与君同车，是我之生死安危亦唯君之所欲而已。"普加秋夫仍夸其功名，谓弥士曰："不知我之才略足以并吞六合囊括八荒否？足下以我为何若？"弥士心贱之，佯答之曰："君将兵而长驱中原，当势如破竹，谁能当之者！"普加秋夫欣然曰："人生行乐耳，苟得其志，则生前之欢乐，何恤乎身后之名乎？"言已，向弥士曰："我语一快意之事：昔者有一野雁问鸦曰："汝以何术能保有三百年之寿？我则仅有三十岁，何其相反也？"鸦答之曰："我不过食死鸟之残腐，此我之所以长生。汝因缚飞禽而食其鲜肉，此汝之所以夭殇也。"于是野雁欲仿鸦之所为，与之俱，共落於地下，而啖死鸟之腐肉。鸦咀嚼之，曰："美哉！此良肉也。"雁啄一啄，颦蹙曰："吁！食死肉而得长生，毋宁食鲜肉而死之为愈也。"言已，纵飞而去。此即我普加秋夫处世之目的也。"弥士闻之，佯言曰："壮哉！英雄也。"既而车驾出於坦路，终达于伯路各瓷斯府（即白山要塞）。

此节译文700余字,是今译文的三分之一强。全书大致也是如此比例(此译本3万余字,今译本9万余字)。差距较大的原因除了文言与白话的区别外,译者作了不少删改。如译本删去了各章题头所引的全部诗歌和谚语,删去了译者认为次要的情节,并对原文中的某些内容进行了压缩性的改写。例如,上述引文中除普加乔夫向格利涅夫抒怀这一关键的对话基本完整外,两人在车上的其他对话都作了压缩性的改写。又如引文中最后一句话,在原文中则是一个小段,其中写了普加乔夫和格利涅夫两人默默想心事,驾车人拖长声音唱着悲哀的歌,萨威里奇坐着打瞌睡,雪橇在冬天的路上飞快地跑等等,这是普加乔夫抒怀后烘托气氛的一节,似乎与主要情节无关,于是译者毫不犹豫地将它删去了。

　　译文与原文相比改动较大的还有:将第一人称的叙述方式改成了第三人称;将所有的章目改成了当时的章回体形式;添加了一些原文中没有的内容(如译作开头的一段景物描写)等。因此,严格地说,这一翻译文本中带有明显的改写成分。此外,译文有不少明显的错误之处。如上述引文中,原文中的"老鹰"被译成了"野雁",这对表现普加乔夫的性格无疑有所损伤。又如引文中主人公的名字大都不准确,有明显的英化现象。当然,除戢氏的中译出错外,不排除他所依据的原译本本身有错误。戢氏的译本依据的是高须治助1883年的日译本(日译本取名为《花心蝶梦录。俄国情史》)。据戈宝权、阿英、柳田泉和施奈德等诸国学者的考证,高须治助通俄文,该书是日本翻译的第一本俄国作家的作品,日本内务省版权书目上曾注明该书原文名为《甲必丹之女》,译自"普希金全集第四卷"。但当时日本翻译界仍深受英美文学的影响,在日译本正式出版之前校阅者服部务松作了干预,据英译本将人物名英化了,因而才有了戢氏译本中弥士、玛丽、克灵顿这样的名字和类似的错误。

　　不过,尽管有种种不尽如人意之处,戢氏毕竟是将普希金的名著介绍到中国来的第一人。中国的俄国文学名著的翻译由戢翼翚始,并非纯属偶然。戢氏字元丞,湖北房县人,清末"留日学生最初第一人,发刊革命杂志最初第一人,亦为中山先生密派入长江运动革命之第一人",他曾"设《译书汇编》于东京","创《国民报》,密与中山先生议,发布推翻满清大革命之宣言","设作新社于上海","广译世界学术政治诸书,中国开明有大功焉"①。戢翼翚站在当时时代的前列,他的阅历和胆识,他的"沟通欧化"和广译名著的心愿,使他又成为俄国文学名著中译的"第一人"。

应该说,戢氏的译文在主要情节上与原作是基本吻合的,而且虽通篇文言但译笔晓畅优美,这一点从上述引文中也是可以感受到的。无怪乎译作一出即备受赞扬。黄和南在译本绪言中写道:译作"能以吾国之文语,曲写他国语言中男女相恋之口吻,其精神靡不毕肖。其文简,其叙事详。其中之组织,纡徐曲折,盘旋空际,首尾相应,殆若常山之蛇"。顾燮光也曾在《译书经眼录》中称赞该书"情致缠绵,文章亦隽雅可读"。此外,黄和南在绪言中言明:该译作"非历史,非传记,而为小说。……其曰情史者,乃袭用原译者之原用名词也"。黄文还从译作谈到中国的国情,谈到小说译者的责任:"夫小说有责任焉。吾国之小说,皆以所谓忠君孝子贞女烈妇等为国民镜,遂养成一奴隶之天下。然则吾国风俗之恶,当以小说家为罪首。是则新译小说者,不可不以风俗改良为责任也。"可见,译者与评价者在译介这部作品时都是有明确指向性的。戢氏译本中显示出来的这些特点在清末民初中国的俄国文学名著的翻译中有一定的代表性。

如果不算梁启超等人的零星介绍,那么中国书刊最早出现的有关俄国作家作品的评介则开始于20世纪初年。1900年上海广学会的《俄国政俗通考》中分别提到普世经(即普希金②)、格利老夫(即克雷洛夫)和都斯笃依(即托尔斯泰)三位作家,称普希金是俄国"著名之诗家","名震一时"。关于托尔斯泰,书中写道:"俄国爵位刘(名)都斯笃依(姓), ……幼年在加森(即喀山)大学肄业。1851年考取出学,时年二十三岁。投笔从戎,入卡利米亚(即克里米亚)军营效力。1856年,战争方止,离营返里,以著作自娱。生平得意之书,为《战和纪略》(即《战争与和平》)一编,备载1812年间拿破仑伐俄之事。俄人传颂之,纸为之贵。"真正出自中国人手笔,并颇有新见地评价托尔斯泰的文字

---

① 刘禺生:《述戢翼翚生平》,载《世载堂杂忆》,第150—156页,中华书局1960年版。
② 原书中将"普"误为"著",见《俄国政俗通考》卷之上,第29页。参见戈宝权:《中外文学因缘》,北京出版社1992年版。

始于1902年。此年2月，梁启超在文章《论学术之势力左右世界》[①]中以独到的眼光审视托尔斯泰："以其诚恳之气，清高之思，美妙之文，能运他国文明新思想，移植于本国，以造福于其同胞，此其势力亦复有伟大而不可思议者，如法国的福禄特尔、日本的福泽谕吉、俄国的托尔斯泰诸贤是也。""托尔斯泰生于地球第一专制之国，而大倡人类同胞兼爱平等主义。其所论盖别有心得，非尽凭藉东欧诸贤之说者焉。其所著书，大率皆小说。思想高彻，文笔豪宕。故俄国全国之学界，为之一变。近年以来，各地学生咸不满于专制之政，屡屡结集，有所要求。政府捕之锢之逐之而不能禁。皆托尔斯泰之精神所鼓铸者也。……苟无此人，则其国或不得进步，即进步亦未必如是其骤也。"梁启超在这里表达了两层意思：一是强调学术的地位，强调思想家的威力。在他看来，世界上"势力之最广被而最经久者"，不是帝王的"威力"或"权术"，而是"智慧"，是"学术"。托尔斯泰"思想高彻，文笔豪宕"，俄各地持续不断的反专制斗争，均受"托尔斯泰之精神所鼓铸"，威力之大，"政府捕之锢之逐之而不能禁"。这样的思想家是俄"必不可少之人"。二是强调汲取外来新思想的重要。思想家"亦有不必自出新说"，如"能运他国文明新思想，移植于本国，以造福于其同胞，此其势力亦复有伟大而不可思议者"。在梁启超看来，托尔斯泰就是这样的思想家，其"大倡人类同胞兼爱平等主义。其所论盖别有心得，非尽凭藉东欧诸贤之说者焉"。上述文字充分体现了梁启超在变法失败、亡命海外期间寻找启蒙新路的心境，托尔斯泰仅是其反思失败和阐述己见的例证而已。尽管如此，梁启超的学识和卓见已使他对托尔斯泰的简短评说不同于先前的浮光掠影的介绍。此文刊载于《新民丛报》的创刊号，这使它的影响非同一般。《新民丛报》系梁启超继《清议报》后创办的最有影响的刊物，其办刊宗旨就是"运他国文明新思想，移植于本国，以造福于其同胞"。文中所用的"托尔斯泰"的译名后为大多数中国

[①] 见《新民丛报》第1号，《新民丛报》为半月刊，创刊号为1902年初发行。

读者所接受。① 而上面提到的1903年黄和南为普希金小说写的七百余字的绪言，则可以说开了对名著评价的先河。

对作家生平和思想进行较详尽的研究的，最早要推1904年载于福州《福建日日新闻》的《托尔斯泰略传及其思想》②，全文长六千余字，作者为寒泉子。这是一篇颇为珍贵的史料，有引述和分析的必要。

文章题称"略传"，确系如此。不过尽管文中关于托尔斯泰生平及其文学活动的介绍着墨不多，但脉络清晰，多少提供了有关托尔斯泰创作生涯和思想发展的某些信息。如在谈到他的高加索和塞瓦斯托波尔的一段生活时，作者写道：托尔斯泰"学诸科皆不成，乃辞大学从军，赴高加索地方。边塞天然之风景，生活之质朴，均有所感于心，而著诸小说。后有种种名作，士女争诵。迨千八百五十四年克里米亚之役，从军有功，且著一书。极力摹写此役之大活剧，大惨剧，使读其书者，神泣鬼惊。而托尔斯泰之厌恶战争，实始于此"。在谈到他激变前后的思想探索时，作者写道：托尔斯泰文名大增，"为世所重。托尔斯泰回顾此时之境遇，深自惭愧。曰：吾昔以绝代文学家自任，而今顾自问，当时于人生之意义，何知何觉？则茫乎无有也。惟文学之所获使吾居美宅，昵美人，博美名耳"。托尔斯泰"若以自己而已，则财产文学名誉绑绕托尔斯泰之一身，五欲之乐无所不备，又何苦为忧愁无聊之人乎？乃托尔斯泰之意以为，天下若我境遇，自俄国人民全体视之，仅居其最少数。而其最多数，则食而不饱者也，衣而不暖者也，居而不安者也。孳孳营营，惟日不足，犹且不能以脱于饥寒，而又为无慈悲无正义无公道之政之教之所凌虐矣。苟有人心者，可睨此多数同胞之沉

---

① 1902年11月，在梁启超创办的《新小说》杂志第一号上刊登了"俄国大小说家托尔斯泰像"。次年，晚清外交家钱恂的夫人单士厘出版旅外日记《癸卯旅行记》三卷，谈及她在莫斯科买托尔斯泰画像一事，并高度评价托尔斯泰的文学成就："托为俄国大名小说家，名震欧美"；"所著小说，多曲肖各种社会情状，最足开启民智"；"俄政府禁之甚严，待之极酷，剥其公权，摈于教外(按摈教为人生莫大辱事而托淡然)，徒以各国钦重，且但有笔墨而无实事，故虽恨之入骨，不敢杀也"。这位女性对托尔斯泰的早期介绍，以及其中体现的民主意识，值得重视。

② 1904年10月，《万国公报》第190册曾转载这篇文章。作者寒泉子，本名黄乃裳（1849—1924），福州基督教"美以美会"和《福建日日新闻》核心人物。黄曾赴马来西亚，1904年自新加坡抵沪，在沪期间与《万国公报》主编、传教士林乐知多次会面，称"以宗教为前提，余受益良多"。

沦地狱而不之救方,且欢笑于其侧,战胜于其侧,意气傲然,以为优等人类者,固如是耶。于是,托尔斯泰自贵族降而投农夫之群,以倡新宗教"。这里确实说出了托尔斯泰转向宗法农民的一个重要原因。

当然,此文着重分析的还是托尔斯泰的宗教思想。文章篇首即言明:"今日之俄国有一大宗教革命家出矣。其人为谁,曰勒阿托尔斯泰(即列夫·托尔斯泰)也。……吾之所以推托尔斯泰为俄国宗教革命家者,约诸二语:曰托尔斯泰反动于俄国现在之境遇而起者也,曰托尔斯泰将欲以变更世界宗教之意义者也。"但托尔斯泰的"新宗教"非"佛教耶教之旧宗教",而与庄子思想相近,理由是:

> 是以其厌世观似佛教也,而其忧世济时讲求一种社会学说,欲挽人类之劫运归之永久之平和,非佛教之类也。其以福音为根柢似耶教也,而其抛弃教权教会教仪,排黜骄奢虚伪残酷无慈悲无正义无公道之文明,则非耶教之比也。惟其疾视现在社会之甚往往流于矫激驰于空想,而不自知耳,虽然此在衣驼毛,束皮带,食蝗虫野蜜,以呼于野之豫言,非所可尤也。庄子曰:为之斗斛,所以量之,则并与斗斛而窃之。为之权衡,所以称之,则并与权衡而窃之。为之符玺,所以信之,则并与符玺而窃之。为之仁义,所以矫之,则并与仁义而窃之。故绝圣弃智,大盗乃止;摘玉毁珠,小盗不起;焚符破玺,而民朴鄙;破斗折衡,而民不争。托尔斯泰之思想,有与此近焉者矣。礼运曰:大道之行,天下为公。选贤举能,讲信选睦。故人不独亲其亲,不独子其子,使老有所终,壮有所用,矜寡孤独废疾者有所养;男有分,女有归;货恶其弃于地也,不必藏于己;力恶其不出于身也,不必为己。是故谋闭而不兴,盗贼窃乱而不作,故外户不闭。是谓大同。托尔斯泰之思想又与此近焉者矣。

正因为这样,作者认为对于中国读者来说,托尔斯泰及其思想是"尤可注目"的。不过,值得"注目"的原因还在于,托尔斯泰思想在俄国的出现亦绝非个人因素使然，其产生的根本原因"在俄国人民之境遇，在俄国阶级之悬绝，在俄国政府之虐政，在俄国宗教之腐败，在俄国君相之夸大而好战"。那么，在如此腐败的专制政体中产生的托尔斯泰宗教思想，其精髓何在呢？文章从六个方面作了阐述：

其一为"溯源宗旨"，"托尔斯泰之于基督教，一扫前此之百家繁说，而独欲溯其源者"；其二为"实行宗旨"，"其实行之勇猛，感化之伟大，则今一代宗教家孰出其右者？托尔斯泰之于此点也，诚以代表斯拉夫民族之特性，而亦不失为世界之一伟人也。孟子曰：伊尹耕于有莘之野，而乐尧舜之道焉，非其义也，非其道也。禄之以天下，弗顾也。系马千驷，弗视也。今世之人，非托尔斯泰其谁当此"。其三为"平和宗旨"，"在使万国弭兵，铸干戈为耒耜，销兵气为日月之光"。其四为"平等宗旨"，"托尔斯泰以弭兵为宗旨，其目的在进世界人类之幸福，不在计一国之富强；是以其眼有世界，无邦国，有人类，无国民。……俄皇不敢诛之者也，何也？以民心归之者也。……贵不得凌贱，强不得侵弱，治者不得愚被治者"。其五为"社会宗旨"，"托尔斯泰以爱为其精神，以世界人类永久之平和为其目的，以救世为其天职，以平等为平和之殿堂，以财产共通为进于平和之阶梯，故其对于社会理想之淳古粗朴，岂与初代期基督教徒相似而已，抑亦夺许之席而入庄周之室矣。托尔斯泰之思想亦有衣被十九世纪之服装者，何也？彼之不以个人为本位而已以社会为本位思想即是也。惟以社会为本位，故有共同生活之说，故有财产共通之说，有世界大同之说。而社会能生罪恶亦能生道德，社会能自堕落亦能自向进步，托尔斯泰其知之矣。故托尔斯泰之说，求其比于古人而崭新有异彩者，则惟其是"。其六为"精神宗旨"，"托尔斯泰之取于基督，取其精神宗旨也。……托尔斯泰曰：爱神爱人，乃为吾侪万善之本。宜基础于是以立太平天国，不基础于是之文明，则不免胥人类而沉沦于罪恶之海而已。故立五戒以儆人类：曰勿怨恨，曰勿堕落，曰勿伪誓，曰勿敌意，曰勿分邦国以作争战"。

以上评价的立足点是中国传统的伦理道德思想，这在反映当年中国学界对托尔斯泰的认识方面颇有代表性。戊戌变法失败后的十余年，国内思想界受西方影响，对宗教问题颇为关注，讨论热烈，有人甚至提出宗教救国的思想，康有为、梁启超等人都是推动者。此文可能与这一潮流有关。作者寒泉子（黄乃裳）国学功底颇深，对托尔斯泰的宗教思想也有相当的了解。尽管基于作者的基督教人士的身份，文章对托尔斯泰的宗教思想持一味赞美的态度，归纳也不尽准确，但那个时代的中国学人能对托尔斯泰晚年思想作出如上的分析，能注意在与中国古代哲学思想的比较中颇有见地地阐发托尔斯泰思想的内在精神，应该说已经是很不容易的了。这篇文章已成为中国"托学"不一般的开篇之作。从这篇文章中可以见到，那个时代人们赞扬艺术家托尔斯泰的同时，似乎更重视的是思想家托尔斯泰的价值。托尔斯泰的宗教思想在他晚年的思想体系中占有重要的地位，对他的创作发生过深刻的影响，认识和研究他的宗教思想是"托学"研究中的一个不容忽视的领域。遗憾的是，这一领域由于种种原因后来竟少有人有深度涉及，一直到了20世纪80年代以后这种情况才有改观。

1904年还有一篇对俄国作家介绍较详的文章是收在金一著的《自由血》一书中的《赫辰传》（即《赫尔岑传》）。文章主要介绍赫尔岑的生平和政治活动，并涉及了他的文学创作，称其"文名满天下"，"专文章之业，为著名之革命诗人，与古格尔（即果戈理）、倍灵楚（即别林斯基）、郅尔克纳夫（即屠格涅夫）等，共称自然派，与国粹党（即斯拉夫派）反抗"；"其灵性中实兼无量数自由之魂，以出现于世"；他的政论影响如此之大，"经赫氏毒笔之评论，与受死刑之宣告同，其讽刺之力可见矣"。此外，文章还介绍了赫尔岑的主要作品《谁罪》（即《谁之罪》）、《柯鲁夫博士》（即《克鲁波夫医生》）和《禁狱及逃亡》（即《往事与随想》）等，并认为《谁之罪》这部小说与《死人》（即《死魂灵》）、《猎人日志》（即《猎人笔记》）、奈克来索佛（即涅克拉索夫）的诗篇一样，"皆主张废奴隶论"，"学者读其书，为之竖毛发"。文章的作者金一原名金松岑（又名"爱自由者"），为小说《孽海花》前五回初稿的原作者，清末具进步思想的知识分子。由于赫尔岑的思想家、文学家和革命家的多重身份，他在世纪之交的中国的影响是远胜于一般的文学家的。

四、辛亥革命前后中国对俄国文学的接受

辛亥革命前后十余年的时间里,俄国文学译介的数量并不多,在当时中国的外国文学译介总量中所占的比重还很小,而且均为转译本,但有一点却引人注目,即一开始译介的大多是俄国著名作家的作品。这就可以解释这样一个现象:从总量上来说当时俄国文学的译作似乎是微乎其微,而一旦为这一时期的名家名著的译作编个选本的话,那么俄国文学就会变得相当显眼。自戢翼翚译《俄国情史》后至辛亥革命前约六七年的时间里译出了如下作品:

1905年列夫·托尔斯泰小说《枕戈记》(即《伐林》),据二叶亭四迷的日译本转译,译者佚名,载《教育世界》该年第8、10、19期。

1906年列夫·托尔斯泰宗教题材民间故事六篇(《主奴论》《人需土几何》《小鬼如何领功》等),叶道生、麦梅生据贝恩的英译本转译,载上海《万国公报》《中西教会报》。次年结集,并新增6篇,名为《托氏宗教小说》,由香港礼贤会出版。

1907年莱门忒甫(即莱蒙托夫)《银纽碑》(即《当代英雄》中的《贝拉》篇),吴梼译,由上海商务印书馆出版。

1907年溪崖霍夫(即契诃夫)《黑衣教士》,吴梼译,上海商务印书馆出版。

1907年戈厉机(即高尔基)《忧患余生》(即《该隐和阿尔乔姆》),吴梼据二叶亭四迷的日译本转译,《东方杂志》第4卷第1期。

1908年郭尔奇(即高尔基)《鹰歌》(即《鹰之歌》节译),天蜕译,《粤西》第4期(东京)。

1908年A.K.托尔斯泰《俄王义文第四专政史:不测之威》(即《谢列良尼大公》),译者佚名,上海商务印书馆出版。

1908年契柯夫(即契诃夫)《庄中》(即《在庄园里》),独应(即周作人)译,载《河南》第4期(东京)。

1909年屈华夫(即契诃夫)《生计》,冷(即陈景寒)译;祁赫夫(即契

诃夫)《写真帖》,笑(即包天笑)译;蒲轩根(即普希金)《俄帝彼得》,冷译,载《小说时报》第1期(10月14日)。

1909年迦尔洵《四日》、安特来夫(即安德列耶夫)《谩》(即《虚伪》)和《默》,周树人译;契诃夫《戚施》(即《在庄园里》)和《塞外》(即《在流放中》)、迦尔洵《邂逅》,周作人译,载《域外小说集》二册(东京)。

1910年奇霍夫(即契诃夫)《六号室》(即《第六病室》),天笑生(即包天笑)译,《小说时报》第4期。

五年里译出的作品并不多,但译者显然把目光集中在一些著名作家的身上,这种情况在辛亥革命后至"五四"前的若干年内仍继续存在。民国初年,俄国文学的翻译较前有所增加,但数量仍很有限。不过,一些重要作品的出现(尤其是托尔斯泰作品的集中出现)多少弥补了这一缺陷。这期间译出的主要作品有:托尔斯泰的《心狱》(即《复活》第一部,马君武由德文转译,1914)、《罗刹因果录》(收8篇短篇,林纾和陈家麟合译,1915)、《骠骑父子》(即《两个骠骑兵》,朱东润译,1915)、《绿城歌客》(即《琉森》,马君武译,1916);屠格涅夫的散文诗(1915年《中华小说界》上载刘半农译《乞食之兄》等四首散文诗,这是屠格涅夫作品的首次中译)、《春潮》(陈嘏译,1915)、《初恋》(陈嘏译,1916);契诃夫的《风俗闲评》(陈家麟和陈大镫合译,包括《囊中人》和《一嚏致死》等23篇小说,1916);泰来夏甫的《决斗》(胡适译,1916);高尔基的《廿六人》(即《二十六个和一个》,半侬译,1916)等。

这些译作的问世与一些早期翻译家辛勤而卓有成效的劳作是分不开的。林纾是我国近代著名的作家和翻译家。在他翻译的184种外国文学作品中,俄国作品比重不大,仅居第四,而且均译于晚年。不过,他的俄国文学译作几乎都集中在托尔斯泰一个作家身上,种类达11种,在他所涉及的外国著名作家的作品中位居第一(莎士比亚6种、小仲马6种、狄更斯5种、司各特3种)。由于林纾不懂外文,这些译作均由他和口译者陈家麟合作完成。如果说林纾的全部译作存在选材良莠不分的缺陷的话,那么这一点在俄国文学翻译中就不存在了。尽管林纾在对托尔斯泰作品的把握上也存在"把外国文字的意义神韵硬改了来凑就本国文"（刘半农语）的情况，但从总体上看译作还是达到了相当高的水准。如评论所说：林纾的译文虽用的是文言，但"译笔清腴圆润，有如宋人小词"（郑振铎语）；虽因不懂外文，有明显的误译之处，但"不但不很歪，而且很有风趣。……甚至与原文风趣有几分近似"（茅盾语），因此，它至今"还没有丧失吸引力"（钱锺书语）。应该说，在早期的俄国文学翻译家中，林纾是很有成绩的一位。马君武在早期翻译托尔斯泰作品方面也引人注目。马君武是"欧墨新潮"东移的积极鼓吹者和实践者。他不仅首先将托尔斯泰的《复活》译成中文，而且由于既通外语又有深厚的中外文学的修养，因此这部作品在当时的翻译界堪称"名著名译"。纵观全篇，译者用文言能将人物的神态和语言表现得相当传神，实属不易。此外，早期俄国文学翻译家中，吴梼之于莱蒙托夫、契诃夫和高尔基，陈嘏之于屠格涅夫，包天笑之于契诃夫，都是有相当成就的，而且吴氏又是最早用白话翻译俄国文学名著的译者，这对扩大俄国文学的影响有一定作用。不过，不管是马君武还是吴梼等人都或多或少地受到了当时译风的影响，对原作进行改动或发挥之处颇多，有的译作几近于演述。如吴梼所译高尔基《忧患余生》的开头，在对人物外貌稍作描写后，就出现了这样的文字："好似中国乡间俗子家里挂着锺馗进士的绘像一般"，其随意性可见一斑。

尽管当时俄国文学译介的数量还不多，但这些作品的出现还是引起了一部分读者注意。评论称："俄国小说，类多苍凉变征之音。盖人民受专制之压迫，官吏之苛虐，兵卒之蹂躏，侦探之陷害，呼吁无门，愤无可泄，经小说家一二点缀，逐觉怨苦悲啼，都成妙文，此俄国小说之特长也"；林译托氏作品"读之令人泪下而不能自知"；契诃夫的《第六病室》第三章写"俄国兵士之暴横"，可谓"不著一字，尽得风流也"。

在当时发表或出版的译作的前言后记中，往往附有译者或评论家对作品及作者的评述，虽然一般都较简短，但也很值得注意。如《枕戈记》中译前言（1905）称，此"为俄国现代文豪脱尔斯泰所著，假一军人口吻，述俄营情状者也"。又如国内第一本托尔斯泰小说集《托氏宗教小说》（1907）中有王炳堃写的序言，序者认为"中国小说，怪诞荒唐，荡人心志"，"近日新学家，所以有改良小说之议也。泰西小说，或咏言，或寄意，可以蒙开学，瀹民智，故西学之士，译泰西小说，不啻汗牛充栋。然所译者多英美小说，鲜译俄文"；其实俄国"亦有杰出之士，如托氏其人者"；读所序之书"觉襟怀顿拓，逸趣横生，诚引人入胜之书。虽曰小说，实是大道也"。再如1907年《民报》第11号所载的《虚无党小史》（烟山专太郎著）一文中写到，"其中有工兵陶德全（Dostoyevski，即其后负文学之大名者也）"。译者渊实在"译者志"中提到了陀思妥耶夫斯基的作品《犯罪与受罚》（即《罪与罚》），称其虽不如《破屋记》（即《死屋手记》）那样出名，但"终不失为十九世纪有名小说之一"。"陶德全"即陀思妥耶夫斯基，这是陀氏名字及作品信息（尽管不那么准确）最早出现在中国。

在《鹰歌》的译序（天蜕）中，我们也看到了中国最早评价高尔基的短文（1908）："鹰歌者（"The Song of Eagle"），世纪初幕大文豪俄人郭尔奇（Gorky）所作。郭氏年未逾强壮，生一八九①年。比年以来，获名视托尔斯泰（Tolstoy）辈尤高。然夷考其始，受学学校者，仅五阅月耳。后遂为奴，为庖人，为樵子，为佃夫庸工，流离至于自杀，而学殖卒以深造。其为人沉毅勇敢，爱自由，尚质直。兹编于一千九百二年三月载之 Contemporary Review，盖写其怀抱者也。"

其后，我们又在周国贤（即周瘦鹃）译的《大义》的正文前看到了《高甘（即高尔基）小传》（1917）："麦克昔姆高甘（Maxime Gorky），真名为潘希高夫（M.A.Pyeshkof），以1868年3月14日生于尼尼拿夫高洛（Nijini-Norgorod）。读书既成，颇事浪游。数年间流转工作，不名一业。尝为俾贩，为厮役，为园丁，为船坞工人，时复无业，为浪人，居恒好杂处于俄罗斯贫民苦工及下流社会中，摭拾闻见，著为说部，故其所作，多为无告小民请命者。有《麦加区特拉》（"Makar Chusra"）、《哀密良壁勃甘》（"Emilian Pibgai"）、《乞尔加希》（"Chelkash"）、《托斯加》（"Toska"）、《麦尔佛》（"Malva"）、《同伴》（"Comrades"）、《间谍》（"The Spy"）诸书，均名。此外又有短篇小说三卷及剧本一种。其人尚存，今仍从事于著述如故。"文章虽短，且多处有

---

① 原文有误，应为1868年。

误,但对当时的中国读者来说,则是耳目一新。

类似的介绍如《黑衣教士》译文后附有的日译者的有关评价,文章称契诃夫"与哥尔基齐名,为俄国文坛健将。其为小说,专以短篇著,世称俄国之毛拔森(即莫泊桑)。文章简洁而犀利,尝喜抉人间之缺点,而描画形容之,以为此人间世界,毕竟不可挽救,不可改良,故以极冷淡之目,而观察社会云"。如刘半农为所译屠格涅夫散文诗加的前言中认为:"杜氏文以古健胜",这四篇散文诗"措辞立言,均惨痛哀切,使人情不自胜"。又如陈嘏在《春潮》"译者按"中称屠格涅夫"乃俄国近代杰出之大文豪也,其隆名与托尔斯泰相颉颃";"其文章乃咀嚼近代矛盾之文明,而扬其反抗之声也。此篇为其短篇中之佳作。崇尚人格,描写纯爱,意精词赡,两臻其极"。再如《心狱》的封面上印有作品简介,说明该书原名《复活》,其内容"发人深省,有功社会之作,不仅作小说观也"。这些最初出现的评价,对于刚刚接触俄国文学的中国读者理解作品无疑会有所帮助。

这里特别值得一提的是周氏兄弟在这一时期的译介活动。尽管当时周氏兄弟的影响还远远不能和林纾等人相比,但是他们(尤其是鲁迅先生)的译介活动在近代中俄文学关系史上仍记下了重要一笔。1909年出版的《域外小说集》收短篇作品16篇,其中俄国作品6篇①。鲁迅在《域外小说集》"序言"中谈这部集子的特点时说:"《域外小说集》为书,词致朴讷,不足方世名人译本。特收录至审慎,迻译亦期弗失文情。异域文术新宗,自此始入华土,使有士卓特,不为常俗所囿,必将犁然有当于心,按邦国时期,籀读其心声,以相度神思之所在,则此虽大涛之微沤与,而性解思维,实寓于此。中国译界,亦由是无迟莫之感矣。"

这部集子确实为当时的翻译界开拓了一块新的层面。首先,译者对作品的选择有明确的意向性,即作品要有助于"转移性情、改造社会";其次,一改当时译界对原作随意改制的风气,而采用直译的方式,既保留原作的章节格式,又注重译文的准确。虽然由于人们的阅读习惯和发行上的原因,《域外小说集》当

---

① 这6篇中鲁迅译了3篇(前文已有交代),鲁迅同年还译出了安德列耶夫的中篇小说《红笑》的一部分,他准备翻译而未及译出的还有莱蒙托夫的《当代英雄》和契诃夫的《决斗》等作品。

时两册仅销出41册，几乎未能产生任何影响，但它开风气之先的历史功绩却是不可抹煞的。对此，后人有过客观的评价。如胡适在《五十年来中国之文学》一文中认为：周氏兄弟的"古文功夫既是很高的，又都能直接了解西文，故他们译的《域外小说集》，比林译的小说确是高得多"；茅盾则称赞周氏兄弟"从严格的思想与艺术的评价出发"所作的译介，使契诃夫等外国作家"第一个以真朴的面目，与我国读者相见"①；阿英还在他的《晚清小说史》中取实例将周译与林译相对照，并得出这样的结论："晚清翻译小说，林纾影响最大，但就对文学的理解上，以及忠实於原作方面，是不能不首推周氏兄弟的。"这样的论断当不为过。

除了具体的译作外，周氏兄弟在这一时期的关于俄国文学的评论文字同样引人注目。现在所能见到的最早的一篇文章是1907年载于《天义报》上的独应（即周作人）的一篇译文和关于该文的跋语。译文为克鲁泡特金的《论俄国革命与虚无主义运动》（选自《一个革命家的回忆》），系周作人受鲁迅所嘱而翻译的。译者在跋语中针对译文中涉及的巴扎洛夫（屠格涅夫小说《父与子》中的主人公）的"虚无主义"思想评论道："虚无主义纯为求诚之学，根于唯物论宗，为哲学之一枝，去伪振敝，其效至溥。近来吾国人心虚伪凉薄极矣，自非进以灵明诚厚，乌能有济！而诸君子独喜妄言，至斥求诚之士子为蠢物，中国流行军歌又有胥印度、波兰马牛奴隶性者。国人若犹可为，不应由此现象。"前文已经提到，当时国人对虚无主义理解不一，这里又是一证。当然，作者在此主要针对时弊而言。文章虽为周作人所作，但应有鲁迅的思想在内。

不过，最能体现鲁迅早期文学思想的当推《摩罗诗力说》②一作，可以说这也是中国学者对包括俄国文学在内的外国文学的第一篇有力度的评论。鲁迅在文章中用三千余字介绍了俄国文学，特别是普希金和莱蒙托夫："俄罗斯当十九世纪初叶，文事始新，渐乃独立，日益昭明，今则已有齐驱先觉诸邦之概，令西欧人士，无不惊其美伟矣。顾夷考权舆，实本三士：曰普式庚（即普希金），曰来尔孟多夫

---

① 茅盾：《为发展文学翻译事业和提高翻译质量而奋斗》，载《译文》1954年10月号。
② 载1908年的《河南》月刊第2、3号，笔名令飞。

（即莱蒙托夫），曰鄂戈里（即果戈理）。前二者以诗名世，均受影响于裴伦（即拜伦），惟鄂戈里以描绘社会人生之黑暗著名，与二人异趣，不属于此焉。"

文中，鲁迅着重分析普希金创作的特点和在俄国文学史上的地位。如"初建罗曼宗（即浪漫派）于文界，名以大扬"；早期创作受拜伦影响，"思理文形，悉受转化"，"尤著者有《高加索累囚行》（即《高加索俘虏》），之与《哈洛尔特游草》（即《恰尔德·哈洛尔德游记》）相类"；普希金长诗中的主人公虽然同样被世人放逐，但又离不开那个时代俄国社会的特征，"易于失望，速于奋兴，有厌世之风，而其志至不固"；他后来的创作"渐离裴伦，所作日趋于独立；而文章益妙，著述亦多"；杰作"《阿内庚》（即《叶甫盖尼·奥涅金》）"，"文特富丽，尔时俄之社会，情状略具于斯"；"俄自普式庚，文界始独立，故文史家芘宾谓真之俄国文章，实与斯人偕起也"。对于莱蒙托夫，鲁迅主要着眼于他的诗歌，指出：其诗风"初虽摹裴伦及普式庚，后亦自立。且思想复类之哲人勘宾赫尔（即叔本华）"，而这种思想皆"寄意于二诗"《恶魔》和《童僧》；"凡所为诗，无不有强烈弗和与绰厉不平之响者，良以是耳。来尔孟多夫亦甚爱国，顾绝异普式庚，不以武力若何，形其伟大。凡所眷爱，乃在乡村大野，及村人之生活"。鲁迅也稍稍提及了果戈理："俄之无声，激响在焉。俄如孺子，而非喑人；俄如伏流，而非古井。十九世纪前叶，果有鄂戈里者起，以不可见之泪痕悲色，振其邦人，或以拟英之狭斯丕尔（即莎士比亚），即加勒尔所赞扬崇拜者也。"

在这篇文章中，鲁迅大力提倡文学上的"摩罗诗派"，赞美积极浪漫主义的热烈的抗争精神。正因为这样，鲁迅在论及俄国文学时，选择了俄国文学中"摩罗诗派"最杰出的代表普希金和莱蒙托夫的诗歌加以重点介绍。作者热切地希望黑暗中国也能出现这样的"立意在反抗，指归在动作""求索而无止期，猛进而不退转"的精神战士。这里值得注意的是，尽管当时鲁迅在精神上和艺术趣味上倾向于"摩罗诗派"，但他对果戈理的介绍却是相当准确的。他明确地指出了果戈理与"摩罗诗派""异趣"的、客观真实地"描绘社会人生之黑暗"的基本特点，以及这种描写所产生的"振其邦人"的艺术力量。也许正因为这样，不久以后,当鲁迅对单纯的热情呼叫感到失望时,他的艺术趣味也就很自然地转向了现实主义文学。

1909年12月,鲁迅又在《河南》杂志上发表《破恶声论》一文,此文主要对当时流行的"恶声"进行了分析和批判,对中国文化和社会改革问题提出了自己的见解,其中也涉及了托尔斯泰的著作和思想。鲁迅在抨击那些所谓的"志士英雄"道貌岸然的言论时指出:"奥古斯丁也,托尔斯泰也,约翰卢骚也,伟哉其自忏之书,心声之洋溢者也。"鲁迅在这里称赞奥古斯丁、托尔斯泰和卢梭所写的《忏悔录》是"伟哉其自忏之书",是心声的自然流露。在后文中,鲁迅谈道:"间恧人言,则造作诸美名以自盖,历时既久,入人者深,众遂渐不知所由来,性偕习而俱变,虽哲人硕士,染秽恶焉。"有些人在作恶时会编造谎言来掩盖自己,久而久之,众人(包括有智慧的人)也会受其影响而追随之。例如,俄罗斯的某些诗人所宣扬的爱国,是赞颂军队武器如何精锐,侵占的土地和屠杀的人如何多,以此来粉饰自己国家的侵略行为。然而,"识者有忧之,于是恶兵如蛇蝎,而大呼平和于人间,其声亦震心曲,豫言者托尔斯泰其一也"。在这里,鲁迅称赞托尔斯泰是有远见的预言者,作家发自内心地抨击侵略战争,呼吁人间和平。对于托尔斯泰的思想,鲁迅归纳道:"其言谓人生之至可贵者,莫如自食力而生活,侵掠攻夺,足为大禁,下民无不乐平和,而在上者乃爱喋血,驱之出战,丧人民元,于是家室不完,无庇者遍全国,民失其所,政家之罪也。何以药之?莫如不奉命。令出征而士不集,仍秉耒耜而耕,熙熙也;令捕治而吏不集,亦仍秉耒耜而耕,熙熙也,独夫孤立于上,而臣仆不听命于下,则天下治矣。"也就是说,老百姓爱好自食其力的和平生活,而统治者则喜欢战争和杀人。只要老百姓不奉命,始终平和地过着自己的农耕生活,独裁者就会被孤立,天下也就太平。鲁迅分析道:"然平议以为非是,载使全俄朝如是,敌军则可以夕至,民朝弃戈矛于足次,迨夕则失其土田,流离散亡,烈于前此。"这里,鲁迅指出了托尔斯泰不抗恶的思想的虚幻,如果照此办理,后果会比奉命参战还要糟糕。"故其所言,为理想诚善,而见诸事实,乃佛戾初志远矣。"鲁迅强调托尔斯泰主张只是一种不切合实际的理想,看上去不错,但如真要那么做,则会远离初衷。虽仅寥寥数语，但已能看出鲁迅对托尔斯泰思想的把握，也可以看到"托学"在中国的发展一开始就与激荡社会的各种思潮紧紧相连。

在《域外小说集》书后也附有译者的短小而又不失精到的介绍。关于契诃夫："契诃夫卒业大学，为医师。多闻世故，又得科学思想之益，理解力极明敏。著戏剧数种及短篇小说百余篇，写当时反动时代人心颓丧之状，艺术精美，论者比之摩波商（即莫泊桑）。唯契诃夫虽悲观现世，而于未来犹怀希望，非如自然派之人生观，以决定论为本也。《戚施》本名《庄中》，写一兀傲自熹、饶舌之老人晚年失意之态，亦可见俄国旧人笃守门第之状为何如。《塞外》者，假绥蒙之言，写不幸者由绝望而转为坚苦卓绝，盖亦俄民之特性，已与其后戈里奇（即高尔基）小说中人物相近矣。"关于安德列耶夫："安氏初作《默》一篇，遂有名；为俄国当世文人之著者。其文神秘幽深，自成一家。所著小品甚多，长篇有《赤咲》一卷，记俄日战争事，列国竞传译之。"关于迦尔洵："迦氏俄土之役，尝投军为兵，负伤而返，作《四日》及《走卒伊凡诺夫日记》。氏悲世至深，遂狂易，久之始愈，有《绛华》一篇，即自记其状。晚年为文，尤哀而伤。今译其一，文情皆异，迥殊凡作也。"

从上述介绍和评论看，鲁迅对俄国文学的了解和把握都是远远高出同时代人的。他不仅在"中俄文字之交"的发端期就和周作人一起对俄国文学作了极为珍贵的译介，而且如他后来所说那样俄国文学成了他走上文学道路的重要外因。中国的一位鲁迅研究者指出："1911年，鲁迅发表了第一篇创作小说《怀旧》，已经分明地表现出了俄国现实主义文学的影响。从《域外小说集》经由《怀旧》到鲁迅前期的白话小说创作，这是一条鲁迅现实主义文艺思想由形成、确立到进一步发展的线条，也是鲁迅小说艺术由萌生、成长到成熟的线索，它们都是连在俄国文学这个始发点上的。"[①]

由此可见，尽管"五四"以前中国的俄国文学的译介还只是涓涓细流，但其意义已不可低估，它为"中俄文字之交"高潮的到来作了十分重要的铺垫。

[①] 王富仁：《鲁迅前期小说与俄罗斯文学》，陕西人民出版社1983年版。引文中"发表"应为"创作"，发表时间为1913年，载恽铁樵主编的《小说月报》。

第三讲　五四时期的"俄罗斯文学热"

五四新文化运动是中国现代史上第一次思想解放运动，文学革命是这一运动的重要组成部分。从1917年倡导期始到1927年形势骤变止，文学革命大致经历了十年的历程。这十年不仅是中国新文学诞生和迅速成长的十年，也是中外文学大交流、大冲撞和大融汇的十年。也从此时开始，出现了俄罗斯文学研究"在中国极一时之盛"①的局面。

一、"五四"高潮前夕中国文坛视野中的俄国文学

"山雨欲来风满楼"，1919年五四运动爆发前夕，中国文坛已经涌动着急欲冲决旧文化桎梏的热流。1915年秋，《新青年》②在上海问世，编者是陈独秀。这份刊物成了新文化运动最初的阵地。打开刊物的最初几期就可以发现，外国文学的译介占着显要的位置，如第一卷一至四期中载有屠格涅夫和王尔德的作品、托尔斯泰和泰戈尔的有关介绍，以及陈独秀的文章《现代欧洲文艺史谭》等。陈独秀等人一开始就以"放眼以观世界"为办刊宗旨，而到了1917年这种倡导则成了充满激情的呐喊。陈独秀在著名的《文学革命论》一文中热烈地称颂欧洲进步文学对于欧洲文明的贡献，要求国人"张目以观世界社会文学之趋势及时代之精神"，并在结语中写道："吾国文学界豪杰之士，有自负为中国之虞哥（即雨果）、左喇（即左拉）、桂特（即歌德）、郝卜特曼（即霍普特曼）、狄铿士（即狄更斯）、王尔德者乎？有不顾迂儒之毁誉，明目张胆以与十八妖魔宣战者乎？予愿拖四十二生的大炮，为之前驱！"

十月革命的胜利对中国的新文学运动产生了深刻的影响，如毛泽东所说："十月革命帮助了全世界的也帮助了中国的先进分子，用无产阶级的宇宙观作为观察中国命运的工具，重新考虑自己的问题。走俄国人的路——这就是结论。"③作为新文学运动中坚的早期马克思主义者李大钊就是当时中国先进分子

---

① 瞿秋白：《〈俄罗斯名家短篇小说集〉序》，载《瞿秋白文集》第2卷，第543—544页，人民文学出版社1953年版。
② 一卷名《青年杂志》，二卷起为现名。
③ 参见毛泽东：《论人民民主专政》。

的杰出代表。1918年，他撰写的《俄罗斯文学与革命》一文是中俄文学关系走向新的历史阶段的重要标志。

在这篇文章中，李大钊着重强调了俄罗斯文学的两个"与南欧各国文学大异其趣"的特质："一为社会的色彩之浓厚，一为人道主义之发达"。这两个特质"皆足以加增革命潮流之气势，而为其胚胎酝酿之主因"。作者认为，俄罗斯文学与社会接近是很自然的现象，因为专制制度禁遏人民的政治活动，剥夺人民的言论自由，迫使觉悟的青年和进步的知识分子"不欲从事社会的活动则已，苟稍欲有所活动，势不能不戴文学艺术之假面"。为此，他们"相率趋于文学以代政治事业，而即以政治之竞争寓于文学的潮流激荡之中"，这也就带来了"文学之在俄国遂居特殊之地位而与社会生活相呼应"的特点。"文学之于俄国社会，乃为社会的沉夜黑暗中之一线光辉，为自由之警钟，为革命之先声"。至于俄罗斯文学中浓郁的人道主义特色这一点则与俄国社会的宗教情绪有一定的关系，这是因为俄国"立国方针与国民信念皆倾于宗教的一面"。19世纪"俄国文学界思想界流为国粹、西欧二派[①]：国粹派即以宗教为基础，建立俄罗斯之文明与生活于其信仰之上，与西欧之非宗教的文明与生活相抗立。西欧派虽与国粹派相反，然亦承认宗教的文明为其国民的特色"。"由西欧派之精神言之，宁以人道主义、博爱主义为名副其实"。"无论国粹派或西欧派，其以博爱为精神，人道主义为理想则一。"因此，"凡夫博爱同情、慈善亲切、优待行旅、矜悯细民种种精神，皆为俄人之特色，亦即俄罗斯文学之特色"。

作者结合社会历史的发展，对上述两个特质作了颇有见地的阐述后，又以诗歌为例作了较为深入的分析。李大钊认为，俄国抒情诗之所以感人最深，关键不在于"其排调之和，辞句之美"和"诗人情意恳挚之表示"，而在于"其诗歌之社会的趣味，作者之人道的理想，平民的同情"。文章从19世纪前期、后期和19世纪末20世纪初三个阶段，对普希金至勃洛克等十几位重要诗人及其诗作作了评价。前期诗人及作品中，作者列举的都是一些为自由而呐喊的诗篇，如普希金的《自由颂》、莱蒙托夫的《诗人之死》、雷列耶夫的《沉思》和奥加廖夫的《自

[①] 即斯拉夫派和西欧派。

由》等，并认为这些诗篇中关于自由的概念尚不十分清晰。后期诗人中，作者谈到了两个派别："纯抒情派"和"平民诗派"。前者"专究纯粹之艺术"，如丘特切夫、费特、阿·托尔斯泰①和迈科夫等；后者"求感应于社会的生活"，"重视为公众幸福之奋斗"，如涅克拉索夫、普列谢耶夫、米纳耶夫、巴雷科娃和杜勃洛留波夫等。李大钊对后者给予了较高的评价，其中尤以对涅克拉索夫涉笔最多。作者称其为俄国平民诗派中"达于最高进步"者，"欲认识施行农奴制时与废止此制最初十五年之实在的俄罗斯者，必趋于 Nekrasov（即涅克拉索夫）之侧"，"其所为诗亦或稍有失，然轻微之过，毫不足以掩其深邃之思想，优美之观念。俄诗措词之简易，尤当感谢此公"。文章认为19世纪末20世纪初的俄国有一批号称"颓废派"的"新诗人崛起"，这些诗人多属"新传奇主义派"（即新浪漫主义派），并提及了勃洛克的名字，但作者未对这一时期丰富复杂的诗歌现象作详细的阐述。

文章结尾，作者动情地写道："今也赤旗飘扬，俄罗斯革命之花灿烂开敷，其光华且远及于荒寒之西伯利亚矣。俄罗斯革命之成功，即俄罗斯青年之胜利。亦即俄罗斯社会的诗人灵魂之胜利也。俄罗斯青年乎！其何以慰此血迹淋淋、颜色惨淡之诗神？其何以报彼为社会牺牲之诗人？"

李大钊的这篇文章并非面面俱到，评价中也并非毫无偏差，但其紧扣俄罗斯文学的两大特质，特别是文学与社会的关系，深刻地阐明了俄罗斯文学与19世纪俄国民主解放运动，与十月革命的胜利之间的内在联系。这在中国早期的俄罗斯文学的评价中无疑是独具光彩的。这篇文章尽管当时没有公开发表，但是它生动地反映了那一时期中国进步的知识分子对俄罗斯文学的"期待视野"，代表了中国最初接受马克思主义观点的知识分子对俄罗斯文学的基本态度，其褒贬的尺度与他们的政治观和文学观是一致的。而且，中国早期译介俄罗斯文学侧重于小说，除鲁迅在《摩罗诗力说》中对普希金和莱蒙托夫作过评价外，这篇文章是其后又一篇论及俄罗斯诗歌的力作，其意义自不待言。

---

① 李大钊这里指的阿·托尔斯泰是阿·康·托尔斯泰（1817—1875），不是阿·尼·托尔斯泰（1882—1945）或列·尼·托尔斯泰（1828—1910）。

"五四"以前中国对俄国文学的译介大多为短篇简章,千字以上的文章也不多见,一般读者对俄罗斯文学的历史发展及总体面貌尚缺乏全面的了解,田汉写于文学革命高潮来临之际的长篇论文《俄罗斯文学思潮之一瞥》以其深广的内容填补了这一空白。

这篇论文用文言写成,约五万字。在《民铎》杂志第一卷中分两期连载。①这篇文章一出现就受到评论界的高度重视,因为"俄国文学思潮与现代思潮关系最切",且作者又是"于俄罗斯文学思潮研讨尤力"的田汉先生。②

文章本身写得很有特色,尽管从今天的角度看有些论述不尽准确,但是它仍能引起人们的阅读兴趣。作者首先将俄国文学的发展放在欧洲文明史的大背景上加以考察。他一方面以丹纳提出的"种族、环境、时代"三因素作为考察的参照系,称"文艺者,山川风物思想感情之产物。山川风物以地理而异态,思想感情以人种而殊途",俄罗斯文学所具有的"沈痛悲凉之色彩"与斯拉夫民族所处的"气寒风劲关河黯澹"有关,而"大国产巨民",时代又为斯拉夫民族提供了机遇,因此19世纪以来的俄罗斯文学"大家辈出,奇彩焕发,於文学界已执欧洲之牛耳耶";另一方面,他又强调文学思潮与社会思潮和哲学思潮的联系,认为俄国斯拉夫派与西欧派分别代表欧洲数千年来延续的希伯来思想与希腊思想,"俄国近世纪来之文艺思潮史亦为此二大思想之消长史也",俄国地处东亚西欧之间,先"受亚细亚精神之浸润",后又"欧罗巴精神长驱直入",斯拉夫精神受两者陶冶,故俄国文艺界才不时有"东乎西乎"之争。文章而后的论述基本上是顺着上述思路展开的。

从11世纪开始至20世纪初的俄罗斯文学的发展脉络被作者十分清楚地勾勒了出来。作者对18世纪以前的文学作了要言不烦的介绍,特别是提及了《伊戈尔远征记》,它的史实基础,它的"最为精彩"的"久夫王(即基辅大公)之梦与 *Yalosravna*(即雅罗斯拉夫娜)之叹",提及了《雷司脱尔之年代记》(即僧侣

---

① 《民铎》杂志第一卷1919年第6、7号连载。该刊原系中国留日学生学术研究会主办的一个大型刊物,1916年在东京创办,1918年后改在上海出版,1929年终止。该刊改刊后的宗旨为"阐扬平民精神,介绍现代思潮"。
② 见该文编者按。

涅斯托尔记述的《俄罗斯编年序史》）等，这些作品由此开始为中国读者所知悉。然后，文章依次介绍并分析了在俄国文坛上先后出现过的拟古主义（即古典主义）、感情主义（即感伤主义）、罗曼主义（即浪漫主义）、写实主义（即现实主义）、马尔克斯主义（即马克思主义）、象征主义等文艺思潮，并由此涉及了俄国文学史上几乎所有的有一定影响的作家和作品。当然，限于题旨，作者着重论述的还是文学思潮的沿革以及在思潮沿革中举足轻重的一些大作家。以19世纪中期文学为例，着墨较多的作家有赫尔岑、屠格涅夫和别、车、杜①等人。

关于赫尔岑，田汉在文章中较为系统地介绍了他的生平、哲学思想、文艺观点、政治活动，以及《谁之罪》等主要作品，认为他塑造的"生矣怀才至于不能不以放浪送其生"的"空人"（即多余人）形象写出了19世纪俄国进步的贵族知识分子"大可哀哉"的命运，赫尔岑本人也是这样的"19世纪的漂泊者"，但他"虽流谪转徒，终其身无宁日，而未尝改其初志也"。

关于伯凌斯奇（即别林斯基），田汉认为别氏"以其犀利之批评造成俄国文学之社会的倾向"，他在俄国文学史上的贡献是多方面的：

> 其於俄国文坛之功绩，一方面则说明当时西欧著名创作之根本原理，一方面则评价本国文豪，纵横无尽，示作物之性质与特征，遂至开俄国近代批评文学之新纪元……伯氏始发挥其威力与价值，其批评方法至于科学哲学的基础之上，又使当时文明程度尚低之人易于了解，以促进社会之自觉，鼓动社会之生机，故虽在穷乡僻壤苟有渴仰新思想新生活者，靡不争读其评论，少壮有为之天才作者皆乐从之游，彼一方为勃施钦（即普希金）鄂歌梨（即果戈理）芮尔蒙妥夫（即莱蒙托夫）嘉利作夫（即柯里佐夫）格利波也夺甫（即格利鲍耶陀夫）之计释者，一方为新进作家之指导者，尽其心力，务引文学入实社会，使艺术品之感化深浸润於实生活，自己亦由哲学的抽象世界投身於社会的劳动，其思想范围之阔，又足以代表一伟大之时代。……此所以为四十年代俄国近代思潮之黎明期一中枢人物也。

---

① 即别林斯基、车尔尼雪夫斯基和杜勃洛留波夫。为表述方便，作此缩写，下同。

文章对著名的俄国革命民主主义批评家周尔尼塞福斯奇（即车尔尼雪夫斯基）、多蒲乐留博夫（即杜勃洛留波夫）和薛刹留夫（即皮萨列夫）都有一些相应的介绍。如文章称车尔尼雪夫斯基为"急进派之中坚"，"时人有多角天才之称，凡批评、哲学、政治、经济各方面靡不经其开拓，头脑明晰，思想卓尔，凡事恶暧昧不明者，务将抽象的哲学引入实体的研究"；文中提到他的重要论著《艺术对现实的审美关系》和《俄国文学果戈理时期概观》，并着重分析了他的长篇小说《怎么办》；作者认为这部小说是车尔尼雪夫斯基"狱中所作指示未来社会组织之方法，表明智的生活与情的生活之纲领，于当时支配人心的个人道德问题与家庭问题皆能提出而试解决之道，至足重也"；认为小说中的那些"破弃一切旧习""自称新人"的人物均有以下特点：1."皆新时代之代表者"，2."皆出于混合阶级"①，3."皆自幼即以自力开拓自己之运命者"，4."皆道德皎洁者"，5."皆现实主义者又皆赞成乐利主义者"②，6."皆禁欲主义者"。上述对"新人"形象的分析和概括，难能可贵。

文章称杜勃洛留波夫"与周氏同为严格之批评家，虽性质温厚，而于社会生活则几别为一人"，奥斯特罗夫斯基的剧作和冈察洛夫的小说等"能见重于时，皆赖其推荐解释也"，他的评论文字"实为俄国公众艺术与公众批评之基础著述，近代文学之批评界系统自多氏起"等。总之，尽管20世纪初国内已有人提到过别、车、杜的名字，但是像这样具体的介绍和分析还是首次出现。

作者用两千字左右的篇幅论及屠格涅夫，对屠格涅夫的生平（早年乡村生活，求学于莫斯科大学和柏林大学，与别林斯基交往，处女作发表，悼念果戈理而被捕，定居国外及与外国名作家来往，最后一次回国及逝世等）、对他的主要作品（《猎人笔记》和六部长篇），以及这些作品的概要、特色和影响给予了多侧面的介绍和分析。文中这样谈到屠格涅夫小说的主题及人物的典型性：《罗亭》中的主人公是沙皇政府"暴压出之畸形儿"，他"大言壮语滔滔若悬河"，可惜为"清谈之人，而非实行之人也"；《父与子》"则与近代思想意义最深，

---

① 指出身于平民阶层。
② 指车尔尼雪夫斯基主张的"合理的利己主义"。

描写六十年代之虚无主义Nihilism者也",主人公巴扎洛夫"代表新思想即否认旧有文明之虚无主义者",巴威尔则为"利己主义者,以绝对服从社会之法则、国家之命令、教会之信条为人生之义务"。"屠氏以四十年代理想主义之人比父,以六十年代虚无主义之人比子,则此期之争斗,要即父与子之争斗也。大改革之初期,具体的父与子之争斗即成一种社会现象",其因一为外来思想的影响,二为社会的经济的原因。文中这样谈到屠格涅夫小说的艺术特色:"屠格涅夫之天才特色,即对于社会大气之动摇一种敏锐之感觉,其作物对于时代精神,如镜之映物";《猎人笔记》一作"可见其观察自然与人生之精致及态度之厚重",该小说"并无结构意匠,轻描淡写,而农人性质与乡村风习之敦厚淳朴,历历如绘"。从这些论述中可以见到,尽管作者对屠格涅夫的把握有偏差之处,但已达到一定的深度。

田汉在介绍俄罗斯文学思潮时,不仅始终将其放在欧洲思想史和文化史的大背景上展开,而且时常与中国的社会现象作比较,甚至借题发挥。如谈到虚无主义时,作者写道:"吾人一言俄国,辄联想及虚无党,一若俄国之有虚无党,如吾国之有同盟会者,实则根本的不同也。吾国同盟会系对于四千年来专制政体的政治革命,系对于三百年来为异族征服的种族革命;俄国虚无党既非种族革命,亦非全为政治革命,而为否定前时代一切美的文明之思想革命也","即如中国官僚承认一切而称是是,俄国虚无党则反对一切而称否否也"。在谈到19世纪30—40年代莫斯科大学活跃的政治小组与文学小组的活动时,作者又联系到中国五四运动前夕的社会状况和思想氛围写道:"现今我国北京大学之情形亦颇类似。自蔡元培先生留法归,主持北京大学也,少壮教授如章胡之流亦多先后自东西各国归执教鞭,于是校风丕变,燕云为之改色。教授学生之间尤尽力改良文学……甚望新时代之教师学生诸君,捐除客气,努力为学术奋斗,庶真能开新中国文艺复兴之基也。"由此可见,作者如此详尽地介绍俄罗斯文学思潮,其目的还是希望能通过这种介绍有助于中国出现一场真正的"文艺复兴"。

除了上述两篇文章外,沈雁冰(茅盾)写于1919年4月的长文《托尔斯泰与今日之俄罗斯》①一文,也表现出"五四"前夕中国文坛对俄国文学日趋重视的倾向。作者在文章中以托尔斯泰为主要分析对象,介绍了这位作家(包括同时代的作家陀思妥耶夫斯基和屠格涅夫等)的生平、思想和创作,并给予了很高的评价。作者认为:俄国文学在最近几十年里"文豪踵起,高俄国文学之位置,转世界文艺之视听。休哉盛矣!而此惟托尔斯泰发其端";俄国文学"譬犹群峰竞秀,托尔斯泰为其最高峰也。而其他文豪则环峙而与之相对之群峰也";"谓近代文人得荷马之真趣者,惟托尔斯泰,其谁曰不然?"

同时,作者由托尔斯泰谈及了俄国文学的特点及影响。他认为,俄国文学有与社会人生相联系的"富于同情"的特色:"彼处于全球最专制之政府之下,逼压之烈,有如炉火,平日所见,社会之恶现象,所忍受者,切肤之痛苦。故其发为文字,沉痛恳挚;于人生之究竟,看得极为透彻。其悲天悯人之念,恫矜在抱之心,并世界文学界,殆莫能与之并也。"他还在与英法等国文学的比较中强调了俄国文学勃兴的意义:"十九世纪末年,欧洲文学界最大之变动,其震波远及于现在,且将影响于此后。此固何事乎?曰:俄国文学之勃兴及其势力之勃张是也";这种勃兴"其有造于将来之文明,固不待言。而其势力之猛鸷,风靡全球之广之速",非文艺复兴时代英法等国的文学可比。今日的俄国文学家"自出新理","决不因众人之指斥,而委屈其良心上之直观。读托尔斯泰著作之全部,便可见其不屈不挠之主张,以为真实不欺,实为各种道德之精髓","其文豪有左右一世之力,其著作为个性的而活泼有力的,其著作之创格为'心理的小说'"。相比之下,"英之文学家,矞皇典丽,极文学之美事矣,然而其思想不能越普通所谓道德者一步";"法之文学家则差善矣。其关于道德之论调,已略自由。顾犹不敢以举世所斥为无理为可笑者形之笔墨"。

这些评价也是当时相当一部分人的共识。中国的外国文学译介者的目光过去大部分集中在英法等国文学上,而这时已逐渐更多地移向了"自出新理"的为人生的俄国文学,这一点从上文中可以清楚地看到。茅盾在文中将托尔斯泰与俄国革命相联系(称其为"最初之动力"),并对"澎湃动荡"的布尔什维克革命表

---

① 载《学生杂志》第六卷4—6号(1919年)。

现出极大的热情，这一点与李大钊的思想相吻合。其实由作家介绍而及俄国革命的意图，作者在文章开头的"大纲"中已经言明："提示本篇之大纲。曰：托尔斯泰及俄国文学、托尔斯泰生平及著作、托尔斯泰左右人心之势力。缘此三纲，依次叙述。读者作俄国文学略史观可也，作托尔斯泰传观可也，作俄国革命原因观亦无不可。"这篇文章虽属一般介绍性的文字，内容尚欠深入，提法也有不尽妥当之处，①但是从中仍可以见到，与十月革命对中国社会的深刻影响相伴随，俄罗斯文学的影响在"五四"前夕已经开始日益清晰地显示出来。

二、"别求新声于异邦"

文学革命的十年是中国新旧文化的重要转型期，在这十年中中国文坛"别求新声于异邦"②的愿望特别强烈，正是在这样的背景下一股前所未有的"俄罗斯文学热"喷薄而出，而这首先在俄国文学作品的翻译上体现了出来。

应该说，这股热潮在文学革命第一阶段，即先行者开始倡导新文学的1917年至1919年这几年的时间里已初露端倪。这一点既表现在上文已提到的那些有关俄国文学的研究和介绍中，也可从俄国文学作品翻译的质和量中感觉到。这期间主要的译作有：托尔斯泰的《婀娜小史》（即《安娜·卡列尼娜》，该书分四编八册，中华书局版，译者为陈家麟和陈大镫）、《现身说法》（即《童年·少年·青年》，商务印书馆版，译者为林纾和陈家麟）、《社会声影录》（内收《尼里多福亲王重农务》即《一个地主的早晨》《刁冰伯爵》即《两个骠骑兵》，商务印书馆版，译者为林纾和陈家麟）、《恨缕情丝》（内收《波子西佛杀妻》即《克莱采奏鸣曲》《马莎自述生平》即《家庭幸福》，商务印书馆版，译者为林纾和陈家麟）、《克利米血战录》（即《塞瓦斯托波尔故事》）、《人鬼关头》（即《伊凡·伊里奇之死》）、《空大鼓》《生尸》（即《活尸》，节译）；高尔基的《大义》（《意大利童话》中的一篇）、《私刑》《一个病人的

---

① 从这篇文章中可以看出，茅盾当时对俄罗斯文学已产生了浓厚兴趣，但认识尚不够深入。
② 鲁迅：《摩罗诗力说》，载1908年的《河南》月刊第2、3号，笔名令飞。

城里》；安德列耶夫的《红笑》；库普林的《皇帝之公园》；契诃夫的《可爱的人》；以及梭罗古勃的《童子林的奇迹》和《铁圈》等。译作虽主要仍散见于刊物，但年均数量明显增加。译者除上面已提到的外，较有成就的还有朱东润、周瘦鹃、周作人、刘半农、程生和夏雷等人。

俄国文学翻译的质量在这两三年里也有所提高，这一点我们只要比较一下刘半农前后两次所译的屠格涅夫散文诗作即可看出。刘半农所译的、发表在1918年《新青年》第5卷第3期上的散文诗两首《狗》《访员》（即《记者》），已毫不逊色于后来的同类译作。如果与其在三年前首译的屠格涅夫散文诗相比，可以发现几点明显的变化。三年前的《乞食之兄》（即《乞丐》）等译文，虽说文字老到，但毕竟用的是文言，而且也属意译之列，有些地方与原作差异甚大。此外，作者译名和译作文体均不确，译者误将散文诗认作小说，作者名据英文译成杜瑾讷夫。而这一时期的两篇译作已用白话直译，文字顺畅准确，风格与原作接近，作者名已按通译而成屠格涅夫，文体也已明确为散文诗。

到了五四高潮时期和发展时期，主要是1920年代前期和中期，俄国文学作品的译介在中国"极一时之盛"的局面开始出现。鲁迅在谈到当时情景时说："俄国的作品，渐渐地绍介进来了，同时也得到了一部分读者的共鸣，只是传布开去"，"于是也遭了文人学士的讨伐"，"但俄国文学只是绍介进来，传布开去"。①茅盾也说：当时"俄罗斯文学的爱好，在一般知识分子中间，成为一种风气，俄罗斯文学的研究，在革命的知识分子中间，成为一种运动"。②据《中国新文学大系》（史料索引卷）不完全统计，1920年至1927年间，中国翻译外国文学作品，印成单行本的（不计综合性的集子和理论译著）有190种，其中俄国为69种（其间初版的俄国文学作品实为83种，另有许多重版书），大大超过任何一个国家，占总数近五分之二，译介之集中已可略见。如再纵向比较，1900年至1916年，俄国文学单行本初版数年均不到0.9部，1917年至1919年为年均1.7部，而这八年则为年均约10部，虽还不能与其后的年代相比，但已显出大幅度跃升的

---

① 鲁迅：《祝中俄文字之交》，载《鲁迅全集》第4卷，人民文学出版社1981年版。
② 茅盾：《果戈理在中国》，《文艺报》1952年第4期。

态势。

这期间译出单行本主要有：《近代俄国小说集》5集（"东方文库"，商务印书馆版，内收普希金、屠格涅夫、梭罗古勃、高尔基等作家的中短篇小说共32篇）、《俄国戏曲集》10集（"俄罗斯文学丛书"之一，商务印书馆版，内收果戈理的《巡按》、奥斯特罗夫斯基的《雷雨》、屠格涅夫的《村中之月》、托尔斯泰的《黑暗之势力》、契诃夫的《樱桃园》等10种）、《俄罗斯名家短篇小说》第一集（新中国杂志社版）、《俄罗斯名著》（亚东图书馆版）、《俄罗斯短篇杰作》上册（公民书局版）、《点滴》二册（北京大学出版部版）、《普希金小说集》（亚东图书馆版）、《托尔斯泰小说集》（泰东书局版）、《托尔斯泰短篇小说集》（商务印书馆版）、《托尔斯泰小说》（美华浸会印书局版）、《托尔斯泰短篇》（公民书局版）、《契诃夫短篇小说集》（北新书局版）、《柴霍甫短篇小说集》（商务印书馆版）、《屠格涅夫散文诗集》（新文化书社版），以及普希金的《甲必丹之女》（即《上尉的女儿》）、果戈理的《外套》和《疯人日记》（即《狂人日记》）、陀思妥耶夫斯基的《穷人》、屠格涅夫的《前夜》《父与子》《新时代》（即《处女地》）、托尔斯泰的《复活》、奥斯特罗夫斯基的《贫非罪》、契诃夫的《三姐妹》、柯罗连科的《玛加尔的梦》和《盲乐师》、路卜洵的《灰色马》、安德列耶夫的《人之一生》和《往星中》、阿尔志跋绥夫的《工人绥惠略夫》、勃洛克的《十二个》等。

其实，当时译出的作品还远不止这些。在许多综合性的集子中，俄国文学的译作都占重要位置。如商务印书馆出的《现代小说译丛》、群益出的《域外小说集》（增订本）、北大出版部出的《点滴》、开明书店出的《空大鼓》、亚东图书馆出的《短篇小说》等。还有更多的作品则散布在各种期刊上。这一时期，不管什么倾向的刊物，都竞相刊登包括俄国文学在内的外国文学作品。《小说月报》《东方杂志》《新青年》《文学周报》《民国日报·觉悟》《时事新报·学灯》《晨报副刊》《学生杂志》《太平洋》《新中国》《语丝》等刊物登载的俄国文学作品尤多。1921年《小说月报》十二卷号外（俄国文学研究）就是一个突出的例子。在该期刊上译出了俄国25位作家如果戈理、屠格涅夫、陀思妥耶夫斯基、乌斯宾斯基、列斯科夫、蒲宁、库普林、安德列耶夫和高尔基等人的28篇作品。再以屠格涅夫的作品为例，除了9本单行本外，这期间在刊物上发表的作品还有《晤晤》（即《木木》，载《东方杂志》）、散文诗50篇（载《晨报副刊》）、《猎人日记》25篇（载《小说月报》）、散文诗24篇（载《民国日报·觉悟》）、《在贵族长家里的早餐》（载《东方杂志》）、《畸零人日记》（即《多余人日记》，载《文学周报》）、《烟》（载《东方杂志》）以及其他一些短篇作品。

在文学革命运动的推动下，这时期俄国文学的翻译不仅受到特别的重视，而且开始走向系统化。此时颇受读者青睐的4位作家托尔斯泰、契诃夫、屠格涅夫和安德列耶夫的许多重要作品相继译出，如托尔斯泰作品仅单行本就出了16种，其中商务印书馆出的《复活》是一部全译本。诗歌虽仍少有人关注，但戏剧的翻译却出现了前所未有的局面。在20年代初期，新译出的俄国戏剧作品就达18种，共学社编的《俄罗斯戏曲集》几乎囊括了俄国19世纪至20世纪初期的最有影响的剧作。同时，过去从未译过的重要作家的作品开始问世。如赫尔岑（首译《鹊贼》，即《偷东西的喜鹊》，译者为耿匡，1920）、果戈理（首译《马车》，译者为耿匡，1920）、奥斯特罗夫斯基（首译《雷雨》，译者为耿济之，1921）、萨尔蒂柯夫—谢德林（首译《失去的良心》，译者为冬芬，1921）、柯罗连科（首译《撞钟老人》，译者为耿济之，1920）、蒲宁（首译《旧金山来的绅士》，译者为沈泽民，1921）、阿尔志跋绥夫（首译《革命党》，译者为愈之，1920）、勃洛克（首译《十二个》，译者为饶了一，1922）等。

不过，其中最引人注目的是在托尔斯泰的大量作品已被译介十多年以后才姗姗来迟的陀思妥耶夫斯基的作品。1920年，《民国日报》上首次刊登了乔辛煐译的小说《贼》（即《诚实的小偷》），接着《东方杂志》上刊出了铁樵译的《冷眼》（即《圣诞树和婚礼》）；1921年，《青年界》发表了周起应译的《大宗教裁判官》（即《卡拉马佐夫兄弟》的节译）；1922年，《民钟》上载有太一译的《罪与罚》（节译）；1926年，未名社出版了韦丛芜译的《穷人》；1927年，光华书局出版了白莱译的《主妇》（即《女房东》）。

此外，尤为令人称道的是，俄国文学作品的翻译从这时开始结束了全部由英、日、德、法等国语言转译的历史，一批精通俄语的才气横溢的年轻人加入了这支队伍，其中有瞿秋白、耿济之、沈颖、韦素园、耿式之、曹靖华等。当时最有成绩的有瞿秋白和耿济之。

瞿秋白在俄国文学译介和研究方面作出了很大的贡献。他于1917年考入北京俄文专修馆学习，1920年底至1923年春曾赴苏联。他后来在《饿乡记程》（《新俄国游记》）和《赤都心史》中介绍了革命后的"新俄"情况。1919年9月，他在《新中国》杂志上发表了第一篇译作《闲谈》（托尔斯泰）。在而后十多年中，他翻译的小说、剧本和诗歌有27篇（部），论文39篇，其中大部分为俄苏文学作品和理论著作，他还写有俄国文学史方面的著作和有关的评论文章26篇，被鲁迅收入《海上述林》一书的文字达80多万字。瞿秋白的翻译活动有两个高潮，一为1920年代前期和中期，一为1930年代初期。在第一个时期，他翻译了果戈理的《仆御室》、托尔斯泰的《三死》和高尔基《意大利童话》（2篇）等不少作品，还在1920年为《新中国》杂志编了《俄罗斯名家短篇小说》，并与耿济之等人合出了译文集《托尔斯泰短篇小说》和《犯罪》。瞿秋白译介俄国文学一开始就有非常明确的意识。他认为，翻译是"文化的桥梁"，但是"只有中国社会所要求，我们的文学才介绍，使中国社会里一般人都能感受、都能懂得的文学才介绍"。他还强调"翻译应当把原文的本意，完全准确地介绍给中国读者"；在翻译中不仅要把握住"信"和"顺"，还要估量到"各种不同的口气，不同的字眼，不同的声调，不同的情绪"。①他的译作充分地体现了他的翻译主张，如他在20年代初期翻译的高尔基的名作《海燕》就是极好的例子。当我们比较着原文和后人的译作诵读这首散文诗时，不能不由衷地赞同鲁迅先生在《瞿秋白文集序》中的评价："信而且达，并世无两"，"足以益人，足以传世"。瞿秋白关于俄国文学的理论方面的著译也相当丰富，除了那部写得相当出色的文学史著作外，他还写有《论普希金的〈弁尔金小说集〉（即〈别尔金小说集〉）》《〈俄罗斯名家短篇小说集〉序》《劳农俄国的新文学家》《赤俄新文艺时代的第一

---

① 瞿秋白：《论翻译》，《十字街头》双周刊，1931年第1、2期。

燕》《斯大林和文学》《论弗里契》和《苏联文学的新阶段》等。用现在的眼光来看这些文章，可以发现其中的某些不足（譬如有苏联早期文学思想中"左"的观念影响的痕迹，这一点我们在后文还要谈到）。但是就总体而言，瞿秋白还是用丰富的材料和客观的态度，较为准确地介绍和评价了苏俄文学。而他译出的列宁的《列甫·托尔斯泰像一面俄国革命的镜子》和《L.N.托尔斯泰和他的时代》，普列汉诺夫的《易卜生的成功》《法国的戏剧文学和法国的图画》和《唯物史观的艺术论》等重要文章，其影响是十分深远的。

耿济之早年在俄文专修馆时与瞿秋白为同学挚友。1919年，他在《新中国》杂志上翻译发表了托尔斯泰的《真幸福》（即《伊略斯》）、《阿撒哈顿的梦》《旅客夜谭》（即《克莱采奏鸣曲》）等作品，这是他最初的译作。20年代初期是耿济之翻译活动的成果最多的几个阶段之一。1920年，他译出了果戈理的《马车》、赫尔岑的《鹊贼》、托尔斯泰的《家庭幸福》、契诃夫的《戏言》、迦尔洵的《一株棕树》和柯罗连科的《撞钟老人》等十多篇作品。后两年译作更多，1921年主要有屠格涅夫的《村之月》和《尺素书》、奥斯特罗夫斯基的《雷雨》、托尔斯泰的《黑暗之势力》和《艺术论》《托尔斯泰短篇小说》（与瞿秋白合译）、果戈理的《疯人日记》、契诃夫的《侯爵夫人》等；1922年主要有托尔斯泰的《复活》、屠格涅夫的《父与子》和《猎人日记》、安德列耶夫的《人之一生》等。这里大多是分量很重的名家名著，其译作量之大可以想见。戈宝权在《忆耿济之先生》一文中称耿济之是中国"最早和最著名的""产量最多和态度最严肃的"俄国文学译介者中的一个，这一评价是恰如其分的。

这时期有相当一部分翻译家依然利用其他语种的文字在转译俄国文学作品，比较重要的译者有鲁迅、周作人、李霁野、郑振铎、胡愈之、张闻天、张友松、赵景深、郭沫若等人，这些译者中最值得一提的还是鲁迅先生。在1920年代前期和中期，鲁迅在积极从事小说创作的同时，又译出了阿尔志跋绥夫的《工人绥惠略夫》《幸福》《医生》和《巴什唐之死》，安德列耶夫的《黯淡的烟霭里》和《书籍》，契诃夫的《连翘》，迦尔洵的《一篇很短的传奇》等不少俄国文学作品；而在这期间，他与俄国盲诗人爱罗先珂的亲密交往也成了中俄文学关系史上的一段佳话,此时他把爱罗先珂的许多儿童文学作品译介到了中国,出版的集子有《爱罗先珂童话集》《枯叶杂记及其他》《世界的火灾》《幸福的船》和三幕童话剧《桃色的云》等多种。中国介绍外国文学首先是从寓言开始的,寓言可列入儿童文学的范畴,明朝天启五年(1625)中译为《况义》的伊索寓言的出版开风气之先。但如茅盾所言,"'儿童文学'这名称,始于五四时代"[①],外国儿童文学的译介高潮也在五四时期才出现。就俄国文学而言,这时期唐小圃译的《托尔斯泰儿童文学类编》、刘灵华译的《托尔斯泰短篇》、唐小圃编译的《俄国童话集》(1—6集)、常惠译的《儿童的智慧》(托尔斯泰儿童对话剧)、郑振铎译的克雷洛夫寓言和茅盾译的契诃夫《万卡》等小说,都是当时较有影响的儿童文学读物。而鲁迅先生集中译出的爱罗先珂的作品,在中国早期译介的俄国儿童文学作品中显然占据重要位置。对于爱罗先珂及作品,鲁迅始终抱着"引那叫喊和反抗的作者为同调"和"激发国人对于强权者的憎恨和愤怒"的态度。他所译的爱罗先珂的童话作品不仅在小读者中广为流传,而且直接或间接地影响了他本人的创作[②]和其他中国作家的创作。如巴金就这样说过:"我是爱罗先珂童话的爱读者",他的童话"在我的思想上留下了很深的烙印","我的四篇童话中至少有三篇是在他的影响下面写出来的"。[③]其他作家也有类似的说法,如何公超在《写到老》一文中曾这样回忆五四时期开始创作时的情景:"那时使我大开眼界,看到在外国儿童文学中还有拟人化这朵奇花的是'商务'出版的《爱罗先珂童话集》。我到现在还记得其中有一篇《狭的笼》。……我试着用爱罗先珂那样的浪漫主义笔法,写了一篇寓言《乐的悲哀》,登在《小说世界》上。"

---

① 茅盾:《关于"儿童文学"》,见《文学》第四卷第2号(1935年)。
② 从鲁迅先生的《兔和猫》和《鸭的喜剧》等作品中,是不难看到它们与爱罗先珂的童话之间的联系的。
③ 巴金:《谈〈长生塔〉》,见《收获》1979年第1期。

三、俄国文学研究的深化

五四时期的"俄罗斯文学热"不仅表现在文学作品的翻译上，同时表现在对俄国文学研究上的深化。这一点综合起来说，主要有两个方面的特点：一是对俄国文学及其作家作品的介绍与研究更为全面，更显深度，二是对俄国文学史的系统研究和中俄文学的比较研究开始出现。在本节中我们先看第一个特点。

随着俄国文学作品被越来越多地翻译过来，中国文坛对俄国文学介绍的视角也日趋扩大。就报刊上发表的综述性的译介文章而言，20年代初期比较重要的就有：沈雁冰的《近代俄国文学杂谭》和《俄国文学与革命》（译），郑振铎的《俄罗斯文学的特质及略史》《写实主义时代之俄罗斯文学》《俄国文学发达的原因与影响》和《俄国文学的启源时代》，王统照的《俄罗斯文学片面》，沈泽民的《俄国文学内所见的俄国国民性》（译），耿济之的《十九世纪俄国文学的背景》（译），陈望道的《近代俄罗斯文学的主潮》（译），夏丏尊的《俄国底童话文学》（译），馥泉的《俄罗斯文学与社会改良运动》，化鲁的《俄国文学与革命》，甘蛰仙的《俄国文学在世界上的位置》，薇生的《俄国文学上之妇女》（译），周作人的《俄国文学在世界上的位置》（译）等。这些文章涉及了俄国文学的方方面面，特别是对俄国文学的特质作了较多的阐述，其中由中国作者撰写的文章中不乏有感而发的独到的见解。如当时已开始活跃于文坛的王统照，在他的《俄罗斯文学片面》一文中这样写道：

> 自从俄罗斯多数派革命告成以后，于是伏在全俄革命事业中的背影的俄国文学，遂足使世人震惊其势力的伟大，……文学不外人生的背影，所以大致说来，如德的文学，偏于严重，法的文学，趣于活泼，意大利文学优雅。而俄罗斯文学则幽深暗淡，描写人生的苦痛，直到极深秘处，几乎为全世界呼出苦痛的喊声来。……试比较他国的文士，其穷其困，其生活之不安，其精神上之烦乱，若与俄罗斯的文学家相比，实在是差得很多，所以他们所作的小说、戏曲、诗文等，都读着使人深思，使人心颤，他们的观察人

生,也都透入一层,赤裸裸将人类一小部分的苦痛描出,便使人有最大量的同情,流出真挚而悲悯的眼泪来!……而且俄国文学,最有特色的,是人情的表现。……那些俄罗斯文学作家都将真正的悲忧与智慧从心中发出,而这个心是有极大的满足,能够去拥抱世界,发泄无穷的忧伤,以其最大的同情 Sympathy、友爱 Fraternity、怜悯 Pity、仁惠 Charity 及爱情 Love 借文学的工具达出,与一切的人们。……俄罗斯文学,以年限论,比较他国,诚属幼稚,而其文学上的成绩,却已经高出他国的文学,完成达于成熟的时代。后来的发达,正自不可限量。……联想到中国以前的文学,以及现在的文学,不能不为之叹息!……中国的文人,描写中级社会的,有像乞呵甫(即契诃夫)的没有?叙述下级社会生活之状况的,有像高尔基的没有?中国式的文人往往好以忧伤憔悴自况,不知及得上迦尔洵否?中国人富有神秘与希望未来的思想,而其见地与文学的表象,能与科洛琏柯(即柯罗连科)相似否?我曾记得两句诗是:"我劝天公重抖擞,不拘一格降人才"……

这时期,对俄国作家的介绍和研究渐趋扩大和深入。除了散见于书刊的涉及个别作家的各种评价文章外,在《近代俄国文学家论》(商务印书馆,1923)、《近代文学家》(泰东图书局,1923)和《世界文学家列传》(中华书局,1926)等书中还有对众多俄国作家的集中介绍。特别值得一提的是1921年《小说月报》出的那本号外"俄国文学研究"。在这本近50万字容量的刊物上,有大约一半的篇幅刊登了介绍和研究的文章,其中大部分又是作家专论和作家合传,如耿济之的《俄国四大文学家合传》、沈雁冰的《近代俄国文学家三十人合传》、鲁迅的《阿尔志跋绥甫》、郭绍虞论俄国批评家的《俄国美论与其文艺》、张闻天的《托尔斯泰的艺术观》、沈泽民的《俄国的叙事诗歌》、周建人译的《菲陀尔·梭罗古勃》、沈泽民译的《俄国的批评文学》、夏丏尊译的《阿蒲罗摩夫主义》等。这些文章的水准虽说参差不齐,但在当时却是令人耳目一新的。该刊中关于别、车、杜思想的评价和对当时中国读者知之不多的俄国作家的介绍尤为令人注目。

郭绍虞的《俄国美论与其文艺》是中国第一篇专门论述俄国美学理论及其与文艺关系的文章。作者首先强调研究一国的文学不能离开研究它的美学理论："吾人研究一地方或一时代的文艺，同时亦须考察当时当地支配这种文艺思想的美论。单就其美论而研究之，好似批评除去色素的织物；单就其文艺作品而绍介之，又好似研究织物色素的美丽，而忽略织物当初的图案。美论之与文艺本是相互规定：有时由美论的指导以支配文艺，亦有时由文艺的作风以造成美论，……吾人与其从事于片面的研究，不如由其美论与文艺参互考证之为愈。"作者从这一立足点出发，提出要全面了解俄国文学，必须弄清与俄国文学的发展关系极为密切的别林斯基、车尔尼雪夫斯基和杜勃洛留波夫等俄国批评家的美学思想。关于别林斯基美学思想，作者从其发展的三个阶段以及所受到的哲学思想的影响切入："最初是鲜霖（即谢林）哲学的思想，次为黑革尔（即黑格尔）哲学的思想，最后为黑革尔哲学左派的思想[①]。其前二时期都为纯艺术的主张，最后始有人生的倾向。"前期的主张有二："1.诗的目的在包括永久观念于艺术符号之中。2.诗人所表现的观念应符合于其生存的时代而描写国民性的隐曲。"中期受黑格尔"一切现实皆合理"的影响，"此时对于艺术的观念，不偏重理想，而以为艺术家于其所表彰的想，与包此想的形之间应使有亲密的关系。废想则形以丧，无形则想亦亡，想须透彻于形，形须体现其想，这是他艺术理想上的想形一致论；但他同时又赞美现实而趋于保守，所以以为艺术只是自然界调和沉静无关心的再现，而无取于激烈的形之思想"。后期美学思想发生很大变化，"其审美观渐趋于写实，弃其纯粹的理想主义而考察现实的世界"，主张"艺术而不反映现实者都是虚伪"，"此时他排斥重形轻想的古典主义，又不取尊形弃想的浪漫思想，其艺术观念比较近于醇正"。从上述摘引中可以见到，作者了解别林斯基美学思想发展的轨迹，只是尚欠深入，有些概括缺乏足够的涵盖面。如前期的别林斯基确实受到了客观唯心主义哲学家谢林的影响，有过"诗除了自身之外是没有目的的"这一类主张，但他在这一时期还提出过典型是"熟识的陌生人""现实的诗和理想的诗"等重要见解，文中均未涉及。对车尔尼雪夫斯基和杜勃洛留

---

① 指的是黑格尔的辩证法。

波夫等人的美学思想的介绍和分析中也有类似的情况。此外，由于某些译文不甚确切，以致一些重要的美学命题无法准确地传达给中国读者。如文中车尔尼雪夫斯基的那三个著名的关于美的本质的命题是这样表述的："美是生命。生物於其生活状态觉适意之时始为美；即以无生物表现生命使吾人想起生命之时亦为美。"而它准确的表述应该如此："美是生活"；"任何事物，凡是我们在那里面看得见依照我们的理解应当如此的生活，那就是美的"；"任何东西，凡是显示出生活或使我们想起生活，那就是美的"。两者之间的距离是显而易见的。当然，我们不必苛求于前人，在那个时代能有如上的介绍已属不易，而且在当时也很有必要。

沈泽民译的《俄国的批评文学》一文可以与上文参照着阅读。此文是克鲁泡特金的著作《俄国文学的理想和现实》中的一节。文章清晰地传达着一个信息：俄国革命民主主义批评家的艺术观是"为人生"的。文中这样表述道：在别林斯基看来，"真诗就是现实：必须是人生的诗现实的诗，才是真诗"；车尔尼雪夫斯基的艺术观的要点是，"艺术自身不是目的；人生是高于艺术的；艺术的目的是解释人生，是批评人生，是对于人生发表意见"；杜勃洛留波夫"对于一件艺术作品，只问这作品是不是正确的人生反映""他的论文是讨论道德、政治，或经济问题的——那件艺术作品不过供给一种事实来做他那样讨论的材料罢了"。尽管当时别、车、杜的著作尚未翻译过来，但是从上面所引的片言只语中可以看到，这样一些见解无疑对五四时期新文学的倡导者的"为人生而艺术"的观点的确立起过促进作用。

沈雁冰文章论及的30位俄国著名作家中有不少还是第一次为中国读者所了解，文中传达了不少当时尚鲜为人知的信息。以文中提到的"弥里士考夫斯基"（即梅列日科夫斯基）为例。这一节中，作者介绍了世纪之交俄国文坛上出现的以梅氏为领袖，以巴尔芒（即巴尔蒙特）和勃列苏夫（即勃留索夫）等人为中坚的"新派"（即象征派）的情况。关于这一派产生的背景，作者引述克鲁泡特金《俄国文学的理想与现实》的观点，认为世纪末"俄国知识阶级显见颓丧的神气，对于旧理想已无信仰，'疲倦'的现象已甚显著。于是国内社会情形与西欧思想灌入的影响发生共同结果，成了知识界中要求'个人权利'的新倾向。"加上梅氏"对于前辈的许多大文家的著作中所含的社会思想，起了疑问；因而自己更换方面，专说'个人权利的神圣'与'美之崇拜'"，于是这一派应运而生。关于它与以高尔基为代表的写实派不同的文学主张，作者写道：新派主张"艺术应以'美'为最重要最先之一义，不应以'道德'；艺术的真功夫就是能直接诉诸想象，不是教诲道德。他们这主张，一方面是受了法国表象派的影响，一方面也是对于俄国文学的过置重于政治社会的反抗"。文章还谈到了梅氏的主要著作以及他与批评家米哈尔科夫的论战等。由于这些言简意赅的介绍，作者"想从这三十个人的'列传'中显出俄国近代文学变迁的痕迹"的目的确实在某种程度上达到了。

耿济之的文章也很有价值。作者首先用诗一般的语言赞美近一世纪来的俄国文学"人才辈出，著作如林；正如黄河决口一般，顷刻之间，一泻千里；又如夏雨一般，乌云方至，大雨就倾盆倒下，有'沛然莫御'之势，而使世界的人惊愕失措，叹为奇观"。而后，又用两万余字的篇幅较为详细地介绍了郭克里（即果戈理）、托尔斯泰、屠格涅夫和道司托也夫司基（即陀思妥耶夫斯基）的生平与创作，这在当时是难能可贵的。例如，关于陀思妥耶夫斯基的那一部分，尽管是全篇中分量最轻的（三千余字），但它在中国的陀思妥耶夫斯基的研究史上却颇有分量。前文已经谈到陀氏的作品是1920年才首次译介到中国的，该译作附有一篇简短的介绍文字，称陀氏的作品"人道主义的色彩最鲜明；他的小说中所描写的，多是堕落的事情；心理的分析，更是他的特长"。这也是中国人写的最早的陀评。①文章除了系统地描述了陀氏的生活道路和创作发展的历程外，还对其创作的基本特色作了颇为准确的分析。文章认为，陀氏是"人物的心理学家，是人类心灵深处的调查员，是微细的心的解剖者"；他的"小说里写实和神秘的精神时常混合在一起"。文章这样谈到陀氏（即文中的"道氏"）的"苦痛"哲学：

---

① 此前，《民报》（1907年第11期）上曾有一文谈到陀思妥耶夫斯基因参加彼得拉舍夫斯基小组而遭迫害这一史实，《新青年》1918年1月号上刊有周作人的一篇译文《陀思妥夫斯奇之小说》。

> 托氏善于描写被压迫被欺侮的人的心灵，他愿为这些人申冤吐气，所以他的作品篇篇含着人道主义的色彩。道氏所描写各种"苦痛"的形式是不同的；这些苦痛心理的动机在极轻易的配合底下发生出来：有为爱人类而痛苦，有为强烈、低卑的嗜好而痛苦，有为残忍和恶念相联成的爱情而痛苦，有为自爱心和疑虑心病态的发展而痛苦；而道氏却能将动机不同的痛苦一一分别，曲曲传出。……苦痛能生出爱情和信仰，而上帝的律法都生在爱情和信仰里面，——这就是道氏"苦痛"的哲学。与其说道氏的作品里都描写着残忍的事情，不如说他含着慈悲的心肠、人道的色彩。

在中国刚刚开始介绍陀思妥耶夫斯基之时，文章能抓住陀氏创作的基本特色，作出这样的分析和评价，应该说还是相当不易的了。当然，在这一年为纪念陀氏百年诞辰以及之后几年，还有一批有力度的文章相继问世，如郑振铎的《陀思妥以夫斯基的百年纪念》（1921）、胡愈之的《陀斯妥以夫斯基的一生》（1921）、鲁迅的《〈穷人〉小引》（1926）、沈雁冰的《陀斯妥以夫斯基在俄国文学史上的地位》（1922）和《陀斯妥以夫斯基的思想》（1922）等。这些文章各有所长，如沈雁冰的文章往往广征博引，视野相当开阔，而鲁迅的文章则用语精到，常发人所未发。

同样，这时也能见到研究其他重要的俄国作家的一些较有深度的文章。如关于屠格涅夫就有多篇有分量的专论。胡愈之的《都介涅夫》（1920）一文是中国第一篇专门评价屠格涅夫的文章。此文长五千余字，对屠格涅夫的生平与创作道路作了多侧面的观照。文章首先从俄国文学的地位谈起："我国近来研究俄国文学与俄国思想的人渐渐多起来了，这是一件可喜的事情。……从文学方面来说，俄国对于世界的贡献，实在是非常重大，现代世界各国的文艺思想，多少都受着俄国文学的暗示和影响的。"而屠格涅夫和托尔斯泰在近一世纪以来的俄国作家中最为重要，因为"有了他们两人以后，俄国文学才真的变成世界文学了"。不过，文章认为如果从艺术的角度看，屠格涅夫则更应该受到中国文坛的重视："托尔斯泰是最大的人道主义者；都介涅夫是人道主义者又是最大的艺术天才。……托尔斯泰的文学，现在很有些人懂得了。但现在讲西洋文学的人总是偏于思想方面，艺术天才像都介涅夫的就少人注意。我想文学到底是一种艺术，思想不过是文学上所应必需的一种东西。要想吸收西洋的近代文学，确立我国的国民文学，艺术方面实在比思想方面，更应该研究。"这种观点在当时的文坛上倒也不失为一种不随波逐流的见解。文章以此为契领展开论述，着重谈了屠格涅夫的创作个性及其在文学作品中的表现。如称屠格涅夫是一个"热情的天才，多愁的艺术家"；他的作品中"主观情绪是很丰富的"，但这种主观"绝不是理想的空洞"；"具有真诗人的能力"，"能活画实生活"；"是写实主义的浪漫派"，又是"浪漫主义的写实派"；"诗的天才的丰富，结构印象的美丽，在俄国作家中，谁也及不上来的"；"能用哲学的眼光，艺术的手段，把同时代思潮变化的痕迹，社会演进的历程，活泼泼地写出来，而且是富于暗示和预言性的"等。① 这些评价是和对作品的具体分析结合在一起的，因此尽管是一家之见，仍具有较强的说服力。

　　这一时期比较有影响的论屠格涅夫的文章还有耿济之的《猎人日记研究》（1922）和《屠格涅夫在俄国文学中的地位》（1922）、郑振铎的《〈父与子〉序》（1922）、郭沫若的《〈新时代〉序》（1924）等。后两篇序言不约而同地由屠格涅夫的作品谈到了中国的现实。郑振铎在文章中这样写道：

　　　　中国现在也正在新旧派竞争很强烈的时候，也有虚无主义发生。但中国的巴扎洛甫的思想却是从玄学发端的，不是从科学发端的。……中国的泊威·彼得洛委慈（即巴威尔）更是不行。他绝没有决斗的勇气，并且连辩论的思想也不存在头脑中。……父子两代的思想竟无从接触。我看了这本《父与子》有很深的叹息。懦弱与缄默与玄想的人呀！……我默默祈祷，求他们的思想接触，求他们的思想的灿烂的火花之终得闪照于黑云满蔽之天空！

　　郭沫若的序言一方面认为《处女地》"这部书所能给我们的教训只是消极

---

①　胡愈之：《都介涅夫》，见《东方杂志》第17卷第4号。

的"，"我们所当仿效的是屠格涅甫所不曾知道的'匿名的俄罗斯'，是我们所已经知道的'列宁的俄罗斯'"；一方面又从作品的真实描绘生发开去，引出了这样的见解：

> 农奴解放后的七十年代的俄罗斯，诸君，你们请在这书中去见面罢！你们会生出一个似曾相识的感想——不仅这样，你们还会觉得这个面孔是你们所常见的呢。我们假如把这书里面的人名地名，改成中国的，把雪茄改成鸦片，把弗加酒改成花雕，把扑克牌改成麻将（其实这一项不改也不要紧），你看那俄国的官僚不就像我们中国的官僚，俄国的百姓不就像我们中国的百姓吗？
>
> 这书里面的青年，都是我们周围的朋友，诸君，你们不要以为屠格涅甫这部书是写的俄罗斯的事情，你们尽可以说他是把我们中国的事情去改头换面地做过一遍的呢！

托尔斯泰依然是文坛关注的一个热点。刊物上发表的文章不仅量多，而且面广，比较重要的有：冰霜的《托尔斯泰之生平及其著作》（1917）、沈雁冰的《托尔斯泰与今日之俄罗斯》（1919）和《托尔斯泰的文学》（1920）、耿济之的《托尔斯泰的哲学》（1920）和《译黑暗之势力以后》（1921）、瞿秋白的《托尔斯泰的妇女观》（1920）、松山的《托尔斯泰与鲍尔希维主义》（1921）、张闻天的《托尔斯泰的艺术观》（1921）、梁实秋译的《托尔斯泰与革命》（1921）、佛航的《托尔斯泰的〈复活〉》（1921）、仲云译的《太戈尔（即泰戈尔）与托尔斯泰》（1923）、顾仲起的《托尔斯泰〈活尸〉漫谈》（1924）、刘大杰的《托尔斯泰的教育观》（1926）等。（这时期还出了三本关于托尔斯泰的书：张邦铭等人译的《托尔斯泰传》、谢普青译的《托尔斯泰学说》和胡怀琛编的《托尔斯泰与佛经》）。当时有的刊物还出过托尔斯泰专号。上述文章尽管角度不同，但对托尔斯泰均有很高的评价，耿济之在《俄国四大文学家合传》中关于托尔斯泰的一段话可以说是很有代表性的，他认为："托尔斯泰富有伟大之天才，至高之独创性，不为旧说惯例所拘，运用其高超之哲学思想于文学作品中，以灌输于一般人民。他是俄国的国魂，他是俄国人民的代表，从他起我们才实认俄国文学是人生的文学，是世界的文学。"一些专论性的文章谈得也比较深入。如张闻天的文章用两万多字的篇幅对托尔斯泰的艺术观作了相当全面的介绍。沈雁冰的几篇文章发表时间较早，涉及面也较广。有意思的是他还用这样几句话来概括托尔斯泰三个时期作品的风格特征：前期"文笔轻倩，感情浓挚"；中期"雄浑苍老，悲凉慷慨"；后期"言简意远，蔼然仁者态度"。瞿秋白的文章从妇女的职业、贞操和婚姻三个方面较系统地阐述了托尔斯泰的妇女观，认为托尔斯泰的妇女观基于他的哲学观和宗教观，其基本点是"男子之道——劳动工作，女子之道——生育儿女"，这些阐述也结合了对《克莱采奏鸣曲》等作品的分析。

这时期比较重要的文章还有鲁迅为安德列耶夫、勃洛克、阿尔志跋绥夫和爱罗先珂等人的作品写的多篇译后记和序；耿济之、张闻天分别上用七八千字的篇幅为果戈理和科罗连柯作的评传；以及郁达夫谈赫尔岑、徐志摩谈契诃夫的文章等。这些文章都代表了五四时期中国对俄国文学研究所达到的水准。

四、中国早期的俄国文学史著作

五四时期俄国文学研究的一大成果，是系统性强且各具特色的文学史著作的陆续出现。

中国对俄国文学的系统研究，最早的当推前文已提到的1919年发表的田汉的长篇论文《俄罗斯文学思潮之一瞥》。由于这篇文章的重点放在展示思潮的沿革上，因此对作家作品的具体分析一般都未充分展开，加之用的是文言，其影响受到一定的限制。不过，它不仅有自己鲜明的特色，而且为后来中国的俄国文学史研究作了必要的铺垫。

这时期，中国学者撰写并出版的俄国文学史著作有两本，一本是郑振铎的《俄国文学史略》（商务印书馆，1924），一本是蒋光慈和瞿秋白的《俄罗斯文学》①（创造社出版部，1927）。虽说其后还有类似的著作出现，但是郑本和蒋瞿本无疑是1949年以前最重要的两部俄国文学史著作。

先看郑振铎的那一本。郑本是国内最早成书的一本。郑振铎在该书序文中谈到编撰此书的缘由时称，国内至今没有一部国人写的外国国别文学史，"如果要供给中国读者以较完备的文学知识，这一类文学史的书籍的出版，实是刻不容缓的"。事实上，正是五四时期文坛对俄国文学的热情促成了这部著作的问世。郑本篇幅不大，正文约六万六千字，出书前曾在《小说月报》上连载。此书的特色主要表现在以下几个方面：

一、体例严谨，脉络清晰。全书共14章。第一章为绪言，谈"发端——地势——人种——语言"。第二章至第十三章勾勒了从民间传说与史诗到20世纪初期的俄国文学发展的全貌。最后一章为"劳农俄国的新作家"（此章系瞿秋白所作），写的是十月革命后的俄国文学。在每一章中又分若干叙述层次，如第二章"启源"分为"民间传说与史诗——史记——黑暗年代——改革的曙光——罗门诺索夫（即罗蒙诺索夫）——加德邻二世（即叶卡捷琳娜二世）——十九世纪的初年——十二月党"；第八章"戏剧文学"分为"启源——十九世纪初叶——格里薄哀杜夫（即格利鲍耶陀夫）——莫斯科剧场——阿史特洛夫斯基（即奥斯特罗夫斯基）——历史剧——同时的戏剧家——阿史特洛夫斯基以后"；第十章"政论作家与讽刺作家"分为"俄国的政论——西欧派与斯拉夫派——国外的政论作家赫尔岑——其他国外的政论作家——周尼雪夫斯基（即车尔尼雪夫斯基）与现代杂志——讽刺作家莎尔条加夫（即萨尔蒂柯夫—谢德林）"。另外，作为专章或两人合章介绍的重点作家有普希金、李门托夫（即莱蒙托夫）、歌郭里（即果戈理）、屠格涅夫、龚察洛夫（即冈察洛夫）、杜思退益夫斯基（即陀思妥耶夫斯基）、托尔斯泰、柴霍甫（即契诃夫）和安特列夫（即安德列耶夫）等。作为一部文学史著作，这样的编排确实基本达到了有序、清晰、全面且有所侧重的要求。

二、文字简练，颇有文采。此书的文字简洁明了，作家生平和作品分析一

---

① 此书1929年由泰东图书局重版时改名为《俄国文学概论》。

般均点到为止，不作大段的铺陈。不过，在这种要言不烦的叙述中也时能见到作者思想的火花与文字的光彩。如谈到陀思妥耶夫斯基时，该书认为他的伟大"乃在于他的博大的人道精神，乃在于他的为不齿的被侮辱的上帝之子说话。他有一个极大的发现，他开辟一片极肥沃的文学田园。他爱酒徒、爱乞丐、爱小贼，爱一切被损害与被侮辱的人。他发现：他们的行动虽极龌龊，他们的灵魂里仍旧有烁闪的光明存在着。他遂以无限的同情、悲悯的心胸，把我们这些极轻视而不屑一顾的人类写下来，使我们觉得人的气息在这些人当中是更多的存在着"。在谈到高尔基时，作者表述道：读高尔基的短篇"情绪便立刻紧张起来，且立刻觉得惊奇不止，因为他已使我们见了从未见过的奇境与奇剧，如使我们久住城市的人登喜马拉雅最高峰，看云海与反映于雪峰之初阳；自然谁都会为之赞叹不已了！""实在的，在一切世界的文学上，像高尔基把平凡的人在平凡的境地上，描写得如此新鲜，如此特创，如此活泼、有趣，把人类感情的变幻与竞斗，分析得如此动人，恐怕没有第二个人。""俄国作家多带宗教气息，他则把这个气息一扫而空，使我们直接与一切事物的真相打个照面。当二十世纪最初，俄罗斯革命的乌云弥漫于天空时，高尔基的著作，实是夏雨者前的雷声。"作者高度评价别林斯基对俄国文学的贡献，认为"他的文字蕴蓄着美与热情，读者都能深深地受他的感动。他以他的同情，他的诚恳的精神，与一切不忠实的、骄傲的、奴隶主义的文学作品与政治思想宣战；一方面成了最有影响的批评家，一方面成了一个最好的政论作家。以后俄国的为人生的艺术的思潮的磅礴，他可以说是一个最有力的鼓动者"。对于车尔尼雪夫斯基的艺术观，作者作了如下的概括："艺术自己不是目的，人生是超于艺术的；艺术的目的就在于解释人生，批评人生，对于人生表白一种意见"；"艺术的美不是超于人生的美的，不过是艺术家从人生美中借来的一种美的概念而已"；"艺术的真实目的就是要我们记起人生中有趣味的事，教导我们人是怎样生活着，及他们应该怎样生活着"。作者在评价杜勃洛留波夫时认为，他的伟大"不在他的批评主张，而在于他的纯洁坚定的人格。他是屠格涅夫在五十年代之末所见的'现实的理想主义者'的新人的最好代表。所有他的文字都使人感到一种道德的观念；他的人格强烈与读者的心接触着"。

这样的评述尽管都很简单，但对于人们把握和了解俄国文学的概貌及其基本精神还是大有裨益的。

书中由瞿秋白撰写的"劳农俄国的新作家"一章，特别是关于马雅可夫斯基的一些论述也值得一提。在此以前已有关于这位作家的文字出现。1921年化鲁在《俄国的自由诗》一文中谈到，俄国革命后的新诗人中"最受俄国人崇敬的，便是梅耶谷夫斯基了"。①这是中国最早介绍马雅可夫斯基的文字。1922年沈雁冰在文章《未来派之趋势》中称马雅可夫斯基是"突出的天才"，他加入布尔什维克党以后，"一支锋利的笔就全为布党效力了"，他最近出版的长诗《一亿五千万》是"为抗议封锁俄国而作的"。②瞿秋白在1923年8月为郑本写下了一段有关的文字："马霞考夫斯基是革命后五年中未来主义的健将，许多诗人之中只有他能完全迎受'革命'；他以革命为生活"，但"作品中并不充满革命的口头禅。他在二十世纪初期已经露头角于俄国诗坛，革命以后，他的作品方才成就他的天才"；他的天才在于"他有簇新的人生观"，他"是积极的唯物派"；"他的著作，诗多而散文绝少"；"他的诗才，真足以在俄国革命后的文学史上占一很重要的地位"。瞿秋白虽然不是中国最早介绍马雅可夫斯基的人，但他却第一个见到并采访了这位作家。因此，他写下的这段文字在中国早期介绍马雅可夫斯基的文章中就显得更有力度和弥足珍贵了。

三、书目完备，资料翔实。郑振铎该书在正文后还有两项附录："俄国文学年表"和"关于俄国文学研究的重要书籍介绍"。特别值得一提的是后者，其列举书目之详，实属难得。在介绍书籍之前，作者还写下了一段颇为生动的引言：

> 俄国文学的研究，半世纪来，在世界各处才开始努力，他们之研究俄国文学，正如新辟一扇向海之窗，由那窗里，可以看出向来没有梦见的美丽的朝晖、蔚蓝的海天、壮阔澎湃的波涛，于是不期然而然的大众都拥挤到这个窗口，来看这第一次发现的奇景。美国与日本都次第加入这个群众之中，

---

① 见《东方杂志》第十八卷第11期。

② 见《小说月报》第十三卷第10期。

只有我们中国的文学研究者，因素来与外界很隔膜之故，在最近的三四年间才得到这个发现的消息，才很激动地也加入去赞赏这个风光。但因加入得太晚之故，这个美景，却未能使我们一般人都去观览。现在我在此且介绍几十本关于俄国文学研究的书，聊且当做这美学（景）的一种模糊的影片。至于要完全领略那海上的晨曦暮霭与风涛变幻的奇观，则非躬亲跑到海边去不可……

书中分三类对有关书籍作了介绍。第一类为"一般的研究"，共列出文学史和理论方面的书籍29部，其中英文的有26部，日文的2部，中文的1部。作者对每本书都有提纲挈领的说明。如称巴林（即前文提到的贝灵）的著作"叙述很简明，初次研究俄国文学的人，这本书是必须看的"；称克鲁泡特金的著作"是一部不朽的作品"，"从古代民间文学到最近的作家，都有明晰而同情的叙述"；称两部日文著作的作者升曙梦"为日本现代最著名的俄国文学研究者。日本现代文学极受俄国文学的影响，升曙梦于此是有很伟大的功绩的"，他的《露国（即俄国）现代之思潮及文学》"实为一部很重要的著作"，他的《露国近代文艺思想史》"是一部研究俄国近代文艺思潮的极重要的书。这类书，在英文里几乎绝无仅有"。关于唯一的一部中文书《小说月报》1921年十二卷号外《俄国文学研究》，文中介绍道："中国到现在还没有一部系统的研究俄国文学的专书，此书可算是这一类书中的第一部。内容除译丛、附录之外，共有论文二十篇，读之略可窥见俄国文学的一斑。"第二类和第三类都是介绍作品的，分别为"英译的俄国重要作品"和"中译的俄国文学名著"。前者列举了20种集子或丛书，后者排出了28种中译的有关作品。这三类书籍的介绍为当时的读者作了很好的导引，是此书最有价值的方面之一。

也许正是基于上述优点，评论界对郑振铎的这本《俄国文学史略》给予了较高的评价，如王统照在《晨报副镌》上撰文称赞此书"能用页数不极多的本子，将俄国文学的历史上的变迁，以及重要作家的风格、思想，有梗概地叙述。可谓近来论俄国文学的最好的小册子"。

不过，作为早期的俄国文学史读物，郑本存在的不足也是明显的。比较突出的是该书编译成分较多，不少地方明显借用了克鲁泡特金和贝灵等人所撰著作的观点，虽然由于作者能博采众长，在他人的观点上有所生发，但与一部独立的研究著作相比似有一定的差距。同时，因篇幅较小，内容显得有些单薄，特别是对作家作品的分析大多过简，重点作家往往也仅有千余字，令人产生意犹未尽之感。而且有些重要的作品，作者本人显然尚未接触，故出现了一些不应有的错误，如在谈到《战争与和平》一作的主人公时，称"乃是一个朴讷的农人白拉顿（即普拉东）"，而没有提及安德烈和娜达莎这些人及其命运，彼埃尔只是稍稍触及。对高尔基的评述也是如此。作者仅仅提到了他早期的寥寥几部作品的名字：二篇短篇、一部长篇《三人》和一部剧本《沉渊》（即《底层》），这就使前述的作者对高尔基的赞扬显得空泛。特别是对高尔基在1905年至1917年间的作品，该书作了如下不恰当的评价："一九〇五年的俄国革命，高尔基也有参与。革命失败后，他逃到意大利去。自此以后，他的作品也与当时颓唐的空气一样，不复见新鲜与强健的色彩。直到一九一七年，俄国革命告成，他回国后，其作品《童年》才又蕴着初期著作的热情与希望。"且不说《童年》（1913）本身就写在这一时期，就高尔基两次革命期间创作的其他的作品而言，这无疑是他创作的一个高潮时期，其中中长篇小说和故事集就有《母亲》《忏悔》《没用人的一生》《夏天》《奥古洛夫镇》《马特维·克里米亚金的一生》《人间》《意大利童话》《俄罗斯童话》和《俄罗斯浪游散记》等一大批重要作品，其"新鲜与强健"依然让人震撼。这里一方面可以看出作者对高尔基的创作的情况不甚了了，另一方面又可以见到苏联当年"左"的思潮的某种影响。在当时苏联那些用庸俗社会学的眼光看待高尔基创作的人的评价中，高尔基在1906年创作了《母亲》以后，思想出现矛盾，创作也开始走向低潮，他的那些深刻剖析民族文化心态的作品不在"左"视者的视野之内。这种评价不仅在五四时期影响了中国的一部分介绍者，甚至在不同程度上影响了而后半个多世纪的中国的高尔基研究。此外，郑本中还有一个明显的不足就是作家作品的译名均由英文译音转译，因而有些与原文显出较大的差距。

由蒋光慈编成、蒋光慈和瞿秋白合著的《俄罗斯文学》，出书时间虽晚于郑本，但其意义与价值均不在郑本之下。蒋瞿本共十一万字，分上下两卷。上卷为蒋光慈所作，名为《十月革命与俄罗斯文学》，约五万三千字；下卷为瞿秋白所作，名为《十月革命前的俄罗斯文学》，约五万七千字。蒋光慈在书前有个简短的说明：其一是他觉得"十月革命后的俄罗斯文学比较重要而且对于读者有兴趣些"，因此将上下卷的前后位置颠倒了一下；其二是说明下卷用的是屈维它君（即瞿秋白）的稿子，但征得原作者同意后作了删改。这里我们对下卷和上卷分别作些分析。

如果不计瞿秋白写的第十四章，那么郑振铎所写的那本文学史与我们目前所看到的蒋瞿本被删改的下卷（原稿已无法觅见）篇幅相近。也就是说，瞿秋白与郑振铎一样用不多的文字描述了十月革命以前的俄罗斯文学的面貌。据史料记载，瞿秋白原稿作于他旅俄期间，大致在1921至1922年间，因此写作时间估计要早于郑本，可惜因故未能及时出版。与郑本相比，两者在分析文学现象时注意与社会现象相联系这点上是一致的，而在体例和文字等方面则各有所长。瞿秋白的文本语调平实，内容简明，论述相对集中，对重点作家和作品的分析有所加强。如关于普希金部分，瞿的文本比郑本的文字增加了一倍。同时，瞿的文本由于写于俄罗斯，作者本人又通晓俄语，因此论述的准确性得以加强。如同样是谈《战争与和平》的主人公，瞿的文本写的是"最可注意的便是这小说里的'幻想的哲学家'彼埃尔"。

与上述因素相联系的是，瞿的文本中更能见到有创见的文字。如对于俄国文学中的"多余人"和"新人"形象，虽然早有人提到，但是还没有人能像瞿秋白那样作出如此深入的理论分析的。瞿的文本中谈到当时俄国知识界的通病所谓"多余的人"时写道："'多余的人'大概都不能实践，只会空谈，其实这些人的确是很好的公民，是想做而不能做的英雄。这亦是过渡时代青黄不接期间的当然现象。他们的弱点当然亦非常显著：这一类的英雄绝对不知道现实的生活和现实的人；加入现实的生活的斗争，他们的能力却不十分够。幼时的习惯人人很深，成年的理智每每难于战胜，——他们于是成了矛盾的人。"作者对屠格涅夫作品中的罗亭和拉夫列茨基等形象分别作了分析，而后继续写道："俄国文学里向来称这些人是'多余的'；说他们实际上不能有益于社会，其实也有些不公平；他们的思想确是俄国社会意识发展中的过程所不能免的：从不顾社会到思念社会；此后才有实行。——他们的心灵的矛盾性却不许他们再前进了；留着已开始的事业给下一辈的人呵。"

作者接着又对被后来的文学史视作"新人"的巴扎罗夫形象与其前辈的联系，以及他自身的内在矛盾提出了自己的见解。他认为："前辈和后辈的思想界限，往往如此深刻，好像是面面相反的，——实际上呢，如《父与子》里的'英雄'巴扎罗夫等，虽然也是些'多余的人'，却是社会的意识之流里的两端而已。""巴扎罗夫以为凡是前辈所尊崇所创立的东西，一概都应当否认：对于艺术的爱戴，家庭生活，自然景物的赏鉴，社会的形式，宗教的感情——一切都是非科学的。然而他的实际生活里往往发出很深刻的感情；足见他心灵内部的矛盾：——理论上这些事对于他都是'浪漫主义'。屠格涅夫看见巴扎罗夫是一种暂时的现象，——社会的人生观突变的时候所不能免的。然而巴扎罗夫之严正的科学态度、性情的直爽而没有做作、实际事业方面的努力，——都是六十年代青年的精神。"这样的理论分析显然是建立在对作家及其笔下的艺术形象的深刻理解的基础上的。

又如瞿的文本在《一九〇五年革命与旧文学》一章中，对安德列耶夫的创作也作了如下精到的分析："安德列叶夫纯纯粹粹是近代主义者，他的作品当时被称为'文学的梦魇'，悲惨，暗淡，沉闷；他的小说和剧本里的人物的动作，好像是阴影，——那阴影还大半在浓雾里呢。他的题材实在是人类互相的不了解，不亲热，——残酷的孤寂。"在谈了安德列耶夫的创作与尼采哲学的关系后，他又写道："安德列叶夫的文心比西欧象征主义更加孤寂：易卜生和梅德林克的人物还有凌驾尘俗的个性；安德列叶夫的却祇是抑遏不舒的气息。"作者抓住了安德列耶夫的创作，特别是中后期创作的特色，其视野也相当开阔。

当然，作为早期的文学史著作，郑本中存在的某些不足在瞿的文本中也有所表现，特别是史实的叙述和作家作品的分析大多仍"简单概括得很"，①而在对高尔基的评论中也同样出现了受苏联早期极"左"思潮影响的痕迹，不过在当时的条件下能达到郑本和瞿秋白文本的水准已实为不易。

这里还要谈谈蒋瞿本的上卷，即蒋光慈撰写的《十月革命与俄罗斯文学》。蒋光慈与瞿秋白有某些相似的经历，他也曾于20年代初期赴俄罗斯学习，这本书的初稿也写于这一时期。由于蒋光慈文本切入的是俄罗斯当代的，即十月革命后若干年里所发生的种种文学现象，因此内容新颖独到，在当时乃至其后相当一段时间里，蒋光慈的文本是中国人写的唯一的当代新俄文学史。为了便于真切地了解这一文本的基本内容，可以看看其章目。该书上卷共九章，分别为"死去的情绪"②"革命与罗曼谛克——布洛克（即勃洛克）""节木央·白德内宜"（即杰米扬·别德内依）、"爱莲堡"（即爱伦堡）、"叶贤林"（即叶赛宁）、"谢拉皮昂兄弟——革命的同伴者""十月的花"③"无产阶级诗人"和"未来主义与马牙可夫斯基"（即马雅可夫斯基）。不用细述其内容，据此已可看出这一文本为当时中国文坛提供的是崭新的而且又是迫切想了解的新俄文学的总体面貌和最重要的文学现象，其价值不容低估。

作为一个热情的、昂奋的诗人和十月革命的热烈的拥护者，蒋光慈文本的风格与瞿秋白文本和郑振铎文本均不同，字里行间充满着诗一般的语言和勃发的激情。如他在第七章中这样赞美十月革命后出现的一代新诗人："红色的十月里曾有我们不少的天才的青年诗人。这些青年诗人，他们为红色的十月所涌出，因之他们的血肉都是与革命有关联的——革命是他们的母亲。他们的特点是：他们如初春的初开放的花朵一样，既毫不沾染着一点旧的灰尘与污秽，纯洁得如明珠一样，而又蓬勃地吐着有希望的，令人沉醉于新的怀抱里的馨香，毫不感觉到凋残的腐败的意味。""'我们是地上暴动的忠臣'，是的，基抗诺夫（即吉洪诺夫）是新的苏维埃的俄罗斯的忠臣。新的苏维埃的俄罗斯，是强有力的，无神甫

---

① 蒋光慈：《〈俄罗斯文学〉书前》，载《俄罗斯文学》，创造社出版部1927年版。
② 此节谈旧俄诗人在十月革命后的命运。
③ 此节谈十月革命后出现的吉洪诺夫等新一代诗人。

的,列宁的俄罗斯,惟有此俄罗斯才是人类的祖国。我们爱此俄罗斯,我们不得不爱此俄罗斯的歌者。"

蒋光慈完全是站在革命诗人的立场上来考察新俄文学现象的,他在介绍文学现象时常常作出自己的评价。如他在谈到革命与罗曼谛克时写道:"无产阶级也爱百合花的娇艳,但要使大家都有赏玩的机会;夜莺的歌唱固然美妙,但无产阶级不愿美妙的歌唱,仅为一二少数人所享受。许多很好的诗人以为革命的胜利,将消灭一切幻想和一切罗曼主义,其实人类的一切本能绝不因革命而消灭,不过它们将被利用着,以完成新的责任,完成新的为历史所提出的使命。"又如他给予擅长写革命鼓动诗的别德内依以很高的评价,认为"普希金是俄国第一个伟大的天才的诗人,我们可以说白德内宜是他最好的学生,但是白德内宜诗中所含蓄的民众的意义,任你普希金也罢,列尔芒托夫(即莱蒙托夫)也罢,布洛克也罢,马牙可夫斯基也罢,都是还有的。"这一类的评价有的可能出于苏俄批评家的观点,也有的则发自作为革命诗人的蒋光慈本人的心胸。

在蒋光慈的文本中,我们也可以看到一些缺憾。也许是因为当时作者本人是诗人的缘故,这一文本将大部分篇幅给了诗歌,而对其他的文学样式评述得过少;也许是因为贴得太近的缘故,这一文本文学史的意味有所淡化;也许是因为受情感和语言诗化的影响,这一文本叙述的严整性似有不足,甚至在某些方面我们还能看到"拉普"思潮的影子,如作者谈到了无产阶级诗人的四个方面的特质,其中强调的一点是:"他们都是集体主义者Collectivists,在他们的作品里,我们只看见'我们',而很少看见这个'我'来。他们是集体主义的歌者。……这个'我'在无产阶级诗人的目光中,不过是集体的一分子或附属物而已。"这些观点后来越来越多地被介绍过来,对中国正处萌芽状态的无产阶级文学产生过不利的影响,对此后文还将论及。

然而,这些缺憾毕竟不是主要的,与郑振铎的《俄国文学史略》一样,蒋光慈和瞿秋白合著的《俄罗斯文学》一书的历史作用也是不可磨灭的。

五、中俄文学比较研究的发端

　　大概从最早介绍俄国文学的时候起，对中俄文学进行比较的意识就在那些绍介者的心中萌生了，在当时的不少文章中常常可以见到这样的文字。远的不说，就在1919年至1920年的"五四"高潮时期，瞿秋白在探寻刚刚出现的中国的"俄罗斯文学热"产生的原因时，就对中俄的国情及其文学作了比较。他认为，最主要的原因在于"俄国布尔什维克的赤色革命在政治上、经济上、社会上生出极大的变动，掀天动地，使全世界的思想都受他的影响。大家要追溯他的远因，考察他的文化，所以不知不觉全世界的视线都集于俄国，都集于俄国的文学；而在中国这样黑暗悲惨的社会里，人都想在生活的现状里开辟一条新的道路，听着俄国旧社会崩裂的声浪，真是空谷足音，不由得不动心。因此大家都要来讨论研究俄国，于是俄国文学就成了中国文学家的目标。"他还认为，俄国国民性本来是"极端的，不妥协的"，而近几十年来，因为政治上、经济上的变动十分剧烈，"影响于社会人生，思想就随之而变，萦回推荡，一直到现在，而有他的特殊文学"；相比之下，中国现在的社会也是"不安极了"，若要作根本改造，那么"新文学的发见随时随地都可以有。不是因为我们要改造社会而创造新文学，而是因为社会使我们不得不创造新文学"；"俄国的国情，很有与中国相似的地方"，因此要"创造新文学"，就"应当介绍"俄国文学。①

　　这样的比较虽说是有感而发的片言只语，但却把握住了问题的实质。当然，较为系统和较早的中俄文学比较研究的论文是下面的两篇：一篇是周作人的《文学上的俄国与中国》，②文章对中俄文学作了宏观扫描；另一篇是甘蛰仙的《中国之托尔斯泰》，③此文开了中俄作家专题比较研究的先河。

　　据《民国日报·觉悟》1920年11月19日报道，周作人在月内先后来到北京师范学校和协和医院学校发表了讲演。讲演的内容整理后在次年1月的《新青年》

---

① 瞿秋白：《〈俄罗斯名家短篇小说集〉序》，载《瞿秋白文集》第2卷，第543—544页，人民文学出版社1953年版。
② 载《新青年》1921年第8卷第5期，后又收入《小说月报》第12卷号外。
③ 曾分十次连载于1922年8月的《晨报副镌·论坛》。

上刊出，那就是著名的《文学上的俄国与中国》一文。文章对中俄文学以及与此相连的国民精神作了条分缕析的比较，颇为引人注目。作者开门见山地指出："我的本意，只是想说明俄国文学的背景有许多与中国相似，所以他的文学发达情形与思想的内容在中国也最可以注意研究。"那么，什么是俄国文学最鲜明的特色？作者认为，它是"社会的、人生的"文学。结合对19世纪至20世纪初的俄国文学的分析（文章将这一阶段的俄国文学分为四个时期，并介绍了重要的作家和文学现象），作者一再阐明这样的观点："俄国在十九世纪，同别国一样的受着欧洲文艺思想的潮流，只因有特别的背景在那里，自然造成一种无派别的人生的文学。""俄国近代的文学，可以称作理想的写实派的文学，文学的本领原来在于表现及解释人生。在这一点上俄国的文学可以不愧称为真的文学了。"而俄国文学之所以有这样的特色，与俄国社会特别的国情有关。它的"希腊正教、东方式的君主、农奴制度""与别国不同"；19世纪后半期，西欧各国已现民主倾向，"俄国却正在反动剧烈的时候"，这又与别国不同。而"社会的大问题不解决，其余的事都无从说起，文艺思想之所以集中于这一点的缘故也就在此"。作者认为，恰恰在这一点上，"中国的创造或研究新文学的人，可以得到一个很大的教训，中国的特别国情与西欧稍异，与俄国却多相同的地方，所以我们相信中国将来的新兴文学，当然又自然也是社会的人生的文学"。

如果仅仅说"中俄两国的文学有共通的趋势"，作者认为那还远远不够，因为"这特别的国情而发生的国民精神，很有点不同"。文章随之从宗教、政治、地势、生活以及忏悔意识等五个方面对中俄两国国民精神的差异作了仔细的比较：

1. 宗教上，俄国的东正教传播很广，深入人心，虽压迫思想，但却成为人道主义思想的根源之一；而中国传统的儒道两派，它们中的一些有益的东西却"不曾存活在国民的心里"。

2. 政治上，中俄两国都是"阶级政治"，俄国有权者多是贵族，人民虽苦，但思想上却"免于统一的官僚化"；而中国自有科举后，平民可以接近政权，由此带了官僚思想的普及。

3. 地势上，中俄两国都是大陆的国家，俄国有一种"博大的精神"，"世界的"气派和爱走极端的思想；而中国"却颇缺少这些精神"，"少说爱国"又存有"排外的思想"，处事讲"妥协调和"而不求"急剧的改变"。

4. 生活上，俄国人"过的是困苦的生活"，所以文学里"含着一种悲哀的气味"，但苦难没有使他们养成"憎恶、怨恨或降服的心思，却只培养成了对于人类的爱与同情"，他们的反抗也是出于"爱与同情，并不是因为个人的不平"，因此俄国文学中"有一种崇高的悲剧气象"；而中国人的生活尽管也充满了"苦痛"，但这种苦痛在文艺上只产生"赏玩"和"怨恨"两种影响，玩世的态度"是民族衰老，习于苦痛的征候"，而一味地"怨恨"也是与文学的本质相冲突的。

5. 忏悔意识上，俄国文学"富于自己谴责的精神"，描写社会生活的目的"不单在陈列丑恶，多含有忏悔的性质"；而在中国社会中这种"自己谴责的精神"极为缺乏，"写社会的黑暗，好像攻讦别人的阴私。说自己的过去，又似乎炫耀好汉的行径了"，这主要是旧文人的"以轻薄放诞为风流"的习气流传至今的缘故。

这样的比较在有些人看来是过于贬低了中国文学，而作者却理直气壮地强调这是"当然的事实"。因为：其一，"中国还没有新兴的文学，我们所看到的大抵是旧文学，其中的思想自然也多有乖谬的地方，要向俄国的新文学去比较，原是不可能的"；其二，从国民精神来说，"俄国好像是一个穷苦的少年，他所经过的许多患难，反养成他的坚忍与奋斗，与对于光明的希望"，而"中国是一个落魄的老人，……他不复相信也不情愿将来会有幸福到来，而且觉得从前的苦痛还是他真实的唯一的所有"。作者认为只有正视这样的现实，"用个人的生力结聚起来反抗民族的气运"，古老的民族"未必没有再造的希望"，"我们如能够容纳新思想，来表现及解释特别国情，也可希望新文学的发生，还可由艺术界而影响于现实生活"。

在这篇中俄文学比较研究的文章中，作者表现出"五四"高潮时期所特有的十分强烈的民族危机意识，以及对旧文学旧文化的毫不留情的批判。文章特别强调了中国新文学在其发生和发展过程中应该从俄国文学中借鉴和吸纳的一些重要的侧面,虽然其中的观点并非无懈可击,但它的深刻和敏锐,它的激情和透彻,对五四时期"俄罗斯文学热"的形成无疑起过推波助澜的作用。即使在今天,文章中的某些独到的见解仍有让人回味之处。这篇比较研究的文章出自周作人笔下亦非偶然。他既是中国译介俄国文学的先驱者,又是五四新文学运动的积极倡导者,他所同时具有的中国文学和俄国文学的素养,① 使他能在中俄文学关系比较的领域中游刃有余,取较高的视角,发人所未发。

甘蛰仙的《中国之托尔斯泰》一文也很有特色。文章比较长,有三万多字。作者从若干个角度对托尔斯泰与陶渊明作了比较。将托、陶两人联系在一起的,倒是早有人在。曾就读于圣彼得堡大学的中国人张叔严,在20世纪初拜见托尔斯泰时,见到过托氏"躬自耕作"的情形。后他将陶渊明的田居诗译成俄文送给托尔斯泰,并认为托氏的言行"绝类靖节(即陶渊明)先生,惟托氏之主义更为激烈耳"。不过,对这两位作家进行扎实的比较研究的,还是以甘蛰仙的文章为先。

甘文虽属A与B比较的模式,但因作者对托、陶两人,特别是对陶渊明有深刻的了解,又很注意问题的可比性,因此读后也颇能给人以启发。全文分12节,论述的重点放在陶渊明身上。文章一开始就交代为什么要把这两个国度不同、生卒年代相去甚远的作家加以比较:"自然,一个人有一个人底特征;其所秉赋的天才,所修养的品格,所蕴蓄的理想,所经历的世故,所交接的环境,所遭逢的时代,以及生平的嗜好,和艺术的造诣,……总不能完全相同。要是引另一个人来相比拟,无论如何,总难全体相附至多不过有大部分相类似罢了。但是就这相类似的大部分考较起来,却颇觉得有趣味。更就那不相类似之点,顺便带叙,勘论得失,也未必不足供知人论世底参考资料。"就托、陶两人来说,尽管有那么多的不同,"但他俩都是生于衰乱之世;其生性都有些傲岸;都不是毫无嗜好

---

① 就俄国文学方面的修养而言,周作人在当时中国新文学界的声誉是比较高的,从下面这一史实中可以见到这一点。1921年1月7日,茅盾在为《小说月报》"俄国文学研究"专号组稿时曾致信周作人说:"一个俄国文学专号里若没有先生的文,那真是了不得的事。"《俄国文学与中国》一文后被收入这一专号。

的；其人格都很高尚纯洁；其思想都很丰腴优美；其艺术都是近于人生派；其境遇都有顺逆；其身世的感慨，都是倾吐於楮墨之间；其毕生最大的建设，都是文学事业；其文学底特殊色彩，都不外乎至情流露；其情绪之发抒，都是从各自的爱恨引出……如是种种，并不是不相类似的，并不是无可比拟的"，因此称托氏为"中国之陶渊明"或称陶氏为"中国之托尔斯泰"，均非无稽之谈。

文章随之从地域、性情、品格、嗜好、思想、艺术、境遇等方面对两位作家作了颇有趣味的比较，这里略举一二。譬如，文章第二节从"地域"角度进行比较。作者抓住"东西"和"南北"两个概念加以生发："陶氏和托氏的住地，诚若风马牛之不相及；但是他俩在地域文学上，却是各有各的重要地位和时代价值。就由方位说，我们要观察托氏文学，须得先把东西观念弄明了；要观察陶氏底文学，须得先把南北观念弄清楚。因为托氏底文学思想，是东方神秘思想和西方现实思想底结晶；陶氏底文学，是南方柔婉缠绵的文学和北方真率慷慨的文学底结晶。虽然东西的异撰，不必限于俄国；但是南北的分野，在中国文学上，却非常显著……"而后，作者引证实例加以层层剖析，以阐明其论点。在论证了"幽情壮思起伏于脑海之中"的陶氏是中国南北文学的交汇点后，作者笔锋一转，指出："彭泽文学，不但可做研究南北文学之津逮，而且在最小限度内，可做研究东西思想之津逮。因为南方文学，是要遥寄柔情，意在言外；而幽微之极，往往藏着神秘的色彩。北方文学，是要直陈壮志，力透纸背；而真率之气，往往成为现实的作风。或则与东方神秘思想相似；或则与西方现实思想相似。"陶氏的文学"似有一部分南方半神秘的文学和北方半现实的文学底结晶"。据此，作者认为，陶氏与托氏"不是全不相似，纵然不全同于俄国托尔斯泰，也不失为'中国之托尔斯泰'底本色"。

又如，文章第十二节关于"艺术观"（及其在创作中的体现）的比较。作者认为，托、陶在这方面有不少相类似的地方。择其要点而言：其一，两人都追求真的艺术，而非难唯美的艺术论者；其二，两人创作中都具平民精神，陶氏作品中尤带农民生活的色彩；其三，两人都认为真艺术的要素在于情感，尤其是作家本人所受感染的情感；其四，两人的创作中都含自传色彩，虽然托氏的表现形式要复杂得多；其五，两人都以极明确的方式在创作中传达"爱"的思想；其六，两人都亲近自然，托氏的"回归自然"与陶氏的"返自然"在精神上相通；其七，两人都力求文学语言的明白晓畅，能为民众所接受。凡此种种，都说明两位作家"其相殊异之点，诚不少"，但"相类似的又岂不多？"作者认为，这些类似之处中最本质的一点是，他们都具有伟大的人格，他们的文学都是人生的文学，并由此感叹道："若徒然就形迹上看，那位抚弄弦琴底'中国之托尔斯泰'，原来不必是解音律的人啊！"

看得出，作者在这篇论文上用力不小，分析得也很仔细。其所阐述的观点固然不是为后人都能接受的，其进行比较研究的方法在现在看来也不甚新鲜，但作为一篇最早对中俄作家进行比较研究的论文，我们更看重的是它的开创功绩，虽然它实际达到的水准并不在当今许多类似的文章之下。细细品味这篇文章，我们还可以真切地感受到五四时期的文学精神。

第四讲　苏联早期文学思想与中国无产阶级文学运动

20世纪20年代、30年代，受十月革命和苏联文学的影响，一场国际性的无产阶级文学运动曾波及许多国家。中国的无产阶级文学运动也发端于这一时期，并由此发展壮大，成为中国社会主义文学的先声。苏联早期文学思想对中国无产阶级文学运动的影响，是中俄（苏）文学交汇史上的一个重要环节。

一、苏联早期文学思想的发展

1917年10月至20世纪30年代中期可称为苏俄文学发展的早期。在这一时期，一方面一种全新的社会主义文学在苏维埃政权建立后的俄国出现，从而掀开了世界文学的新的一页；另一方面社会主义文学尚处于幼年阶段，社会主义文学的方向在理论上尚不清晰，来自"左"和右方面的干扰相当严重。因此，苏联早期文学思想内容驳杂，包含着正面的与负面的因素，其实质是马克思主义文艺观与形形色色的错误思潮的斗争。

那么，苏联早期文学思想的发展脉络究竟是怎样的？它包括哪些基本的内容？要搞清中国无产阶级文学运动中的一些思想主张的理论来源，对上述两个问题有个概括的了解是十分必要的。

（一）列宁文艺思想与"无产阶级文化派"错误主张的交锋

十月革命胜利后，俄国民众表现出对文化知识的强烈渴望。正因为这样，以空前规模在整个俄罗斯发展起来的无产阶级文化协会成了一个引人注目的团体。以列宁为首的布尔什维克党从一开始就对这一群众组织给予了关注，并对协会初期在推动社会主义文化发展的方面所起的作用给予了肯定。但是，这一协会很快就被一些鼓吹所谓的"纯粹的无产阶级文化"的人所把持，他们极力扭曲协会前进的方向。在这种情况下，十月革命后至1920年代初期，俄国文艺界最重要的事件是列宁文艺思想与"无产阶级文化派"的错误主张的交锋。

"无产阶级文化派"的主要错误首先表现在对文化遗产的虚无主义态度上。当时有一种典型的论调是所谓"旧皮囊不能装新酒"。有人这样描述道："人类历史上有这种时刻：一种文化上升到其顶点后，就形成一个弧形，往下降落，接着紧挨着它就开始了新的文化……两者永远不相互转化。它们之间隔着一条鸿沟。"①"无产阶级文化派"最有影响的杂志《未来》上还刊出了该派诗人基里洛夫的诗作《我们》,诗中写道:"我们满怀造反的激情,／让别人叫嚣:'你们扼杀了美!'／为了我们的明天,我们要烧掉拉斐尔,／捣毁博物馆,踩死艺术之花。"②《未来》杂志声称:"如果有人因为无产阶级作家没有填补把新的创作分隔开来的那个空白而忐忑不安的话,我们就对他们说:这样更好些——不需要继承的联系。"于是,普希金因为"没有把生命的任何一分钟献给矿工"而遭到抨击,柴可夫斯基因为他的"音乐调子低沉"而被摒弃。有人甚至预言一切旧的文化艺术"将被工人阶级扔到历史的垃圾堆里去"。③与此同时,"无产阶级文化派"还大力鼓吹所谓"创造纯粹的无产阶级文化"的错误主张。"无产阶级文化派"的主要领导人普列特涅夫表示:"建设无产阶级文化的任务只有靠无产阶级自己的力量,靠无产阶级出身的科学家、艺术家、工程师等等才能解决。"④列别杰夫—波良斯基也认为,要通过实验室来创造纯粹的无产阶级文化,"而且这项工作无产阶级应该自己,主要是靠自身的力量,而不是同苏维埃俄国的其他劳动分子,例如同农民的合作来完成"。⑤至于知识分子,更是一种应该排斥的异己的力量。而上述主张进而导致了"无产阶级文化派"的更严重的宗派主义错误——要求文化自治。"无产阶级文化派"的理论家们认为,苏维埃政权是"极其不同的阶级成分的政治联盟",因此如果"将组织独立的文化创作事业置于农民、军队、哥萨克和城市贫民的思想代表的监督和领导之下,这至少是大大伤害工人阶级的文化自尊心和否定他们的文化自决权"。⑥"无产阶级文化只有在无产阶级完全独立,不受政府颁布的任何法令影响的条件下,才能发

---

① 见戈尔布诺夫:《列宁与无产阶级文化协会》,申强、王平译,外国文学出版社1980年版。
② (苏俄)《未来》1918年第2期。
③ (苏俄)《烘炉》1922年第2册。
④ (苏俄)《真理报》1922年9月7日。
⑤ (苏俄)《无产阶级文化》1919年第79期。
⑥ (苏俄)《无产阶级文化》1918年第3期。

展"。①就这样,他们把无产阶级文化协会引上了向党和政府闹独立的十分危险的立场。

"无产阶级文化派"的错误主张是同波格丹诺夫的名字联系在一起的。波格丹诺夫早在"前进派"时期就开始宣扬所谓的"无产阶级哲学"和"无产阶级文化"。他及其他的同道们为此写了不少文章,其主要论点是:无产阶级直接面临的是纯粹社会主义的任务,因此他们不应当利用资产阶级文化的成就;社会主义文化是工人自己创造出来的,农民和知识分子都是异己的、反动的力量;无产阶级文化应该把无产阶级的一切活动领域组织起来,其哲学基础将不是具有"历史局限性"的马克思主义,而是以波格丹诺夫的最新理论为基础的、更完善的"无产阶级科学"。十月革命以后,波格丹诺夫在一系列文章中进一步鼓吹他的所谓"普遍组织科学"的理论。在这一理论的框架下文学艺术也仅仅是"阶级社会中组织集体力量——阶级力量"的工具,应纳入"争取生存的社会劳动斗争中的组织设施"。②显然,波格丹诺夫的"无产阶级文化"思想正是"无产阶级文化派"错误主张的理论基石。

列宁对社会主义文化的方针有过明确的论述,并对"无产阶级文化派"的错误理论作了及时的和坚决的斗争。早在1910年列宁就在《政论家的短评》一文中指出:"前进派"的"所谓'无产阶级的哲学'其实指的就是马赫主义","所有关于'无产阶级文化'的词句,正是用来掩饰同马克思主义的斗争的"。十月革命后,列宁又告诫人们注意波格丹诺夫等人借无产阶级文化协会这一群众组织偷运异己的思想。列宁尖锐地批评对待文化遗产的虚无主义态度,他强调:"无产阶级文化并不是从天上掉下来的,也不是那些自命为无产阶级文化专家的人杜撰出来的。无产阶级文化应当是人类在资本主义社会、地主社会和官僚社会压迫下创作出来的全部知识发展的必然结果。"(《青年团的任务》)列宁还辛辣地嘲笑了所谓"在实验室中创造纯粹的无产阶级文化"的主张。他指出,这是"空谈家,饶舌者"的言论,是"十足的杜撰"。"我们要立刻用资本主义昨天留给

---

① (苏俄)《无产阶级文化》1918年第1期。
② 见郑异凡编:《苏联"无产阶级文化派"论争资料》,人民出版社1980年版。

我们的材料来建设社会主义,并且现在就来建设,而不是用温室里培养出来的人来建设"。①针对"无产阶级文化派"企图摆脱党和政府的领导的言行,列宁一再进行了原则性的批评和斗争。1920年10月联共(布)中央多次讨论无产阶级文化协会的问题,列宁还亲自起草了无产阶级文化协会代表大会决议草案和党中央全会决议草案。决议明确指出,该协会的一切组织必须无条件地"在苏维埃政权和俄国共产党的总的领导之下,把自己的任务当作无产阶级专政任务的一部分完成"。②由于列宁以及坚持列宁文艺思想的人们对无产阶级文化运动中的"左"的幼稚病和"小资产阶级革命主义"的坚持不懈的斗争,1922年以后"无产阶级文化派"逐渐偃旗息鼓。

(二)"两大倾向"与"拉普"思潮

国内战争造成的严重破坏,使1920年代初期的苏俄社会面临极为严峻的形势。列宁和布尔什维克党提出的实施新经济政策的决策,有力地扭转了国内的危机局面,并使政治、经济、文化等各个领域出现了深刻变化。与此相应,20年代也成了苏联早期文学思想发展的又一重要阶段。

在这一阶段中,出现了形形色色的文化派别和社团。这些派别和社团纷纷提出自己的理论主张,展开了激烈的文学论争。文艺政策的宽松带来了文艺思想的活跃和文学创作的生气,涌现了一批出色的理论家和作家,产生了许多风格各异的优秀作品。在"百家争鸣"的态势中,列宁倡导的社会主义的文学思想和美学原则既经受了考验又获得了新的丰富和发展。但同时,当时的文坛还存在两大倾向。

其一是所谓"内在论"的倾向。主张"内在论"的除当时国家艺术科学研究院的某些人外,主要是1920年代形式主义学派的一些代表人物。这一学派在探讨艺术创造的特性及内在发展规律方面取得了杰出的成就,但是这一学派中的不少人又竭力主张文学有脱离社会、脱离生活的绝对自由,坚持文学发展是一个完全封闭的内在过程,同其他意识形态没有任何联系的观点。他们宣称:"艺术从

---

① 见戈尔布诺夫:《列宁与无产阶级文化协会》,申强、王平译,外国文学出版社1980年版。
② 见白嗣宏编选:《无产阶级文化派资料选编》,中国社会科学出版社1983年版。

来不受生活拘束","对艺术的科学内在的认识,必然以自己的纯艺术学方法为前提"(涅多维奇:《艺术家的任务》);他们向"哲学的美学"宣战,反对从社会学、哲学的角度来理解艺术创作,号召艺术非意识形态化;他们认为:"文学作品是一种纯粹的形式"(什克洛夫斯基:《罗扎诺夫》),"诗对待它所陈述的对象是漠不关心的"(雅可布逊:《现代俄罗斯诗歌》)。这些唯心主义的观念理所当然地遭到了一些坚持列宁文艺思想的理论家的反对。卢那察尔斯基曾在自己的艺术论著中深刻剖析了这些观念产生的认识根源和社会根源,指出了它的无思想性,是脱离生活的主张,它的排斥一切科学的社会学的研究,排斥当代优秀艺术的倾向,对苏联社会主义文学发展有消极作用。但与此同时,另一些貌似"革命"的理论家挥舞大棒,一概否定了这一学派中的一些卓越的文艺学家的成果(如日尔蒙斯基、艾亨鲍姆、什克洛夫斯基等人对苏联文艺学的新颖独到的贡献),使这一学派连同它的积极成果一起遭到了厄运,这无疑又走向了另一极端。

其二是所谓"社会学"的倾向。这一倾向的代表人物主要是社会学派的理论家弗里契和彼列韦尔泽夫等人。如果说内在论的错误还较易为人们所察觉的话,那么这一以"马克思主义文艺观的维护者"面目出现的"社会学"倾向则更容易迷惑人,因而也具有更大的危害性。弗里契等人著作甚丰,主观上也维护马克思列宁主义,在20世纪20年代被认为是马克思列宁主义文艺学方面的权威,然而实际上他们的许多论述是将马克思列宁主义简单化和庸俗化了。弗里契是庸俗社会学观点的坚定的捍卫者。他断然否认艺术发展的内部规律,认为"艺术作品的生产应服从于物质财富的生产规律"(《艺术社会学》),而艺术流派和风格的更替亦无内部规律可循,"诗的风格是时代经济风格的审美表现"(《社会学的诗学问题》)。他提出文学艺术遗产对于无产阶级只具有"相对价值"的论点,因为"昔日文化就其大量成分而言是剥削阶级的文化,是人民的压迫者的文化"(《艺术社会史概论》)。而过去时代的伟大作家只是"剥削阶级的仆从",因为他们首先是"阶级的等价物"和"阶级心理的代表者"。于是,米开朗琪罗和拉斐尔是"以自己的艺术来巩固教会权势和宗教威望",莎士比亚则是代表了"昔日封建时代遗老遗少的观点"的"悲观贵族"(《文学和马克思列宁主义》)。与此相应的是当代作家创作的"社会规定性"的概念。弗里契认为,无产阶级诗歌这一概念所包括的只能是产业工人,而且是那些没有脱离本阶级和生产的工人所创作的作品(《无产阶级诗歌》)。彼列韦尔泽夫同样庸俗地认为:"形象体系的规律性是由生产过程的规律性决定的。"① 他还认为,任何一个作家所能表达的只是本阶级的社会存在,永远也无法超越这个"被施以魔法的形象的圈子",这是因为作家受到一种下意识的自发势力的支配,这种自发势力就是"个体发出的阶级呼声,而个体是离不开阶级的"。② 把这种观点运用到现实的文学创作中去,于是就有了这样的论调:无产阶级作家无需党的领导。正如一些苏联研究者所指出的,要寻找庸俗社会学的起源不能局限于某些学者的个人品质、思想方法的局限等方面,而应把它看成在一定历史条件下产生的现象。"庸俗社会学是对资产阶级社会学极端主观主义的一种反动,资产阶级社会学不仅拒不接受用阶级观点来看待艺术,而且有时还拒不承认艺术创作的任何社会意义以及艺术创作对社会现实的依赖性。一个极端产生了另一个极端。在复杂而又富有戏剧性的冲突和激烈的斗争中,尚不具备理论经验、缺乏思想锻炼的马克思主义的拥护者们对马克思列宁主义理论的一些原理作了表面的、粗浅的、教条主义的解释。这是一种日渐加重并给文化发展带来严重危害的特殊的'左派'幼稚病"。③

这种"严重危害"在20世纪20年代至30年代初期的"拉普"思潮中得到了最有力的证明。"拉普"(全称是"俄罗斯无产阶级作家协会")是当时苏联人数最多、影响最大的文学团体。这一团体在促进苏联文学的发展方面起过一定的作用,但是它的前后期的领导人都深受庸俗社会学的影响,他们在文艺领域中推行的错误路线给苏联文学带来了难以估量的损失。"拉普"的错误主要表现在以下几个方面:一是片面理解文学的阶级性。他们认为文学是"特定的阶级意识

---

① 见(苏)《劳动学术中的祖国语言和文学》1928年第1期。
② 见(苏)《出版与革命》1929年第1期。
③ 见《回顾与反思:二三十年代苏联美学思想》,盛同等译,中国人民大学出版社1988年版。

的产物",是阶级心理和意识的组织。从这点出发,他们像"无产阶级文化派"一样否定了过去时代的文学遗产,因为其中"都渗透了剥削阶级的精神"。无产阶级必须"创造不论在内容上还是在形式上都与过去的文学迥然不同的自己的文学"。①二是主张为了政治而舍弃艺术。"拉普"派毫不掩饰地主张应该"对文学采取功利主义态度",强调"艺术作为阶级斗争和文化革命的工具的社会作用"(阿维尔巴赫:《什么是"岗位派运动"?》)。虽然他们不否定文学的艺术性,但是他们提出的所谓"诗歌'杰米扬化'"的口号、"辩证唯物主义创作法"的主张,都是把文学创作引进了死胡同。三是庸俗地理解艺术中社会决定论的原则。"拉普"派宣扬"艺术家是本阶级的媒介体"等论调,认为只有工人作家才能表现无产阶级思想。他们甚至提出"工人突出队员进入文学界"的口号,把大批没有创作能力的工人拉入作家队伍。同时,他们又提出"不是盟友就是敌人"的口号,竭力排斥和打击非无产阶级出身的所谓"同路人"作家。不仅像爱伦堡、普里什文、阿·托尔斯泰、扎米亚京这样的作家遭到过他们的粗暴对待,连高尔基、马雅可夫斯基、肖洛霍夫也未能避开他们的大棒。四是以党的化身自居,大搞宗派主义。"拉普"派强调党对文艺的领导,谁敢于对其态度持不同意见,谁就会被视为"意识形态上的侵略者"。越到后期,"拉普"的宗派主义倾向就表现得越为明显,他们拉帮结派,制造纠纷,严重破坏作家内部的团结。造成"拉普"错误的原因,除了领导层思想上和组织上的不纯以外,主要还是"小资产阶级革命主义"和"左"的幼稚病在作祟,而庸俗社会学则为其提供了理论基础。

"拉普"派的所作所为把自己置于广大的苏联作家的对立面,许多理论家(如卢那察尔斯基、沃伦斯基等)和作家(如高尔基等)都对其错误主张和错误行为作过斗争。俄共(布)中央关于文艺问题的两个决议《关于党在文艺方面的政策》(1925)和《关于改组文学艺术团体的规定》(1932),对于纠正"拉普"的错误起了重要作用。这两个决议总结了苏联文学发展的经验教训,并且强调了反对宗派主义、团结广大作家的问题。决议所阐明的一些思想在当时显然具

---

① 见吴元迈:《苏联文学思潮》,浙江文艺出版社1985年版。

有现实的针对性。

(三)马克思主义文艺论著的传播与引起争议的"社会主义现实主义"概念的提出

1930年代初期和中期是苏联早期文学思想发展的最后一个阶段。在这一阶段中,首先值得一提的是,长期被埋没或未受到应有重视的马克思、恩格斯和列宁文艺论著的发表。在此以前,苏联理论界有一个奇怪的论调颇为流行,即列宁是实践家,普列汉诺夫是理论家,因此要"为普列汉诺夫的正统而斗争"。文艺界也长期将普列汉诺夫当作马克思主义文艺学的奠基人。一些著名的文艺理论家认为:列宁"很少充分谈论"文艺问题,"这些问题不处在他的视野的中心"(波隆斯基语)。"在文学理论中,我们大家都是从普列汉诺夫的观点出发的"(列别杰夫—波良斯基语)。"只有不脱离普列汉诺夫观点的批评家和历史学家才是靠拢马克思主义的"(库比科夫语)。不能否认普列汉诺夫在发展马克思主义文艺学方面的卓越贡献,但是他的学说中存在着不少致命的缺陷,苏联早期流行的一些庸俗的艺术社会学的观点往往是从这些缺陷中生发出来的。1931年和1932年,苏联《文学遗产》丛刊首次在世界上发表了恩格斯致考茨基和哈克奈斯的三封文艺书信,随后《马克思和恩格斯论艺术》《列宁论文化与艺术》等著作问世,这些重要论著不仅有力地促进了苏联文学思想的健康发展,而且对国际无产阶级文学运动产生了深远的影响。与此同时,一些有分量的研究论著也开始出现。如卢那察尔斯基的《列宁与文艺学》一文系统地概括了列宁的文艺观,强调了列宁关于党性和关于托尔斯泰创作的论述的重要性,并指出"撇开列宁主义就根本谈不上任何真正的马克思主义","由列宁论述过的马克思主义一般哲学原则,对于无产阶级科学的一个支脉的文艺学自然也有奠基的意义"。这一时期的同类论著,如席勒尔的《作为文学批评家的恩格斯》、里夫希茨的《关于马克思的艺术观问题》、卢卡契的《作为文艺理论家和批评家的恩格斯》等,都对阐释马克思主义的文艺观和确立它在苏联文艺学中的地位起过积极的作用。

产生于这一时期的"社会主义现实主义"的概念,也是一个值得重视的现象。据当年任苏联作协筹委会主席的格隆斯基回忆,"社会主义现实主义"这一概念是这样诞生的：1932年5月，在俄共（布）中央政治局专门小组讨论文艺政策的会议前夕，格隆斯基前往斯大林处。在谈及格隆斯基提出的"社会主义现实主义"和"共产主义现实主义"这两个概念时，斯大林认为"把苏联文学艺术的创作方法叫做社会主义现实主义"更恰当些，因为它不仅简洁、明了，而且"指出了文学发展的继承性（产生于资产阶级——一般民主主义运动的批判现实主义文学在无产阶级社会主义运动阶段过渡、转化为社会主义现实主义文学）"。[①]格隆斯基在回忆中特别强调："这一表述方法并不属于任何人"，它的出现是建立"在集体的努力和探讨基础上"的。"社会主义现实主义是苏联文学的基本创作方法"，这一提法得到了俄共（布）中央的批准，并在1934年苏联第一次作家代表大会上得到正式确认。从"社会主义现实主义"这个概念出现之日起，对它的质疑就始终没有间断过。但是如格隆斯基所说，这一概念的出现并不是出于某个人的灵感，而是苏联文学发展的产物。从当时理论界对它的阐释来看，尽管这一概念有着不完善的，甚至错误的地方，但相对于长期困扰苏联文坛的"拉普"派理论，应该说它的主导思想在那一时代是有其积极一面的，至少它从根本上否定了"拉普"的"辩证唯物主义创作方法"。1932年11月《文学报》就此发表社论指出："毫无疑义，社会主义现实主义问题是一切理论问题中的基本的和主要的问题。当然，这个口号并不意味着所有作家必须按一种方法写作。……这个口号的主要东西在于要求艺术家写真实。"正因为这样，当时的苏联作家大多对其持欢迎态度。"社会主义现实主义"概念中有着苏联作家艺术实践的理论总结的成分，也吸取了马恩和列宁文艺思想中的某些因素，如批评家吉尔波京所说，社会主义现实主义"起源于马克思、恩格斯和列宁留给我们的有关文学的指示"[②]。不过，1930年代后期和1940年代，当时代风云变幻，极"左"倾向在苏联文坛一再冒头时，"社会主义现实主义"概念因其内在的理论缺陷，也就一再被人轻易地扭曲，这对苏联现代文学的发展造成了相当严重的后果。

---

① 见格隆斯基1972年10月22日致奥甫恰连柯的信。
② （苏）《文学报》1932年5月29日。

第四讲　苏联早期文学思想与中国无产阶级文学运动

二、"普罗文学"时期

中国无产阶级文学运动从一开始就直接或间接（主要通过日本）受到苏联早期文学思想的影响，这种影响之深、之广是任何一种外来文学思潮都不能与之比肩的。为了梳理这种影响的内在脉络，我们分别从无产阶级文学（普罗文学）倡导时期、革命文学论争时期和左联时期这三个阶段来作一考察。

"五四"高潮以后，中国新文学处于选择新的发展方向的关键时刻。1923年以后，一些从事文化工作的早期共产党人开始积极宣传马克思主义文学主张。他们明确表示：新文学运动"非劳动阶级为之指导，不能成就"[①]；文学是"惊醒人们使他们有革命的自觉"的一种"最有效用的工具"[②]；"文学者目前的使命就是要抓住被压迫民族与阶级的革命运动的精神，用深刻伟大的文学表现出来，使这种精神普遍到民间"[③]。在这样的背景下，加之中国国内革命运动的发展和十月革命影响的深入，中国的无产阶级文学运动亦开始萌动。

1924年由苏联回国的蒋光慈是中国无产阶级文学的开拓者之一，他回国后不久写的《无产阶级革命与文化》一文，率先将苏联文学思想介绍到了中国。在这篇文章中，作者一方面阐述了无产阶级必须而且完全能够创造出自己的阶级文化的思想，但另一方面又在论述中掺杂了"无产阶级文化派"的许多思想杂质。例如，作者把无产阶级文化产生的立足点放在经济基础与文化直接对应关系上；认为资本主义的文化"非有害于无产阶级，即与无产阶级没有关系"。这种情况在他写的另一篇介绍苏联文学的长文《十月革命与俄罗斯文学》中亦可见到。蒋光慈在文中热情推崇苏联无产阶级文学，然而在阐释无产阶级艺术这一概念时却以"无产阶级文化派"的理论家波格丹诺夫和前期领导人列别杰夫—波良斯基的观点为依据。文中关于无产阶级作家具有天生的革命性、无产阶级文学重视的只是"我们"等见解，同出一源。

---

① 瞿秋白：《新青年·新宣言》，载《新青年》季刊（1923年6月）。
② 邓中夏：《贡献于新诗人之前》，载《中国青年》1923年第10期。
③ 茅盾：《文学者的新使命》，载《文学周报》1925年第190期。

这种现象当时在与蒋光慈一样对中国无产阶级文学的产生和发展作出过不可磨灭的贡献的茅盾身上也有所体现。长时期来，茅盾的《论无产阶级艺术》（1925）一文被认为是最早倡导无产阶级文学的力作之一，然而据学者的考证，此文的重要参照论著是波格丹诺夫的《无产阶级艺术的批评》（1918）。认真比较这两篇长文，我们可以看到两文都强调无产阶级艺术意识的纯洁性，并从三个方面来界定无产阶级艺术的特征。

　　波文认为："劳动阶级的思想意识应当是纯洁的、明确的，脱离一切异己因素的。"无产阶级艺术的界限："第一，无产阶级的艺术和农民的艺术之间"有本质的区别。"无产阶级的灵魂，它的组成基础是集体主义、联合、合作"，而农民"大部分倾向于个人主义"，"并且，家族中的家长制还在农民身上保存着尊敬长者的和宗教的精神"。第二，无产阶级艺术不能受军人意识的影响。舍此就会"降低了一个伟大的阶级斗争的理想"，而限于"对于那些资产阶级代表个人的仇视"。第三，"应当在无产阶级艺术和知识分子社会主义之间划一条分界线"。因为"劳动知识分子脱胎于资产阶级文化，是在这个文化上培养出来的，并且为它服务过。他们主张个人主义。……即便当劳动知识分子对劳动阶级抱着深切的同情，对于社会主义的思想有了信仰的时候，过去的一切在他的思想方法、他的人生观、他的力量概念和概念发展的道路上，还保留着它们的影响"。茅文认为："无产阶级的艺术意识须是纯粹自己的，不能掺有外来的杂质"。"无产阶级艺术至少须是"：第一，它"和旧有的农民艺术是有极大的分别的"。"无产阶级的精神是集体主义的，反家族主义的，非宗教的"，而"农民的思想多倾向于个人主义、家族主义、宗教迷信的"。第二，它"没有兵士所有的憎恨资产阶级个人的心理"，"就难免要失却了阶级斗争的高贵的理想"。第三，它"没有知识阶级所有的个人自由主义"。因为知识分子"生长在资产阶级的文化之下，为这种文化所培养，并且给这种文化尽力。他们的主义是个人主义"。

　　从上述引证中可以清楚地见到这一阶段在引进苏联早期文学思想时的一些倾向。这些倾向主要表现为：1.当时倡导无产阶级文学的理论主张大多源自苏联，2."无产阶级文化派"思潮对初创期的中国无产阶级文学有相当大的影响，3.中国接受者的接受热情与接受盲目性并存。茅盾在《我走过的道路》一文中认为，他写这篇文章的目的是想探讨"无产阶级艺术的各个方面"，并以此来确立自己的新的艺术观。但是，他在这篇文章中某些方面却接受了波氏的似是而非的错误观点，尤其是所谓"无产阶级艺术的纯而又纯的全新的精神"的观点。对波氏的这一论调，高尔基当时就一针见血地指出："创造新文化是全体人民的事情。在这方面，应当抛弃狭隘的行会作风。文化是一种整体现象。不能想象：无产阶级文化协会创造的才是无产阶级文化，那么农民又怎么办呢？应该来参加这种文化，还是仍旧保持自己原有的文化？……以为只有无产阶级是精神力量的创造者，只有他们是精华，这种救世主的观点是会招致毁灭的。"[①]波氏的这种理论对苏联文学损害极大，也为中国文学埋下了恶果。蒋光慈在倡导无产阶级文学之初，就依据这一理论激烈指责了叶绍钧、郁达夫、冰心等所谓"小资产阶级知识分子"作家。我们不想苛求在开创中国无产阶级文学道路时的筚路蓝缕的先行者，但上述现象从一个侧面说明了当时特定的条件下，"左"的东西确实迷惑了相当一部分热情的介绍者。作为一种历史现象，这是发人深省和足以为戒的。

在这一阶段，比较重要的介绍苏联早期文学思想的著述还有：鲁迅节译的托洛茨基的《文学与革命》，冯雪峰译出的日本学者论新俄文艺的三种著作，任国桢编辑、未名社出版的《苏俄文艺论战》一书。后者包括三篇文章：楚扎克（旧译褚沙克，"列夫派"的评论家）的《文学与艺术》、阿维尔巴赫（旧译阿卫巴赫，"拉普"派的理论家和领导人）的《文学与艺术》、沃隆斯基（旧译瓦浪斯基，著名理论家，苏联第一个大型文艺期刊《红色处女地》主编）的《认识生活的艺术与当代》。鲁迅为此写了《前记》，认为它能使读者了解苏联文坛正在进行的文艺论争的概貌，"实在是最为有益的事"。

---

① 见1930年3月高尔基同无产阶级作家的谈话。

三、革命文学论争时期

1920年代末期,苏联早期文学思想进一步影响中国文坛。

1928年初,创造社和太阳社开始以更大的声势倡导无产阶级文学。与此同时,他们从苏联和日本大量引入了各种"科学底文艺论"。在这一阶段,从郭沫若、成仿吾、蒋光慈、李初梨、冯乃超、钱杏邨等人的文章中可以看到这样一些观点:强调文学的阶级性以及它作为阶级斗争武器的功能,阐明无产阶级文学产生的历史必然性,要求革命作家确立无产阶级的立场和艺术观,提倡无产阶级的文学艺术要以农工大众为主要对象,抨击形形色色否定和攻击无产阶级文学的主张等。这些文章的理论基点是初步的马克思主义的理论知识和从苏联引进的文学思想。在革命处于低潮时期的白色恐怖中,这样的文章无异于振聋发聩的雷鸣,它以文学为阵地传播了无产阶级革命的学说,激励了不满黑暗现实的广大进步作家和知识青年,为无产阶级文学的发展和走向高潮,立下了不可抹煞的历史功绩。

但是,当时引入中国的那些"科学底文艺论",内容驳杂,既有列宁的文艺思想,也有大量被列宁斥之为用"无产阶级文化"的词句"来掩饰同马克思主义的斗争"的货色。而创作社、太阳社等社团的部分左翼作家与前一阶段的介绍者一样,有接受的热情、鼓吹的锐气,但缺少理论的准备和选择的眼力,因此苏联早期文学思想中以"左"的面目出现的"无产阶级文化派"和"拉普"派的主张颇受青睐。这突出表现在两个方面。

一是波格丹诺夫的"组织生活"的理论被一部分左翼作家接受,成为他们反对"五四"现实主义传统的主要理论依据。李初梨在《怎样地建设革命文学》一文中认为,五四时期新文学确定的"文学的任务在描写生活"的原则是"小有产者的把戏,机会主义者的念佛"。"文学,是生活意志的表现","文学的社会任务,在它的组织能力",文学的"组织机能,——一个阶级的武器"。[①]这样的看法为一些左翼作家所附和。诸如"文艺是思想的组织化,同时又是感

---

① 载《文化批判》1928年第2号。

情的组织化"，①文艺是"反映阶级的实践的意欲"②等说法流行一时，并由此推导出"一切文学艺术都是宣传"，③都是组织大众斗争的工具的结论。只要参照"岗位论"的"文学永远是阶级的文学"，无产阶级文学就是"把工人阶级和广大劳动群众的意识组织起来"④的主张，特别是参照波格丹诺夫的所谓文学是阶级"意欲和经验"的形象化组织、文学的任务是"组织生活"等论调，就可以发现它们是何其相似。正如列宁所指出的"波格丹诺夫的术语及其含义"源于"他的哲学，即唯心主义和折衷主义的哲学"，"盲目地模仿波格丹诺夫的'术语'"，这"实际上绝不是术语，而是哲学上的错误"。创造社、太阳社的某些理论主张，显然同"岗位派"一样在哲学上受了波格丹诺夫等人的影响（尽管程度不一），将文艺的阶级性，文艺与生活、与革命的关系简单化和庸俗化了。

二是受无产阶级文化思潮和"拉普"思潮的影响，否定"五四"新文学，排斥和攻击鲁迅等进步作家，从而挑起了革命文学的论争。这一点实际上与上面的一个问题有着内在的联系。将文艺阶级性绝对化必然导致对人类的优秀文化成果的虚无主义态度。创造社、太阳社中的不少作家把过去时代的文学遗产统统看作是"有产阶级底文艺"加以否定，甚至把"五四"以来的中国新文学的成果也看作是资产阶级文学而一笔抹杀。他们认为，中国新文学中了"资产阶级文坛的病毒"，"新文艺闹了已经十年，除了有几篇短篇还差强人意之外，到底有什么东西呢？"⑤而后他们又把所有的小资产阶级作家看作是"自己所属阶级的代言人"，⑥并且由于他们的"小资产阶级的根本性太浓重了，所以一般的文学家大多数是反革命"。⑦从这点出发，他们不遗余力地攻击鲁迅，把他说成是"封建

---

① 彭康：《革命文艺与大众文艺》，载《创造月刊》第4卷第2期。
② 麦克昂（郭沫若）：《留声机器的回音——文艺青年应取的态度》，载《文化批判》1928年第3号。
③ 李初梨：《怎样建设革命文学》，载《文化批判》1928年第3号。
④ 吴元迈：《苏联文学思潮》，浙江文艺出版社1985年版。
⑤ 麦克昂：《桌子的跳舞》，载《创造月刊》第1卷第11期。
⑥ 冯乃超：《艺术与社会生活》，载《文化批判》1928年第1号。
⑦ 麦克昂：《桌子的跳舞》，载《文化批判》1928年第1号。

余孽""二重的反革命的人物",①而郁达夫、叶圣陶,乃至茅盾亦未能幸免。这样做的结果不但转移了文学革命的方向,而且造成了宗派主义的倾向,为后来的无产阶级文学的发展留下了隐患。

从上一个阶段开始,鲁迅已经在关注着苏联文学思想的发展。革命文学论争的爆发,促使鲁迅进一步把注意力放在对马克思主义文艺理论的研究和介绍上。这一时期,鲁迅译介的主要论著有普列汉诺夫(旧译蒲力汗诺夫)的《艺术论》、卢那察尔斯基(旧译卢那卡尔斯基)的《艺术论》和《文艺与批评》、日本学者片上伸的《现代新兴文艺学的诸问题》、日本学者藏原惟人和外村史郎辑译的《文艺政策》等。

鲁迅不仅及时地把这些重要论著介绍到了中国,并且对这些苏俄文艺论著作过精辟的评述。鲁迅高度评价了普列汉诺夫对马克思主义文艺理论的贡献,并指出:"我有一件事要感谢创造社的,是他们'挤'我看了几种科学的文艺论,明白了先前的文学史家们说了一大堆,还是纠缠不清的疑问,并且因此译了一本蒲力汗诺夫的《艺术论》,以纠正我——还因我而及于别人——的只信进化论的偏颇。"②鲁迅称赞卢那察尔斯基的《艺术论》"学问的范围殊为广大",论述的内容"极为警辟"。③这部著作明确反对庸俗社会学的理论,科学地说明了艺术与社会主义,艺术与民众、与阶级,艺术与生活、与文艺的发展规律,以及新文化与传统的关系等重要问题,其主导精神贯穿了列宁的文艺思想。它在中国的问世,有益于中国无产阶级文学运动的健康发展。同样,鲁迅译出的卢那察尔斯基的《文艺与批评》一书也澄清了中国文坛上的许多模糊认识。鲁迅在《文艺与批评·译者附记》中认为,此书中的一些理论见解"对于今年忽然高唱自由主义的正人君子,和去年一时大叫'打发他们去'的'革命文学家',实在是一帖喝得会出汗的苦口的良药"。鲁迅还特别提到书中所收的《关于马克思主义文艺批评之任务的提要》一文,他针对那些"以马克思主义文艺批评自命的批评家"指

---

① 杜荃(郭沫若):《文艺战线上的封建余孽》,载《创造月刊》第1卷第12期。
② 鲁迅:《三闲集·序言》,载《鲁迅全集》第4卷,人民文学出版社1981年版。
③ 鲁迅:《艺术论·小序》,载《鲁迅全集》第4卷,人民文学出版社1981年版。

出:"这一篇提要,即可以据以批评近来中国之所谓同种的'批评'。必须更有真切的批评,这才有真的新文艺和新批评的产生的希望。"至于《文艺政策》一书,鲁迅认为可将其看作任国桢编译的《苏俄文艺论战》一书的续编。这部书收入了俄共(布)中央《关于党在文学方面的政策》(1925),以及《关于俄共(布)的文艺政策问题专题讨论会速记稿》(1924)等重要内容。鲁迅强调:他"翻译这本书不过是使大家看看各种议论,可以和中国新的批评家的批评和主张相比较"。"从这记录中,可以看到在劳动阶级文学的大本营的俄国的文学的理论和现实,于现在的中国,恐怕是不为无益的。"[①]鲁迅正是在良莠杂陈的苏联文学思想中努力辨别真伪,提高自己的认识水平。片上伸是鲁迅喜欢的日本学者,他的《现代新兴文学的诸问题》一书也很受鲁迅推崇。鲁迅认为此书论述的主要观点是可取的。他表示:"现在借这一篇,看看理论和事实,知道势所必至平平常常,空嚷力禁,两皆无用,而先使外国的新兴的文学在中国脱离'符咒'气味,而跟着的中国文学才有新兴的希望。"[②]鲁迅在这里深刻地指出了无产阶级文学"势所必至"的历史规律,无论是反动派的"力禁"还是某些革命者的"空嚷"都与事无妨。而今最重要的是要让中国无产阶级运动摆脱机械的和教条的习气(即所谓"'符咒'气味")。由此可见,鲁迅对苏联文学思想的介绍是切实而又慎重的,他的评论也是切中时弊的。

正是在这个基础上,鲁迅的思想出现了新的飞跃,他对无产阶级文学运动的一系列见解都闪耀着马克思主义文艺思想的光彩。鲁迅批评了夸大文艺的社会作用的论调,指出文艺绝对有"旋乾转坤的力量"。那种把文学说成是"阶级意欲和经验的组织",是"宣传工具"的观点,是"踏了'文学是宣传'的梯子爬进唯心的城堡里去了"。[③]"一切文学固是宣传,而一切宣传却并非全是文艺"。他在强调文艺的自身价值的同时,认为革命文学"当先求内容的充实和技巧的上达"。[④]针对文化虚无主义的现象,鲁迅指出:"新的阶级及其文化,并非突然

---

① 鲁迅:《〈奔流〉编校后记》,载《鲁迅全集》第7卷,人民文学出版社1981年版。
② 鲁迅:《现代新兴文学的诸问题·小引》,载《鲁迅全集》第10卷,人民文学出版社1981年版。
③ 鲁迅:《壁下译丛·小引》,载《鲁迅全集》第10卷,人民文学出版社1981年版。
④ 鲁迅:《文艺与革命》,载《鲁迅全集》第4卷,人民文学出版社1981年版。

从天而降，大抵是发达于对旧支配者及其文化的反抗中，亦即发达于和旧者的对立中，所以新文化仍然有承传，于旧文化也仍然有所择取"。[1]鲁迅既反对来自右的方面的抹煞文学阶级性的观点（人"断不能免掉所属的阶级性"[2]），也反对来自"左"的方面的片面强调阶级性的主张（"文学中有不带阶级性的分子"[3]）。鲁迅还在《现今的新文学之概观》一文中辛辣地针砭了那些"唯我独革"的宗派主义习气："不要脑子里存着许多旧的残渣，却故意瞒了起来，演戏似的指着自己的鼻子道，'唯我是无产阶级！'"鲁迅积极汲取苏联文学思想中有益的成分，深刻把握了马克思主义文艺思想的精神实质，为中国无产阶级文学运动走向新的更高的阶段作了生动的理论导引。

革命文学的论争带来了译介"科学底文学论"的热潮，这一阶段开始陆续出版了两套丛书《文艺理论小丛书》（1928）和《科学的文艺论丛书》（1929）。1929年因此而被称为"翻译年"，一年中译出了155种社会科学著作，其中大部分是直接或间接地介绍苏联早期文学思想的。

四、左联时期

1930年3月，中国左翼作家联盟的成立标志着中国的无产阶级文学运动进入了一个新的时期。

左联的成立与中国共产党对左翼文学运动的关注和推动有关，同时前一阶段的革命文学论争也为它的出现作了理论上和组织上的某种准备，还有一个不容忽视的因素是在此前不久"纳普"（全日本无产者艺术联盟），特别是日本无产阶级作家联盟成立了。[4]

这里有必要稍稍交代一下苏联早期文学思想影响中国的重要媒介——日本

---

[1] 鲁迅：《〈浮士德与城〉后记》，载《鲁迅全集》第7卷，人民文学出版社1981年版。
[2] 鲁迅：《"硬译"与文学的阶级性》，载《鲁迅全集》第4卷，人民文学出版社1981年版。
[3] 鲁迅：《文学的阶级性》，载《鲁迅全集》第4卷，人民文学出版社1981年版。
[4] 1930年左联和日本无产阶级作家联盟同时参加了在苏联召开的世界革命文学大会，并成为无产阶级革命作家国际联盟的两个支部，它们之间的关系就更加密切了。

无产阶级文学运动的一些情况。日本无产阶级文学运动的萌发早于中国。1921年团结在《播种人》杂志周围的一部分革命作家就开始倡导无产阶级文学。此后，尽管无产阶级文学颇多曲折，但仍顽强地向前发展，在日本文学史上写下了光辉的一页。与中国一样，日本无产阶级文学运动也深受苏联早期文学思想的影响，包括正、反两方面的影响。1926年至1927年间，日本共产党内部福本主义流行，日本无产阶级文学运动本来就受到"无产阶级文化派"思潮和"拉普"思潮影响甚深，"宁左勿右"倾向明显，此时就变得更加严重了，左翼文艺队伍中出现分裂。正在日本留学的创造社的一些主要成员亦为这种倾向所左右。他们回国后又将这种以追求纯粹的阶级意识为特点的思潮带到了中国文坛，挑起了文学论争。由于中日是近邻，历来文学交往频繁，曾先后留学日本的中国现代作家不在少数，所以中国作家（不管倾向，不论社团）均十分重视日本理论家翻译和评述苏联及他国的文学论著，重视日本文学运动，特别是左翼文学运动的动向（如重要问题的讨论、重要组织的成立）。而事实上，当时日本左翼文学理论界与苏联文艺理论界的关系又大有"那边刮什么风，这边就下什么雨"的默契。从这个角度再反观中国文坛，就可以清楚地看到，中国无产阶级文学运动在前进道路上的风风雨雨，其中既有苏联文学思想直接影响的因素，也有通过苏—日—中的渠道间接产生效应的一面。不独革命文学论争时期是这样，左联时期也是如此。

左联成立后，立即建立了马克思主义文艺理论研究会，有计划地由瞿秋白从俄文原文翻译马克思主义经典作家的文艺理论著作，从而把建设马克思列宁主义文艺理论的任务正式提上了议程。从1920年代中期开始，列宁论文艺的文章已被介绍到中国，如邓超麟译的《托尔斯泰与当代工人运动》、嘉生译的《托尔斯泰——俄罗斯革命的明镜》等，但数量十分有限。这一时期的情况大为改观，除了中国左翼作家的重视外，与苏联国内从1930年代开始广泛宣传和学习马克思主义文学理论有关。前文曾经谈到，苏联在1931年和1932年的《文学遗产》丛刊上首次发表了恩格斯关于文艺的三封书信，随后苏联文艺界对马恩著作又作了进一步的介绍。中国左翼文学界几乎与苏联同步开始了这一介绍工作。1932年瞿秋白就在《"现实"——马克思主义文艺论文集》中将恩格斯的这些书信译成了中文，同时他还撰写了《马克思、恩格斯和文学上的现实主义》《社会主义的早期"同路人"——女作家哈克纳斯》和《恩格斯和文学上的机械论》等文章,在文集的"后记"中他强调从马、恩这些"很宝贵的指示"中可以看到"马克思主义对文学现象的观察方法"。在左联时期,这方面的重要译著还有:鲁迅译的恩格斯致敏·考茨基的信、郭沫若译的马恩合著的《艺术的真实》、陈北鸥译的恩格斯等著的《作家记》、洛杨译的《马克思论出版的自由与检阅》、瞿秋白译的列宁的《列甫·托尔斯泰像一面俄国革命的镜子》《L.N.托尔斯泰和他的时代》(包括苏联学者对两篇文章所作的重要注释)、冯雪峰译的列宁的《论新兴文学》(即《党的组织与党的出版物》)等。此外,拉法格、梅林及苏联早期马克思主义文艺理论家的论著也被大量译介到了中国。这是马克思主义文艺思想在中国的第一次大传播。

对马克思主义文艺理论的重视和研究,以及苏联早期文学思想中积极因素的有力影响,使1930年代中国左翼作家的思想水平有了不同程度的提高。许多作家不再简单地切断无产阶级文学与过去时代的文学传统之间的继承关系,而是以更开阔的胸怀接纳人类文化的优秀成果,因此1930年代中国左翼文学与世界文学的联系大大加强了。郑振铎主编的《世界文库》以前所未有的规模介绍各个时代的外国文学名著就是一例。不少左翼作家还尝试用马克思主义的观点去参与现实的文艺思想斗争和总结中国新文学的发展道路。如鲁迅的《对于中国左翼作家联盟的意见》《中国新文学大系·小说二集·导言》,瞿秋白的《鲁迅杂感选集·序言》《"Apoliticism"——非政治主义》,茅盾的《徐志摩论》《中国苏维埃革命与普罗文学之建设》,胡风的《林语堂论》《张天翼论》等,均为文坛瞩目。"用马克思主义的批评方法""去照彻现存文学的一切"[1]成为左翼作家们的自觉追求。同时,左翼作家重新认识了鲁迅对于中国新文学的发展所作出的巨大功绩,并以鲁迅为旗手,粉碎了国民党的反革命文化"围剿",驳倒了企图从根本上否定无产阶级文学运动的种种谬论。在左联的旗帜下,一大批文学新人成长起来,他们与五四时期登上文坛的左翼作家一起,创作了许多革命文学作品,尽管

---

[1] 冯雪峰:《社会的作家论·题引》,载《冯雪峰论文集》上册,人民文学出版社1981年版。

这些作品的质量参差不齐，但是它们是中国早期无产阶级文学的弥足珍贵的收获。左联对1930年代中国文学的贡献是不可磨灭的，正如鲁迅在《黑暗中国的文艺界的现状》一文中所说：当时"在中国，无产阶级的革命的文艺运动，其实就是唯一的文艺运动"。

然而，左联时期，除了国内自身的因素外，苏联早期文学思想中的消极成分，特别是后期"拉普"所推行的极"左"思潮，依然严重干扰着中国无产阶级文学运动的发展方向。在左联成立之初，它的纲领中就出现了"左"的错误，这里的一个重要原因就是以"苏联几个文学团体的宣言，如'拉普'的、'十月'的、'列夫'的"作为左联纲领的蓝本。[①]当时尽管马恩和列宁的文艺思想不断被介绍过来，但是真正弄懂马克思主义的左翼作家毕竟不多，因此继续引进波格丹诺夫的《诗的唯物解释》等文章，并称赞其"所论'普罗文艺'颇有独到见解"者有之；重复译出弗里契的《艺术的社会学》等著作，并认为"此书之出世，确立了他在国际艺术理论上的第一个人的地位"[②]者也有之。更严重的是不加分辨地照搬"拉普"的一些错误主张和做法。"拉普"后期大力鼓吹所谓"辩证唯物主义创作方法"，并通过国际无产阶级革命作家联盟影响各国左翼文学。1931年冯雪峰译出"拉普"后期领导人法捷耶夫的《创作方法论》一文，这是一篇全面反映"拉普"上述主张的文章。法捷耶夫在文中认为：无产阶级作家应该"为了艺术文学上的辩证派的唯物论"而斗争。他们"不走浪漫主义的道路"，"而是走最彻底的，决定的无容情的，从现实上'剥去所有的假面'的路"。与此同时，左联的某些理论家也纷纷对此加以评述。瞿秋白认为："我们应当走上唯物辩证法的现实主义路线，应当深刻地认识客观的现实，应当抛弃一切自欺欺人的浪漫蒂克"。阳翰笙也在创作经验谈中强调："革命的普洛大众文艺"应该"坚决走向唯物辩证法的创作方法的道上去"。倡导这种左倾机械论的直接后果就是一部分左翼作家的作品中的公式化、概念化的倾向更趋严重。在一些人看来，只要掌握了唯物辩证法，并在创作中体现出阶级对立、群众反抗、党的领导和最终胜

---

① 包子衍：《雪峰年谱》，上海文艺出版社1985年版。
② 冯乃超：《文艺讲座》，上海神州国光社1930年版。

利，那就可以出好作品。当然，作为接受者的某些左翼作家对这个口号作出了自己的阐释。他们结合中国文坛的状况，强调世界观改造和克服浅薄的"革命的浪漫蒂克"的必要性。如1932年1月在左联机关刊物《北斗》上进行了一次关于"创作不振之原因及其出路"的讨论就是如此。这种力图借外来之学说医治本国之弊病的愿望，客观上使苏联早期文学思想在传播过程中经过过滤而产生变异。

前文提到的法捷耶夫的《创作方法论》中还有一个重要的观点，即无产阶级文学表现的"不是个人，而是团体"，"不是一个人，而是阶级"。这种所谓的"集团艺术"是从波格丹诺夫到弗里契等人所一贯主张的，其基本理由是无产阶级的集体精神决定了无产阶级艺术只能表现集体的意识。这一观点在中国也一再有人加以传播。于是，和苏联文坛上一度出现过的情形相似，有些左翼作家的笔下只有"我们的"群体形象（有的作品的题名干脆就是《我们》），表达的是空泛的"集体主义的激情"，叙事作品中也不注意典型形象的塑造和人物个性的刻画。与此相关的是，左联一度也把"拉普"推行过的"工人突击队进入文学界"的口号搬到了中国（名为"工农通信员运动"），如周扬就认为用工农作家取代小资产阶级作家是"最要紧的"任务。①此外，左联初期也排斥过"同路人"作家，搞过宗派主义和关门主义。这一切，有的是完全错误的，有的则如鲁迅所指出的："对于中国社会，未曾加以细密的分析，便将在苏维埃政权之下才能运用的方法，来机械地运用了。"②尽管它们只是左联时期的支流，但也造成了不良的后果。

1932年4月，"拉普"被解散。苏联文艺界对"拉普"的错误进行了批判。这一动向立即在中国引起反响。同年11月，张闻天以"歌特"的笔名发表了《在文艺战线上的关门主义》一文。文章借鉴苏联批判"拉普"错误的经验，对中国左翼文学运动中的左倾关门主义等错误提出了尖锐的批评。在这样的形势下，左联开始纠偏，不少左翼作家也开始作冷静的反思。这时，苏联理论界提出了"社会主义现实主义"的口号，并围绕着它展开了讨论。1933年11月，周扬根据

---

① 周扬：《关于文学大众化》，载《北斗》第2卷第3、4期合刊。
② 鲁迅：《上海文艺之一瞥》，载《鲁迅全集》第4卷，人民文学出版社1981年版。

苏联作家吉尔波丁的文章，写出并发表了《关于社会主义现实主义与革命浪漫主义》①的长文，这是左联领导人第一次全面批判"拉普"的理论核心"辩证唯物主义创作方法"和系统阐述社会主义现实主义的基本原则。周扬在文章中指出：辩证唯物主义创作方法的主要错误在于"忽视了艺术的特殊性，把艺术对于政治，对于意识形态的复杂而曲折的依存关系看成直线的、单纯的，换句话说，就是把创作方法问题直线地还原为全部世界观的问题"。文章还认为："社会主义现实主义"创作的基本原则是以"真实性"为前提，注意塑造"典型环境中的典型性格"，"在发展中，运动中去认识和反映现实"，"把为人类的更好的将来而斗争的精神，灌输给读者"；它主张"不同的创作方法和倾向的竞争"，主张风格的多样化，并将浪漫主义作为使它"更加丰富和发展的、正当的、必要的要素"。此后，周扬和其他左翼作家还写过不少文章继续介绍"社会主义现实主义"的理论，尽管有时理解和阐释上有分歧，尽管当时对这一概念内在的理论缺陷认识不足，但对纠正中国无产阶级文学运动中时有冒头的庸俗社会学和左倾机械论的偏差起了积极的作用。1933年以后，左联更广泛地团结"同路人"作家，迅速形成了阵容可观的革命统一战线。理论上的收获也带来了创作上的繁荣，不少左翼作家逐步摆脱了机械论的束缚，更好地将政治倾向性与文艺真实性结合起来，努力塑造典型环境中的典型人物，并在更广阔的题材领域里表现自己鲜明的艺术风格，从而使1930年代中后期的革命现实主义文学迅速发展起来，取得了令人瞩目的成就。这一切不仅标志着中国的无产阶级文学运动在经过种种曲折以后开始走向成熟（尽管前面的道路并不平坦），也为1940年代的左翼文学，以及新中国的社会主义文学的进一步发展打下了坚实的基础。

---

① 载《现代》第4卷第1期，发表时署名周起应。

第五讲　俄苏文学在"大夜弥天"的中国

1930—1940年代是中国社会革命逐步深入的时期,在这一时期里抗日战争和解放战争相继爆发,中华民族经受了血与火的考验。而在这种特殊的氛围中,中俄文学关系却大大地向前迈进了一步。

一、艰难岁月中的精神契合

在第一次大革命失败,中国社会面临新的历史抉择的重要关头,中国左翼作家以极大的勇气和热情,开始有系统地把十月革命前后在俄国出现的无产阶级文学作品引进中国。如鲁迅所言,在"大夜弥天"的中国,这些作品的出现,其意义是远远超过了文学本身的。1931年12月,瞿秋白在给鲁迅的信中谈道:"翻译世界无产阶级革命文学的名著,并且有系统地介绍给中国读者(尤其是苏联文学的名著,因为它们能把伟大的'十月'、国内战争、五年计划的'英雄',经过具体的形象,经过艺术的照耀而贡献给读者"),——这是中国普罗文学者的重要任务之一。……《毁灭》《铁流》等等的出版,应当成为一切革命文学家的责任,每一个革命的文学战线上的战士,每一个革命的读者,应当庆祝这一个胜利,虽然这还只是小小的胜利。"[①]

如果说在此以前"新俄文学"作品已偶有极少的单篇在中国报刊上出现的话,那么它的译介热潮的形成和真正为中国文坛所关注则始于这一时期。

不少出版社在1920年代末相继推出了"新俄文学"作品专集。最早出现的是由曹靖华辑译、北平未名社1927年出版的《白茶(苏俄独幕剧集)》一书。该书中收入了班珂的《白茶》和奥聂良的《永久的女性》等五部剧本。而后问世的有:叶灵凤辑译的《新俄短篇小说集》、曹靖华辑译的《烟袋(苏联短篇小说集)》、文学周报社编的《苏俄小说专号》、华维素(即蒋光慈)辑译的《冬天的春笑(新俄短篇小说集)》、刘穆等辑译的《蔚蓝的城(新俄小说集)》、傅东华辑译的《村戏(新俄小说集)》、画室(即冯雪峰)译的《流冰(新俄诗选)》、郭沫若译的《新俄诗选》等。这些集子中收入了高尔基、马雅可夫斯

---

① 瞿秋白:《论翻译》,见《瞿秋白文集》第2卷,人民文学出版社1953年版。

基、爱伦堡、叶赛宁、阿·托尔斯泰、勃洛克、左琴科等作家的百余种小说和诗歌。

其后十年出版的比较重要的"新俄文学"作品专集还有：成绍宗辑译的《新俄短篇小说集》、鲁迅等译的《果树园》、鲁迅编译的《竖琴》和《一天的工作》、适夷编译的《苏联短篇小说集》、周扬辑译的《路》、黄峰编的《道司基卡也夫》和《丹霞》、曹靖华辑译的《苏联作家七人集》、杨任译的《新俄诗选》、蓬子选译的《俄国短篇小说集》、施落英编的《新俄小说名著》、宜闲编译的《苏联小说集》、曹靖华等编译的《死敌》、叶菡青等译的《空中女英雄》等。这些作品集收录的均为中短篇作品，涉及的作家面又有所扩大，如肖洛霍夫、扎米亚京、费定、拉夫列尼约夫、绥拉菲莫维奇等人的作品也先后与中国读者见面。

在"新俄文学"刚刚来到中国的时候，最先受到关注的、作品被译得最多的苏俄作家是高尔基。当时，最早出现的苏俄作家专集是宋桂煌从英文转译的《高尔基小说集》（上海民智书局，1928）。这部小说集中载有《曾经为动物的人》《二十六个男和一女》《拆尔卡士》（即《切尔卡什》）等作品。同年出版的还有朱溪译的《草原上》和效洵译的《绿的猫儿》两本高尔基早期作品集，也是由英文转译的。而最早出现的"新俄文学"作品的单行本则是沈端先（即夏衍）从日文转译的高尔基的《母亲》。①

1930年代，高尔基的作品继续以大大超过其他苏俄作家的规模得到译介。这一时期出版的有关高尔基的文集、选集和各种单行本就有57种之多。主要的有：鲁迅编的《戈里基文录》、瞿秋白译的《高尔基创作选集》、黄源编译的《高尔基代表作》、周天民等编选的《高尔基选集》、汪仑编选的《高尔基作品选》、惟夫编选的《高尔基短篇小说集》、罗稷南译的《和列宁相处的日子》、廖仲贤编译的《高尔基论文选集》、萧参（即瞿秋白）译的《高尔基论文》、巴金译的短篇集《草原故事》、华蒂（即以群）等译的短篇集《隐秘的爱》、鲁迅等译的短篇集《恶魔》和《俄罗斯的童话》、史铁儿（即瞿秋白）译的《不平常的故

---

① 该书1929年由上海大江书铺出版第一部，次年出版第二部。

事》、丽尼译的《天蓝的生活》、钱谦吾（即阿英）译的《劳动的音乐》、沈端先译的《奸细》、蓬子译的《我的童年》、王季愚译的《在人间》、杜畏之等译的《我的大学》、何素文译的《夏天》、何妨译的《忏悔》、罗稷南译的《四十年间》（即《克里姆·萨姆金的一生》，该译本有四部，1940年代出齐）、赵璜（即柔石）译的《颓废》（即《阿尔达莫诺夫家的事业》）、钟石韦译的《三人》、李谊译的《夜店》（即《底层》）和贺知远译的《太阳的孩子们》等。

在上述书籍中我们可以发现，高尔基早期的短篇作品受到中国文坛的青睐，许多作品在各种选本中被一译再译，同时他在中后期创作的一些有代表性的重要作品，特别是几部长篇小说也陆续被译出，这就使高尔基作品的中译具有了一定的系统性。而且好几个出版社推出了多卷本选集，如世界文化研究社1936年出版、周天民等编选的《高尔基选集》就颇具规模。该选集共有六卷，包括小说二卷、戏剧一卷、诗歌散文书简一卷、论文一卷和评传一卷，译者也多为名家。

这一时期，随着左翼文艺运动的发展，中国对"新俄文学"的介绍日渐活跃。除了高尔基的作品被不断译介过来外，还译出了不少活跃于十月革命前后苏俄文坛的著名作家的作品。比较重要或影响较大作品有：拉夫列尼约夫的《第四十一》、革拉特珂夫的《士敏土》、绥拉菲莫维奇的《铁流》、法捷耶夫的《毁灭》、聂维罗夫的《不走正路的安得伦》、雅科夫列夫的《十月》、伊凡诺夫的《铁甲列车》、富尔曼诺夫的《夏伯阳》、肖洛霍夫的《静静的顿河》（前二部）和《被开垦的处女地》、奥斯特洛夫斯基的长篇《钢铁是怎样炼成的》、诺维科夫—普里波伊的《对马》、马雅可夫斯基的诗集《呐喊》（内收《放开喉咙歌唱》《给艺术大军的命令》《向左进行曲》《苏联护照》和《我们不相信！》等20首诗）、爱伦堡等人的报告文学集《在特鲁厄尔前线》和阿·托尔斯泰的剧本《丹东之死》等。

"新俄文学"一开始就显示出不同于以往任何时期的文学的崭新特征，它们从不同的角度反映了俄国无产阶级革命和苏联社会主义建设的伟大历史进程，塑造了一批全新的主人公形象。面对着充满新生活气息的"新俄文学"，不少中国作家很自然地意识到了旧俄文学思想上的局限。它们"离无产者文学本来还很远",所以,"自然大抵是叫唤,呻吟,困穷,酸辛,至多,也不过是一点挣扎";①这是因为作家本身"不是战斗到底的一员,所以见于笔墨,便只能偏以洗练的技术制胜了"。②在仍然肯定19世纪俄国批判现实主义文学的思想和艺术价值的同时,一些左翼作家还日益明确地认识到,以高尔基为代表的无产阶级作家的作品才是"惊醒我们的书,这样的书要教会我们明天怎样去生活"。③

如果说中国文坛对"新俄文学"的关注一开始主要集中在十月革命前后的俄国无产阶级文学上的话,那么进入1940年代,由于苏德战争和太平洋战争的爆发、世界反法西斯统一战线的形成,中国文坛也迅速把自己的目光更多地转向了世界反法西斯文学,特别是正在蓬勃发展的苏联卫国战争文学。

曾一度作为"孤岛"而存在的上海,此时已为日军所占领。日本出于其战略需要,表面上与苏联维持着友好关系。中共利用这样一个特殊的条件,以"苏商"名义在上海创办了时代出版社,并相继出版了《时代日报》和《时代》周刊,1942年11月又推出了一份文学刊物《苏联文艺》。《苏联文艺》是中国第一份俄苏文学的译介专刊。刊物先后由苏联塔斯社社长罗果夫和施维卓夫出任主编。实际负责此刊工作的主要有姜椿芳、陈冰夷和叶水夫,参与编辑和翻译工作的还有戈宝权、许磊然、包文棣、孙绳武、草婴和蒋路等人。《苏联文艺》从创刊到1949年7月终刊,历时七年(其中1944年初至1945年春曾被日伪查封),共出版了37期,发表的各类作品的总字数达六百多万字,其中大部分是反映苏联卫国战争的文学作品。它在中国的俄苏文学译介史上占有特殊的地位。

《苏联文艺》的创刊号上主编罗果夫写有一段"编者的话"。他这样谈到刊物出版的缘起和宗旨:"在伟大的十月革命之后,俄国文学的声誉在中国特别增长。……在俄罗斯人民反对德国法西斯主义的第二次卫国战争时,中国对于苏联文学的兴趣愈加提高了。我的中国朋友们竭力要求把苏联文学介绍给他们。于是我们出版了《苏联文艺》月刊。我们将在这杂志上发表苏联作家的新作品和旧俄

---

① 鲁迅:《〈竖琴〉前记》,载《鲁迅全集》第4卷,鲁迅全集出版社1948年版。
② 鲁迅:《〈竖琴〉后记》,载《鲁迅译文集》第8卷,鲁迅全集出版社1948年版。
③ 茅盾语,见《文艺报》1985年第6期。

文学的优秀典范。"从刊物发表的作品的实际情况看，《苏联文艺》不仅达到了介绍俄苏进步文学、促进人民解放事业的目的，而且具有自己鲜明的特色。

首先是它的当代性和时效性。《苏联文艺》始终把介绍苏联当代文学作为主要目标，其篇幅占全部作品的三分之二强。刊物创办后的前期和中期以译介战争年代的作品为主，后期则发表了不少反映战后苏联生活和建设的作品。而所有这些作品往往是刚刚在苏联国内问世，《苏联文艺》编者就迅速地将其译成中文，介绍给中国读者。它成了日伪统治区内中国报刊界几块幸存的"绿洲"之一。

其次是优秀作品多，译风严谨。《苏联文艺》刊载的许多作品不仅在当时产生过极大的影响，而且至今仍具生命力。如描写战争年代生活的著名作品就有：吉洪诺夫的诗歌《基洛夫和我们同在》、阿·托尔斯泰的小说《伊凡·苏达廖夫的故事》、西蒙诺夫的剧本《俄罗斯人》和诗歌《等着我吧……》、格罗斯曼的小说《人民不死》、梭波列夫的小说《海魂》、华茜列芙斯卡娅的小说《虹》、肖洛霍夫的《他们为祖国而战》、列昂诺夫的剧本《侵略》、柯涅楚克的剧本《前线》、卡达耶夫的小说《妻》、戈尔巴托夫的小说《不屈的人们》、西蒙诺夫的小说《日日夜夜》、法捷耶夫的《青年近卫军》等。同时，由于《苏联文艺》有一支懂俄语且具献身精神的译者队伍，因此从总体上说译文的准确性较高，受到读者的好评。作为主要译者之一的姜椿芳先生认为，他们当时遵循的是"鲁迅所提倡，并亲自坚持的翻译方法：严格按照原文句式、格调，不减不增，忠实翻译，宁信不雅"[①]。这种方法虽说也不是无可挑剔，但是能做到这一点已实属不易。

此外，它在编排上也有许多可取之处。《苏联文艺》的栏目内容较丰富，有小说、诗歌、剧本，有关于艺术、电影、音乐、理论、评价和作者的介绍等，每期还配有一些图片插页。这些栏目都有自己的特色。以"文录"栏和"理论"栏为例，"文录"栏主要介绍战前俄苏著名作家及其作品，涉及的作家有16位，如普希金、莱蒙托夫、屠格涅夫、奥斯特罗夫斯基、托尔斯泰、涅克拉索夫、高尔基、勃洛克、叶赛宁、马雅可夫斯基和别林斯基、车尔尼雪夫斯基、杜勃洛留

---

① 姜椿芳：《〈苏联文艺〉的始末》，见《苏联文学》1980年第2期。

波夫等。除了一般的介绍外，还译出了他们的一些作品。"理论"栏常发表一些文艺论文。第26期（1947年2月）上，北泉（即戈宝权）根据原文对《列宁论托尔斯泰》的五篇文章所作的翻译，是国内继1930年代以来有关译作中最完整和最准确的一次。当然，还值得一提的是，从第24期（1946年10月）开始，《苏联文艺》新设"文献"栏。这一栏目最早将1940年代后期苏共极"左"的文艺政策详细地介绍到了中国，其产生的负面影响将在后文论及。

在《苏联文艺》大量译介苏联卫国战争文学的同时，时代出版社于1945年出版了一套由十多部作品或作品集构成的《苏联卫国战争文艺集》。尽管这些作品大部分曾在《苏联文艺》上刊登过，但是当它们成套结集推出时仍给人以深刻印象。

自然，1940年代译介苏联卫国战争文学的并不限于《苏联文艺》和时代出版社。如不计散落在各种刊物上的作品，仅就单行本而言的话，其他出版社（特别是解放区的一些出版机构）出版或重版的此类书籍的数量就甚为可观，总数有百余种之多。这些作品主要在苏联卫国战争期间和其后二三年的时间里被译介到中国来，其势头之迅猛是可想而知的。苏联卫国战争文学成了1940年代中国俄苏文学译介的一个极重要的方面，它们得到广泛传播，极大地鼓舞了中国人民反抗外族入侵的斗志。阿英在回忆这些作品对解放区和敌后根据地军民的影响时这样写道："这时敌后的斗争中，文学方面重要的精神食粮，就是苏联卫国战争的文学译作"，《苏联文艺》和一些单行本"成为八路军、新四军中每一个知识分子不能缺少的读物"。它们"对我们在敌后的坚持，对胜利的信心，都起了很大的作用。这些作品里的英雄人物，每一个都像活生生地站在我们身边，活在我们心里，典范般地鼓励着我们每一个人"。为了敌后行动方便，很多人不得不把书的空白边沿切掉，甚至去掉封面，随身带着行军。在前线，战火稍息，就在战壕里阅读和讨论。"印象最深的，是有的同志牺牲了，书还放在衣袋里，或被弹火烧焦，或血渍斑斑，至死不离。"柯涅楚克的剧本《前线》由肖三译出后，延安《解放日报》连载并发表社论，电台每天向各解放区播发几千字，各地再分别付印。"同志们热爱这个剧本，争取演出以扩大影响，各地区又克服了物质上的种种困难，进行了排演。戈尔诺夫与欧格涅夫的形象，对我们全党、全军都起了巨大的作用。""在那时，我们同样热爱爱伦堡的政论性散文。他的每一新作，都强烈地吸引着我们。尖锐、有力，像子弹洞穿希特勒匪帮胸膛那样的锋利，而内容又是极其深厚丰满。我们总是在稻场上，在豆油灯边，意味深长地读了再读。""在这样艰苦的日子里，苏联卫国战争的文学作品，不但帮助鼓舞了中国人民的作战精神，坚强了我们的胜利信心，中国人民的心和苏联人民的心也牢固地拴在一起。我们的同志，就这样带着苏联文学作品，冲锋陷阵，一直达到革命成功。"至于在国统区，虽然这些作品一再受到查禁，译者遭到"种种的恐怖迫害"，但也"没有阻止住苏联文学作品的翻译怒潮"。[①]

当年的那些对中国人民的解放事业作出过积极贡献的苏联卫国战争文学也许已为今天的人们所淡忘，有些作品从艺术上看似乎也较逊色。但是，当我们翻回到历史的这一页时，我们不能不对它们所起过的历史作用，对那些冒着极大的风险将它们介绍给中国读者的翻译家表示由衷的敬意。同时，当年那些作品中的部分经受住了历史检验的优秀之作，其艺术影响是长久存在的，至今仍值得我们珍视。

当然，这一时期除了卫国战争文学外，苏联其他一些文学作品也有所译介。这里值得一提的有：肖洛霍夫的《静静的顿河》（全译本）、叶赛宁、勃洛克和马雅可夫斯基合集的《苏联三大诗人代表作》、阿·托尔斯泰的《苦难的历程》和《彼得大帝》、费定的《城与年》、奥斯特洛夫斯基的《暴风雨所诞生的》、潘诺娃的《旅伴》、克雷莫夫的《油船德宾特号》、波列伏依的《真正的人》、卡达耶夫的《时间呀前进！》、列昂诺夫的《索溪》、冈察尔的《旗手》（第一部）、包戈廷的剧本《带枪的人》《苏联名作家专集》等。虽然这一类作品译介的数量少于1930年代，但是有些名著是在这一时期初次被译成中文的。可以说，至1940年代末，苏联各阶段都有一些重要的主流文学作品被介绍过来，其中有少数作家的作品译介得已相当全面。

1930—1940年代，中俄（苏）文学交流中值得一提的还有苏联儿童文学的引

[①] 阿英：《俄罗斯和苏联文学在中国》，见《阿英文集》，生活·读书·新知三联书店1981年版。

入、根据苏联和俄国的文学作品改编的电影和剧本的上映或上演、俄国古典文学名著译介中出现了新局面。

如前所述，五四时期外国儿童文学作品开始大量进入中国，当时俄国的儿童文学作品并不占据主导地位。从1930年代起，与"新俄文学"译介高潮同步，中国的译者也逐步将自己的目光移向了苏联早期的儿童文学作品。当时译出的影响较大的作品有班台莱耶夫的《表》《文件》和《小姑娘们》、盖达尔的《远方》《铁木尔及其伙伴》和《第四座避弹室》、卡达耶夫的《团的儿子》、矛基莱福斯卡娅（即莫吉列夫斯卡娅）的《小夏伯阳》、阿·托尔斯泰的《金钥匙》、布黎什文（即普里什文）的《太阳的宝库》、巴若夫的《宝石花》、伊林的《五年计划的故事》和《十万个为什么》、秋马先珂的《苏俄童话》、巴尔多等的《苏联儿童诗集》和青斯基等的《苏联少年文艺选》，①以及数量众多的各种苏联寓言、童话、传说、民间故事、科学文艺读物和其他儿童读物。鲁迅、茅盾、曹靖华、陈伯吹、董纯才、叶君健、范泉、任溶溶等诸多作家是它们的译者。同时，一些作家还大力为之鼓吹，如茅盾1936年在《文学》杂志上发表的《儿童文学在苏联》和肖三1942年在《解放日报》上发表的介绍苏联儿童文学情况的《略谈儿童文学》一文。译介过来的苏联儿童文学作品不仅对那一时代中国的小读者产生过很大的影响，而且有力地促进了中国儿童文学的创作。如贺宜就深受《表》等作品的启发，表示"这样的作品才叫做儿童文学作品"，要写"就写这样的"；陈伯吹认为他是在这些作品的启发和鼓舞下才创作出《华家的儿子》《少年英雄》等作品的；董纯才回忆1937年因翻译伊林等人的科学文艺作品受到影响，于是"一面翻译，另一方面就学习写作"；而任溶溶也是在翻译了大量苏联儿童文学作品后走上创作道路的。②

根据苏俄文学作品改编的电影和剧本在中国的上演，也是这一时期引人注目的现象。电影是在其诞生后不久就被引入中国的，但是一开始中国放映的影片

---

① 这些作品往往有多种译本和不同译名，如盖达尔的《铁木尔及其伙伴》，又有译本名为《帖木尔》；卡达耶夫的《团的儿子》，又有译本名为《团队之子》。
② 参见《儿童文学简论》《我和儿童文学》等书。

几乎都来自法、美、德、英诸国。这种情况直到1920年代后期才开始有了变化。1926年，苏联故事片《战舰波将金号》首次在上海的共和影戏院上映，观众无不为影片中"崭新的美与力，即反抗的群众的美与力"所震撼。①1930年，田汉主编的《南国月刊》出版"苏俄电影专辑"，盛赞苏联电影。这以后开始不断有一些苏联电影在中国上映，其中根据小说和剧本改编的电影主要有《夏伯阳》（即《恰巴耶夫》）、《虹》《我们来自喀琅施塔得》《钢铁是怎样炼成的》和《普通一兵》等。为了进一步扩大苏联和俄国文学在中国的影响，左翼电影工作者还尝试通过自己的努力，将苏俄文学名著改编成中国影片。最初的一次是1935年蔡楚生对鲁迅译的班台莱耶夫的《表》的改编。这次尝试最终没有成功，几经努力后蔡楚生放弃了改编的念头。他这样解释说："在中国像《生路》②中的'莫斯泰法'和《表》中的'彼蒂加'这种人当然是不知有着多少；但像《生路》中的'莎尔格雅夫'和'流浪儿收容所'，《表》中的'教养院'，却还没有产生出来"，"我们实在没有勇气去违背'艺术的良心'，在银幕上替一班流浪儿童们建筑一个'乌托邦'"。但是，在《表》等苏联作品的影响下，他写出了一部"比较'适合国情'的故事"《迷途的羔羊》，真实而又生动地反映了1930年代中国流浪儿童的遭遇，受到了观众的好评。③同样没能改编成功的还有话剧在中国上演时曾轰动一时的特列季亚科夫的《怒吼罢，中国！》。不过，也有些作品被成功地改编成了中国影片。例如，1935年史东山将果戈理的《巡按》（即《钦差大臣》）拍成了影片《狂欢之夜》。故事的时间和地点虽然有了变化（发生于1920年代中国某县城），但改编者"尽量不失原著的精神"和尽量保留原剧的对白，④其揭露和讽刺的力量不减。1947年柯灵将高尔基的剧本《底层》改编成了影片《夜店》。《夜店》剧情框架虽然基本没变，但地点（上海租界的一家下等客栈）、人物、背景和部分情节都已经中国化了。影片通过对那些被抛出正常的

---

① 见田汉的《我们自己的批判》（1930），载《南国月刊》第2卷第1期。
② 《生路》是苏联影片，1933年在中国上映。
③ 见蔡楚生的《〈迷途的羔羊〉杂谈》（1936），载《联华画报》第8卷第1期。
④ 见史东山的《我所以编〈狂欢之夜〉》，载影片《狂欢之夜》特刊，转引自程季华主编：《中国电影发展史》第1卷第486页，中国电影出版社1981年版。

生活轨道的下层人民不幸遭遇的描写，控诉了社会的黑暗，不过原著中揭露"安慰哲学"的主题减弱了。这部影片在艺术上成就较高。同年，还出现了一部根据俄国剧作家奥斯特罗夫斯基的名剧《无罪的罪人》改编的影片《母与子》。

俄苏文学名著以话剧的形式在中国上演的就更多了。前面提到过的不少影片在搬上银幕前几乎都有过舞台演出的历史，如果戈理的《钦差大臣》（曾有中国剧名《狂欢之夜》）和奥斯特罗夫斯基的《无罪的罪人》（曾有中国剧名《舞台艳后》）。早在1947年高尔基的《底层》拍成电影前，此剧就已以《夜店》名而在1931年的上海出版。1945年底至1946年初，经柯灵和师陀改编，此剧又由上海"苦干"剧团搬上舞台，反响热烈，"连续六个星期的好座"（黄佐临语）。黄佐临和焦菊隐分别执导过此剧，久演不衰，成为这一时期在中国上演次数最多的一部外国剧作。此外，经改编后上演过的剧作还有果戈理的《婚事》、托尔斯泰的《黑暗的势力》和《复活》[①]、安德列耶夫的《狗的跳舞》、契诃夫的《万尼亚舅舅》和《蠢货》、奥斯特罗夫斯基的《大雷雨》、高尔基的《母亲》和《小市民》、伊凡诺夫的《铁甲列车》、西蒙诺夫的《俄罗斯人》、列昂诺夫的《侵略》、包戈廷的《带枪的人》和柯涅楚克的《前线》等。这些剧作的上演轰动一时，受到观众热烈欢迎，甚至被认为是中国"文化运动史"上的"有意义的事件"。[②]当然，这样的剧作和影片在旧中国上演是受到种种限制的，总体数量有限，但它们仍扩大了优秀的俄苏文学作品在中国群众中的影响。[③]

苏联文学在整个俄苏文学的译介中所占的比重越来越大，但是这并不等于说俄国古典文学的译介在1930—1940年代的中国已经中止。相反，俄国古典文学以其特有的思想内涵和艺术魅力，仍深深地吸引着无数的中国读者。而且，有相当

---

① 《复活》在中国曾先后有过田汉和夏衍的两种风格迥异的改编本，1936年田汉的改编本在南京首演成功，1943年夏衍的改编本上演后同样受到观众的欢迎。关于这两个改编本的有关情况可参见倪蕊琴教授的文章《从托尔斯泰的长篇小说〈复活〉到田汉、夏衍的同名剧本》。
② 见王剑青等编：《晋察冀文艺史》，中国文联出版公司1989年版。
③ 比起一般群众来，中国作家通过各种渠道接触由俄苏文学名著改编的电影和话剧的机会显然更多些，如夏衍在《改编〈复活〉后记》中谈道："我从银幕上看过德里奥和安娜·史丹的卡丘沙，我从书本和舞台上看过法国巴大叶和田寿昌兄所改编的剧本。"

一部分功底扎实的译者始终坚持不懈地将一批又一批的俄国文学名著陆续译出。在这20来年的时间里，译出的俄国文学名著的总量是远远超过此前时期的俄国文学的译介量的，与此相应的是译作的水准也有不少提高。这些作品同样成了中国读者在艰难岁月中的宝贵的精神财富。这时的俄国文学译介中最明显的特点是把目光更多地投向了名家名著，特别是普希金、莱蒙托夫、果戈理、屠格涅夫、陀思妥耶夫斯基、托尔斯泰和契诃夫等19世纪享有世界声誉的俄国著名作家及其代表作。在此以前，这些作家的作品的译介还是以散见于刊物上的为主，除托尔斯泰外，多数作家只有少量的集子问世。到了1930—1940年代，情况就有了很大的变化。这些作家的重要作品不仅越来越多地被译成中文，而且出现了为数甚多的集子和单行本。到了1940年代末，他们的重要作品大部分有了最初的中译，有的还出现了多种译本。例如，屠格涅夫的《父与子》在此期间有新译本3种（巴金等）、编译本2种（黄源等）、旧译新版本1种（耿济之），《贵族之家》有新译本4种（丽尼等），《散文诗》有新译本5种（巴金等）；托尔斯泰的《复活》有新译本3种（高植等）、编译本2种（罗洪等）、旧译新版本1种（耿济之），《战争与和平》有新译本3种（郭沫若等），《安娜·卡列尼娜》有新译本2种（周扬等）；陀思妥耶夫斯基的《死屋手记》有新译本5种（耿济之等），《白痴》有新译本3种（耿济之等），《罪与罚》有新译本2种（韦丛芜等）和编译本1种（徐懋庸）。其他一些著名作家如赫尔岑、涅克拉索夫、奥斯特罗夫斯基、冈察洛夫、萨尔蒂柯夫—谢德林和乌斯宾斯基等也多有作品被译介。

此外，别林斯基、车尔尼雪夫斯基、杜勃洛留波夫的文论和美学著作依然受到关注，不断有译介的文章出现，如瞿秋白译的普列汉诺夫的《别林斯基百年纪念》、鲁迅译的普列汉诺夫的《尼·加·车尔尼雪夫斯基》、周扬译的别林斯基的《论自然派》（即《一八四七年俄国文学一瞥》节选）和沙可夫的《批评家杜勃洛柳蒲夫（即杜勃洛留波夫）》等。1936年，《译文》和《光明》两本杂志还分别开辟了纪念杜勃洛留波夫和别林斯基的专栏。当然，最值得一提的是，1942年周扬翻译的车尔尼雪夫斯基的《生活与美学》（即《艺术与现实的审美关系》）在延安出版。朱光潜后来这样谈到这本著作在美学界的深远影响：这"在新中国成立前是最早的也几乎是唯一的翻译过来的一部完整的西方美学专著,在美学界已成为一部家喻户晓的书。它的影响是广泛而深刻的,很多人都是通过这部书才对美学发生兴趣,并且形成他们自己的美学观点,所以它对我国美学思想的发展有着难以测量的影响"。[①]自然,这种影响还表现在强化了中国新文学界的"为人生"的艺术观,特别是文学的社会责任和作家的使命意识,而这基调是从1930—1940年代就已奠定了的,我们可以从译者周扬当年写下的《艺术与人生——车尔芮雪夫斯基的〈艺术与现实之美学关系〉》[②]和《唯物主义的美学——介绍车尔尼舍夫斯基》(后更名为《关于车尔尼雪夫斯基和他的美学》)[③]等评论文章中清楚地看到这一点。

《艺术与人生》写于1937年,《唯物主义的美学》写于1942年,尽管写作时间相差五年,但是两篇文章的基本观点是完全一致的,只是后者在介绍和评价上较前者更为具体和严密。两篇文章在评价车尔尼雪夫斯基的一生时,都着眼于他的俄国革命的"普罗米修斯"的历史地位,而在围绕《艺术与现实的审美关系》一书阐述他的美学思想时,又都强调他的现实主义的美学观。譬如,作者在《艺术与人生》一文中写道:"人生高于艺术,艺术家的任务是不粉饰,不歪曲,如实地描写人生,这是19世纪俄国的启蒙主义者的美学法典的基本法则。伯林斯基、车尔芮雪夫斯基、朵布洛留波夫的美学都是在这个为人生的艺术的旗帜之下发展过来的。站在哲学的唯物论的观点上,将为人生的艺术的理论作了很精辟透彻的发挥的,车尔芮雪夫斯基的学位论文《艺术与现实之美学的关系》是一本最有光辉的著作。"这本著作对"现实之教育的意义和作为'人生教科书'的艺术之教育意义的理解",构成了"社会主义现实主义的一个重要的理论源泉"。尽管车尔尼雪夫斯基没有达到马恩唯物辩证法的水准,但是"在民主革命阶段的中国,从这位'战斗的革命民主主义者'那里,我们可以学习到也许比从现代批评家更多的东西"。《唯物主义的美学》一文进一步强调了车尔尼雪夫斯基美学著

---

① 朱光潜:《西方美学史》下册,人民文学出版社1979年版。
② 原载《希望》创刊号(1937),后《月报》第1卷第4期转载。
③ 原载1942年4月16日《解放日报》,1957年在将此文收入人民文学出版社出版的《生活与美学》一书时,作者曾作过一些修改。

作的"革命的和唯物主义的倾向"。在对他的"美是生活"的定义作了详尽的阐释以后,作者认为:"车尔尼雪夫斯基在美学上的巨大功绩,是他奠定了唯物主义美学的基础","他使艺术家面向现实,为艺术的主题打开了一片广阔的天地",他"总是引导艺术家去注意现实生活的一切方面,注意广大人民所关心的问题",他"十分强调艺术作品的思想性的重要",他"很看重艺术说明生活的这个作用"。总之,"坚持艺术必须和现实密切地结合,坚持艺术必须为人民的利益服务,这就是车尔尼雪夫斯基美学的最高原则"。周扬为车尔尼雪夫斯基的美学所作的上述定位代表了中国新文学界相当一部分人的观点,并为新中国成立以后十七年的理论界所接受,其影响是相当深刻的。

二、理论译著:中国读者了解俄苏文学的重要途径

1930—1940年代的俄苏文学研究是在五四时期的基础上进一步得到发展的。如果说五四时期中国的俄国文学研究的特点主要表现在介绍视角的扩大和有一定深度的文学史著作开始出现的话,那么这一时期最引人注目的现象就是出版了数量众多的由中国学者翻译或撰写的研究著作,它们涉及的面更广,系统性也有所增强。先从理论译著这个角度来看这一点。

这一时期,中国文坛介绍俄苏文学思潮和研究俄苏作家作品的热情丝毫没有减退,这首先表现在由国际上著名学者撰写的这方面的理论著作被大量译成中文,它们成了中国读者全面了解俄苏文学的重要途径。五四时期中国有关俄国文学的理论性的译介文章大都散见于报刊,而从1920年代末开始以单行本形式出现的理论译著(有些还是篇幅达六七百页的大部头著作)逐渐增多,并且很快形成了一种蔚为壮观的、可与大规模的作品翻译相映成趣的局面。

这一时期被译成中文的研究俄苏文学史或文学思潮的著作主要有:特罗茨基(即托洛茨基)的《文学与革命》、升曙梦的《现代俄国文艺思潮》和《俄国现代思潮及文学》、马克希麻夫的《俄国革命后的文学》、柯根的《新兴文学论》和《伟大的十年间文学》、尾濑敬止的《苏俄新艺术概观》、克鲁泡特金的

《俄国文学史》、贝林的《俄罗斯文学》、弗里曼等的《苏俄底文学》、塞维林等的《苏联文学讲话》、亚伯兰丁的《苏联诸民族的文学》、米川正夫的《俄国文学思潮》、季莫菲叶夫的《苏联文学史》、叶高林的《苏联文学小史》、冈泽秀夫的《苏俄文学理论》、库尼兹的《新俄文学中的男女》《伯林斯基文学批评集》、倍斯巴洛夫的《批评论》、高尔基等的《苏联文学诸问题》《第一次全苏作家代表大会的汇刊》、爱拉娃卡娃等的《苏联文学新论》《文学的新道路》（全苏作家代表大会发言选编）、阿·托尔斯泰等的《苏联文学之路》、卡拉耿诺夫等的《国家与文学及其他》、普洛特金等的《苏联文艺科学》、阿玛卓夫等的《苏联文艺论集》和法捷耶夫等的《苏联文艺论集"社会主义现实主义的问题"》等。

作家作品研究的译著主要有：《俄国三大文豪》（赵景深编译）、伏罗夫斯基（即沃罗夫斯基）著的《作家论》、塞维林的《苏联作家论》、亚尼克斯德等的《普式庚研究》、吉尔波丁的《普式金评传》、卢那察尔斯基等的《普式庚论》、卢波尔等的《普式庚论》、克鲁泡特金的《托尔斯泰论》、罗曼·罗兰的《托尔斯泰传》、列宁和普列汉诺夫的《托尔斯泰论》、茨威格的《托尔斯泰》和莫德的《托尔斯泰传》《高尔基评传》（邹弘道编译）、《高尔基研究》（黄秋萍编译）、《革命文豪高尔基》（韬奋编译）、《高尔基创作四十周年纪念文集》（周扬编）、《高尔基传》（凌志坚编译）、乌尔金的《高尔基论》、升曙梦的《高尔基评传》《高尔基与中国》（新中国文艺社编译）、《高尔基五周年逝世纪念特辑》（世界文艺社编译）、《高尔基研究年刊》（罗果夫、戈宝权主编）、冈泽秀夫的《郭果尔研究》、魏列萨耶夫的《果戈理是怎样写作的》、莫罗斯的《屠格涅夫》、斯拉特热夫的《屠格涅夫的生活和著作》、柯夫斯基的《尼古拉梭夫（即涅克拉索夫）传》、史坦因的《奥斯特罗夫斯基评传》《俄罗斯大戏剧家奥斯特罗夫斯基研究》（戈宝权等编）、弗里采的《柴霍夫（即契诃夫）评传》、高尔基的《回忆安特列夫》、马雅可夫斯基等的《我自己》和谢尔宾拉的《论静静的顿河》等。

由于篇幅所限，本书不可能对上述近百种译著分别加以评述。这里仅选择几种俄国文学史和文学思潮方面的译著略加介绍。这方面的译著中最引人注目的著作要数克鲁泡特金的《俄国文学史》、贝灵的《俄罗斯文学》和升曙梦的《俄国现代思潮及文学》。这几本著作在五四时期就已经为中国的不少通晓英、日文字的作家和评论家所熟悉。当时中国文坛介绍俄国文学的一系列文章（包括郑振铎的文学史著作）曾从中汲取了许多资料和观点。这些著作的陆续译出，为更多的中国读者提供了较全面地了解十月革命前俄国文学发展轨迹的有效途径。

克鲁泡特金的这本著作由其在美国所作的八次讲演汇编而成，原名《俄国文学的理想和现实》，初版于1905年。此书侧重评述的是19世纪的俄国文学。全书除"绪论"外共分七章：普希金与莱蒙托夫、果戈理、屠格涅夫——托尔斯泰、冈察洛夫——陀思妥耶夫斯基——涅克拉索夫、戏剧、民众作家、政治文学——讽刺文学——艺术批评——最近的小说作家。克鲁泡特金自身在文艺思想上并无多大的建树，但是他对俄国社会及其文学是了解的，他在此书中的全部描述和阐发又是以别、车、杜的文艺思想为依托的，书中的见解实际上反映的是革命民主主义批评家的观点，因而能发人所未发，为中国文坛所重视。1930年代初，韩侍桁和郭安仁（即丽尼）几乎同时出版了该书的译本（仅隔四个月），均取名为《俄国文学史》，篇幅均在五百页以上。韩本译者指出了该书已经在中国文坛产生了极大影响："近些年间的全部的中国文坛，无疑是被压在俄国文学的影响之下了，而奇异的至今连一本关于它的好文学史书也未曾出现"，题名相仿佛的当然有，但却"是从各方面剥皮来的著书"，"现今的译书的原本，也曾是那最被剥皮者之一"。郭本译者强调了该书将对中国读者产生积极的导引作用："至于本书的介绍，也早就有人做过了。不过，在目前，对于这样的一本书是答复了一个实际的需要的话，总是不容有所怀疑的。我们几乎是整个地有了屠格涅夫和契诃夫；托尔斯泰和杜斯托埃夫斯基（即陀思妥耶夫斯基）大约不久以后也会被我们完全地有了。说到应当有一种俄罗斯文学的空气来救援我们的文学，那么，需要的急切之程度是更不待言的了。"

与郭译本同月出版的另一本同类著作是贝灵的《俄罗斯文学》。该书在中国也很有影响，郑振铎曾将此书列为他编写《俄国文学史略》时的主要参考书之一。该书篇幅不大,仅克鲁泡特金的著作的三分之一强,译文也不甚理想,但它有自己的特色。全书分八章,面铺得不开,论述的重点放在主要作家上。例如,普希金一章有一万六千字,莱蒙托夫一章有一万一千字。而在此以前出版的郑振铎本中介绍普希金的文字仅为贝灵本的十分之一,关于莱蒙托夫的只有寥寥数语;瞿秋白本中介绍普希金的也仅有贝灵本的五分之一,莱蒙托夫也是一笔带过。同时,该书对作家作品的分析有不少独到之处。这就为中国读者提供了多种选择。

升曙梦是日本的俄国文学研究专家,他著述甚丰,并多有建树,他的论著深受中国文坛的关注。而升曙梦则认为,中俄之间"有着许多的共通点","在国家的特征上,在国民性上,在思想的特质上,这两个国家是非常类似的。在这意义上,即使说中国乃是东方的俄国,俄国乃是西方的中国,似乎也绝非过甚之词"。中国是世界上"最能接受并最能正当理解"俄国文化的国家。因此,他格外重视自己的著作的中译,并相信它们会比在日本取得"更多的成功"。[①]1920年代末和1930年代初,他有两本关于俄国文学思潮方面的著作被译成中文。1929年译出的《现代俄国文艺思潮》是一本小册子,概述了19世纪至20世纪前20年俄国文艺思潮发展的脉络。内容包括"国民文学的构成和写实主义的确立""一八四〇年代思潮""一八六〇年代思潮""民情主义思潮""田园文明的挽歌""马克思主义的思潮""近代主义的思潮""都会文艺思潮""革命文坛的各流派""无产阶级的文学""共产党的文艺政策"等章节。

1933年译出的《俄国现代思潮及文学》则是一部有七百页篇幅并集中论述19世纪末和20世纪初俄国文学思潮的极有分量的著作,初版于1915年,修订于1923年。作者本人在该书中译本序言中称:"本书乃是我过去的著作中最倾注心力的一部,乃是综合了过去长期间的研究的东西。网罗于本书中的时代,主要乃是近代象征主义时代,这时代于种种的意义上,是我所最感到魅惑的时代,所以能抱着非常的兴味而埋首于研究。那研究的结晶,便出现成为本书,所以,此后像这

---

① 升曙梦:《写给中译本的序》,见许涤非译《俄国现代文艺思潮及文学》,上海现代书局1939年版。升曙梦的《现代俄国文艺思潮》由陈淑达译出,上海华通书局1929年出版。

样的著作,我究竟还能不能写出,几乎连我自己也不确切知道。虽然像是自称自赞,但关于这时代的研究,如同本书那样完备的,就连俄国本国也还没有。"

该书分前后两编。前编包括序论共十三章。序论部分为"现代俄国文艺思潮概论",内分"到现代文学——颓废的象征派运动——'被社会主义化了的尼采主义'现代文学的分派与基调——现代都市生活的影响——从田园文化走向都市文化——都市文明的特征与印象主义——从乡村文学走向世界文学——个性与自我表现——主观的文学——技巧上的特质——两性问题与性欲描写——支配观念"等。其后各章分别对契诃夫、高尔基、安德列耶夫、库普林、梭罗古勃、阿尔志跋绥夫、阿·托尔斯泰等十多位作家进行了颇有深度的评述。为了有一种基本的印象,这里不妨再列出一些细目。如第四章"知识阶级的作家安特列夫"内分"安特列夫的思想与作风、安特列夫的艺术上的事实与心情、安特列夫的作品及其印象"三节。第一节中又分"一种矛盾——破坏人生的态度——贯通于三期中的思想上的变迁——没落的知识阶级与安特列夫——思想的悲剧、道德的悲剧及生的悲剧——贯通于三期中的作风的变迁——印象的作风——抽象的作风";第二节中又分"心情艺术——象征主义印象主义与写实主义的调和——中枢事象与周围事象——支配调子与心情——从内的动机走向外的事实——'为了复活者世间是美丽的'——被象征化了的现实——内面描写——单纯的技巧与高尚的哲学之结合"等。在第二节中作者谈到安德列耶夫创作的特色时曾指出:"在安特列夫的创作中,象征主义、印象主义、写实主义这三者,被巧妙地织在一起。在同一的时候把这一类的形式于描写上利用……便可体认出安特列夫的为艺术家的伟大伎俩。无论是谁,都不是像安特列夫一般地把线和色彩达到极致的纤细的作家。……无论是谁的创作,没有像安特列夫的创作一般地至于显示出了淹没内界与外部表示的差别那样程度的灵肉一致的境界的创作。……安特列夫把事象和从那事象所受到的印象相结合,而在极其简单的句子之中综合着心情,唯其如此,所以,在全体上,事象的调子也有力而犀利地显出着。"(取许涤非译文)这里,我们很自然地想起了鲁迅先生对安德列耶夫创作的一段相似的评价:"安特列夫的创作里,又都含着严肃的现实性以及深刻和纤细,使象征印象主义与写实主义相调和。俄国作家中,没有一个人能够如他的创作一般,消融了内面世界与外面表现之差,而现出灵肉一致的境地。他的著作是虽然很有象征印象气息,而仍然不失其现实性的。"① 显然,升曙梦在该书中提出的不少见解已为包括鲁迅在内的一些中国作家和评论家所接受。

该书的后编也分十三章,但分量上明显轻于前编。后编的第一章为"现代俄国诗坛概论",文中对19世纪末20世纪初的俄国诗歌及各种新诗潮作了总体观照。而后各章分别评述了梅列日科夫斯基、巴尔蒙特、勃留索夫、蒲宁和勃洛克等十多位著名诗人的创作。第十三章介绍了"苏俄的文学"。文末还收有"苏俄文学概观"一文。由于该书作者选择的角度的独特、分析的深入、以及对时代思潮与文学的有机联系的注重,该书成了当时"世界上仅有的一部关于现代俄国文学的最翔实的历史文献与研究"。②

毫无疑问,这几本书是当时中国国内所能见到的最扎实的关于革命前(包括革命初期)的俄国文学史和文学思潮的著作了。这些书一出,其后20来年再也没有一本同类的著作(包括译著)问世。

就译著而言,还有一批书值得注意,那就是1940年代末在中国出现的关于苏联文艺政策的著作。1940年代后期苏共中央发布了一系列关于文艺问题的法令和决议,如《关于〈星〉和〈列宁格勒〉两杂志的法令》《关于剧场上演节目及改进方法的决议》《关于莫拉德里的歌剧〈伟大的友情〉的决议》《关于影片〈伟大的生活〉的决议》《批评音乐界错误倾向的决定》等。同时,苏共主管意识形态的领导人日丹诺夫和其他一些身居要职的作家也有许多与此相关的讲话和文章。这一切迅速地引起了中国文坛,特别是解放区文艺界的注意,于是这方面的材料被大量译介了过来。1947年至1949年短短两年左右的时间里,不计报刊上发表的,单单时代出版社和解放区的各出版机构出版的收集了上述材料的译著就有十多种。比较重要的有:《战后苏联文学之路》《联共(布)党的文艺政策》《苏联文艺方向的新问题》《苏联文艺问题》《论苏联文艺与哲学的方向》《苏

---

① 鲁迅:《〈黯澹的烟霭里〉译者附记》,载《鲁迅全集》第10卷。
② 见译者后记。

联文艺政策选》《论文学、艺术与哲学诸问题》《大胆公开的批评》《论苏联文学的高度思想原则》《论文学批评的任务》《提高苏维埃文学底思想性》等。这些带有极"左"的思想倾向的文件和文章,在当时就影响了中国解放区的文艺运动。1949年4月中共中央东北局作出的《关于萧军问题的决定》就是一个十分典型的例证。当然,"日丹诺夫主义"的错误的思想倾向,其影响更多还是在新中国成立以后的一段时间里表现了出来。

三、在"伟大肥沃的'黑土'里"开掘

与持续不断的作品和论著的翻译热潮相应,中国文坛对俄苏文学的研究工作也在逐步推进。此时期内,中国学者出版或发表的有关著作和文章的数量明显增加。著作主要有:刘大杰的《托尔斯泰研究》、郎擎霄的《托尔斯泰生平及其学说》、汪倜然的《俄国文学ABC》和《托尔斯泰生活》、冯瘦菊的《十九世纪俄罗斯文学家的传略和著作思想》、黄源的《屠格涅夫生平及其创作》、钱杏邨的《安特列夫评传》、夏衍的《高尔基评传》、平万的《俄罗斯的文学》、须白石的《高尔基》、吴生的《苏联的文学》、林祝啟的《苏联文学的进程》、张旿的《高尔基传记》、陈大年的《高尔基传》、荆凡的《俄国七大文豪》、郑学稼的《苏联文学的变革》、肖赛的《柴霍夫传》和《柴霍夫的戏剧》、麦青的《普式庚》、蒋良牧的《高尔基》和戈宝全的《苏联文学讲话》等。

与此同时,介绍和研究的内在力度也在加强。

这里首先应该提到的是鲁迅先生写于1932年的那篇著名的文章《祝中俄文字之交》。这是中俄文学关系史上的一篇里程碑式的作品。文章高度评价俄国古典文学和苏联现代文学所取得的成就:"十五年前,被西欧的所谓文明国人看作未开化的俄国,那文学,在世界文坛上,是胜利的;十五年以来,被帝国主义看作恶魔的苏联,那文学,在世界文坛上,是胜利的。这里的所谓'胜利',是说,以它的内容和技术的杰出,而得到广大的读者,并且给予了读者许多有益的东西。它在中国,也没有出于这例子之外。"同时,文章高屋建瓴地回顾了俄国文

学在中国传播的历史以及它在当时黑暗的中国社会所产生的深刻影响：

> 那时就知道了俄国文学是我们的导师和朋友。因为从那里面，看见了被压迫者的善良的灵魂，的酸辛，的挣扎，还和四十年代的作品一同烧起希望，和六十年代的作品一同感到悲哀。我们岂不知道那时的大俄罗斯帝国也正在侵略中国，然而从文学里明白了一件大事，是世界上有两种人：压迫者和被压迫者！
>
> 从现在看来，这是谁都明白，不足道的，但在那时，却是一个大发见，正不亚于古人的发见了火的可以照暗夜，煮东西。
>
> 俄国的作品，渐渐地绍介进中国来了，同时也得到了一部分读者的共鸣，只是传布开去。……
>
> 可祝贺的，是在中俄的文字之交，开始虽然比中英、中法迟，但在近十年中，两国的绝交也好，复交也好，我们的读者大众却不因此而进退；译本的放任也好，禁压也好，我们的读者也决不因此而盛衰。不但如常，而且扩大；不但虽绝交和禁压还是如常，而且虽绝交和禁压而更加扩大。这可见我们的读者大众，是一向不用自私和"势利眼"来看俄国文学的。我们的读者大众，在朦胧中，早知道这伟大肥沃的"黑土"里，要生长出什么东西来，而这"黑土"却也确实生长了东西，给我们亲见了：忍受、呻吟、挣扎、反抗、战斗、变革、战斗、建设、战斗、成功。

作为中国新文学旗手的鲁迅先生不仅是中国翻译和传播俄苏文学的先驱者之一，而且他的这篇见解精辟的文章又有力地推动了1930—1940年代中苏文学关系的发展。文章的观点为中国文坛和广大的读者所认可与接受。

这一时期，在刊物上或译著的前言、后记中时可见到一些较有深度的文章。这些文章中的大部分仍把目光放在名家名著的研究上。这里，我们以屠格涅夫和高尔基这两位受关注的俄国作家为代表，看看这一时期中国文坛对俄苏著名作家及其作品的研究状况。

关于屠格涅夫。五四时期屠格涅夫自然"被译得最多"（鲁迅语），到了1930—1940年代情况有所变化，但他的作品仍极受欢迎，如杨晦当时所言："屠格涅夫和托尔斯泰的小说，在中国的读者之多，恐怕只有高尔基才比得上"，他的六大名著"都陆续出版了，读者对于他的艺术发展，可以作有系统的研究与认识"①。这时期的屠格涅夫研究就是在这样的基础上展开的。首先出现的是1920年代末的几篇译序和译后记，它们大都写得很有见地。如黄药眠对《烟》中的两位女性形象的分析、赵景深对罗亭以及罗亭型的俄国思想家的评述、席涤尘关于屠格涅夫爱情小说与作家创作个性的联系的看法，至今都不失其价值。

1930—1940年代专论性的文章逐步增多。屠格涅夫逝世50周年之际，多家刊物还设立了特辑或专栏，集中发表了一批纪念文章。这些文章中值得一提的作家论有胡适的《宿命论者的屠格涅夫》、刘石克的《屠格涅夫及其著作》和沈端先的《屠格涅夫》等。胡适的那篇七千多字的文章集中谈的是屠格涅夫研究中的一个很重要的课题，即宿命论思想对其创作的影响。文章一开始就由屠格涅夫创作的特点引申出自己的论点：

> 屠格涅夫的小说，结构是那样的精严，叙述是那样的幽默，在他的像诗像画像天籁的字句中，极平静也极庄严地告诉了我们：人性是什么，他的时代又是怎样。读他的每一篇小说，可以知道几种典型的静的人性，可以知道一个时期的动的时代。读他的几篇有连续性的小说，可以知道人性的永恒不变时代的绵延变化，知道全人类的生活。
>
> 谁在主宰着人性呢？谁在推动着时代呢？又是谁在播弄着这时代和人性的关系及反应造成的人生呢？屠格涅夫告诉我们：这是自然。自然主宰着人性，自然推动着时代，自然播弄着这人生。宇宙没有绝对的真理，人生没有客观的意义，一切的一切，只是像树，不得不被风吹，只是像物件，不得不被阳光照耀。屠格涅夫感觉到这个，认识了这个，也忠实地描写了这个，所以在他的纵横交织着时代和人性的作品下，显示了不可理解的人生，在这

---

① 杨晦：《屠格涅夫的〈父与子〉》，《新华日报》1944年10月23日。

个人生下，又潜伏着一个无情的运命之神。激动了读者情感的，是这运命之神。威胁着读者的思想的，也是这运命之神。"

而后，作者从屠格涅夫的人性观和时代观两个方面，结合具体作品展开了有条不紊的分析。其中用作家本人的关于哈姆雷特和堂·吉诃德的观点对其作品中的人物所作的评价，有其独到之处。文章最后指出，正是由于屠格涅夫的宿命论思想的影响，他的作品中"一个一个人，自私自利的也好，信仰真理的也好，他们的人性逃不了命运的支配；一个一个的时代，向前进的也好，开倒车的也好，逃不了命运的捉弄"；"他写恋爱，恋爱是悲剧，他写革命，革命是悲剧，他写全部的人生，人生还是悲剧。读他的小说，我们认识的是人性的特点，看见的是一个时代的实状，感到的是人生永久的悲哀"。文章确实触及了屠格涅夫创作中的一个重要现象，虽然作者在行文时为了强调论点有时分寸感不尽妥当。

沈端先的文章表现出鲜明的社会学批评的色彩，虽然文章中的有些提法在今天看来有可商榷之处，但其犀利的目光和充沛的热情充分表现出了当时左翼文艺批评的醒目特点。作者始终把屠格涅夫放在大的历史背景中加以考察。文章认为，从1812年的卫国战争到1861年的农奴解放，可以说是俄国"庄园的贵族文化没落的'前夜'"。"在这一时期内，承继着普希金在诗的领域、果戈理在散文的领域所成就的——永远地与'社会'结婚了的俄罗斯文学的传统，一群有教养的自觉了的贵族青年，在他们静寂的充满了菩提树和白桦之香气的森林里面，哀怨而又沉痛地倾听着拆毁了'贵族之家'并伐倒了'樱花园'的新兴布尔乔亚的斧凿的声音，对俄罗斯文学贡献了一联以急速度地向着崩溃迈进的庄园贵族文化为母胎的作品"。而屠格涅夫是"在这一群贵族青年里面，最能代表这个时代和他的阶级的特征，最显明地不曾逾越——同时也是不曾企图逾越他的阶级本质所规定思虑和行动范畴的一个"。这开头的一段话也就构成了文章的基调。

刘石克的文章对屠格涅夫及其作品的分析相当透彻，并有不少不流俗的见解。例如，文章这样谈到《猎人笔记》的反农奴制的主题：

在《猎人记》中泛滥着的色调,并不全是战斗的,贯彻着反抗农奴制度精神的作品的比例,无论在量的或质的方面说来,都不是很大的,他对于农奴制度的抗议,是讽刺的表白,随即消灭于拥抱着全体的哀愁之中;这哀愁,无疑是他留恋着以农奴制度为母胎底旧风俗的遗传的爱情。

文章中这样谈到作为一个过渡期作家的屠格涅夫:

他是一个转换期的作家,他能够了解的祇限于农奴解放以前的世界。他窥视着悲惨的农民小屋的内部,但是他在贵族心理的三棱镜下祇可以做小品文或短篇小说的素材。他缺乏强烈的叙事的冲动,他所有的造型力和造型爱祇能够从事于比较短的制作。他所描写的男性完全是 *Hamle* 型的,几乎没有例外地拜跪于女性之前,而且在叙事终结的时候,这些人物所走的出路也祇是现实的或精神的死亡。

这篇文章对屠格涅夫笔下的女性形象的分析也很有特色。

这一时期还出现了多篇颇有分量的评价屠格涅夫作品及其艺术形象的论文。如莫高的《屠格涅夫和〈处女地〉》、常风的《屠格涅夫的〈父与子〉》和王西彦的《论罗亭》等。这些文章尽管角度不同,但写得都比较扎实。当然,还有许多有关屠格涅夫的随笔、短论、译序和后记写得也很精彩。如郁达夫的《屠格涅夫的〈罗亭〉问世以前》、丽尼的《〈贵族之家〉译者小引》、巴金的《〈处女地〉后记》等。

关于高尔基。高尔基虽然早就有作品译介到中国,但是始终没有成为人们关注的中心。鲁迅1933年时曾谈道:"当屠格纳夫、柴霍夫这些作家大为中国读书界所称颂的时候,高尔基是不很有人注意的"。"这原因,现在很明白了:因为他是'底层'的代表者,是无产阶级的作家。对于他的作品,中国的旧的知识阶级不能共鸣,正是当然的事"。① 不过,这里可能还有一层原因,那就是一部分

---

① 鲁迅:《译本高尔基〈一月九日〉小引》,载《鲁迅全集》第7卷。

左翼作家受到了苏联早期极"左"思潮贬低高尔基的影响，在郑振铎和瞿秋白写的两本俄国文学史著作中和《创造月刊》刊登的《高尔基是同我们一道的吗？》的译文中都能见到这种影响。这种现象直到"新俄文学热"的掀起才有了根本变化。

1920年代末开始，中国出现了由中国作家和评论家撰写的介绍或研究高尔基及其作品的文章或专论。1928年高尔基60岁生日时，中国一些报刊上集中发表了一批文章，可以说中国的高尔基研究由此开始（虽然此前有过寥寥数篇介绍文章）。同年发表的赵景深的《高尔基评传》、耿济之的《高尔基》和钱杏村（即阿英）的《"曾经为人的动物"》等文章都有一定的分量。如耿文对高尔基的重要作品都作了扫描，用词不多，但分析精到。在谈到高尔基创作的特色时，作者认为高尔基"能大刀阔斧地抓住社会的现象，能从零乱的万千事象里获得主要的一点"，他的作品里有一种强烈的"文化力和道德力"，其总题目是"俄国民族"，他的全集"简直可改称为'近代俄国的民族史'"。

1930—1940年代中国的"高尔基热"逐步升温。在此期间发表和出版的有关高尔基的传记、纪念文集和研究文章的数量之多，是任何一个俄国作家都无法比拟的。许多著名作家都投入了高尔基传记与文集的编写工作。仅以报刊上发表的由中国作家和评论家撰写的文章而言，总数就不下二百篇，是同期有关屠格涅夫的文章的六倍，甚至可以说超过了这一时期其他俄国著名作家的评论文章的总和。当然，与中国当时的屠格涅夫研究一样，这些文章中介绍性的较专论性的要多。比较重要的论文有：茅盾的《关于高尔基》和《高尔基与现实主义》、瞿秋白的《关于高尔基的书——读邹韬奋编译的〈革命文豪高尔基〉》和《"非政治化的"高尔基》、曹靖华的《高尔基的创作经验》、周扬的《高尔基的浪漫主义》、林焕平的《巴比塞·高尔基·鲁迅》、徐懋庸的《高尔基的人道主义》、肖三的《高尔基的社会主义美学观》、陈荒煤的《高尔基与文学语言问题》、罗烽的《高尔基论文艺与思想》、艾芜的《高尔基的小说》、念苏的《高尔基的〈母亲〉》、矶的《谈萨木金》、严平的《评〈奥古洛夫镇〉》、章泯的《高尔基与戏剧》、戈宝权的《高尔基与中国》、阿英的《高尔基与中国》、田汉的《高尔基和中国作家》、夏衍的《〈母亲〉在中国的命运》、巴人的《鲁迅与高尔基》等。此外，当时发表的译序和短论中也有许多精彩的文字，如鲁迅的《〈俄罗斯的童话〉小引》、郭沫若的《活的模范》、巴金的《我怎译〈草原的故事〉》、胡风的《M.高尔基断片》和唐弢的《关于〈夜店〉》等。这里，我们以茅盾、周扬和胡风等人几篇文章为代表，再来看看这一时期的高尔基研究的某些侧面。

《关于高尔基》是茅盾写于1930年的一篇很有见地的文章。作者在文中对高尔基的创作所作的分期，对包括中后期创作在内的全部作品所作的整体观照，均体现了中国早期高尔基研究的水平。文章中值得重视的还有作者有感而发的对高尔基的高度评价。文章就左翼剧场公演根据高尔基的小说改编的剧作《母亲》的广告画生发开去："看了那印刷得极为鲜艳的广告画中间的俄罗斯农妇的铜版画，看了那被画成宛像两颗心又像两粒血泪又像两堆火焰的《母》字的两点，这样的感想又在我意识中浮出来了：这是新的神！这是奔流在又一种的朴素的心里的不可抗的势力呀！""他的出现，实不亚于一个革命。……他在当时的文坛吹进了新鲜的活气。他的同辈所不能理解的那时俄国民众的心，——他们的苦闷，他们的希求，和他们的理想，都在高尔基的作品中活泼泼地跳着。"从这些话中已可看出，高尔基在此时的中国作家，特别是左翼作家的心目中的地位已不可动摇，并开始带有某种神圣化的倾向，这种倾向越到后来表现得就越加明显了。

周扬的《高尔基的浪漫主义》是国内最早从创作方法的角度研究高尔基的文章。在这篇文章中我们可以看到作者这样一条论述思路：强调高尔基早期创作中的浪漫主义与旧浪漫主义的区别，即"不是对玄想世界的憧憬，而是要求自由的呼声，对现实生活的奴隶状态的燃烧一般的抗议"；这种浪漫主义"不但和现实的进行并不矛盾，而且是具有充实现实、照耀现实的作用的。在高尔基的罗曼谛克的作品中，我们看到了真正现实的描写和画面"；这种浪漫主义也是对"那摸不着现实发展的方向，看不见未来的真正的胚芽，而和现实妥协的旧现实主义"的否定；高尔基从这种浪漫主义出发走向了新时代的现实主义，"一八九七年左右，现实主义就差不多已经代替浪漫主义来支配他的作品了。一九〇一年的《海燕之歌》便是一篇标示着高尔基罗曼谛克时代的终结、新时代开始的有力之作，其后，经过带有几分浪漫气氛的《母亲》到《克里姆·沙姆金》，再到最近的《蒲雷曹夫》，作者的现实主义便达到了最圆熟的地步了"。这篇文章的着眼点虽然是高尔基的早期创作，可它提出的一些基本观点对中国后来的高尔基创作方法的研究有一定的影响。

我们再来看看胡风的文章《M.高尔基断片》，这篇文章所阐述的一些看法至今仍耐人寻味。作者深为当时中国文坛中的某些人"常常把高尔基的话片段地、片段地歪曲"的现象而担忧："比较高尔基的艺术思想的海一样的内容，我们所接受的实在太少，比较我们所接受的，我们的误解或曲解还未免太多吧。"有感于此，作者在文章中大力强调高尔基的一个不为当时的人们所注意的"人学"的思想：

> 在高尔基底长长的一生里面，在他底全部著作里面，贯穿着一根耀眼的粗大的红线，那就是追求"无限的爱人们和世界的"，在至高的意义上说的"强的""善良的"人。
>
> "人是世界底花"，说这句话的是高尔基，使我们不能不感到了无比的重量。看报纸上的简单电讯，A.托尔斯泰在他的哀悼文呢还是谈话里面说高尔基创造了苏维埃人道主义，读着那我不禁至极同感地想了：没有比这句话更能描写高尔基的壮丽的生涯，也没有比这句话更能说出对于高尔基的真诚的赞仰吧。

同时，作者在文章中认为：

> 对于中国革命文学，不用说高尔基的革命影响也发生了决定的意义。除开指示了作家生活应该向哪里走这一根本方向以外，我想还有两点是非常重要的。第一，不要把作家看成留声机，只要套上一张做好了的片子（抽象的概念）就可以背书似的歌唱；作家也不能把他的人物当作留声机，可以任意

地叫他自己说话。这理解把作家更推近了生活,从没有生命的空虚的叫喊里救出了文字,使革命的作家知道了文艺作品里的思想或意识形态不能够是廉价地随便借来的东西。第二,文学作品不是平面地反映生活,也不是照直地表现作家所要表现的生活,它应该从现实生活创造出"使人想起可以希望的而且是可能的东西",这样就把文学从生活提高,使文学的力量能够提高生活。如果我们的文学多多少少地离开公式(标语口号)和自然主义(客观主义)的圈子,在萌芽的状态上现出了社会主义的现实主义的胜利,那么,我们就不能不在极少数的伟大的教师里面特别地记在敬爱的高尔基来。

胡风的上述看法反映了作者对高尔基艺术精神的准确把握和不随波逐流的勇气,在当时刚刚开始出现把高尔基及其创作无限拔高,甚至加以程式化和政治化的倾向时,能及时强调高尔基的"人学"思想和提出如上忠告确实是难能可贵。

当然,这时期仍有相当一部分的人在做着与五四时期许多人曾做过的类似的工作,即进行启蒙式的一般性介绍,其著作或文章的内容中往往包含相当多的据外文资料进行编译或改写的成分。有的研究甚至未能达到五四时期的水准。例如这时期由中国学者编写的文学史著作就出现了这样的情况。1920年代末1930年代初出现过汪倜然和戴平万的两本俄国文学史著作,与郑振铎和瞿秋白写的俄国文学史相比,总体水平较逊色。汪本四万余字,分十七章;戴本约八万字,分十四章。两书均从基辅时代文学写起,至20世纪20年代的新俄文学结束。体例和叙述方式与郑本、瞿本相近,介绍面面俱到,缺少深入精到的论述。有些前本上出现过的错误仍然保留,如汪本中关于《战争与和平》的主人公的提法与郑本完全一样。不过,新本中也有一些应该肯定的东西。汪本中关于普希金何以得到国人推崇的原因的分析、关于果戈理的"天才中所含有的一种强烈的非写实的性质"的评述、关于中国小说受俄国小说的影响及有关的比较等,虽简略但也值得一读。戴本中对作家创作特色的评价也比较客观,如在谈到"多余人"的局限时,作者又指出了其历史作用:"自然,会说不会干这是一种大缺憾,但是那时代这种罗亭式的青年们,他们宣传文化和人道的思想,其功也不为不大。因为在每一个改革运动的初期，总会产生这样的一种人物，虽然是非常幼稚得可怜，可不失为改革的先声。"

至于这一时期出现的由中国学者编写的俄国文学名家的评传著作，大多还是通俗的小册子，属一般介绍的性质，而少见有深度有创见的研究成果。

四、中国现代作家与俄苏文学

如前文所述，俄国文学真正为中国文坛所关注，并对中国文学产生实际的影响始于"五四"前后。在这一由旧文化向现代文化过渡的文化转型期里，西方各种哲学和文化思潮纷至沓来，中国文学的单元文化背景被排浪般涌来的外国文化思潮打破了。就文学思潮而言，现实主义、浪漫主义、自然主义、象征主义、唯美主义等都在中国文坛上留下过自己鲜明的印记。中国现代作家所受的影响无疑是多元的。然而，中国新文学的先驱者们在对外来文化"取兼容包并主义"的同时，也对它作了积极选择和扬弃。鲁迅曾在1927年对美国学者巴特莱特的谈话时说过，现代中国介绍进来的林林总总的外国文学作品中，"俄国文学作品已经译成中文的，比任何其他国家作品都多，并且对于现代中国的影响最大"；"中俄两国间好像有一种不期然的关系，他们的文化和经验好像有一种共同的关系"。[①]而作为中国新文学运动主将的鲁迅本人就是"热心于俄罗斯和苏联文学的论述、介绍和翻译，以及在创作上把俄罗斯文学的伟大精神加以吸收，使俄罗斯和苏联文学的影响成为重要的有益的帮助的最主要的一人"。[②]郁达夫在《小说论》一书中也认为，"世界各国的小说，影响在中国最大的，是俄国小说"；而他本人更是对俄国作家屠格涅夫情有独钟，他在《屠格涅夫的〈罗亭〉问世以前》一文表示，"在许许多多的古今大小的外国作家里，我觉得最可爱，最熟悉，同他的作品交往得最久而不会生厌的，便是屠格涅夫。……我开始读小说，

---

① 见巴特莱特的《新中国之思想领袖》一文。
② 冯雪峰：《鲁迅和俄罗斯文学的关系及鲁迅创作的独立特色》，载《冯雪峰论文集》，人民文学出版社1981年版。

开始想写小说,受的完全是这一位相貌柔和、眼睛有点忧郁、绕腮胡长得满满的北国巨人的影响。"俄国许多著名作家的作品在中国文坛激起热烈的反响。译介的热诚和感情的专注往往从一个侧面反映了接受者受发送者影响的深度和广度,中国新文学所走过的道路正说明了这一点。

俄国文学最直接的影响表现在它促进了中国新文学在观念和内容上的更新。

19世纪进步的俄国作家呼应着解放运动的激波巨浪,不断进行反封建反专制的斗争,表现出鲜明的民主意识、人道精神和历史使命感。俄国作家批评家和俄国文学的这种为社会为人生的主旨很自然地得到了同样具有强烈的危机意识和救亡意识,同样将文学看作疗救社会病痛和改造民族灵魂的药方的中国新文学先驱者的认同。

茅盾曾对此这样描述道:"我也是和我这一代人同样地被五四运动所惊醒了的。我,恐怕也有不少的人像我一样,从魏晋小品、齐梁词赋的梦游世界中,睁圆了眼睛大吃一惊的,是读到了苦苦追求人生意义的19世纪的俄罗斯古典文学。"[①]在对俄国文学作深入研究之后,茅盾明确表示:中国旧文学"思想上的一个最大的错误就是游戏的消遣的金钱主义的文学观念",新文学作家必须明白"文学是为人生而作的"。[②]

王统照也曾在《我们不应该以严重的态度看文学作品?》一文中谈道:"近年来凭青年努力的成绩,输入西洋的第一流的小说,也不能算很少了,而译述俄罗斯的小说,——且是大部的小说,尤多。研究过近代文学的人,都知道俄国小说家的伟大精神,以及对于一切制度,与人生曾有过何等切实而激励的如何样的批评。……其所著作,切实说去,与一九一七之红色革命,实有密切之关系。而俄国之雄壮悲哀的精神所在,任遭何等艰困,而不退缩,且能勇迈前进的缘故,固然是其国民性与其由历史得来的教训,但文学家的尽力,由潜在中唤起国民之魂,谁能说是毫无相关的。"他还认为:俄国文学的"悲苦惨淡与兴奋激励的精神,反抗与作定价值的烛照,在俄国人当时曾受过伟大的影响,而在目前的中国

---

① 茅盾:《契诃夫的时代意义》,载《世界文学》1960年1月号。
② 茅盾:《自然主义与中国现代小说》,署名沈雁冰,载1922年7月10日《小说月报》第13卷第7号。

社会中，尤为需要"。

俄国文学这种"为人生"的观念不仅在五四时期初期"即与中国一部分的文艺介绍者合流"，①而且日益广泛地被更多的不同流派的中国作家所接受。当时除了文学研究会的作家高举"文学为人生"的旗帜外，其他社团或流派的不少作家也都用这样或那样的形式表达过类似的看法。

在对真实人生大胆描摹和无情剖析的俄国文学面前，鲁迅痛感到中国旧文学的"瞒和骗"，②他决意要"真诚地、深入地、大胆地看取人生，并且写出他的血和肉来。"③也正是在这种新的文学观念的支配下，鲁迅写出了显示中国文学新生机的小说《狂人日记》。尽管这部作品与苏曼殊的《双枰记》发表时间仅差四年，但后者保留的是"最后的才子佳人的幻影，最后的浪漫的情波"，而前者则使中国文学"由中世纪跨进了现代"。（张定璜：《鲁迅先生》）鲁迅承认他的这部作品受到过果戈理同名小说（以及其他一些外国小说）的影响，撇开艺术形式这一层不谈，这种影响最深刻的一面就在于鲁迅像果戈理那样写出了毫无讳饰的、赤裸裸的真实人生。

在鲁迅的《狂人日记》等小说之后，中国文坛上出现过"问题小说"热，这里也有着俄国文学的影响。高尔基说过：俄国文学"主要是一种提问题的文学"。这是俄国作家敏锐地捕捉生活中新跃出的问号并加以艺术表现的结果。五四时期，周作人就在《每周评论》上以俄国小说为例，大力倡导用"问题小说"取代中国传统的"教训小说"。加之，当时中国社会问题尖锐化以及一部分青年人的迷惘心态，"也像俄国新思想运动中的烦闷时代似的，'烦闷究竟是什么？'不知道。"④于是，探究社会问题和人生意义的小说应运而生。尽管作为创作潮流的"问题小说"存在时间不长，但是它却带来了中国文学主题的革命性变化。

中俄作家探讨的社会问题也不乏相似之处。就知识分子问题而言，中国作

---

① 茅盾：《现代文学家的责任是什么？》，署名佩韦，载1920年1月10日《东方杂志》第17卷第1号。
② 鲁迅：《〈竖琴〉前记》，载《鲁迅全集》第4卷，第432页，人民文学出版社1981年版。
③ 鲁迅：《论睁了眼看》，载《鲁迅全集》第1卷，第241页，人民文学出版社1981年版。
④ 瞿秋白：《饿乡纪程·四》，《瞿秋白文集》文学编第1卷，第27页，人民文学出版社1985年版。

家也像俄国作家一样,通过塑造一系列"多余人"和"新人"形象,反映了"知识分子历史命运"的深刻主题。最早将"多余人"一词从俄国引入的是瞿秋白,他的《赤都心史》(1921)中就有"中国之'多余人'"一节,这一节的开头醒目地引述了俄国"多余人"罗亭致娜达丽娅的一封感叹自己虽有良好禀赋但却一事无成的信。当时不少作家或以"多余人"自况,或使其在自己笔下复活,如郁达夫着力塑造的于质夫一类的"零余者"形象就颇为典型。在郁达夫小说《零余者》中,那个自认为对世界和对家庭"完全无用"的主人公,在幻觉中竟觉得自己如同罗亭一样"一个人漂泊在俄国的乡下";而在鲁迅小说《孤独者》中那些"时常自命为'不幸的青年'或是'零余者'"的来客,"懒散而骄傲地"虚度着时光。因此,"零余者"(或称"多余人")的精神特征实际上也成了"五四"以后中国社会中的一部分不满现实但又无行动能力的知识分子的特质。同样,中国作家笔下的一些小资产阶级革命者的形象也与俄国文学中的"新人"形象有着内在的联系。如巴金早期小说中的那些热烈追求光明、不惜牺牲爱情健康乃至生命的青年知识分子形象身上,无疑有着俄国平民知识分子和民粹主义革命者的某些投影。青年巴金十分熟悉这些革命者的斗争,读过不少类似斯捷普尼雅克的《地下的俄罗斯》、妃格念尔的《回忆录》和赫尔岑的《往事与随想》这样的书,因此用作者自己在"《爱情三部曲》总序"中的话来说,这部作品中的女主人公大多是"妃格念尔型的女性"。

从普希金《驿站长》开始,俄国文学有一个描写小人物的传统。俄国文学在这方面表现出来的深厚的人道主义精神也深深地影响了中国的新文学。鲁迅将这种影响比之为"不亚于古人发现了火",因为从俄国文学那里,中国读者"明白了一件大事,是世界上有两种人:压迫者和被压迫者"!"从那里,看见了被压迫者的善良的灵魂,的辛酸,的挣扎,"[1]并进而激起中国作家"要传播被虐待者的苦痛的呼声和激发国人对强权者的憎恶和愤怒"的强烈愿望。鲁迅在回忆自己的创作道路时说过:"后来我看到一些外国小说,尤其是俄国、波兰和巴尔干诸小国的,才明白世界上有许多和我们的劳苦大众同一命运的人,而有些作家正

---

[1] 鲁迅:《祝中俄文字之交》,《鲁迅全集》第4卷,第459页,人民文学出版社1981年版。

为此而呼号，而战斗。而历史所见的农村之类的景况也更加分明地再现于我的眼前。偶然得到一个可写文章的机会，我便将所谓上流社会的堕落和下层社会的不幸，陆续用短篇小说的形式发表出来了。"①鲁迅的这种经历在中国现代作家中大概不是绝无仅有的。

在俄国文学的影响下，一大批生活在社会底层的小人物形象出现在鲁迅、茅盾、叶绍钧、沈从文、夏衍、艾芜等作家的作品中。我们不难在巴金笔下的女仆鸣凤身上见到与托尔斯泰笔下的卡秋莎·玛丝洛娃颇为相似的命运以及作者倾注的深深的同情，②不难在废名笔下的老马车夫、小牧童、长工等人物身上感受到契诃夫笔下的老马车夫和小万卡那样的苦恼以及作者的深深的哀伤，同样也不难在沈从文笔下的"乡下人"形象中体会到陀思妥耶夫斯基那样的重塑被丑化的"抹布阶级"美好心灵的愿望。与同时代的作家相比，鲁迅更注意俄国作家对下层人民麻木的精神状态的揭示，例如他翻译的阿尔志跋绥夫的《幸福》就说明了这一问题。这部小说通过一个只要区区几个卢布就会顷刻间忘却受侮辱的痛苦的妓女形象，揭示了人物精神上的极度麻木。其实，这种带有悲剧色彩的精神状态在鲁迅自己的小说中还少吗？只是鲁迅的笔触更为犀利，他触及了愚民专制的吃人本质和旧民主主义革命的局限性。

中国现代文学在艺术形式上发生过一次脱胎换骨的变化，在这一艺术形式现代化的进程中，俄国文学的推动作用也是不容忽视的。

19世纪俄国文坛"人才辈出、著作如林"，"使世界的人惊愕失措，叹为奇观"。③从果戈理式的犀利、屠格涅夫式的抒情、冈察洛夫式的凝重、陀思妥耶夫斯基式的深邃，直至托尔斯泰式的恢宏和契诃夫式的含蓄，都显示出俄罗斯民族文学独具的撼人的艺术魅力。这一切深深影响了正在进行艺术探索的中国作

---

① 鲁迅：《英译本〈短篇小说选集〉自序》，《鲁迅全集》第7卷，第389页，人民文学出版社1981年版。
② 这方面的比较可参见汪应果的《巴金：心在燃烧》一文。该文指出，从《家》中引述的觉慧读《复活》后写的日记中可以发现巴金塑造鸣凤这一形象的灵感来源，从觉慧和鸣凤的两次会见和鸣凤接受爱情的方式上，也可以见到作家受托尔斯泰影响的痕迹。
③ 耿济之：《俄国四大文学家合传》，载《俄国文学研究》，《小说月报》12卷号外（1921）。

家，不少人默默地汲取其中的养料，并诚挚地把俄国作家称为自己创作生涯中的重要的老师。

当然，与文学观念或创作内容相比，艺术形式的影响显得更为复杂和多样。

鲁迅受过不少外国作家的艺术影响，其中最重要的是果戈理、契诃夫和安德列耶夫。关于果戈理，已经有人指出两位作家的同名小说《狂人日记》在作品体裁（日记体小说）、人物设置（狂人形象）、表现手法（反语讽刺，借物喻人）和结局处理（"救救孩子"的呼声）等方面的相似，其中鲁迅在创新意识下接受影响的线索是清晰可辨的。自然，鲁迅对果戈理小说艺术的吸收和融汇是远不止这部作品的。关于契诃夫，鲁迅多次表示这是他最喜爱的作家。鲁迅在《〈奔流〉编校后记》中称赞契诃夫的小说"字数虽少，角色却都活画出来"；看来是淡淡的幽默，但一笑之后"总还剩下些什么，——就是问题"。看来，这两位作家之间更多的是一种艺术精神上的默契。鲁迅的小说中确能见到契诃夫那种在浓缩的篇幅里透视人类的灵魂、在平常的现象中发掘深刻的哲理的特点。郭沫若也是在这层意义上称他们为"孪生的兄弟"。关于安德列耶夫，鲁迅也是格外注意的，他多次指出这位作家创作的独特风格，即作品中"含有严肃的现实性以及深刻和纤细，使象征印象主义与写实主义相调和"。这一切中肯紧的见解也反映了鲁迅小说中现实与象征手法的交融、冷峻悲郁笔法的运用在一定的程度上与安德列耶夫的影响分不开。鲁迅所说的《药》的末一段"也分明留着安特莱夫（L.Andreev）式的阴冷"，[①]指的正是这层意思。

与鲁迅早期对契诃夫是"顶喜欢"相比，巴金早期却"不能接受契诃夫的作品"，因为他觉得他的小说"和契诃夫小说里的那种调子是不一样的"。[②]对巴金影响最大的是屠格涅夫。巴金不仅是屠格涅夫作品的主要译者，而且也在自己的作品中自觉地借鉴了屠格涅夫的艺术经验。巴金在《〈爱情三部曲〉作者的自白》中谈自己的这部小说时表示："据说屠格涅夫用爱情骗过了俄国检查官的眼

---

① 鲁迅：《中国新文学大系·小说二集序》，《鲁迅全集》第6卷，第238页，人民文学出版社1981年版。
② 巴金：《我们还需要契诃夫》，载《契诃夫逝世五十周年纪念》，中央人民政府政务院文化教育委员会对外文化联络事务局编印（1954）。

睛。……我也试来从爱情这关系上观察一个人的性格,然后来表现这性格。"作者正是和屠格涅夫一样,通过爱情的考验充分显示了周如水的怯懦、吴如民的矛盾、李佩珠的成熟等人物性格的主导面。而《利娜》一作的女主人公几乎可以称为叶琳娜精神气质和性格上的孪生姐妹,她的性格的美也是在把自己的爱情与革命者波利司的命运连在一起时充分反映出来的。巴金还在《谈谈我的短篇小说》中说过:"我学写短篇小说,屠格涅夫便是我的一位老师。""我那些早期讲故事的短篇小说很可能是受到了屠格涅夫的启示写成的"。巴金酷爱屠格涅夫的散文诗。两位作家的散文诗都具有抒情、哲理和象征相结合的特色,并且都喜欢运用梦幻手法。比较屠格涅夫的《门槛》和巴金的《撒弃》,就会发现两篇作品从主题、艺术构思到表现形式都十分相似。屠格涅夫通过一个俄罗斯女郎与大厦里传出的声音对话,巴金通过"我"与黑暗中的影子对话,都用象征的手法塑造了坚定但又孤独的革命者形象,赞颂了为追求光明不惜献身的崇高精神。

当巴金倾心于屠格涅夫时,茅盾却断然否认自己的处女作《幻灭》在艺术上受了屠格涅夫的影响。他在《谈谈我的研究》和《我阅读的中外文学作品》这两篇文章中明确表示:"屠格涅夫我最读得少,他是不在我爱读之列。"契诃夫"读过不少","但我并不十分喜欢他"。就俄国作家而言,茅盾师承的是托尔斯泰的艺术传统。他还在《从牯岭到东京》一文中这样说过:"我爱左拉我亦爱托尔斯泰。……可是我自己来试作小说的时候,我却更近于托尔斯泰。"这种"更近于托尔斯泰"的倾向既表现在茅盾的小说创作中遵循的现实主义的创作方法,也表现在他把托尔斯泰的艺术表现手法作为自己创作楷模。茅盾认为:"读托尔斯泰的作品至少要作三种功夫:一是研究他如何布局(结构),二是研究他如何写人物,三是研究他如何写热闹的大场面。"[①]这三个方面正是茅盾从托尔斯泰那里得益最多的地方。托尔斯泰的长篇小说有一种盘根错节、绿荫遮天的气势美,而这又建筑在作家"致力以求"并"感到骄傲"的"天衣无缝"的结构布局的基础之上。如在《战争与和平》中,"人民的思想"的有力统辖和人物对映体结构中心的独到安排,使大如历史进程、民族存亡、战争风云、制度变革,小

[①] 茅盾:《"我爱读的书"》,《茅盾文集》第10卷,人民文学出版社1963年版。

至家庭盛衰、乡村习俗、节庆喜宴、个人悲欢，都纳入统一的艺术结构之中，从而达到既宏伟开放又浑然一体的艺术效果。这种艺术处理手段使茅盾感到一种心灵上的吻合。他直言不讳地承认，他的那部震动现代中国文坛的长篇小说《子夜》"尤其得益于托尔斯泰的《战争与和平》"。①《子夜》的视野是相当开阔的，但由于作者对结构布局的精心构制，这部场面宏大的小说在整体上显得脉络清晰，和谐统一。在小说具体场景的处理上，茅盾也受到了托尔斯泰小说的启迪。如《子夜》开始时为吴老太爷治丧的场面，在全书的结构中的作用就与《战争与和平》开始时宫廷女官舍雷尔客厅的场面颇为相似。茅盾借灵堂这一热闹场面引出主要人物及吴荪甫和赵伯韬矛盾冲突的主线和几条副线，巧妙地把"好几个线索的头"，"交错地发展下去"，②从而不仅使小说的这一部分成了全书的总枢纽，而且为小说情节自然、严谨而又开阔地展开铺平了道路。在艺术功力上茅盾还达不到托尔斯泰那样的水准，但是对外来艺术的养料的这种积极吸收的态度仍使他对中国现代长篇艺术的发展作出了重要贡献。

作家之间的艺术影响是复杂的，这不仅表现在影响源的各自不同或一个作家可能同时受到许多外国作家的综合影响，而且表现在即使同样对某个外国作家感兴趣的中国作家，其接受影响的角度和深度往往也是大相径庭的。如郁达夫、巴金、沈从文、艾芜等作家都对屠格涅夫产生过浓厚的兴趣，但是郁达夫主要是在感情上与其相呼应，并在塑造"零余者"形象时接近屠格涅夫；而沈从文更多的是从屠格涅夫的《猎人笔记》中获取艺术灵感。沈从文曾多次赞扬和力图效法《猎人笔记》，他在《新废邮存底二七三——一首诗的讨论》中谈到这部作品对自己的创作的影响时说："用屠格涅夫写《猎人日记》的方法，揉游记散文和小说故事而为一，使人事凸浮于西南特有明朗天时地利背景中，一切都带原料意味，值得特别注意，十五年前我写《湘行散记》时，即具有这种意图，以为这个方法处理有地方性问题，必容易见功"，"这样写无疑将成为现代中国小说之一格"。确实，沈从文的《湘行散记》不仅在艺术形式上（如随笔式的文体，特定

---

① 苏珊娜·贝尔纳：《走访茅盾》，载李岫：《茅盾研究在国外》，第569页，湖南人民出版社1984年版。
② 茅盾：《〈子夜〉是怎样写成的》，载《茅盾论创作》，上海文艺出版社1980年版。

背景中凸现特殊的人物的人生形式的写法），而且在艺术精神上（如对质朴的自然形态的赞美，对扭曲的美好人性的悲悯）与《猎人笔记》相通。

由此可见，单从社会历史原因上是无法解释为什么有的作家倾心于果戈理和契诃夫，有的作家师承于屠格涅夫或托尔斯泰之类的问题的。作家之间的艺术影响在很大程度上取决于他们在审美趣味、艺术追求、创作个性和精神气质上的接近，这正如植物的种子只能在它们适宜的土壤中生根发芽一样。例如，巴金与屠格涅夫的关系就是如此。这两位作家出身于没落的封建专制大家庭，在那样的家庭里从小目睹了专制者的暴虐和弱小者的不幸。早在少年时代他们就对下层人民怀有深切的同情，并都对摧残人性的封建专制作过抗争。因此，反映在屠格涅夫笔下的深厚的人道主义思想和激烈的反农奴制倾向，与具有反封建的民主主义思想的青年巴金才会一拍即合，巴金也才会在读到屠格涅夫带自传性的小说《普宁与巴布林》时，引起如掘开自己记忆的坟墓那样的强烈共鸣。同时，两位作家都善于体察知识分子的复杂心理，善于把自己的热情化作或炽烈或抒情的文字倾泻出来。同样，茅盾之所以在博采众长时，又一再表示对托尔斯泰的艺术经验的倾慕，这也与两位作家在创作个性上的接近不无关系。托尔斯泰认为："史诗的体裁对我是最合适的。"茅盾则表示："我喜欢规模宏大、文笔恣肆绚烂的作品。"（《谈谈我的研究》）这两位作家都是长篇小说家，长篇体裁的广阔领域更适合于他们的创作个性，在那里他们能舒展自如地施展自己的才华。正因为如此，茅盾才会对托尔斯泰长篇的艺术经验产生一种自觉追求的强烈愿望。

从上面的分析中已经可以看出作家之间艺术影响的复杂性，当外来影响完全融化到一个受影响的优秀作家的创作境界中去时，它就会成为作家独特风格的一个有机的组成部分，前面提到的那些优秀的中国作家，他们在接受包括俄国文学在内的外来文学的艺术影响时，都表现出这样的特征。我们这里还可以以巴金和屠格涅夫的关系为例来进一步看看这一点。尽管巴金受到屠格涅夫的影响较大，以至于被人称为"中国的屠格涅夫"，尽管两位作家在风格上确有不少相似之处：深邃、细腻、抒情、酣畅构成了他们风格的基调，但是从严格意义上我们却不能将他们划入同一风格类型的作家，他们的风格差异是相当明显的。成熟的作家的独创风格是作家对生活的独特的发现,是作家的创作个性的具体表现。诚如鲁迅在《难得糊涂》一文中所言:"风格和情绪、倾向之类,不但因人而异,而且因事而异。"大凡有成就的艺术家,其本身的风格都是多样的,不断发展的,在不同时期、不同题材和不同体裁中往往会有所变化。因此,巴金与屠格涅夫的创作风格的接近始终只是相对的,而两者之间差异却更为明显:

　　似乎俄罗斯广袤的大地赋予了屠格涅夫较为磅礴的才气和对艺术与大自然的更为细腻的感受能力。他感情真诚而又伤感,他那坚强的外表下似乎还藏着一颗更为柔和多情的心。他的双目敏锐而睿智,但又不免时时流露出淡淡的哀愁。他"抱着出奇的冷静写作"(《致维阿尔多》),在认真的观察和缜密的思考中挥洒艺术的彩笔。他那"爱幻想的、柔弱的性格预先决定了他不能成为活动家,而且他自己也很像罗亭、列兹涅夫之类的人"。(卢那察尔斯基语)巴金的感情似乎更为热烈,"有人说热情是一把火,我便说我是一座火山,一座雪下的火山"。(《片断的记录》)巴金青年时代的气质颇像他笔下的激进的小资产阶级知识分子。如黄裳在《记巴金》中所言,巴金鄙视伪饰,"有着一种特有的、完全不是造作出来的坦率和真诚"。他常常在激动的情绪下进行创作。他说过:"当热情在我的身体内燃烧起来的时候,那颗心,那颗快要炸裂的心是无处安放的,我非得拿起笔写点东西不可,那时候我自己已经不存在了……"(《灵魂的呼号》)他始终开启着自己感情的闸门,让喷涌而出的激情自然地唱出他的悲哀和欢乐。

　　因此,从总体上看,同样是现实主义的描写,屠格涅夫真诚而含蓄,而巴金则灼热而奔放,仿佛你在字里行间时时可以触摸到作者那颗"燃烧的心",感受到那感情的洪流。

　　同样是抒情,屠格涅夫的调子浓郁而又富有诗意,犹如一支悠扬宛转,而又带有淡淡惆怅的牧笛,令人流连,又令人感伤。巴金的调子更为深沉和强烈,虽然有些作品也回响着忧郁的低调,但"追求光明的呼声"始终是他作品激越的主调。

同样细腻的刻画,屠格涅夫熟稔简洁,善于"抓住最先表现出来的特征"①并更擅长于剖析女性的心理。他是19世纪俄罗斯少女纯洁灵魂的歌手,同时他又是俄罗斯大自然芬芳气息和神奇美的无与伦比的捕捉者。巴金的刻画有力自然,细腻处透出锋芒。他更善于表现中国小资产阶级知识分子矛盾复杂的心理,同时他又是半殖民地半封建的中国畸形都市生活的出色描摹者。

同样是朴素的语言风格,屠格涅夫优美、柔和、凝练。他的笔触带有虽不辛辣,但亦犀利的讽刺色彩;带有虽不浓烈,但亦鲜明的俄罗斯民族风味。巴金则流畅平易,清新明澈。他的笔触常常带着深沉的思索,真切自然。

巴金在《再谈探索》一文中说过,他受屠格涅夫的影响很大,但是并没有变成屠格涅夫。因为"别人的影响,也还是像食物一样要经过我的咀嚼以后消化了才会被接受"。优秀作家之间的风格可能接近,但决不会雷同。大胆地、自觉地接受外来文化中积极因素的影响,并逐步形成自己独创的、具有民族特色的风格,这是巴金,同样也是鲁迅、郭沫若、茅盾、老舍等许多有成就的中国现代作家所走过的带有某种普遍意义的历程。而从上述风格的类比中也显示了这种外来文化民族化的可能性和必要性。

如前所述,中国第一次大革命失败后,在新的历史抉择面前,中国进步作家以极大的热情引进了"新俄文学"。而且随着左翼文艺运动的发展,中国对苏联文学的介绍日渐活跃。许多作家在苏联文学作品的影响下,产生了"清理一番过去的文学艺术观点的意思,以便用'为无产阶级的艺术'来充实和修正'为人生的艺术'"。②同时,当时的中国左翼作家对待苏联文学大多抱着"对于中国,现在也还是战斗的作品更为紧要"③的态度,因而似乎更看重于苏联早期革命文学的思想内容,而并不怎么在意艺术水准的高下。如《母亲》被介绍到中国后,鲁迅即在《〈母亲〉木刻十四幅序》一文中表示:"高尔基的小说《母亲》一出版,革命者就说是一部'最合时的书'。而且不但在那时,还在现在。我想,尤

---

① 安德烈·莫洛亚:《屠格涅夫传》,谭立德、郑其行译,山西人民出版社1983年版。
② 茅盾:《五卅运动与商务印书馆记》,《我走过的道路》(上),人民文学出版社1981年版。
③ 鲁迅:《答国际文学社问》,载《鲁迅全集》第6卷,人民文学出版社1981年版。

其在中国的现在和未来。"马雅可夫斯基的第一本中译本诗集《呐喊》问世后,王任叔就为之叫好说:"中国今日正际遇了一个非常的时期,我们的诗坛尤需要像玛耶阔夫斯基那样充满生命的呐喊!"(《〈呐喊〉序言》)《铁流》出版后,鲁迅虽然在给胡风的一封《关于翻译的通信》里谈到这部作品"令人觉得有点空",但仍称赞作者写出了"铁的人物和血的战斗"。这种选择态度无疑与当时中国的社会现实、时代氛围和接受者的精神需求有着密切的关系。

在中国国内风起云涌的革命运动的冲击下,在苏联文学的直接影响下,中国文坛上很快出现了一批创作特征上与苏联早期革命文学颇为相似的作品。这些作品以工农群众为主人公,以革命运动为表现对象,基调高昂,洋溢着理想主义光彩。"五四"以后较为活跃的左翼作家蒋光慈、洪灵菲、胡也频、叶紫、田汉、冯乃超等人的不少作品都有这样的特征。如蒋光慈在诗集《新梦》中不仅直接收入了他所译的勃洛克和勃留索夫等作家的诗,而且用自己的诗作热烈讴歌十月革命:"十月革命,又如通天的火柱一般,后面燃烧着过去的残物,前面照耀着将来的新途径。"(《新梦·莫斯科吟》)同时他的诗的风格也与苏联革命诗歌一样充满着激情和鼓动性:"起来吧,中国苦难的同胞呀!我们尝够了痛苦,做够了马牛,倘若我们再不夺回自由,我们将永远蒙受着卑贱的羞辱。"(《新梦·哭列宁》)"高歌狂啸——为社会、为人类、为我的兄弟姐妹!"(《新梦·西来意》)此外,蒋光慈小说的题材和人物也令人耳目一新。许多左翼作家都大大拓宽了自己的创作领域,努力把自己的笔伸向过去不熟悉的工农大众,使作品具有了更为鲜明的社会色彩和时代特征。丁玲在谈到她的小说《水》时认为,这是她的创作"从个人自传似的写法和集中于个人,改变为描写社会背景"的第一步。① 尽管这些作品不同程度存在着艺术上的粗糙,忽视人物性格刻画,"令人觉得有点空"的弊病,但革命现实主义文学由此而发展起来,它在艺术上也逐步趋向成熟。苏联文学,包括苏联卫国战争文学,对现代中国的影响是多方面的。不少中国青年就是在这些作品的影响下走上革命道路的,如孙犁所说,苏

---

① 见尼姆·韦尔斯:《续西行漫记》,安徽中共党史学习研究会1980年版。

联文学"教给了中国青年以革命的实际"。①

1940年代的解放区文学与苏联文学的关系更为密切。这一时期,丁玲、周立波、艾青、刘白羽、孙犁、马烽、柳青、贺敬之等许多作家都从不同的角度受到过苏联文学的影响。贺敬之在1940年代谈到马雅可夫斯基时曾这样说过:他的诗"给了我最深刻的影响"。②这种影响主要表现在诗人对生活本质的艺术把握上,表现在诗歌中包含的时代精神、政治激情和鼓动力量上,而马雅可夫斯基创作的"阶梯式"的诗歌形式也被贺敬之根据中国民歌和古诗的特点加以改造后吸取(当然,这种"阶梯式"的诗歌形式不仅仅为贺敬之所注意,而且在新中国前后,甚至在1980—1990年代的一些中国诗人的政治抒情诗中被广泛采用)。马雅可夫斯基也被诗人艾青所敬重,1940年他写过诗作《马雅可夫斯基》。其实,艾青在20岁时就接触了马雅可夫斯基的诗,当时《穿裤子的云》一诗给他留下了深刻印象。在艾青看来,这位诗人的诗最强烈地表达了对资产阶级摧残人性的抗议。马雅可夫斯基早期诗歌的政治激情和大胆的比喻明显对艾青的早期创作产生了影响。不过,对于"都市的"马雅可夫斯基和"乡村的"叶赛宁来说,艾青似乎一度更接近那个"对旧式农村表示怀恋的叶赛宁",③喜欢他的诗中那"和周围的景色联系得那么紧密、真切、动人,具有奇异的魅力,以致达到难以磨灭的境地"④的抒情才华。此外,艾青诗歌中一再出现的耶稣形象,显然有着受勃洛克的长诗《十二个》的影响的痕迹,诗中的耶稣都是一种象征性的形象,它与新时代的革命相联系。肖洛霍夫与现代中国的关系也是相当密切的。他的名著《被开垦的处女地》同样深刻地影响过丁玲的长篇小说《太阳照在桑干河上》和周立波的长篇小说《暴风骤雨》。尽管后两部作品都有自己的特色、自己的成功与不足,它们的独创性是不容置疑的,但是在题材选择、人物设置、矛盾展开,以及结构处理等方面,还是可以见到它们与前者之间的种种内在的联系。这又不能不使我们注意到这样一些史实:丁玲在创作《太阳照在桑干河上》时曾认真地研读

---

① 孙犁:《苏联文学怎样教育了我们》,载《孙犁文集》第4卷,第429页,百花文艺出版社1982年版。
② 切尔卡斯基:《马雅可夫斯基在中国》,苏联科学出版社1976年版。
③ 《艾青选集·自序》,载《艾青选集》,四川文艺出版社1986年版。
④ 艾青:《关于叶赛宁》,转引自《叶赛宁诗选》,漓江出版社1982年版。

过肖洛霍夫的这部名著，而周立波本身就是《被开垦的处女地》的最早的中译者，并且还"在延安印刷和纸张困难的条件之下"，翻印了这部小说。①

对中国作家影响最大的苏联作家当推高尔基。中国出版的他的作品量之多，堪称不同民族文化接受史上的一个奇迹。1932年，鲁迅和茅盾等人就在联名发表的《我们的祝贺》一文中称高尔基是"新时代的文学的导师"。高尔基早期的那些倾注了作者炽热的情感，并从新的角度塑造小人物形象的流浪汉小说，对中国作家刻画同类人物形象有过明显的启迪。这一点最明显地表现在艾芜身上，艾芜本人也自称自己是"高尔基热烈的爱好者和追随者"。有人曾将高尔基的小说《草原上》与艾芜《南行记》中的《海岛上》一篇进行比较："……那篇小说不也在一种荒凉的背景下展开了一场怜悯心和贪婪心的冲突吗？只不过在《海岛上》里，这场冲突发生在小伙子的心灵内部，而在高尔基笔下，它却发生在豪爽的士兵和那个薄嘴唇的'大学生'之间。两篇作品的描写特点更为相似，艾芜也像高尔基那样极力将读者拖进小说的感情漩涡，不是把明确的评语写给他们，而是让小说中的'我'拉着他们一步步曲折地接近人物的内心世界，让他们从很可能前后矛盾的印象中自己去作出结论"。这种影响是显而易见的。当然，评论者也正确地指出，艾芜在走过了对高尔基的具体作品借鉴的阶段以后，其影响主要表现在"唤醒了他内心潜伏的冲动"，使他那富有个性的创作走向一个新的高度。②高尔基的著名剧作《底层》（包括改编后在中国上演的《夜店》），其内在的艺术魅力也令当时的中国读者和观众倾倒。作家唐弢当年在观剧后曾经这样写道："高尔基——这个不朽的作家，曾以他的丰富多彩的生活，震惊过和他同时代的人们，而给后一辈留下了无比滋益的养料。《夜店》便是其中一个。尽管画面并不富丽堂皇、幽美清雅，出现在故事里的只是一些'历史'以外的人物，一些被时代巨轮碾碎了的滓渣，一些可怜的流浪者"，然而作者"从低污卑贱里拼命发掘人性，揭示了高贵的感情；让我们浸淫于喜怒爱憎，温习着悲欢离

---

① 参见周立波《我们珍爱的苏联文学》和《译后附记》等文章。
② 参见王晓明的《艾芜：潜力的解放》，载曾小逸主编：《走向世界文学》，湖南人民出版社1985年版。

合,化腐朽为神奇,使秽水垢流发着闪闪的光",并"冷不防从我们吝啬的心里掬去了同情"。①中国作家夏衍、老舍等都从这部剧作中汲取过有益的养料。至于像《伊则吉尔老婆子》《鹰之歌》《海燕之歌》《母亲》、自传三部曲《童年》《在人间》《我的大学》等作品,则更为中国作家和读者所熟悉,它们的艺术影响是长久存在的。如路翎曾谈道:高尔基的这些作品"是使我感动的文学读物,影响了我的世界观","帮助我形成了美学的观点和感情的样式","变成了我的日常观察事物的依据之一","我后来的作品里,……其中的美学观点和感情、要求,多少受着高尔基的影响"。②因此,正像郭沫若在《中苏文化之交流》一文中所认为的那样,作为无产阶级革命的"海燕",高尔基"被中国的作家尊敬、爱慕、追随,他的生活被赋予了神性,他的作品被视为'圣经',尤其是他的'文学论',对于中国的影响,绝不亚于苏联本国"。某种程度上被神圣化了的高尔基,深深地影响了中国几代作家精神上和艺术上的成长。

卢卡契说得好:"真正的影响永远是一种潜在力的解放。"③中国文学正是在迫切地为自己寻求一条新路的时候发现了俄苏文学,并且也在一种内在的需要的制约下,与它保持了"持续的结合"。这种结合总体上导致了中国文学潜在力的勃发,从而不断地推进着中国文学现代化的进程。同时,经过扬弃、变形后的俄苏文学的思想和艺术成果成了中国现代文学的有机组成部分。

---

① 唐弢:《关于〈夜店〉》,《文联》1946年创刊号。
② 路翎:《我与外国文学》,载《外国文学研究》1985年第2期。
③ 卢卡契:《托尔斯泰和西欧文学》,《卢卡契文学论文集》(第2卷),中国社会科学出版社1981年版。

第六讲　俄苏文学在1950年代中国的命运

历史进入了20世纪下半叶，新生的中国社会主义文学与俄罗斯苏联文学的关系揭开了新的一页。在新中国成立后至1990年代初期这40多年的时间里，俄苏文学曾经作为中国文学的一个重要的影响源而存在。从这个角度出发，纵观中俄（苏）当代文学的发展历程及其颇具戏剧性的文学关系，我们大致可以描绘出这样的基本轨迹：接受时期（1950年代）→排斥时期（1960—1970年代）→选择时期（1980—1990年代）。而中国的第一、第三、第四次文代会又分别成了这三个时期开始的里程碑式的标志。其中1950年代中苏文学就文艺思潮而言主要表现为同期对应关系，1960—1970年代大体是逆向对应关系，1980—1990年代则基本上是错位对应关系。本讲将对俄苏文学在1950年代中国的命运作一观照。

一、巨大的热情和倾斜的接纳

新中国成立后的头十年，俄苏文学的翻译不仅不再受到阻难，而且得到各方面的支持和鼓励。同时，出于对新生活的向往，文学界以极大的热情全面介绍俄苏文学。1950年代被译介到中国的俄苏文学作品数量惊人，其总量大大超过前半个世纪译介数的总和。1959年时，有人做过一个统计：人民文学出版社、上海文艺出版社和少年儿童出版社等当时几家主要的出版机构在近十年的时间里，各出版了三四百种俄苏文学作品，各家印数均在一二千万册；而从1949年10月至1958年12月，中国共译出俄苏文学作品达3526种（不计报刊上所载的作品），印数达8200万册以上，它们分别约占同时期全部外国文学作品译介种数的三分之二和印数的四分之三。[①]而且，这时期俄苏文学的翻译质量也上了一个新的台阶。由于1949年后出现了一股空前的学习俄语的热潮，一批又一批经过正规院校培养的文化素养较高的译者加入了俄苏文学的翻译队伍，使译者队伍得以不断加强和壮大。长期以来，绝大多数俄国文学作品通过其他文字转译的现象从此得到了根本的扭转，如果说新中国成立前每七八本译著中只有一本是译自俄文的话，那么到了1950年代中期以后平均十本中有九本是根据原文翻译的。这就为译文的准确性

---

① 数据参见《苏联文学是中国人民的良师益友》，新华书店北京发行所1960年编印。

提供了可靠的保证。

这里，我们先看看俄国古典文学中的名家名著的译介情况。

与当时大规模的苏联文学的译介相比，俄国古典文学的翻译量显然要小得多（约占俄苏文学译介种数的十分之一强），但是其繁荣景象也是前所未有的。以出版的单行本计，1950年代初版新译的作品，年均达20种，其中新中国成立后第一年为38种；如果加上重版的作品，年均达40种，其中又以1949年和1950年最高，这两年共出版了151种作品，创历史之最。

从具体作家来看，译者的注意点主要还是那个时代中国所认可的最有声望的俄国作家。由于新中国成立前这些作家的作品大部分已经译出，所以这一时期文坛在继续译出他们的少数尚未有中译的作品的同时，又不断推出了由其他译者重译的名著新译本或原译者依据原文修订后的再版本。如普希金的诗体小说《叶甫盖尼·奥涅金》在1950年代中期又出版了4种译本，戈宝权等人译的《普希金文集》在1950年代重印了5次，果戈理的《死魂灵》和《钦差大臣》等名著在1950年代都有重版本，新出译本中比较重要的有小说集《狄康卡近乡夜话》和《彼得堡故事》等；奥斯特罗夫斯基的十几部重要剧作有了首译本或新译本；屠格涅夫作品旧译中较出色的均重版并多次重印，还推出了不少新译本；陀思妥耶夫斯基的作品在1950年代仍受到重视。旧译重版的数量较多，新出的译本数量也不少，如韦丛芜译的《卡拉马佐夫兄弟》和《西伯利亚的囚徒》、侍桁译的《赌徒》、种觉译的《两重人格》等；托尔斯泰作品的出版量更多，如《战争与和平》一作，董秋斯在1949年前译出上册，这时出了完整的译本，高植在新中国成立前也与人合译过这部作品，1950年代又推出了4册新译本，其他重要作品此时大多也有新译本或新版本出现；契诃夫的作品由于汝龙等译者的努力，在1950年代一度成为读者关注的热点。1950年代上半期汝龙陆续推出了27册契诃夫的小说集，共收中短篇小说229篇，这些量多质优的译作，一时间好评如潮，契诃夫小说在中国读者中的影响再次得以有力拓展，契诃夫剧本的翻译和出版在1950年代也有良好的势头。

其他新译出的俄国文学名著主要还有：《伊戈尔远征记》、冯维辛的《旅长》和《纨绔少年》、卡拉姆津的《薄命的丽莎》、格利鲍耶陀夫的《聪明误》、冈察洛夫的《平凡的故事》、萨尔蒂柯夫—谢德林的《一个城市的历史》、涅克拉索夫的《俄罗斯女人》《珂丘宾斯基短篇小说选》、阿克萨科夫的《家庭记事》和柯罗连科的《我们同时代人的故事》等。①

在1950年代俄国古典文学作品出版总体繁荣的局面中有几个现象值得注意：一是这一时期的名著首译本已较前一时期有所减少，但旧译重版本和新译本则明显增多。这一现象是正常的，它与"五四"以来持续的"俄罗斯文学热"有关。二是出版量虽然很大，但系统性强的名家多卷本文集仍很少见。三是译者偏重有定评的俄国古典作家的作品，而对一些有争议的作品（如茹可夫斯基的诗歌、陀思妥耶夫斯基后期的某些小说、蒲宁的小说、阿尔志跋绥夫的作品、阿赫玛托娃的诗歌等）均采取回避的态度。这里除了中国文坛受自身因素制约的原因外，还可以见到当时苏联评论界的观点的影响。四是1950年代初、中、后三期俄国作品在翻译总量上呈现递减的趋势，这显然与国际政治风云的变幻和国内文艺思潮的波动相联系。这种情况在这一时期的苏联文学的译介上就表现得更加明显了。

除了作家作品的译介外，俄国文学批评家别、车、杜的理论著作在这个时期受到了高度重视，开始有了较为系统的介绍。时代出版社、三联书店、新文艺出版社和人民文学出版社等分别出版了《别林斯基选集》第一和第二卷（满涛译）、《车尔尼雪夫斯基论文学》上卷和中卷（辛未艾译）、《杜勃洛留波夫选集》第一和第二卷（辛未艾译），以及梁真等人译的《别林斯基论文学》《论普希金的"奥尼金"》、车尔尼雪夫斯基的《生活与美学》（原译者周扬对此书重新作了校订）和《美学论文选》等，这些理论著作的总印数达数十万册之多，对当代中国文艺理论的建设产生了深刻的影响。不过，我们注意到当时关于这些作家的真正深入的研究文章并不多见，除了译本的前言、后记外，几乎屈指可

---

① 此外，这时期根据俄国文学名著改编的剧本和电影也在中国受到了前所未有的热烈欢迎，如以50年代上半期计，果戈理的《钦差大臣》上演了350场，奥斯特罗夫斯基的《大雷雨》和《无罪的人》分别上演了93场和187场；由名著改编的《上尉的女儿》《钦差大臣》《安娜·卡列尼娜》和《复活》等影片的上映，反响热烈。

数。①因此，这种影响主要还是承接上一时期而来的现实主义艺术精神的倡导。而且，在当时中国的社会背景的制约下，它与列宁、高尔基、普列汉诺夫、卢那察尔斯基等人的文艺思想，以及那一时期的苏联文艺思潮一起对中国文坛发生交互的影响。

新中国成立初期，中国文坛和中国读者对苏联文学表现出了巨大的热情。新译出的苏联文学作品似潮水般地涌入中国，短短十年译出了上千位苏联作家的几千种作品。同时还有大批的旧译重版的作品。苏联文学译作占全部俄苏文学译作的九成以上。这些以新时代为主要描写对象，以爱国主义和革命英雄主义为主旋律的苏联文学作品，在中国读者尤其是在青年中激起强烈反响，广为流传。茅盾曾经称"这十年来我们翻译出版的苏联文学作品"可谓"浩如烟海的书林"，"不知有多少青年在《钢铁是怎样炼成的》《卓娅和舒拉的故事》《青年近卫军》《海鸥》《勇敢》等等作品中受到了教育"，"这些作品中的伟大的共产主义精神力量和光辉的苏维埃人的艺术形象，深深地激动着青年人的心"。②周扬也认为，这些作品在中国"找到了愈来愈多的千千万万的忠实的热心的读者；青年们对苏联文学的爱好简直是狂热的"。③这种现象的出现显然与特定的社会条件有关，也直接影响了新中国初期的中国文学的基调和底色。不过，这时期引进的作品中确有相当一部分优秀之作，它们成了刚刚开始新生活的中国人民的宝贵的精神食粮。

这时期高尔基作品的翻译继续雄居苏联文学翻译的榜首，各种版本的出版总数达百余种，大体与20世纪上半期高尔基作品的出版种数相当。由于新中国成立前高尔基的重要作品几乎都有了中译本，因此1950年代的出版物以旧译重版本和

---

① 这时期的有关文章主要有：刘宁的《别林斯基的美学观点》、汝信的《车尔尼雪夫斯基的社会政治观点》和《论车尔尼雪夫斯基对黑格尔艺术哲学的批判》、苗力田的《关于车尔尼雪夫斯基的人本学原理》、辛未艾的《纪念车尔尼雪夫斯基》、廖立的《杜勃洛留波夫美学思想的战斗唯物论精神》等。应该说，这些文章看重的还是别车杜对文学的现实主义方向的捍卫和美学思想中的"战斗唯物论精神"。

② 见《苏联文学是中国人民的良师益友》书前"推荐的话"（茅盾）。

③ 周扬：《在第二次全苏作家代表大会上的发言》，载人民文学出版社编辑部编：《苏联人民的文学》（下册），人民文学出版社1955年版。

新译本为主。如有三家出版社出版了夏衍的旧译《母亲》的重版本，人民文学出版社又出版了南凯的新译本；有四家出版社出版了耿济之等的四种旧译《阿尔达莫诺夫家的事业》的重版本；海燕出版社出版了《底层》的芳信旧译本，而又有四家出版社分别出版了李健吾和陆风的新译本；《童年》《在人间》和《我的大学》既有篷子等人的多种旧译重版本，又有刘辽逸、陆风等人的新译本。以集子形式出版的中短篇小说、剧本和回忆录也有二十余本。另一个受到关注的苏联作家是马雅可夫斯基。应该说，马雅可夫斯基的名字在"五四"以后就已为中国读者所了解，但是他的作品在新中国成立前被介绍过来的却不多，作为专集出版的仅有一本。这种局面在1950年代得到了根本的改变。他的一系列重要作品都有了中译的单行本，还出现了多种诗集，其中最有分量的是人民文学出版社推出的五卷本《马雅可夫斯基选集》。这套多卷本选集的前二卷以短诗为主，第三卷为长诗，第四卷为剧本，第五卷为论文、讲演和特写，内容相当丰富。肖洛霍夫也受到关注。他的《静静的顿河》在新中国成立后又出了金人的重译本。金人在1940年代曾译出了这部作品，1950年代中期他又作了认真重译，从而使这部译著达到了较高的水准，译著由人民文学出版社推出后产生了广泛的社会影响。肖洛霍夫的《被开垦的处女地》（第二部）和《一个人的遭遇》被迅速译介到中国，极受中国文坛的关注。阿·托尔斯泰、爱伦堡、西蒙诺夫的新旧作品译介过来的也很多，如阿·托尔斯泰的三部曲《苦难的历程》的朱雯全译本（新中国成立前出版过前两部）出版，爱伦堡的《解冻》几乎在苏联发表的同时已在中国的刊物上连载，新译出了西蒙诺夫的诗集《友与敌》、小说集《第三个副官》、剧本《异邦阴影》和报告文学集《战斗着的中国》等。

其他受关注的作家还有不少。如法捷耶夫，他的《青年近卫军》在中国一版再版，并出版了话剧译本，鲁迅译的《毁灭》有了重印本，《最后一个乌兀格人》也有了节译；如奥斯特洛夫斯基，他的《钢铁是怎样炼成的》在中国的发行量达几百万册，《暴风雨所诞生的》也有了两种新译本；如特瓦尔多夫斯基，他的几部重要的长诗《瓦西里·焦尔金》《春草国》和《山外青山天外天》均有了中译本；如费定，1950年代上半期出版了他的三部享有盛誉的长篇小说《城与年》《早年的欢乐》和《不平凡的夏天》；如巴乌斯托夫斯基，中国译出了他的两卷选集，另有《卡拉布格拉海湾及其他》《荒漠里的新城》和《金蔷薇》等；如波列沃依，除了《真正的人》又有了新译本外，他的作品被大量译介，光单行本就有二十多种，其中包括《我们是苏维埃人》等七部中短篇小说集；如列昂诺夫，他的小说《索溪》和剧本《侵略》分别修订重版，新译出的还有剧本《金马车》《平平常常的人》和小说《俄罗斯森林》（节译）；如马卡连柯，出版了他的七卷本全集；如维什涅夫斯基，他的剧本新译出的就有《难忘的一九一九》《第一骑兵队》《乐观的悲剧》《我们来自喀琅施塔得》和《战斗中的列宁格勒》等；如巴甫连柯，他的作品的中译单行本多达二三十种，其中有《幸福》《草原的太阳》和《巴甫连柯短篇小说选》等；如伊萨科夫斯基，出版了他的多种诗集；如柯涅楚克，新译出的剧本有《翅膀》等十部；如尼古拉耶娃，她的长篇《收获》和中篇《拖拉机站站长和总农艺师的故事》等多部有影响的作品先后被译出。

  这一时期有较多作品介绍过来的苏联作家不下百位。当时在中国影响较大的作品（只计新中国成立后首译作品）还有：比留柯夫的《海鸥》、绥拉菲莫维奇的《草原上的城市》、阿扎耶夫的《远离莫斯科的地方》、安东诺夫的小说集《汽车在大路上行进》、巴巴耶夫斯基的《金星英雄》和《光明普照大地》、冈察尔的《蓝色的多瑙河》、奥维奇金的《区里的日常生活》、格拉宁的《探索者》、柯切托夫的《茹尔宾一家》、潘菲洛夫的《磨刀石农庄》、波波夫的《钢与渣》、肖穆什金的《阿里泰到山里去》、毕尔文采夫的《柯楚别依》、马雷什金的《来自穷乡僻壤的人们》、杜金采夫的《不是单靠面包》、尼林的《试用期》、卡维林的《船长和大尉》、伊里夫和彼得罗夫的《十二把椅子》、田德里亚科夫的《伊凡·楚普罗夫的堕落》和《死结》、特里丰诺夫的《大学生》、拉齐斯的《走向新岸》、古利阿的《萨根的春天》、卡达耶夫的《雾海孤帆》、科热夫尼科夫的《迎着朝霞》、戈尔巴托夫的《顿巴斯》、卡扎凯维奇的《奥得河上的春天》、库列绍夫的《琴琶》、施帕乔夫的《爱情诗》、英倍尔的《普尔柯夫子午线》、阿尔布佐夫的《达尼娅》、阿菲诺根诺夫的《恐惧》和《玛申卡》、包戈廷的《克里姆林宫的钟声》和《悲壮的颂歌》、罗佐夫的《祝你成功》和《她的朋友们》、苏洛夫的《曙光照耀着莫斯科》、沙特罗夫的《以革命的名义》、史泰因的《个人事件》、特列尼约夫的《柳波芙·雅罗瓦娅》、科斯莫捷米扬斯卡娅的《卓娅和舒拉的故事》、斯米尔诺娃的《乡村女教师》和《盖达尔选集》①等。

综上所述，可以发现1950年代苏联文学译介的几个主要特点：

一是涉及的作家和作品的数量极大，译者人数之多和作品传播范围之广也是空前的。②在译介过来的作品中确有一部分属名家佳作，其中有些作品以前已有中译，这一时期经过原译者的精心修订或其他译者的重译，从而更趋完善（如肖洛霍夫的《静静的顿河》等）；更多的作品是第一次译介到中国，它们较多的是当代作品，中国读者从这些作品中常能迅速地捕捉到苏联文坛的最新动态（如爱伦堡的《解冻》等）。有的作品尽管并非一流作品，但因与新中国成立初期的时代氛围相吻合，因此也往往能获得远远超过其内在价值的热烈欢迎。如比留柯夫的小说《海鸥》，1954年由中国青年出版社出版后，反响强烈，仅各种报刊上发表的评论或赞扬文章就达三十篇，上海人民出版社还出版了《向〈海鸥〉学习》一书；又如尼古拉耶娃的小说《拖拉机站站长和总农艺师的故事》，1955年译出后团中央即发文推荐，从而在全国掀起了一股热潮，中国作家和读者写的《向娜斯佳学习》这类文章和小册子超过五十篇（本）。一些比较优秀的苏联现当代作品，一经广泛传播，对当时中国的文学创作自然产生了不小的影响，如刘绍棠曾谈道："我在青少年时代深受肖洛霍夫作品的影响"，"我从他的作品中所接受的艺术影响，一个是写情，一个是写景，而且是落实到描写自己的乡土人情

---

① 这一时期，苏联儿童文学作品的译介频繁也是一个突出的现象，涉及的作家作品很多，译介较集中的除了盖达尔外，还有马尔夏克、米哈尔科夫、阿列克辛、诺索夫、班台莱耶夫、普里什文、巴若夫和比安基等众多作家的作品，译者主要有李俍民、曹靖华、任溶溶等。此外，当时还出版过《苏联儿童文艺丛刊》这样的专刊。苏联儿童文学作品成了当时中国少年儿童主要的精神食粮之一。

② 影响范围的扩大与由文学作品改编的苏联电影的大量上映也有直接的关系，当时在中国上映的这一类的苏联影片有肖洛霍夫的《静静的顿河》《被开垦的处女地》和《一个人的遭遇》，拉夫列尼约夫的《第四十一》，高尔基的《母亲》《我的童年》《我的大学》和《在人间》，奥斯特洛夫斯基的《钢铁是怎样炼成的》，波列沃依的《真正的人》等。

上"。①

二是因正处在中苏关系的"蜜月"期，把苏联的一切都看得十分崇高和神圣，全盘接收、盲目照搬的现象比比皆是，这一点在苏联文学的译介上表现得同样明显。当时由于大量出版苏联文学作品，以致译稿紧缺，连人民文学出版社这样有影响的出版机构也常常不得不派人前往译者所在地坐等稿源。抢出快出的结果必然导致泥沙俱下的局面，不加选择的译作频频出现。这时期不仅译介过来的作品中有不少平庸之作，而且由于一部分译者缺乏选择的目光，还把一些公式化概念化的作品或粉饰现实的作品也当作艺术佳作推荐给了中国读者，而且许多作品往往有多种译本，如巴巴耶夫斯基的小说《金星英雄》和《光明普照大地》，中国在短时间里分别出了四种和两种译本；苏洛夫的剧本《曙光照耀着莫斯科》两年里出了五种译本。许多作家和评论家还大力向读者推荐这些作品，文艺界为此召开座谈会，报刊上多是诸如《社会主义现实主义剧作的典范》《曙光照耀着戏剧艺术》和《向〈金星英雄〉学习表现人民和生活》这样的予以盛赞的文章。

三是译介受当时的政治标准影响很大，译者十分关注的是获奖作品，因此历年来获斯大林文学奖的苏联作品大部分都被介绍了过来，而其中有许多并非佳作。同时，文坛又将相当一部分优秀作家及其作品排除在视野之外，如叶赛宁、勃洛克、阿赫玛托娃、左琴科、布尔加科夫、普拉东诺夫和扎米亚京等非主流作家的作品几乎不为当时的中国读者所知；即使早已为中国文坛所熟知的某些主流作家如别德内依，也因斯大林批评其作品的消息传入中国，其作品就此在中国难觅踪迹；有的作家的重要作品则因政治原因而只能内部出版（如帕斯捷尔纳克的《日瓦戈医生》和杜金采夫的《不是单靠面包》等）。因此，这一时期中国在苏联文学译介方面既取得了无可否认的成就，也存在不容忽视的问题。

二、"日丹诺夫主义"与新中国初期的中国文坛

相对于译介而言，苏联文学思潮对中国1950年代文学的影响就显得更为复杂

---

① 转引自李万钧：《欧美文学史和中国文学》，第720页，福建教育出版社1989年版。

了。在整个1950年代中,这种影响既表现为大体的同期对应关系,也呈现阶段性相异的色彩。

第一阶段为1940年代末1950年代初。这一阶段苏联的文艺理论和文艺政策几乎未遇任何阻碍地长驱直入中国,"全盘苏化"在文艺上得到了最鲜明的体现。与作品的大量译介一样,苏联的理论译著也广泛出现在中国的出版物和报刊。如与新中国同时诞生的《人民文学》杂志,在它的创刊号的"发刊词"中谈到"要求给我们译文"时就强调"最大的要求是苏联和新民主主义国家的文艺理论";创刊号的社论是《欢迎苏联代表团,加强中苏文化的交流》;该期上刊出的三篇理论文章是冯雪峰的《鲁迅创作的独特性和他受俄罗斯文学的影响》、周立波的《我们珍爱苏联文学》和苏联理论家柯洛青科的《在艺术和文学中高举苏维埃爱国主义底旗帜》。苏联1950年代的文艺理论和文艺政策对中国的影响是多方面的,其中当然有有益的成分,但是1950年代初期的盲目接受,加之中苏当时的特定状况,其直接的和最明显的后果是肆虐于苏联文坛的"日丹诺夫主义"也在新中国初年的文坛打下了深深的烙印。

1949年7月召开的中华全国文学艺术工作者代表大会是对中国左翼文学运动(特别是左联时期的文学运动和解放区文学运动)的一次总结。它确立了"文艺为人民服务首先是为工农兵服务"的方针,从而为中国当代文学奠定了理论基石。周恩来的长篇报告涉及了文艺界的团结、文艺为人民服务、普及与提高、改造旧文艺、文艺界的全局观念、组织领导等重要问题。但是,在这次会议上文艺界的一些领导人较多强调的还是解放区文艺工作的经验,而对新时代如何调整某些政策和做法研究不够,特别是在文艺与政治的关系上仍存在不少片面认识,这就为中国文学的发展留下了隐患。

1940年代末1950年代初的苏联文坛正处于日丹诺夫式的用政治宣判的方式解决文学问题,用反资产阶级意识形态的口号鼓起"无冲突论"风帆的时刻。在1946年至1949年这几年里,联共(布)中央对一系列具体的文艺问题发出了近十个决议。作为冷战时期产物的这些决议尽管在指出当时苏联文艺界存在的某些问题方面并非一无是处,但其主导面是错误的,是极"左"的。这些决议和领导人相关的报告对一些文学现象和作家作品进行了无限上纲甚至无中生有的指责，对某些敢于揭露社会弊端和真实表现人的感情的苏联作家及其作品作了粗暴的干涉。如当时负责文艺工作的日丹诺夫在《关于〈星〉和〈列宁格勒〉两杂志的报告》中，称左琴科和阿赫玛托娃等作家为"为艺术而艺术的谬论的典型"。同时，他还将象征主义等艺术流派划入"反动的文学流派"，把西方的文艺理论和现代文学艺术统统称之为"资产阶级的没落颓废货色"。与此相应，有的杂志被下令停刊或改组编委会，有的影片被下令停映，有的作家被开除出作协，甚至还有相当一部分作家和艺术家遭到了更残酷的迫害。1950年代初期这种情况仍无明显改变。前文已谈到1940年代末中国文坛曾掀起过一股介绍苏联文艺政策的热潮，出版了《战后苏联文学之路》等十部译著，这些书中几乎无一遗漏地收集了上述决议和有关的报告与文章。新中国初年，这些书大都重版。这些决议和日丹诺夫的报告，以及相应的斗争手段在中国广为人知，1951年文艺界进行整风学习时还将其中的主要决议和报告列为基本学习文件。这一切直接和深刻地影响了以效仿苏联文学动向为时尚①的中国文坛。

  1950年代初，中国文坛对一系列文艺作品及其有关作家的批判，特别是1951年对《武训传》和"肖也牧创作倾向"的批判，就有着这种影响的明显痕迹。对于《武训传》的是非曲直本可以正常讨论靠文艺批评来解决，但是它一开始就成了一场充满火药味的、时时能见到苏联文艺思潮影子的政治斗争。如1951年8月12日《人民日报》发表了斯大林批评诗人别德内依的一封信，信中指责诗人把"对苏联生活缺点的批评""变为对苏联的诽谤"。《人民日报》在编者按中认为这封信的精神与《应当重视电影〈武训传〉的讨论》的思想原则（即"资产阶级的反动思想侵入了战斗的共产党"）是相通的。全国范围的批判《武训传》的运动持续了半年之久。同样，这种群众运动式的政治批判也表现在对肖也牧及其小说《我们夫妻之间》的处理态度上。如1951年6月《文艺报》发表的冯雪峰批判肖也牧创作的文章用的就是政治斗争的语言，文章认为作者"对于我们的人民是没有丝毫真诚的爱和热情的"，"如果按照作者的这种态度来评定作者的阶级

---

① 当时报刊上《学习苏联文学的先进经验》之类的文章比比皆是。

的话，那么，简直能够把他评为敌对的阶级了"，"这种态度在客观效果上是我们的阶级敌人对我们劳动人民的态度"，"我们如果把左琴科的照片贴在牌子上面，您们不会不同意的罢？"而后，报刊上又是连篇累牍地刊登对肖也牧及其作品，对电影《关连长》，对诗歌《笑——颂》，对小说《战斗到明天》等的批判文章和有关作者的检讨。当我们再回头看看苏联时，就会发现1951年中国文艺界出现的批判运动确实与苏联遥相呼应。在"日丹诺夫主义"的控制下，1951年苏联文艺界的批判运动同样开展得如火如荼。当时批判对象一个是歌剧《波格丹·赫美里尼茨基》，其受批判的主要原因是"没有把乌克兰人民和波兰贵族的斗争表现在歌剧中"，也"没有在舞台上安排一个解放战争的主题"；一个是诗人普罗科菲耶夫，《真理报》接二连三地发表社论和编辑部文章批判普罗科菲耶夫诗歌的所谓错误倾向。50年代初期这些批判文章也都被一一介绍过来，刊载在中国的许多重要报刊上。其时中苏文艺思潮的同期对应现象是十分明显的。

  当时苏联的文艺政策中还有一条很受中国文坛的关注，那就是强调文学为政治服务。在联共（布）中央的上述决议和日丹诺夫等人的一系列讲话中可以见到不少片面理解文艺与政治关系的论述，而在那篇为中国文坛熟知的《关于〈星〉和〈列宁格勒〉两杂志的报告》中，日丹诺夫把文学从属于政治推进到文学家应"以政策为指针"。这种理论也左右了1950年代初期的中国文坛。如1950年邵荃麟就在《论文艺创作与政治和任务相结合》一文中认为：文艺必须服从政治，而"政治的具体表现就是政策"，只有以政策为"指针"，才能增强作品的"政治力量和艺术力量"；"创作与政策相结合，不仅仅是由于政治的要求，而且是由于创作本身上的现实主义的要求"。至于当时以配合政策宣传的"赶任务"为荣，就是这种理论的直接产物。从文艺为政治服务到文艺为政策服务直至文艺就是"写政策""赶任务"，这种观念虽然也有人抵制，也有人感到不妥，但当时大部分作家还是自觉或不自觉地接受了。如茅盾一方面认为"赶任务"的提法"不太科学"，这样做对"忠于文艺的作者"来说"确是有几分痛苦的"，可另一方面他又认为"既然有任务要我们去赶"，那就说明我们"对革命事业有用",是件光荣的事。①新中国之初出现的这种现象,其实反映了长期以来中国新文学运动一直未能理顺文学与政治的关系,而这对中国当代文学产生了不可低估的消极影响。正如后来邓小平在1980年代阐述中共新时期文艺政策时所说:"不继续提文艺从属于政治的口号,因为这个口号容易成为对文艺横加干涉的理论根据,长期的实践证明它对文艺的发展利少害多。"②"党对文艺工作的领导,不是发号施令,不是要求文学艺术从属于临时的、具体的、直接的政治任务。"③这确是经过了多少年的曲折的道路和经历了多少痛苦的教训后得出的真知灼见。

在文学艺术上盲目学习苏联,也使中国当代文艺理论一开始就成了畸形儿。就像当时苏联文学作品蜂拥而入一样,苏联的文艺理论著作也大批进入中国。除了报刊上的译载外,影响较大的单行本有:季莫菲耶夫的《文学原理》、毕达可夫的《文艺学引论》、叶皮洛娃的《文艺学概论》、柯尔尊的《文艺学概论》、涅多希文的《艺术概论》和契尔柯夫斯卡雅的《苏联文学理论简说》等。与此同时,一批苏联文艺学专家又被请来直接为中国的文艺理论工作者和青年学生授课。苏联的文学理论一时间被当作《圣经》一样供奉,不管是其中合理的部分还是错误的内容,一概被照单全收了。而这一时期的苏联文论恰恰又是处在与西方文论尖锐对立、自身又沉淀和融入了1930—1940年代许多"左"的观点的保守状态之中。年轻的中国文艺理论界"全盘苏化"的结果是割断了自己与西方文论对话和从自身的传统文论中汲取养料的可能,而在吸纳苏联文论时对"左"的东西的某种嗜好,使得其合理的部分尚未消化,而庸俗化、机械化的东西则得到了认可。这必然导致一种不正常的状态,即理论的僵化、分辨力的退化和批评的棍子化的出现,乃至不久后苏联文艺理论发生重大转折时,中国的理论界却开始坚守其放弃的阵地(当然,这里还有其他复杂的因素在起作用)。

新中国成立初期中国文学的文学创作和当时的苏联文坛一样,也是"光明普照大地"。这现象的出现首先是与许多中国作家对新生活充满热情的希望联系在

---

① 茅盾:《目前创作上的一些问题》,《文艺报》一卷九期。
② 邓小平:《目前的形势和任务》,《邓小平文选》(第二卷),第255页,人民出版社1994年版。
③ 邓小平:《在中国文学艺术工作者第四次代表大会上的祝词》(1979年10月30日)。

一起的。新中国成立后，中国的文艺工作者，特别是一些来自解放区的和左翼的文艺工作者，对新生的共和国的未来满怀着真诚的希望和某种不切实际的幻想。他们由衷地为摧枯拉朽的"一日千里的革命叫好"，用最美好的语言赞美革命，赞美不再有污秽的新生活。本着这样的良好的愿望和炽热的感情，他们有意无意地回避了生活中存在的矛盾和问题。而另一个重要原因则和政治干预文艺之风越刮越烈有关。由于当时文艺界把文艺与政治斗争紧紧地联系在一起，把日丹诺夫式的用政治手段干预文艺工作看作是加强党对文艺工作领导的必要途径，这就导致了许多作家，尤其是一些老作家不得不或真诚地或诚惶诚恐地校准自己的创作方向。再加上为中国文坛时时关注的苏联文坛这时"无冲突论"正恶性发展，一切暴露生活中的缺点或阴暗面的作品都不能得到发表，甚至连苏联主流作家马雅可夫斯基的讽刺剧也在舞台上消失。作家只能写粉饰现实的"节日文学"，只能写先进与落后，或者"好与更好之间的冲突"，只能塑造高大的但缺乏个性的人物形象。于是，在相当一部分作家的作品中，鲜活的生活不见了。他们的创作遵循的是一种人为的刻板的模式，就如特瓦尔多夫斯基在此后不久写的一首诗中所讽刺的那样：

　　　　长篇小说事先已经写好，
　　　　挟着原稿上工地吃两口灰，
　　　　再用棍子捅捅混凝土，
　　　　把作品和生活作一番校对。
　　　　一转眼，第一卷已经脱稿，
　　　　里面要啥有啥，面面俱到：
　　　　有革新了的砌砖操作法，
　　　　保守的副主任，先进的他和她；
　　　　有成长过程中的主席
　　　　和第一次试转的发动机；
　　　　有惊险的情节，有大风雪，

> 有共产主义风格的老大爷；
> 有党小组长率领突击队，
> 有部长下车间，还有跳舞会
> …………①

当时介绍到中国来的被中国作家当作楷模的不少获奖的苏联文学作品就是这样的体现"无冲突论"思想原则的美化生活之作，如苏洛夫的剧本《莫斯科的曙光》（一译《曙光照耀着莫斯科》）描写的就是一个一心扑在工作上的纺织厂女厂长卡碧，与厂里的几个不满足于产量高还希望布的花色多的科技人员之间的冲突，这种所谓冲突的必然结局是矛盾顺利解决，生活变得更加美好。而这部剧本在1951年获得了斯大林文学奖，也就在同年和次年中国有五个译者将其译出，有七家出版社先后出版译本和改写本，而且还搬上了中国的舞台。在这样的气候下，不少中国作家的创作也为之左右，陷入了公式化、概念化的圈子，有人还把塑造所谓"现实生活中已经存在的""本质上没有缺点的完美无缺的英雄人物"作为自己的目标。其结果是出现了不少主题雷同、情节单一、人物无个性的作品。对此，我们也可以看看此后不久一位中国作家所描述的当时的创作情景：

> 我们下厂，看到领导推行苏联先进经验而一部分老工人不愿推行，又看到工人提了合理化建议工程师认为不合书上所说的规矩，不愿采纳……我们根据这些材料来分析，研究，发现了这是"保守主义与革新思想的斗争"，是"大本质问题"，很值得用文艺形式来"表现一下"，于是就构思一个故事、几个人物，如，一个厂长是代表党的；一个工程师，代表保守势力；一个青年工人，代表新生力量……为了以社会主义思想教育人民就要写成工程师虽然顽固，终于在事实面前低了头（哪怕生活中有的工程师并不这样简单，也要写成这样），先进工人是社会主义的领导力量，必须写成不屈不挠，毫无畏惧，经过百般挫折，终于在党的代表——厂长支持下获得了胜

---

① 引自特瓦尔多夫斯基：《山外青山天外天》，飞白、罗昕译，第61页，作家出版社1961年版。

利……①

用这样的方法写出来的作品当然不会有艺术生命力。不过，应该指出的是，并不是当时歌颂新生活的作品全是简单化的，一些有生活基础和艺术修养的作家还是为读者提供了一部分值得重视的优秀作品，如老舍的剧作《龙须沟》、柳青的小说《铜墙铁壁》、何其芳的诗歌《我们最伟大的节日》和魏巍的特写《谁是最可爱的人》等。

三、"解冻文学"思潮在中国

第二阶段为1950年代中期。1953年春天斯大林去世，苏联社会由此发生了巨大的变化，苏联文学也进入了一个新的时期。对整个当代文学产生深远影响的"解冻文学"思潮也在此前后萌发。而它又是与中国50年代中期的文学思潮和文学创作息息相关的。

1952年4月，《真理报》刊出一篇题为《克服戏剧创作的落后现象》的社论。社论以戏剧创作的现状为切入口，对在相当长的一段时间里流行于苏联国内的"无冲突论"进行了批判。社论指出："没有冲突便没有生活，大概也不会有艺术了"；事实上"丑恶的东西在我们的生活中还不少"；用"无冲突论"指导创作，"必然导致对现实作出反现实主义的、歪曲的和片面的描写"。这篇社论的出现有其独特的背景。那年2月至4月，斯大林出版了《社会主义经济问题》一书，书中修正了他在1930年代提出的社会主义制度下生产力和生产关系完全相适应，因而不存在矛盾和冲突的说法。理论界为此作了调整，这篇社论就是这种调整的一种反映。

《真理报》的社论立即引起了中国文坛的注意。5月，《文艺报》转载了这篇社论和苏联作协领导人苏尔科夫批评"无冲突论"的论文，同期还开辟了"关于创造新英雄人物问题的讨论"，发表了诸如《帮助作家正确地描写矛盾和斗

---

① 邓友梅：《简单的想法》，《北京文艺》1957年第4期。

争》《不应该忽视生活中的矛盾斗争》等文章。编者指出,《真理报》的社论"对我们进行的讨论有借鉴的价值"。同月,《人民日报》也发表了关于文艺问题的社论,明确表示要反对"文艺创作上的公式化和概念化的倾向"。

苏联理论界重新评价"无冲突论"的动向,很快在创作上得到了响应。1952年9月,经过一番曲折后,苏联《新世界》杂志刊出了奥维奇金的特写《区里的日常生活》,这部真实描写了农村生活的作品在苏联国内引起很大的反响,成了"苏联当代文学的第一只春燕"。不过,1952年苏联文艺界的态势并不十分明朗。10月发表的苏共十九大"总结报告"中,一方面要求"作家和艺术家必须在作品中无情地抨击在社会中仍然存在的恶习、缺点和不健康的现象",一方面又大谈典型问题"任何时候都是一个政治性的问题",典型是"与一定社会历史现象的本质相一致的"。这就把刚刚开启的门又给关上了。而苏共十九大的报告传入中国(《文艺报》曾在"学习苏共中央关于文学艺术的指示"的通栏标题下刊出了报告中有关文学艺术的部分)后,"一个阶级一个典型"的观念也随之传遍中国文坛。

苏联真正大规模地反对"无冲突论"的斗争是在第二年展开的。斯大林去世后,苏共新领导开始加快了文艺政策调整的步伐,而且很快将反对"无冲突论"与批判个人迷信及其恶果结合在一起。1953年6月,《真理报》发表了题为《克服文艺学的落后现象》的社论,批评了文学理论和文艺批评中的僵化现象。7月,《区里的日常生活》的续篇《在前方》在《真理报》上刊出,以真实描写农村生活为主要特征的"奥维奇金流派"在文坛崛起。11月,该报又在《进一步提高苏联戏剧的水平》的社论中提出了作家应"积极干预生活"的口号,反对"对当代一些最尖锐的问题采取畏缩态度",要求"勇敢地提出广大劳动人民关注的问题"。与此同时,这一年里一部分思想敏锐的作家和理论家也纷纷撰文,就一些敏感的问题发表自己的见解。如别尔戈丽茨在《谈谈抒情诗》一文中批评了这几年诗坛上出现的"大量拙劣的、冷淡无情、毫不动人的诗篇",这些诗篇中缺少主要的东西,那就是"人",抒情诗中居然"没有抒情主人公,没有对事件和风景的个人态度",因此它必然"缺乏人情味",也不可能有"激动人心的感情"。作者明确地提出了过去被视为禁区的作家的"自我表现"的问题。波麦兰采夫在《论文学的真诚》一文中更是尖锐地抨击了作家违心写作的不正常现象。在一些作家的笔下,主人公讲的不是"人话",而是言不由衷的"官话",这反映了作家创作态度的不真诚;而"不真诚的种种表现形式之最坏者"是粉饰现实。作者认为:"评价作品的首项标准应该是真诚的态度,亦即作品的直率性。"爱伦堡和尼古拉耶娃在《谈作家的工作》和《论文学的特点》等文章中也都强调了不能把文学等同于一般的意识形态,文学应该有其特殊的本质和内容,"艺术的基本对象正是人",文学作品要写出"活生生的人"。

1954年的苏联文坛尽管还时起风波(如作协曾一度指责《新世界》发表《论文学的真诚》一文犯了"路线错误",并解除了特瓦尔多夫斯基的主编职务),但冲破旧桎梏的大潮已难以阻挡。5月,《旗》杂志刊出了爱伦堡的小说《解冻》,引起强烈反响。这是因为如尼古拉耶娃在《关于爱伦堡的中篇小说〈解冻〉》中所说的,它写出了1953年冬至1954年春人们"分明感觉到生活正在'解冻'"的时代氛围。这一年里,积极干预生活、塑造真实的人物形象的作品不断出现,如田德里亚科夫的小说《阴雨天》和《不称心的女婿》、特罗耶波利斯基的小说《一个农艺师的札记》、尼古拉耶娃的《拖拉机站站长和总农艺师》、别尔戈丽茨的诗体悲剧《忠诚》、史泰因的剧本《个人事件》和柯涅楚克的《翅膀》等。

年底召开的第二次作家代表大会上,清算长期统治苏联文坛的教条主义理论构成了会议的基调。特别值得一提的是西蒙诺夫所作的《苏联散文发展的几个问题》的补充报告。西蒙诺夫在报告中要求把"社会主义现实主义"定义中的第二句,即"艺术描写的真实性和历史具体性必须与用社会主义精神从思想上改造和教育劳动人民的任务结合起来"删去。他解释说,这一条容易导致对现实的歪曲描写。"正是在这几年里,声名狼藉的'无冲突论'在我们这里得到了广泛的传播。在相当多的作品里出现了现在批评界和作家团体正在相当积极地加以反对的那些粉饰生活和甜言蜜语的因素。""粉饰生活在那些描写我们农村生活的文学作品里表现得最厉害。""出现了这样的号召:要在描写内战的作品中减少描写当时某几种人所具有的自发性和不觉悟的因素"。在"无冲突论"的导引下，潘菲洛夫的小说《磨刀石农庄》的第四卷成了"所有主要人物快速成长的半童话式的故事"，而巴巴耶夫斯基在《光明普照大地》中对"生活中各种现实的矛盾"视而不见，"主要关心他的人物怎样获得日新月异的成就"。为什么读者在描写当代生活的作品中找不到"不是羞怯地、不是一笔带过地，而是全力地描写的爱情？""是我们的人热情衰退了吗？是他们的个人生活没有激动、没有对幸福的渴望和探索吗？""批评界有一些伪君子，……他们不知为什么认为，在进入社会主义建设时期的时候，这一切人类感情的宝藏就应当像套靴一样留在衣架上，免得留下肮脏的痕迹。对这样的伪君子，我们应该无情地向他们宣战。""我们特别不能容忍的是：对我们文学中真实地表现生活的传统的类似的歪曲竟以对文学的教育力量的假惺惺的关心作为掩护。""社会主义的思想不能以谎言为根据。只有生活的真实才能成为思想性的真正的，而不是虚构的基础。"在作家代表大会上出现措辞如此激烈的言辞和如此大胆的删改主张（而且这一主张为大会所接受），其对苏联"解冻文学思潮"的推动自然是巨大的。

中国文坛始终密切注意着斯大林去世后苏联文坛的这一系列动向。奥维奇金等作家的"解冻文学"作品被及时译成中文，苏联文坛批判"无冲突论"的文章也不断地介绍过来，苏联第二次作家代表大会上传出新的气息更为中国文坛特别是一些敏锐的作家感受到了，文学界对这次会议作了大量的报道，周扬还率代表团出席了这次会议。不仅如此，由于当时中苏作家互访相当频繁，作家之间的直接交流也不罕见，如作为"奥维奇金流派"重要成员的田德里亚科夫等作家当时也曾来到中国，与中国作家有过广泛的接触。田德里亚科夫还在与中国作家座谈时，由典型问题谈到了他那篇因真实反映农村生活而深得好评的《不称心的女婿》的写作经过，把苏联作家充满勃勃生气的新观念直接地传达给了中国作家。

1953年9月，第二次中华全国文学艺术工作者代表大会就是在这样一个国际文化背景下召开的。在这次大会上，除了继续强调文艺对资产阶级意识形态的批判以外，有两个方面令人注目。一是在继续明确"社会主义现实主义"为中国文学创作和批评的最高准则的同时，明确反对把它作为绝对的和唯一的模式。周扬的报告对这一点作了较充分的阐述。这也是继1933年周扬首次介绍"社会主义现实主义"以来，中国文坛对这一概念的再次较大规模的探讨。值得注意的是，报告着重指出了提倡这一创作方法正是为了在最大限度上保证作家在题材选择、表现形式和个人风格塑造上的完全自由；如果有人企图把它变成艺术创作的死的模式，用它的主观的尺寸来随便地硬套一切作品，那就和"社会主义现实主义"精神正相违背。二是批评了新中国初期文学创作中的公式化、概念化倾向。茅盾在总结四年来的文学工作时指出：创作中存在"把复杂而丰富的现实生活简单化为几个概念所构成的公式"的现象，塑造的人物毫无个性，英雄人物偶像化，反面人物丑角化，其原因是有些作家"常常是在生活矛盾和冲突面前轻易地避开了"。因此，"我们必须反对在创作上那种'无冲突论'或类似'无冲突论'的倾向"。有的与会者还指出，文学批评中的教条主义习气和行政领导的不恰当干预，也"助长了创作上的公式化、概念化的错误倾向"。上述两个方面既标志着中国文艺工作者理论水平的提高，但也不难看出受苏联同时期文学思潮影响的痕迹。

当然，这时期对上述问题的认识仍有很大的保留，因此在文艺思潮上也会出现反复，其中最明显的是对胡风文艺思想的批判。现在看来，作为一个受苏俄理论影响很深的思想敏锐且有独特品格的理论家，胡风是得风气之先的。他能在1954年的《意见书》和此前的有关文章中，用当时人们不能或不敢表达的尖锐言辞，勇敢地抨击庸俗社会学和极"左"路线，并非偶然。他对现实主义的理解、对"写真实"的强调、对文学创作规律的探索等都有其独到之处，当时批判他的不少人后来在适当的时候也重复了他的观点。不过，尽管思潮有反复，但文学创作中真实反映生活的趋向已不可遏制，此后几年的创作获得了新中国成立后的第一次丰收，出现了一批优秀作品，如曹禺的《明朗的天》、夏衍的《考验》、赵树理的《三里湾》、杜鹏程的《保卫延安》、孙犁的《风云初记》、刘知侠的《铁道游击队》、李季的《玉门诗抄》、闻捷的《吐鲁番的情歌》等，只不过因条件尚未成熟，还难以见到直接干预生活和深刻地揭示社会矛盾的作品。

1956年2月苏共二十大对斯大林个人崇拜的批判，对包括文艺界在内的整个苏联社会是一次巨大的震动，苏联的"解冻文学"由此出现高潮。作家们已普遍意识到"苏共二十大以后，已经不可能按照老套子写作了"。①一批青年作家迅速崛起。"大声疾呼派"诗人的代表叶夫图申科在《致一代人中的佼佼者》中的诗句"请把我当作一名号手，／我将吹起进攻的号音"，可以说反映了青年作家中相当一部分人的心态。这一年，发表了许多重要作品，其中有：爱伦堡的《解冻》（第二部）、肖洛霍夫的《一个人的遭遇》、田德里亚科夫的《死结》、尼林的《试用期》和《冷酷》、奥维奇金的《艰难的春天》、杜金采夫的《不单是为了面包》、叶夫图申科的《会有什么样的清醒……》、沃兹涅先斯基的《工匠们》、罗佐夫的《永生的人们》和沃洛金的《工厂姑娘》等。同时，左琴科和阿赫玛托娃等一些曾经遭到批判的作家恢复了名誉，他们的作品重新出版。理论界的思想同样极为活跃，既有对僵化理论的大胆突破，也表现出一定的思想混乱。

那年春天，中国文坛也涌动着春潮。2月，《文艺报》刊出了苏联《共产党人》杂志批判十九大报告中关于典型问题论断的专论。4月，《人民日报》社论在全面评价斯大林功过的同时，指出中国在包括文艺批评在内的不少领域"接受了对于斯大林个人崇拜的影响"，"至今仍然存在着教条主义的习气，把自己的思想束缚在一条绳子上面"。5月，中央正式提出"百花齐放，百家争鸣"的方针。于是，进入高潮时期的汹涌澎湃的"解冻文学"思潮与中国的文艺双百方针的提出相呼应，对中国当代文学产生强有力的影响。双百方针的提出，为50年代中期的中国文坛带来了一股强劲的春风。许多作家和理论家也确实有"如沾化雨，如坐春风"之感。如美学家朱光潜当时曾谈到，此前五六年他没有写过一篇学术性的文章，"并非由于我不愿，而是由于我不敢"，"'百家争鸣'的号召出来了，我就松了一大口气"，"我们还可以趁有用的余年在学术上替大家一样心爱的祖国出一把力"。②作家高缨也在《由〈达吉和她的父亲〉所想到的》一文中写道："我写这篇小说时，心情舒畅，毫无顾忌，我的笔敢于反映真实的生活，敢于抒发自己真正的感情。"

---

① 苏尔干诺夫：《现代文学的特征》，（苏）《文学俄罗斯报》1965年1月8日。
② 朱光潜：《从切身的经验谈百家争鸣》，《文艺报》1957年第1期。

在这样的大气候下，中国作家也像同期的苏联作家一样，响亮地喊出了文学要"干预生活""积极参与生活"的口号。王蒙等青年作家随即写出了一批鞭挞官僚主义习气，真实地反映生活中的矛盾冲突的作品；更多的作家开始把笔触伸向广阔的生活领域，揭示丰富的情感世界。当时产生较大影响的作品主要有：王蒙的《组织部新来的年轻人》、耿简（即柳溪）的《爬在旗杆上的人》、邓友梅的《在悬崖上》、陆文夫的《小巷深处》、李易的《办公厅主任》、李国文的《改选》、宗璞的《红豆》和杨覆方的《布谷鸟又叫了》等。这些作品在题材的选择和主题的开掘上明显地受到了苏联"解冻文学"的影响。蒙古族作家扎拉嘎胡后来这样回忆当时的情景："50年代，奥维奇金的特写和尼古拉耶娃的小说《拖拉机站站长和总农艺师的故事》等作品，猛然间又那么强烈地触动了我的心灵。我觉得我们蒙古民族的新生活中，既有鲜花和美酒，也有浮尘和沉渣。为使鲜花开得更艳丽，为使美酒酿得更香醇，我们有责任除尘清渣。我写出了干预生活、暴露生活阴暗面的第一篇作品《悬崖上的爱情》。"①又如王蒙也曾多次谈到过他的《组织部新来的年轻人》一作与《拖拉机站站长和总农艺师的故事》的联系。《拖拉机站站长和总农艺师的故事》塑造了娜斯佳这样一个敢于同官僚主义和保守思想作斗争的年轻的女农艺师形象，这部作品因团中央的推荐而在中国广为传播（当时有著名作家还专门写过一本名为《向娜斯佳学习》的书）。王蒙觉得如果青年人只是皮毛地去学娜斯佳的那套斗争方式，就会产生新的问题，他决定"提供一幅学习娜斯佳不顺利的具体图画"。（《春光唱彻方无憾》）作品在描写林震和赵慧文这两个青年知识分子形象的同时，着力刻画出了一个那一时代颇为典型的中国的官僚主义者刘世吾的形象，正是在这个形象身上显示了小说犀利的战斗锋芒。

与此同时，理论界也相当活跃。作协主办的《文艺报》接连讨论起"写真实""典型""形象思维"等问题。秦兆阳的《现实主义——广阔的道路》、钱谷融的《论"文学是人学"》、巴人的《论人情》等一批切中时弊的有创见的理论文章相继发表。从这些文章所涉及的问题看，它们在本质上与当时苏联作家和

---

① 见吴重阳、杨晖编：《踏入文学之门》，中国文联出版公司1986年版。

理论家所关注的问题是一致的。如这年9月《人民文学》发表的《现实主义——广阔的道路》一文开宗明义地要"以现实主义为中心,来谈一谈教条主义对我们的束缚"。文章批评了苏联作协章程中关于"社会主义现实主义"的定义,认为这一定义把思想性当成了外于生活和艺术的东西,并建议用"社会主义时代的现实主义"来取代"社会主义现实主义"的概念;文章指出,当前文艺上的庸俗思想"突出表现在对于《在延安文艺座谈会上的讲话》的庸俗化的理解和解释,而且主要表现在对于文艺与政治的关系的理解上";文章还认为,片面强调歌颂光明就必然会导致"无冲突论",简单地用艺术去图解政策就只会产生公式化、概念化的东西;应该鼓励"作家的个性和创造性",应该塑造"普通而同时又极为独特的人物";文章最后写道:"教条主义对于文学艺术的束缚,这不光是中国的情况,还是世界性的情况。也许正因为它是世界性的情况,所以才更加难以克服吧?"可以看出,作者在提出这一系列重要问题的时候,他的目光是始终把中国的文艺问题和世界性的文艺现象联系在一起考虑的(而这时在苏联,在东欧各国,反教条主义的斗争都在如火如荼地进行)。

钱谷融的《论"文学是人学"》也是很有代表性的。文章结合中国文坛的现状,批驳了季莫菲耶夫的《文学原理》中的一个错误论点,即"人的描写是艺术家反映整体现实所使用的工具"。文章指出:这个论点是"一向毫无异议地为大家所接受的。在苏联是如此,在中国也是如此"。如照此办理,那么"人在作品中,就只居于从属的地位,作家对人本身并无兴趣,他的笔下在描画着人,但心目中所想的、所注意的,却是所谓'整体现实',那么这个人又怎能成为活生生的、有血有肉的、有着自己真正个性的人呢?"假如作家"从这样一个抽象空洞的原则出发进行创作的,那么,为了使他的人物能够适合这一原则,能够充分体现这一原则,他就只能使他的人物成为他心目中的现实现象的图解,他就只能抽去这个人物的思想感情,抽去这个人物的灵魂,把他写成一个十足的傀儡了"。由于"这种理论是一种支配性的理论,在我们的文坛上也就多的是这样的作品:就其对现实的反映来说,那是既'正确'而又'全面'的,但那被当作反映现实的工具的人,却真正成了一把毫无灵性的工具,丝毫也引不起人的兴趣了"。

"这样来理解文学的任务,是把文学和一般社会科学等同起来了,是违反文学的性质、特点的。这样来对待人的描写,是绝写不出真正的人来的,是会使作品流于概念化的。""在今天,对于高尔基把文学叫做'人学'的意见,是有特别加以强调的必要的。"文章还针对有关文学的阶级性的流行观点,指出"所谓阶级性,是我们运用抽象的能力,从同一阶级的各个成员身上概括出来的共同性。纯粹的阶级性,只存在于人们的头脑中,在实际生活中的具体的人身上是不存在的"。这些充满了探索真理的勇气的见解在中国文坛引起了极大的反响。

在中国文坛上出现的这股浪潮与苏联"解冻文学"思潮之间的关系显而易见。它所提出的一些口号,所关注的一些问题,与当时的苏联文艺界如出一辙。它所要否定的一些东西也是如此,这些东西本来有不少就是舶来品。

四、在"反修"和"反右"的大背景下

第三阶段为1950年代后期。苏共二十大后,中苏关系出现某些裂痕,两国的文学关系也有某些微妙的变化,但总体格局尚未改变。因此,中国文学界仍在热心地介绍苏联文学作品,中国作家仍在发表《苏联作家的道路是我们的榜样》这一类的文章,苏联文艺理论译著的出版似乎也不少于前两个阶段,中苏文学思潮同期对应关系依然以不同的方式或隐或显地表现出来。

1956年10月的匈牙利事件对中苏两国震动都很大,阶级斗争的弦又一次绷紧了。表现在文学上,最突出的就是所谓保卫"社会主义现实主义"。苏联开始大量发表这方面的文章,中国的报刊也予以转载,如《译文》第12期上就载有多斯达尔的《保卫社会主义现实主义》一文。[①]年底,苏联《消息报》又刊出了指责杜金采夫的小说《不是单靠面包》的文章。从第二年年初开始,苏联的《共产党人》杂志、《真理报》和《文学报》纷纷撰文批评文艺界的"不健康倾向"。

中国的报刊迅速报道了上述动向,一度潜伏起来的"左"的东西又有所抬头,理论界围绕着"社会主义现实主义"等问题的争论也渐趋激烈,有人在刊

---

① 《译文》编辑部还编辑了两辑近百万字的《保卫社会主义现实主义》,后由作家出版社1958年出版。

物上发表《社会主义现实主义可以怀疑吗？》的文章批驳秦兆阳的观点，并提出"我们主张两条战线的斗争，政治也要，艺术也要。但是如果在必不得已的时候，我们宁要政治，而不要艺术！"不过，从总体上说，1957年上半年的中国文坛反对极"左"思潮的斗争仍未停止，文学创作也仍然呈现出勃勃生机。这时期（特别在整风运动期间）发表的抨击教条主义和官僚主义的不少作品和文章依然显示出犀利的锋芒。当时在《北京文艺》上曾发表过一首题为《更相信人吧！读〈卫道〉的〈文艺杂谈〉有感》（作者张明权）的哲理诗，倒也值得一读。这里节录几节：

> 更相信人吧，
> 相信"人"比你的"干涉"更值得相信，
> 相信"人"的"良心"不需要横加统一。
> 相信"人"不需要驱策的长鞭、跑道的白线，
> 只需要一把招引心灵前进的火炬。
>
> …………
>
> 更相信人吧，
> 相信他的辨别真、善、美的能力，
> 远远超过向日葵辨别太阳的能力。
> 相信没有一个生机不为春天而举蕾、开化，
> 同样没有一个心灵不为真理而日益美丽。
>
> …………
>
> 更相信人吧，
> 相信他、尊重他、膜拜他！
> 宇宙间只有他才最应该接受顶礼。

> 对他的每一个美丽的幻想双手保护，
> 对他的每一颗创造的嫩芽细心培养。
>
> 更相信人吧，
> 即使你不肯拿出浇灌的桶、施肥的锹，
> 且让你那横暴的锄头休息；
> 或者用它敲开自己心头的枷锁吧，
> 好让春风也把你怀里的幼苗吹绿。
> ……

在这首诗中，我们不仅看到了作者对戕害文艺事业的教条主义者的义愤，也感受到了作者对人的价值的重视和呼吁人道主义的激情，而这一点又很自然地使人想起苏共二十大后处于反对个人崇拜背景下的苏联文学思潮。如当时苏联批评家阿尼西莫夫就这样认为，新的文学思潮的一个基本点是，重新发现了人，重新返回到了人道主义。以肖洛霍夫的《一个人的遭遇》为代表的许多文学作品都力图写出人的尊严和人性的价值，都表现了对普通人命运的关注。不少诗歌更是直接以"人"为主题，如阿利格尔的《最重要的》、斯麦里雅科夫的《螺丝钉》和叶夫图申科的《世上哪个人会没有意思》等。因此，当我们把《更相信人吧》这首诗放到这样的背景中加以考察，可能就会发现更多一些的内容。其实，巴人的《论人情》、钱谷融的《论"文学是人学"》和王淑明的《论人情与人性》等文章触及的也是人性及其在文学中的表现的问题。巴人发表于1957年5月的一篇文章中有这么一段描述：

> 前一个星期，一位在南洋认识的作家朋友来我家，随便谈到我那篇成为问题的文章，他说，他是同意我的见解的。他讲了好多作品的例子，其中之一，就是四月号《译文》上发表的肖洛霍夫的《一个人的遭遇》。他认为我在《论人情》中所企望于作家的，正是《一个人的遭遇》中所表现的。他还

认为这篇小说,是在《真理报》跨年度发表的,足见《真理报》编者对这篇小说的重视。

这话是我在说了这样一段话后引起的。我说,写一个革命战士,除了写他在战场上杀敌的勇敢以外,也写写他日常生活中见到一个人死亡或受难而伤心流泪,那战士的形象也就更完整,更有生命了。这看来是矛盾现象,实际上是辩证地统一的。……我对那篇小说主人公在对德国法西斯作战中和以后被俘时所表现的一种非常曲折的、但基本上是坚贞不屈的精神感到兴奋,但看到他战后妻死子亡,收留下一个孤儿作为自己的爱子的那段描写,我流泪了。在他那亲子之爱的追求中,正表现了他那伟大的人类的爱。[①]

显然,作者在这里力图用《一个人的遭遇》的描写来再次证明他在《论人情》中所阐明的观点,而肖洛霍夫在当时中国的影响和这部作品自身的成就也确实为巴人的论点提供了最有说服力的论据。我们还可以举一个类似的例子来看看这种联系。柳溪在他的《摇身一变,教条主义那儿去了?》的短论中,以自己的切身经历反映了当时仍普遍存在的用行政手段干预文学创作的现象。文章谈到他的前二个剧本都因所谓"反映生活阴暗,主人公有伤感的情绪"而被领导否定了,第三个剧本写出后受到许多同志的好评,于是他又交给了领导,而后就有了如下一个场景:"我们的领导——也可以说他是理论界的一个权威,对我很和蔼地说:'啊,题材是重大的哩!可惜,你没有把它掌握好。……我不明白你为什么把我们的英雄写成那种样子,为什么他有那么些缺点?'我说在生活里我看见的人,他们是可爱的人,可是他们也有缺点……我们的领导者说我的'逻辑'是不对的,他说:'我们的时代,就要求我们写光辉灿烂的人物。'我说:'肖洛霍夫的拉古尔洛夫(《被开垦的处女地》中的主人公之一)也是光辉灿烂的人物,但并不妨碍写他的缺点,正因为写他的缺点,才使我们认识他,也更爱他。'我的另一位领导者立刻把腿一拍,说:'对呀!人家拉古尔洛夫写得多好啊!你要是写成拉古尔洛夫那样子当然就不会给我这种不真实的感觉了!'我听

[①] 巴人:《以简代文——关于"论人情"的答复》,《北京文艺》1957年第5期。

着这样的话，摸不着一点头脑……当然，我的剧本就这样被否定了。"作者在文章中对那些惯于见风使舵的教条主义者进行了辛辣的讽刺：

> 我们记得，在《共产党人》发表"专论"之前，有权威的一些批评家，在怎样引经据典地演义着苏共第十九次党代会关于典型的问题的那个不全面的公式，等到这篇关于论艺术典型的文章发表之后，他们立即成了"专论"的拥护者，他们写"心得"，写"笔记"，写"试谈""试论"等等的文章，骂一顿"烦琐的哲学公式"，把自己扮演成"先知先觉"的模样。我们也记得有些人，不谈艺术特征，而片面地去谈写什么样重大题材，英雄该不该写缺点，他们用积极的共性去剖析作品人物的性格；他们用成本大套的文章来阐述他的"庸俗社会学"，制造了一系列的公式化概念和理论，可是，等到有人反对了"庸俗社会学"，他们又立刻站起，指着别人的鼻尖，成了抨击"庸俗社会学"的斗士和保卫者了。

这样切中时弊的短论确实具有很强的战斗性，当时秦兆阳、徐懋庸、黄秋耘、姚雪垠和萧乾等许多作家都写过类似的文章。此外，值得一提的还有从维熙、刘绍棠和邓友梅等作家对"社会主义现实主义"质疑的文章。这些作家在"《人民日报》已经报导了苏联对于'社会主义现实主义'的保卫，中国很多作家也正在写探讨和批判文章"①的时候，敢于公开表明自己的观点，实在是需要勇气的。限于篇幅，这里仅以刘绍棠的文章《现实主义在社会主义时代的发展》为例。

文章认为，"社会主义现实主义"的定义有些时候"使得作家在对待真实的问题上发生了混乱，当前的生活真实不算做是真实，而必须去发展地描写，结合任务去描写，于是作家只好去粉饰生活和漠视生活的本来面目了"。"令人啼笑皆非的是，在这种定义和戒律的检验下，伟大作家的经典名著竟无法及格"，而那些缺乏"最起码的艺术感染力"的"粉饰生活的公式化概念化的作品，则最合

---

① 从维熙：《对"社会主义现实主义"的几点质疑》，《北京文艺》1957年第4期。

标准",可它们"寿命的短暂,并不比一则新闻通讯来得长"。"试问:葛里高利这个人物是正面人物还是反面人物呢?他的具体的教育意义是甚么呢?据说,葛里高利是代表小农私有者的个人主义的悲剧的。但是,为甚么在人物心目中矗立起来的,是一个崇高和勇敢的形象呢?……那个把生命和一切献给葛里高利的婀克西妮亚,将给她安一个甚么称号呢?好,算她是个反革命的追随份子吧,可是这个千秋万代不朽的婀克西妮亚,却影响着人民的品质和美德。……我们更无法从肖洛霍夫的作品中找到理想人物,达维多夫当然不配",因为他对富农反革命分子失去警惕性,还乱搞男女关系,"封他一个'正面人物',恐怕还需要打八折呢!"文章明确表示,不消除教条主义的影响,"文学事业无法进步,无法繁荣"。刘绍棠的这篇文章旗帜鲜明,毫不隐瞒自己的观点,并且有很强的论辩力量,相比之下,后来的那些批判它的文章就显得苍白多了。

1957年至1958年间,苏联文艺界开始了时断时续的"反修斗争"。而中国则从1957年6月起开展了一场大规模的"反右斗争"。现在看来,不管是中国的"反右斗争"还是苏联同期的"反修斗争"(包括后来对所谓"一株毒草"《日瓦戈医生》的作者帕斯捷尔纳克的批判),它们的基本点十分相似。在1950年代中后期特定的条件下,反击国际反动派的反共浪潮是完全应该的,但当时中苏都夸大了阶级斗争的严重性,并且习惯地拿起政治宣判的武器来解决文艺领域的问题。同时,也可以看到当时中苏政治关系尚未破裂,苏联的文艺政策仍在一定程度上左右着中国文学的发展,中国的"双百方针"未能顺利贯彻,苏联方面通过外交途径表示的"不理解"也是影响其实施的重要的外部原因;而苏联的"反修斗争"(即反对文艺领域里的"修正主义"的斗争)一经提出,就作为一个新的政治概念被中国文坛所接受,这又从外部为中国反右斗争的兴起和扩大化提供了理论依据。

在一片"劈开右派先生腐朽的灵魂!……向左!向左!向左!"(李学鳌:《舵轮在我们手中》)的呐喊声中,中国迎来了十月革命40周年的纪念日。几乎所有的报刊都出版了特刊,出现了1950年代最后一次的作品译介高潮。在纪念会和纪念文章中,除了到处能看到"苏联文化的方向,就是全体进步人类文化发展的方向""苏联的今天就是我们的明天""向金色的莫斯科致敬"这类颂词外，每每掺杂着不和谐的批判的声调，甚至连一些老作家也不得不在纪念文章中表态，如老舍的《中苏文学的亲密关系》、康濯的《苏联作家的道路是我们的榜样》等等。反右斗争以后，中国文艺界理论与创作活跃的局面不复存在，一批优秀作家中断了创作，文学的现实主义精神大为削弱，粉饰现实之作沉渣泛起。苏联的批判运动也使一批有才华的作家从此沉默，一批艺术佳作被禁止出版，文艺界的思想解放运动也一度受阻。

紧接着反右斗争，中国在1958年开始了"大跃进"运动。文艺界也纷纷制订了所谓"创作大跃进计划"，其效果是可想而知的。反右和"大跃进"使中国文坛上早已存在的极"左"倾向再次被强化了。与此同时，"两结合"（革命现实主义与革命浪漫主义相结合）的创作方法被正式提了出来。从理论界对这一口号的解释看，它的内涵与"社会主义现实主义"并无相异之处。用这一新口号来取代源自苏联的"社会主义现实主义"，正是中苏政治关系开始冷却的一个征兆。从另一个角度看，这一口号的提出又与国内的"大跃进"的形势有关。有的理论家在阐释"两结合"时有意突出浪漫主义，或者准确地说，是用虚假的"浪漫主义"来压低正视生活的现实主义，从而客观上助长了创作中的浮夸风气，这一点在新民歌运动中得到了充分反映。1959年知识界进行的所谓"拔白旗"运动再次殃及文艺界，在这样的情况下，50年代后期虽然也有过少量比较好的作品，但就总体而言，中苏文学交流、创作的热潮逐渐冷却下来。

第七讲　中苏文学关系的冰封期

1960—1970年代，中苏政治关系全面冷却，两国在一系列原则问题上发生猛烈碰撞。与此相应，中苏文学关系也进入了长达二十年的疏远、对立的冰封时期。

一、走向危机的中苏文学关系

1960年代初期至中国的"文化大革命"前夕，中国对俄苏文学的译介呈明显的逐年递减的趋势。1962年以后，国内不再公开出版任何苏联当代著名作家的作品；1964年以后，所有的俄苏文学作品均从中国的一切公开出版物中消失。我们可以先看看以下的统计数字：

> 1960年公开出版49种（其中初版40种），内部出版0种，刊物登载58篇；
>
> 1961年公开出版22种（其中初版17种），内部出版4种，刊物登载32篇；
>
> 1962年公开出版16种（其中初版14种），内部出版4种，刊物登载22篇；
>
> 1963年公开出版10种（其中初版10种），内部出版10种，刊物登载7篇；
>
> 1964年公开出版3种（其中初版2种），内部出版10种，刊物登载0篇；
> 1965年公开出版0种（其中初版0种），内部出版9种，刊物登载0篇；
> 1966年公开出版0种（其中初版0种），内部出版1种，刊物登载0篇。①

在上述译本中，俄国古典文学仅有《赫尔岑中短篇小说集》《格利戈洛维奇中短篇小说集》、果戈理小说集《塔拉斯·布尔巴》、列夫·托尔斯泰小说集《高加索故事》、涅克拉索夫的长诗《货郎》《契诃夫戏剧集》、马明—西比利

---

① 公开出版的数目中包括初版本和新译本，不包括旧译重印本。

亚克的小说《普里瓦洛夫的百万家私》和肖洛姆—阿莱汉姆的小说《一场喜欢一场空》八种，而且基本上是1960年代初期出版的。重印的或报刊上发表的也极为有限。有的作家已经完全在中国的出版物中消失了（如陀思妥耶夫斯基），即使还有作品出版的作家，读者见到的也大都不是他们的代表作。其实，俄国古典文学作品在反右斗争以后出版量就已急剧减少，1960年代上半期的状况仅是这种现象的延续罢了。在某些"左派"的眼中，以托尔斯泰为代表的19世纪俄罗斯文学当属"封资修文艺之列"，在高扬阶级斗争旗帜的年代里，这些作家的作品不说有害也至少是没用了。因此1960年代俄国古典作家（实际上也包括其他外国古典作家）的被排斥，虽说与中苏政治关系的恶化也有一定的联系，但显然不构成主要的因素。

在当时的文坛上曾发生过一场怎么评价外国古典作家的争论，很能说明在这一问题上两种文学思想的激烈交锋。有一个署名谭微的人在《新民晚报》上发表了一篇题为《托尔斯泰没得用》的文章，并抛出了一串理论。1950年代末1960年代初，一些有胆识的作家和理论家还能在报刊上对极"左"谬论给予还击，因此张光年的《谁说"托尔斯泰没得用"？》这样的很有力度的反击文章在《文艺报》上刊出了。作者首先一一批驳了谭文中"漠视托尔斯泰的三大理由"，即所谓：托尔斯泰"不会反映我们的时代"；他的"慢条斯理的写作方法""不能符合我们这个时代要求"；作为"饱食终日、无所事事"的贵族老爷的托尔斯泰"占了社会停滞的便宜"。针对其一，作者指出："各个时代的任务是不能互相代替的，我们衡量过去和今天的一切作家艺术家的功绩，就在于他们是否完成了时代托付给他们的崇高使命，是否创造出了无愧于自己时代的作品。"针对其二，作者指出：托尔斯泰的长篇创作"看起来很像是'慢条斯理'，其实都是呕心沥血的紧张的劳动。如果有人花了十年心血，写了一部表现我国1927年大革命、或红军长征、或建立抗日游击根据地的史诗般的长篇巨著，这算不算得是'多快好省'呢？我看是算得的；是否'符合我们这个时代的要求'呢？我看是符合的"。针对其三，作者在用列宁的论述批驳谭文的荒谬后，又反问道：如果谭文的"结论可以成立"，那么是否能因为"中国封建社会的长期停滞"而"得出结论，认为中国两千年来的许多杰出的文学家、艺术家（其中多数人的出身也是不大好的），也都可以随便加以漠视'呢"？而后，作者在驳斥谭文所谓的"让旧托尔斯泰休息吧，让新的'托尔斯泰'来刷新世界文坛"的怪论的同时，一针见血地揭露了谭文企图否定现有的作家队伍的用心：

> 实际上，这篇文章的作者，对当代的现有作家和青年作家都没有抱任何希望。在他看来，我们这个时代变化太大、太快了，几乎是无法理解的。……"这个灵魂工程师的工作，为数甚少的新旧'托尔斯泰'都无法担当，唯一的方法，只有发动群众自己来写，求诸无数的能创造世界、创造生活的人"。于是乎，现在的很多革命作家迅速地、生动地、正确地反映时代的可能性，也都被一股脑儿"漠视"了。看来，不但死了的托尔斯泰必须"休息"，而且活着的所有作家们也都只好"休息"。不但"托尔斯泰没得用"，而且立志为人民服务的所有作家们也都"没得用"了。……这样的论调，确乎是在一定的时期、一定的范围内流行过。①

文章谈的是托尔斯泰，实际上涉及的是怎样对待中外古典文学遗产的大问题；批驳的是谭文，实际上针对的是文坛上流行的错误论调和那些举着大棍的"左派"。谭文对托尔斯泰和中国现有作家队伍的否定，无疑是极"左"思潮日益猖獗的信号。而在那样的大气候下，仍能见到张文这样的有真知灼见且无畏无惧的文章实是难能可贵的。

1960年代初期，中国文坛对别、车、杜倒情有独钟，前一阶段出版过的别、车、杜的论著这时基本都有了重印本，他们的文艺思想仍受重视。当时出版的影响很大的由以群主编的《文学的基本原理》一书，行文中大量引用别、车、杜的言论，其数量仅次于马克思主义经典作家，足见别、车、杜在当时中国文坛的地位尚未动摇。这主要得益于别、车、杜的革命民主主义者的身份（尤其是车尔尼雪夫斯基反抗沙皇专制制度的"俄国的普罗米修斯"的形象），得益于他们的某

---

① 见《文艺报》1959年第2期。

些文艺观点经修正或片面强调（有的则是基于其本身的矛盾）后尚能为当时的文艺政策服务，尽管经过变形后的别、车、杜与其原形已存在不小的差距。对此，朱光潜先生在这一时期所作的研究和提出的见解充分显示了他的敏锐和胆识。他在论述别林斯基和车尔尼雪夫斯基的美学思想时，一方面高度评价了两位思想家的历史功绩，另一方面又通过深入细致的分析对他们美学思想上存在的矛盾和不足提出了切中肯綮的批评。如他在谈到车尔尼雪夫斯基时指出："车尔尼雪夫斯基在美学上最大的功绩就在于提出了关于美的三大命题和关于艺术作用的三大命题。这些命题把长期由黑格尔派客观唯心主义统治的美学移植到唯物主义的基础上，从而替现实主义文艺奠定了理论基础"；同时他又批评了车尔尼雪夫斯基"艺术的力量就是注释的力量"的观点，认为这是"片面强调艺术的认识作用"；批评了车尔尼雪夫斯基关于艺术的用处在普及科学知识的说法，认为这是"要艺术从概念出发"等等。①这些批评其实也是对中国文坛的某些顽疾的批评，有着极好的警示作用，可惜未能引起当时文坛的采纳和注意。

刚跨进1960年代时，中苏两国的裂痕虽日益扩大但表面上仍保持友好，所以文坛对苏联文学的态度仍谨慎地接纳，译介的数量尚未锐减。在1960年北京出版的《苏联文学是中国人民的良师益友》一书中，作为文艺界主要领导人之一的茅盾还撰文总结1950年代中国译介苏联文学的成就并向读者推荐了一批优秀的读物，并对在中国"将出现一个阅读苏联作品和向苏联作品中的英雄人物学习的新的高潮"充满信心。书中另有许多高度评价包括肖洛霍夫《静静的顿河》在内的不少苏联文学作品的文章，虽然这些文章都深深地打上了那个时代的烙印。如在一篇题为《〈静静的顿河〉的教育意义》的文章中，作者归纳的五个方面的意义是：社会主义革命是必然要胜利的，社会主义革命是一场激烈的阶级斗争，国际帝国主义企图绞杀社会主义国家的阴谋是注定要失败的，社会主义革命一定要在共产党领导下才能完成，共产党员的英勇斗争是社会主义革命胜利的保证。而这样的远远偏离作品内涵的文章竟出自小说译者之手，这不能不说是一个可悲的现象。这样的文章，也很快也在中国的文坛上消失了。

---

① 见朱光潜：《西方美学史》下卷，人民文学出版社1979年版。

苏联文学（特别是苏联当代文学）在1960年代上半期的中国逐步受到的冷落过程，与中苏政治关系的日益恶化有直接的联系。查阅这一时期新译介过来的公开出版的全部苏联文学作品，我们发现儿童文学作品居然占了一半左右的数量。其余的除了高尔基的《三人》、革拉特珂夫的《童年的故事》和法捷耶夫的《最后一个乌兑格人》等少数几部外，大都为非名家所著的不重要的作品。不正常的译介现象说明在这一阶段里译者的选择已受到制约，而且随着1961年苏联撤走专家和1962年中苏公开决裂，这种制约就变得更加明显了。苏联当代一些主要作家的作品在中国的出版受到了严格的控制，例如肖洛霍夫的作品在1960—1970年代未有一部公开出版。也正因为这样，1961年和1962年中国公开推出苏联当代著名作家柯切托夫的两部长篇小说《叶尔绍夫兄弟》和《州委书记》的中译本（尤其是前者）就显得格外引人注目了。

在苏联当代文坛，柯切托夫是一位擅长描写当代社会生活，且与"解冻文学"主潮相逆的小说家。他自称是这块"比其他任何阵地都'更危险'"的"前沿阵地"的侦察兵；他歌颂的主要对象是"工人的世界，他们的革命性"；他要求塑造理想人物，"如果生活中没有理想人物，艺术家就应当把它构想出来"；他认为应该用"唯一正确的立场——阶级斗争的立场"来看待生活和进行创作，因为阶级敌人"阴魂的微分子还能够在这儿或那儿毒化我们的社会气氛"。[①]他的作品富有政论激情，但每每因主题先行而在艺术上显得粗糙。

作为"反潮流的战士"的柯切托夫，他的受1960年代初期中国文坛特别关注的小说《叶尔绍夫兄弟》倒应该算作顺潮流而推出的一部作品。1950年代后期的"反修斗争"使"解冻文学"出现了一次小小的回潮，《叶尔绍夫兄弟》就是在这个时候写就和发表的。[②]小说的论战性显而易见，似乎是为当时对杜金采夫的《不是单靠面包》的批判作佐证，作者笔下的市委书记和工厂厂长个个正直磊落，而居心不良的则是那些野心家和假发明家（这与《不是单靠面包》中的人物设计正相对照）。作者还通过一个工人的口质问扬言要大反官僚主义的大学生：

---

① 见柯切托夫《心献给谁》一书和（苏）《十月》1963年第11期文。
② 最初由《涅瓦》杂志1958年第6—7期刊出。

"这些贵族老爷、官僚主义者你见过没有?……还是你从《新世界》杂志上看来的?"①那些心术不正的人阴谋得逞,纷纷为"二十大英明决议"干杯。一年后在反击修正主义思潮的斗争中,他们才身败名裂。同时,在小说的另一条线索中,作者又抨击了那些"成了阴暗的'解冻'思潮和修正主义狂澜的牺牲品的文艺工作者"。②小说还写到一个从莫斯科来到钢铁厂的画家由彷徨走向成功的道路,其契机就是在肖像画《炼钢工人》中塑造了"理想的英雄"形象,这又很自然地使人想起爱伦堡《解冻》中的不为风向所动、追求真正的艺术的画家形象,作者的针对性也很显然。这部作品发表后在苏联国内引起过争论,随着形势的发展,对作者夸大"修正主义思潮的影响"的做法予以否定的意见占了上风。相反,当时中国的译者却盛赞此书"反映现实迅速及时,题材鲜明,主题思想突出并充满政论性的热情";③《人民日报》等报刊也刊载了李希凡等人撰写的《一本洋溢着政论热情的小说》《一张画像的启示》和《捍卫着苏维埃胜利果实的人们》等文章。联系到这部小说的内容,以及1960年代初期中国正高扬"反修斗争"旗帜的背景,这部(也包括随后译出的《州委书记》)被视作"揭露了苏共二十大后修正主义思潮在苏联泛滥的现实"的作品自然成了最有说服力的教材,柯切托夫受到格外的推崇就一点也不奇怪了。

在1960年代上半期中国译出的苏联文学作品中真正有价值的是那些"黄皮书"(即这一时期由作家出版社和中国戏剧出版社内部出版的装帧简单的外国文学作品),其中苏联文学作品主要有:特瓦尔多夫斯基的长诗《山外青山天外天》(1961——此为中译本出版时间,下同)、肖洛霍夫的小说《被开垦的处女地》(第二部,1961)、潘诺娃的小说《感伤的罗曼史》(1961)、西蒙诺夫的剧本《第四名》和小说《生者与死者》(1962)、柯涅楚克的剧本《德聂伯河上》(1962)、爱伦堡的小说《解冻》(1963)、梅热拉伊蒂斯诗集《人》(1963)、《〈娘子谷〉及其他》(苏联青年诗人诗选,内收叶夫图申科的《斯

---

① 《不是单靠面包》发表于《新世界》1956年第8—10期。
② 见(苏)《文学报》1958年9月6日日丹诺夫文。
③ 见该书"译后记"。

大林的继承者们》《恐怖》《婚礼》《娘子谷》和《孤独》等，沃兹涅先斯基的《天才》和《三角梨》，阿赫玛杜琳娜的《儿子》《深夜》《上帝》和《新娘》等20多首诗，1963）、史泰因的剧本《海洋》（1963）、伊克拉莫夫和田德里亚科夫的剧本《白旗》（1963）、阿尔布佐夫的剧本《伊尔库茨克故事》（1963）、索尔仁尼琴的小说《伊凡·杰尼索维奇的一天》（1963）、阿克肖诺夫的小说《带星星的火车票》（1963）、索弗洛诺夫的剧本《厨娘》（1963）、爱伦堡的回忆录《人、岁月、生活》（1962—1964，前四卷）、特瓦尔多夫斯基的长诗《焦尔金游地府》（1964）、阿辽申的剧本《病房》（1964）、罗佐夫的剧本《晚餐之前》（1964）、科热夫尼科夫的小说《这位是巴鲁耶夫》（1964）、卡里宁的小说《战争的回声》（1964）、《索尔仁尼琴短篇小说集》（1964）、冈察尔的小说《小铃铛》（1965）、阿克肖诺夫的小说《同窗》（1965）、西蒙诺夫的小说《军人不是天生的》（1965）、贝可夫的小说《第三颗信号弹》（1965）、《艾伊特玛托夫小说集》（1965）、《苏联青年作家小说集》（1965）、卡扎凯维奇的小说《蓝笔记本》和《仇敌》（1966）等。

　　从上面所列出的部分书名中，可以看到这些内部出版物均系苏联当代文学作品，而且基本上都是苏联国内最有影响的或最有争议的作品，介绍得又相当及时和准确。这种及时充分说明中国文坛对当代苏联文坛的动向极为关注，而选择的准确性又充分说明中国的译者对当代苏联文学的熟悉。与此同时，1960年代上半期中国还内部出版了一批苏联当代的文艺理论著作，涉及的内容也均是苏联当代著名的作家和理论家对当代文学中重要的文学现象和理论问题的评价。这些著作有：《人道主义与现代文学》《关于文学与艺术问题》《苏联一些批评家、作家论艺术革新与"自我表现"问题》《苏联文学中的正面人物、写战争问题》《苏联文学与人道主义》《苏联文学与党性、时代精神及其他问题》《苏联青年作家及其创作问题》《新生活——新戏剧（苏联戏剧理论专辑）》《戏剧冲突与英雄人物（苏联现代袭击理论专辑）》《关于〈山外青山天外天〉》《关于〈被开垦的处女地〉第二部》《关于〈感伤的罗曼史〉》等。由此可见，中苏文学的表面联系中断了，可实际上中国文学界的目光并没有离开苏联文学，它们作为一股潜流依然存在。

这时期中苏文学发展的进程也不再具有同期对应关系。1959年5月召开的第三次全苏作家代表大会宣告了从1957年开始的苏联文艺界的"反修斗争"就此结束。1960年代初,苏联文艺界掀起了一股探讨人道主义问题的热潮。1962年苏联作协与科学院世界文学研究所联合举办了"人道主义问题与现代文学"的大型讨论会(讨论会成果后汇编成册,中国以"黄皮书"的形式及时给予了介绍,即上面提到的《人道主义与现代文学》一书,中译本分报告集和发言集二册,近40万字)。在这次讨论会上,许多批评家强调社会主义人道主义应成为苏联文学的灵魂。如果说以前苏联文艺界强调文学的人道主义精神时,往往将重点落在肯定人对历史的积极作用上,那么这一时期文艺界则将重点落在了肯定人的自身价值上。有人认为:"人的个人的本身价值和重要性问题,今天被提到了首位,这是很自然的。社会主义概念和假人道主义概念之间的最深刻的分界线之一——就是明确倾向于艺术上再现个人的重要意义。"[①]有的批评家还指出:"人的完整性乃是组成真正人道主义观念的基础。这意味着,英雄气概、勇敢坚强、坚定不移、无畏精神、友爱、正直、义务、信任是同等重要的。"[②]这次讨论会对1960—1970年代苏联进一步深入探讨人道主义问题产生了积极的影响,并有力地推动了苏联1960年代文学的发展。事实上,许多作家确实以自己的作品对此作出了响应。

与此同时,苏联文艺界也开始以更开放的态度接纳世界各国的优秀的和有影响的文学,大量的外国文学名著被翻译出版。苏联作家和读者逐渐熟悉了过去被斥之为"资产阶级糟粕"的外国古典文学和现当代文学,包括西方现代主义文学。卡夫卡、雷马克和海明威等西方作家成了许多青年作家争相模仿的偶像。松动的政策和开放的眼光,既为有才华的青年作家的崛起创造了有利条件,也使一部分作家的创作呈现出复杂性。1960年代初,苏联文坛出现的题材内容五光十

[①] 谢尔宾纳:《现代文学中关于人的观点》,载《人道主义与现代文学》,(苏)作家出版社1965年版。
[②] 阿尼西莫夫:《人道主义与行动》,载《人道主义与现代文学》,(苏)作家出版社1965年版。

色，体裁样式别致新颖的"新小说浪潮"无疑与外来思潮的影响有关。这时期文坛气氛比较活跃，创作园地不断扩大，出现了许多新的文学期刊；作家代表大会制度恢复正常，文学的民主空气逐步形成；文学反映生活的领域大大拓宽，优秀作品层出不穷。当然，1960年代上半期的苏联文坛仍充满着矛盾、斗争，甚至某种程度的混乱，错误的观点如片面强调人物形象的"非英雄化"和宣扬"绝对的创作自由"等常见诸报端，有错误倾向的作品也时有出现。

与同时期的苏联文坛相比，中国文艺界的斗争更为激烈。1950年代后期中国文坛的极"左"倾向严重地损害了文学创作的健康发展，这使一些坚持社会主义文艺方向的同志深感不安。1959年中期至1962年中期，周恩来等人做了大量的纠偏工作。特别是在1960年代初期文艺界召开的一系列会议上，周恩来、陈毅等一再强调要提倡艺术民主，尊重艺术规律；反对对作家抓辫子、打棍子；反对片面理解文艺与政治的关系；主张给作家选择题材的自由和探讨艺术问题的自由等等。1962年4月，经中央批转的《文艺八条》正是这种纠偏努力的积极成果。值得注意的是，在《文艺八条》中有这么一个提法，即"西方资产阶级的反动文学艺术流派和现代修正主义的文艺思潮"也"应该有条件地向专业文学艺术工作者介绍"。也许正是这一条，才使得其后数年中国的文学家尚能"合法"地阅读到苏联当代文学作品。在这期间，文艺理论界再次活跃起来。1961年和1962年，《文学评论》《文艺报》《戏剧报》等报刊多次发起了关于题材、共鸣、人性、人情、戏剧冲突等许多理论问题的讨论；报上又出现了关于如何正确理解高尔基的"文学是人学"的论断的争鸣文章；茅盾甚至对"两结合"的提法表示了异议；后来被"四人帮"诬蔑为"黑八论"的"现实主义深化论""反题材决定论""中间人物论"等理论主张大多也是在这时提出来的。重新出现的"百花齐放，百家争鸣"的形势，为文学创作带来了新的生机，即使这种形势在1962年中途逆转，其潜在的力量仍对1960年代上半期的文学创作产生着积极影响。周而复的《上海的早晨》、杨沫的《青春之歌》、吴强的《红日》、郭沫若的《蔡文姬》、曹禺的《胆剑篇》、吴晗的《海瑞罢官》、田汉的《谢瑶环》、柳青的《创业史》、梁斌的《红旗谱》、曲波的《林海雪原》、冰心、杨朔、秦牧和刘白羽的散文、邓拓和廖沫沙的杂文等,都产生了广泛的影响,充分显示了这一时期中国文学创作的成就。

然而,1960年代上半期的中国文学发展的道路是相当坎坷的。标志着这一时期开端的中国第三次文代会(1960年7月)就是在倡导"持续跃进"和加强"反修斗争"的背景下召开的。两种文艺思想的斗争即使在大会的主要报告《我国的社会主义文学艺术的道路》中也反映了出来。报告既肯定"百花齐放,百家争鸣"的方针,又强调"对修正主义思想的斗争"是当前文艺界的重要任务;既肯定革命现实主义,又强调革命理想主义最适合于中国的实际。

二、排斥时期的逆向对应现象

1960年代中期对中国社会来说是一个非同寻常的时期。也正是从那个时候起,中苏文学关系进入了严重冰封时期。1966年3月中国内部出版了1960年代最后一部也是这一年唯一的一部苏联文学作品,其后整整六年所有的俄苏文学作品在中国绝迹。苏联当代文学更是成了禁区,著名作家肖洛霍夫成了"苏修文艺"的总头目,批判"苏修文艺"成了中国文艺界的一大任务。

而这时期苏联文坛却显得相对平静。1960年代中期,随着苏联社会政治生活的变动,经历了十年风风雨雨的"解冻文学"思潮开始退潮。这时期苏共文艺政策作过一次大的调整,其核心是反对两个极端,这一主导倾向保持了相对的稳定,文艺思潮也逐步趋向平稳。如批评家库兹涅佐夫在1970年代末总结这一时期的文学状况时所说的那样:"文学上的慷慨陈词和争论、思想上的不平静状态和苦楚已远远成为过去","极端现象消失了,文学生活中较为求实的建设性的气氛形成了,时代已变得不那么喧哗和那么紧张","文学的进程变得丰富多彩和复杂多样了"。①因此,从文学理论和文学创作的实绩来看,把1960—1970年代称为苏联文学的一个丰收时期是恰如其分的。当然,即使这样,苏联文学与政治

---

① 库兹涅佐夫:《时代的人道主义本质》,载《真理之路和人道主义之路》,(苏)文学出版社1978年版。

的联系还是比较紧的,这时期有过两大文学刊物间的"歌德"与"缺德"之争,有过引起轩然大波的"索尔仁尼琴事件",1970年代后期出现的社会停滞现象也对文学产生过影响。

中国社会的剧烈动荡和中苏政治关系的严重对立,使文学的交流成了一片空白,这种现象直到1972年才有了些许变化。"文化大革命"的中后期,社会秩序有所恢复,出版业也重新开始启动。在这几年里公开出版了高尔基的《童年》和《人间》、绥拉菲莫维奇的《铁流》、法捷耶夫的《青年近卫军》和奥斯特洛夫斯基的《钢铁是怎样炼成的》等少数几部被视作最"纯真"的无产阶级文学作品。与此同时,一些西方的当代文学作品开始以"供内部批判之用"的形式重新出现,苏联当代文学作品也在此时以同样方式再次进入中国。撇开1950年代和其后的1980年代巨大的译介浪潮不谈,仅与1960年代前五年的内部出版物相比,这时期内部出版的苏联文学作品的数量似乎不能算少。这五年里出版的单行本有二十五种,出版量大体等于其他西方国家的文学作品的译介总量。另外在上海人民出版社内部出版的期刊《摘译》中也载有一定数量的苏联文学作品。《摘译》从1973年11月创刊至1976年12月终止,共出刊三十一期,综合性的有二十二期,专刊九期(其中苏联文学专刊为7期),增刊两期(均为苏联文学作品)。《摘译》从创刊号起还有七期开设了"苏修社会生活面面观"专栏。此外,上海和北京等地公开或内部出版的《学习与批判》《朝霞》《苏修文艺资料》《苏修文艺简况》《外国文学资料》和《外国文学动态》等杂志为批判"苏修文艺"也有部分作品译介。由此可见,即使在这一非常时期,苏联文学依然是中国译介者主要的关注对象。

这时期译介过来的作品中有一部分是苏联的反华作品,如《德尔苏·乌扎拉》《阿穆尔河的里程》和《淘金狂》等,这些作品大部分出现在"珍宝岛事件"以后,纯系苏联文坛配合政治斗争需要而作。另外,为批判苏联的"霸权主义",译介中也注意选择了相当数量的军事题材的作品,主要有《不受审判的哥尔查科夫》《礼节性的访问》《核潜艇闻警出动》《勃兰登堡门旁》《驯火记》和《蓝色的闪电》等。对这些作品要作具体分析,有的确系为苏联扩张政策张目的作品，这些作品自然没有什么价值；有的则是批判者张冠李戴，其本身不过是一些反映当代苏联军人和科学工作者生活的作品。这时期译介过来的"供批判用"的作品中大部分还是思想和艺术均属比较优秀的作品，如肖洛霍夫的小说《他们为祖国而战》、艾特玛托夫的小说《白轮船》、田德里亚科夫的小说《毕业晚会后的一夜》（即《毕业典礼之夜》）、利帕托夫的小说《普隆恰托夫经理的故事》、德沃列茨基的剧本《外来人》、沙特罗夫的剧本《明天的天气》、罗佐夫的剧本《四滴水》、沃罗宁的小说《木戈比》、西蒙诺夫的小说《最后一个夏天》、邦达列夫的小说《热的雪》、沙米亚金的小说《多雪的冬天》、米哈尔科夫的剧本《泡沫》、切尔内赫的剧本《适得其所的人》、格拉宁的小说《目标的选择》和格列勃涅夫的剧本《一个能干的女人》等。这些作品虽然远远不能反映1960—1970年代苏联文学的全貌，但也或多或少地向当时中国的读者透露了一些苏联文坛的信息。

为什么"文革"期间有一部分优秀的苏联当代文学作品能译介到中国来，这一现象值得讨论。笔者认为，不宜将它看作是译介者出于审美爱好而作出的有意识的"偷渡"，因为这里涉及的是译者当时有多大的自由度的问题。这一阶段正处于中苏文学关系的严重冰封期，在极"左"路线的严密控制下，译者中即使有人具有与流行的意识形态相左的目光，他们也不可能有多大的选择空间。"文革"结束后，有人曾这样谈到过当时的翻译状况："四人帮"的亲信"亲自'把关'，审查每一期外国文艺《摘译》"；"在翻译什么作品的问题上，他们[①]则根据'洋为帮用'的原则，丝毫不考虑翻译工作者的意见。一部作品，只要他们认为对自己有用，就决定翻译"。[②]要"洋为帮用"，自然也得对准"苏修文艺界的头面人物"和有影响的"修正主义大毒草"。这样的作品在当时的读者（尽管是小范围中的读者）中流传的结果，完全有可能产生与介绍者本意大相径庭的影响。因此，与其把这理解成"偷渡"，倒不如将它看作是一种历史的误会更为

---

① 指"四人帮"及其亲信。
② 上海师范大学中文系外国文学教研室：《批"洋为帮用"——揭批"四人帮"利用苏联文学搞篡党夺权的罪恶阴谋》，载《外国文学研究》1978年第1期（创刊号）。

合理些。强调这一点的目的，主要是为了客观估价"文革"时期文化禁锢的压力和它所造成的"认知结构的倒置"的严重性。

值得注意的是，1960年代中期至1970年代中后期，尽管中苏文学关系全面中断，但是由于处处以苏联文学为反面教材，结果竟形成了两国文学的某种逆向对应的现象。这里除了受中苏政治关系和极"左"路线的制约外，与"四人帮"一伙利用"批修"来为其政治阴谋服务也有直接的关系。下面我们从几个方面来看看当时的逆向对应现象。

当苏联文坛以开放的格局对待文学遗产和外国当代的文学成就时，中国文坛立即大批"厚古薄今"和"崇洋媚外"，并认为这是"我们同修正主义者"的一个"尖锐分歧的问题"。①这时期，苏联对优秀的古典作家给予了应有的重视，这包括曾受到排斥的作家。如1971年，苏联隆重纪念陀思妥耶夫斯基诞生150周年，苏共中央的领导人出席了在莫斯科举行的纪念大会。作协主席费定在开幕词中高度评价陀氏，认为他是"世界文化不可分割的一部分"；世界文学研究所所长苏奇科夫在发言中称陀氏是"发展了俄罗斯文学的民主倾向，保护被侮辱、被损害者，保护人类尊严的人道主义作家"；著名作家艾特玛托夫则在《严酷无情的现实主义》一文中指出："陀思妥耶夫斯基作为一位伟大的艺术家，给了19至20世纪世界文学的全部进程以革命性的影响。"②苏联评论界也给予了非主流派的现代作家应有的地位。赫拉普钦科曾在他的论著中举了叶赛宁、阿赫玛托娃、帕斯捷尔纳克、茨维塔耶娃和普里什文等许多非主流派作家的名字，认为尽管他们的创作"不包含有说明社会主义现实主义性质的特点"，但这些"杰出的语言艺术家"的创作都是社会主义文学的组成部分，因为"在社会主义文学中过去存在过，现在还存在着各种各样的流派"。③

可是，1960—1970年代的中国文坛正在忙于指责有人"盲目崇拜""文学

---

① 周扬：《我国社会主义文学艺术的道路》，载《中国文学艺术工作者第三次全国代表大会文件》（1960）。
② 见（苏）《真理报》1971年11月12日艾特玛托夫文。
③ 赫拉普钦科：《作家的创作个性和文学的发展》，上海人民出版社1977年版。

遗产，特别是19世纪欧洲资产阶级的文学艺术"，①号召人们把"对19世纪资产阶级文学遗产的批判更加深入下去"（舟南：《评〈无情的情人〉》）。于是，在中国的报刊上出现了不少全盘否定和随意评判外国古典文学作品的文章。例如，有一篇文章用"阶级斗争的大棒"这样横扫了屠格涅夫的小说《前夜》中的主人公："叶琳娜向穷人施舍，既是一种自我麻醉，又是一种麻醉被剥削者的表现"；"叶琳娜对被遗弃的小猫小狗，以至小鸟小虫，爱护得无微不至，但是她从来没有关心过农民的生活"；"叶琳娜是爱情至上主义者，如她自己所说，'没有爱情怎能生活呢？'她渴望爱情到如此地步，每看见一个青年男子，便会想起自己的婚事来"，这"是她的极端个人主义的表现形式"；"我们必须剥下作者为她披上的、经过精心创作的迷惑人的外衣，挖出她自私的和庸俗的灵魂，帮助读者认清她的阶级本质"；"英沙罗夫是属于剥削阶级的而不是被剥削阶级的。反对土耳其人对他有切身利益，因而他的态度是很鲜明的"；"英沙罗夫接近的是哪些俄国人呢？既不是革命民主主义者，也不是具有革命民主主义思想的青年学生，更不是广大的农民群众，而是俄国的贵族"，他"和俄国的贵族阶级水乳交融，对地主剥削农民的残酷行为无动于衷，对俄国的农奴制度从未表示过不满，这样的人就在当时来说也不是很先进的"，"在我国社会主义革命深入，阶级斗争尖锐复杂的今天"，"我们不能把他抬高"；"伯尔森涅夫在进步势力被反动势力冲击的时刻，没有站在进步势力方面与反动势力搏斗，而是避开斗争，闭门研究古日耳曼法律。他的态度完全暴露了他的立场。原来这位'善良'和'高尚'的人，对解放农奴这样的大事毫无兴趣，对他们的命运无动于衷。地主鞭打农奴的伤痕、农妇眼里的泪水、婴儿的声声啼泣都不能打动他的心。伯尔森涅夫是在地主抽打农奴的皮鞭声中写出自己的论文的。……伯尔森涅夫是研究哲学和法律的，更直接为沙皇制度服务，是沙皇的一个得力工具。……这就是伯尔森涅夫的反动本质。"②这些评价之偏颇是显而易见的。按照这样的逻辑，所

---

① 周扬：《我国社会主义文学艺术的道路》，载《中国文学艺术工作者第三次全国代表大会文件》（1960）。
② 蓝英年：《〈前夜〉人物批判》，见《外语教学与研究》1965年第2期。

有的文学遗产自然都是毒害人民的麻醉剂，都应归入扫荡之列。

苏联文坛1960—1970年代在文艺理论建设上取得了不少成果，如在列宁文艺思想的研究、别车杜文艺思想的研究、"社会主义现实主义开放体系"的阐释和文学研究方法论的探索等方面都有新的开拓。而对文学中的人道主义问题的探讨也有进一步的深化。如果说1950年代苏联文艺界着重于为人道主义恢复名誉的话，那么这一时期理论界更注意对马克思主义的人道主义学说的研究，并尝试完整地阐明苏联文学的人道主义的发展和特点。许多理论家都意识到，必须以历史主义的态度去接受、运用并捍卫人道主义的概念，保持这一概念的完整性、多方面性和丰富性。苏联学者由此出发，全面探讨人道主义与文学的关系，努力丰富文学的人学内容。理论的成果和老中青作家群体的形成又为创作迈上更高的台阶创造了有利条件。一些1920—1930年代走上创作道路的老作家如肖洛霍夫、西蒙诺夫、费定、特瓦尔多夫斯基、马尔科夫和扎雷金等，仍不断有佳作推出；1940—1950年代登上文坛的中年作家如艾特玛托夫、邦达列夫、阿斯塔菲耶夫、拉斯普京、舒克申、万比洛夫、叶夫图申科、沃兹涅先斯基、特里丰诺夫和瓦西里耶夫等，以独树一帜的风格和新意迭出的作品辉耀文坛；而一批生气勃勃的青年作家如马卡宁、阿纳托利·金、托卡列娃和库尔恰特金等，也以其目光的敏锐、视角的独特和风格的新颖赢得了众多的读者。1960—1970年代成了苏联当代文学的繁荣期。

与此形成鲜明对照的是，此时的中国文坛正在全面清算中国的文艺理论工作者多年来所取得的成果，例如所谓"文艺黑线专政论"声称，新中国成立以来的中国文艺界"被一条反党反社会主义的黑线专了政。这条黑线就是资产阶级文艺思想、现代修正主义的文艺思想和所谓三十年代文艺思想的结合"。而据说，1930年代的文艺思想就是别林斯基等人的文艺思想，于是别、车、杜就成了中国"三十年代文艺黑线的祖师爷"，他们的文艺思想就成了中国"文艺黑线"专政的指导思想。他们还乱拉胡扯地把别林斯基等人说成是所谓修正主义"三全文艺"（全民族、全民、全人类）的始作俑者，而在他们看来，中国的"文艺黑线"的中心口号"全民文艺"就是"三全文艺"的翻版。他们还把别、车、杜描绘成"文明剥削"的宣扬者和"资本主义的辩护士",其现实主义的文艺思想都是为了"颂扬剥削阶级的现实生活"服务的。对历史的无知和有意歪曲,使这些荒唐的讨伐之词成了历史的笑柄。

"四人帮"及其追随者对所谓"用人性论修正阶级论"的"现代修正主义观点"也极为敏感,这一点成了他们迫害和摧残优秀的作家和作品的一根大棒。如在大张旗鼓地批判《早春二月》等所谓"修正主义影片"时,他们就指责影片用"人性的矛盾"代替"阶级矛盾和阶级斗争","兜售精神麻醉剂——资产阶级个人主义、人道主义和腐臭的阶级调和观点","为资本主义复辟准备思想条件"。"文革"期间,人性和人道这一类的字眼都成了人们讳莫如深的贬义词。

1960年代中期以后,随着苏联文坛现实主义思潮的发展和深化,作家的使命感明显加强。许多作家不满于一度泛滥文坛的那些"灰色的粗制滥造的"作品,重申作家的使命是鼓舞人民去"建立新的功勋"。一大批真实地表现普通人在人生道路上的追求与苦闷,成功与烦恼,对生活的热爱、奉献与探索的作品出现了。人物形象的塑造中有了新的突破,那种十全十美的英雄、天生的败类或刻意添加了变态心理的猥琐人物已较难觅见,而塑造更加真实生动、富有生活气息和个性风采的人物形象被放在了艺术表现的首位。就以当时作为批判对象译介过来的卫国战争题材的作品(这类作品在译介总量中所占比重不小)而言,塑造得相当出色的人物形象就有不少。如邦达列夫的《热的雪》中的库兹涅佐夫和别宋诺夫、西蒙诺夫的《最后一个夏天》中的辛佐夫和塔妮雅、肖洛霍夫的《他们为祖国而战》中的洛巴兴和波普列钦科等。当然,在其他各类题材,特别是日常生活题材的出色的作品中,在没能译介过来的更多的优秀的卫国战争题材的作品中,这样的塑造得比较成功的艺术形象比比皆是。

但是面对苏联当代文学中不断涌现的具有丰富的性格内涵的人物形象,特别是普通人的形象,处在"文革"时期的中国文坛却大加鞭挞,不分青红皂白地一律将这些形象视为"非英雄化"理论的产物,认为苏修"为了全面复辟资本主义,以反对'粉饰和美化现实'为借口,叫嚷文学必须表现'普通人'",而这些所谓的"普通人"都是"对无产阶级专政怀着刻骨仇恨的"。①在怀有这种思想的人看来,所谓的"中间人物论"就是苏修文艺思潮的翻版,他们则要"大写英雄人物",用"高、大、全"的人物形象来"占领社会主义文学的舞台"。于是,荒唐的"三突出",即"在所有人物中突出正面人物来,在正面人物中突出主要英雄人物来,在主要英雄人物中突出中心人物来"②的原则应运而生。

苏联文坛在1970年代初期曾出现过一股描写"科技革命时代的当代英雄"(或称"实干家")形象的热潮,这与当时苏联工业领域开展的科技革命有直接的关系。首先开辟这一领域的有影响力的两部作品是利帕托夫的小说《普隆恰托夫经理的故事》和德沃列茨基的剧本《外来人》。随之而来的同类作品还有鲍卡辽夫的剧本《炼钢工人》、格列勃涅夫的剧本《一个能干的女人》、柯列斯尼科夫的小说《阿尔图宁的同位素》等。这些作品的主人公往往是一些有文化有事业心有实干精神但又有明显缺陷的工人和企业家,他们在政治视野、个性发展、知识水准等许多方面与其前辈已有差距。这一类作品中的矛盾冲突大都是由经济变革带来的人际关系和道德观念的变化引起的。对这类作品及其塑造的主人公形象的成败得失,苏联文坛也有不同的看法,有过热烈的讨论,但对作家敏锐地反映了当代生活中新出现的重要现象这一点没有异议。如《外来人》,写的是一个很有个性的工程师切什科夫应聘来到一家管理混乱、生产糟糕的大厂担任车间主任,为推行与严格纪律和奖金刺激相应的一套管理方法,与原厂的工人和干部产生了一系列的矛盾和冲突,最终实践证明切什科夫采取的措施是有效的,他得到了工人的理解,车间的面貌也发生了变化。剧本曾在苏联国内引起轰动,被评论称为塑造了"科技革命时代所诞生的真正现代性格"。③

然而,这些作品在"文革"时期的中国文坛却产生了完全不同的反响。当时那些连篇累牍的批判文章不仅把《外来人》等作品说得一无是处,而且完全从政治需要出发对它们作了随意的解读。如在那些批判文章中,我们可以看到任犊

---

① 见《学习与批判》1974年第1期。
② 《努力塑造无产阶级英雄人物的光辉形象》,《红旗》1969年第11期。
③ 苏联《文学报》1973年2月7日专论:《当代英雄人物:性格与环境》。

等人这样的评判文字：切什科夫前去的涅列什公司生产糟糕，"投产三年没有完成过计划"，"这正是资本主义经济走上末路、修正主义工业路线濒临破产的必然结果"；"涅列什公司的传统是讲'慈善'、讲照顾的，而切什科夫的'科学管理'方法却强调'纪律'"，"切什科夫操起了两把刀子，一把刀是严格监视工人"，"另一把刀是搞物质上的惩罚"，"一句话，切什科夫要建立的'纪律'，就是对工人进一步实行压榨"，"实行法西斯专政"；"'外来人'者，乃是来自工人阶级之外，乃是来自把镇压工人反抗作为个人事业的资产阶级死硬派！"作家"从他的反动立场出发，讳莫如深地"回避了工人"大量的积极的反抗"；作品"刻画人物、描写对话以至换布景等手法都是西方资产阶级用滥了的老套子"；① "为了使苏联的悲剧不在中国重演"，就要铲除"走资本主义道路的当权派""赖以生长的土壤"；② "党内最大的不肯改悔的走资派""在阶级本质上和勃列日涅夫是一致的"③等等。

道德探索是俄罗斯文学的传统。1960年代中期以来这一倾向再次凸现出来，引起文坛的关注。这一现象的出现自然是由多方面的原因促成的，但最主要的原因无疑是苏联社会道德水准的下降，以及作家对此表现出来的强烈的忧患意识。这一时期苏联社会的物质生活条件有了明显改观，可是物质生活的丰富并不意味着精神境界和道德品质的提高。相反，在某些人身上消费主义、唯利是图、见利忘义、损人利己等行径反而暴露得更加清楚。面对这种"时代的挑战"，许多苏联作家认为文学应该参与生活进程，担负起"捍卫人性的完整，保持人的内心世界"的责任。④ 于是，一大批对社会问题进行深刻的哲理思辨和对人生哲学进行穷本溯源的探究的作品问世了。如"文革"时期译介过来的艾特玛托夫的《白轮船》、罗佐夫的《四滴水》、沃罗宁的《木戈比》、米哈尔科夫的《泡沫》、巴巴耶夫斯基的《人世间》等，和更多的当时没有译介过来的作品，如卡里姆的

---

① 《"外来人"带来的是什么？》，《学习与批判》1973年第4期。
② 《撤销入党介绍，行吗？》，《学习与批判》1976年第4期。
③ 《决不和工人讲平等的新贵族——评苏修剧本〈一个能干的女人的故事〉》，《红旗》1976年第7期。
④ 苏联《文学报》1978年6月21日格拉宁文。

《普罗米修斯,别扔下火种!》、舒克申的《红莓》、拉斯普京的《为玛丽娅借钱》和《最后的期限》等,都属于这一领域。

当苏联文坛正在对国内日益严重的社会问题和道德危机作出深刻的哲理反思时,中国文坛却在译介这类作品时往往不就表里地认为它们只是提供了"苏修腐朽堕落的社会面貌"。①有一篇文章用讽刺的口吻这样写道:"要感谢日益堕落的苏修文学界,不断为我们的学习提供很有价值的反面参考资料",这些作品"像是给苏修社会开了一个'窗口',让我们透过它认识一些人,看到俄罗斯大地上所发生的社会变化"。②这些虽然不足以反映"文革"时期中国文坛的方方面面,也不足以勾勒出苏联当代文学的全貌,但它却能从一个侧面清晰地看出"四人帮"一伙的倒行逆施以及极"左"思潮的长期侵蚀,给中国社会和中国文学带来的严重危害和惨痛教训。

三、若即若离:冰封期的尾声

1976年10月,"四人帮"被粉碎,历时十年的文化浩劫终于结束,中国社会开始迎来了一个充满希望的新的时期。然而,"文革"结束至党的十一届三中全会前,中国文坛面对的是一个长期受到极"左"思潮摧残的荒芜的文艺园地,文艺界仍在一定程度上受着"两个凡是"的禁锢,理论上和创作上都需要作大量的极为艰巨的正本清源的工作。这一点在当时的中苏文学关系上也充分反映了出来。"苏联是社会帝国主义国家","苏修文艺应该受到批判",在这样的大前提下,这一时期的中国文坛对政治上敏感的俄国古典作家和现代苏联作家,对所有的当代苏联作家和作品仍然是讳莫如深的。但是情况毕竟已不同于"文革"时期,在思想解放运动的春风的阵阵吹拂下,冰封了十多年的文学关系终于开始有了解冻的迹象。也正是在这种特定的条件制约下,中苏文学才出现了若即若离的现象。

---

① 雷声宏:《大鱼、小鱼和虾米—苏修社会生活面面观》,《朝霞》1975年第6期。
② 魏侠安:《费多尔的过去、现在和将来》,《朝霞》1975年第4期。

先看看内部出版物。苏联当代文学作品和理论著作仍延续1960年代初以来的惯例，只能以内部出版物的形式翻译出版。在"文革"后的两年中，作为内部出版物译介过来的作品中主要有：爱伦堡的《人、岁月、生活》①、特罗耶波利斯基的《白比姆黑耳朵》、恰科夫斯基的《围困》、瓦西里耶夫斯基的《这里的黎明静悄悄……》、邦达列夫的《岸》、拉斯普金的《活下去，并且要记住》、特里丰诺夫的《滨河街公寓》、巴巴耶夫斯基的《哥萨克镇》、切尔内赫的《来去之日》等。

在这些内部出版的作品的前言、后记和有关评论中，不仅批判的基调没有改变，而且评判的标准也依然严重失衡。如长篇小说《岸》②的"前言"竟然对小说的主题和人物作了如此令人啼笑皆非的解读：邦达列夫创作这部作品的目的是为苏修争霸全球服务；尼基金（小说中的男主人公）等人前往联邦德国，负有特殊使命，是苏联社会帝国主义加紧向西方渗透的需要；尼基金等人与德国知识界谈话是为了制造假象，麻痹西欧人民，其实质是想把联邦德国变成苏联的一个加盟共和国，并进而霸占全欧，乃至全世界；尼基金和爱玛的关系，一个代表的是社会帝国主义，一个则是西欧人民的化身，爱玛（小说中的女主人公）怀念尼基金就是表示西欧人民怀念救世主；克尼亚日科（小说中的主要人物之一）是苏修人性论的典型，他莫名其妙地放了爱玛姐弟并下令停止炮击小楼；尼基金则是生活上腐化堕落、政治上反动透顶的修正主义文人……

这阶段对苏联的文艺论著译介得仍然很少，如果不算《勃列日涅夫集团关于文艺问题的决议和言论选编》一书的话，那么仅有获1974年"列宁奖金"的赫拉普钦科的《作家的创作个性与文学的发展》③一本。该书被及时译介的原因是它在"目前苏修文艺理论方面有代表性"。"译者的话"对论著中的某些观点发表了自己的看法。一是驳斥所谓"伟大的思想"。译者认为，论著作者"闭口不谈作家树立马克思列宁主义世界观的重要性，不谈无产阶级世界观和资产阶级世

---

① 作家出版社在1960年代上半期出版过前四卷，1979年人民文学出版社出齐六卷。
② 人民文学出版社1978年6月出版。
③ 上海人民出版社1977年8月版。

界观的本质区别，而是笼统抽象地大谈什么'伟大的思想激励着艺术家去进行创作的探索'，……所谓'伟大的思想'，无非是资产阶级人道主义一类的破烂，这说明，作者实际上是把资产阶级世界观视为创作的思想基础，其修正主义实质是不难拆穿的"。二是对作者提出的"社会主义文学是一种比社会主义现实主义更广泛的现象"提出异议。译者认为，赫拉普钦科把叶赛宁和帕斯捷尔纳克划入"社会主义文学"的范畴，是因为这些"反动作家，名声实在太臭了，如果把他们列为社会主义现实主义的作家，未免过于露骨，还是把他们放在一边，以保持'社会主义现实主义'的'纯洁性'为好。但是这些作家的创作……还应该属于'社会主义文学'。这么一来，一可掩人耳目，封住人家的嘴巴，二可为反党反社会主义的毒草出笼大开绿灯，凡是反动、黄色、颓废的东西，虽然不能说是社会主义现实主义的，但却属于社会主义文学。这就为进一步实行资产阶级自由化扫清了道路"。三是抨击作者为俄国古典作家，特别是为陀思妥耶夫斯基唱赞歌。译者认为，书中"对俄国批判现实主义作家作了进一步的肯定和宣扬，把过去仅有的一点批判也丢掉了。例如对陀思妥耶夫斯基的分析就是这样。如果说，1950年代以前的苏联文艺批评家还多少提到陀思妥耶夫斯基剧烈地反对寻求解放人类的任何实际斗争道路，反对社会主义革命，并竭力宣扬基督教的受苦受难精神，那么，1970年代的赫拉普钦科就剩下对陀思妥耶夫斯基的顶礼膜拜了"，"他们这样为陀思妥耶夫斯基唱赞歌"，目的是建立"苏修官僚垄断资产阶级统治下的社会帝国主义制度"。从译者对赫拉普钦科论著这种尖刻而非学术的批判措辞和自恃正确的论点中，可以十分清楚地看到，"文革"虽然已经结束，但极"左"的思想方法依然在一个阶段里禁锢着人们的头脑。

那么公开出版物的情况如何呢？从1977年开始，一部分俄苏作家的作品重新在中国的公开出版物中出现。1977年公开出版的俄苏文学作品只有一种，即人民文学出版社重印的果戈理的《死魂灵》（鲁迅译）。1978年有了增加，重印、重版和少数新版的俄苏作家的作品已有十多种，如莱蒙托夫的《当代英雄》[①]，屠格涅夫的《处女地》，托尔斯泰的《安娜·卡列尼娜》和《战争与和平》，《契

---

① 草婴1964年译出，时隔14年后由上海译文出版社出版。

诃夫小说选》（二册），高尔基的《高尔基早期作品选》《我的大学》《人间》和《文学写照》，马雅可夫斯基的《列宁》，绥拉菲莫维奇的《铁流》，法捷耶夫的《毁灭》等；另外，刊载在杂志或收入作品集中的短篇作品还有：普希金《渔夫和金鱼的故事》和《驿站长》，果戈理的《外套》，屠格涅夫的《木木》和《白净草原》，托尔斯泰的《琉森》等四篇，契诃夫的《变色龙》和《套中人》等九篇，高尔基的《小麻雀》等三篇，马雅可夫斯基的《把未来抓出来》等四首诗，盖达尔的《一块烫石头》等。从上面所列的作家和作品的名字中可以看出，译者和出版者似乎是在投石问路，小心地选择了一些有定评的古典作家和现代作家的作品，范围非常有限，数量也相当少。但是，这毕竟是一个十分可喜的开端，即使是在上述的寥寥几部作品中，除了《人间》和《铁流》在"文革"后期曾出版过外，其他作品都是中国读者久违的。

在这一时期，理论界既表现出一定的活跃，同时又显出相当的谨慎。由于苏联文学（特别是当代苏联文学）还是一个相当敏感的区域，因此这方面的评论也极少，一共不过三十来篇。其中评《钢铁是怎样炼成的》的四篇，评《毁灭》的一篇，评《列宁》的三篇；有关高尔基的评论虽说有二十篇，但泛谈高尔基生平的和评《母亲》与《海燕之歌》这两部作品的占了大多数，写得稍有新意的是几篇与当时文坛讨论热点相关的有关高尔基论形象思维的文章。评当代苏联文学的文章更是屈指可数，除了《外国文学动态》上偶有介绍苏联当代作家和作品的文章（如介绍特里丰诺夫的《老人》等）外，仅有的几篇也均持鲜明的批判和否定态度。如《世界文学》1977年第1期和1978年第3期上发表的《评〈这里的黎明静悄悄……〉》和《如此"发达的社会主义文学"——评近几年来苏联文学创作的几个重要倾向》，又如《外国文学研究》第2期上刊登的《人性说教与战争宣传的"奇妙"结合》等。在此不妨对最后一篇文章略作介绍。

《人性说教与战争宣传的"奇妙"结合》一文也是评瓦西里耶夫的小说《这里的黎明静悄悄……》的。作者似乎是抱着"敌人称赞的我们就要反对"的心态来分析这部作品。在介绍了苏修领导层和评论界如何大肆吹捧这部作品后，文章这样批判道：小说"处处散发出资产阶级人道主义、人性论的臭气"，用"人性说教适应宣传战争的需要，是紧密配合今天新沙皇的战争政策"；小说"塑造华斯珂夫这样一个'驯服工具'"的形象，是为了对苏联人民和红军官兵实施愚民政策，推行奴化教育"；"小说中对于五个女兵形象的塑造"，"强烈地散发着和平主义的气氛"，而这又是符合苏修"玩弄假缓和的反动政治需要的"。[①]这里并不想责难文章的作者，而只是想借以说明在当时中苏政治大格局尚未松动和"左"的思想尚束缚着人们的头脑时，打破坚冰的艰难。

这时期出现的《批"洋为帮用"》一文虽不是直接评论苏联当代文学的文章，但也很值得一提。这倒不是因为其刊登的位置的醒目（《外国文学研究》创刊号"发刊词"后的第一篇文章），而是因为它是国内最早清算"四人帮"借批苏修当代文学的名义搞篡党夺权阴谋的一篇重要论文。文章对"四人帮"及其亲信"为了使苏联文学评论更紧密地配合"其政治纲领而采取的"一系列组织措施"，对他们炮制的《评论苏联文学中的十个关系》，特别是对他们在"文革"末期把批判苏联文学作为加快夺权步伐的砝码等罪行的揭露和分析都很有价值。如文章中谈到这么一件事："'四人帮'在上海的余党一再下达命令，要翻译人员'找大走资派形象，不要老是那么几个厂长、经理，要越大越好'。果然，在1976年第8期的《摘译》上全文译出了苏联剧本《金色的篝火》。……'四人帮'需要这部剧本，因为主人公是苏共党员，是名副其实的'大官'，这样可以由他把上下走资派串起来。"这样的依据翔实的材料而进行的批判，确实是很有力量的，而且它反映了中国的俄苏文学工作者对"四人帮"倒行逆施的义愤，对这篇文章在当时所作出的贡献应该充分肯定。

遗憾的是，这篇文章在评价当代苏联文学方面仍未有突破。例如在文章的第二节中，作者一方面深刻地揭露了"四人帮"制造所谓"民主派＝走资派＝'当代英雄'＝剥削者"公式的反动实质，另一方面则对苏联当代文学现象作了错误的评判。文章以德沃列茨基的《外来人》和科热夫尼科夫的《特别分队》等作品中的主人公为代表，正确地指出了1970年代苏联文学中存在着两种类型的"当代英雄"，然而在比较这两种类型时却这样写道："前者赤裸裸地体现官僚资产

---

① 见《外国文学研究》1978年第2期。

阶级的本质，而后者却较为隐蔽，更带欺骗性，对苏联最高统治集团来说，前者在经济效果上更为有利，而后者从长远利益着眼，也是值得提倡的。总起来看，这种表面上仿佛矛盾的现象，正好全面地反映社会帝国主义既要残酷剥削工人，又要欺骗人民；既要实行资产阶级专政，又不能不披'社会主义'外衣这一本质特征。"文章在谈到作品中矛盾冲突的双方时认为："普隆恰托夫是新一代技术贵族，他要争夺经理职位，首先要踢开的是党组书记——一个'一年到头穿着洗得发灰的军便服'的'保守派'复员军人。切什科夫要取而代之的原车间主任是战争年代保卫了工厂的'工人后备队'的指导员，他和工人至今保持了旧关系，被认为是'因循守旧'，不善于科学管理的落后分子而加以否定。至于普隆恰托夫和切什可夫对待工人的态度，他们压迫和剥削工人的手段，我们应该加以批判。……我们认为这是苏联从社会主义所有制蜕化为官僚垄断资产阶级所有制以后必然出现的社会现象。"[①]这样的评判口吻与过去的批判"苏修文艺"的文章并没有多大距离。一方面要批判"四人帮"对苏联文学的歪曲和利用苏联文学搞阴谋的伎俩，另一方面又要从政治角度对苏联文学本身进行批判，这确实反映了转折时期中国文坛的两难。

不过，就在这份创刊号上，著名作家兼该刊主编徐迟写的那篇短短的"发刊词"却颇引人注目。文中醒目地提到了这么一句话："对日丹诺夫的文艺评论，也应进行研究和分析。"虽未展开，但耐人寻味。

相比之下，文坛对俄国古典文学的研究则显得更有起色些。中国的俄国文学研究重新启动于1978年，在这起步阶段虽然还只是局限在少数作家和作品上，但在总体数量上已形成一个小小的势头，并且由于一些专家学者的复出，也使刚起步的研究很快显示出了一定的学术性。也许是当时文坛在理论问题上正本清源的心情特别迫切，也引发了研究者对俄国革命民主主义者美学的关注。这一年，报刊上发表了14篇从不同角度论述别林斯基、车尔尼雪夫斯基和杜勃洛留波夫的美学思想或为他们正名的文章。比较重要的有：辛未艾的《谈谈俄国三大批评

---

① 上海师范大学中文系外国文学教研室：《批"洋为帮用"——揭批"四人帮"利用苏联文学搞篡党夺权的罪恶阴谋》，载《外国文学研究》1978年第1期。

家》、李尚信的《谈俄国革命民主主义者美学》、程代熙的《略谈别林斯基的文学民族化思想》、杨汉池的《创作心理与文学的形象性》、汝信的《列宁是怎样评价车尔尼雪夫斯基的？》和钱中文的《推倒诬蔑，还其光辉——批判"四人帮"诽谤俄国革命民主主义者的种种谬论》等。尽管这些文章不可避免地带有那个时期评论文章的某些不足，但确实起了还别、车、杜"光辉"的作用。可以举钱中文文章中的一小段作为例子，看看当时的研究者是怎样据理力争，批驳"四人帮"对俄国革命民主主义者的诬陷的：

> "四人帮"的"檄文"宣布，俄国革命民主主义文学批评家竟然鼓吹要"丢弃阶级的一切偏见"，因此必须予以"扫荡"！翻开杜勃洛留波夫的中译本一看，他在谈及文学的人民性时，果真有"丢弃阶级的一切偏见"之说。作为文学主张而要"丢弃阶级"和把阶级思想视为"偏见"，这还了得，真是比修正主义还要修了！但是一看原文，不对了，原来这是"丢弃等级（СОСЛОВИЯ）的一切偏见"的误译。那么，"四人帮"的"檄文"是否仅仅犯了相信误译的错误呢？却也不是。因为从上下文来看，杜勃洛留波夫在这里分明说的是文学和人民、生活的关系问题。他认为一个诗人要成为真正的"人民诗人"，就"必须渗透着人民的精神，体验他们的生活，跟他们站在同一水平，丢弃等级的一切偏见，丢弃脱离实际的学识等等，去感受人民所拥有的一切质朴的感情"。俄国文学批评家在这里所说的人民，主要是指当时广大的农民。因此，他的这一文艺思想在马克思主义前的文艺理论中达到了极高的水平。人们只要对上下文稍稍留意看一看，就绝对得不出那种荒谬不经的结论来。恰恰相反，它极其完满地表达了农民革命的民主主义思想情绪。

这一年的作家研究集中在托尔斯泰等人身上，以托尔斯泰为最。这一年，有关托尔斯泰的评论文章也有十四篇。最早出现的是陈燊的《列宁论列夫·托尔斯泰》和草婴的《关于〈霍斯托密尔〉的创作经过》两篇文章。其他比较重要的还有倪蕊琴的《驳"托尔斯泰是富农的代言人"》和《也谈"托尔斯泰主义"》、程正民的《谈谈托尔斯泰是怎样创作的》等。有关屠格涅夫的评论除了陈燊的谈《木木》的一篇外，仅有雷成德的《〈父与子〉的中心人物及人物之间的关系》一篇长文。雷文集中分析了巴扎洛夫的形象，并对作者的思想与形象塑造的关系提出了自己的看法。这些看法尽管有不少值得商榷的地方，但作为"文革"后开风气之先的学术研究文章是值得重视的。有关契诃夫的评论文章虽有十二篇，但均嫌分量不足，其中简析《万卡》和《变色龙》等短篇小说的占了十篇，另有两篇谈契诃夫的短篇艺术。关于果戈理，有童道明谈作家艺术见解的一篇文章。关于莱蒙托夫，有草婴的一篇《当代英雄》的"译后记"。此外，有了两篇从中俄文学关系角度切入的研究文章，分别是陈思和、李辉的《巴金与俄国文学》和何孔鲁的《谈谈托尔斯泰的创作及其在中国的影响》。

第八讲　俄苏文学在新时期中国的潮起与潮落

1978年12月召开的党的十一届三中全会，纠正了指导思想上的错误。中国文坛在思想解放运动的推动下，迅即由荒芜走向复苏。而在不久后召开的第四次文代会（1979年10月）上，邓小平同志代表党中央在大会上作的《祝词》，又为中国文学在历史新时期从复苏进一步走向繁荣奠定了基石。在这样的大气候中，中苏文学关系的发展经过1970年代末短暂的蓄积、调整和准备后，终于冲破一切禁区，迎来了1980年代立足于新基点上的又一个高峰。

一、令新时期中国读者心仪的名家名著

在谈新时期对俄苏文学名家名著的接受前，我们先看一看译介总貌。就译介总量而言，1980年代已大大超过20世纪的任何一个时期，而在种类上则高出于此前全部译介种类之和。在这一时期里，中国翻译出版了近万种俄苏文学作品（包括单行本和散见于各种报刊中的作品），涉及的作家有一千多位。而这种译介态势又是在中国前所未有的全方位接纳外来文化的热潮中出现的，它与1950年代对苏联文学的倾斜的接纳完全不同，俄苏文学在中国全部的外国文学作品译介中所占比重渐趋正常。1980年代俄苏文学约占外国文学作品译介总量的20%～30%，前期和中期略高，后期有所下降。当然，这个比例还是相当高的，它说明俄苏文学在中外文化交流中仍有举足轻重的位置。在改革开放的良好氛围中，这时期的俄苏文学译介显示出许多新的特点和可喜的繁荣景象。

新时期的中国，出版业全面复苏，出版社和期刊社如雨后春笋般地出现。这时期出版过俄苏文学作品或理论著作的出版社不下百家。这些出版社十年里出版了数量可观的俄苏文学作品，其中除了作家个人的单部作品和作品集外，还有许多从不同角度组合的多位作家的作品合集，这些合集大都编得认真。通过它们，中国读者往往可以窥见广袤的俄苏文学领域中的一片天地。

这些作品集中属俄国古典文学和民间文学范畴的较少，其中主要有：《俄国短篇小说选》《俄国诗选》《俄罗斯抒情诗百首》《俄罗斯爱情歌谣选》《俄罗斯寓言百篇》《俄罗斯民间故事》《俄罗斯神话故事集》和《俄罗斯作家童话

选》等。

属苏联文学范畴的综合性的集子较多,其中主要有:《苏联六十年短篇佳作选》《苏联各民族中短篇小说选粹》《苏联短篇小说选》《苏联短篇小说选集》《苏维埃俄罗斯著名小说选》《苏联现代军事短篇小说选粹》《来自苏联情报局:战争年代的政论作品报告文学》《复活的苏联作家群作品选》《苏联抒情诗选》《苏联三女诗人诗选》《苏联女诗人抒情诗选》《苏联诗萃》《俄苏先锋派诗选》《俄苏名家散文选》《苏联幽默小品选》《苏联讽刺幽默小说选》《苏联讽刺幽默小说集》《〈鳄鱼〉六十年》《苏联民间故事选》《全苏童话精选》《苏联童话》《苏联儿童文学选集》等。

另有一些集子专收苏联当代文学,其中主要有:《苏联当代文学作品选》《苏联当代小说选》《苏联当代中短篇小说选》《当代苏联中短篇小说集》《苏联当代短篇小说》《苏联七十年代中篇小说选》《苏联八十年代小说选》《苏联当代青年题材小说选》《苏联当代妇女生活题材小说选》《当代苏联中篇小说选辑》《苏联当代诗选》《苏联当代著名抒情诗一百五十首》《当代苏联剧作选》《苏联当代戏剧选》《当代苏联电影剧本选》《彩虹》《紫罗兰》《异城情雨》《变幻莫测的春天》《小城之恋》《失去的温情》《草莓花开》《塔里河两岸》《三个女性》《绿色黑暗》和《骨肉情》等。

也许,仅从上述所引的部分书名中已能感觉到这些集子包容的内容的广泛和丰富,这一点在下面的几个具体例证中可以看得更加清楚。如《苏联六十年短篇佳作选》,这是上海译文出版社于1987年至1989年出版的一部文集,共六卷,收入了一百多位苏联著名作家的短篇小说,内容包括了从十月革命以后到1970年代的半个多世纪的优秀作品,总字数约二百万,精品荟萃,读后能让人对苏联短篇小说创作的发展留下一个清晰的印象;如《她是个美丽的女性》,这是上海译文出版社出版的系列丛书《当代苏联中篇小说选辑》中的一种,收入了阿斯塔菲耶夫的《牧童与牧女》、普罗斯库林的《黑鸟》、连奇的《她是个美丽的女性》和库尔恰特金的《乌什镇的哈姆雷特》四部出色的中篇小说;如《紫罗兰》,这是北京出版社出版的一部中短篇小说集,收入了九篇反映当代苏联妇女生活的小说，有楚柯夫斯基的《不相称的婚姻》、卡达耶夫的《紫罗兰》、艾特玛托夫的《面对面》和米哈依洛夫的《小娜塔莎》等，真实而又深刻地表现了当代苏联人的道德面貌；如《苏联当代著名抒情诗一百五十首》，这是长江文艺出版社出版的一部诗集，收入了当代苏联不同风格的43位诗人叶夫图申科、沃兹涅先斯基、索科洛夫、鲁勃佐夫和卡里姆等的优秀作品，这些诗可称为当代苏联抒情诗之精华；如《苏联女诗人抒情诗选》，这部诗集收入了九位女诗人的118首诗（以短诗为主，兼及长诗和组诗），这九位诗人是老作家阿赫玛托娃和茨维塔耶娃，1920—1930年代成长起来的诗人别尔戈丽茨和阿利格尔，卫国战争时期和战后成长起来的德鲁尼娜、卡扎柯娃和阿赫玛杜琳娜等，相当有代表性，诗集并附有翻译家乌兰汗写的《苏联女诗人》一文。此外在1980年代中国出版的大量的各国文学作品综合集和各种文艺类刊物上，也能见到难以计数的俄苏文学作品。

尤其值得一提的是，1980年代出现了四种俄苏文学译介和研究的专刊。它们分别是《苏联文学》（北京师范大学编）、《当代苏联文学》（北京外国语大学编）、《俄苏文学》（武汉大学等十所高校合编）、《俄苏文学》（山东大学编）。这些刊物虽然篇幅容量有大小，影响有差异，但都各具特色，都以自己扎实的工作和出色的业绩有力地推进了1980年代中国的俄苏文学译介事业，为新时期中国的文学创作提供了有益的借鉴。当然，《苏联文学》和《当代苏联文学》更有代表性。

《苏联文学》杂志创办最早，1979年它曾内部试刊，1980年公开出版（头两年为季刊，1982年起为双月刊）。创刊号封面淡雅大方，一幅神情毕肖的普希金头像素描立刻把人引入了浓郁的俄罗斯文学的氛围之中。封二是一帧苏联艺术家的木刻画《春天》，似乎带有很强烈的象征色彩。扉页上是茅盾于1979年8月特地为《苏联文学》创刊而作的一首词《西江月》：

形象思维谁好／典型塑造孰优／黄钟瓦釜待搜求／不宜强分先后／泰岱兼容抔土／海洋不择细流／而今借鉴不避修／安得划牢自囿

这首词表达了当时文学界日益开放的心态（虽然一个"修"字表明1970年代末还有若干忌讳）。时隔半年后出版的创刊号上载有"编者的话"，它的基本精神与茅盾的《西江月》一致，但措辞已更自由。编者对"四人帮"将苏联文学"一概斥之为'苏修文学'"表示了极大的义愤，希望刊物对俄苏文学作品的译介能"为社会主义文艺的春天增添一分春色"。无疑，在之后的十年里，《苏联文学》杂志相当出色地做到了这一点。该刊的主要篇幅用于刊登翻译作品，小说、诗歌、剧本和影视作品占了主要篇幅，此外还有散文、散文诗、讽刺作品、艺术特写和回忆录等，同时还设有评论、作品欣赏、创作漫谈、作家介绍和文学动态等栏目，内容十分丰富。就以创刊第一年而言，它发表了托尔斯泰、契诃夫、蒲宁、柯罗连科、高尔基、巴乌斯托夫斯基、艾特玛托夫、顿巴泽和瓦西里耶夫等几十位作家的中短篇小说，万比洛夫和佐林的剧本，普希金、莱蒙托夫、马雅可夫斯基和勃洛克的诗歌，赫尔岑等人的回忆录，美苏学者的理论文章，姜椿芳和戈宝全关于苏联文学与中国关联的回忆，中国学者从各个角度评论俄苏文学的文章等。当然，以后几年涉及的面就更广了，同时当代文学的量也有所加重。尽管因种种因素的制约，它在20世纪90年代改刊后一时生存得很艰难，但是《苏联文学》杂志在1980年代辉煌期所作出的成绩已在中苏文学交流史上留下了不可磨灭的痕迹。

《当代苏联文学》杂志也是很有影响的一份刊物。它于1980年创刊，初名为《苏联文艺》（季刊），次年即改为双月刊。在创刊号上，编者已明确地将自己的刊物定位在以译介苏联当代文学作品为主这一点上。不过，在最初几年，该刊也有少量的俄国古典文学和苏联现代文学作品的译介。从1985年开始，该刊只刊登当代苏联文学作品，并正式改名为《当代苏联文学》。从所设栏目看，它与《苏联文学》的区别并不大，但是它的内容的鲜明的当代性，使其在几本同类刊物中独具特色。以改刊后的1985—1987三年的内容来看，刊出的主要有艾特玛托夫的《断头台》（节译）、邦达列夫的《人生舞台》（节译）、帕斯捷尔纳克的《日瓦戈医生》（编译）、阿达莫维奇等的《围困纪事》（节译）、舒克申的《柳巴温一家》、马卡宁的《书市上的斯薇特兰娜》、普拉东诺夫的《初生海》、巴别尔的《骑兵军》、邦达列夫的《瞬间录》、卡里姆的《普罗米修斯，别扔下火种！》、沙特罗夫的《良心专政》和阿赫玛托娃的《安魂曲》等，内容包括百余位当代作家的作品和1980年代中期重新得到认可的作家的作品。此外，这几期刊物还刊登了系列性的"当代苏联文学专题讲座"，发表了几十篇针对重要的或有争议的当代文学作品的评论，以及苏联文坛的"探索与争鸣"、当代苏联"电影之窗"、中苏文学界的交往（如当代中国作家朱春雨悼念苏联汉学家艾德林的文章）等。它与《苏联文学》等杂志一起，及时准确地将苏联文坛的动态和新出现的优秀的或有影响的作品介绍给了中国的读者。

除1960—1970年代以外，俄国古典文学的翻译一向受到中国文坛的重视，名著大都有了中译本，相当一部分译本十分出色。当然，问题和不足也是明显存在的，例如译介的系统性不够强、译作的选择受到政治因素的干扰、尚未完全摆脱从其他文字转译的现象等。这种现象在1980年代发生了根本性的变化。进入1980年代，俄国文学名家名著再次受到译者和读者的偏爱，译介的总量大大超过历史上的任何一个时期，这一点在19世纪俄国的几位文学大师身上表现得尤为明显。

普希金和莱蒙托夫是这时期中译作品最多的两位俄国诗人。1980年代，中国开始对普希金进行系统译介，人民文学出版社和上海译文出版社相继推出了多卷本的"普希金选集"和"普希金文集"。当然，更多的作品还是散见于各种报刊或单行本中。他的诗体小说《叶甫盖尼·奥涅金》在之前有过查良铮等4种译本，这时期又有了冯春等两种新译本；各种体裁的诗歌汇集新版的有9种，如《普希金抒情诗选》《普希金爱情诗选》《普希金长诗选》和《普希金叙事诗选集》等；另出版有《普希金小说选》《普希金戏剧集》《普希金童话诗》等十多种。中国过去译介的莱蒙托夫的作品不算多，特别是1950年代中期以后的二十余年里竟是一片空白，而1980年代中国对莱蒙托夫的译介有了长足的进步，可以说已弥补了这一缺憾。莱蒙托夫的主要作品都有了中译，而且译作的水准大有提高。1980年上海译文出版社出版的《莱蒙托夫诗选》很有代表性。据译者余振称，这是他在1940—1950年代译出的"毛坯"的基础上，经过二十年的加工和补充而取得的成果。该诗选包括《童僧》《恶魔》等五首长诗和《帆》等137首抒情诗，内容比较全且采用的是独特的"格律诗"的译法。这时期新译出的莱蒙托夫作品集还有《莱蒙托夫抒情诗选》《莱蒙托夫诗选》《莱蒙托夫抒情诗集》和《莱蒙托夫小说选》等。

托尔斯泰和陀思妥耶夫斯基是比肩而立的两位俄国文豪，可是这两位作家在中国的命运却大相径庭，托氏作品的译介远较陀氏为多。直到这一时期，陀思妥耶夫斯基才获得了与其一流大家身份相应的译介。1980年代有了对陀氏的系统介绍，人民文学出版社和译文出版社分别推出了两套文集："陀思妥耶夫斯基选集"和"陀思妥耶夫斯基作品集"。这两套文集几乎包括了陀氏全部的重要作品。就中译单行本的出版而言，新译本数量众多，也有少量旧译新版本，其中《被侮辱与被损害的》《罪与罚》和《白痴》均有三种译本，《死屋手记》《少年》和《赌徒》有两种译本，《群魔》出了新译本，此外还出版了他的《书信集》和《论艺术》等。托尔斯泰作品的译介继续保持旺盛的势头，其译介总量仍居俄国作家之首。这时期，人民文学出版社集国内诸多译者的力量编辑出版了十七卷本的"列夫·托尔斯泰文集"，内容包括托尔斯泰各种文体的所有重要作品；与此同时，上海译文出版社也开始陆续出版一套由著名翻译家草婴一人独自完成的十二卷本"托尔斯泰文集"，两套文集质量堪称上乘，这在中国托氏作品译介史上具有里程碑式的意义。单部作品的出版情况与陀氏相似，重要和比较重要的作品几乎都是多种译本共存，如《战争与和平》有四种译本，《安娜·卡列尼娜》有两种译本，《复活》和《童年·少年·青年》各有三种译本。

屠格涅夫、果戈理和契诃夫等著名作家的作品依然受到中国读者的喜爱。屠格涅夫的作品1980年代虽未推出多卷本的中译文集，但以各种方式出版的中译作品也很多。他的六部长篇中有五部有了新译本，《猎人笔记》有两种中译本共存，中短篇小说和散文诗集子形式出版的就有十多种。果戈理的《死魂灵》长时间来只有鲁迅的译本，1980年代又有了满涛等的新译本和陈殿兴的新译本（陈本译名改为《死农奴》）。他的剧本和中短篇小说散见于报刊的也不少，出单行本和作品集的主要有《钦差大臣》《果戈理小说选》和《果戈理选集》等。契诃夫是较早有中译文集出版的俄国作家，从1980年开始，上海译文出版社开始推出汝龙新译的"契诃夫文集"。文集收录作品很全，其容量是中国过去出的类似文集所无法比拟的，而且作品的翻译水准很高，是汝龙一生翻译和研究契诃夫作品的结晶。这时期还出版了汝龙旧译或其他译者新译的契诃夫作品集十多种。

从上面的概要介绍中可以看出，这时期俄国古典文学译介的系统性已有所增强，越来越多的著名作家有了中译的多卷本文集或选集；出现了越来越多的风格不同的名著译本，多种译本（新译者对原作的重译本和优秀旧译的重版本）的共存，成了一个相当普遍的现象；一些曾被视为政治上反动或颓废的一流作家受到了应有的重视。此外，另有一些以往译介中有所遗漏的名家名著得到了补译，如赫尔岑的《往事与随想》、萨尔蒂柯夫—谢德林的《波谢洪尼耶遗风》和车尔尼雪夫斯基的《序幕》等。值得一提的还有，过去被中国文坛忽视或注意得不够，但在文学史上却有一定地位的著名作家及其作品也有了相应的译介。不计报刊上的译介，新出版的单行本和作品集就有《十二月党人诗选》《茹可夫斯基诗选》《马尔林斯基小说选》《丘特切夫诗选》《迦尔洵小说集》《柯丘宾斯基小说选》《斯列普佐夫小说选》《谢甫琴柯诗选》、列斯科夫的《大堂神父》和中短篇小说集、《魏列萨耶夫中短篇小说集》、肖洛姆—阿莱汉姆的小说集和《波缅洛夫斯基小说选》等。19世纪末20世纪初的三位俄国作家蒲宁、库普林和安德列耶夫的作品受到关注。新中国成立后从未有过任何作品译介的蒲宁，这时期有几十家刊物刊登了他的作品，有八家出版社出版了他的单部作品或作品集，如《阿尔谢尼耶夫的一生》、"蒲宁选集"《新路》和《最后的幽会》《夏夜集》等；库普林的作品译介的量也很大，如出版了《决斗》（新译本）、《亚玛街》和三卷本的"库普林小说集"等；安德列耶夫的作品除了散见于报刊和合集的外，这时期主要有《安德列耶夫小说戏剧选》《安德列耶夫中短篇小说集》和小说集《七个被绞死的人》等。

俄国古典作家为什么会受到1980年代中国读者的喜爱，著名作家刘心武在《话说"沉甸甸"》一文中谈到托尔斯泰和陀思妥耶夫斯基时，对此作了很好的阐述："列夫·托尔斯泰、陀思妥耶夫斯基却不仅仍然甚至更加令文学爱好者心仪。倒也不是人们钟情于他们终极追求的所得，什么'勿以暴力抗恶'，什么皈依至善的宗教狂热……但人们从他们的作品中感到灵魂震撼和审美愉悦的并不是那终极追求的答案而是那终极追求的本身；那弥漫在他们作品字里行间的沉甸甸的痛苦感，是达到甜蜜程度的痛苦，充满了琴弦震颤般的张力，使一代又一代的读者在心灵共鸣中继承了一种人类孜孜以求的精神基因。"①

苏联现代文学的译介也呈总体繁荣的景象，其基本特点与古典文学的译介既有相似之处，也有一些不同。高尔基在1980年代继续受到中国译界关注，他是这一时期第一个出大型文集的俄苏作家。人民文学出版社于1981年至1985年推出了《高尔基文集》20卷，其中包括《克里姆·萨姆金的一生》《阿尔达莫家的事业》《母亲》《奥古洛夫镇》和其他几乎所有重要的长中短篇小说（文集中未包括剧本）。这部大型文集成了中国1980年代大规模译介俄苏文学的标志性的出版物。不过，高尔基作品另行汇集出版的集子和单行本已明显少于1950年代，其中主要有《高尔基短篇小说选》《高尔基剧作集》《高尔基诗选》《高尔基儿童文学作品选》和自传三部曲等。马雅可夫斯基的作品在这时期出了两套重要的选集，一套是飞白译的《马雅可夫斯基诗选》，一套是余振等译的《马雅可夫斯基选集》，都是三卷本。肖洛霍夫的长篇巨著《静静的顿河》有了力冈的新译本。阿·托尔斯泰的名著《苦难的历程》和《彼得大帝》分别有了朱雯的旧译新版本和新译本，还新译出了他的《跛老爷》等作品。此外，革拉特珂夫的《荒乱年代》、费定的《篝火》、波列沃依的《阿妞塔》、西蒙诺夫的《没有战争的二十天》、奥斯特洛夫斯基的《暴风雨的女儿》等未曾译出过的重要作品有了中译。

但是，1940—1950年代走红的不少苏联现代作家（包括高尔基在内）的作品在1980年代的中国普遍有不景气之感。有的著名作家在1980年代的中国甚至遭到了令人尴尬的冷落，如吉洪诺夫、巴甫连柯、克雷莫夫和柯涅楚克等。这种情况的出现与昔日"倾斜的接纳"有关，但更多的是逆反心理所致。不过事实说明，真正优秀的作家和他的艺术作品是不可能永远被冷落的。我们仍以高尔基为例。有位大学生写道："我曾经因为高尔基的'无产阶级文学奠基人'的头衔便武断地认为，他的作品必定是口号式的、图解政治的、充满高大全式的人物的毫

---

① 刘心武：《话说"沉甸甸"》，《作家》1993年第1期。

无文采的一类。这种偏见差点使我与这位大师擦肩而过……在我欣赏了他的充满音乐感、色彩感、立体感的饱含激情的文字，领略了他的不同凡响的魅力之后，我不禁脱口而出：久违了，现实主义！"有位学者这样谈到他对高尔基认识的转变："过去一个很长时间里，我对高尔基的认识一直停留在《海燕之歌》和《母亲》的作者、'社会主义现实主义'奠基人的框架内。这种认识和我对文艺领域中极"左"思潮的深恶痛绝结合在一起，曾使我对高尔基的作品产生了一种隐隐约约的排斥情绪。……在我逐篇研读了高尔基的几乎全部作品之后，我才感到自己对这位'痛苦'的作家的理解是多么肤浅和片面，同时也想到要真正认识他又谈何容易！"[1]作家张炜在一次与大学生的谈话中说了这么一段话："高尔基的作品宣传得够多了，前些年别人的作品不让读，但高尔基作为无产阶级革命作家，尚可以找来读。奇怪的是现在人们倒不怎么谈论他。这是一种物极必反的现象。其实我们反而因此误解了文学本身。文学不会进步，文学也没有对错之分，它只有优劣之别。我仍然十分喜欢高尔基的作品。作为一位当之无愧的大师，他一生写了一千多万字！"[2]在另一个场合，他还这样说道："没有一个苏俄作家像他那样荣耀，在中国落地生根。他一度成为天才和革命的代名词。后来中国作家，特别是当代作家才敢于正面凝视他。他以前是不可能被挑剔了，但后来又被急躁的年轻人过分地挑剔了。……我读他那些文论和小说戏剧，常常涌起深深的崇敬之情。他是跨越两个时代的大师——做这样的大师可真难，不仅需要才华，而且更需要人格力量。"[3]

就像托尔斯泰等古典作家的作品使当代中国读者从中感受到灵魂的震撼和审美的愉悦一样，现代苏联作家的优秀作品的字里行间同样弥漫着"沉甸甸的痛苦感"，和充满了"琴弦震颤般的张力"，激起中国读者心灵上的共鸣。我们从作家白桦1986年秋天访问肖洛霍夫的故乡维申斯克后写下的一首饱含深情的诗篇中，就可以清晰地感受到这一点：

---

[1] 见汪介之的《俄罗斯命运的回声》（后记），漓江出版社1993年版。
[2] 张炜：《周末问答》，《时代文学》1989年第5期。
[3] 张炜：《域外作家小记》，载《生命的呼吸》，珠海出版社1995年版。

我站在维申斯克高高的峭岸上，
远处飘来一束女人的歌声；
绕过一棵棵的白桦树，
掠过一丛丛的不死花；
在我的思绪上打了一个实实在在的结，
最后又紧紧地系住了我的心。
风驰电掣的三套马车的轮毂折断了，
哥萨克马刀的旋风停息了，
阿克西妮亚的情话被枪弹炸断了，
葛里高利手中的枪扔进了河水。
…………
我的面前是低飞的、饱满的云团，
从云隙间散落在大地上的阳光。
肖洛霍夫正在他自己的果园里歇息，
顿！静静的顿！"①

优秀的苏联作家在艺术上的成就仍然为新时期的中国作家所重视。可以看看王蒙和叶辛谈肖洛霍夫的两段文字：

　　肖洛霍夫写阿克西妮亚死后，葛里高利抬起头来，看到天空一轮黑色的太阳。这就是写的感觉。如果如实地写太阳，我们可以写火红、金红、橙黄或者苍白的、憔悴的……或者任何别的样的，但无论如何太阳成不了黑色的。由此可见，"意识流"中的写感觉，并非荒诞不经，并非一定就颓废、没落、唯心以至最后发神经病或者出家做洋和尚。（王蒙）
　　请看肖洛霍夫《静静的顿河》是怎么开头的呢？……读完整部书，细细一想，你不会不觉得，这个开头是多么精彩，多么有奠定全书人物性格命

---

① 引自白桦1995年9月给笔者的诗稿《顿！静静的顿！》。

运的力量。主人翁葛里高利之所以心地狭窄，粗野自信，缺乏革命觉悟，在革命与反革命之间摇摆，和他的血液里蠢动着爷爷一辈的愚昧和野性是有关的，和旧俄的哥萨克民族，被因袭的习惯势力牢牢束缚，"保留着特别多的中世纪生活、经济和习惯特点"（列宁）是有关的。（叶辛）

值得一提的是，过去中国文坛重视不够的，或者说根本不为一般的中国读者知晓的一些重要苏联现代作家及其作品，在这一时期得到了充分的重视，并有了与其在文学史上的地位大体相应的译介。如叶赛宁，新中国成立以来他一共只有3首短诗得到译介，可1980年代他的诗歌开始频频见于中国的各种报刊，并有《叶赛宁抒情诗选》和《叶赛宁诗选》等四种中译诗集问世。这些诗集内容丰富，包括了叶赛宁的不少重要作品，如《叶赛宁诗选》中收入了142首诗，其中有《天色已是傍晚》等抒情诗122首，《罗斯》等小叙事诗16首，《列宁》《安娜·斯涅金娜》和《黑影人》等长诗3首，以及诗剧《普加乔夫》。这本诗集在篇幅上占叶赛宁全部诗作的二分之一，译者还为每首诗附上了题解。这些对中国读者了解叶赛宁的创作是很有帮助的。同样，勃洛克的作品也被翻译得较多，并有了《献给美人的诗》和《青春·爱情·畅想》二本诗集译出；外国文学出版社和春风文艺出版社同年分别出版了布尔加科夫的《大师和玛格丽特》（一译《莫斯科鬼影》）的两种译本，他的《狗心》译出后还被搬上了中国的舞台；扎米亚京的名作《我们》由花城出版社出版，引起较大反响；普里什文的作品受到欢迎，以单行本形式出版的就有《大自然的日历》《林中水滴》和《普里什文动物散文选》等；左琴科作品散见于各种报刊，另有《左琴科幽默讽刺作品选》《丁香花开》和《一本浅蓝色的书》三本集子出版；阿赫玛托娃的诗歌不仅在1980年代中国的刊物上频频出现，被收入十多种集子，并出版了由戴骢和王守仁等分别译出的两种同名集子《阿赫玛托娃诗选》，她的诗歌在中国赢得了广大的读者。这里，我们不妨看看1987年诗人周触发表在《诗刊》上的题为《什么在锯着灵魂——与阿赫玛托娃交谈》一诗的引言部分和片段：

她是俄罗斯的女儿，和所有的天才一样不幸。她有艰辛的流离和心灵的巨创，有不幸的婚姻和痛苦的爱情，全世界都知道她爱得何等沉郁绵密丰润凄婉而真挚。她的竖琴虽然已在二十年前断响，她却仍将长久地听到从遥远的天地间传来的悠悠回声。我不禁也用心声和她默默交谈，向她吐露我无告的心曲，使灵魂得到片刻的解脱和安宁。（引言）

……

2

她递给我的手
原是两把变形的古琴
竟被羞涩打磨得
如此柔和而细润
触摸着它我感知
另一个世界的语汇
没有琴弦我却弹响了
海和峭崖的奏鸣

时如雏鸟在啄卵壳
时如塌陷的彤云
时如风丝在娇喘
时如镣铐在呻吟
最后我听见
什么在锯着灵魂

诗人啊，按你的定义
这便无疑是爱情
我却不敢相信
难道那不是一片白云

对另一片白云的雕琢吗

或者是一个春天

对另一个春天的拥吻

……

4

你在你的佛罗伦萨

或水域威尼斯寻觅

我在我的黄土高原

或北中国的沙漠寻觅

我们都是愚笨而不走运的淘金者

属于我们的欢乐

只有星星点点滴滴

然而我们却将硕大的金块

那样傻子似的丢弃

我却不叹息

也不相信决不相信

生活不过是万劫不复的地狱

即使是我也不怕

我的回忆和憧憬

就是两把

用我的血肉作燃料的

火——炬

……

5

我不知道如何抚慰

你失却爱情的万般愁绪

你嘲笑着人间富贵

> 我寻求着幸福的注释
> 幸福往往与别人共有
> 痛苦每每却独独属于自己
> 也许那是一个陷阱
> 伪装着一丛美丽的荆棘
> 不要轻易地攀折它吧
> 残酷比温柔更有魅力①

这首诗写得深沉而凝重，从中不难感觉到中国当代诗人对阿赫玛托娃诗歌精神的准确把握，以及这位俄国女诗人的杰出诗歌在中国当代诗人心中所激起的强烈共鸣。这也许只是一个小小的例子，但是它至少告诉了我们这一点：80年代的中国读者虽然冷落了部分苏联现代作家，但是对苏联现代文学的总体了解应该说是更为全面和深入了。

二、苏联当代文学在1980年代的中国

这一时期中国的俄苏文学译介中最令人瞩目的是当代苏联文学，1980年代前期和中期出现了一个前所未有的译介苏联当代文学（主要是苏联1960年代以来的作品）的高潮，整个十年里译出的作品多达五六千种。长期以来，中国对苏联文坛始终予以密切关注，对其基本面貌和动向可谓了如指掌，而中苏政治关系的改善和文化交流的日趋频繁，又进一步为文学译介渠道的畅通创造了有利条件。一些活跃于苏联当代文坛的著名作家及其有影响的作品，很自然地成了中国译者首先捕捉的目标。艾特玛托夫、邦达列夫、拉斯普京、舒克申、阿斯塔菲耶夫、贝科夫、瓦西里耶夫、叶夫图申科、万比洛夫等作家的重要的作品大都被介绍到了中国，这些作家为许多中国作家和读者所熟知，他们的优秀作品在中国拥有广大的读者群。

---

① 见《诗刊》1987年第8期。

艾特玛托夫是这一时期最受中国读者欢迎的苏联当代作家。他与海明威、卡夫卡和马尔克斯一起被认为是对新时期中国文学影响最大的四位外国作家。其实，在艾特玛托夫刚刚开始享誉文坛之时，他的成名作、中篇小说《查密莉雅》早在1960年代初就被介绍了过来。① "文革"期间，他的另一部中篇小说《白轮船》也曾作为内部批判读物译出。尽管1960—1970年代他总共只有两部作品被中译，但显然已受到中国文坛的关注。1980年，他的作品不仅在中国的刊物上重新出现，而且外国文学出版社及时出版了《艾特玛托夫小说集》（上册），次年又出了下册（后又于1986年补出了中册）。这套小说集收入了艾特玛托夫早期和中期的主要作品，如《我的包红头巾的小白杨》《母亲——大地》《第一位老师》《永别了，古利萨雷！》和《花狗崖》等19篇中短篇小说。它所独具的艺术魅力很快使众多的中国读者倾倒，以至于作家张承志发出了这样的感叹："我恨不得把《艾特玛托夫小说集》倒背如流。"② 在而后的十年中，艾特玛托夫的几乎所有的比较重要的作品都被译介了过来。他的长篇不仅被译得快，而且都有多种译本。苏联出版于1980年的长篇《一日长于百年》，1982年就有了新华出版社出的张会森等的中译本，后又有了译名为《布兰雷小站》的新译本。他的长篇《断头台》（一译《死刑台》）于1986年在苏联问世，中国报刊上立即节译和评论，并很快出现了冯加、李桅和徐振亚等人的6种译本。长篇新作《雪地圣母》刚有部分章节发表，中国的期刊上就有了节译。此外，这时期他的比较重要的中译作品集和文论集还有《艾特玛托夫小说选》和《对文学艺术的思考》等。

邦达列夫的作品也很受中国读者欣赏。他的作品在1960—1970年代有三种中译问世，首译是艺术随笔《时间篇》，出现在1961年10月。长篇《热的雪》和《岸》则是在中苏文学关系冰封期的尾声作为批判对象内部出版的。80年代一开始，邦达列夫的作品立即得到了广泛译介。他的长篇哲理三部曲尤其受到中国文坛的重视。《岸》又出了新的译本，而由小说改编的电影在中国荧屏上屡屡出现，好评如潮；《选择》也很快有了节译和全译本；作者1985年新发表的《人生

---

① 载《世界文学》1961年第10期，力冈译。
② 转引自孟晓云：《你生命中那时光》，《人民文学》1985年第7期。

舞台》（中译名还有《戏》《女演员之死》和《新星之陨》等），中国在1986年和1987年就由外国文学出版社等推出了4种译本。他的其他一些重要的小说和电影剧本如《最后的炮轰》《请求炮火支援》和《解放》（与人合作）等也均被译出。他的一系列艺术随笔式的抒情短篇更是成了人们竞相译介的对象，译者不下十人，多见于报刊，并出现了两本集子《瞬间》和《邦达列夫人生、艺术随想集》。

舒克申和利帕托夫的作品是"文革"后期进入中国的。舒克申当时作为内部出版物被译出的作品是中篇小说《红莓》和剧本《精力充沛的人们》。他的小说和剧本的独特风格实际上已引起那一时代的中国读者的注意。他的中短篇小说成了1970年代末内部试刊的《世界文学》和《苏联文学》杂志首先刊出的对象，而后的译介自然就更多了。1980年代在中国一再上演的由作者自编自导自演的电影《红莓》，和1983年由外国文学出版社推出的《舒克申短篇小说选》，都产生了广泛的影响。他的许多优秀的作品如《柳巴温一家》《太阳·老人·少女》《斯捷潘的爱情》和《慈母心》等都先后有了中译。利帕托夫在苏联国内"以善于提出迫切的社会生活问题，发现尖锐的冲突和有趣的性格而闻名"。"文革"中，"四人帮"曾借批判他的第一部中译作品《普隆恰托夫经理的故事》而大做文章。1980年中国社会科学出版社出版的长篇《伊戈尔·萨沃维奇》是他第二部进入中国的作品，由于小说成功地塑造了苏联新时期"多余人"形象而受到中国文坛的普遍关注。该书是作为新复刊的《世界文学》杂志推出的"世界文学丛刊"第一辑的形式出现的，除有编者的评述外，还附录了作家小传、苏联报刊有关讨论文章的综述、作者谈该书的创作、苏联文学界对这部作品的评论等大量资料。利帕托夫的其他一些主要作品如《这都是关于他的事》《斯托列夫案件》《民警阿尼斯金》《黑崖村》和《乡村侦探》等也先后被译出。

阿斯塔菲耶夫、拉斯普京和贝科夫的作品是1970年代末才开始进入中国的。阿斯塔菲耶夫最受人关注的是他的获苏联国家奖的长篇小说《鱼王》，这部作品1982年由上海译文出版社出版。他的另一部在苏联国内引起强烈反响的小说《忧郁的侦探》（一译《悲伤的侦探》）也很快出现了两种中译本。此外，他的优秀的中篇小说《牧童与牧女》和《陨星》等也是中国读者十分喜爱的作品。拉斯普京以农村题材的中篇创作见长。他的《活下去，并且要记住》《告别马焦拉》《为玛丽娅借钱》《最后的期限》《火灾》和《鲁道费奥》等都给中国读者留下深刻印象。贝科夫则擅长于卫国战争题材的中篇创作。他的中译小说出集子和单行本的不少，如人民文学出版社和上海译文出版社等先后推出了《贝科夫小说选》《一去不回》《鹤唳》《阿尔卑斯山颂歌》《方尖碑》《灾难的标志》和《第五个死者》等不下十部。

小说家中，特里丰诺夫的作品中译的也很多。1950年代初期和中期，汝龙等曾译出过这位作家的《大学生》等两部早期作品。时隔20多年后，特里丰诺夫的作品的魅力进一步为中国读者所了解。这时期译出了他中后期的以"莫斯科故事"为代表的几乎所有的重要作品，如《交换》《初步总结》《长别离》《另一种生活》《滨河街公寓》和《老人》等，而且大部分有2种以上译本。因小说和电影《这里的黎明静悄悄……》（仅小说就有4种中译本）而在中国闻名遐迩的瓦西里耶夫，其主要作品也均被译出，如《未列入名册》《后来发生了战争》《不要射击白天鹅》和《你们是谁家的老人》等。格拉宁的作品很有力度，涉及的生活面较广，他的著名小说《克拉芙季娅·维洛尔》（又有《女政委》等译名）、《同名者》《一幅画》《迎着雷电》《奇特的一生》《痕迹犹存》和《围困纪事》等也为中国读者所熟知。老作家冈察尔的作品是1950年代中国译介的热点之一。由于1960年代以后，他仍不断有佳作发表，因此他又成了新时期中国译者关注的热点之一。新译出的长篇小说就有《你的朝霞》（中译名还有《你的霞光》和《圣母之光》）、《小铃铛》《飓风》和《大教堂》等多部。老作家帕斯捷尔纳克的作品因受政治因素干扰，1949年后未有任何译介。1980年代中期以后，他的作品在中国大受欢迎。长篇小说《日瓦戈医生》在1986年和1987年出现了4种译本，他的诗歌被译得更多，并出版了诗集《含泪的圆舞曲》等。田德里亚科夫是中国读者很熟悉的一个苏联作家，1950年代以来他的作品多有译介。这时期译出的作品主要有《六十支蜡烛》（四种译本）、《审判》《月蚀》《蜉蝣命短》和《灵验的圣像》等。索尔仁尼琴虽然仍是一个有争议作家，但是他的重要地位已得到公认。他的作品有新译出的或旧译重印的出版，也有境外中文译本的引入，如长篇《癌病房》《古拉格群岛》和《第一圈》等，这些作品受到广泛关注。恰科夫斯基的中长篇作品译介得也很多，主要有《未完成的画像》《胜利》和《未婚妻》等。格罗斯曼的作品在1940—1950年代的中国很受欢迎，但1980年代却受到冷落，直到1980年代后期他的被禁作品《生存与命运》在苏联得到重新评价时，才再一次成为人们关注的热点，这部长篇小说很快有了2种中译本。在苏联当代文坛长期担任领导职务的马尔科夫，其作品也多有译介，如长篇《大地精华》《啊，西伯利亚》和《面向未来》等。被苏联文坛称为"现代农村散文大师"的别洛夫以其优秀的作品赢得了1980年代中国读者的青睐。他的小说《凡人琐事》《木匠的故事》《春》《河湾》和《星期天早晨的会面》等先后被译出。

诗人中叶夫图申科也是中译作品较多的作家之一。作为"大声疾呼诗派"的代表作家，他的诗歌在1960—1970年代中国的内部出版物中已有不少译介，这时期译介的面则更为广泛了。除了散见于报刊上和合集中的大量诗作外，还出版了《叶夫图申科诗选》和《叶夫图申科抒情诗选》等3种。这些诗集内容相当丰富，如漓江出版社出的《诗选》收入了叶夫图申科的长诗《妈妈与中子弹》和短诗一百多首，书前有作者本人写的序《思想的音乐——致中国读者》。湖南人民出版社出的《诗选》也收入了诗人的抒情诗、哲理诗、政论诗、叙事诗、讽刺诗和寓言诗等各种诗体的诗歌105首。这些集子的出版对中国读者全面了解叶夫图申科的诗歌创作确实是很有帮助的。此外，上海译文出版社还出版了他的长篇小说《浆果处处》的中译本。1980年代作品得到较多译介的苏联当代诗人不下几十位，如同属"大声疾呼诗派"的沃兹涅先斯基、罗日杰斯特文斯基和阿赫玛杜琳娜等，属"悄声细语诗派"的索科洛夫、鲁勃佐夫和日古林等，如传统哲理诗派的加姆扎托夫、卡里姆、伊萨耶夫和马尔蒂诺夫等，以及一部分新潮诗派的诗人。

剧作家中较受中国读者注意的主要是阿尔布佐夫、罗佐夫、万比洛夫、盖利曼、切尔内赫和沙特罗夫等人。这些作家在1980年代中国新译出的作品主要有：

阿尔布佐夫的《漂泊的岁月》《伊尔库茨克故事》《我可怜的马拉特》《老式喜剧》《残酷的游戏》和《女强人》等；罗佐夫的《永远活着的人》《权贵之家内幕》《力量悬殊的战斗》《寻求欢乐》和《校庆日》等；万比洛夫的《六月的离别》《长子》《打野鸭》《外省轶事》和《去年夏天在丘里木斯克》等；盖利曼的《反馈》《验收书上的签字人》《并非只是家庭秘密》和《长椅》等；切尔内赫的《莫斯科不相信眼泪》（4种译本）、《同宇航员一道飞行》《粒粒皆辛苦》和《嫁了个丈夫是大尉》等；沙特罗夫的《革命画卷》《两行小字》《我们一定胜利》《1918年的苏俄领袖们》《良心专政》和《继续前进……前进……前进！》等。

这一时期苏联当代文学译介中的一个明显特点是迅速而且集中。期刊反应快自然不说，就是出版社也是如此；中短篇作品是这样，卷帙浩繁的长篇也不例外。有些作品译介速度之快令人惊讶，而且多种译本并存的情况比比皆是。最突出的一个例子是雷巴科夫的长篇小说《阿尔巴特街的儿女》（中译名还有《阿尔巴特街的儿女们》《A街的梦魇》《大清洗：阿尔巴特街的儿女们》和《大清洗的日子》等），该小说于1987年在苏联出版，1988年和1989年中国几乎同时出现了6种译本。这种现象的出现一方面说明中国文坛对苏联当代文学的关注和翻译事业的兴旺，但同时也反映了译介中的某种无序现象。应该说，这些重复出版的译本大部分选择的是著名作家的反响甚佳的近作，或开禁后引起轰动的旧作，各出版社瞄准"热门题材"也属情理之中，不少译本本身的质量也是比较好的，可缺乏协调的"撞车"和相当一部分因求快而不能尽如人意的译本的出现，毕竟是令人遗憾的[①]。更何况有的作品并没有出版多种译本的必要，如米尔内的《浪荡女人》（又有中译名《妓女》和《街头女郎》）在1985年竟同时有三家出版社推出了不同的译本。

这时期译介中另一个引人注目的特点是，译者格外偏重苏联当代具有道德探索倾向的作品。这里除了中国译介者的选择的目光以外，与当代苏联文学中的道德探索倾向渗透到各类题材（尤其是日常生活和卫国战争题材）领域有关。

---

① 这种现象在俄国古典文学名著的翻译上也不同程度地存在。

1970—1980年代苏联文学道德探索作品的主旨基本表现为两个方面：一是抨击精神空虚和道德沦丧的行为，并且努力揭示现代人在时代变迁时的道德心理冲突；二是表现普通的工人、农民、军人和知识分子精神品质的新特征，赞美他们积极的生活态度和高尚情操，并寻找连接现实与历史的道德纽带。许多有才华、有影响的作家（如前面提到的不少作家）都涉足这一探索热潮，从而出现了一大批表现道德探索主题的优秀作品。中国文坛在译介中作出这样的选择，应该说是很有目光的。

可以说，1980年代中国新译出的苏联当代文学作品或多或少地都表现出这种倾向（尽管这些作品的价值取向不一），仅以有中译单行本的比较重要的小说而言，就还可以举出一大批，如列昂诺夫的《俄罗斯森林》、阿勃拉莫夫的《中篇小说选》和《普里亚斯林一家》、阿纳尼耶夫的《没有战争的年代》和《爱情的历程》、巴巴耶夫斯基的《故乡》和《野茫茫》、伊凡诺夫的《冤仇》和《尘世间》、卡里宁的《月夜》、科热夫尼科夫的《盾与剑》和《伏尔加奏鸣曲》、柯列斯尼科夫的《培养部长的学校》、柯切托夫的《青春常在》和《战时札记》、梅列日科夫斯基的《沼泽地上的人们》、潘诺娃的《一年四季》、波波夫的《这就是日常生活》、普罗斯库林等的《黑鸟》、斯米尔诺夫的《布列斯特要塞》、斯塔德纽克的《战争》和《莫斯科1941》、特罗耶波利斯基的《白比姆黑耳朵》、乌瓦罗娃的《邻居》、楚柯夫斯基的《不相称的婚姻》、沙米亚金的《为君分忧》、莎吉娘的《乌里扬诺夫一家》、埃泽拉的《湖畔奏鸣曲》、库尔恰特金的《乌什镇的哈姆雷特》、卡尔波夫的《统帅》、雷特海乌的小说选《现代传奇》、谢苗诺夫的《春天的十七个瞬间》、阿列克西叶维奇的《战争中没有女性》、阿列克辛的小说集《前天与后天》、安德列耶夫的《青春激荡》、巴克兰诺夫的《永远十九岁》和《一死遮百丑》、巴鲁兹金的《自然而然》、布鲁梅列的《矢志不移》、布申的《人们称他将军》、维列姆博夫斯卡娅等的小说集《甜蜜的女人》、沃罗宁的《爱情问答》和《真正的爱情啊，在哪里？》、顿巴泽的《永恒的规律》、阿纳托利·金的《海的未婚妻》、康德拉季耶夫的《伤假》、利哈托夫的《最严厉的惩罚》、马卡宁的《书市上的斯薇特兰娜》和波波夫的

《这就是日常生活》等。

在对俄苏文学在1980年代中国的译介状况作了上述梳理后,其基本面貌已经比较清晰。现在可以确定无疑地说,1980年代是20世纪中国接纳俄苏文学的一个高峰期。尽管1980年代中国文学所受的影响是多元的,尤其是1985年以后西方现代主义文学在中国文坛影响日增,但是正如一位评论家所指出的,在倏忽上下的文学热潮中,苏联文学在中国"拥有一批相对稳定的读者(其中包括某些作家群)。一部分思考型的读者始终没有从当代苏联文学移开过视线"。[1]俄苏文学(特别是当代苏联文学)中的优秀作品已经和其他优秀的外来文化一起,成为改革开放年代中国作家的重要的借鉴对象和中国广大读者宝贵的精神财富。[2]

三、新时期的俄苏文学研究

在1980年代大规模的作品译介的同时,中国的俄苏文学研究也开始进入一个崭新的时期。十年浩劫后中国民族文化的全面复兴,有力地推动了俄苏文学研究向更深更广的领域拓展。这一时期所取得的成果既表现在数量上(在量上已超过了以往全部成果的总和),也表现在质量上(研究的视野、角度、方法和规模都是以往无法比拟的)。这里,且从文学史和文学思潮研究、作家作品研究这两个方面来对研究状况作一番描述。

文学史和文学思潮研究,往往是研究者综合实力的一种体现。中国的俄苏文学研究虽说历时已不短,但除了"五四"前后郑振铎、瞿秋白和蒋光慈等人编写的几本小册子外,1980年代以前这方面的成果令人汗颜,这一领域几乎全被俄苏和英日等国学者的中译著作占领了。这一局面在1980年代中期以后得到了根本

---

[1] 夏仲翼:《从停滞到活跃》,《上海文论》1988年第4期。
[2] 俄苏文学在新时期中国的影响与数量众多的根据名著改编的影视片的放映也有一定的联系,这时期中国放映的影响较大的这一类影视片主要有:《战争与和平》《安娜·卡列尼娜》《复活》《叶甫盖尼·奥涅金》(歌剧)、《上尉的女儿》《偷东西的喜鹊》《没有陪嫁的新娘》《白痴》《奥勃洛摩夫的几天》《第四十一》《苦难的历程》《静静的顿河》《这里的黎明静悄悄……》《莫斯科不相信眼泪》《红莓》《迎着雷电》《列车上的风波》和《岸》等。

性的扭转。就文学史著作而言，从1986年开始，在短短几年里先后出现了《俄国文学史》（易漱泉等编写）、《苏联文学史略》（臧传真等主编）、《俄苏文学史话》（周乐群编）、《苏联文学史》（雷成德主编）、《十九世纪俄国文学史纲》（刘亚丁著）、《苏联小说史》（彭克巽著）、《苏联当代文学概观》（李明滨等主编）、《俄罗斯诗歌史》（徐稚芳著）、《苏联文学》（贾文华等主编）、《当代苏联文学》（马家骏等主编）和《俄国文学史》（曹靖华主编，此书后为三卷本《俄苏文学史》）等一批俄苏文学史著作。这里既有纵览俄苏文学发展的全过程的大部头著作，也有断代史、文体史、简史和史话等。

在纵览性的文学史著作中，易漱泉等人编写的和曹靖华主编的那两本无疑是最值得一提的。易漱泉等十人编写《俄国文学史》著作不仅出得最早，而且也是较为系统和较为厚实的一部，这显然与作者都是长期从事俄苏文学教学和研究的高校中文系教师有关。全书共51万字，内容包括从11世纪到20世纪初期俄国文学的发展史。作者将俄国文学的发展分为4个阶段，即19世纪以前、19世纪初期、19世纪中期、19世纪晚期和20世纪初期，并由此勾勒其全貌。书中关于19世纪俄国文学发展的分期基本上遵循的是列宁对俄国解放运动的三个阶段的论述，这是比较传统的分法，好处是能较清晰地阐明俄国文学与社会现实紧密结合的特点，但也容易导致无法充分揭示文学发展的内部规律的缺憾。事实上，该书的长处和不足确实与此有一定的关系。可以看出，作者有意识地在努力弥补这一不足，在有关重点作家和作品的章节中普遍注意了对作家的艺术成就和作品的艺术特点的分析。虽然从今天的目光看这部著作似乎创新意识还不够强，但是它的开拓之功是应该充分肯定的。曹靖华主编的三卷本《俄苏文学史》气魄更大，在一百多万字的篇幅中，描述了俄国古典文学、苏联现代文学和苏联当代文学发展的全过程。全书立论明确、材料翔实、线索分明，是一部很有质量的统编教材。该书第一卷所涵盖的内容和所用的字数与上述的那本相近，但显然在材料的确切和丰富上，在编排的严谨和合理上要更胜一筹。该书对一些重要作家（如第一卷中关于普希金、陀思妥耶夫斯基等）的论述很有分量，对有些文学现象（如第三卷关于苏联各加盟共和国的文学）的介绍又颇为独到。但是，可能是多人合作的缘故，该书有些地方在衔接上出现了一些问题，如在第一卷与第二卷之间竟空缺了19世纪末20世纪初这么重要的一段；各卷之间的学术水准有距离；总体框架上也仍遵循着传统的格局。尽管如此，这部著作所取得的多方面的成就，无疑显示了中国在这一研究领域所达到的新的水平，它不仅对中国俄苏文学研究摆脱庸俗社会学的困扰起了积极作用，而且为今后架构新的文学史体系和取得研究方法上更大的突破打下了基础。

这时期出现的几部以文体分类的文学史著作也是很有特色的，如徐稚芳的《俄罗斯诗歌史》。在这部30万字的著作中，作者系统阐述了十月革命以前俄罗斯诗歌发展的历史过程，而在章节划分上又充分体现了对诗歌发展的内在规律的尊重。19世纪上半期是俄罗斯诗歌发展的黄金时代，因此作者用相当多的篇幅论述了这时期出现的诗歌流派和有代表性的作家，尤其是普希金和莱蒙托夫。19世纪中后期，论述的重点则落在涅克拉索夫和丘特切夫两位诗人身上。由于该书坚持"思想性和艺术性并重"，并对那些"虽无重大思想内容，但确属真、善、美的艺术佳作，也同样予以重视"，①许多在一般的文学史著作中不提或少提的优秀诗人在该书中获得了应有的地位。书中关于丘特切夫的评论文字超过了涅克拉索夫，其他如茹可夫斯基、巴秋什科夫、巴拉丁斯基、波列查耶夫、柯尔卓夫、奥加辽夫、普列谢耶夫、迈科夫、费特、尼基丁和蒲宁等诗人也占有相当的篇幅。书中还提供了不少令人感兴趣的资料，如关于俄罗斯民间诗歌中仪式歌、英雄歌谣和历史歌谣的介绍等。

这时期不少中国学者对苏联文学思潮进行了多侧面的研究，并出现了吴元迈的《苏联文学思潮》和李辉凡的《苏联文学思潮综览》两部研究著作。这两本著作都有相当的理论深度。如吴元迈的《苏联文学思潮》虽然是本论文集，但作者力图从宏观的角度"较为系统地阐明苏联文学思潮的发展线索"②的自觉意识，使这本论著成为一个有机的整体。全书脉络清晰，统观各篇，思潮的总体轮廓被准确地勾勒了出来。作者的视野是开阔的，他鸟瞰整个苏联文学思潮的历史沿革

---

① 见徐稚芳：《俄罗斯诗歌史》（前言），北京大学出版社1989年版。
② 见吴元迈编著：《苏联文学思潮》（后记），浙江文艺出版社1985年版。

和现状,上溯十月革命前后的无产阶级文化派思潮,下及1970—1980年代苏联文坛的思潮流变,逐一梳理了这一令人眼花缭乱的文学现象,并对若干影响深远的文学思潮条分缕析,从而较好地实现了作者的总体构想。当然,论著引起读者兴趣的并不在总体构想本身,而在于它更便于读者把握思潮之间的内在联系。如作者用历史唯物主义的观点对苏联文坛上出现过的几次大的错误思潮作了客观的评述,细察这些思潮的理论根源,其中就很有一些耐人寻味的带规律性的东西。由于论著打破了封闭式的评论模式,始终注意揭示思潮发展的前因后果以及内在联系,因此它比囿于某一角度的评述更能使读者获得有益的启迪。同时,这本论著在一些重要课题的研究上也表现出了理论的深度和独具的新意。论著的一个重要特色是重视当代,对当代苏联文学思潮的研究几乎占了全书的一半篇幅。在《当代苏联现实主义思潮》一文中,作者着重对现实主义在当代苏联文学的发展作了详尽的分析;在《70年代苏联文学几个理论问题概述》一文中,作者则依靠所掌握的丰富翔实的资料,为读者提供了苏联文坛的有益信息,开辟了一个观察其新动向的窗口。这是一部在理论性、资料性和现实性上都具有一定价值的论著。

对俄苏作家的研究也有长足的进展。在活跃的学术空气下,中国学者撰写了大量的论文,对许多重要的俄苏作家进行了深入的研究。托尔斯泰学术讨论会(1980)、马雅可夫斯基学术讨论会(1980)、高尔基学术讨论会(1981)、屠格涅夫学术讨论会(1983)、肖洛霍夫学术讨论会(1984)、陀思妥耶夫斯基学术讨论会(1986)等全国性的俄苏作家专题学术讨论会的频频召开,也对研究工作的全面展开起了有力的推波助澜的作用。在所有的俄苏作家中,1980年代中国对托尔斯泰的研究是最有成绩的。1970年代末,中国报刊上开始零星地出现了一些关于托尔斯泰的研究文章。1980年适逢托尔斯泰逝世70周年,上海和杭州等地相继召开了纪念托氏的学术讨论会,并分别汇集出版了《托尔斯泰研究论文集》和《托尔斯泰论集》,从而掀起了新时期中国托尔斯泰研究的高潮。在十年时间里,中国学者发表的论文与译文达四百余篇(其中论文363篇),出版的论著与译著有20多部(其中论著4种)。论著与译著中除上述两种外,较重要的还有《列夫·托尔斯泰比较研究》(倪蕊琴主编)、《欧美作家论列夫·托尔斯泰》

（陈燊编选）、《俄国作家批评家论列夫·托尔斯泰》（倪蕊琴编选）、《艺术家托尔斯泰》（赫拉普钦科著）、《托尔斯泰夫人日记》《同时代人回忆托尔斯泰》《托尔斯泰剧作研究》（洛姆诺夫著）等。

这时期中国对俄苏作家的研究表现出许多新的特点。首先是思想比较解放，学术争鸣的空气比较浓厚。以托尔斯泰为例。在1980年代的中国，托尔斯泰的研究已不存在禁区，如怎样看待托尔斯泰思想所属的范畴、怎样评价"托尔斯泰主义"、如何理解《复活》中的"复活"等问题，都曾在报刊上展开过热烈的讨论。争鸣的结果不一定是思想的统一，但它却有助于思路的拓展，有助于把讨论引向更深的层次。其次是研究者的视野更加开阔，世界性的"托学"研究中所涉及的重要领域几乎均为中国学者或深或浅地触及，如列宁论托尔斯泰、欧美作家论托尔斯泰、俄国的托尔斯泰研究史、托尔斯泰的世界观与创作方法、托尔斯泰的创作个性、托尔斯泰的文艺思想、托尔斯泰的宗教思想、托尔斯泰作品的评论等等。尤其值得称道的是，许多学者更注重对托尔斯泰创作的艺术分析。钱谷融的《论托尔斯泰创作的具体性》一文就是一篇较早出现并很有特色的文章。文章一开始就提出这样的设问："托尔斯泰为什么能够写得那么好呢？他的作品的艺术魅力从何而来呢？"作者认为，这个问题"非常值得我们认真加以探讨"，因为"它涉及与文学创作有关的一切方面，绝不是仅凭个人的主观臆想，简单化地提出这样那样的几条原则所能够说明得了的"。作者随即明确表明了自己的观点，"假如我们把问题仅仅限制在艺术表现的范围以内，那么，从我个人来说，我觉得托尔斯泰的作品给予我的一个最最突出的印象，就是它的描绘的具体性"，而"这种描绘的具体性，我以为就是托尔斯泰的作品能够产生如此巨大的艺术魅力的基础"。而后，作者从五个方面对此作了很有说服力的论证。这一类文章的大量出现，对于扭转以往托尔斯泰研究中重思想性而轻艺术性的倾向是大有裨益的。此外，一部分研究者开始有意识地运用比较研究的方法来考察托尔斯泰及其创作。倪蕊琴主编的《列夫·托尔斯泰比较研究》无疑在这方面最具代表性。建立在坚实的基础上的观念更新和方法突破，给这本书带来了不少新意。如书中关于托尔斯泰与陀思妥耶夫斯基长篇结构及心理描写特色的比较，关于托尔斯泰传统在当代苏联文学中的发展，关于托尔斯泰与司各特、罗曼·罗兰和霍桑等欧美作家及其作品的比较，关于托尔斯泰与中国现代作家的关系的考察，关于托尔斯泰与中国古典哲学思想的关联的研究等等，均显示出角度的新颖和阐发的独到，为1980年代中国的托尔斯泰研究开出了一片新的空间。

　　再以别、车、杜为例。这时期随着对别、车、杜理论更为全面和深入的介绍，①中国读者的注意力已开始涉及别、车、杜文学和美学思想的方方面面，如艺术与生活的关系问题、艺术典型和典型化问题、形象思维与形象创造问题、文学的人民性问题、作品内容与形式的关系问题、作家的风格与民族的风格问题等等。关于这一点，我们只要从1980年代发表的关于别林斯基的论文中举些名字即可明了，如《别林斯基论现实主义》《别林斯基的文学民族化理论》《别林斯基的典型观》《别林斯基的艺术思想与社会现实的矛盾》《试论别林斯基的"激情"说》《别林斯基论创作过程中的思维和想象》《别林斯基的文学批评精神》《别林斯基的"情志"说》《别林斯基的美学观点》《别林斯基的戏剧理论》等。1986年还出版了马莹伯著的《别、车、杜文艺思想研究》，这是国内在这一领域中的第一部专著。包括别、车、杜的文艺思想在内的俄苏诗学尽管在这一时期已不再是中国文坛唯一的参照系，但是经过拨乱反正以后恢复了其本来面目的别、车、杜文艺思想，它们的魅力和对中国文坛的影响将是长久存在的。

　　这一时期，俄国形式主义等俄苏现代文论开始译介到中国，其中巴赫金理论受到较多关注。夏仲翼发表于《世界文学》1982年第4期的译文《陀思妥耶夫斯基的复调小说和评论界对它的阐述》（巴赫金《陀思妥耶夫斯基诗学问题》第一章），是巴赫金正式进入中国的标志。他在同期发表的文章《陀思妥耶夫斯基的〈地下室手记〉和小说复调结构问题》称巴赫金的这一理论"不仅对研究陀思妥耶夫斯基来说，即使对一般的文学研究，特别是对长篇小说的研究也是一个饶有趣味的题目"。钱中文也是较早介绍、研究巴赫金理论的学者。1983年，他的

---

① 1980年代，上海译文出版社开始陆续推出六卷本的《别林斯基选集》（未出齐）、三卷本的《车尔尼雪夫斯基选集》等文集，中国社会科学出版社在1980年出版了苏联著名学者布尔索夫的《俄国革命民主主义者美学中的现实主义问题》的译著。

文章《"复调小说"及其理论问题——巴赫金的叙述理论之一》[①]拉开了以复调小说理论研究为中心的巴赫金研究的序幕。此后，彭克巽、吴元迈、晓河、宋大图、黄梅、樊锦鑫和张杰等学者也撰文发表了各自不同的见解，这种探讨对中国学界初识巴赫金及其理论颇有帮助。80年代后期，巴赫金的理论译著开始问世，如张杰、樊锦鑫译的《弗洛伊德主义批判》（中国文联出版公司，1987）[②]、李辉凡、张捷译的《文艺学中的形式主义方法》（漓江出版社，1989）、白春仁、顾亚玲译的《陀思妥耶夫斯基诗学问题》（生活·读书·新知三联书店，1988）。我国的巴赫金理论的译介和研究开始起步。

作家研究中还值得一提的是，中国学者几乎与苏联文坛同步开展了对"复活的苏联作家群"的研究。在这方面最突出的成果是薛君智的《回归——苏联开禁作家五论》一书。作者以翔实的材料和新的视角，对左琴科、帕斯捷尔纳克、扎米亚京、皮里涅雅克和普拉东诺夫五位作家进行了深入的探讨。诚如作者所言，这种探讨是需要学术勇气的："在探讨'作家群'的开始阶段，我的这个研究课题，完全是'冷门'。它曾经受到过歧视，甚至遭到非难，我自己也曾产生过'是否会被戴上异教徒帽子'的想法。不过，我没有气馁，没有放弃我的'冷门'课题。"[③]作者不仅对这些作家的曲折的生活和创作道路作了全面介绍，而且十分注意揭示这些作家独特的创作个性及其他们在文学发展史上的作用。作者的分析是客观的，该书在这一研究领域中的开拓意义为学术界所公认。

1980年代中国的俄苏文学研究取得了较为丰硕的成果。在文学史和作家作品研究方面，在资料的编撰方面，都有一大批论文、论著和译著问世。比较重要的论著还有：《苏联文学史论文集》（叶水夫等）、《五六十年代的苏联文学》（吴元迈等）、《苏联文学论集》（北京师范大学苏联文学研究所编）、《论苏联当代作家》（吴元迈等）、《普希金创作评论集》（戈宝权等）、《屠格涅夫

---

① 《文艺理论研究》，1983年第4期。
② 另有汪浩译的《弗洛伊德主义评述》（辽宁人民出版社，1987）、佟景韩译的《弗洛伊德主义》（上海文艺出版社，1988）。
③ 见薛君智《谈谈我和'复活的'苏联作家群》，载《回归——苏联开禁作家五论》（附录），社会科学文献出版社1989年版。

研究》（陈燊等）、《屠格涅夫与中国》（孙乃修）、《果戈理及其讽刺艺术》（钱中文）、《论普希金、屠格涅夫、托尔斯泰》（王智量）、《短篇小说家契诃夫》（朱逸森）、《高尔基美学思想论稿》（陈寿朋）、《鲁迅前期小说与俄罗斯文学》（王富仁）和《苏联当代戏剧研究》（陈世雄）；比较重要的译著还有：《苏联文学史》（叶尔绍夫）、《苏维埃俄罗斯文学》（斯洛宁）、《陀思妥耶夫斯基诗学问题》（巴赫金）、《当代苏联文学中的人道主义问题》《苏联现实主义问题讨论集》《苏联当代作家谈创作》《俄苏形式主义文论选》《继往开来》（梅特钦科）、《文学原理》（波斯彼洛夫），以及北京大学出版社1980年代初期出版的一套"俄罗斯苏联文学研究资料丛书"（其中有《关于〈解冻〉及其思潮》《必要的解释》和《西方论苏联当代文学》等）、《苏联文学纪事》《七十年代社会主义现实主义问题》《"拉普"资料汇编》《无产阶级文化派资料选编》和《苏联文学词典》等，重要的论著和译著不下百本，足见成果之丰。

四、文学思潮的错位对应

从文学思潮的角度看，1970年代末开始的中国新时期文学思潮，其气势、力度和持续的时间都足以与1950年代中期开始的苏联当代文学思潮相媲美。这两次为世人瞩目的波澜壮阔的文学思潮在其具体的形成原因、发展阶段、内在构成等方面自然有着许多的差异，但是我们不能不承认这两股思潮在基本特征上存在着相似之处。1983年底，苏联作家叶夫图申科曾在与中国学者戈宝权等人交谈时高度评价中国介绍到苏联的1970年代末1980年代初的新时期文学作品，并认为它们"很像苏联50年代中期的文学，从作品中可以感受到人们的思想得到了解放，感受到一股新鲜的气息"。这种直觉不无道理，当时中苏文坛都有人谈到过这一点。当然，时隔十多年以后再来看这个问题，笔者觉得涵盖面应该有所扩大，即应立足于对作为整体意义上的苏联当代文学思潮和中国新时期文学思潮之间的关系的考察，在这一基础上来看其内在的某些相似之处。这种相似之处主要表现在贯穿始终的深刻的反思意识、"人"的主题在文学中的凸现、对一系列重要的理论问题的再认识等方面。中苏文学思潮的这种错位对应可以说是比较典型的"汇流"现象。如果说1950年代中苏文学思潮的同期对应更多是属于前者（即在自身内在发展规律的基础上因"文学的影响而相似"）的话，那么这一时期的错位对应现象的出现则更多是属于后者（即"不依赖文学联系及其相互影响而相似"，虽然也不排除有受影响的成分存在，特别是具体的作家作品之间的影响）。① 这里，我们且从上述三个主要方面对这一时期的"汇流"现象作一番考察。

（一）贯穿始终的深刻的反思意识

一个民族（或国家）的反思意识的觉醒，往往是在一场大的社会变革兴起之时，伴随着"阵痛"而降临。人们对已经成为历史的岁月或事件的反思，本质上都是对当代生活的关注和对现实变革的企盼的一种反映。苏联当代文学思潮和中国新时期文学思潮在它们所具有的贯穿始终的深刻的反思精神这一点上表现出了惊人的一致。

苏联当代文学的历程是随着1950年代中期苏联社会的巨大变革而起步的。在当时涌动的"解冻"潮流中，文学表现出了强烈的反思意识。这种反思意识首先体现在对官僚主义体制弊端的针砭上。被称为"苏联当代文学的第一只春燕"的奥维奇金的《区里的日常生活》，可以说是最早表现出这一意向的"问题小说"。小说从描写现实农村的危机出发，向历史发出了尖锐的设问。斯大林去世那年，苏联农业总产量竟然还达不到1913年的水平，撩开"光明普照大地"的面纱，农村普遍贫困。问题的症结在哪里？田德里亚科夫的小说《死结》较之同类作品更深一层地回答了这个问题。作品没有把农业危机仅仅归结于少数干部的个人品质，而是揭示了导致无法解开"死结"的根本缘由之所在：从上到下"像一台完整的机器在工作着"的官僚体制，谁想改变这台机器的操作规程，等待他的将是被"轧断手"的命运。别克写于1960年代的长篇《新的任命》将这一命题引入历史范畴作了更全面的思考，小说通过主人公奥尼西莫夫的遭遇有力地折射出被强化了的官僚体制的特征以及在这一体制的惰性力量裹挟下一部分党的干部的

---

① 这里借用的是19世纪俄国学者维谢洛夫斯基提出的"汇流"一说，该术语的基本含义是："文学的影响和不依赖文学联系及其相互影响而相似的现象"。

异变。这种反思意识还体现在对极"左"路线造成的伤痕的摹写上。这一势头肇始于1950年代中期。当时人们郁结在心头的情绪表现得相当强烈。时代要求文学反映极"左"路线肆虐期间人民遭受的蹂躏和伤痕，要求文学倾吐无辜者在经受大清洗等暴行后的愤怒和委屈，更要求文学痛定思痛，对此作出深刻的反思。顺应时代的要求，一时间摹写历史伤痕的作品大量出现。如史泰因的剧本《人事档案》、索尔仁尼琴的小说《伊凡·杰尼索维奇的一天》和格罗斯曼的小说《生活与命运》等作品，都是很有代表性的。1960年代中期以后，苏联文学思潮处于相对平稳状态，反思的锋芒似乎有所减弱，而其实反思意识作为潜流始终存在，从来没有在苏联当代文学中消失过。1970年代出现的塑造新一代企业家形象的热潮中就包含着对苏联僵化的经济体制的深刻反思。而一些思想深邃的艺术家将反思的目光从社会推向人与自然、传统和自我等关系上，有的还从人物的反省忏悔中透视出国民性的缺陷。如冈察尔的小说《你的朝霞》中的主人公扎鲍洛特内，他与童年挚友不辞辛劳地对斯拉夫圣母像的追寻，既是对人民精神来源的求索，也包含着深刻的自我反省和历史反思的意蕴。田德里亚科夫的小说《六十支蜡烛》则揭示了导致叶切文等人的悲剧的重要原因是盲从、偷安和媚俗。这些作家显然把反思意识与当代的精神生活联系在一起，告示人们：只有提高全民族的精神品格才能避免历史悲剧的重演。

中国新时期文学思潮也从其一开始萌发就表现出强烈的反思意识。"十年浩劫"，国家遭难，生灵涂炭，文学与新时期精神觉醒的人民一起开始了深刻的反思。以刘心武的《班主任》为代表的"问题小说"的大量涌现，是新时期反思意识深化的重要标志。就《班主任》这部作品而言，作者通过对宋宝琦和谢惠敏这两个表面上似乎迥然不同的形象的塑造，有力地揭示了封建愚昧主义对青少年一代的灵魂的扭曲和导致的民族思想的僵化。这时期的"问题小说"涉及了许多尖锐的社会问题，诸如对官僚主义、封建特权和血统论的批判，对民主与法治净化社会空气的企盼，对知识分子问题和青少年问题的关注等等。随之而起的"伤痕文学"则进一步将反思从社会问题转向人的情感领域。如卢新华的《伤痕》一作写的是王小华母女的悲剧，而触及的则是极"左"路线造成的整个民族的精神创伤。当时出现的许多"伤痕文学"作品体现的都是这种深刻的反思精神。如一位中国评论家所指出的那样:"伤痕文学正是积极参与了这个全民的大思考。所以说,伤痕文学是痛定思痛的文学;反思不能不是这类文学的共同特点,这个特点也影响了此后整个新时期文学的潮流。"①较之"伤痕文学"大潮稍后出现的是描写中国新一代具有改革思想的企业家形象的作品,如蒋子龙的小说《乔厂长上任记》等。这些作品相当深刻地反映了旧的经济体制以及与此相关的种种问题与现代化要求的矛盾,作者反思意识一目了然。随着新时期文学思潮的推进,许多作家更多地把目光从社会政治经济的层面向民族文化的层面转移,反思的锋芒虽然表面上不再那么咄咄逼人,其实却在深一层次上显得同样犀利。如张洁的《爱,是不能忘记的》等小说对传统的社会伦理观念的思考,高晓声的系列小说对作为小生产者的农民命运的探究,王蒙的《杂色》和《活动变人形》等小说对知识分子精神心理的剖析,刘心武的《公共汽车咏叹调》等作品对都市市民心态的描摹,朱春雨的《橄榄》对人与世界关系的思考等等,都是中国新时期文学中贯穿始终的反思意识的体现。其基本精神与苏联当代文学思潮是十分吻合的。

(二)"人"的主题在文学中的凸现

这是苏联当代文学思潮和中国新时期文学思潮中一个相当突出的现象。它与人道主义在当代苏联和新时期中国作为一股强大的社会思潮的兴起有关。尽管作家们在认识上和创作实践上对人道主义的理解并不一致,但是对个人崇拜和极"左"思潮给人们造成的巨大的精神创伤的反思,使当代作家普遍意识到人道主义是崇高艺术的活命水,是它存在的重要条件。苏联女诗人别尔戈丽茨甚至认为,在个人崇拜的条件下,苏联文学主要是未能经受得住人道主义的考验。而批评家阿尼西莫夫则认为,新的文学思潮的一个基本点是,重新发现了人,重新返回到了人道主义。类似的说法在中国的一些作家和批评家的文章中也可见到,如有的批评家在总结中国新时期文学思潮十年发展的历程时就认为,整个新时期文学都是围绕着人的重新发现这个轴心而展开的,新时期文学作品的感人之处,就在于它是以空前的热忱呼唤着人性、人情和人道主义,呼唤着人的尊严和价值。

---

① 何西来:《蚌病成珠论——"伤痕文学"》,《清明》1983年第1期。

可以说，苏联当代文学中的几乎所有重要的作品都对此作出了积极的反响。艾特玛托夫的小说《第一位老师》写了一个极不起眼的人物玖依申。在村里某些人看来，玖依申是个没啥能耐的古怪老头，不值得一提，只有那个扬名全国的女科学家才是全村的骄傲。然而，正是那个女科学家对她的启蒙老师怀着深深的敬意，小说也是通过她的追忆展示了玖依申平凡而又闪光的经历。作者在这里呼应着时代精神，充分肯定了普通人在历史范畴中的价值意义。许多作品在不同角度开拓和深化着这一主题。包戈廷的《悲壮的颂歌》通过塑造新经济政策时期的列宁形象，反思了领袖与人民的关系问题，作者颇具现实针对性地强调："爱护人，相信人——这是列宁性格最重要的特征之一。"尼林的小说《冷酷》描写了发生在20年代的一场悲剧，"毫不妥协地谴责了对普通人的漠不关心"（奥泽罗夫语）。叶夫图申科的诗歌《等等》反对无视普通人的价值和将他们置于可有可无的"等等"之列。爱伦堡的小说《解冻》以某工厂的风波为引线，在抨击官僚主义者对工人和知识分子疾苦的麻木不仁的同时，发出了"我们需要苏维埃的人道主义，……现在是到了着手实行的时候了！"的呼吁。帕斯捷尔纳克的长篇《日瓦戈医生》在对历史作哲理性反思的同时，凸现了"人"主题，作者反对把人当作历史的奴隶和工具，反对漠视人在历史中的个性价值。在历史前进的步伐中，日瓦戈不是一个叱咤风云的人物，但是他对人的个性自由、纯洁、尊严和完美的追求，同样体现了人类精神发展的高尚境界；他对邪恶、暴力、非人性现象的抗议，就其合理部分而言，也同样体现了高于时代普遍水平的可贵的精神品格，因此这样的普通人的个性价值不应该排斥。

也是在这样的思想基础上，中国新时期文学思潮中的不少作品竭力描写了普通人的命运，并充分肯定了人在历史中的个性价值。这里主要包含的也是两个层面。首先是对普通人的命运，特别是那些因极"左"路线或不正常的生活条件而导致的人性遭到摧残的普通人的命运的关注。"伤痕文学"中的许多作品如竹林的小说《生活之路》、张贤亮的《土牢情话》、从维熙的《大墙下的红玉兰》和宗璞的《三生石》等都从不同角度触及了这一主题。与此相联系的另一层面是新时期对个人的尊严、个人的权利和追求的尊重，以及对个人在历史中的地位和价值的肯定。如张抗抗的《淡淡的晨雾》表达的人的感情抉择的合理性，郑万隆的《当代青年三部曲》体现了对追求个人幸福和具有进取精神的年轻人的赞赏，陈建功的《飘逝的花头巾》强调了个人得失与社会责任的联系，而在张承志和张贤亮等作家笔下则出现了不少在与命运的抗争中体现出个性价值的形象。有人曾将后一种形象的塑造与1950—1960年代如林道静、杨子荣式的个性塑造作过比较，认为区别之一是前者"主要是从社会组织、集体力量的范式中显示个性风貌"，而后者却是"从人出发写人的个性特征，而后归结到个体的人的精神性格力量的揭示"；区别之二是前者的"个性塑造是为了显示个性人物的英雄色彩"，而后者多表现人物"在厄运面前的态度和在艰难面前的主动精神，而他们几乎以生命力量为代价所捍卫的也只不过是一般的生活状态和普通人的生存权利。文学显出深邃的平民意识"。[①]这一看法是颇有见地的。

强调人在历史中的主体地位是唯物史观的基石之一。恩格斯说过："历史什么事情也没有做，它'并不拥有任何无穷无尽的丰富性'，它并'没有在任何战斗中作战'！创造这一切、拥有这一切并为这一切而斗争的，不是'历史'，而正是人，现实的、活生生的人。"[②]从这点出发，马克思主义认为是人民群众创造了历史，并反对将历史价值与个性价值相分离。然而，形形色色的唯心史观都否定上述观点。如在黑格尔看来，世界历史不过是绝对精神或绝对理念发展的过程，精神或理念通过个人这种非理性的工具实现自己的目的后，就把这种人抛弃。因而也就有了反历史主义的"天才史观"。中苏历史上一度出现的极"左"思潮和个人崇拜现象，本质上都是与唯心史观联系着的。

（三）对一系列重要的理论问题的再认识

中苏新文学思潮的波动和突破，往往与对一些重要的理论问题的再认识相联系。而不管是说起所关注的问题，所取得的共识，还是由此带来的理论和创作上的突破，中国新时期文坛和苏联当代文坛都具有某种内在的相似性。中苏文坛讨论的问题相当多，诸如"写真实"的问题、主人公形象的塑造问题、人道主义问

---

① 见宋耀良：《十年文学主潮》，上海文艺出版社1988年版。
② 《马克思恩格斯全集》第2卷，第118页，人民出版社1957年版。

题、文学与生活的关系问题、文艺的本质问题、西方现代派文学问题和文艺研究的方法论问题等等。这里，我们看看其中三个问题的有关讨论情况。

关于"写真实"的问题。在中苏新文学思潮的发端和发展过程中，文坛都对这一问题展开过多次热烈的讨论。讨论中提法尽管很多，但基本上又都集中在三个方面。一是对"写真实"口号的再认识。经过讨论，大多数人都认为，应该为"写真实"的口号正名。过去在苏联"无冲突论"取代了"写真实"，在中国它被"四人帮"置于"黑八论"的首位，这是极不正常的。苏联文艺界明确表示，只有真实的艺术才可能是真正具有思想性的艺术；中国的理论家也指出，"写真实"是现实主义文学的基本要求，作家不写则已，要写就必须写出生活的真实。二是"写真实"与"写本质"的关系。对此，中苏文坛上都出现过争论。如中国文坛有过两种不同意见。有人认为，分析作品表现了什么样的本质，这是文艺批评家的职责所在，但不能由此推导出：作家写东西一定要体现社会本质。有人则认为，应该提倡作家把握社会生活的本质，力求防止把假象曲解成真相，把阴暗面夸大成全面。苏联《新世界》和《十月》两杂志也在这一问题上出现过尖锐的分歧。《新世界》一派主张写"事实的真实"，忠于生活中得到的直接印象，认为个别的偶然事件应成为艺术创作的唯一的基础。《十月》一派则批评上述观点混淆了生活中的主导倾向和枝节问题，是以局部的真实掩盖艺术的本质的真实。尽管有不同看法，但过去长期流行的、与"左"倾思潮相联系的所谓"本质即光明""本质即主流"的观点已失去了市场。三是歌颂与暴露的问题。中苏新文学思潮中都发生过所谓"歌德"与"缺德"之争，这里涉及的主要还是怎样看待"写真实"的问题。有人认为，作家就应该理直气壮地"表现新的世界的美"，只有那些怀着"阴暗心理"的人才看不到社会"如此美好"。更多的人则反驳说，把歌颂和暴露对立起来是错误的，文艺要讲真话，提倡这种"歌德"的实质"是一个'假'字"。通过讨论，对"写真实"的问题的再认识实际上已成为大多数人的共识，"写真实"成了中苏新文学思潮的基本的创作原则，而这一点又有力地推动了创作上的突破。

关于人道主义问题。人道主义问题在当代苏联和新时期中国都受到格外的关注。文艺理论界也展开过多次深入的讨论。首先这里也有一个正名的问题，因为"长期以来，人道主义问题是一个大禁区。一提起人道主义，就说是阶级调和、阶级投降，是资产阶级思想，是修正主义"。[①]针对极"左"路线时期种种的反人道主义的思潮，中苏新文学思潮中的作家和理论家都大声疾呼文学应重新回到人道主义上来。如果说在相当长的一段时间里人们对人道主义这个字眼采取的是回避的或者是敌视的态度的话，那么在新时期它已为人们热烈地接纳。中苏理论界都有人提出，人道主义并不是哪个阶级或哪个时代的"专利"，它"是整个人类文明的思想结晶，是全人类的共同的精神财富"，人道主义和马克思主义之间"存在着某种启承关系"。有人还强调：人道主义的核心"就是肯定人的价值，重视人的利益，承认人有得到充分的全面发展的权利，人，只有人，才是现实世界的主人"；[②]"社会主义概念和假人道主义概念之间的最深刻的分界线之一——就是明确倾向于艺术再现个人的重要意义"。[③]随着讨论的开展，中苏文坛又先后有人对不顾及人道主义这一术语的历史和伦理学内容，以及抽象地使用这一术语的做法提出了批评，认为人道主义不是模糊的人本主义，而是具体的体现人民利益的规范。一些理论家还认为，社会主义人道主义是最彻底的现实的人道主义，它反对一切有害于人和人类的行径；它的出发点不是对个人的宽容和怜悯，而是现实地努力使人民群众成为历史的主人和创造者。有的理论家还着重探讨了人道主义思想在当代的发展。不少人认为文学的人道主义传统在新的时代有了新的发展和变化，除了注意到"个人有其自身的价值"的观点外，还应注意当代文学的人道主义继承的是"公民的人道主义传统"，它与漫无节制的个人主义格格不入，这种人道主义建立在个人和社会肩负相互责任的思想上。人道主义思想在当代的最高表现是英勇精神，文学应该表现那些能够在邪恶、战争和厄运面前战胜自己的真正的人。关于人道主义问题的讨论和认识上的突破，对苏联当代文学和中国新时期文学的影响不能低估。

---

① 敦庸等：《人道主义简论》，《文汇报》1980年8月25日。
② 同上。
③ 谢尔宾纳：《现代文学中关于人的观点》，载《人道主义与现代文学》，（苏）作家出版社1965年版。

关于文学研究的方法论问题。苏联关于这一问题的讨论开始于1960年代中期，并迅速形成热潮，出版了许多有关的著作。应该承认，当代苏联文坛对文学研究方法的探索是大胆而又扎实的。苏联学者或尝试将控制论、信息论、系统论等横断科学方法移植进文艺学，或设法使心理学、人类学、民俗学等学科的方法与文艺学的方法相结合，或致力于文学研究内部本身方法的拓宽，并且在进行这样的探索时比较注意科学的态度和严谨的学风，反对盲目标新立异。这一点明显表现在对待传统方法的态度上。所谓"传统方法"包含着两方面的内容，一方面是指以历史唯物主义为总原则的社会分析方法。苏联学者没有在提倡新方法时以虚无主义的态度对待这一方法，而是在肯定这一方法的同时，注意对其加以丰富和发展，使之适应变化了的生活和文艺现象的需要。另一方面是指19世纪末到20世纪20年代初在俄国和苏联出现过的历史文化学派。苏联学者拂去了过去因不恰当的批判而蒙在它们上面的尘垢，积极地、有选择地吸取其中的合理成分。当代苏联出现的比较引人注目的新的研究方法（包括经过扬弃、改造和发展后的传统方法）主要有：系统分析方法、类型研究方法、比较研究方法、历史功能阐释方法、文艺心理学方法、结构符号学方法等等。中国文坛对文学研究方法论的讨论的高潮出现在1980年代中期。这一问题的提出并非偶然，它是和时代发展、文学发展的要求相联系的。新时期的不少批评家认为，改革的时代要求文学研究工作者重新思考原有的思维模式，移动固定的审视世界的观察点，文学评论要得到生存和发展，必须摆脱束缚它的生命力的单一局面，从封闭走向开放。这样的自觉意识带来了方法论研究的活跃局面。有人运用系统论和控制论等方法论考察文学现象，并取得了一定的成果。有人则从美学、心理学、伦理学、人类学和精神现象学等角度来观察文学现象，也有不少收获。当然，也有人对把自然科学的方法引入文学研究持怀疑的态度。同时，许多人还强调应该吸取传统方法的精华，不能将传统的方法和落后的方法等同起来，要看到过去的失误并不是传统方法本身的过错，而是将其庸俗化、简单化的结果。传统方法包含两方面的内容，一是我们民族文艺理论，这是一个尚未很好挖掘的宝库；另一个是我们惯用的社会历史批评方法，在今天仍然是一种重要的批评方法，需要进一步更新和深化。尽管在新方法的探索过程中有失误和不尽如人意之处，但这种探索本身为中苏文艺理论界带来了生气和活力。

五、新时期中苏文学的主题与风格

从文学创作的角度看，1980年代的中国文学在题材选择、主题开拓和形式探索等方面均受到1950—1980年代苏联文学的影响。苏联当代文学对历史的深刻反思，对民族健康心态的追寻，对杂色生活底蕴的开掘，对不可逆转的改革趋势的揭示，以及对当代"人的命运"的多侧面的描摹等等，几乎都可以在80年代的中国文学中找到极为相似的对应面。

新时期的中国作家热切地关注着当代苏联文学。如朱春雨所说："经过了若干年的一段空白之后，近年来我们又比较多地了解了苏联文学的现状。它的发展进步使中国作家们感到高兴。"这种了解绝不是表层的，这一点可以从中国相当一部分作家的作品（如已为人们谈得很多的张承志的小说）中或评论（如朱春雨的那篇题为《西去的骑士》的评论阿纳托利·金的作品的文章）中感受到。张炜的这些话应该是有代表性的："当代苏联作家，如艾特玛托夫、阿斯塔菲耶夫等人，都是大家十分熟悉的了。我十分喜欢他们。他们的作品凡是介绍过来的，我差不多都读了"；艾特玛托夫"是这些年在中国影响最大的苏联作家。他的那些好作品会长久地让中国读者记住，而在其他作家那儿，要做到这一点却很难。我特别重视的是他的《白轮船》之前的作品。……它们看不出得意的作家惯有的一丝飘忽感和聪明机智，而是沉下来的心跳之声"；阿斯塔菲耶夫的《鱼王》是"一部极少见的好作品之一，曾是新时期里对中国作家构成了较大影响力的一本书。整部书像一曲长长的吟唱。长久的、在夜色中不能消失的叹息，对悲剧结局深深的恐惧和探究，都使人感到这是一部杰作。它的主题指向绝不新奇新鲜，……但问题是它的色调、它难以淹没的音韵。俄罗斯文学的伟大传统强有力地援助了它，它继续了它的余音，让其在冻土带上久久环绕。……他的诗章留有当代深刻明晰的印记，摩擦也是枉然。这样的诗意底气充盈，不像某些好看的泡沫，只浮在水流之上"；阿勃拉莫夫的《普里亚斯林一家》的第一部"最让我感动"，"一个作家能够写出那样的一本书，也应当无有愧疚了。对于土地的真切感悟、对于母亲的一片忠诚，让我久久难忘。人的顽强、人性的美好与残酷、大自然的绚丽与酷烈，都表达得淋漓尽致。我因为这部书而记住了一位苏联作家的名字，认为他是能够举起一部巨著的人"。①

苏联作家在作品中表现出来的深厚的人道主义精神、道德责任感、忧患意识和全球意识，引起了相当多的中国作家和读者思想上的共鸣。例如，肖洛霍夫的《一个人的遭遇》、瓦西里耶夫的《这里的黎明静悄悄……》、贝科夫的《索特尼科夫》、拉斯普金的《活着，可要记住》等新意迭出的军事文学作品在中国的热度，可以说是除了它们本国以外所获得的最热烈的关注和欢迎。瓦西里耶夫1987年访华时，曾有一位上海记者写过一篇采访记很能说明这一问题：

> 我对这位名作家说：《新民晚报》本月每日发行量超过170万，然而您的《这里的黎明静悄悄……》拥有的中国读者观众却远远超过这个数字。老人愉快地笑着，同时显得很是激动。尽管北师大一位教师访苏时曾告诉过他，《这里的黎明静悄悄……》（小说和电影）在中国大受欢迎，并被改编成歌剧。但他在抵华前仍然无法想象，作品和他竟在各种层次的读者观众中有如此高的知名度！前天在上海石化总厂，文学青年也像北京读者一样，拿出小说《这里的黎明静悄悄……》的中译本争相要他签名留言，直让他忙个不亦乐乎。瓦西里耶夫的语调充满着幸福感："我一直在热切期待着获得这一感受。现在终于如愿了，这真是非常美好的幸福感受！"②

肖洛霍夫的《一个人的遭遇》也为新时期中国作家所推崇。作家白桦在《我梦中的顿河》一文中这样评价这部作品："历史证明，在苏联，只有肖洛霍夫是

---

① 参见张炜的《周末问答》（《时代文学》1989年第5期）和《域外作家小记》（《生命的呼吸》，珠海出版社1995年版）。
② 林伟平：《他从静悄悄的黎明走来——访苏联作家鲍·瓦西里耶夫》，《新民晚报》1987年6月6日。

列夫·托尔斯泰的优秀继承人！他的短篇小说《一个人的遭遇》把苏联军事文学推向一个崭新的境界，像《静静的顿河》一样，突出了人在战争中的位置，突出了在战争碾压下的血淋淋的人的心灵。"他对中国极"左"混乱年代对肖洛霍夫的"愚蠢的批判"感到气愤，并对多年前有人把他写的电影文学剧本《今夜星光灿烂》比作"《一个人的遭遇》式的修正主义的作品"感到"啼笑皆非"。①朱向前等作家明确表示，新时期军事文学主要是受了苏联当代军事文学的影响。王干等评论家则认为，苏联当代军事文学作品"比中国棒，那种说不清楚的人道主义情调写得很美很动人"。

中国新时期文学中大量触及的人生价值、历史报应、善恶、自审、代沟等主题，以及塑造的当代改革者（或称"实干家"）、当代"多余人"、当代知识女性等形象，也是1960—1980年代苏联文学所反复表现的。有人甚至在《文艺报》上发表《在"欧美文学热"的背后》的文章，认为，1985年以后出现的"新潮文学"也不例外，"莫言的'马尔克斯的文体'后却跳动着拉斯普金式的对故乡山水的眷恋，至于马原、刘索拉等现代意识较浓的先锋派文学，在骨子里则时常流露出苏联'第四代'作家的精神伤痕"。这一说法虽然不无可挑剔之处，但是1980年代中国文学从整体上呈现出一种与苏联当代文学"汇流"，而与欧美文化大相径庭的格局，也是一目了然的。

与1950年代相比，1980年代的中国作家似乎更注意从苏联当代文学中择取有益的艺术经验，并加以积极消化吸收。许多著名的中国作家都明确表示过对苏联当代文学艺术的钟爱之情。

在所有的当代苏联作家中，艾特玛托夫无疑是最受关注的一个。王蒙曾将他列入对中国新时期文学影响最大的4个外国作家之一。不少中国作家直言不讳地谈到了艾特玛托夫的作品对他们的艺术影响。张承志对艾特玛托夫的喜爱溢于言表，他一再强调艾特玛托夫的小说对他的创作所发生过的重要影响。他这样写道："我刚蹒跚学步，而道路却已像将要走完。……我沉住气开始用整个身心贪婪地捕捉着一个个有关艺术的新鲜概念和知识，开始寻找属于文学的形式和语

---

① 见《文学报》1986年10月23日。

言。……苏联吉尔吉斯族(这个民族就是我国新疆的柯尔克孜族)作家艾特玛托夫的作品给了我关键的影响和启示。……我开始希望更酣畅地、尽情尽意地描写和抒发我对草原日渐复杂和浓烈的感受,希望更深刻地写写我们和牧民们曾经创造过的生活。"①张承志还以热烈的语言向人推荐艾特玛托夫的作品:"《艾特玛托夫小说选》我恨不能倒背如流,你没读过?快找来看看……"②

其他中国作家也有过类似的表述。朱春雨在谈到他的长篇创作时表示:"艾特玛托夫《一日长于百年》的结构手法,以更大的景深摄取生活,造成一种立体的恢宏感。由此我联想到作家观察生活的三个层次:一、平视的眼光,这种眼光易于发现生活中的细腻微妙的诸多矛盾的东西、使我们兴奋或苦恼的东西。二、仰视的眼光,这种眼光能够捕捉到凡琐生活中美好的东西,发现民族不会毁灭的、生命力最光彩的存在。三、俯视的眼光,这种眼光给人一种博大恢宏的感觉和一览众山小的气派。……我最近完成的长篇小说《亚细亚瀑布》,有意研究了艾特玛托夫的《一日长于百年》和被称为'结构现实主义'的秘鲁作家略萨的小说,我有意把多层次的结构方式用我们的民族传统的美学观结合起来,引出了结构的衬比美含义。"③

朱春雨的长篇小说《橄榄》发表后颇受好评。这部作品的主题使人很自然地想起1970年代后期和1980年代苏联的一些写"人与世界"的"全球性思维"作品,特别是邦达列夫的《岸》。而据朱春雨所言,《橄榄》一作是他"在莫斯科决定写"的。他还这样表示:"我是用军人的眼光看待这个世界,《橄榄》中的四个国家的多个家庭,都笼罩着第二次世界大战留下的阴影,这是战争题材的延续和深化。更重要的是我想作为人类的一个成员来看待今天的世界,正如邦达列夫说的,作家要有'人类的全体意识',这个意识的最高体现便是争取和平——军队作家的伟大神圣的职责。"④路遥在《人生》中是这样构思德顺老汉形象

---

① 张承志:《诉说——踏入文学之门》,载吴重阳等编:《踏入文学之门》,中国文联出版公司1986年版。
② 转引自孟晓云:《你生命中那时光》,《人民文学》1985年第7期。
③ 安刚:《了解、交流、合作——朱春雨谈苏俄文学》,《苏联文学》1986年第4期。
④ 见《解放日报》1987年2月26日。

的:"我想象中他应该是带有浪漫色彩的,就像艾特玛托夫小说中写的那样一种情景:在月光下,他赶着马车,唱着古老的歌谣,摇摇晃晃地驶过辽阔的大草原。"(《使作品更深刻更宽阔些》)李传锋在《动物小说初探》一文中则谈到了他读苏联著名作家特罗耶波利斯基作品《白比姆黑耳朵》的感受,以及这部作品对他创作动物小说的影响:《白比姆黑耳朵》"深深打动了我的心弦",这部作品"题材独特","主题深宏","借助动物的眼睛来看待人类世界",小说的色调"有都市的热烈、细腻、喧嚣"。"读过一些动物小说,我一方面为之倾倒,一方面也撩起了试笔的兴趣。"而后,他谈到了他创作第一篇动物小说《退役军犬》的一些情况。这是一头被老猎人收养的负过伤的军犬,它勤劳勇敢,保护了山村,人们爱护它、尊敬它,但也有人惧怕它、怨恨它。"文革"动乱中,它遭到迫害,死里逃生,躲进了森林。后为寻找主人而下山,并因此而受伤躺下。这里,《白比姆黑耳朵》的影响清晰可见。两部作品在细节描写上固然不同,但黑耳朵比姆和军犬黑豹的生活道路在几个关键点上极为相似,而作品的主题又是与此密切相关的。同时,尽管作者对美国现代作家杰克·伦敦的《雪虎》和《荒野的呼唤》也推崇有加,但创作中他并没有像杰克·伦敦那样"侧重于表现动物自身精神世界的渴求",而是如同特罗耶波利斯基那样"倾向于借助动物的眼睛来看待人类世界"。

也许我们还可以对更多的中国新时期文学作品和苏联当代文学作品之间存在的这样或那样的联系进行考察,如张贤亮的《肖尔布拉克》和艾特玛托夫的《我的包红头巾的小白杨》;古华的《爬满青藤的木屋》和艾特玛托夫的《查密莉雅》;蒋子龙的《乔厂长上任记》和利帕托夫的《普隆恰托夫经理的故事》,以及德沃列茨基的《外来人》;赵梓雄的《未来在召唤》和赫拉勃罗维茨基的《驯火记》;乔良的《远天的风》和艾特玛托夫的《一日长于百年》;徐怀中的《西线轶事》和瓦西里耶夫的《这里的黎明静悄悄……》等等,从中大概也不难发现它们或在主人公生活轨迹的描写,或在人物性格的塑造,或在揭示主题的视角,或在艺术表现的手法等方面的接近和有选择的借鉴。

新时期中国作家在接受苏联当代文学时其独立意识已大大加强,这也可以在中国作家的有关表述中看到。例如1980年代末王蒙与青年评论家王干有过一席很有趣味亦颇见深度的谈话，谈话中两人都在充分肯定苏联文学的杰出成就的基础上，敏锐地发现和指出了它的不足之处。王蒙认为："苏联文学有自己很杰出的成就，特别是俄罗斯文学有非常杰出的成绩，但多年来苏联把社会主义现实主义定在作家协会的章程里，变成一种法令性法规性的东西，所造成的损害至今还有。不能够说苏联的作品都写得很好，苏联作家里我最佩服的是钦吉斯·艾特玛托夫，但我有一种感觉，就是艾特玛托夫太重视和忠于他的主题了，他的主题那么鲜明，那么人道，那么高尚，他要表达的苏维埃人的高尚情操，苏维埃式的人道主义，苏维埃式的对爱情、友谊、理想、道德的歌颂在一定意义上限制他，使他没能够充分发挥出来。"王干认为："苏联文学的传统非常丰富，特别是俄罗斯文学的成就更成为世界文学宝库中的巨大财富。但如果以今天这样的横向相比，苏联文学的成就未必比得上中国，特别是苏联近期的文学很类似我们已经有过的'伤痕小说'，全是政治性特别强的反思小说。"①这些见解也许只是一家之言，但令人注意的不是见解本身，而是它所反映的文化现象，即新时期的中国作家对苏联文学不再是盲目接受或排斥，而是更多地持有了选择的目光。

  由于中苏两国在社会发展进程和社会内在结构方面的相似，在文学思潮和文学观念的迭合，在某些审美方式和审美标准方面的默契，中国新时期文学与苏联当代文学在思潮的沿革中产生某种错位对应现象，在文学创作上又出现某种"汇流"现象。当然，中苏两国在文化渊源、历史传统、民族精神等许多方面有着深刻的差异，也正因为这样，两国文学才呈现出各自的风采。新时期的不少优秀的中国作家扎根于自身丰厚的生活土壤，并在博大的传统的基础上有选择地融入包括苏联当代文学在内的外来文化的有益养料，才取得了令人瞩目且独具个性的可喜成绩。

---

① 见《王蒙王干对话录》，漓江出版社1992年版。引文中的"苏联近期的文学"显然指的是80年代后期的文学，即苏联当代第二次历史反思热中出现的"政治性特别强"的作品。

第九讲　在调整中走向新的世纪

1990年代初期开始的中国市场经济大潮和1991年苏联的解体，对历经一个世纪风雨的中俄（苏）文学关系产生了巨大影响。

一、1990年代中俄文学关系的新格局

这一时期文学关系中最表层的现象是文学交流的减少，作家、翻译家、文学研究者的往来较之1980年代明显减少，苏联当代文学作品和苏联解体后的俄罗斯文学作品在中国的译介量出现锐减。①

从1980年代末开始，中国文坛逐步疏离俄罗斯文学，进入1990年代更因当代文学译介数量的大幅度减少，许多中国读者对苏联解体后的俄罗斯文学知之甚少。事实上，俄罗斯作为一个文学大国，虽然一度处于低潮，但1990年代中后期仍出现了许多重要的文学现象，包括一批优秀的作家与作品。因此，南京大学余一中教授曾不无忧虑地指出：如果这一现象不加改变的话，那么"再过几年，我们又将会重复'文革'之后回眸苏联1960—1970年代文学时的那种恍若隔世的陌生感"②。这种担忧在一定程度上已经成为现实。直到1990年代后期，情况才稍有变化。1999年，昆仑出版社出版了一套由周启超主编的"新俄罗斯文学丛书"，共6本，其中包括：科兹罗夫的长篇《夜猎》、乌利茨卡娅的长篇《美狄亚和她的孩子们》、阿列克西耶维奇的长篇纪实作品《锌皮娃娃兵》、叶夫图申科的长篇《不要在死期之前死去》、邦达列夫的长篇《诱惑》、叶尔马科夫长篇《野兽的标记》等，以及拉斯普京的《下葬》、彼得鲁舍夫斯卡娅的《熨斗与靴子的历险》、马卡宁的《豁口》等中短篇小说。这些作品涵盖了现实主义和后现代主义等流派，体现了俄罗斯当代文坛的新的审美和价值倾向。当然，这一时期在一些文学期刊上还有零星的当代作品刊出。③不过，总体有限，影响主要

---

① 这一现象除了因中俄文学关系的变化所致外，中国加入世界版权公约翻译受到制约，以及读者兴趣的转移（不单单对苏俄文学）等也是重要原因。
② 余一中：《90年代上半期俄罗斯文学的新发展》，《外国文学研究》1995年第4期。
③ 例如，1999年，《外国文艺》曾开辟《世纪末的俄罗斯文学》专栏，连续6期介绍俄罗斯当代作品，其中包括加尼切夫的《日珥坠落》、瓦西连科的《猪》、阿佐利斯基的《兽笼》、巴甫洛夫的《米佳的粥》等小说以及一些青年诗人的诗歌。

局限在专业读者的范围之内。与中国的情况类似，1984年至苏联解体前的近十年间，苏联翻译并出版了不少中国新时期的文学作品，"每年出版3至5本中国现当代文学选集"，"一般每本在5万册以上"，"有的作品，如古华的《芙蓉镇》达到了10万册"，"当时在中国获奖的或者引起积极社会反响的作品，如张贤亮的《男人的一半是女人》等大部分被译成俄文，而且呈现翻译量逐年增多的趋势"。①然而，到了90年代，这种趋势受到严重挫折，俄罗斯仅在1995年和1999年各出版了一部中国当代作家的作品，印数也很少。

与俄国当代文学作品在中国译介量锐减的状况相反，因不受版权制约和有名著效应，俄国经典文学名著的出版在这一阶段却再度繁荣起来，大量的名著被重译。应该说重译并非坏事，名著出版的繁荣亦是可喜的现象，只是有一个适度的问题（虽然有时也许是一种无奈的选择）。在继1980年代中国出版了高尔基、列夫·托尔斯泰和陀思妥耶夫斯基等作家的多卷本文集以后，1990年代初期和中期又相继推出（或正在推出）多位俄苏作家的全集（或文集），如《普希金文集》（10卷本）、《莱蒙托夫全集》（5卷本）、《果戈理全集》（7卷本）、《涅克拉索夫文集》（4卷本）、《屠格涅夫全集》（12卷本）等。就单个作家而言，我们也可以见到这种繁荣景象，如近些年来出版的有关普希金的集子，除上海译文出版社出的10卷本外，还有《普希金文集》（7卷本）、《普希金文集》（4卷本）、《普希金抒情诗全集》（4卷本）、《普希金抒情诗全集》和《普希金长诗全集》等。其中，冯春先生独自完成的《普希金文集》尤为令人注目，这10卷译本中包括了译者重新译出的普希金所有重要的抒情诗、叙事诗、童话、诗体小说、小说、散文、戏剧和文学论文等，比较充分地体现了译者的个人风格。而且，从翻译的水准上看，不少重译本较以前的译本有了不同程度的提高，如由徐振亚和冯增义新译出的陀思妥耶夫斯基的长篇名著《卡拉马佐夫兄弟》，其翻译的质量明显超出了以往的译本，受到了专家和读者的好评。1990年代的俄国文学译介中还有一个值得一提的是，"白银时代"文学作品的集中推出。例如，作家

---

① 罗季奥诺夫：《中国文学走出去的步伐》，载冯骥才主编：《心灵的桥梁》，第211页，天津大学出版社2010年版。

出版社出版的"白银时代丛书"、中国文联出版公司出版的"俄罗斯白银时代精品文库"、学林出版社出版的"白银时代俄国文丛"等。这一时期，许多译者为中俄文学的交流继续付出着他们艰辛的劳动。

这一时期另一个值得关注的现象是俄苏文学专刊的变迁。《苏联文学》《当代苏联文学》《俄苏文学》三份刊物在1980年代末普遍遇到经费窘迫、订数下降的困难。《当代苏联文学》1989年中期改由书店发行。发行方式的改变带来了最后两期刊物的巨大变化。以1990年出版的第52期为例，刊物的封面上占大半篇幅的是男女调情、玩纸牌的男人等杂陈的画面，封面上的内容提要以大字号突出"斯大林之死"字样，其余为"基洛夫死谁手""里加的妓女""艾滋病威胁苏联"等条目，而刊名《当代苏联文学》却以小字号斜放在不显眼的右下角，这种封面形式使其顿显庸俗。刊物的内容也发生大变，以不小的篇幅登载了《政坛风云人物叶利钦》《从驸马爷到阶下囚——记勃列日涅夫的女婿丘尔巴诺夫》《惊人的自杀现象》《对付洋货倒爷新招》《发黑财现象》等文章，失去了刊物的严肃性与学术性。1990年至1996年，俄苏文学学术刊物在办刊主体方面出现重大调整。1990年，国家新闻出版署将《苏联文学》《当代苏联文学》《俄苏文学》三刊合一。合并后刊物由北京师范大学主办，刊名改为《苏联文学（联刊）》（1992年第5期始）。《苏联文学（联刊）》和后来又更名为的《俄罗斯文艺》在办刊方针上仍出现过摇摆。1993年，《俄罗斯文艺》片面强化了"可读性"和"趣味性"，从那年开始先后增加了社会一瞥、热门话题、事件·人物·趣闻、经济生活、社会焦点、社会万花筒、历史疑案、女人天地等众多文学之外的栏目，占了刊物不小的篇幅，削减了刊物的学术性。这种情况经历了一段时间，其中以1993年表现尤甚。[①] 不少文章远离了《俄罗斯文艺》的办刊方针，有的虽有价值但不适宜在这份刊物上发表，有的则品位不高，纯属经济利益驱动。这是转折时代在刊物上留下的特殊印记。1994年开始有所改变。专刊合刊后刊物内容有

---

① 这一年的刊物中出现了《苏联及独联体的吸毒及缉毒》《第七次移民浪潮冲击俄罗斯》《陌生的青年团伙》《俄罗斯自杀现象严重》《东欧黑手党活动猖獗》《俄罗斯倒爷在北京》《俄罗斯姑娘在厦门当模特》《三亚的俄罗斯侍应小姐》《俄企业私有化进程及其现状》《中俄贸易新动向》等文章。

调整，成绩也是明显的。该刊总体上整合了三刊原有的特色，栏目较前丰富，包括作品、评论、文论研究、新作介绍、访问记、回忆录、探索与争鸣、文学史讲座等十几种。以合刊后的第一年为例。刊物出了4个专题，分别为布尔加科夫诞生100周年专辑、"异样文学"介绍专辑、苏联女作家女诗人作品选、反法西斯文学专题。刊物还曾辟多个专栏对如何评价苏联文学、如何重写文学史等问题组织过探讨。1997年以后，《俄罗斯文艺》由双月刊改为季刊，其中研究部分的篇幅开始明显超过作品翻译，刊物的办刊方针有了新的定位，刊物逐步走向成熟。

  1990年代前期和中期仍然有相当一部分中国当代作家关注着俄苏文学，并认真地从中汲取着艺术的养料。我们从创作成果颇丰的作家张炜的谈话和文字中可以看到这一点。他在谈到"苏联文学对中国当代作家的影响"时认为："这种影响长时间都不能消失，更不会随着这个国家的解体而消失"，肖洛霍夫和艾特玛托夫等当代作家"正是继承了俄罗斯文学美好传统的作家，是最有生命力的代表人物。所以中国当代文学应该感谢他们。在不少人的眼睛盯到西方最新的作家身上时，有人更愿意回头看看他们，以及他们的老师契诃夫、屠格涅夫等。米兰·昆德拉及后来的作家不好吗？没有魅力吗？当然有，当然好；可是他们是不一样的。比较起来，苏联的那些作家显得更'有货'。不是比谁更新，而是比谁更好。……我们往往更容易否认那些'过时'的。其实哪个作家不会'过时'呢？哪个真正的艺术家又会'过时'呢？"他还表示："我喜欢也重视拉美，但让我倾倒的是俄罗斯作家，受影响最大的当然也是。"[①]"屠格涅夫对我产生了很大的影响，再后来是艾特玛托夫和阿斯塔菲耶夫"[②]；"其实对我影响最大的，还是托尔斯泰。"[③]张炜写了不少评述俄苏作家的文字，这里不妨录下两段，虽是随感式的短文，但仍能清晰地见到其蕴含的情感色彩和对论述对象的准确把握：[④]

---

① 张炜：《仍然生长的树——与大学师生座谈录（二）》，载《生命的呼吸》，珠海出版社1995年版。
② 张炜：《我的忧虑和感奋——与烟院学生对话实录》，载《生命的呼吸》，珠海出版社1995年版。
③ 《昨日的里程——关于张炜写作的对话》，《文汇报》1997年5月5日。
④ 见张炜：《域外作家小记》，载《生命的呼吸》，珠海出版社1995年版。

托尔斯泰

我始终相信,他是赢得作家的尊敬最多的一个作家。没有一个人敢于用轻薄的口吻谈论他,没有一个当代艺术家不去仰视他。他的天才、难以企及的技巧,比较起他的伟大人格,似乎都是可以略而不谈的因素了。没有人敢于断言自己比他更爱人、爱劳动者,比他更为仇恨贫困和苦痛、蒙昧。

他的作品多得不可胜数,又由于都是从那颗扑扑跳动的伟大心灵中滋生出来的,所以一旦让我们从中加以比较和鉴别时,就不由得使人分外胆怯,涌起阵阵袭来的羞愧。它们都由生命之丝紧紧相联,不可分割,不可剥离,真正成为一个博大的整体。于是他的一部长篇巨著和一篇短文同样伟大。

我们在现代作家的机智和领悟面前发出惊叹时,最好忘掉托尔斯泰。因为一想起他,现代作家的那些光华就要受到不可思议的损失。在他面前,聪明和睿智都显得不太必要,也似乎有些多余了。

他是"伟大"的代名词。

他多么偏激,可是他多么真诚。在这种大写的人的真实面前,我们第一次想到了伟大的作家原来都是超越了自己的艺术的。而那些创造了现代艺术的辉煌的作家们,总是被自己的艺术所淹没,这同样是一种不幸。

陀思妥耶夫斯基

像托尔斯泰一样,他是文学世界中难以超越的高峰。一个真正的巨人最好能像他一样,那么真挚、纯洁、深邃,又是那么充满了矛盾、犹疑和晦涩。他太不幸了,一生中度过了不少拮据期和病痛期。可是这些都没能阻止他成为一位大师,而且还援助了他。这真是奇迹。与托尔斯泰和屠格涅夫、普希金一起,他成为对中国影响最大的四位俄罗斯作家之一。这个备受煎熬的灵魂影响了那么多的心灵,他的博大和慈爱与偏执和冷酷一样显著触目。

小市民不会喜欢他。他的作品不是为一些肤浅而无聊的人写的。他有时也并非不想写消遣的作品,只是他的一颗心太沉了,从这颗心中产生的一切终于无法消遣。

与托尔斯泰一样,他在《卡拉马佐夫兄弟》等作品中有那么多直接的诉说和辩解,直接面对着灵魂问题,剖示使人战栗。在这种真正的人的激动面前,我们不由得要一再地感到自己的渺小、平庸和微不足道。

　　没有对这两位俄国作家的深刻的理解和真挚的爱,是无法写出这样的文字的。王蒙在苏联解体后写下的《苏联文学的光明梦》一文,则从另一个角度反映了中国作家对曾经深受其影响、而今却已画上句号的苏联文学的冷静思考,这些文字与他以前类似的谈话相比也显得较为全面。王蒙写道:"我们这一代中国作家中的许多人,特别是我自己,从不讳言苏联文学的影响。是爱伦堡的《谈谈作家的工作》在50年代初期诱引我走上写作之途。是安东诺夫的《第一个职务》与纳吉宾的《冬天的橡树》照耀着我的短篇小说创作。是法捷耶夫的《青年近卫军》帮助我去挖掘新生活带来的新的精神世界之美。在张洁、蒋子龙、李国文、从维熙、茹志鹃、张贤亮、杜鹏程、王汶石直到铁凝和张承志的作品中,都不难看到苏联文学的影响。……这里,与其说是作者一定受到了某部作品的直接启发,不如说是整个苏联文学的思路与情调、氛围的强大影响力在我们的身上屡屡开花结果。"王蒙认为,与中国同期的革命文学相比,苏联文学有几个显著的优点:1.承认人性、人情;2.承认爱情的美丽;3.喜欢表现人的内心;4.喜欢描写大自然;5.可以抒发怀旧、失恋和温情等各种情感;6.文学界有一定的自由度。但是,强大的现实主义传统是"本钱"也是包袱,苏式的"社会主义现实主义"的提法也带来了负面的结果,画地为牢、排斥异端的做法限制了艺术的创造力,苏联文学的自满自足的教化性和道德伦理的两极化处理,束缚了它的进一步突破和发展。到了80年代,人们在常常认同苏联文学的价值取向,并仍然接受他们当中的杰出人物如艾特玛托夫、叶夫图申科的影响的同时,又不免感到苏联文学的冗长与沉闷。接着,王蒙从八个方面分析了片面强调光明性造成的后果及其原因,并这样写道:"时过境迁,现在再回顾《铁流》与《士敏土》、《初欢》与《不平凡的夏天》、《毁灭》与《青年近卫军》、《收获》与《金星英雄》……我们看到的是一个又一个的光明的梦。""苏联瓦解了,苏联文学的光明梦,产生这种梦的根据与对这种梦的需求并没有随之简单地消失。""用文学来表达人们的梦想，这本是天经地义的。做梦是可以的，做做梦状却是令人作呕的。只准做美梦不准做噩梦则是专横与无知。守住梦幻的模式去压制乃至屠戮异梦非梦，这就成了十足的病态。梦与伪梦的经验，我们不能忽略。"这是清醒的思考，说的是苏联文学，其实何尝不是对当代中国文学所走过的曲折道路的一种认真的反思？

二、俄苏文学研究的拓展

这一时期，中国的俄苏文学研究界显示出一种比较成熟的不急不躁、冷静务实的姿态。在学术著作出版相当艰难的情况下，每年都有一些新意迭出的研究成果问世，这些以中青年学者为撰写主体的成果表明中国的俄苏文学研究仍充满着活力，并在一系列重要的领域中有了新的进展和开拓。这主要表现在以下七个方面：

一是以俄罗斯文化为大背景来研究俄国文学。文化构成了人类生存的有意义的社会历史环境。文学以文化为根基，从文化的角度研究文学不仅是可行的而且是十分必要的。以往俄苏文学研究中这方面的成果很少，任光宣的《俄国文学与宗教》和何云波的《陀思妥耶夫斯基与俄罗斯文化精神》这两本著作显然在这点上具有拓荒的意义。

任著选择了俄国文学与宗教的关系作为自己的论述对象。应该说，这是一个颇为棘手的课题，在相当长的一段时间里人们即使意识到这一课题的重要，也往往不愿或不敢过深地涉及。这本专著显示了作者的开拓意识和较为充分的学术准备。宗教是一种特殊的文化现象，可以说人类最初的文化就是宗教文化，它在人类社会的发展中起过特有的作用。宗教和文学在认识和把握世界的方式上既有明显的不同又有某些相通，各国文学在自己的发展过程中几乎都与宗教发生过这样或那样的联系，而俄国文学更与之结下了不解之缘。任著以周密翔实的论证阐明了宗教对俄国文学的巨大影响及其消长的过程，论及了古罗斯的多神教与民间口头创作的关系、基督教的传入和俄国笔录文学的产生、古代俄国的宗教文学和仿宗教文学、古代俄国的世俗文学、俄国文学中的宗教自由主义思想和无神论、果戈理的宗教意识及其在创作中的表现、陀思妥耶夫斯基和托尔斯泰与宗教等许多重要的问题,发表了不少独到的见解。例如,任著的第一章仔细分析了古代罗斯的多神教信仰以及它与民间创作的关系,并据此批驳了某些神学家为突出基督教的地位而故意否定多神教对罗斯文化的影响的论调,以及某些斯拉夫主义者无端抬高古罗斯的多神教文化的作用的做法。第五章中关于《伊戈尔远征记》及其双重信仰问题的探讨,也很有说服力。再如,第八章从一个侧面研究了陀思妥耶夫斯基创作中的"人和神人"的问题。作者认为,陀氏创作所研究和表现的不是一般意义上的人,而是基督教意识里的人,作家是从基督教去研究人及其本性的;陀氏在文学形象中所表现的人性恶,是基于作家对人的本性中恶以及由恶导致犯罪的认识,而这种认识又是源于基督教的善恶观;基督教的"原罪"论认为人生而有罪,陀氏也认为人的本性不可能是理性的,人的非理性在某种程度上控制并主宰人的行为;但陀氏又认为人生是向完美的一种不断的运动,生活的深刻本质在于爱,爱的力量能驱走并战胜恶;这种认识导致了他的"人神"和"神人"的观念:"人神"是具有人性的神,是超人,是恶魔,是反基督者,而"神人"是具有神性的人,是理想的人,能拯救人类;陀氏作品中的"神人"形象是与基督相像的形象,他们与基督相比,神性不足而人性有余,这些人物为了成为真正的基督那样的"神人",就要沿着基督的路走下去,完善自己的道德,这就是陀氏笔下的"神人"形象的深刻内涵。结合陀氏创作实践而展开的这些论述富有新意和力度。而且可贵的是,书中的论述都建立在第一手资料的基础上,作者在"后记"中谈到他在莫斯科大学进修期间,"跑遍了莫斯科、圣彼得堡、基辅等地的各个图书馆、书店;与众多的学者、专家进行了广泛的学术交流,参观了东正教堂和寺院,倾听了东正教神学界文化人士对俄国文学与宗教联系的看法",而后才着手进行研究,该书的学术价值也正是由此奠定的。作者用全书的一半篇幅(前五章)深入分析了17世纪以前俄国文学与宗教的种种联系,这是中国学者过去少有人涉及的领域,很值得重视。遗憾的是,任著中19世纪部分只谈了三个作家，这三位作家虽有一定的代表性，但毕竟不能涵盖19世纪俄国文学与宗教这一极为丰富的话题。

何云波的《陀思妥耶夫斯基与俄罗斯文化精神》一书虽然是作家研究，但就从文化的角度探讨作家的创作和俄罗斯文化精神的关系这一点而言，它与任著在方法论上有接近之处。一位评论者曾这样指出文化阐述对于研究19世纪俄罗斯文学和作家的重要性："从一定意义上说，19世纪俄罗斯文学乃是俄罗斯社会思想和俄罗斯文化思想的一个独特的来源和宝库。不论在普希金和果戈理、屠格涅夫和谢德林、涅克拉索夫和冈察洛夫、赫尔岑和车尔尼雪夫斯基的创作中，还是在列夫·托尔斯泰和陀思妥耶夫斯基的创作中，都或多或少地、或深或浅地涉及了那些牵动时代发展的社会思想和文化思想的基本问题"，"作为艺术家和思想家的陀思妥耶夫斯基，他在文化的选择中所表现出的困惑、犹豫和矛盾，所走的曲折、复杂和独特的道路，使我们有可能也有必要从文化角度来阐释陀思妥耶夫斯基的创作经历及其作品"。[①]何著的特色不在资料的翔实，而在视野的开阔、架构的严整和论述的深入。作者的目光关注着陀氏但又不囿于陀氏，如他在引言中所说的那样，俄罗斯大地孕育了陀氏的生命、个性、思想及整个创作，对陀氏的探寻，同时也就构成了对俄罗斯文化精神的寻访。全书是从下面几个方面来完成这种寻访的：陀氏的文化心理构成、陀氏与宗教、陀氏与城市、陀氏笔下的家庭等范式中的文化隐喻内含、陀氏与"西方"、陀氏与现代主义、精神分析与陀氏、陀氏与俄罗斯民族精神等。这里不妨也选择宗教这个角度，来看看何著架构的严整和丰富。在"陀思妥耶夫斯基与宗教"这一总题下，作者从三个角度切入：（一）宗教特质：1.人道宗教——(1)原罪说，(2)救赎论（A.痛苦净化、B.用爱洗恶）；2.民族宗教——(1)神圣君王，(2)神圣人民，(3)神圣民族，(4)神圣使命。（二）宗教皈依：1.道德需要——(1)外在认识，(2)内在渴望；2.情感需要——(1)受虐快感，(2)心灵解脱。（三）宗教影响：1.地狱与天堂——(1)魔幻世界，(2)启示世界（A光的意象、B水的意象）；2.炼狱——上帝与魔鬼的交战；3.耶稣原型的变体——(1)救世者基督，(2)历难者基督，(3)真纯者基督。凭借这一

[①] 见吴元迈为《陀思妥耶夫斯基与俄罗斯文化精神》（湖南教育出版社1997年版）所写的"序"。

构架（笔者表述时作了简化），作者层层深入地剖析了陀氏宗教意识的性质、形成原因，以及对创作的影响，揭示了陀氏宗教意识与俄罗斯文化精神的内在联系。这部论著中还相当清晰地显示出作者进行比较研究的自觉意识和扎实功力，书中的不少章节都贯穿了作者通过陀思妥耶夫斯基对俄罗斯文化和西方文化的比较思考。

二是对作家的研究更加深入，这一点特别表现在对俄国经典作家的研究上。这方面比较有代表性的成果可推汪介之的《俄罗斯命运的回声——高尔基思想与艺术探索》和朱宪生的《论屠格涅夫》两书。

尽管近年来我国读者对高尔基的热情似乎有所下降，但是研究者仍以科学的态度并根据新发表的档案材料进行着切实的研究。汪介之的著作就是明显的例证。此书沿着高尔基一生创作发展的轨迹，考察了各个时期作家的思维热点和创作内驱力，并从新的角度揭示了作家创作的丰富的思想内涵和文化意蕴，以及作家艺术风格的演变。这本突破以往批评模式的著作无疑是1990年代中国高尔基研究的一个重要收获。这里可以看看其开首的一章。这一章似乎只是谈了高尔基创作的分期问题，但是它却是全书的逻辑起点和论述基础。作者首先列举了以往高尔基研究中依据不一（或依据描写对象的变化，或依据体裁样式的更迭，或依据革命发展的阶段等）的一些典型的分期方法，指出了它们的不科学性，以及对我国一般读者认识高尔基的误导。而后，他又提出了自己的建立在"外部条件与主观因素兼顾，美学观点和历史观点统一"的分期方法。作者认为，从1892年创作起步到1907年《母亲》发表是高尔基创作道路的第一阶段，"人应当成为人，也能够成为人！"是这一时期高尔基创作的核心内容，社会批判是这一时期创作的基本思想指向，其作品的基调高昂；1908年至1924年是第二阶段，这时期高尔基转入对俄罗斯民族文化心态的剖析，提出重铸民族灵魂的重大课题，十月革命后又进而思考革命与文化的关系，其作品的基调清醒，风格沉郁，是高尔基创作最辉煌的阶段；1924年至1936年是第三阶段，回眸历史、探测未来是高尔基这一时期创作的基本思想指向，其作品的艺术视野开阔，历史感强烈。这样的新的分期方法为作者随后提出的一系列见解（诸如《母亲》不是代表高尔基的最高成就的作品，自传三部曲的基本主题是俄罗斯民族文化心态批判而不是"新人"的成长等）作了理论铺垫。此外，书中对高尔基《不合时宜的思想》的分析也值得注意。《不合时宜的思想》曾经被苏联高尔基文献档案馆封存了70余年，1980年代末在苏联重新面世后立即受到中国研究者的关注。除了刊物上发表的《〈不合时宜的思想〉是否合时宜》等评论文章外，该书中的有关评述可以说是比较严肃而全面的研究了。作者从高尔基的"论著本身出发，联系它出现的社会背景和作家思想发展的实际进行考察"，[①]并进而得出自己的结论：高尔基所提的问题尽管具有尖锐的现实性和论战倾向，但他思考的重心是革命与文化的关系；作为艺术家的高尔基，他对十月革命的立场，首先是一种文化的、道德的、精神评判的立场，他是出于对文化命运的担心、对革命本身命运的担心而发言的；他的全部观点又是以他对俄罗斯民族历史、俄罗斯人的文化心理特点的理解为基石的；他的全部贡献与失误，全部清醒与偏激，都来源于对俄罗斯和俄罗斯人民的"痛苦而不安的爱"。可能会有人对该书的一些观点提出异议，但是谁都不能否认这种实事求是的研究态度本身的价值和魅力。[②]

　　屠格涅夫是一个广受中国读者喜爱的俄国作家。1980年代孙乃修的著作《屠格涅夫与中国》梳理了屠格涅夫在中国的接受史。朱宪生《论屠格涅夫》一书涉及了屠格涅夫思想和创作的诸多方面，不过其最引人注目的还是对作品的艺术形式和作家的艺术风格的探讨。例如，关于《猎人笔记》的体裁样式、叙事角度和结构安排，关于屠格涅夫中篇小说的诗意的"瞬间性"、叙事时间的"断裂"和"抒情哀歌体的结构"，关于屠格涅夫的现实主义及其美学原则等，都颇有新意。朱宪生近年来在俄国作家专题研究上花了不少功夫，在这部著作出版后两年，朱宪生还推出过一部名为《俄罗斯抒情诗史》的著作，这虽然是一部风貌独具的文体史，但是纵览全书，不难发现其基本上由重要的抒情诗人的专论串联而成，而这些专论中不乏令中国读者耳目一新的介绍和评论，如关于丘特切夫和费

[①] 参见汪介之《俄罗斯命运的回声》（漓江出版社1993年版）中"革命与文化忧思录"一节。
[②] 1990年代仍有不少研究高尔基的文章发表。1996年是高尔基逝世60周年，北京和上海等地还召开了高尔基学术讨论会。在这些文章或会议发言中对这一问题也多有涉及。

特，关于"白银时代"的诗人（这方面的研究专著我们将在下面谈到）等。

三是对俄国"白银时代"（1890—1917）的文学，特别是俄国现代主义文学的研究更具力度。[①]1990年代在这一领域中已有多部著作问世，如周启超的《俄国象征派文学研究》和郑体武的《危机与复兴——白银时代俄国文学论稿》等。此外，刘文飞的《20世纪俄语诗史》、汪介之的《现代俄罗斯文学史纲》和刘亚丁的《苏联文学沉思录》等著作中也均有专门的章节谈到了"白银时代"的文学现象。

周启超的《俄国象征派文学研究》一书显得颇有理论气息和深度。俄国象征派文学是19世纪末20世纪初的俄国文学中最重要的现象，过去它被视作颓废文学而遭排斥，这一时期的中国对此虽重作评价，但进行专题研究的著作却仅此一部。不仅国内如此，就是在目前的国际学术界，"对俄国象征派文学整体的艺术个性特征的'正面考察'与'本位研究'"，都还"处于开始的阶段"，[②]因此，作者在这一学术前沿阵地所作的努力是很有价值的。该书首先对俄国象征派文学的内在发展轨迹、一般的意识形态立场和基本的哲学思想渊源等内容作了评述，而后就将重心转向揭示俄国象征派文学的艺术个性。书中搭建了这样的论述框架：俄国象征派文学的"理论形态"（"审美至上"的取向、"象征最佳"的认识、对"词语魔力"的感悟），俄国象征派文学的"艺术形态"（诗的境界、剧的特色、小说的风貌），俄国象征派文学的"存在状态"（扭曲的图像、倾斜的投影、尚待开发的一片森林），俄国象征派文学的"文化价值"（诗学的创新、文学的自觉、文化的自省）。全书的主体则是关于"理论形态"和"艺术形态"的探讨。在这两部分中，作者着重分析了俄国象征派文学创新的根本动因，象征派文学家执着于其中的诗学思想原则、美学理论轴心，他们对文学语言的创造性机制与功能的认识与思考，以及在艺术上的建树（例如，分析代表着俄罗斯诗歌在其"白银时代"最高成就的象征派诗歌所达到的境界，评价象征主义

[①] 与文学相关的这时期俄国思想界状况也引起了1990年代中国学界的兴趣。生活·读书·新知三联书店等出版社相继推出的舍斯托夫和别尔嘉耶夫等人的著作，颇受关注。
[②] 见周启超《俄国象征派文学研究》（社会科学文献出版社1993年版）的"引言"。

小说在叙述形式、结构方式和语言表现力等方面的开拓意义等）。作者力求以科学的态度和完整的理论形态把握这一复杂的文学现象，可以说这种努力是卓有成效的。

郑体武的《危机与复兴——白银时代俄国文学论稿》是一部论文集，它的特色不在于理论构架的完整，而在于敏锐的观察和灵动的思想。作者是国内比较早涉足"白银时代"文学研究的学者。发现这一文学现象的研究价值并及时推出这方面的有分量的研究成果，这本身就是研究者学识的一种体现。郑著的论述重点放在俄国现代主义诗歌上。《俄国现代主义流变》一文就为我们系统而又准确地描述了在19世纪末20世纪初的俄国诗坛上占主导地位的象征主义、阿克梅主义和未来主义三大诗歌流派的基本特征和发展流程。这不是一般的泛泛而谈，里面有大量鲜活的诗歌例证[①]和对作家言简意赅的评价。如文中这样谈到阿赫玛托娃早期的爱情诗歌："阿赫玛托娃早期作品中对爱的解释是悲观和颓丧的，绝望之中时常流露出以死求得解脱的想法。由此不难看出，尽管她反对象征主义，却又在自己创作的某一方面，无法割断与索洛古勃这类象征主义诗人的联系。""阿赫玛托娃早期诗歌有时被称为室内抒情诗，意思是题材狭窄，远离社会生活，缺乏时代精神，爱好者和鉴赏者只局限于一个特定的狭小的圈子。然而，室内性是相对的，因为诗人的诗反映的是全人类的普遍情感——爱。如果说，阿赫玛托娃谈论爱的痛苦多于爱的欢乐，那么，这也应该被看作是一个在私生活方面有着不幸经历的女人的自白。从另一方面讲，由于具有高度的艺术性，阿赫玛托娃的诗赢得了广大的读者，而这无论如何不能说是室内性的表现。""阿赫玛托娃的才华使她的诗超越了阿克梅主义的狭隘'车间'。她的感染力在于，她的诗表达的是活生生的人的感情。诗人既没有去史前时代寻找灵感，也没有到异国风情中获取题材。虽然使用的是狭窄的生活材料，但却为俄国诗歌恢复了澄明世界和具体

[①] 这使我们想起，作者与这部论著同时推出的那些"白银时代"的文学译作，如那本收有三大流派25位诗人约340首诗歌的《俄国现代派诗选》（上海译文出版社1996年版）。在这部诗选中包括了勃留索夫、巴尔蒙特、勃洛克、别雷、古米廖夫、曼德尔施塔姆、赫列勃尼可夫，以及阿赫玛托娃和马雅可夫斯基的早期诗歌等具有代表性的诗篇。也许，正是有这样切实的译介作基础，文章的描述才没有流于空泛。

形象，不但克服了象征主义的朦胧晦涩，也克服了古米廖夫的自命不凡。""阿赫玛托娃不像其他阿克梅派诗人那样，善于通过理论文章发表自己的创作主张。不过有趣的是，阿克梅主义者所鼓吹的形象的具体性、可感性、生动性、语言的质朴性、词义的清晰性和重量感，所有这一切都集中而有机地表现在了她的作品中。阿赫玛托娃的诗歌以其感情的真挚细腻，诗句的富于乐感，形式的纯净透明而具有无穷的魅力。"这样的评价是颇有见地的。郑著中还有不少视角新颖和分析入理的作家作品论，如关于勃洛克与别雷的诗歌对话，关于勃洛克的长诗《夜莺园》，关于勃洛克的哈姆雷特组诗，关于赫列勃尼科夫、卡缅斯基和洛扎诺夫等作家的研究。这些评论和研究中有相当一部分的内容填补了国内这方面研究的空白。这部著作（包括近年来出现的同类研究著述）为中国的俄罗斯文学研究拓开了一片新的天地。

四是继续关注苏俄当代文学，特别是其解体前后的文学。1990年代前期和中期，中国又陆续推出了几部苏俄当代文学方面的著作，如曹靖华主编的《俄苏文学史》第三卷和叶水夫主编的《苏联文学史》[①]中的当代部分、黎皓智的《苏联当代文学史》、许贤绪的《当代苏联小说史》、倪蕊琴和陈建华的《当代苏俄文学史纲》[②]等，这些著作从不同角度比较全面地对苏联当代文学的发展进程作了描述，同时都或多或少地涉及了苏联解体前夕的一些复杂的文学现象，特别是"回归文学"和侨民文学的问题。而张捷的专著《苏联文学的最后七年》是对这一问题作专题研究的最有代表性的成果。

《苏联文学的最后七年》一书的主要论述对象是1985年至1991年的苏联文学思潮和文学创作。正如作者所言：苏联文学的这最后七年"是很不寻常的七年"，"是苏联文学史上从未有过的动荡不安的七年，是文学观念和价值观念发生巨大变化的七年"，这"最后七年时间虽然不长，但是极其复杂"。[③]作者首先以"文学界的'内战'"为主轴，介绍了在这不寻常的七年中苏联文学界的重

[①] 该书为三卷本，总字数超过一百万，其中论述当代苏联文学的部分占有相当大的比例。
[②] 该书的"苏俄"之意特指50年代初期至90年代初期的苏联和苏联解体以后的俄罗斯。
[③] 见《苏联文学的最后七年》（社会科学文献出版社1994年版）"引言"。

大事件、两大派的主要分歧,以及苏联文学走向终结的艰难历程。而后,作者从三个方面有重点地考察了这一时期的一些重要的文学现象。一是文学思潮和理论论争,特别是其中的热点话题,如关于"写真实"论和"全人类价值优先"论,关于文学"私有化"的口号,关于民族文化传统,关于社会主义现实主义等。二是文学创作的现状,涉及了前后两个阶段的创作概貌,以及对这一时期引起人们关注的重要作家作品的评价。三是有关"回归文学"的问题。中国学者在1980年代下半期已经开始对"回归文学"进行研究,进入1990年代,在"回归文学"潮走过了兴起、高潮和逐渐回落的历程以后,中国学者介绍和研究的视角显得更为客观和全面了,张捷的这本著作就反映了这种趋向。作者首先对苏联的两次"回归"潮作了回顾与比较,然后按"被耽搁的文学""返回的文学"和"侨民文学"三类进行考察,涉及的作家和作品很多但又有所侧重。譬如侨民文学,作者谈到了侨民文学三个浪潮的来龙去脉,谈到相关的数十位作家及其作品"回归"的情况,并重点介绍了索尔仁尼琴作品的"回归"和苏联文学界的不同态度。在此基础上,作者用专节对"回归文学"作出了较为全面的评价。作者认为,应该从两个方面来看待"回归文学"浪潮,它有积极的一面,那就是让"一大批过去被禁遭贬、流入地下和传到国外的作品回到了读者手中,使得读者能够更加全面地了解苏联70余年文学发展的整个图景,其中某些有价值的作品将成为人民的财富";它的不好的一面是"大量否定十月革命、攻击苏联的社会主义制度和否定社会主义建设成就的作品集中出现,无疑为改变苏联的社会制度起了造舆论的作用";"从长远的历史观点看,'回归文学'中那些有一定价值的作品刚刚走完了第一圈,它们能否在文学史上牢牢站稳脚跟,似乎现在还不能作出最后的结论。但是可以相信,真正的艺术珍品不会因为蒙上历史的尘埃而失去其价值,而思想倾向反动、艺术上平庸肤浅的趋时之作尽管红极一时,必将被时间所淘汰而沉入忘川"。这样的评价应该说是比较公允的。本书的特点是材料丰富,观点鲜明,不过作者较浓的感情色彩也在一定程度上影响了书中的某些结论,有些提法和对有些文学现象的评价是可以商榷的。

五是中俄文学关系研究取得了长足的进步。在20世纪中外文化的交流中,俄苏文学与中国文学的关系无疑是最为密切的，它历来为中外研究者所重视。如前所述，这方面的研究实际上从五四时期已经开始。进入1990年代，国内学者在这一领域取得了十分可喜的收获。出版的著作除了戈宝权的《中外文学因缘》属以往研究成果的集锦外，倪蕊琴等主编的《论中苏文学发展进程》、王智量等的《俄国文学与中国》和汪介之的《选择与失落》等几本著作都是1990年代新推出的研究成果。这几部著作在文学思潮比较研究、作家关系研究和文学关系的文化观照等方面各有自己的特色，其中有不少颇见深度的文字。

如果说长时间来中俄文学关系的研究大多局限于1919年至1949年间的话，那么《论中苏文学发展进程》一书则在这方面有了突破。著名学者陈燊先生用"开拓性"一词来评价这部著作所取得的成绩。他认为："据我所知，苏联文学理论界没有就这一问题作过探讨，他们实际上还难于胜任这个课题。我国有人对中苏文学中的个别问题作过一些比较，但系统的全面的比较研究应以该项成果为首次。它确实是一项'填补空白'的工程。"他还认为，该书"是文学比较研究的一次有意义的实践；而由于它从两国各自社会发展的角度来探索两种文学各自发展和变化的异同及其规律性，因此具有重大的理论意义，这足以矫正那种离开社会历史条件而断定文学的独立性的理论的偏颇。"该书是集体劳动的成果，由15篇文章构成，其中不乏精彩之作，如对中苏当代文学发展进程的基本走向的描述，对"解冻文学"与"伤痕文学"、1970—1980年代中苏文学的比较思考，对中苏当代文学理论异同的考察，对中苏社会主义时期诗歌发展的研究等。该书的价值就在于它首次把论述的重点放在当代中苏文学关系这个极为重要但又缺少认真研究的领域，而且尽管是论文集但也顾及了论述的系统性。与《论中苏文学发展进程》同年推出的《俄国文学与中国》一书也是一部集体劳动的成果。作为一部论文集，它分别论述了果戈理、屠格涅夫、陀思妥耶夫斯基、列夫·托尔斯泰、契诃夫、高尔基等俄国作家与中国的关系。该书论述的主要篇幅虽然仍放在1949年以前的30年，但它体现出了1990年代初期中国研究者在中俄作家比较研究这一传统领域里所达到的新的水准。与上述著作不同的是，李明滨的专著《中国文学在俄苏》第一次以翔实的资料全面介绍了俄苏对中国古代文学和现当代文学接受的历史，标志着中俄文学关系的双向研究进入了一个新的阶段。①

六是关于巴赫金理论的研究取得了更有分量的成果。中国对巴赫金的关注始于1980年代初期。从那时开始至今陆续出现了一批研究文章，如夏仲翼的《陀思妥耶夫斯基的〈地下室手记〉和小说复调结构问题》、钱中文的《"复调小说"及其理论问题》、赵一凡的《巴赫金：语言与思想的对话》和《巴赫金研究在西方》等；翻译界还将巴赫金的一些论著译出，介绍给了中国读者。1990年代，董小英、刘康和张杰等几位比较年轻的中国学者相继推出了几部研究巴赫金理论的学术著作，引起学术界广泛关注。这里看看列入"三联·哈佛燕京学术丛书"的董小英的《再登巴比伦塔——巴赫金与对话理论》和列入"海外中国博士文丛"的刘康的《对话的喧声——巴赫金的文化转型理论》。

这两部著作都不是全面评述巴赫金的思想和文化理论的著作。董著瞄准的是巴赫金理论的核心，即对话理论。而这一理论是当代语言学、文艺理论和文学批评领域的重要的跨学科命题，也是国际学术界的讨论的热点之一。选择这一课题作研究的意义和难度都是显而易见的。该书首先从对话基础、对话模式、作者与主人公的对话关系、对话原理、对话体来源和对话生存的空间等角度对巴赫金的对话理论作了较为全面的阐述，在此基础上又分别讨论了对话性的先决条件、叙事文本中各种对话性关系及对话性形式、作者与读者对话的对话性原则（即"复调艺术思维"）等理论问题，最后该书对对话性的交流全过程作了描述，对巴赫金与现代小说的关系作了分析，对巴赫金对话理论的得失及其在文学理论发展史上的地位作了探讨。该书在论证中参照了结构主义叙事学和接受美学等不同观点，提出了自己的独到见解。作者的视野没有局限在对巴赫金及其理论的泛泛评述上，而是努力揭示对话理论的本质，在学科研究的大背景上寻找巴赫金的位置和价值。这种开阔的视野使该书获得了较以往研究更高的学术价值。

刘著的视角与董著有所不同，它在将巴赫金定位在20世纪文化转型时期杰出的文化理论家这一基点上，确定了全书的基本论点：巴赫金的对话理论是转型

---

① 1990年代这方面的研究成果以论文形式发表的还有一些，此外如宋绍香的《苏联学者论中国现代文学》（新华出版社1994年版）这样的译著（或译文）也值得重视。

时期的文化理论。作者这样表述道:"这个观点来自两方面的思考。首先,我认为巴赫金的对话理论强调的是理论与批评的开放性、未完成性和对话性,而对话的关键是要有自我与他者两个声音。我提出一个文化转型的理论问题,正是为了确定我自己的声音,来与巴赫金的理论对话。其次,把巴赫金理论对文化转型问题突出和强调,是出于我对中国现代与当代文化(主要是文学创作与批评)的认识。我觉得巴赫金的复调理论、小说话语理论等等,都是他对于文化断裂、变化和转型时期的话言杂多现象的理论把握。而这种把握用来了解和认识中国近现代以至当代文化的转型也是十分贴切的。"刘著的特色与作者的上述表述是吻合的。该书在对巴赫金的文化理论的核心内容作出自己的评析的同时,十分注重这一理论的现实意义,甚至还拨出专门的章节来谈诸如"狂欢节与中国现代文化转型"这一类的话题。这些分析并非无懈可击,但是它的探索精神却值得重视。董、刘等人的著作所达到的学术水准,预示着中国的巴赫金研究的可喜前景。

七是关于"20世纪俄语文学的新架构"的讨论。1993年《国外文学》第4期上刊出周启超的《"20世纪俄语文学":新的课题,新的视角》一文,引起了学术界的关注。文章对"20世纪俄语文学"做了如下界定:

> 作为一个新的课题,它与我们习惯的"20世纪俄苏文学""苏俄文学"以及"苏联文学"相比,有着很不相同的内涵与外延。它拥有独特的涵盖面与包容面。在时间跨度上,"20世纪俄语文学"指的是将近一百年来的俄语文学发展进程中所出现过的全部文学创作与文学理论实践。它不以1900年这一自然的纪元年度为起点,更不以1917年十月革命这一社会政治事件为界限,而是以20世纪最后十年间俄罗斯文学新格局的生成为开端,即以古典批判现实主义文学的终结,以及新型的现实主义文学与新生的现代主义文学所普遍表现出的对"文学性"的空前自觉为标志,俄罗斯文学进入了一个崭新的世纪;在空间范围上,"20世纪俄语文学"指的是运用俄罗斯文学语言、渗透俄罗斯文化精神的所有文学创作,它不以苏维埃俄罗斯文学现象为局限(即狭义的苏俄文学),也不等同于苏联文学(即广义的俄苏文学),而是

包容着苏维埃的与非苏维埃（俄侨文学）的俄罗斯文学，还包括在俄罗斯文化语境中运用俄语写作的非俄罗斯作家（例如艾特玛托夫、加姆扎托夫等作家）的创作。①

《俄罗斯文艺》随即对此展开了讨论，尽管讨论中对这一问题的看法不尽相同，但它却表明中国文坛传统的俄苏文学史研究正在走向一个新的层次。中国的研究者已经普遍意识到，有重构俄苏文学史的必要，但是这种重构并非简单的章节调整，它也许更有赖于参与者思维定式的改变。周启超提出的"20世纪俄语文学"概念就是基于这种认识。笔者认为这一概念至少在三个方面有别于旧的文学史观。首先是它的独特的涵盖面。提出把"显流文学""潜流文学"与"侨民文学"作为架构新文学史大厦的三块"基石"的构想是大胆的也是符合史实的。当然，"20世纪俄语文学史"的概念本身包括涵盖面的扩大这一点，但这不等于以量取胜，过多的罗列和铺陈反而会模糊它的总体面貌。这一概念的一个基本精神是强烈的整体意识和追求系统化的愿望。这就要求研究者必须对驳杂的文学现象作出严格的审美选择。也只有通过对那些最大限度地体现了20世纪俄语文学精神，即民主意识、人道精神、历史使命感，并不屈不挠地追寻着人类的终极目标的优秀作家及其作品的整体把握，通过对这些作家作品与相关的文学现象之间的内在联系的充分揭示，才能真正凸现出20世纪俄语文学的艺术精髓以及它在世界文学中的地位。其次是以文学为本位的取向。这里涉及的是文学观念和研究方法的问题。如将它具体化为"以文学语言为本体，以诗学品格为中心，以文化精神为指归"的表述是可取的。语义分析、形式批评、文化学研究等角度对构建"20世纪俄语文学史"的大厦固然有益，而社会学批评，甚至政治学研究等角度也仍有它的价值。因为文学本身是文学，又不仅仅是文学，它在社会这个大系统中存在，社会的各种因素对它都有渗透，因此只要我们摒弃这类研究中曾出现过的庸

---

① 显然，中国学者提出的"20世纪俄语文学"的概念与近年来俄罗斯国内文学界正在进行的"俄罗斯文学"和"俄语文学"的提法之争的着眼点有所不同。某些俄罗斯作家和批评家强调"俄罗斯文学"的所谓"俄罗斯性"，排斥"俄语文学"的提法，是出于其民族主义的倾向。

俗化的、以狭隘的政治标准衡量一切的弊端，那么它们仍不失为切入文学现象的有用的方法。它们可以和其他方法相辅相成，构成多元互补、生动活泼的局面。再者是反对以新神话覆盖旧神话的立场。在为新文学史奠基时，强调这一立场是必要和及时的。20世纪俄语文学是世界文化史上的重要现象，俄罗斯和美英法日等许多国家的学者都在研究，并发表了大量的著述。这些著述中有不少有价值的见解，但偏颇之处也随时可见。在这种情况下，中国学者当然不能缺少独立的、不人云亦云的气度，不管在新构架的确立，还是在对已经或正在成为历史现象的作家作品的评价上，都应该有自己的历史唯物主义的尺度和科学求实的学术眼光。只有这样，我们的文学史才能避免成为苏联或今天的俄罗斯或西方学者撰写的文学史的翻版。同时，加强中俄文学关系的研究，也应是"中国学派"的题中之义。尽管"文学史重构"至今还只是一张蓝图，但这样的讨论却是有益的。只要研究者积极调整自己的知识结构，以不懈的努力协力开拓这块天地，那么蓝图终将变成可喜的现实。

三、世纪末的反思与前瞻

1990年代中期，中国学界在关注苏联解体后的独联体文学，特别是俄罗斯文学的动态的同时，开始用更为客观的视野来反思俄苏文学的发展历程。

1994年春天在无锡召开的"全国苏联文学研讨会"，很清楚地反映了这一动向，反映了1990年代中国文坛对苏联文学精神的再思考。随着苏联的解体，经历了诸多风雨，并以其独特品格为世人瞩目的苏联文学也就此画上了句号。但是，如何评价70多年来的苏联文学及其文学精神仍然为世界文坛，特别是中国文坛所关注。

会上许多人谈到了如何评价社会主义现实主义以及它与苏联文学创作关系的问题。与会者对怎么评价这一理论问题有不同看法。有人认为过去对它的基本评价不能动摇，更多的人则认为在新的历史条件下有必要对这一问题加以反思。如有人在发言中指出，社会主义现实主义目前受到的冷遇与它本身的弊端有关。

这种弊端主要表现为：1.将文学政治化。第一次全苏作家代表大会通过的作协章程，除了在定义社会主义现实主义时把"用社会主义精神从思想上改造和教育劳动人民"看作是文艺的唯一使命外，还把"文学运动与党和苏维埃政权的当前政策问题的密切联系"，看作是"文学、其艺术技巧、其思想和政治的充实性与实际效力的成长之决定条件"。文学的政治化是与政治的要求美化联系在一起的。社会主义现实主义之所以需要，目的就在于要"肯定生活"。在有的苏联学者看来，"肯定生活"是社会主义现实主义的"生命力、道德精神和美学财富的源泉"。因此，相当长的一段时间里，苏联文学被看成是直接美化政治的重要手段。文学的政治化削弱了文学的多方面的可能性，降低了文学的艺术品位。2.唯我独尊的僵化模式。社会主义现实主义是针对"拉普"的辩证唯物主义创作方法而提出来的。表面看来，它把政治要求、世界观和艺术创作方法统一在一起了。而事实上，无论从作协章程对其内涵的规定来看，还是从实际贯彻来看，强调的仍然只是一个世界观的问题。至于把社会主义现实主义尊为苏联文学创作和批评的唯一方法，把其余的一切创作方法都归入"反现实主义"这一类而加以排斥，把社会主义现实主义视作是世上"艺术科学的最高成就"，则进一步把宗派主义、教条主义、庸俗社会学推到了极致。从而也为其自身埋下了危机。3.以幻想的真实取代严峻的真实。社会主义现实主义提出之初要求作家的就是"写真实"。然而历史证明，社会主义现实主义缺少的恰恰就是真实。这是因为它最后还是走向了把预定的结论当成无可疑义的真实，从而在两者不相符合的时候去杜撰生活的道路。作协章程中所谓"从现实的革命发展中"的前提，指的就是要把明天当作现实来描写，把愿望当作真实来描写。于是幻想的真实便取代了严峻的历史真实。

  有人认为，对苏联文学中所谓的"社会主义现实主义经典作家和经典作品"也有作一番重新审视的必要。例如，以往的研究者一般认为高尔基是社会主义现实主义的奠基人，《母亲》是社会主义现实主义的奠基作。但是，在第一次全苏作家代表大会上，高尔基始终没有谈及社会主义现实主义，在1935年致谢尔巴科夫的一封信中，他更直接表示了对这一"主义"的怀疑。高尔基在完成《母亲》

之后的30年创作中,也完全没有按照某一模式来写作。他的最后一部巨著《克里姆·萨姆金的一生》,按西蒙诺夫1974年的说法,"至今还未被读书界按现代方式读完"。这部作品把现实描绘、心理分析、哲理思考与意识流手法熔为一炉,在写法上并不符合社会主义现实主义框定的规范,却涵纳着极为丰富的内容,堪称俄罗斯人精神生活的百科全书。因此,对高尔基及其思想、创作,都应当进一步认识,不应该抱住一成不变的片面结论。

还有人从正确把握苏联文学精神的角度谈到,社会主义现实主义的提出,在某种程度上扬弃了无产阶级文化派和"拉普"的观点,但对艺术的"工具"性质的强调却是一致的,只不过对"工具"的内涵的理解有所不同罢了。而对艺术的实用性、工具性的过分强调,不可避免地带来艺术的短视与急功近利。艺术对现实的切入是多层面的,既有社会政治的层面,亦有人生、道德或哲学的层面,乃至宗教的层面,如果以某一种价值标准来衡量、要求所有的艺术作品,便难免出现认识上的错位。像《日瓦戈医生》这一类着重表现对人的终极价值的寻求的作品,其在政治上被当作异端作品而遭排斥,在那一时代便是理所当然的了。无论如何,"罢黜百家,独尊儒术"式的以一种创作方法规范一切,并不利于文学的发展。而所谓"开放体系",充其量不过是风格的多样化而已,万变不离其宗,思想立场的一致性不可改变,而什么算是正确的立场,本身就具有模糊主观性,有时亦可能变成一根大棒棒杀对生活的思考真正深刻独特的作品。即使从方法本身的角度来说,当社会发生变化,社会主义现实主义自然完成了它的使命,成为一个历史现象,应该是顺理成章的。如今我们来讨论影响苏联文学至深的社会主义现实主义,主要意义在于对苏联文学精神的把握。也许,通过对一些社会主义现实主义经典作品和一些曾被认为是非社会主义现实主义的异端作品的重新阐析,可以使我们对这一问题有一些新的认识。

此外,不少学者对如何评价70多年的苏联文学和近年来俄罗斯文学的走向提出了不同的见解。有人针对近年来俄罗斯文学界某些人否定苏联十月革命以来的历史道路和否定苏联文学成就的言论指出,在评价苏联文学时,应该对时代和苏联的历史有一个正确的认识,应该有正确的文学观。我们只有在马克思列宁主义的指导下，在充分熟悉和了解苏联文学发展过程的基础上，对苏联文学进行具体的、历史的分析，才能对它作出比较符合实际的评价和结论。有人还强调，应该对目前的否定思潮有一个清醒的认识，对各种时髦的理论采取分析批判的态度，应该坚持独立思考，对苏联文学提出独立的看法，作出独立的评判。目前俄罗斯文学界否定苏联文学的思潮只是一种暂时的现象，随着时间的推移，多数人终将会对苏联文学采取比较冷静的、客观的和公允的态度，他们定将会把这份宝贵的遗产继承下来，苏联文学的优良传统将会得到发扬光大。

有人则为70多年来苏联文学走过的道路描画了一条"多元——一元——多元"的轨迹。具体来说，第一个"多元"时期从十月革命后到1920年代末。这一时期，俄国文学界流派纷呈，百家争鸣，积极进行精神和艺术的探索，名家名作层出不穷，这是苏俄文学最辉煌的时期。"一元"时期是指1930年代至1950年代初。这一时期出现的所谓"社会主义现实主义"文学和同时期的苏联社会、政治、经济生活之间存在着"严格的同构"。只要用马克思主义文艺学的观点历史地解读这类作品，我们就会发现，它们漠视文学的自身特点和作家的创作个性，无法反映社会的真实，而且也缺乏艺术性。第二个"多元"时期是1950年代中期至1991年。这一时期，随着苏联社会的自我完善，苏俄文学界在清除了教条主义思想影响以后，又呈现出复苏、兴旺的景象。

有的专家在介绍1990年代上半期的俄罗斯文学的现状时谈到，近年来多数俄罗斯作家已倦于政治斗争，出版业出现了复苏迹象，刊物的发行量渐趋稳定，特别是一批中青年作家开始崛起。这些作家文化基础深厚，文学视野宽阔，没有条条框框，敢于开拓探索。他们的作品内容宽泛，艺术多样，给人以新鲜感。正是这些作家及其作品反映了现今俄罗斯文学队伍和水平的主要状况。由于俄罗斯文学具有的活力和坚韧的生命力，等待它的已不仅仅是转机和复苏，而是新的台阶、新的未来。还有人作了"关于后社会主义俄国文学的文化思考"的发言。[1]发言认为，文化反思是1980年代后期苏联文学的重心，也是进入1990年代文学的

---

[1] 这里引用的是张建华在会上的发言，后该发言刊载在《当代外国文学》1995年第4期。同期"俄罗斯当代文学专辑"中还刊载有余一中的《90年代上半期俄罗斯文学的新发展》等文章。

前提。这个前提的对位因素是整个1980年代后期弥漫于无数苏联人心中对自身、对社会、对文明的巨大困惑。人们对社会政治和思想意识的冷漠，读者对功利文学原则的持续反叛，大众传媒对公众的需求的满足，以及社会政治经济状况的无序和恶化，是1990年代初期俄罗斯人的兴奋中心与文学无缘的原因所在。在新的文学天地里，最为得势的是作为俗文化一种的俗文学。以幻想、情爱、侦探、恐怖、打斗、占卜、神怪等为内容的作品和西方的翻译作品以畅销书的形式进入文学，成为1990年代不可忽视的一种文化现象。1990年代的严肃文学呈现出一种多方位的分化。分化的根据来自不同的文化取向和对社会出路的不同认知。在大量出现的各种文学流派中，新现实主义和后现代主义值得注意。新现实主义作品，如科瓦廖夫的《果戈理的头》、特里丰诺夫的《茨冈人的幸福》，后现代主义作品，如哈里托诺夫的《命运的线索，或米拉舍维奇的木箱》、加尔科夫的《没有尽头的死胡同》、叶尔马科夫的《野兽的标记》等，都引起了人们的关注。当前俄罗斯文学的走向是我们研究的新课题。

在这次会议上"中国苏联文学研究会"更名为"中国俄罗斯文学研究会"，这也许可以看作是中俄（苏）文学关系发展进程中的又一个阶段性的标志。苏联文学历史的终结并不意味着苏联文学生命力的终结，它所拥有的许多优秀作品必将继续在人类的文学星空中放射出自己独有的光彩。[①]作家王蒙的这一看法是不无道理的："苏联文学的历史并非空白，苏联作家的血泪与奋斗并非白费。总有一天，人类为苏联文学而进行的这一番精神活动的演习操练会洗去矫情与排他的愚蠢，流下它应该留下的遗产，乃至在未来的某个时期，蜕变出、演化出新的生机、新的生命、新的梦。"[②]1990年代的俄罗斯文学也许正在艰难的蜕变中孕育着这种"新的生机、新的生命、新的梦"。真正优秀的作家的艺术生命是不朽的，他们是属于全人类的。

1990年代的另一次标志性的会议是1999年深秋召开的中国俄罗斯文学研究会

[①] 1997年上海话剧舞台上有道亮丽的风景线，那就是苏联作家阿尔布佐夫的剧作《老式喜剧》（1975）的上演，剧作丰富的内涵和演员（楼际成、曹雷）出色的表现，使此剧颇受欢迎，久演不衰。这个例子可以为上述论断作小小的例证。

[②] 王蒙：《苏联文学的光明梦》，《读书》1993年第7期。

的"99北京年会"。也许是在北京开会，也许是世纪末的总结，与会的学者有百余人之多，特别是不少老一辈学者参加了这次会议。[①]会议的主题是"中国俄罗斯文学研究20年：回顾与展望"[②]。中国社科院的叶水夫先生回顾了"五四"以来的中俄文学交往，称这种交往"对我们的创作和文艺理论界都有较大影响"；他肯定中国的俄苏文学翻译家和研究者做出的贡献，称赞本研究会是改革开放以来"最为活跃的"学术团体之一。人民文学出版社的孙绳武先生充满感情地回顾了20世纪中俄文学交往所走过的那条"曲折起伏、绵延不绝的道路"，称这是历史上"罕见的结合"，并评点了改革开放以来老中青三代学人取得的研究成果。岳凤麟、陈建华等也从不同角度回望了中国俄罗斯文学研究走过的道路。与此同时，包文棣、张捷、李辉凡、李毓榛、童道明、黎皓智、陆人豪、石枕川、金亚娜、任光宣、张建华、余一中、李延龄、胡日佳、甘雨泽、朱宪生、石南征、张杰、汪介之、刘文飞、何云波、吴嘉佑、刘亚丁、郑永旺、孙超、董晓、杨明明等众多学者就俄罗斯文学研究中的诸多重要的或热点的问题展开了学术研讨。如石南征所言，这些研讨"在新的水平上显示出我们的研究方法的自觉性、视野的开阔性，以及向问题深处的推进"。在这次会议上，戈宝权、叶水夫、包文棣、孙绳武、张羽等十位老一辈学者退出了研究会的领导岗位，一批年富力强的学者接任，这批学者将坚持老一辈学者所创导的方向和原则，继往开来，为中国俄罗斯文学学科在新世纪的发展做出贡献。正如孙绳武先生在回顾20世纪的道路和展望新世纪的研究前景时所说："一个世纪以来介绍俄国文学的工作，它的目标是为了祖国的发展，为了社会的进步，为了人民的利益，所有从事俄罗斯文学研究的人会永远重视这种方向与原则。对于我们的团体和我们每一个人，这将都是存在的真正意义和价值。"[③]

中俄文学之间的交往将在新的历史背景下，在调整中走向新的世纪。

---

① 与会的还有俄驻华大使罗高寿、中俄友协会长陈昊苏等。
② 中国苏联文学研究会于改革开放之初的1979年秋天在哈尔滨成立，时隔正好20年。
③ 转引自晨方：《中国俄罗斯文学研究20年：回顾与展望——中国俄罗斯文学研究会99北京年会纪要》，《俄罗斯文艺》2000年第1期。此段文字中的引述均出于此文。

第十讲　21世纪初期的中俄文学关系

2001年7月，中俄两国领导人签署《中俄睦邻友好合作条约》。经历诸多风雨后，中俄在坚实的政治法律基础上找到了和睦相处之道。2011年，中俄进一步确立"全面战略合作伙伴关系"。2012年，中俄签署《中俄人文合作行动计划》，两国关系持续升温。在新世纪前20年，中俄领导人频繁互访，并于2006年和2007互办"国家年"，2009年和2010年互办"语言年"，2014年和2015年互办"青年交流年"。在这样的大背景下，中俄文学交流走出低潮，再次出现向好的势头。①

一、新世纪中俄文学交流

新世纪20年，中国出版了不少当代俄罗斯作家的作品。例如，21世纪初期出版了两套丛书：一套是白春仁主编的"俄罗斯新实验小说系列"（中国青年出版社2003年版），其中收入了马卡宁的《一男一女》和《洞口》、瓦尔拉莫夫的《沉没的方舟》、波波夫的《该去萨拉热窝了》、沙罗夫的《圣女》、科兹洛夫的《预言家之井》、别列津的《见证人》等小说；一套是刘文飞主编的"俄语布克奖小说丛书"（漓江出版社2003年版），包括哈里托诺夫的《命运线》、马卡宁的《审判桌》、奥库扎瓦的《被取消的演出》、弗拉基莫夫的《将军和他的部队》、谢尔盖耶夫《集邮册》、阿佐利斯基的《兽笼》、莫洛佐夫的《他人的书信》、布托夫的《自由》、希什金的《攻克伊兹梅尔》和乌利茨卡娅《库科茨基医生的病案》十部作品。此外，人民文学出版社等出版机构出版了相当数量的当代文学作品单行本译著，近年来北京大学出版社推出的俄罗斯当代文学作品系列，北京十月文艺出版社推出的"俄罗斯当代长篇小说丛书"等，也颇有影响。译出的作品包括：邦达列夫的《百慕大三角》、瓦尔拉莫夫的《生》和《臆想之

---

① 2017年，俄罗斯著名汉学家、俄中友协副主席安·叶·卢基扬诺夫在与四川大学刘亚丁教授的一次对话中表示，目前是中俄文化交流的第四个阶段，这一阶段的高潮是2013年习近平主席出访俄罗斯，"习近平展示了他对俄罗斯文学和文化的深刻见解"，"俄中文化的互相接触和互相理解的过程已经展开，未来具有广阔的前景"。参见《中国社会科学报》2017年1月5日刘亚丁文：《中俄文化的相遇与相互理解——对话俄罗斯著名汉学家卢基扬诺夫》。

狼》、马卡宁的《地下人，或当代英雄》和《先驱者》、普罗哈诺夫的《黑炸药先生》、波里亚科夫的《无望的逃离》、拉斯普京的《伊万的女儿，伊万的母亲》和《幻象——拉斯普京新作选》、叶拉菲耶夫的《好的斯大林》、希什金的《爱神草》、马卡宁的《通气孔》、索罗金的《暴风雪》、格拉宁的《我的中尉》、叶罗菲耶夫的《从莫斯科到彼图什基的旅行》、索尔仁尼琴的《红轮》、雅辛娜的《祖列依哈睁开眼睛》、乌利茨卡娅的《雅科夫的梯子》等。这些作品反映了当代俄罗斯作家紧张的思想与艺术探索，"是解体之后俄罗斯文学历史的一个缩影"，"记录下了当代文学进程的风雨和足迹"。①这些译著也是当代中俄文学关系中鲜活的、不可或缺的部分，在一定程度上弥补了1990年代中国在俄罗斯当代文学作品译介方面的不足，并在中国当代作家中产生了积极影响。莫言认为："我们读过太多的老俄罗斯小说和苏联小说，对新俄罗斯的小说却知之甚少"，这些作品的译出，"正是应时而生，大有裨益"。余华感慨："阅读了托尔斯泰、陀思妥耶夫斯基和契诃夫他们，又阅读了布尔加科夫和帕斯捷尔纳克他们"，再来阅读这些当代作家的作品，"我的感受是俄罗斯的文学深不可测，我永远不敢说我了解俄罗斯的文学"。阎连科赞道："这是一段最新的俄罗斯文学史记，其中的探求与思考会在你流失的时间里沉淀在你的脉管之中，这种沉淀会成为滋养你心灵的人参。"李洱在称赞了这些当代作品批判深刻、道德感受复杂和写作技巧的纯粹后表示："从血缘上说，中国人与他们更为接近，如果我们的目光不那么短浅，我们就应该看他们所展示的世界图景，我想从中我们能够更真切地看到自己的处境。"②

同时，政府层面的"中俄经典与现当代文学作品互译出版项目"也开始进行。除20世纪50年代外，这种现象颇为罕见。2013年，中国国家新闻出版广电总局和俄联邦出版与大众传媒署签订了"中俄经典与现当代文学作品互译出版项目"，双方商定在6年间翻译出版100部两国的经典文学作品和现当代文学作品，

---

① 刘文飞：《漫谈俄语布克奖》，载哈里托诺夫：《命运线》，严永兴译，第10页，漓江出版社2003年版。
② 见哈里托诺夫的《命运线》的封底。

项目进展顺利。2016年，中俄双方决定扩大互译出版项目的范围，再分别增加50部作品的翻译出版。俄罗斯翻译出版了中国古典文学名著，以及现当代作家老舍的《猫城记》、王蒙的《活动变人形》、铁凝的《笨花》、莫言的《生死疲劳》、何建明的《落泪是金》、麦加的《暗算》、余华的《兄弟》等作品，中国也翻译出版了俄罗斯作家乌特金的《自学成才的人》和《环舞》、斯拉夫尼科娃的《脑残》、希什金的《爱情守恒定律》和《魔鬼的灵魂》、沙罗夫的《此前与此刻》和《像孩子一样》、谢钦的《叶尔特舍夫一家》、叶辛的《模仿者》、安德烈·比托夫的《普希金之家》，以及多卷本《俄罗斯当代戏剧集》等作品。这些作家及其作品经过认真挑选，基本上都是精品力作。例如，安德烈·比托夫的《普希金之家》被俄国评论界称为"一本划时代的书"，"俄罗斯后现代小说的开山之作"。①

此外，地方层面的这种互译也在开展。为纪念上海的友好城市圣彼得堡建城300周年，2003年1月上海作家协会和上海译文出版社共同编选和出版了圣彼得堡当代作家作品选《星耀涅瓦河》。这部集子共收入36位作家的作品，其中包括瓦·阿诺茨基的《装载因素》和阿·别林斯基的《夜谈》等小说，以及尼·阿斯塔菲耶夫等人的诗歌和童话。这些作品题材广泛，风格各异，有的寓意深刻，有的构思巧妙，具有俄罗斯文学的特质。同年12月，圣彼得堡"思想"出版社也出版了一本名为《上海人》的当代上海作家作品选。《上海人》中有不少佳作，如王安忆的反映人物精神危机的《叔叔的故事》、陈村的蕴含着人生哲理的《一天》，以及赵长天的《老同学》、彭瑞高的《本乡有案》和余秋雨的散文《上海人》等，这些作品同样显现了中国当代文学作品的特点。这种国家或地方层面的有意识的助推，对新世纪中俄文学交流的提升，作用明显。如上海作协主席王安忆所言，当代文学作品集在新世纪中俄两国的互译和出版，预示着"另一个时代正在到来"。②

---

① 王加兴：《译者前言》，载安德烈·比托夫：《普希金之家》，王加兴等译，第1页，北京大学出版社2016年版。

② "另一个时代正在到来"是王安忆为《星耀涅瓦河》写的书序的题目。

新世纪前20年，中国诸多出版社推出了不少大型的多卷本的俄苏经典作家作品译文集。如《普希金全集》《普希金抒情诗全集》《果戈理文集》《屠格涅夫文集》《列夫·托尔斯泰文集》《陀思妥耶夫斯基全集》《陀思妥耶夫斯基集》《列夫·托尔斯泰小说集》《列夫·托尔斯泰小说全集》《契诃夫小说全集》《契诃夫戏剧全集》《布宁文集》《阿赫玛托娃诗全集》《茨维塔耶娃文集》，以及"俄苏文学经典译著丛书""金色俄罗斯丛书""俄罗斯文学精品书系""双头鹰俄苏经典丛书""诗歌俄罗斯丛书"、《余振翻译文集》《草婴译著全集》等，出版和发行量相当可观，这一切都说明俄罗斯文学在21世纪初期的中国仍然拥有广泛的读者群。[①]这里以河北教育出版社出版的《陀思妥耶夫斯基全集》（2011）、三联书店陆续推出的"俄苏文学经典译著"大型丛书（2018）为例，稍作展开。

1.《陀思妥耶夫斯基全集》是由中国社科院外文所陈燊先生主编的22卷大型译著，其中融入了中国陀氏研究者的大量研究成果。《陀思妥耶夫斯基全集》700多万字，翻译和出版工作历时十多年。《全集》不仅收录内容全面，而且有长达6万字的总序、严谨且详尽的注释和题解（如《卡拉玛佐夫兄弟》的题解有3万字，《白痴》的题解有1万多字），这使《全集》的学术含量大大增加。陈燊先生称，陀氏的"艺术作品一般都有中译本，但从未出过全集，他的一些重要著作，如他的论文、文论以及书信，尤其是《作家日记》，都只有过部分或片段的译介。各种译本又一般没有各个作品的详细题解（介绍作者的写作动机、构思、写作和修改过程，以及国内外评论界的反响等）和详细的注释（固然，这两者几乎是国内过去所有外国文学作品中译本的共同缺陷），不利于我国读者、研究工作者全面而深入地研讨、探索这位思想和创作极其复杂矛盾的大作家，诚为一大憾事"。他认为，此事"十分严肃而巨大"，因为"除绝大部分作品正文的校读工作外，各书题解涉及作品和作家思想等许多问题，而注释则涉及大量西方作

[①] 此外，新世纪经典作家作品的各种单行本译著同样不胜枚举。以普希金的《叶甫盖尼·奥涅金》为例，据林辰博士统计，新世纪最初十年的新旧译本出版就多达十几种，有关普希金的各种读物（包括各种著作、译作的各种选本、通俗读物等）达287种，是20世纪80年代的三倍。

家、作品、作品中的人物、典故、地名,以及与此有关的译名等大量问题"。《全集》的译者多为国内知名的俄罗斯文学专家,他们在译文和题解等方面都作了很大努力。如陈燊先生所言,《全集》的出版"是外国文学学科建设中的一项颇有意义的学术工程",它必将"对我国方兴未艾的陀学发挥应有的重大作用"。①

2."俄苏文学经典译著"丛书,包括1919年至1949年介绍到中国的近50种著名的俄苏文学作品。1919年是中国历史和文化上的一个重要的分水岭,它对于中国俄苏文学译介同样如此,这套丛书的出版既是对"五四"百年的一种独特纪念,也是对中国俄苏文学译介的一个极佳的世纪回眸。丛书收入了普希金、果戈理、屠格涅夫、陀思妥耶夫斯基、托尔斯泰、高尔基、肖洛霍夫、法捷耶夫、奥斯特洛夫斯基、格罗斯曼等著名作家的代表作,深刻反映了俄国社会不同历史时期的面貌。译者名家云集,均为左翼作家或进步人士,如鲁迅、茅盾、沈端先、郭沫若、巴金、丽尼、洪灵菲、周立波、周扬、曹靖华、罗稷南、高植、梅益、李霁野、金人等。"尽管由于时代的发展、文字的变迁,丛书中某些译本的表述方式或者人物译名会与当下有所差异,但是这些出自名家之手的早期译本有着独特的价值。名译与名著的辉映,使经典具有了恒久的魅力。"②在这些译著中常常可以看到商务印书馆、中华书局、开明书店、文化生活出版社等出版社的名字,也常常可以看到三联书店的前身生活书店、读书出版社、新知书店的名字,这套丛书的出版也是三联书店文脉传承的写照。

新世纪以来,两国文学家的互访日益频繁,③文学合作项目不断增加,苏

---

① 陈燊:《费·陀思妥耶夫斯基全集》"总序",陈燊主编:《费·陀思妥耶夫斯基全集》,第95—97页,河北教育出版社2010年版。

② 陈建华:"俄苏文学经典译著·总序",A.雅各武莱夫:《十月》,鲁迅译,第8页,生活·读书·新知三联书店2018年11月。

③ 最近20年,中国几乎每年都组织作家、翻译家和出版家代表团访问俄罗斯,仅新世纪前10年就有31个中国作家代表团,152位中国作家和翻译家访问过俄罗斯;俄罗斯作家和评论家也常来中国参观访问,如作家拉斯普京、鲍罗丁、邦达连科、叶辛、乌利茨卡娅等。引自任光宣:《回顾过去,迎接未来:新时期中俄文学的交流与合作》,2019年"中俄文学关系暨五四运动100周年国际学术研讨会"会议册,2019年12月1日,第157页。

联解体后一度中断的交流重新启动。2006年5月，为庆祝"中国俄罗斯年"的启动，俄罗斯作家协会主席加尼切夫曾率代表团访华，成员有拉斯普京等多位重量级作家。在长达十多天的访问中，作家们参加"中俄文学——两国人民之间的精神桥梁"的会议，在中国高校举办文学讲座，与中国作家和翻译家座谈。同时，中俄双方还多次为对方的作家、翻译家和学者颁奖。①中俄杂志社也积极互动，如中俄两家《十月》杂志曾以"北京—莫斯科"为题，组织两国作家创作"莫斯科故事"和"北京故事"，并互辟专辑予以刊登。新世纪以来，各种文学交流活动在中国的北京、上海，俄罗斯的莫斯科、圣彼得堡，以及其他城市以各种形式频繁举办，如俄国举办中国已故经典作家的纪念会、中国举办俄罗斯作家作品戏剧节、中俄两国诗人举办诗歌论坛，以及中俄作家与读者见面会、中俄作家对话会、中俄文学青年论坛等等，有力地加强了中俄两国作家、翻译家、学者和广大读者之间的联系。这些年，类似的活动笔者参加过很多次，这里以三次纪念性质的活动为例。一次是2002年1月17日在莫斯科，中国驻俄使馆与中俄21世纪友好和平发展委员会、俄中友协和俄罗斯科学院远东所等机构联合举办的活动，主题是纪念中国诗人李白诞辰1300周年。中国驻俄大使张德广、俄中友协会长季塔连科、俄国汉学家联合会主席米亚斯尼科夫等都出席并致辞，同时还举行了俄国汉学家新著《李白：诗歌与生平》的发布会，俄国演员朗诵了李白等人的诗歌，气氛相当热烈。特别令人感动的是俄国汉学家和文学翻译家对中国和中国文化的那份情谊。有不少俄国学者年事已高，他们顶着隆冬时节夜晚的寒风前来与会。世界文学研究所的李福清院士、远东所的索罗金院士和费奥克基斯托夫教授、莫斯科大学的谢曼诺夫教授和华克生教授、东方学研究所的博克沙宁教授等著名学者在与笔者交谈时，都深情地表达了对中国的感情，称他们已经把自己的一生献给了与中国文化相关的事业。另一次是2009年11月中旬在天津，中国文学界为纪念中俄建交60周年而举行的名为"心灵的桥梁——中俄文学交流计划"启动会议，

---

① 2006年，俄罗斯方面向中国翻译家颁发高尔基奖章和证书；2013年，高莽获俄罗斯当代文学作品最佳中文翻译奖；2002—2016年间，波利亚科夫、普列汉诺夫、拉斯普京、乌利茨卡娅、格拉宁、斯拉夫尼科娃等15位俄罗斯著名作家成为中国颁发的21世纪"最佳外国年度小说奖"的获得者。

会议主题是"中国文学在俄罗斯"和"俄罗斯文学在中国"。与会的有不少中俄两国的著名作家、翻译家和学者，如中国的王蒙、冯骥才、张承志、高莽、李明滨、顾蕴璞、谷羽等，俄国的李福清、司格林、罗季奥诺夫、维诺格拉多娃、巴韦金等。这次活动有两个特点，一是参加的学者多，层次高，讨论很深入；二是形式多样，除学术讨论外，还有三个展览：俄国文学早期中译本展、中国翻译家（巴金、萧珊、草婴、汝龙、高莽）成就展、中国木版年画在俄罗斯展。①第三次是在上海，2009年11月下旬至12月下旬，"09'中国'俄语年'大学生俄罗斯作家作品戏剧节"。这个为期一个月的活动内容十分丰富，包括多部俄罗斯话剧的演出、由诸多学者和戏剧界人士参与的"中俄戏剧交流"座谈会、由俄罗斯当代剧作家主讲的"当代俄罗斯戏剧讲座"、由沙金译出的汇聚了这位老翻译家一生心血的《俄罗斯现代剧作选》首发式，以及俄罗斯电影专场、大学生俄罗斯戏剧小品演出等。当然，重头戏是由焦晃等老艺术家主演的喜剧《钦差大臣》，以及话剧《复活》和5部俄苏当代话剧或喜剧的演出。讨论的热烈、译著的厚重、演出的精彩、观众的踊跃……整个活动令人难忘。如沙金先生所寄语："在进入崭新的21世纪，中俄两国人民的传统友谊和日益频繁的文化艺术交流必将结出更加丰盛的果实。"②

二、充满活力的俄苏文学研究

进入21世纪，中国俄苏文学研究发展势头强劲，充满活力。世纪之交，华东师范大学和黑龙江大学相继成立教育部重点科研基地"俄罗斯研究中心"和"俄语语言文学研究中心"③，它们承担的重大项目、举办的学术会议、主办的刊

---

① 冯骥才主编：《心灵的桥梁——中俄文学交流计划国际学术研讨会论文集》，天津大学出版社2010年版。这次会议上有一些很不错的学术报告，仅以两篇实证性质的论文为例，一为俄国学者罗季奥诺夫对苏联解体后中国新时期小说散文在俄罗斯的传播状况的梳理，二为中国学者阎国栋对第一个与托尔斯泰通信的中国人张庆桐的生平事迹的考证，两篇文章都颇有新意。
② 沙金：《俄罗斯现代剧作选》"译后记"，第563页，文化艺术出版社2009年版。
③ 后改名为"俄罗斯语言文学文化研究中心"。

物,以及相继推出的成果,都颇为引人注目。这两个中心在推动包括文学在内的俄罗斯问题的研究方面发挥了积极作用。新世纪20年,国家对学术研究支持力度不断加大,仅以国家社科基金资助项目总经费而言,从新世纪之初的几千万已逐年增加至20多亿。俄罗斯文学方面的立项项目也明显增加,其中近十年重大项目立项的有"俄罗斯《中国精神文化大典》中文翻译工程""当代俄罗斯文艺形势与未来发展研究""《剑桥俄罗斯文学》(九卷本)翻译与研究""苏联科学院《俄国文学史》翻译与研究""现代斯拉夫文论经典汉译与大家名说研究""多卷本《俄国文学史》"等,这些项目的实施推动了俄罗斯文学研究的深化,并开辟了一些新的研究领域。俄国文学界的国际交流也比较活跃。近20年来,国内召开了数十次较为重要的国际学术会议,包括"中国俄罗斯文学研究会学术研讨会"(2000)、"苏联解体后的俄罗斯文学研讨会"(2001)、"20世纪世界文化背景中的俄罗斯文学国际研讨会"(2002)、"俄侨文学国际学术研讨会"(2002)、"当代俄罗斯文学国际学术研讨会"(2002)、"全球化语境下的俄罗斯语言、文学和翻译国际研讨会"(2003)、"'俄罗斯形式学派学术研讨会'筹划会暨20世纪俄罗斯文论关键词写作讨论会"(2003)、"巴赫金国际学术研讨会"(2004)、"20世纪俄罗斯文学与古典文学传统研讨会"(2004)、"俄罗斯文学研究会年会"(2004)等。这些学术会议的主题丰富,涉及的既有传统的研究领域,也有新开拓的研究空间。近年来在中国召开的相关会议更多,规模较大的有"全球化背景下的俄罗斯文学与文化"国际学术研讨会(2015)、"俄罗斯文学史的多语种书写"国际研讨会(2015)、"俄罗斯文学的历史传统和现实问题"国际研讨会(2016)、"陀思妥耶夫斯基与当代人类命运"国际学术研讨会(2016)、"中俄思想史比较研究"国际研讨会(2016)、"斯拉夫文论与比较诗学"国际研讨会(2016)、"俄罗斯文学与俄罗斯思想"国际学术研讨会(2017)、"现当代俄罗斯文学跨学科研究"国际研讨会(2018)、"20—21世纪俄罗斯文学研究"国际学术论坛(2019)、"回顾与展望:中俄文学70年"国际学术研讨会(2019)、"中俄文学关系暨五四运动100周年"国际学术研讨会(2019)等。不少俄罗斯作家、翻译家和学者,以及其他国家从事俄罗斯文学研究的学者参加了中国的学术会议。这些会议使中俄作家、翻译家和学者有了更多的直接交流的机会，并对一些问题有了更深层次的探讨。

中国的俄苏文学专刊也是推动学术发展的重要阵地。21世纪初期，《俄罗斯文艺》进一步显示出作为一份严肃的学术刊物的风貌，近些年来刊物质量的提升十分明显。刊物开辟"学术前沿"栏目，涉及话题广泛，如俄罗斯先锋主义文学研究、国家形象书写研究、生态文学研究、反乌托邦叙事研究、现实主义新论、跨文化视野中的巴赫金、俄苏符号学、俄罗斯侨民文学与文化研究、形式主义诗学新探等，大多颇有特色。不定期设置的栏目，如俄罗斯文学讲座、域外论坛、往事与随想等，也往往有精彩的内容。值得一提的还有几种定期或不定期的连续出版物，如首都师范大学的《俄罗斯文化评论》、北京大学的《欧美文学论丛·俄罗斯文学研究》、四川大学的《中外文化与文论·俄罗斯文学专辑》等，这些刊物上也有不少佳作。《俄罗斯文化评论》创刊于2006年，至2016年已经出版五辑，每辑有近40万字的容量，发表了相当数量的学术成果。以第三辑为例，就有《俄国圣愚文化的渊源》《高尔基学的形成（1900—1930）及其问题域》《体裁诗学：维谢洛夫斯基与巴赫金》《继承与背离：果戈理与自然派》《略论作为哲人的陀思妥耶夫斯基》《跨越时空的远握：托尔斯泰"爱"的学说与孔子"仁"的思想比较研究》《涅恰耶夫精神及其历史现象》《列夫·古米廖夫与其民族互动理论》等有思想深度的文章。如主编邱运华所言："思想史的研究视野为《俄罗斯文化评论》寻找到一个很好的说话方式，而专注于发表独立的专题研究成果，不拘长短，恐怕是《俄罗斯文化评论》确立生存价值的一条途径。"①此外，《俄罗斯研究》和《俄罗斯学刊》等刊物也会刊登一些与文学文化相关的文章。

进入21世纪，一批基础扎实的学者开始走向收获期，一批理论思维活跃的年轻学者开始成为研究的主力军。俄国文学研究队伍保持总体健康的发展势头。同时随着国家对学术研究支持力度的加大，研究成果数量增长较快，不仅总体数量已大大超越此前国内的任何一个时期，而且基本呈逐年上升趋势，仅以近五

---

① 《俄罗斯文化评论》（第三辑），首都师范大学出版社2012年版，第335页。

年（2015—2019）为例，共出版专著、编著和论文集130余种，发表论文2700多篇，另有博士学位论文30篇。如与2005年至2013年的相关统计数字相比，出版著作由年均约21种，增加至年均约26种；论文发表由年均约280篇，增加至年均约540篇，增长幅度较大。尽管真正高质量的成果并不是很多，但是其中不少成果显示出开拓意识和创新精神，内容更为丰硕和多元，在一定程度上推进了相关领域的研究。比较突出的成绩表现在现代文论研究、文学思潮研究、经典作家研究、文学关系研究，以及重要文学现象研究等方面。[①]

（一）俄苏现代文论研究

1. 巴赫金文论研究

新世纪20年，国内学界对巴赫金文论表现出持续的兴趣。"中国巴赫金研究会"的成立、大型学术会议的召开、一系列有影响的成果问世，使中国学界的"巴赫金热"得以持续。近20年出版的学术著作达30部，其中不乏有分量的成果，如夏忠宪的《巴赫金狂欢化诗学研究》（2000）、程正民的《巴赫金的文化诗学》（2001）、王建刚的《狂欢诗学——巴赫金文学思想研究》（2001）、曾军的《接受的复调——中国巴赫金接受史研究》（2004）、凌建侯的《巴赫金哲学思想与文本分析法》（2007）、吴承笃的《巴赫金诗学理论概观——从社会学诗学到文化诗学》（2009）、王建刚的《后理论时代与文学批评转型——巴赫金对话批评理论研究》（2012）、程正民的《跨文化研究与巴赫金诗学》（2016）、程正民的《巴赫金的文化诗学研究》（2017）、张冰的《巴赫金学派马克思主义语言哲学研究》（2017）、卢小合的《艺术时间诗学与巴赫金的赫罗诺托普理论》（2017）、张素玫的《巴赫金理论的中国本土化研究》（2019）等。这些专著在巴赫金的对话理论、语言学思想、狂欢化理论、文化诗学、中国本土化问题等领域展开多侧面的研究，大多具创新意识和理论深度。

2. 批评史和其他现代文论研究

近20年，出现了多部批评史方面的著作，如张杰等的《20世纪俄罗斯文学批评史》（2000）、汪介之的《俄罗斯现代文学批评史》（2015）、季明举的

---

① 因篇幅所限，以下仅以著作为例，以显示基本面貌。

《斯拉夫主义的文艺理论和文化批评》（2015）、程正民的《俄罗斯文学批评史研究》（2017）和《俄罗斯文学批评家研究》（2017）等。近20年，俄国形式主义文论研究继续深入，2003年"'俄罗斯形式学派学术研讨会'筹划会"的召开是其标志之一。在此前研究的基础上，这时期对形式主义基本理论问题的探讨有了新的成果，出现了张冰的《陌生化诗学——俄国形式主义研究》（2000）、黄玫的《韵律与意义——20世纪俄罗斯诗学理论研究》（2005）、杨燕的《什克洛夫斯基诗学研究》（2016）、张冰的《俄罗斯形式主义诗学》（2019）等专著。这些成果或是对该流派的理论进行深入反思，或是就俄国形式主义诗学的作用展开讨论，或是从比较研究角度观照俄国形式主义。① 历史诗学、普洛普和洛特曼的理论，以及其他俄苏现代文艺学派也受到学界重视。刘宁翻译及撰写长篇前言的维谢洛夫斯基的《历史诗学》（2003）、马晓辉的《俄罗斯历史诗学》（2019）的问世标志着国内历史诗学研究的进步。普洛普研究有明显改观。2000年《俄罗斯文艺》为纪念普洛普逝世30周年推出了纪念专栏，赵晓彬的《普罗普民俗学思想研究》（2007）和贾放的《普罗普的故事诗学》（2019）是这一领域的重要收获。国内有些学者开始用普洛普的理论与方法展开学术研究。洛特曼理论研究在新世纪异军突起，出版的著作有：张杰等的《结构文艺符号学》（2004）、康澄的《文化及其生存与发展的空间：洛特曼文化符号学理论研究》（2006）、王立业编的《洛特曼学术思想研究》（2006）、白茜的《文化文本的意义研究：洛特曼语义观剖析》（2007）、陈戈的《不同民族文化互动理论的研究——立足于洛特曼文化符号学视角的分析》（2009）、杨明明的《洛特曼符号学理论研究》（2011）、张海燕的《文化符号诗学引论——洛特曼文艺理论研究》（2014）、李薇的《洛特曼美学思想研究》（2017）、张冰的《洛特曼的结构诗学》（2019）等。俄国马克思主义文论和斯拉夫文论等也受到关注，吴元迈的《俄苏文学及文论研究》（2014）集中了作者在文论研究领域的重要成果，另有程正民等的《卢那察尔斯基文艺理论批评的现代阐释》（2006）、邱运华的《19—20世纪之交俄国马克思主义文学思想史论》（2006）和《俄苏文论十八

---

① 2017年，张冰译出的美国耶鲁大学V.厄利希的《俄国形式主义：历史与学说》一书也值得关注。

题》(2009)、周启超的《现代斯拉夫文论导引》(2011),以及近年立项的国家社科基金项目"赫拉普钦科马克思主义历史诗学研究"(2017)等,也颇有价值。

(二) 20世纪文学思潮和文学史研究

这方面的研究继续取得新的重要成果。这里包括几个方面:

1."白银时代"文学研究

新世纪以来,这一领域仍受关注,出现的主要成果有:周启超的《白银时代俄罗斯文学研究》(2003)、汪介之的《远逝的光华——白银时代的俄罗斯文化》(2003)、曾思艺的《俄国白银时代现代主义诗歌研究》(2004)、张冰的《白银时代俄国文学思潮与流派》(2006)、李辉凡的《俄国"白银时代"文学概观》(2008)、王宗琥的《叛逆的激情——20世纪前30年俄罗斯小说中的表现主义倾向》(2011)、张杰的《走向真理的探索——白银时代俄罗斯宗教文化批评理论研究》(2012)、武晓霞的《梅列日科夫斯基象征主义诗学研究》(2015)、杨旭的《重新审视俄罗斯白银时代的文学批评理论》(2018)等。这些著作各具特色,如王宗琥的著作视角独到,"在'白银'与'苏维埃'两种文学脏腑的幽深处发掘出一个新的脉点",将俄国现代主义思潮流派中尚没有的"表现主义"作为"一种非流派的文学倾向"加以研究。①此外,这一时期,有多部译著也值得重视,如阿格诺索夫的《白银时代俄国文学》(2001)、俄罗斯高尔基世界文学研究所编的4卷本的《俄罗斯白银时代文学史》(2006)、美国伯尼丝·罗森塔尔的《梅列日科夫斯基与白银时代——一种革命思想的发展过程》(2014)等。

2.苏联解体后的新俄罗斯文学和文化思潮研究

这20年里,这一领域成了热点,成绩突出。张捷、李毓榛、张建华、林精华、温玉霞、侯玮红、王丽丹、郑永旺、李新梅等均出版了相关的成果。主要著作有:李毓榛等的《俄罗斯:解体后的求索》(2000)、张捷的《俄罗斯作家的

---

① 张建华:《叛逆的激情——20世纪前30年俄罗斯小说中的表现主义倾向》,第17页,外语教学与研究出版社2011年版。

昨天和今天》（2000）、林精华的《民族主义的意义与悖论：20－21世纪之交的俄罗斯文化转型问题研究》（2002）和《想象俄罗斯》（2003）、陈建华的《走过风雨——转型中的俄罗斯文化》（2007）、温玉霞的《解构与重构——俄罗斯后现代小说的文化对抗策略》（2010）、张捷的《当今俄罗斯文坛扫描》（2007）和《当代俄罗斯文学纪事（1992—2001）》（2007）、赵杨的《颠覆与重构——论俄罗斯后现代主义文学的反乌托邦性》（2009）、张建华编的《当代俄罗斯文学：多元、多样、多变》（2010）、张捷的《苏联解体后的俄罗斯文学》（2011）、贝文力的《转型时期的俄罗斯文化》（2012）、李新梅的《俄罗斯后现代主义文学中的文化思潮》（2012）、侯玮红的《当代俄罗斯小说研究》（2013）、姚霞的《废墟上的争战：论后苏联文学批评的话语权力之争》（2015）、王丽丹等的《当代俄罗斯戏剧文学研究（1991—2012）》（2016）、张建华的《新时期俄罗斯小说研究1985—2015》（2016）、郑永旺等的《俄罗斯后现代主义文学研究》（2017）、薛冉冉的《苏联解体后俄罗斯小说中的苏联形象研究》（2017）、张建华等编的《当代外国文学纪事（1980—2000）·俄罗斯卷》（2017）、赵建常的《俄罗斯转型时期军事文学研究（1985—2004）》（2018）、刘文霞的《俄国后现代主义小说论》（2019）等。上述成果中，张捷先生的基于史实的即时研究颇受关注。张捷一直关注苏联解体后的俄罗斯文学思潮，如他的《当代俄罗斯文学纪事（1992—2001）》一书较早以编年史的方式对苏联解体后十年间的俄罗斯文学生活进行了全方位的扫描，内容涉及文学界的活动、热点问题的讨论、主要文学奖的评奖、作家和学者的状况、重要作品与论著等，具有较高的史料价值。同时，近年来青年学者十分活跃，如李新梅在她的专著《俄罗斯后现代主义文学中的文化思潮》（2012）中，通过细致的文本剖析，颇有深度地概括了这一文化思潮的基本特征。

3. 对苏联文学的研究与反思

这一领域也取得不少成果，其中主要有：谭得伶和吴泽霖的《解冻文学和回归文学》（2001）、何云波的《回眸苏联文学》（2003）、王丽丹的《乍暖还寒时："解冻"时期苏联小说》（2004）、刘文飞的《文学魔方——二十世纪的俄罗斯文学》（2004）、严永兴的《辉煌与失落：俄罗斯文学百年》（2005）、刘文飞等的《苏联文学反思》（2005）、余一中的《俄罗斯文学的今天和昨天》（2006）、韩捷进的《"人类思维"与苏联当代文学》（2007）、董晓的《理想主义：激励与灼伤——苏联文学七十年》（2009）和《乌托邦与反乌托邦：对峙与嬗变——苏联文学发展历程论》（2010）、张捷编的《苏联文学最后十五年纪事》（2011）、李毓榛的《反法西斯战争和苏联文学》（2015）、陈新宇的《俄罗斯当代乡土小说研究》（2018）等。其中《苏联文学反思》一书从苏联文学与革命、苏联文学与宗教、苏联文学与道德，以及苏联战争文学、苏联文学乡土情结、苏联文学中乌托邦与反乌托邦、苏联文学与民族文化心态批判、苏联文学与俄罗斯传统等角度，对苏联文学进行全方位的观照与反思，有些反思较为深刻。

4.文学史与思潮史研究

新世纪这一领域的主要成果有：李辉凡和张捷的《20世纪俄罗斯文学史》（2000）、李毓榛主编的《20世纪俄罗斯文学史》（2000）、张建华等的《俄罗斯文学史》（2003）、马晓翀等的《俄国文学史略》（2004）、黎皓智的《20世纪俄罗斯文学思潮》（2006）、张建华编的《20世纪世界文化语境下的俄罗斯文学》（2007）、刘文飞的《插图本俄国文学史》（2010）、任子峰的《俄国小说史》（2010）、王智量的《19世纪俄国文学史讲稿》（2013）、汪介之的《俄罗斯现代文学史》（2013）、曾思艺等的《19世纪俄国唯美主义文学研究：理论与创作》（2015）、柏叶的《20世纪俄罗斯文学思潮与流派》（2016）、刘文飞编的《俄国文学史的多语种书写》（2017）、汪介之编的《民族精神生活的艺术呈现：俄罗斯文学与文学史研究》（2018）、张建华和王宗琥编的三卷本《20世纪俄罗斯文学：思潮与流派》（理论篇、宣言篇、评论篇）（2012、2015、2019）等。上述书籍中有专著、论文集和资料集等多种形式，内容丰富。《20世纪俄罗斯文学：思潮与流派》一书有不少俄罗斯先锋主义文学流派的材料，颇有新意。另有米尔斯基的《俄罗斯文学史》（2013）、科尔米洛夫主编的《二十世纪俄罗斯文学史》（2017）[①]等译著也值得关注。

---

① 此书系王加兴主编的、南京大学出版社出版的"俄罗斯社会与文化译丛"之一。

（三）作家研究

新世纪以来对俄苏作家进行评述和研究的著作和文章有爆发式增长。①

1. 19世纪和20世纪初期俄国重要作家研究

近20年，这一领域有不少收获，专著方面的成果主要集中在普希金、陀思妥耶夫斯基、列夫·托尔斯泰、契诃夫、布宁等几位作家。普希金研究的主要成果有：查晓燕的《普希金——俄罗斯精神文化的象征》（2001）、刘文飞的《阅读普希金》（2002）、张铁夫等的《普希金新论——文化视域中的俄罗斯诗圣》（2004）、吴晓都的《俄国文化之魂——普希金》（2006）、赵红的《文本的多维视角分析与文学翻译：〈叶甫盖尼·奥涅金〉的汉译研究》（2007）、张铁夫等的《普希金：经典的传播与阐释》（2009）、郭家申的《普希金的爱情诗和他的情感世界》（2012）、白斯日古楞的蒙古文版的《普希金研究》（2012）、张铁夫的《普希金学术史研究》（2013）和其编选的《普希金研究文集》（2014）、程正民的《从普希金到巴赫金——俄罗斯文论和文学研究》（2015）、陈新宇的《经典永恒：重读俄罗斯经典作家——从普希金到契诃夫》（2016），以及上海辞书出版社编的《普希金作品鉴赏辞典》（2014）、高莽的《普希金绘画》（2016）、郑艳红的《普希金骑士观念研究》（2019）等，这些著作从不同的视角解读了普希金及其作品。

陀思妥耶夫斯基研究近20年来涉及范围更加广阔。以相关专著为例。赵桂莲的《漂泊的灵魂——陀思妥耶夫斯基与俄罗斯传统文化》（2002）一书吸收了当代俄罗斯学者的研究成果，阐释了陀氏创作中出现的"恶"的形象和"恶"的意义，对俄罗斯文化背景下的"知识分子"和陀氏笔下"知识分子"主人公进行了分析。王志耕的《宗教文化语境下的陀思妥耶夫斯基诗学》（2003）阐述了陀氏作品中对恶的追问与欧洲历史上神正论的关系，从基督教文化语境论述了陀氏的"历时性"诗学，并借助于对陀氏宗教修辞的分析来说明俄国宗教文化语境对陀氏诗学本质的构成性制约。田全金在《言与思的越界——陀思妥耶夫

---

① 论文的发表量出现了隔五年几乎翻倍的现象，这些论文中不少是严肃的和有价值的，但也有一些文章属低水平重复，专著情况相对较好。

斯基比较研究》(2010)中对陀氏汉译史和研究史进行了文化分析，辨析了陀氏创作的主题及其与中国作家在处理性、家庭、知识分子问题时思想和方法的异同，探讨了陀氏创作中涉及的和谐与苦难、信仰与理性、沉沦与救赎等宗教哲学问题。此外，彭克巽的《陀思妥耶夫斯基小说艺术研究》(2006)、冷满冰的《宗教与革命语境下的〈卡拉马佐夫兄弟〉》(2007)、陈建华的《跨越传统碑石的天才——陀思妥耶夫斯基传》(2007)、杨芳的《仰望天堂：陀思妥耶夫斯基的历史观》(2007)、何怀宏的《道德·上帝与人：陀思妥耶夫斯基的问题》(2010)、冯增义的《陀思妥耶夫斯基论稿》(2011)、郭小丽的《陀思妥耶夫斯基的救赎思想——兼论与中国文化思维的比较》(2012)、张变革的《精神重生的话语体系》(2013)、张变革编的《当代中国学者论陀思妥耶夫斯基》(2012)和《当代国际学者论陀思妥耶夫斯基》(2014)、田全金的《陀思妥耶夫斯基和白银时代的俄国文化》(2014)、陈思红的《论艺术家—心理学家陀思妥耶夫斯基》(2015)、侯朝阳的《论陀思妥耶夫斯基小说的罪与救赎思想》(2015)、万海松编的《陀思妥耶夫斯基研究文集》(2019)等，这些著作涉及的领域相当广泛，大多具有较高的学术价值。值得注意的是，这一时期陀氏研究领域出现了不少有学术分量的译著：波诺马廖娃的《陀思妥耶夫斯基：我探索人生奥秘》(2011)、琼斯的《巴赫金之后的陀思妥耶夫斯基：陀思妥耶夫斯基幻想现实主义解读》(2011)、罗扎诺夫的《陀思妥耶夫斯基启示录》(2013)、多利宁编的《同时代人回忆陀思妥耶夫斯基》(2014)、罗伯特·伯德的《文学的深度：陀思妥耶夫斯基传》(2018)、舍斯托夫的《陀思妥耶夫斯基与尼采》(2019)、苏珊·安德森的《陀思妥耶夫斯基》(2019)、安德烈·纪德的《关于陀思妥耶夫斯基的六次讲座》(2019)、约瑟夫·弗兰克的5卷本《陀思妥耶夫斯基》的前4卷(2014—2020)等。

列夫·托尔斯泰研究继续推进，新世纪出现的主要成果有：吴泽霖的《托尔斯泰与中国古典文化思想》(2000，2017)、邱运华的《诗性的启示：托尔斯泰小说诗学研究》(2000)、李正荣的《托尔斯泰的体悟与托尔斯泰的小说》(2001)、李明滨的《托尔斯泰及其创作》(2001)、王智量等编的《托尔斯泰览要》（2006）、陈建华的《人生真谛的不倦探索者——列夫·托尔斯泰传》（2007）、李明滨等编的《托尔斯泰与雅斯纳亚·波良纳庄园》（2007）、杨正先的《托尔斯泰研究》（2008）和《托尔斯泰散论》、张中锋的《列夫·托尔斯泰的大地崇拜情结及其危机》（2015）、张兴宇的《列夫·托尔斯泰的自然生命观研究》（2016）、杨正先的《〈安娜·卡列尼娜〉研究》（2017）等。学者金美玲的博士论文《"义"与"圣"：托尔斯泰宗教探索之文学书写》（2017）也是值得重视的学术成果。此外，乔治·斯坦纳的《托尔斯泰或陀思妥耶夫斯基》（2011）、麦克皮克和奥文编著的《托尔斯泰论战争》（2013）、托马斯·曼的《歌德与托尔斯泰》（2013）、梅列日科夫斯基的《托尔斯泰与陀思妥耶夫斯基》（全译本，2016）等译著也是重要收获。

2004年，契诃夫逝世一百周年；2010年，契诃夫诞辰150周年，这些都引发了学界对契诃夫研究的热情，出现了陈之祥编的《2005海峡两岸"契诃夫学术研讨会"论文集》（2005）、朱逸森的《契诃夫：1860—1904》（2006）、刘研的《契诃夫与中国现代文学》（2006）、马卫红的《现代主义语境下的契诃夫研究》（2009）、许力的《契诃夫笔下的知识分子形象研究》（2011）、徐乐的《雾里看花：契诃夫文本世界的多重意义探析》（2015）、杨莉等的《俄汉文学翻译中的文化认同研究：基于对契诃夫戏剧文本的多元分析》（2015）、董晓的《契诃夫戏剧的喜剧本质论》（2016）、徐乐的《契诃夫的创作与俄国思想的现代意义》（2018），以及有相关性的陈新宇的《经典永恒：重读俄罗斯经典作家——从普希金到契诃夫》（2016）、常颖的《俄罗斯民族戏剧：从冯维辛到契诃夫》（2017）、连丽丽等的《果戈理与契诃夫作品研究》（2018）等著作。苏玲的博士论文《契诃夫传统与二十世纪俄罗斯戏剧》（2001）也值得注意。

近年来，布宁研究出现多种成果，如田永强的《蒲宁传》（2012）、刘淑梅的《贵族的文明·俄罗斯的象征——布宁创作中的庄园主题研究》（2014）、余芳的《白银时代文化语境下的布宁小说创作》（2015）、王文毓的《布宁小说的记忆诗学特色》（2016）、万丽娜的《布宁小说的现代主义文学诠释》（2018）、冯玉芝的《蒲宁叙事艺术研究》（2019）、杨明明的《布宁小说诗学研究》（2019）、叶琳的《生态美学视阈下的布宁创作研究》（2019）等。19世纪和20世纪初期的其他一些重要作家也有一些研究成果。例如，曾思艺的《丘特切夫诗歌研究》（2000）和《丘特切夫诗歌美学》（2009）、吴嘉佑的《屠格涅夫的哲学思想与文学创作》（2012）、杨玉波的《列斯科夫小说文体研究》（2014）、汪隽的《列斯科夫与民间文学》（2015）、高建华的《库普林小说诗学研究》（2016）、李宜兰的《索洛古勃象征主义小说中假定性形式的诗学特征》（2010）、余献勤的《象征主义视野下的勃洛克戏剧研究》（2014）、于明清的《果戈理神秘的浪漫与现实》（2017）、付美艳的《涅克拉索夫的诗歌创作与民间文学》（2017）、高荣国的《冈察洛夫研究：奥勃洛摩夫性格的文化阐释》（2019）等。这一时期的俄国作家研究中相对薄弱的环节得到一定的弥补。

2. 20世纪和21世纪初期俄苏重要作家研究

这里主要包括苏联时期的"主流"作家、"非主流"作家和新俄罗斯作家几种类型，研究情况很不一样。除高尔基和肖洛霍夫外，对苏联时期的"主流"作家的研究总体呈下降趋势。比较有影响的主要有：汪介之的高尔基研究、刘亚丁和冯玉芝的肖洛霍夫研究、董晓的巴乌斯托夫斯基研究、孙玉华和赵杨等的拉斯普京研究等。关于高尔基，黎皓智的《高尔基》（2001）、李建刚的《高尔基与安德烈耶夫诗学比较研究》（2006）、汪介之的《伏尔加河的呻吟——高尔基的最后二十年》（2012）、陈寿朋等的《高尔基学术史研究》（2014）和《高尔基研究文集》（2014）等著作引人注目。关于肖洛霍夫：何云波的《肖洛霍夫》（2000）、刘亚丁的《顿河激流——解读肖洛霍夫》（2001）、冯玉芝的《肖洛霍夫小说诗学研究》（2001）、丁夏的《永恒的顿河：肖洛霍夫与他的小说》（2001）、李毓榛的《肖洛霍夫的传奇人生》（2009）、刘亚丁等的《肖洛霍夫学术史研究》（2014）和《肖洛霍夫研究文集》（2014）等著作除还原肖洛霍夫的真实面貌外，在理论上也有扎实推进。除了这两位作家外，岳凤麟的《马雅可夫斯基》（2005）、王志冲的《还你一个真实的保尔：尼·奥斯特洛夫斯基评传》（2007）、董晓的《走进〈金蔷薇〉：巴乌斯托夫斯基创作论》（2006）、孙玉华等的《拉斯普京创作研究》（2009）、吴萍等的《流亡与回归——阿·托尔斯泰传论》（2013）、赵杨的《当代俄罗斯文学中的乡土意识与民族主义——以拉斯普京创作为例》（2014）、戴可可的《宏伟的现实主义：阿·托尔斯泰的生存智慧与创造美学》（2016）、岳凤麟的《马雅可夫斯基诗歌艺术研究》（2017）等也是这一时期值得注意的成果。

苏联时期的"非主流"作家和新俄罗斯作家成为新世纪中国俄苏文学界关注的热点，涉及的作家有布尔加科夫、帕斯捷尔纳克、阿赫玛托娃、左琴科、茨维塔耶娃、索尔仁尼琴、纳博科夫、布罗茨基、马卡宁、佩列文、彼得鲁舍夫斯卡娅等数十位。关于布尔加科夫研究成果有：唐逸红的《布尔加科夫小说的艺术世界》（2004）、温玉霞的《布尔加科夫创作论》（2008）、谢周的《滑稽面具下的文学骑士：布尔加科夫小说创作研究》（2009）、许志强等的《布尔加科夫魔幻叙事传统探析》（2013）、梁坤的《布尔加科夫小说的神话诗学研究》（2016）等；关于帕斯捷尔纳克的研究成果有：高莽的《帕斯捷尔纳克》（2004）、张晓东的《生命是一次偶然的旅行：日瓦戈医生的偶然性与诗学问题》（2006）、冯玉芝的《帕斯捷尔纳克创作研究》（2007）、汪介之的《诗人的散文：帕斯捷尔纳克小说研究》（2017）、汪磊和王加兴的《〈日瓦戈医生〉的叙事话语研究》（2019）、邱小霞的《帕斯捷尔纳克小说艺术新探索》（2015）等；关于纳博科夫的研究成果有：李小均的《自由与反讽——纳博科夫的思想与创作》（2007）、王霞的《越界的想象：论纳博科夫文学创作中的越界现象》（2007）、刘佳林的《纳博科夫的诗性世界》（2012）、邱静娟的《纳博科夫俄语长篇小说研究》（2019）、郑燕的《纳博科夫之"他者"意识空间构建》（2015）、邱畅的《纳博科夫长篇小说研究》（2016）、王莉莉的《纳博科夫小说叙事艺术研究》（2016）、汪小玲的《纳博科夫文学思想与当代西方文论》（2018）等；关于诗人的研究成果有：刘文飞的《布罗茨基传》（2003）、荣洁的《茨维塔耶娃的诗歌创作研究》（2005）、汪剑钊的《阿赫玛托娃传》（2006）、徐曼琳的《白银的月光——阿赫玛托娃与茨维塔耶娃对比研究》（2011）、龙飞等的《叶赛宁传》（2015）、胡学星的《词与文化：曼德尔施塔姆诗歌创作研究》（2016）等。

作为专著出现的其他作家的研究成果还有：李莉的《左琴科小说艺术研究》（2005）、赵丹的《多重的写作与解读：论俄罗斯后现代主义小说〈命运线，或米拉舍维奇的小箱子〉》（2005）、郑永旺的《游戏·禅宗·后现代：佩列文后现代主义诗学研究》（2006）、张敏的《白银时代：俄罗斯现代主义作家群论》（2007）、段丽君的《反抗与屈从：彼得鲁舍夫斯卡娅小说的女性主义解读》（2008）、王天兵的《哥萨克的末日》（2008）、淡修安的《普拉东诺夫的世界：个体和整体存在意义的求索》（2009）、程殿梅的《流亡人生的边缘书写：多甫拉托夫小说研究》（2011）、李新梅的《现实与虚幻——维克多·佩列文后现代主义小说的艺术图景》（2012）、孙超的《当代俄罗斯文学视野下的乌利茨卡娅小说创作》（2013）、温玉霞的《索罗金小说的后现代叙事模式研究》（2014）、冯玉芝的《〈癌症楼〉的文本文化研究》（2014）、龙瑜宬的《巨石之下：索尔仁尼琴的反抗性写作》（2015）、宋秀梅的《1920—1930普拉东诺夫小说创作研究》（2016）、皮野的《文化研究视角下的维涅·叶罗费耶夫小说》（2017）、武玉明的《文化转型中的文学重构：鲍里斯·阿库宁小说创作研究》（2019）、池济敏的《普拉东诺夫小说中的孤儿主题研究》（2019）等。中国学界在这一领域的研究成果在数量上已经大幅度增加，其中不少是年轻学者的成果，这些成果的研究视野已大大拓宽，不少著述视角新颖，方法多样，令人欣喜。当然，对"非主流"作家和新俄作家的评价，学界仍存分歧。

（四）重要文学现象研究

这一时期，不少重要文学现象的研究在深入，视野在拓宽。

1. 俄罗斯文学与文化研究

这方面的成果很丰富，如张冰的《俄罗斯文化解读》（2006）、刘文飞的《伊阿诺斯，或双头鹰——俄国文学和文化中斯拉夫派和西方派的思想对峙》（2006）、徐葆耕的《叩问生命的神性——俄罗斯文学启示录》（2009）、赵杨的《颠覆与重构——论俄罗斯后现代主义文学的反乌托邦性》（2009）、傅星寰等的《现代性视阈下俄罗斯思想的艺术阐释》（2010）、戴卓萌等的《俄罗斯文学之存在主义传统》（2014）、朱建刚的《十九世纪下半期俄国反虚无主义文学研究》（2015）、任光宣的《俄罗斯文化十五讲》（2007）、董晓的《俄罗斯文学：追寻心灵的自由》（2016）、刘改琳等的《俄罗斯民间故事中的智慧与文化》（2016）、张中锋的《俄罗斯文学中的新美学思想》（2017）、王永编的《俄罗斯文学的多元视角》（2017）、李茜等的《俄罗斯文学中的自然与生态文化研究》（2018）、杜国英的《俄罗斯文学中彼得堡的现代神话意蕴》（2018）、李建军的《重估俄罗斯文学》（2018）等。这些著作或侧重于思想文化层面，或关注生态文化问题、或讨论反乌托邦和反虚无主义现象，或进行文学与艺术等跨学科研究，或探讨文学中的现代神话意蕴等话题，涉及面广泛。

俄罗斯文学与宗教关系研究仍是这一领域的研究重点之一。金亚娜等的《充盈与虚无——俄罗斯文学中的宗教意识》（2003）、梁坤的《末世与救赎——20世纪俄罗斯文学主题的宗教文化阐释》（2007）、金亚娜的《期盼索菲亚——俄罗斯文学中的"永恒女性"崇拜哲学与文化探源》（2008）、谢春艳的《美拯救世界——俄罗斯文学中的圣徒式女性形象》（2009）、刘锟的《东正教精神与俄罗斯文学》（2009）和《圣灵之约：梅列日科夫斯基的宗教乌托邦思想》（2009）、耿海英的《别尔嘉耶夫与俄罗斯文学》（2009）、任光宣等的《俄罗斯文学的神性传统：20世纪俄罗斯文学与基督教》（2010）、李志强的《索洛古勃小说创作中的宗教神话主题》（2010）、郑永旺的《俄罗斯东正教与黑龙江文化》（2010）、王志耕的《圣愚之维：俄罗斯文学经典的一种文化阐释》（2013）、屠茂芹的《十九世纪俄罗斯文学的文化母题》（2014）等著作，从不同角度关注俄罗斯文学与宗教的关系。《圣愚之维：俄罗斯文学经典的一种文化阐释》一书运用文化诗学的研究方法，探讨了作为文化历史现象的圣愚与俄罗斯文学的精神品格、形式品格、生命品格的关系，视角独到，分析深入，充分反映了作者在这一领域的深厚积淀。《别尔嘉耶夫与俄罗斯文学》则从人文思想的层面研究俄罗斯文学，从别尔嘉耶夫与俄罗斯文学的关系切入，深入发掘了别尔嘉耶夫与俄罗斯文学关系中所蕴含的精神文化内涵。

2. 俄苏文学学术史研究、中俄文学关系研究和俄国汉学研究

这一领域的研究成果丰硕，新世纪以来出现了数十种专著。俄苏文学学

术史研究的系统成果出现在近20年。陈建华主编的《中国俄苏文学研究史论》（2007）是国内外第一部系统论述中国俄苏文学研究史的专著，这部四卷本著作梳理了中国俄苏文学研究的百年历程，探讨了俄国文论研究等十个方面的专题，勾勒了中国学界对24位俄苏作家的研究历史，对学科发展有所补益。此外，张铁夫的《普希金学术史研究》（2013）、陈寿朋等的《高尔基学术史研究》（2014）、刘亚丁等的《肖洛霍夫学术史研究》（2014）、陈建华等的《中国外国文学研究的学术历程·俄苏卷》（2016）、张磊的《新时期中国俄苏文学学人研究》（2019）也是学术史研究的重要收获。

近20年，中俄文学关系研究取得了诸多成果，展开了颇有深度的探讨，其中张铁夫、陈建华、汪介之、林精华等学者的成果较受关注。张铁夫等的《普希金与中国》（2000）、陈顺馨的《社会主义现实主义理论在中国的接受与转化》（2000）、汪介之等的《悠远的回响——俄罗斯作家与中国文化》（2002）、赵明的《历史的文学与文学的历史——五四文学传统与俄罗斯文学》（2003）、王迎胜的《苏联文学图书在中国的出版和传播1949—1991》（2004）、汪介之的《回望与沉思——俄苏文论在20世纪中国文坛》（2005）、林精华的《误读俄罗斯：中国现代性问题中的俄国因素》（2005）、戴天恩编著的《百年书影：普希金作品中译本 1903—2000》（2005）、陈遐的《时代与心灵的契合——十九世纪俄罗斯文学与前期创造社文学之关系》（2006）、李今的《三四十年代苏俄汉译文学论》（2006）、史锦秀的《艾特玛托夫在中国》（2007）、田全金的《启蒙·革命·战争——中俄文学交往的三个镜像》（2009）、陈国恩等的《俄苏文学在中国的传播与接受》（2009）、陈建华编的《文学的影响力——托尔斯泰在中国》（2009）、李逸津的《两大邻邦的心灵沟通：中俄文学交流百年回顾》（2010）、汪介之的《文学接受与当代解读：20世纪中国文学语境中的俄罗斯文学》（2010）、陈建华等的《俄罗斯人文思想与中国》（2011）、林精华的《现代中国的俄罗斯幻象》（2011）、陈南先的《师承与探索：俄苏文学与中国十七年文学》（2011）、陈建华的《丽娃寻踪——陈建华教授讲中俄文学关系及其它》（2014）、汪介之的《别求新声——比较文学与中俄文学交流》（2014）等著作各有特色。近五年来，这一领域的成果更是集中出现，如李明滨等的《中外文学交流史·中国—俄苏卷》（2015）、孙郁的《鲁迅与俄国》（2015）、祁晓冰的《新疆少数民族文学与俄苏文学关系研究》（2015）、李逸津的《文化承传与交流互读》（2016）、庄桂成的《中国接受俄国文论研究》（2016）、孙丽珍的《俄罗斯文学中的中国形象研究》（2017）、田洪敏的《当代俄罗斯文学进程中的中国形象研究》（2018）、金钢的《黑土地上的金蔷薇：俄罗斯文化对近现代东北文学的影响》（2018）、谢金玲的《改革开放以来俄罗斯文学在华译介传播研究》（2019）等著作，这些著作多侧面地展示了俄罗斯文学文化与中国的深度关联。此外，佛克马先生的《中国文学与苏联影响（1956—1960）》（2011）等译著和国内的一些博士学位论文[①]也值得重视。

同时，不少著作探讨了俄国汉学的历史，以及中国文学在俄罗斯的传播问题。这一领域的著作不少，其中李明滨、阎国栋、张冰等学者成绩突出。例如：李明滨的《中国文学俄罗斯传播史》（2011）是作者多年积累，不断充实的重要著作；张冰的《俄罗斯汉学家李福清研究》（2015）对李福清在中国民间文学和民间艺术、中国神话和市民文学等领域取得的学术成就做了透彻的分析，并将其置于跨文化的视域中加以考察，同时还探讨了李福清的研究思路、研究方法，以及治学精神。另有阎国栋的《俄国汉学史》（2006）和《俄罗斯汉学三百年》（2007）、赵春梅的《瓦西里耶夫与中国》（2007）、李伟丽的《尼·雅·比丘林及其汉学研究》（2007）、陈蕊的《国图藏俄罗斯汉学著作目录》（2013）、宋绍香的《中国新文学俄苏传播与研究史稿》（2015）、高玉海的《中国古典小说在俄罗斯的翻译和研究》（2015）、李伟丽的《俄罗斯汉学的太阳：尼·雅·比丘林》（2015）、阎国栋等的《中俄文化交流史·清代民国卷》

[①] 以新世纪最初十年为例，就有郭春林的《拯救之路——1897—1927年俄语翻译文学研究》（2000）、陈春生的《瞿秋白与俄罗斯文学》（2003）、朱静宇的《王蒙小说与苏俄文学》（2005）、黄伟的《〈日瓦戈医生〉在中国》（2006）、丁世鑫的《陀思妥耶夫斯基在现代中国（1919-1949）》（2006）、池大红的《俄苏文学在中国的两副镜像》（2007）、李丽的《俄苏文学浸润下的中国现代散文作家》（2008）、周琼的《赫尔岑与中国》（2009）和苏畅的《俄苏翻译文学与中国现代文学》（2009）等。

（2016）、郭景红的《当代俄罗斯（1991—2010）中国文学研究》（2017）、王立业等的《中国现代文学作家在俄罗斯》（2018）、李春雨的《老舍作品在俄罗斯》（2018）等。这一时期还出版了不少相关的译著，如罗曼年科的《俄罗斯作家笔下的中国》（2011）、《苏联时代的中国文学研究：波兹涅耶娃汉学论集》（2016）、《汉学传统与东亚文明关系论——季塔连科汉学论集》（2018）、玛玛耶娃的《俄罗斯汉学的基本方向及其问题》（2018）、达岑申的《俄罗斯汉学史（1917—1945）：俄国革命至第二次世界大战期间的中国研究》（2019）等，也很有价值。

3. 知识分子研究、女性文学研究、侨民文学研究、文体研究等

有不少学者从上述角度，对众多的文学现象进行了多视角的研讨。例如，朱建刚的《普罗米修斯的"堕落"——俄国文学知识分子形象研究》（2006）、张晓东的《苦闷的园丁——"现代性"体验与俄罗斯文学中的知识分子形象》（2009）、朱达秋等的《知识分子：以俄罗斯和中国为中心》（2010）等著作关注知识分子形象的转变轨迹，并进行了深入的理性思考。陈方的《当代俄罗斯女性小说研究》（2007）和《俄罗斯文学的"第二性"》（2015）关注的是俄罗斯文学中的女性文学问题。黎皓智的《俄罗斯小说文体论》（2001）、王加兴的《俄罗斯文学修辞特色研究》（2004）、朱宪生的《走近紫罗兰——俄罗斯文学文体研究》（2006）、王加兴等的《俄罗斯文学修辞理论研究》（2009）、王加兴的《俄罗斯文学经典的语言艺术》（2017）等，从文体角度探讨俄罗斯的文学现象。"俄侨文学国际学术研讨会"（2002）的召开对国内的俄侨文学研究有明显推动作用，这次会议的论文大都收入了《俄语语言文学研究·文学卷》（第二辑，2003）。新世纪这方面的主要成果还有：李萌的《缺失的一环——在华俄国侨民文学》（2007）[①]和汪介之的《流亡者的乡愁——俄罗斯域外文学与本土文学关系述评》（2008），两部著作材料丰富，论述扎实。李著既有俄侨文学在中国出现和发展情况的介绍，也有对重点作家阿尔谢尼·涅斯梅洛夫和瓦列里·别列列申的深入研究；汪著讨论了旅欧俄罗斯流散文学现象。苏丽杰的《20世纪俄

[①] 同年，还有一份相关成果，即王亚民的博士学位论文《20世纪中国俄罗斯侨民文学研究》。

罗斯本土文学与侨民文学研究》（2018）也探讨本土文学与侨民文学的关系。此外，李延龄主编的《中国俄罗斯侨民文学丛书》（5卷）、汪剑钊主编的《20世纪俄罗斯流亡诗选》（2卷）和刘文飞等翻译的阿格诺索夫的《俄罗斯侨民文学史》也值得重视。

此外，梁坤的《二十世纪俄语作家史论》（2000）、顾蕴璞的《诗国寻美：俄罗斯诗歌艺术研究》（2004）、杨素梅等的《俄罗斯生态文学论》（2006）、陈建华的《阅读俄罗斯》（2007）、杨明明的《回归经典：多维视角下的俄罗斯文学》（2013）、惠继东的《19世纪俄国作家笔下的小人物形象新探》（2014）、刘文飞的《俄国文学的有机构成》（2015）、曾思艺的《俄罗斯文学讲座：经典作家与作品》（2015）、刘亚丁的《俄罗斯文学感悟录（1760—2010）》（2016）、王永编的《俄罗斯文学的多元视角》（2017）、刘文飞的《俄国文学演讲录》（2017）、曾思艺的《俄罗斯诗歌研究》（2018）、汪剑钊的《俄罗斯现代诗歌二十四讲》（2020）等著作则涉及了更多的领域，并在相关专题的研究中显示了自己的特色。同时，刁绍华编的《二十世纪俄罗斯文学词典》（2000）、龚人放主编的《俄汉文学翻译词典》（2000）、郑体武主编的《俄罗斯文学辞典》等辞书，以及（美）纳博科夫的《俄罗斯文学讲稿》（2015）、（俄）尼克利斯基的《俄罗斯文学的哲学阐释》（2017）、（英）卡特里奥那·马睿的《俄罗斯文学》（2019）等译著也颇有价值。

4．综合研究

除了上述研究以外，近20年一批老专家陆续推出了自己的论文集，如《吴元迈文集》（2005）、《刘宁论集》（2007）、《谭得伶自选集》（2007）、《白春仁文集》（2007）、《程正民著作集》（2007）、王智量的《论19世纪俄罗斯文学》（2009）、陆人豪的《回眸：俄苏文学论集》（2010）、倪蕊琴的《俄罗斯文学魅力》（2011）、黎皓智的《拾取思想的片断——回眸俄罗斯文学艺术》（2011）等，这些文集涉及了俄苏文学研究的诸多领域，其中对理论问题和方法论问题的探讨尤其值得关注。还出现了一些纪念性或回忆性的文集，如《文化与友谊的使者——戈宝权》（2001）、草婴的《我与俄罗斯文学：翻译生涯六十年》（2003）、高莽的《高贵的苦难——我与俄罗斯文学》（2007）、《理想的守望与追寻——张铁夫先生治学育人之路》（2008）、《一个不老的老人——王智量》（2008）、《曹靖华诞生110周年纪念文集》（2009）、《北京大学俄罗斯语言文学系53级毕业50年》（2009）、《译笔求道路漫漫——草婴》（2010）、《窗砚华年——北京师范大学苏联文学进修班、研究班纪念文集》（2012）、刘宁的《跨文化俄苏文学访谈录》（2019）等，这些著作史料丰富，生动形象，它们的面世有助于中国俄苏文学研究的薪火传承。《窗砚华年》一书生动地记录了一段重要的史实。1956年2月和6月，北京师范大学受教育部委托创办了苏联文学进修班和研究班，任课的有柯尔尊和格拉西莫娃等苏联专家，其间学员参与了俄苏文学教材和教学大纲的编写。1958年7月结束学业后，92名学员赴各地高校工作，在一段时间里成为国内俄苏文学教学与研究领域中的重要力量。《跨文化俄苏文学访谈录》是集纪念、访谈和研究为一体的著作，很有价值。此外，散文和随笔是比较随性的文字，但其中往往包含着重要的信息和有价值的思想，如高莽的《灵魂的归宿——俄罗斯墓园文化》（2000）和《俄罗斯大师的故居》（2005）、李明滨等的丛书"俄罗斯文化名人庄园"（2007）、陈建华等的《顿河晨曦——今日俄罗斯漫步》（2007）、童道明的《阅读俄罗斯》（2008）、高莽的《墓碑·天堂》（2009）、刘文飞的《文学的灯塔》（2015）、闻一的《漫步白桦林》（2016）等。

新世纪以来，中国俄苏文学研究取得的成绩是出色的。当然，由于外在的和内在的各种因素对学术研究产生的影响，问题也不少。俄苏文学界也存在学风不够严谨，理论运用过于随意，甚至生搬硬套的现象。有学者曾对此给予过尖锐的批评，称有些人对巴赫金"理论生吞活剥，仅仅满足于舞弄这些新鲜术语，让批评文章有所谓的浅薄的新意"。[1]批评触及了浮躁学风的要害。研究中也存在过于追求"热点"的现象，以致某些领域研究对象过于集中，如俄苏文论研究尽管较前有所拓展，但仍需要让更多的文论和文论家进入我们的视野；作家研究中也存在类似问题，古典作家的研究面较窄，苏联时期主流作家的研究在整个俄苏

---

[1] 张素玫：《巴赫金理论的中国本土化研究》，第218页，人民出版社2019年版。

作家的研究中占比过小，研究中出现另一种不合理的"倾斜现象"；中俄文学关系研究中也存在重复研究的现象。批判性思维有待加强，理应减少成果中创见成色不足、编译色彩较浓的现象。当今的俄罗斯文坛与20世纪的文坛已经发生巨大变化，中国学界需进一步加强对当代的研究，研究不足也会造成国内译介新俄罗斯文学视野的局限。大型综合性的高质量研究成果仍相对缺乏。近20年，出现过一些大型综合性的成果，如前面提到的程正民主编的丛书"20世纪俄罗斯诗学流派"，[1]这套丛书的作者多为学有专长的专家，成果显示了俄罗斯诗学不同流派的独特品格，很有价值，而且还有继续拓展的空间，如关于"心理学诗学、体裁诗学、语言诗学、新形式主义诗学、叙事诗学、文化诗学"[2]等的研究。目前，这样的综合性的成果数量偏少。大型综合性的高质量研究成果是学科成熟的标志，相信随着若干个正在实施的国家社科基金重大项目和教育部社科基金重大项目的完成，这一状况会逐步改变。俄苏文学研究应与时代同步，坚持中国问题和中国话语的导向，努力为中国社会和中国学术的发展提供有独特价值的精神产品。中国的俄苏文学研究任重道远。

三、生命的视野

在绵延百余年的中俄文学交流中，我们时时能见到俄苏文学学人的身影。这是一支优秀的学术队伍，他们中的不少人以自己执着的学术追求，为中国学术事业的繁荣奉献了毕生精力。中国的俄苏文学学人主要包括俄苏文学的研究者与翻译家两大部分，其中有不少人同时具备两种身份。

中国的俄苏文学学人中一个重要的群体是文学翻译家。俄罗斯文学的译者至今仍在为中国文化的发展提供着重要的思想与艺术的资源。从译介学的角度来看，翻译不仅仅是一种文字上的转换，更是一种文化层面的再创造。译者选择哪

---

[1] 该丛书系教育部重点研究基地重大项目成果，包括《巴赫金的诗学》（程正民）、《俄罗斯社会学诗学》（王志耕）、《俄罗斯形式主义诗学》（张冰）、《普罗普的故事诗学》（贾放）、《俄罗斯历史诗学》（马晓辉）、《洛特曼的结构诗学》（张冰），共6卷。
[2] 杜书瀛：《一座诗学富矿的开拓性发掘》，《文艺报》2020年1月15日第3版。

些文学作品作为翻译源，在何种程度上对这些作品作何种向度的再创造，都是由译者的人文品格决定的。人文品格是人的文化修养、文化素质、文化品位、精神人格等因素的综合。能否在文学翻译活动中坚持自己的文化理想，这一点最能体现翻译家的人文品格。

2000年以来，又有一批优秀的俄苏文学翻译家及学者先后去世，如戈宝权、叶水夫、梅益、陈冰夷、张羽、许磊然、包文棣、草婴、蒋路、谢素台、高莽、刘宁、魏荒弩、冯增义、李树森、李兆林、孙美龄、刁绍华、童道明、钱育才、楼适夷、王金陵、徐成时、刘辽逸、石枕川、余一中、戴骢等，他们的离开让人惋惜。近年来离开的高莽先生（1926—2017）是学者兼翻译家，他的翻译生涯长达70年，译出了普希金、莱蒙托夫、屠格涅夫、叶赛宁、阿赫玛托娃、帕斯捷尔纳克、曼德尔施坦姆、特瓦尔多夫斯基、叶夫图申科、冈察尔等数十位作家的大量文学作品。高莽先生对翻译有很高的标准，一篇译稿往往要改八九遍之多。他坚持译成汉文的诗要耐读、有品位，应当是诗。在他看来，翻译是需要流血流汗的，所费的精力绝不亚于原创。戴骢先生（1933—2020）也以译作上佳闻名。戴骢，原名戴际安。他自言取此笔名与"青骢马"有关，"青骢马"是一种普通但能吃苦耐劳的马，他在名字当中用这个字，就是希望自己在文学翻译的道路上也能有吃苦的精神。①戴骢先生译有屠格涅夫、蒲宁、巴别尔、阿赫玛托娃、布尔加科夫、帕乌斯托夫斯基、左琴科等作家的数百万字的作品。很普通、很平凡的马的吃苦耐劳的精神令他敬佩，名字当中用这个字，就是希望自己在文学翻译的道路上也能发扬勤奋、吃苦的精神。有同行翻译家称戴骢先生的译文"硬朗活跳，铿铿锵锵，字字金贵，语感和生活互交相融，无情和有情兼备，真不可方物"。如此佳评，实不为过。这里还要提一下过早离去的余一中先生（1945—2013），这也是一位一丝不苟的译者，他本人表示自己一直是以"'战战兢兢，如履薄冰'的态度"对待翻译工作。他翻译了《〈鳄鱼〉六十年》《悲伤的侦探》《不合时宜的思想》等大量重要作品，赢得学界好评。他在世时对那些缺乏责任心的译者以及不负责任的译作的尖锐批评仍留在不少人的记忆中。他曾经指

---

① 转引自梁鸿鹰：《戴聪：像"青骢马"一样吃苦耐劳的翻译家》，《文学报》2020年6月18日第9版。

出，从某些译著的译文看，"译者并不具备这方面的知识，因此译文中出现了许多有关俄罗斯文学的知识性的错误"，以及"大量因为缺乏责任心而出的错误"。①这些现象的产生往往为名利驱动所致，而一些名著因此而被粗制滥译所糟蹋，实为可惜。这些翻译家的深厚造诣和严肃态度造就了他们的翻译成就。在中国当下文化格局中，新一代的俄苏文学翻译家如何继承老一代学人的文化理想和艺术追求，是一个很现实的问题，它关系到新世纪中俄文学关系的健康发展。

中国的俄苏文学翻译家是一个庞大的群体，其中有如草婴先生（1923—2015）那样的大家。草婴先生是一个将自己的精神血肉融入翻译事业的杰出翻译家。2019年，《草婴译著全集》问世。该全集由上海文艺出版社编辑，主要收集和整理了草婴先生毕生翻译的俄苏文学作品，22卷，约1000万字，其中12卷是列夫·托尔斯泰的小说，7卷是莱蒙托夫、肖洛霍夫和巴甫连科等俄苏作家的作品，1卷是草婴先生关于俄苏文学的著述，另两卷分别是草婴先生的报刊文章和编著的俄文语法书。全集是草婴先生翻译艺术的集中体现，也是这位杰出的俄苏文学翻译家的精神丰碑。草婴先生翻译活动中最后的，也是最重要的一件事情就是翻译列夫·托尔斯泰的小说全集。这主要是从"文革"以后开始的。1980年他在为华东师大学生开设的"文学翻译"课上，就谈到了他正在进行的这项工作。他还将刚刚译完的部分初稿油印出来，发给学生，并以此为例谈他的译介心得，如结合《安娜·卡列尼娜》的译稿来谈人物外貌的翻译等等，例证鲜活生动。那年，草婴先生才五十多岁，他给自己设定的译出托尔斯泰全部小说的宏大计划才起步不久。历经二十多年的努力，这个计划终于完成。如俄罗斯汉学家李福清所言："一个人能把托尔斯泰小说全部翻译过来的，可能全世界只有草婴。"当然，这里不仅仅是鸿篇巨译，还是生命的交融。

2010年11月10日，托尔斯泰逝世一百周年的那天，华东师大外国文学与比较文学研究所与上海作协、译协等单位联合召开了一次具有纪念性质的学术讨论会。草婴先生已八十八岁高龄，且已经卧病两年，当得知此次会议的事后坚持要来参加。会议举行的那天，先生坐轮椅来到会场，并在会上做了二十多分钟的发

---

① 余一中：《俄罗斯文学的今天和昨天》，第5页、第331—332、335页，黑龙江人民出版社2006年版。

言。他谈到了托尔斯泰的艺术成就、人格力量和人道主义思想，也谈到了他翻译托尔斯泰作品的体会。先生说得很动情，让在场的许多中外与会者动容。先生抱病与会是基于对托尔斯泰的挚爱。这种爱不仅仅是因为译者的身份，更是出于对托尔斯泰人格和理想的认同。草婴先生曾这样解释他翻译托尔斯泰小说全集的理由："托尔斯泰文学作品在中国获得成功，主要是作品本身写得好"，而且"他的作品思想性比较接近我的内心活动"。在他参加的那次纪念托尔斯泰逝世百年的会议上，他再次生动地阐述了自己与托尔斯泰在心灵上的沟通。确实，这是一种生命的交融。草婴先生早年受到进步思想的影响，中学时期就在中共地下党领导人姜椿芳的引导下开始了翻译活动，为《时代》翻译过一些俄文稿件。年轻时期的这些翻译活动促进了他精神上的成长。草婴先生回忆说："通过阅读和翻译，我清楚地看到了法西斯主义的残酷和反法西斯斗争的重大意义。我认识到，反法西斯战争是决定人类命运的一场搏斗。"抗战胜利后，他成为苏联塔斯社上海分社的一员，走上了专业俄文翻译的道路。解放后，草婴先生集中翻译了肖洛霍夫等苏联作家的一些重要作品，引起过热烈反响，而他也在这时开始关注人道主义问题。"文革"期间，因为对肖洛霍夫等苏联作家作品的译介，草婴先生遭遇到了非人的折磨。他在《我为什么翻译》一文中表示："文革"结束后，下决心系统介绍托尔斯泰的作品，是因为"我认识到托尔斯泰是伟大的人道主义者，他的一生体现了人道主义精神"。[①]

  为了将托尔斯泰的精神世界通过译文完整地传达给读者，草婴先生给自己定下的标准是"要具备像原著一样的艺术标准艺术要求"。在与翻译家高莽先生的一次交谈中，草婴先生谈到他力图达到这一目标的步骤："第一步是反反复复阅读原作，首先要把原作读懂，这是关键的关键。""托翁写作《战争与和平》时，前后用了六年的时间，修改了七遍。译者怎么也得读上十遍二十遍吧？读懂了，作品中的人物形象在自己的头脑里清晰了，译时才能得心应手。""第二步是动笔翻译，也就是逐字逐句地忠实地把原著译成汉文。翻译家不是机器，文学翻译要有感情色彩。""《战争与和平》有那么多纷纭的历史事件，表现了那

[①] 草婴：《我与俄罗斯文学——翻译生涯六十年》，第4页，文汇出版社2003年版。

么广阔的社会生活，牵涉到那么多的形形色色的人物。作为译者就必须跟随着作者了解天文地理的广泛知识，特别是俄国的哲学、宗教、政治、经济、军事、风俗人情、生活习惯等等"，这就"离不开字典，离不开各种工具书和参考书"。"下一步是仔细核对译文。检查一下有没有漏译，有没有误解的地方。仔仔细细一句一句地核对。再下一步就是摆脱原作，单纯从译文角度来审阅译稿。"要做到译文流畅易读，"有时还请演员朋友帮助朗诵译稿，改动拗口的句子"。"再下一步就是把完成的译稿交给出版社编辑审读了。负责的编辑能提出宝贵意见。然后我再根据编辑的意见认真考虑，作必要的修改。"在校样出来后，他至少还要通读一遍。[①]这里似乎用"精益求精"一词已不足以形容草婴先生的工作，也许"呕心沥血"才是更贴切的字眼。可以想见，草婴先生在书桌前那日复一日默默坚韧地工作。不能说草婴先生的全部译著都是精确无误的（这是任何译者都无法达到的标准），但是读者是那么喜欢草婴的译作，因为他译出了托尔斯泰作品的精髓，如原著那样给人以精神的鼓舞和艺术的震撼。当我们拥有了这么多洋洋洒洒的谈翻译理论的著述，拥有了前人所无法比拟的大量的文学翻译成果时，新一代的不少文学译作的水准恐怕还难以实现实质性的超越。其中缘由，看看草婴先生的自述，也许就有了答案。今天不缺少一般的翻译工作者，缺少的是如先生那样将生命融入其中的优秀的翻译家。这就是老一代俄苏文学翻译家留给后人的最珍贵的遗产。有一篇关于草婴先生的学位论文在文末也表达了这个意思："透过历史的长廊，我们感受到一种时光的沉重，同时也看到了一种穿越时光的力量，那是一种从恬淡人生透悟出的人格力量，是一种宽广而深刻的生命视野。"[②]

进入新世纪，一批在改革开放之初发挥过重要作用的前辈学者逐渐离去。人们没有忘记这些筚路蓝缕、辛勤耕耘的学者，缅怀老一代学者的纪念活动在新世纪不少高校和研究机构展开。如2007年和2017年，北京大学先后举办的"曹靖华

[①] 高莽：《翻译家草婴其人》，载草婴：《我与俄罗斯文学——翻译生涯六十年》，第192-193页，文汇出版社2003年版。
[②] 赵明怡：《论俄罗斯文学翻译家草婴的翻译思想与翻译人生》，华东师范大学2008届研究生硕士学位论文。

先生诞辰110周年纪念会暨俄罗斯文学国际研讨会"和"曹靖华先生诞辰120周年纪念暨学术研讨会";2009年,华东师范大学举办了"纪念余振先生百年诞辰暨俄罗斯文学研讨会"①;2010年,中国社科院外文所和华东师范大学分别举办了"戈宝权先生逝世10周年纪念会"。目前,从事俄苏文学研究的学者数量仍然不少,主要集中在中国社会科学院和各地高校中。②可以浏览一下新世纪这支研究者队伍的基本面貌。

中国社会科学院的俄苏文学研究队伍人数较多,新世纪以来先后在这里工作的主要有:陈燊、高莽、张羽、吴元迈、钱中文、薛君智、孙美玲、张捷、李辉凡、王守仁、钱善行、郭家申、童道明、冀元璋、吕绍宗、严永兴、石南征、董小英、吴晓都、李萌、苏玲、侯玮红、侯丹、文导微、张晓强、王景生、万海松、徐乐等,成果丰硕。例如,陈燊的俄罗斯经典作家研究,高莽的帕斯捷尔纳克研究和普希金研究,张羽的高尔基研究,薛君智的苏联回归作家研究,孙美玲的肖洛霍夫研究,张捷对俄罗斯文学现状的关注,吴元迈的俄苏文论研究和经典作家研究,钱中文的果戈理研究和巴赫金研究,李辉凡的高尔基研究和20世纪俄苏文学思潮研究,王守仁的俄苏诗歌研究,钱善行的当代苏联小说创作研究,童道明的俄罗斯戏剧研究,严永兴对20世纪俄罗斯文学的研究,董小英的巴赫金研究,吴晓都的普希金研究,侯玮红的当代俄罗斯文学研究等,均显示了这一群体雄厚的研究实力。

北京高校的俄苏文学研究学者主要集中在北京大学、北京师范大学等学校。新世纪北京大学的相关学者主要有:彭克巽、岳凤麟、顾蕴璞、徐稚芳、李明滨、李毓榛、任光宣、赵桂莲、张冰、凌建侯、查晓燕、陈思红、彭甄、刘洪

---

① 这次纪念余振(李毓珍)先生的会议是与北京大学俄语系合办的。余振先生早年投身革命,1935年毕业于北平大学,后在西北大学等处任教。新中国成立之初,他与曹靖华先生一起创办北京大学俄语系,任系副主任。余振先生是中国最早也是最有成就的俄罗斯诗歌的翻译家之一。改革开放后,余振先生任教于华东师大。

② 在其他机构也有少量相关学者,这里暂不涉及。港澳台地区的学者也暂不包含在内。此外,近20年间内地(大陆)地区的学者也存在人员流动的现象,变化较大,此处仅勾勒总貌,不做细分,如有误差,敬请谅解与指正。

波、王彦秋、陈松岩、刘浩等。彭克巽的苏联小说史和陀思妥耶夫斯基小说艺术研究，顾蕴璞和岳凤麟的俄罗斯诗歌研究，李明滨的俄罗斯汉学和中俄文化关系研究，李毓榛的20世纪俄罗斯文学研究，任光宣的俄国文学与宗教研究，赵桂莲的陀思妥耶夫斯基研究，凌建侯的巴赫金研究，张冰的李福清研究，查晓燕的普希金研究等，都有广泛影响。北京师范大学是我国俄苏文学研究的重镇，该校主编有期刊《俄罗斯文艺》。主要学者有：刘宁、谭得伶、蓝英年、章廷桦、李兆林、匡兴、傅希春、徐玉琴、潘桂珍、程正民、吴泽霖、夏忠宪、贾放、张冰、李正荣、张晓东等。刘宁的俄国文学批评史研究和俄国历史诗学研究，谭得伶的高尔基研究，程正民的俄苏文艺理论研究，吴泽霖的托尔斯泰研究，夏忠宪的巴赫金研究，张冰的俄国形式主义研究和俄国文学思潮研究，李正荣的托尔斯泰研究，张晓东的俄罗斯文学中的知识分子形象研究等，均显示出北师大学者积淀的丰厚。北京外国语大学的俄苏文学学者主要有：刘宗次、邓蜀平、顾亚玲、白春仁、李英男、张建华、汪剑钊、柳若梅、王立业、黄玫、郭世强、潘月琴、叶丽娜、孙磊等。刘宗次的俄罗斯文学研究，白春仁的巴赫金文论研究，张建华的20世纪俄罗斯文学研究，王立业的屠格涅夫研究，汪剑钊的俄国诗人研究，黄玫的20世纪俄罗斯诗学理论研究，潘月琴的20世纪俄罗斯文学研究，柳若梅的俄罗斯汉学研究等，均有不错的成果。首都师范大学的相关学者主要有：邱运华、刘文飞、林精华、王宗琥、季星星、于明清等。该校现有北京斯拉夫研究中心，力量较强。邱运华的托尔斯泰小说诗学研究和俄苏文学思想史研究，刘文飞的布罗茨基研究、俄苏文学史和思想史研究，林精华的俄罗斯文化转型问题研究和中俄文学关系研究，王宗琥的20世纪俄罗斯先锋主义文学研究等，均有新意和深度。中国人民大学相关学者主要有：王金陵、梁坤、陈方、张鹤、金美玲等，王金陵的屠格涅夫研究，梁坤的俄罗斯文学主题的宗教文化阐释研究，陈方的俄罗斯文学中的女性形象研究，金美玲的托尔斯泰研究等，各有建树。此外，北京第二外国语学院张变革的陀思妥耶夫斯基研究，北京电影学院的贺红英的文学语境中的苏联电影研究等，也颇有特色。

东北在地理位置上毗邻俄罗斯，俄语普及程度高，学者分布面广。黑龙江大学有金亚娜、荣洁、郑永旺、刘锟、戴卓萌、孙超、张敏、白文昌等，吉林大学有李树森、刘翘、万冬梅等，东北师范大学有何茂正、刘玉宝、刘妍等，哈尔滨师范大学有甘雨泽、赵晓彬、杨玉波、高建华、杨燕等，哈尔滨工业大学有谢春艳、杜国英等，齐齐哈尔大学有李延龄、苗慧、何雪梅、杨雷等，大连外国语大学有孙玉华等，辽宁师范大学有傅星寰、唐逸红等。其中，黑龙江大学的学者最为集中，该校拥有教育部重点研究基地"俄罗斯语言文学与文化研究中心"。东北地区的学者在俄苏文学研究方面取得了一批重要成果。例如，金亚娜的西伯利亚文学研究和俄罗斯文学与宗教关系研究，荣洁的茨维塔耶娃的诗歌研究，郑永旺的俄罗斯后现代主义诗学研究，刘锟的东正教精神和俄罗斯文学研究，刘翘的陀思妥耶夫斯基研究，何茂正的苏联文学研究，李树森的肖洛霍夫研究，李延龄的俄罗斯侨民文学研究，赵晓彬的俄罗斯现代文论研究，谢春艳的俄罗斯现当代作家研究，孙玉华的拉斯普京研究，傅星寰的俄罗斯文学与现代性研究，唐逸红的布尔加科夫研究，戴卓萌的俄罗斯文学中的存在主义传统研究，孙超的乌利茨卡娅小说创作研究，张敏的俄罗斯现代主义作家的研究等。

华北和西北地区的俄苏文学学者主要集中在高校。在华北，有南开大学的叶乃芳、王志耕、阎国栋、王丽丹、赵春梅、姜敏、任明丽，天津师范大学的李逸津、曾思艺，天津外国语大学的黄晓敏，天津广播电视大学的张鸿榛，中国人民公安大学的刘肖岩，河北师范大学的史锦秀等。在西北，有西北大学的雷成德，陕西师范大学的马家骏、马晓翙、韦建国、孔朝晖，西安外国语大学的温玉霞，兰州大学的徐家荣、常文昌、刁在飞、司俊琴，宁夏大学的赵明，内蒙古大学的陈寿朋、杜宗义，内蒙古师范大学的马晓华，新疆大学的杨蓉和吴剑平等。王志耕的陀思妥耶夫斯基诗学研究和俄罗斯文学经典的宗教文化阐释研究，阎国栋的俄国汉学研究，李逸津的中俄文学关系研究，曾思艺的俄罗斯诗歌研究，刘肖岩的俄国戏剧对白研究，史锦秀的艾特玛托夫在中国研究，雷成德的托尔斯泰研究，马家骏的俄苏文学研究，陈寿朋的高尔基研究，徐家荣的肖洛霍夫研究，温玉霞的布尔加科夫研究和俄罗斯后现代小说研究，常文昌的中亚东干文学研究等，均有成绩。

新世纪的上海，有着数量可观的俄苏文学研究者。复旦大学的俄苏文学学者主要有：夏仲翼、翁义钦、袁晚禾、李新梅、汪海霞等。夏仲翼的巴赫金及俄苏文论研究，翁义钦的苏联文学研究，李新梅的俄罗斯后现代主义文学研究，汪海霞的果戈理研究等，各有成就。华东师范大学的相关学者主要有：倪蕊琴、王智量、冯增义、朱逸森、曹国维、徐振亚、干永昌、陈建华、王圣思、田全金、贝文力、王亚民、陈静等，研究成果颇丰，如倪蕊琴的托尔斯泰研究、中俄文学比较研究和当代苏俄文学研究，王智量的19世纪俄罗斯文学研究，冯增义的陀思妥耶夫斯基研究，朱逸森的契诃夫研究，徐振亚的俄苏文学研究，陈建华的托尔斯泰研究、中俄文学关系研究和俄苏文学学术史研究，田全金的陀思妥耶夫斯基研究，贝文力的俄罗斯文学与艺术研究，王亚民的俄罗斯侨民文学研究等。上海外国语大学有江文琦、周敏显、廖鸿钧、金留春、黄成来、许贤绪、陆永昌、冯玉律、谢天振、郑体武、刘涛、叶红、周琼、刘丽军、齐昕等学者。江文琦的苏联文学研究，廖鸿钧的高尔基研究，许贤绪的当代苏联小说史和诗歌史研究，冯玉律的蒲宁研究，郑体武的俄国现代主义诗歌研究，刘涛的俄罗斯文学与基督教研究，叶红的蒲宁研究，周琼的赫尔岑研究等，相关著述丰富。上海师范大学的俄苏文学学者主要有：杜嘉蓁、王秋荣、朱宪生、田洪敏等。杜嘉蓁的俄罗斯诗歌研究，朱宪生的屠格涅夫研究，田洪敏的马卡宁研究等较有影响。此外，上海大学耿海英的别尔嘉耶夫与俄罗斯文学研究，上海交通大学杨明明的洛特曼符号学理论研究等，也有独到之处。

江浙皖闽鲁有不少学者。在江苏，南京大学的相关学者主要有：陈敬咏、余绍裔、袁玉德、余一中、王加兴、董晓、段丽君、赵丹、赵杨等。陈敬咏的苏联战争文学研究，余绍裔的俄苏文学研究，余一中的当代俄罗斯文学研究，王加兴的俄罗斯文学修辞研究，董晓的巴乌斯托夫斯基研究和契诃夫研究等，颇有建树。南京师范大学的相关学者主要有：张杰、汪介之、康澄、王永祥等。张杰的俄苏文论研究，汪介之的苏联作家研究和中俄文学关系研究，段丽君的彼得鲁舍夫斯卡娅小说研究，赵丹的哈里托诺夫小说研究，赵杨的俄罗斯后现代主义文学研究和拉斯普京研究等，各有特色。苏州大学的学者主要有：陆人豪、陆肇明、李辰民、朱建刚、李冬梅等。陆人豪的俄苏文学研究，李辰民的契诃夫研究，朱建刚的俄国文学知识分子形象研究和反虚无主义文学研究，李冬梅的俄苏文论研究等，均有影响。此外，解放军国际关系学院的冯玉芝的肖洛霍夫等俄苏作家研究，也见实力。在浙江，新世纪相关学者主要集中在浙江大学，有吴笛、周启超、王永、周露、陈新宇等。吴笛的俄苏诗人研究，周启超的俄国白银时代文学研究、俄苏当代文论和斯拉夫文论研究，王永的俄罗斯诗歌研究，许志强的布尔加科夫魔幻叙事研究等，实力雄厚，成绩突出。另在浙江外国语学院等校也有零星学者分布，如马卫红的契科夫研究等。在皖闽鲁，有安徽师范大学的任立侠、邱静娟、朱少华，黄山学院的吴嘉佑，厦门大学的陈世雄、周湘鲁、徐琪、王文毓；在山东，有山东大学的李建刚、皮野、白茜，曲阜师范大学的季明举、济南大学的张中锋，青岛科技大学的张兴宇、吴倩等。陈世雄的俄苏戏剧研究，吴嘉佑的屠格涅夫研究，周湘鲁的俄罗斯戏剧和俄罗斯生态文学研究，李建刚的高尔基与安德列耶夫诗学研究，季明举的俄罗斯批评理论研究，胡学星的曼德尔施塔姆诗歌研究，皮野的当代俄罗斯文学研究，张中锋和张兴宇的托尔斯泰研究等，均有建树。

新世纪在西南、华中和华南地区也有众多从事俄苏文学研究的优秀学者。在西南，主要有：四川大学的刘亚丁、李志强、池济敏，四川外国语大学的朱达秋、谢周、淡修安、徐曼琳，贵州大学的胡日佳，贵州师范大学的谭绍凯，贵州社科院的陈训明等。刘亚丁的肖洛霍夫研究，胡日佳的托尔斯泰研究，谭绍凯和陈训明的普希金研究，李志强的索洛古勃小说研究，朱达秋的俄罗斯文化研究，徐曼琳的阿赫玛托娃与茨维塔耶娃研究，淡修安的普拉东诺夫研究等，都有出色成果。在华中，主要有：武汉大学的王先晋、王艳卿、乐音，华中师范大学的周乐群、王树福，华中科技大学的梅兰，湘潭大学的张铁夫、何云波，湖南师范大学的易漱泉、王远泽、高荣国、谢南斗、李兰宜，南昌大学的黎皓智，河南大学的冉国选、杨素梅、闫吉青，解放军信息工程大学的石枕川、余献勤等。石枕川的当代苏联文学研究，张铁夫的普希金研究，易漱泉的俄国文学史研究，王远泽的高尔基研究和契诃夫研究，黎皓智的俄罗斯小说文体研究和俄罗斯文学思潮研究，何云波的陀思妥耶夫斯基研究，王先晋的俄罗斯文学文体结构研究，冉国选的俄国戏剧史研究，余献勤的勃洛克戏剧研究，王树福的俄罗斯戏剧研究，杨素梅和闫吉青的俄罗斯生态文学研究等，各有特点。此外，在华南，广东外语外贸大学的杨可，华南师大的汪隽、朱涛，深圳大学的吴俊忠，广东韩山师院的杨正先，海南师范大学的韩捷进等也在相应的领域做出了成绩。

尽管是粗线条的勾勒，但是新世纪我国的俄苏文学学者群体的基本面貌已经显现。在新世纪这一群体中，可以看到一些年事已高的学者仍在孜孜不倦地工作，这些学人执着地追求自己的学术理想，是研究群体中的领军人物。改革开放初期踏入学界的一代，人数比较多，他们是老一代俄苏文学学人的继承者，如北京的张建华、任光宣、吴泽霖、刘文飞等，20世纪80—90年代，特别是近20年，是他们学术研究的黄金时期，他们在自己的研究领域里取得了骄人的成绩。更年轻一些的学者也是这一时期的中坚力量，如北京的凌建侯、王宗琥、朱建刚、侯玮红等，近20年他们学术上高质量的成果频出，成绩喜人。一批在近十年内刚踏入学界的更年轻的学人也在迅速成长，他们以新的视野和新的方法开拓新的领域，让这一群体充满活力。

谈到近20年中俄文学界的精神联系，自然离不开作家与他们的作品。尽管时代变迁，星移斗转，但是在21世纪的中国文坛仍有不少作家在自己的作品中书写着与俄苏作家及其作品的精神联系，作家们的书写真诚而又精彩。

张承志的长篇散文《边境上的托尔斯泰》（2020）中有着关于俄罗斯史、蒙古史、中俄交往史的深广书写，感情深沉、历史感厚重，显示了作家的史识和功力。张承志对托尔斯泰颇有好感，他写道："从刚刚成为一名作家时开始，我就留意阅读托尔斯泰。那时由于阑入文笔生涯感受复杂，也由于自己也正被信仰与文学的命题撕扯，我读得特别入神。托翁的思想，还有他的经历，深深地使我感到被吸引。我愈来愈觉出自己向他的倾倒，以致把一段关于他的话，插入《心灵史》的前言中。"文中，他以喀山为出发点，以塔塔尔人命运为契机，对托尔斯泰的作品及其精神探索的审视颇为独特。这里稍引数段：

"如女皇叶卡捷琳娜所说,喀山是寂静的'东方'。托尔斯泰,后来因对人类终极问题的思考而成为世界上最重要作家的托尔斯泰,就在这样一个地方进了大学(1845),准备学习阿拉伯—塔塔尔语。可惜没有人记录他在喀山大学读书时,是否觉察到了喀山塔塔尔知识分子的动向。

"我一直在反复地读《哈吉穆拉特》。我在若干个时期都曾打算写关于它的心得。对那场战争、那个时代、那一部分托尔斯泰的经历,传记里缺乏我渴望的记录,包括英国人莫德的那一本。

"托尔斯泰修养构成的一大支柱是他的鞑靼知识。这种知识是在高加索—萨马拉—克里米亚的土地上,一点一滴蘸着'敌人'的情谊血污,在心里慢慢构筑的。

"在托尔斯泰经历的'六十年代'(指1850—1860),他只是俄罗斯扩张的一名志愿兵,参与了以祖国名义进行的不义征战。但敏锐的心自会捕捉讯息,沙多和'用脚在山泉边洗衣服的车臣女人',悄悄地为未来的他奠了基。萨马拉归来,托尔斯泰根据1853年的体验发表了《高加索的俘虏》。

"他的内心可能已经与国家主义发生矛盾,但尚未抵达与殖民主义的对决。……他既描画了山民的淳朴,也欣赏着殖民者的村庄,尤其在小说《哥萨克》中。能深深打动我的,唯有这一句独白:'军队已经把它的影子投在我身上,玷污了我。'所以,仍然只有他给我以吸引并使我引为导师。我的读解,只顺从类近的体验。确实,若是从最后的无条件反对战争、否决军队拒绝兵役、甚至呼吁放弃一切暴力的高度回顾,早期的欠缺被原谅了。即便局限如斯,唯有《高加索的俘虏》一部,不同于普希金的同名作那般轻浮。因为它提供的故事轮廓,正是解读高加索的轮廓,包括抵抗的实态、无辜的人民、有尊严的民族气质以及悲剧的宿命。

"从这一篇开始,列夫·托尔斯泰的思想开始大步前行。……战争是我们缺少的体验,却是托尔斯泰的摇篮。他一生中最勇敢的行为,在《1855年5月的塞瓦斯托波尔》之中做到了。他的思想遗产:对不义祖国的诅咒,也就要公开了。

"当喀山与克里米亚的塔塔尔知识分子掀起启蒙的巨浪时,托尔斯泰也抵达了一个作家可能的辉煌顶点。在完成了《战争与和平》《安娜·卡列尼娜》等一系列炫目巨著之后,托尔斯泰在激烈的转变中,也意识到启蒙的意义。穷人的悲惨无助、司法的存在荒唐、暴力的永远危险、宗教的侵略潜质、私有的万恶原罪——这是托尔斯泰总结的人类社会几大病灶。他针锋相对地开始了长久的,对国家主义的讨伐。……托尔斯泰主义诞生了。

"他一步从顶峰跳下,沉入朴素。他较真儿地为工农和儿童编写启蒙读物,这就是被整个世界称道然而模仿不能的《识字课本》和《读本》。我最吃惊的是对理解过去和警示未来特别重要的两部——《高加索的俘虏》和《人到底需要多少土地》,都收录在《读本》里,供工农和儿童阅读。我联想着塔塔尔人的故事。他们是殊途同归么?……'鞑靼'给了他灵感,补充了在喀山擦肩错过的知识,写成了《人到底需要多少土地》。这一篇,从思想到形式实在太过超前了。……他的晚期思想其实在向游牧民的思维倾斜。

"当托尔斯泰迷恋于独行,思想里的空想因素逐渐增多时,不空想的人却在参考他。这才感人:那些异族人,那些游牧民,他们都信任托尔斯泰的真挚,认定他是自己的导师。

"我总觉得在兴奋与疲惫之间,还缺少点什么。直到最后我才意识到:我想向这个少年憧憬的国度求索的,是一种有着炽热的个人魅力又与民众荣辱共命的存在……①

在陈保平和陈丹燕合著的名为《去北地,再去北地》(2018)的旅行日记中,也有着浓浓的俄罗斯情结。摘陈丹燕书写的一小段:"我想起我们在结婚的第一年,1984年的春天,我们一起去夜校学习俄文的往事,那时我们一心一意喜爱着俄罗斯的一切。如今,2017年的初夏,在里加,我们一起站在那块提起普希金曾外祖父的牌子前,恍然。这么多年后,因为突然来到了他曾外祖父建造的小教堂跟前,普希金变成了一个真实的人物,不再是诗歌里和年轻时代的回忆中那

---

① 张承志:《边境上的托尔斯泰》,载《十月》2020年第3期,第45页。

股温柔清澈的感情。""围着教堂走了一圈,圣彼得堡在我心里汹涌,那里有普希金最后的房子,被枪击后倒下的河边,有他写进诗歌里的光线。那里还有乌兰诺娃跳舞的舞台,在浓黑中马林斯基剧院前厅的一灯如豆,有陀思妥耶夫斯基写《白夜》的房子。他写的是圣彼得堡的初夏,我上次看到的,是一个个雪后傍晚浓重的黑夜。在夜里路过艾尔米塔什博物馆,想起十二月党人在雪中苍白瘦削的脸,想起安娜·卡列尼娜黑色的裙子,想起柴可夫斯基的抒情,还有斯特拉文斯基的乐观,还有放在走廊里的康定斯基。"虽然两人这次旅行的目的地是苏联解体后的波罗的海三国,但是作家魂牵梦绕的仍是俄罗斯文学,寻觅的也是苏联时代的留痕。

比起陈丹燕他们,王蒙这样的老作家对苏联时代、俄苏文学有着更复杂的感情。其中一些人在新世纪再次踏上俄罗斯土地,并在自己的作品中有了更为深沉的反思。例如,2006年,王蒙写下了'苏联祭',有人称其为王蒙写给自己的青春祭文。作家毕淑敏认为:"苏联对我们这代人来说,具有特殊的意义,很多人想把我们和苏联错综复杂的关系表达出来,可没人说,或是不知如何说起。王蒙把它说出来了。""一个孩子在成长的过程当中,有一个概念叫做重要他人,就是有一些人和一些事曾经那样深入地进入他的结构里面去,我觉得苏联对我们来说,对我们这个民族来说,一百年的求索与抗争,对中国知识分子就是这样的重要他人。这是我们民族的一个又酸又痛的穴位,我觉得王蒙先生就把它点中了。"①

作家徐坤认为,像她那样成长在20世纪50—60年代的作家也是受俄苏文学滋养的一代,"像我们小时候,高尔基、奥斯特洛夫斯基等人的作品,都是抄在笔记本上相互传阅"。②这种滋养至今仍在发挥作用。2009年,张炜在回答一位采访者提问时,曾这样表示:"俄苏大地孕育出大批作家,他们都是从那片深厚的大地上获得灵感,这是欧美作家难以企及的地方。……谈及俄苏大地,其实屠格涅夫我也非常喜欢,他的《猎人笔记》我最推崇。他的大地观与托翁和陀氏

---

① 《王蒙:〈苏联祭〉是对青春和"情人"的祭奠》,见《中华读书报》2006年7月30日报道。
② 《王蒙在喀秋莎歌声中谈〈苏联祭〉追忆青春》,见《京华时报》2006年7月20日报道。

都不一样,托翁侧重对大地的思考,陀氏侧重突出大地的苦难,而屠格涅夫则尤其凸显对大地的依恋。虽然他们都是从大地获得灵感,也都对大地进行了赞美,但是具体的体验不同,作品所选择的角度、意境、气氛和对大地的态度都是不同的。……我在写作《古船》《九月寓言》的时候,已经完全不是在阅读19世纪俄罗斯作家作品的状态,但是那些作家的命运、经历、血脉、对大地的深沉感情都会经常浮现在我的脑海中。我想这些是作家个人结构中最根本的元素,这些才是对我影响持久的因素。我的叙述结构、作品的形式都可能会发生改变,我可能会对它们进行一些创新和超越,但是作家骨子里的气质和精神则保持原本状态,这可称为共鸣。"[1]在那一代作家的创作中常常可以看到这样的共鸣。

20世纪80年代以后成长起来的作家,其成长环境已经发生很大变化,但是在相当一部分青年作家那里,俄苏文学仍是作为他们接受外来文学滋养的一个重要因素。如诗人阎逸在新世纪写下的一首长诗《巴黎书信:茨维塔耶娃,1926》[2]。这首诗分7个部分,用"我"和茨维塔耶娃两种口吻书写。诗歌写出了茨维塔耶娃浓烈的情感,也写出了女诗人的孤独、凄凉、倔强:"诗人总是自己的囚徒。在身体里起床/在身体里躺下,像清晨和夜晚/我相信夜晚:一个硕大的冷藏器/一个哄婴儿入睡的平地摇篮/最近几夜我不停地做梦(梦也是/一座监狱:把看见和思考的,密封在/它的存在之中),用缓慢的色彩/我梦见一艘远洋轮船和一列火车/我们将去伦敦……没有终点的旅行/或者流亡,开始:在俄语里,在德语里/在心灵的地形图上……我拿着一串钥匙/我站在外面,有些门,人是打不开的。"从中可以看出诗人对茨维塔耶娃经历及其诗歌的熟悉与喜爱,诗人不单单在展示茨维塔耶娃的感情史,更是在与她对话,在书写自己的情感与思想。

也许,青年作家毛尖的这段话可以作为此段的小结:

---

[1] 雷磊:《试论张炜作品中的俄苏因素》,华东师范大学2009届硕士研究生学位论文,第68—69页。
[2] 此诗载《山花》2003年第8期。

苏俄文学对我父母那一代和我们这一代影响都大，当然我们父母这一代更是了，他们那时都学俄语，苏俄文学也像母语文学一样被接受。因此，在他们那一代手里成长起来的我们，不知不觉间就把普希金把托尔斯泰挂嘴边了，这些名字，和鲁迅老舍一起构成了我们的潜意识。所以说苏俄文学一直在我们的内部，我们在苏俄文学那里，体会情感的光明和博大。

　　大概一个国家的地理总能深刻地进入一个国家的文学，辽阔的俄罗斯大地塑造了辽阔的俄罗斯美学，天空、大地是俄罗斯诗歌的关键词，在这种世界图景照耀下，个人的小爱小恨实在渺小。这种壮阔美学和我们少年时代的集体主义道德有效结合在一起，给了我们一个相对健康又壮阔的美学和道德养成。苏俄文学中也有很多罪该万死的人，但他们身上展现的生命硬度和深渊深度还是会让我们不断回眸。①

　　2019年末在上海举行的第三届中俄青年作家论坛，也许算是疫情前的最后一次规模较大的文学交流活动。论坛形式多样，有作家之间的文学交流，有俄罗斯作家与中国读者的见面会，有中俄青年诗人的诗歌朗诵会等等，办得很成功。俄罗斯作家协会主席尤里·科兹洛夫和列夫·托尔斯泰的玄孙弗·托尔斯泰等参与了活动，托尔斯泰的玄孙还与鲁迅的长孙周令飞见了面。尽管随之而来的疫情让中俄之间直接的文学交流活动按下了暂停键，但是正如北京大学的任光宣教授在2019年秋天南京大学的会议上所言，以后更多的、能保持连续性的、确有成效的交流活动一定会使中俄文学的交往继续升温，两国文学交流合作的美好未来是可以预期的。他认为，中俄文学交流的未来有三个保障："1.新时代中俄全面战略协作伙伴关系是顺利进行两国文学交流合作的最大保障，这是政治保障；2.中俄两国有大批热爱文学事业和从事文化交流的人士（老中青三代人），这是人员保障；3.中国和俄罗斯有进行文学交流的新生力量和后备军，……中国高等院校开设的俄语系或俄语专业，从21世纪初的60多所增加到如今140所；俄罗斯高校从20世纪90年代初开设的汉语语言文学专业，从7—8个增加到如今的60多个，这个

---

① 毛尖：《青春期和电影是同义词》，《萌芽》2020年第8期，第17页。

数字还在继续上升。中俄两国的这些青年大学生，是将来从事中俄文学交流的新生力量和后备人才，是未来保障。"①

中俄文学的交流在新世纪还将继续存在和发展，尽管表现的形式会有改变，前行的道路也不排除会有坎坷，但是经历过20世纪的风风雨雨，相信未来不会再出现"倾斜的接纳"或"冰封时期"，两个伟大邻邦之间正常的文学交流将成为常态。无疑，普希金雕像和纪念碑可以为证。普希金是俄罗斯文化的象征。在俄罗斯，普希金38年的人生轨迹被俄罗斯人浓墨重彩地描画，在他曾经涉足过的地方，雕像、铭牌、纪念馆、保护地等各种各样的纪念形式，无以计数。而在中国，普希金雕像也有标志性的意义。1937年早春，俄国侨民在上海西区的一幽静之处竖起了第一座普希金铜像及纪念碑。1944年深秋，这座雕像被入侵上海的日本军队拆除并掠走。1947年早春，上海进步人士和俄侨在原址上重建了普希金雕像。1966年夏，这座雕像再遭噩运，被"造反派"推倒后销毁。改革开放后，不少人怀念这座雕像，有人还作画《有普希金雕像的地方》。1987年夏，普希金铜像第三次在原址落成。这座雕像的起起伏伏，也是中俄文学关系的某种投影。如今，普希金雕像在中国多个城市出现，例如2019年10月在首都师范大学校园内竖起的那座普希金雕像。它似乎告示，中俄文学关系虽有起伏，但俄苏经典文学始终未淡出当代中国人的视野，它已作为一种恒久的因素存在于当代中国作家和读者的精神世界中。"俄罗斯文学在中国虽然不像20世纪50年代那般无处不在，无人不读，但俄罗斯文学的'粉丝'甚至'铁丝'在今天依然随处可见，尤其是在文化人中间。……俄罗斯文学在中国的影响不是减弱了，而是回归到文学本体上来了"。②王蒙讲过一则故事，一次与俄罗斯朋友聚会，他说，"苏联、俄罗斯、莫斯科是我青年时代的梦。现在，苏联没有了，我的梦想已经比青年时期发展成熟了很多。但是，俄罗斯还在，莫斯科还在，中俄人民的友谊还在，而且一切会更加繁荣和美丽。"这段话打动了俄罗斯朋友，"这从他们的目

---

① 任光宣：《回顾过去，迎接未来：新时期中俄文学的交流与合作》，南京，2019年"中俄文学关系暨五四运动100周年国际学术研讨会"会议册，2019年12月1日，第157页。
② 刘文飞言，转引自董晓：《审视俄苏文学在中国的接受和影响》，《社会科学报》2020年4月9日第5版。

光的突然闪亮中完全可以看出来。中国的熟语叫做为之动容,我知道什么叫为之动容了"。①确实,只要中俄两国友好的政治基础在,两国的经典文学和优秀作品在,两国民众之间的友谊在,两国富有才华的文学翻译家和研究者在,两国作家和文学爱好者的精神追求在,新世纪中俄文学关系的健康发展就有不可动摇的基石。

---

① 王蒙:《苏联祭》,第36页,作家出版社2006年版。

初版后记

20世纪特定的环境使然，中国文学与俄苏文学有着千丝万缕的联系。前不久，我读到贾植芳先生的这样一段文字："'五四'以来的中国新文学，受俄苏文学影响之深，是自不待言的。中国新文学与世界上任何一国文学的联系，都无法同俄苏文学相提并论。中俄文学之间的关系，可谓'剪不断，理还乱'。即便是现在，有关俄国文学的一些问题，仍不乏吸引力。……我始终认为，中俄两国的文学发展有不少相似之处……"①在世纪末的今天，贾先生的这番话再次强调了20世纪中外文学关系中一个无可争辩的事实，以及研究和总结这段历史的现实意义。

可以说，正是贾先生说的中俄文学之间那种"剪不断，理还乱"的关系，使俄苏文学深刻地影响了"五四"以来中国现当代文学的发展，甚至潜移默化地影响了几代中国作家和读者精神上的成长。

我虽是后学，但也是当年无数受俄苏文学影响者中的一员。我小时候是比较喜欢看书的，捧上有趣味的书就放不下，当然这大多是一些被称为"闲书"的读物。小学四年级时，班主任童伯修老师把一张市少儿图书馆的借书证送到了我的手里，从而更助长了我读"闲书"的热情。在之后的好多年里，我课余常常往返于学校和图书馆之间。那时图书馆里俄苏的青少年读物和文学作品是很多的，它们和其他的书籍一起，滋润了我的心田。也许正是从那个时候开始，我对文学，包括俄苏文学不知不觉地产生了一份钟爱之情。

"文革"期间，我离开在上海就读的中学，来到赣东北的一个半军事化的工厂。那里深山老林，人迹罕至，有着极佳的自然风光，但是精神世界却十分贫乏，任何外国的文学作品都是禁止阅读的，特别是所谓"苏修"的作品。有一次，一声令下，所有私藏的这类读物一律上缴，我记得当时那一堆被没收的书籍中就有肖洛霍夫的小说《静静的顿河》。②十年的青春时光就在渴望读书而又不

---

① 引自贾植芳先生1996年6月为《危机与复兴——白银时代俄国文学论稿》一书写的序。
② 写到这里不由得想起正在翻阅的赵一凡《美国文化批评集》中的一段文字："我这一辈中国人，起小就爱苏联文学。……后来去农村蹉跎了些岁月，也没忘记请果戈理、普希金、托尔斯泰等大作家，来伴自己寒伧的油灯、红薯和旱烟袋。"我们当年这些"老三届"的中学生，去大小"三线"工厂的，生活条件上可能会比去农村的、伴着"寒伧的油灯"度日的同学要好一些，但是在阅读的自由度上显**然不如他们**。

让自由读书的环境中度过了，但是我的心中仍保留着对文学的一份热爱。所幸的是，在这份寂寞中，我与可敬的俞正文师傅结成了忘年交。俞师傅当时已届花甲之年，是一个为人正直且知识渊博的老人。在他的鼓励下，我没有完全虚度这段时光。回到上海后，我才知道，俞师傅从青年时代开始就与著名俄苏文学翻译家岳龄先生是好友，俞师傅还送过我一些俄文书籍。我的这段文字也算是表示对这位已经离世的老人的一份追思和怀念。

"文革"结束后，我才圆了大学梦，考入了华东师范大学中文系。在这所著名的高等学府中，我有幸聆听了不少名家的授课，结交了许多同样热爱文学的朋友，并且广泛接触了中国的和世界各国的文学作品，后又师从倪蕊琴教授专攻俄罗斯文学和比较文学。于是，爱好便成了我的专业。

1980年代初，比较文学研究的热潮在中国兴起。我当时正在读研究生，为了参加在南开大学召开的第一次全国性的比较文学学术会议，我赶写了一篇论文，从创作风格入手，对中俄两位作家进行了比较研究，文章后来收入了会议论文集。这是一次不成熟的尝试，但我从这个时候起开始注意了中俄文学关系研究这一领域。而后几年，我又陆陆续续地就这一课题写下了一些文字。1980年代后期，我参加由倪蕊琴教授主持的一个国家项目，在这一研究领域里下了一些功夫，这一集体项目的成果便是论文集《论中苏文学发展进程》一书，这一成果获得了全国高校外国文学研究会首届优秀著作奖。项目完成后，我先后为本科生和研究生多次开设了"中俄文学关系"这门课程，并由此产生了对俄苏文学在20世纪中国的接受史作一番客观描述和系统梳理的想法。

两年前，"20世纪中外文学关系研究丛书"的筹划者邀我担任丛书的编委，我也因此而承担了首批出书的任务，这就促成了本书的完稿。当时筹划中，我的这部书稿应该更多地从译介过程、思潮交汇和对整个中俄文学关系的总体把握着手，因而这也大体规定了我这本书的写作思路。书稿中涉及一些具体的作家作品和风格流派之间的比较，但没有将它们作为论述的重点，这正是由上述思路所确定的。为了完成这部书稿，我首先认真地进行了资料准备，其实这种准备已经成为我的这项以接受史为基调的研究工作的一个有机组成部分。尽管限于篇幅，不管是重要的作家作品还是著名的俄苏文学翻译家,都只能择要介绍若干。不过,尽管不尽完善,但从这些第一手的资料中,也许能够直接地触摸到20世纪中俄文学关系的脉搏。青年教师和研究生夏玮、谈珞、杨凯和李念等人参与了附录中部分资料的收集和整理工作,在此由衷地感谢她们为此付出的劳动。

去年这部书稿得到上海市马克思主义学术著作出版基金评审专家的首肯,现又获资助顺利出版,这是令人高兴的,应该向评审委员会和诸位专家表示感谢的。

在本书付梓出版之际,谨向我素来敬重的钱谷融教授和复旦大学夏仲翼教授致意,感谢他们拨冗为本书作序;谨向遥在澳大利亚的导师倪蕊琴教授致意,感谢她当年对我的培养;同时,也向市委宣传部理论处的范小平女士、学林出版社李东先生和许均伟女士,以及所有关心本书出版的师友和亲人们致以诚挚的谢意。

本书涉及范围较广,疏误之处在所难免,还望得到学界和读者的指正。

作者
写于华东师范大学
1997年6月30日

再版后记

本书初版于1998年4月。书稿出版后，许多专家对拙著表示的关注，令我感动。钱谷融先生和夏仲翼先生拨冗作序，陈燊先生和钱中文先生来信鼓励，吴元迈先生在中国外国文学学会第六届年会主题发言中给予好评，还有不少前辈师长在与我的交谈中对拙著给予了肯定。其间，拙著获得由会长季羡林签署的全国高校外国文学教学研究会"优秀著作奖"。对于前辈师长的殷殷提携之情，以及诸多学者和读者对拙著表现出的热情和厚爱，我是十分感激的。但是，我自知拙著当不起这样的褒奖。在中俄文学关系的研究领域，我只是在前人的基础上作了进一步的努力，而且因学力和其他因素所限，许多问题仅是触及，尚未谈深谈透。

2001年6月，经国务院学位委员会学科评议组召集人会议审定，本书被教育部推荐为全国相关专业研究生教学用书，并改由高等教育出版社重新出版。这本来是一次对原书进行修订和充实的好机会。但是，教育部文件中明确规定，要求尽量保持经审定过的书稿的原貌，而且因再版时间紧迫，我又出国高访在即，忙于了结手头正在做的一些工作，难以腾出更多的精力。因此，这次再版只是对初版时的个别疏漏之处做了订正，文字上有所调整的主要是原书的第一章，我在再版时将它分为两章，这是为了使体例更加合理。因原书定稿时间较早，20世纪90年代后期的有关内容阙如，其实这是我最想补充的，但看来这次已难以做到。好在有些设想可以在我进行中的国家社科基金项目"中国俄苏文学研究史"中得以实现，希望作为该项目成果的另一部专著能与本书相辅相成，从学术史的角度为中俄文学关系研究开辟一条新路。

感谢再版责编、高等教育出版社的徐挥先生为本书付出的劳动，并继续诚挚地欢迎学界批评指正。

陈建华
写于2001年深秋

三版后记

本书的基础是20世纪90年代在上海出版的《20世纪中俄文学关系》，新世纪初在高等教育出版社再版时，只做了少许技术性的改动，这次三版时间略有宽松，笔者做了以下修订工作。

增写了第十讲，即21世纪前20年的相关内容，补充这部分内容，是为了使本书的讨论能延续到当下。前九讲也有若干校正和补写，但基本保持了原貌。书名也有所改动。全书增补后已有近四分之一的内容超越了20世纪，原书名需做适当调整，现根据出版社建议改为《中俄文学关系十讲》。不过，书名虽做调整，但本书论述的主体未变，20世纪仍是最重要的考察时段。正文如有不妥或疏漏之处，希望继续得到读者的指正。

本书前两版问世后，受到学界的关注，谢谢朋友们的厚爱。因题旨和篇幅所限，书中有些内容未能深度展开。后来我撰写或主编的若干书稿，如《俄罗斯人文思想与中国》《中国俄苏文学研究史论》《阅读俄罗斯》《丽娃寻踪》和《中国外国文学研究的学术历程·俄罗斯卷》等，以及去年获得的国家社科基金重点项目"中国'列夫·托尔斯泰学'学科史研究"，就基本领域而言，仍在不同角度延续本书的研究。俄罗斯文学博大精深，中俄文学关系纷繁复杂，我只是舀取了海水之一勺，相信会有更多的逐浪者深入其间，获得更多更精彩的收获。

很荣幸这本旧作能以新的面貌问世，感谢北京大学出版社的支持，感谢为此书新版付出辛劳的出版社领导和编辑，尤其要感谢友人张冰编审的真诚帮助，感谢责任编辑李哲对书稿的认真审定，让本书增色。

岁月如梭，拙著从初版到三版走过20多年，我也由中年走进了古稀。如果从1979年写出第一篇学术论文开始，踏入学界已逾40年。我曾在学生们为我编的70寿庆纪念集上写过几句话："做有良知的学问，这是师长传承给我的学术血脉，而与众多学子的相识和相处，则赋予我生命的活力。回首往事，有过青年时代长达12年的蹉跎岁月，也有过丽娃河畔近40年的充实人生，为师为学，有遗憾也有收获。愿学前辈师长，活出夕阳人生的豁达与精彩。"最近，《中国社会科学报》上刊登了我对导师倪蕊琴教授的长篇访谈，倪老师谈了她从接触俄罗斯文学、来华东师大任教、赴莫斯科大学读研，到投身托尔斯泰研究事业的种种往事，以及其间的曲折与奋斗，真切感人。她的经历在我的师长辈的学者中有一定的代表性。我在这本书的增补部分更多写到了老一代学人，正是为了感谢他们为俄罗斯文学研究及中俄文学交流事业做出的贡献。我们这一代比起师长们经历的曲折可能少一些，但不少人也曾经有过十年以上的蹉跎岁月，这一代人踏入学界后起了承上启下的作用，现在也到了逐步退出舞台的时候。如今在这个舞台上唱主角的是中青年学者，尽管他们的学术道路也非风平浪静，但毕竟赶上了一个可以趁年轻大展才华的时代，不少人有着超越我们的视野与学识，相信他们会在这个舞台上走稳走好，有更为出彩的表现。祝福中国的俄罗斯文学学人，祝福几代人为之奋斗的中俄文学交流事业！

陈建华

2020年冬初拟，2022年春改定